BAD. KURHAUS

Karlsbad. Grand Café „Pupp"
CAFE PUPP

SCHERZ

PETER
PRANGE

Herrliche Zeiten

Die Himmelsstürmer

Roman

SCHERZ

Zu diesem Buch ist bei Argon ein Hörbuch erschienen.

Erfahren Sie mehr über Peter Prange und seine Romane auf
www.facebook.com/peterprange
www.peterprange.de

FSC
www.fsc.org
MIX
Papier | Fördert gute Waldnutzung
FSC® C014496

Erschienen bei SCHERZ

Satz: Dörlemann Satz, Lemförde
Druck und Bindung: GGP Media GmbH, Pößneck
ISBN 978-3-651-00108-4

Für Rolf Schnellecke
zum 80. Geburtstag.
In Freundschaft.

Vorbemerkung

Die nachfolgende Geschichte ist, obwohl angelehnt an historische Ereignisse, frei erfunden. Rückschlüsse auf die tatsächliche Lebenswirklichkeit der geschilderten Personen sollen in keiner Weise nahegelegt oder ermöglicht werden. Die einzelnen Handlungsstränge sind ebenso wie die Lebenswege der Protagonisten Erfindungen des Autors. Dies gilt insbesondere für deren politische Verstrickungen und die Schilderung ihrer Privatsphäre. Alle intimen Szenen sowie die Dialoge und die Darstellung der Gefühlswelt des gesamten Romanpersonals sind reine Fiktion.

»Dein Reich komme.
Dein Wille geschehe,
wie im Himmel also auch auf Erden.«

Evangelium nach Matthäus, 6,10 f.

»Alle die fahlen Rosse der Apokalypse sind durch mein Leben gestürmt, Revolution und Hungersnot, Geldentwertung und Terror, Epidemien und Emigration. Ich habe die großen Massenideologien unter meinen Augen wachsen und sich ausbreiten sehen, vor allem die Erzpest, den Nationalismus, der die Blüte unserer europäischen Kultur vergiftet hat.«

Stefan Zweig, ›Die Welt von Gestern‹

Erstes Buch

Die Himmelsstürmer

1871 – 1900

»Wie in einen Lostopf greifst du in die dunkle Zukunft:
Was du fassest, ist noch zugerollt,
Dir unbewusst, sei's Treffer oder Fehler.«

Goethe, ›Egmont‹, Vierter Aufzug

PROLOG

Karlsbad

1871

1

DER DUFT von frisch gebrühtem Kaffee weckte Vicky aus unruhigen Träumen, zusammen mit einer wohlvertrauten Stimme.

»Aufstehen! Frühstück!«

Wie jeden Morgen war sie sofort hellwach. Doch als sie die Augen aufschlug, war nichts wie an anderen Morgen. Das Zimmer war nicht ihr Zimmer, das Bett nicht ihr Bett. Nur ihre Gouvernante Roberta stand wie gewohnt vor ihr, mit einem Kleid über dem Arm, das glatte, scheitellos nach hinten gekämmte Blondhaar im Nacken geknotet, das Gesicht eine einzige, strenge Mahnung.

»Raus aus den Federn!«

»Wo … wo bin ich?«

»Hast du das wirklich vergessen?« Roberta schüttelte den Kopf. »Nachdem du dich so sehr darauf gefreut hast?«

Vicky blickte sich um. Ein heller Lichtstrahl brach durch einen Spalt zwischen zwei schweren Vorhängen, die von einer hohen stuckverzierten Zimmerdecke herabhingen. Natürlich, sie war auf dem Kontinent – die Europareise, die ihre Mutter und Onkel Georgie ihr zum Geburtstag geschenkt hatten!

Im selben Moment durchströmte sie ein herrliches Glücksgefühl, dasselbe freudig jauchzende Gefühl der Erwartung, das sie schon als kleines Mädchen verspürt hatte, wenn sie an einem Geburtstagsmorgen die Augen aufschlug. Konnte es etwas Schöneres geben, als in einer neuen, unbekannten Welt aufzuwachen, die nur darauf wartete, entdeckt zu werden?

Sie sprang aus dem Bett und eilte ans Fenster, um einen ersten

Blick auf diese Welt zu werfen. Am Abend bei der Ankunft hatte sie in der Dunkelheit ja kaum etwas gesehen.

Als sie die Vorhänge zurückzog, flutete heller Sonnenschein ins Zimmer. Mit beiden Armen öffnete sie die Fensterflügel, und während sie die frische Morgenluft in ihre Lungen strömen ließ, schaute sie hinaus auf den Vorplatz des Grandhotel Pupp, in dem sie wie die meisten englischen Kurgäste von Stand in Karlsbad logierte. Ein neuer, wunderbarer Tag brach an, voller aufregender, unvorhersehbarer Abenteuer! In dem böhmischen Kurort *à la mode* am Ufer der Tepl, fernab der Welt und doch mitten in Europa gelegen, kamen alljährlich Hunderttausende Kurgäste zusammen, aus allen Ländern des Kontinents, im Vertrauen auf die Heilkräfte der hier sprudelnden Quellen, die angeblich schon in der Römerzeit Gesundheit und Wohlergehen versprachen. Wer an diesen Ort kam, so die Fama, werde ihn geheilt verlassen.

Mit ihren siebzehn Jahren gedachte Vicky von den Kuranwendungen keinen Gebrauch zu machen, dafür aber umso mehr von den hier herrschenden Freiheiten. Anders als in London, wo ihre Mutter ein strenges Regiment führte und sie keinen Schritt ohne Roberta vor die Tür setzen durfte, konnten laut Baedeker junge, unverheiratete Frauen wie sie sich in Karlsbad ohne Aufsicht in der Öffentlichkeit zeigen. Die Kurpromenade stand in dem Ruf, eine Art Freilichtbühne zu sein, wo Fremde beiderlei Geschlechts einander so zwanglos begegneten wie sonst kaum irgendwo auf dem ohnehin sehr freizügigen Kontinent, und es hieß, dass unter den Kolonnaden Bekanntschaften gemacht würden, die nicht selten zu ausgelassenen Gelagen im Grünen führten und manchmal gar zu heimlichen Verabredungen *tête-à-tête* in den umliegenden Wäldern.

Noch aber herrschte Ruhe auf den Straßen, nur ein paar Frühaufsteher pilgerten mit ihren Schnabeltassen zu den Kuranlagen, vorbei an den mondänen Hotels und schmucken Privatpensionen, die sich wie Perlenschnüre an beiden Ufern des Flusses aneinanderreihten, während die träge dahinfließende Tepl mit ihren Lichtreflexen noch verschlafen in die Sonne blinzelte. Alles atmete einen so tiefen Frieden, als könnte es gar nicht anders sein. Dabei war es noch vor wenigen Wochen ungewiss gewesen, ob man die Reise überhaupt würde antreten können. Drei Kriege, in denen Deutschland sich einen Platz in der ersten Reihe unter den Nationen Europas erobert hatte, hatten den Kontinent ein Jahrzehnt lang in Angst und Schrecken versetzt, zuletzt in dem wütenden Völkerringen der Erbfeinde Deutschland und Frankreich, Höhepunkt einer jahrhundertealten Fehde, die nach der Niederlage der Franzosen im Winter dieses Jahres plötzlich wieder auszubrechen drohte, als der König von Preußen sich ausgerechnet in Versailles zum deutschen Kaiser hatte krönen lassen. Onkel Georgie, der Reisen hasste und England nur unter Protest verließ, hatte schon gehofft, dass das Schicksal ihm auf diese Weise die Reise ersparen würde und er in seinem geliebten London bleiben konnte. Doch dann hatten Deutschland und Frankreich nach langen, zähen Verhandlungen Frieden geschlossen, so dass die Menschen wieder aus ganz Europa nach Karlsbad reisten, um die Kur zu gebrauchen.

Vicky ließ ihren Blick über die Hügel auf der anderen Talseite schweifen. Irgendwo in den dunklen Wäldern musste sich der Dianaturm verbergen, wo sich laut Baedeker Liebespaare heimlich trafen, doch zu ihrem Missvergnügen konnte sie ihn nirgendwo entdecken.

Ob sie hier wohl auch Bekanntschaften machen würde, die zu einem Gelage im Grünen oder gar einem *Tête-à-tête* am Dianaturm führten?

»Da! Eine Nymphe!«

»Wo?«

»Da oben, am Fenster! Im Nachthemd!«

Zwei Bäckerjungen schauten lachend von der Straße herauf. Noch bevor Vicky reagieren konnte, zerrte Roberta sie vom Fenster fort.

»Jetzt aber Tempo! Deine Mutter und dein Onkel sind schon beim Frühstück.«

Die Mahnung zur Eile war überflüssig, Vicky konnte es ja selbst kaum erwarten, den neuen Tag zu beginnen. Sie beschränkte die Morgentoilette darum nur auf das Allernotwendigste: einmal schnell die Zähne geputzt und eine kurze Katzenwäsche – das musste heute reichen. Nachdem sie sich mit Robertas Hilfe angekleidet hatte, warf sie noch einen Blick in den Spiegel. Eigentlich hatte sie allen Grund, mit dem Anblick zufrieden zu sein: türkisfarbene Augen, schwarze Locken, voller roter Mund. Das Einzige, was sie an ihrem Aussehen störte, war die Tatsache, dass sie ihrer Mutter wie aus dem Gesicht geschnitten war.

Während Roberta die verstreut im Zimmer herumliegenden Kleidungsstücke auflas, trat Vicky hinaus auf den Flur. Um den Weg zum Frühstücksraum abzukürzen, nahm sie den Dienstbotenabgang. Erst jetzt spürte sie, wie hungrig sie war. Doch als sie im Erdgeschoss ankam, hörte sie plötzlich seltsame Laute. Was war das? Das Hoteläffchen Pippo, das gestern bei ihrer Ankunft in der Halle seine Faxen gemacht hatte? Hatte es sich womöglich aus seinem Käfig befreit?

Sie verharrte. Nein, das waren keine Tierlaute, das waren menschliche Stimmen, sie gehörten zwei Männern, die sich ein leises, gepresstes Wortgefecht lieferten, auf Deutsch und Französisch.

Durch die halb offene Tür eines Wirtschaftsraums sah sie die beiden, sie waren vielleicht sechs, sieben Jahre älter als sie: ein hübscher, zierlicher Franzose mit pechschwarzen Augen und ebensolchem Oberlippenbart und ein hochgewachsener, breitschultriger Deutscher mit glattrasiertem Gesicht und blondem Bürstenhaar.

Zwei Hotelangestellte?

Obwohl es sich ganz und gar nicht gehörte, trat Vicky näher, um zu lauschen – ihre Neugier hatte mehr Macht über sie als ihre gute Erziehung. Dank einer französischen Nanny, die sie bis zum zwölften Lebensjahr großgezogen hatte, und Roberta, die aus Berlin stammte und ausschließlich Deutsch mit ihr sprach, verstand sie jedes Wort. Die zwei Streithähne bekriegten einander mit so verbissener Wut, dass vor Vickys innerem Auge plötzlich Schlachtenbilder auftauchten, die sie aus der *Times* kannte, mit Heerscharen von Soldaten sowie Verwundeten und Toten – fast glaubte sie, den Kanonendonner zu hören und den Pulverdampf zu riechen!

2

VOM DONNER der Kanonen dröhnten Paul die Ohren, und der Pulverdampf brannte ihm in den Augen. Durchnässt bis auf die Haut, die Pickelhaube auf dem Kopf, spähte er mit dem Fernglas über den Rand des Schützengrabens. Wie ein feuerspeiender Drache erhob sich die Festung Metz mit ihren Türmen und Bollwerken in den grauen Himmel, von dem der Regen in Kübeln herabströmte, und während die Erde im Morast versank, feuerten die Franzosen aus allen Rohren.

Würden sie heute den Ausbruch wagen?

Paul hatte die Nacht kein Auge zugetan, und vor Hunger knurrte ihm der Magen. Drei Monate dauerte die Belagerung schon an, und dreimal hatten die Franzosen versucht auszubrechen.

Während ihm der Regen in den Nacken rann, stellte er die Schärfe seines Fernglases nach. Da flogen die Tore der Zitadelle auf, in Scharen stürmte der Feind aufs Feld, zu Hunderten, zu Tausenden, und überall blitzte Mündungsfeuer auf.

Dann ein ohrenbetäubender Knall, und gleich darauf ein Schlag, als würde die Erde bersten.

Auf einmal war alles schwarz und still.

Als Paul zu sich kam, schmerzte ihn jeder Muskel im Leib. Der Helm war ihm vom Kopf geflogen, in seinem Schädel hämmerte es wie in einer Schmiede, und auf den Lippen schmeckte er Blut. Hatte es ihn erwischt? Seine Lider waren schwer wie Blei, blinzelnd öffnete er die Augen. Um ihn herum lagen Tote und Verletzte, und mit gefletschten Zähnen grinste ihn das zerschossene Gesicht des Zahlmeisters an.

Aber er war davongekommen, er lebte!

Da ertönte die Stimme seines Kompaniechefs.

»Aaaaaattacke!«

Mit Gebrüll sprangen links und rechts von ihm Kameraden aus dem Graben. Mühsam rappelte er sich wieder auf, dann nahm er sein Gewehr und den Helm, und so schnell er konnte, kletterte auch er aus dem Graben, um den anderen hinterherzustolpern.

Sieg oder Tod!

Wie ein unablässig grollendes Gewitter drang der Geschützdonner in den Verschlag, der in der eingeschlossenen Festung als Küche für das Offizierscasino diente. Während Auguste sein Messer wetzte, um für General Bazaine und die Stabsoffiziere das letzte Fleischgericht zuzubereiten, wurde der Schlachtenlärm übertönt vom Meckern der Ziege, die er in der Küche gefangen hielt. Mit den Hörnern voran rannte das verängstigte Tier wieder und wieder gegen die Bretterwände, in der verzweifelten Hoffnung, seinem Schicksal zu entkommen.

Ahnte es, dass der Tod schon wartete?

Mit dem Daumen prüfte Auguste die Schärfe der Klinge. Zu Beginn der Belagerung hatte er noch aus dem Vollen schöpfen können, ein Planwagen mit Kisten voller Würste und Dosenfisch, Trockengemüse und Fleischextrakt, Branntwein und Kaffee hatte es vor der Einkesselung noch mit knapper Not in die Festung geschafft. Auch hatte er unweit der Zitadelle einen kleinen Bauernhof einrichten können, mit Hühnern und Enten und Gänsen, zwei Schweinen, einem Schaf sowie einer Ziege, und als die Fleischvorräte schrumpften, hatte er mit Erlaubnis des Kommandanten Kavalleriepferde geschlachtet – dank seines *pot-au-feu de cheval* galt das Offizierscasino als Feinschmeckeroase inmitten der verhungernden Stadt, in der zwanzigtausend Soldaten an der Ruhr daniederlagen. Doch irgendwann hatte es auch keine Pferde mehr gegeben, und jetzt, nach drei Monaten Belagerung, war nur noch diese eine Ziege als einziges Stück Schlachtvieh übrig. Auguste wollte sie zu einem Ragout verarbeiten, ein Ragout war ergiebiger als ein Braten. Am Morgen hatte er das Tier noch einmal gemolken, mit Wasser verdünnt konnte die Milch als Basis für eine Sauerampfersuppe wertvolle Dienste leisten.

Mit sicherem Griff packte er die Ziege. Doch als er ihr das Messer an die Kehle setzte, stutzte er.

Was war das? Der Geschützlärm war verstummt und einer unheimlichen Stille gewichen.

Irritiert schaute er zum Fenster hinaus.

Über der Zitadelle wehte eine weiße Fahne.

Das konnte nur eins bedeuten: General Bazaine hatte kapituliert.

3

»JA, LEUTE totschießen, das könnt ihr! Mörder seid ihr! Barbaren!«

»Ihr habt den Krieg angefangen, nicht wir! Wir haben uns nur verteidigt!«

»Schon euer Essen! Das verfüttert man bei uns nicht mal an die Schweine!«

»Ihr seid ja nur schlechte Verlierer! Weil wir euch den Arsch versohlt haben!«

»Sale boche!«

»Elender Küchenschwengel!«

Bei dem letzten Wort explodierte der Franzose. Obwohl er einen Kopf kleiner war, sprang er dem Deutschen an die Gurgel.

Ohne zu überlegen, was sie tat, fuhr Vicky dazwischen: *»Arrêtez!* Aufhören! Alle beide! *Tout de suite!*«

Zu ihrer Überraschung hielten beide tatsächlich inne.

»Bitte verzeihen Sie, gnädiges Fräulein«, sagte der Deutsche, sichtlich verlegen. »Wir hatten ja keine Ahnung, dass man uns hören kann …«

»*Oui,* Mademoiselle«, pflichtete der Franzose bei, »es ist uns sehr peinlich. *Mille fois pardon …*«

Energisch trat Vicky auf die zwei zu. »Sie sollten sich schämen, meine Herren. Ist es nicht genug, dass Ihre Soldaten sich fast ein Jahr lang gegenseitig totgeschossen haben?« So streng sie konnte, blickte sie erst den Franzosen, dann den Deutschen an. »Ihrem Alter nach müssten Sie wohl dabei gewesen sein? Habe ich recht?«

Die beiden verstummten.

»Und«, fragte sie. »Hat Ihnen das Vergnügen bereitet?«

»Vergnügen? Nein!«

»Wie kommen Sie darauf?«

»Weil Sie offenbar immer noch nicht genug davon haben.«

Der Deutsche lief rot an, und der Franzose schlug die Augen nieder. Vicky registrierte es mit Genugtuung.

»Erkenne ich da eine gewisse Einsicht? Bravo, meine Herren! Offenbar haben Sie begriffen, wie kindisch Ihr Verhalten war. Dann kann ich ja jetzt beruhigt frühstücken.«

Sie wollte sich abwenden, aber der Franzose hielt sie zurück.

»Bitte noch einen Moment, Mademoiselle.«

»Was denn noch? Mir knurrt der Magen.«

»Geben Sie uns die Möglichkeit, unseren Fehler wiedergutzumachen.«

»Ja, das wäre auch in meinem Sinn«, fiel der Deutsche ein. »Als Reparationsleistung, sozusagen.«

Beide lächelten sie an, der Franzose mit einem Augenzwinkern, der Deutsche leicht verlegen, doch das machte sein Lächeln nur noch reizender. Konnte es sein, dass die zwei mit ihr flirteten? Vicky war entzückt. Offenbar hatte der Baedeker nicht zu viel versprochen!

Einen Moment dachte sie nach, dann sagte sie: »Würden die Herren mir bitte verraten, in welcher Eigenschaft Sie hier im Hause tätig sind?«

»Meine Aufgabe ist es, für das leibliche Wohl der Gäste zu sorgen«, erklärte der Franzose.

»Das heißt, Sie sind Koch?«

»Mit Leib und Seele, Mademoiselle.«

Sie wandte sich an den Deutschen. »Und Sie?«

»Ich leite den Bau des neuen Ballsaals. Aber warum fragen Sie?«

»Weil ich eine Idee habe, wie Sie Ihren Fauxpas wiedergutmachen können.«

»Nämlich?«

»Nicht jetzt«, sagte sie. »Ich werde an der Rezeption die nötigen Anweisungen für Sie hinterlegen. Allerdings bräuchte ich dafür Ihre Namen.«

Der Deutsche machte eine etwas ungelenke Verbeugung. »Paul Biermann.« Dabei lächelte er wieder sein schüchternes Lächeln, das ihm wirklich ausgezeichnet stand.

Noch während sie sein Lächeln erwiderte, nahm der Franzose ihre Hand und deutete einen Handkuss an. »Auguste Escoffier. Aber ›Auguste‹ bitte in der französischen Aussprache – *Ogüüüst*. Mit Betonung auf der zweiten Silbe und ohne ›e‹ am Ende.«

4

DIE NÄCHSTEN zwei Tage kamen Vicky vor wie eine Ewigkeit. Ob bei den Mahlzeiten im Hotel, beim Spaziergang im Kurpark oder auf der Promenade, beim Kurkonzert oder bei den Wasserkuren, zu denen sie sich entschloss in der Hoffnung, auf diese Weise ihrer inneren Unruhe Herr zu werden – wo immer sie ging und stand, hatte sie nur einen Gedanken: Was würde am dritten Tag passieren?

Wie angekündigt, hatte sie an der Rezeption zwei Billetts für ihre Kavaliere hinterlegt. Darin hatte sie diesen nicht nur mitgeteilt, welche Reparationsleistungen sie erwartete, sondern sie auch zur Ausführung der Wiedergutmachung an jenen Ort bestellt, der für sie Inbegriff von Freiheit und Abenteuer war.

Obwohl sie am Morgen des dritten Tags überpünktlich zum Frühstück erschien, saß ihre Mutter bereits am Tisch. Sie sahen einander tatsächlich zum Verwechseln ähnlich, nur dass sich in das Gesicht der Mutter die Sorgen und Nöte eines bereits zweiundvierzig Jahre währenden Lebens eingeprägt hatten, von denen in Vickys Zügen noch keine Spur zu finden war. Dafür war die Mutter umso perfekter frisiert und geschminkt, ganz die große Dame, als die sie in London auftrat. Ihr gegenüber am Tisch saß ihr jüngerer Bruder, Onkel George, von jedermann »Georgie« genannt, ein Dandy mit extravagantem, braun-weiß gestreiftem Leinenanzug, der gerade mit ausgesuchten Manieren sein Porridge zu sich nahm, auf dem er wie überall auf ihrer Europareise anstelle des kontinentalen Frühstücks bestanden hatte.

Die zwei sprachen von ihren Plänen für den Tag, doch Vicky war unfähig, dem Gespräch zu folgen. Um elf am Dianaturm … Während sie vor Aufregung kaum einen Bissen runterbekam, verkündete die Mutter, dass sie eine Konzertmatinée besuchen wolle – ob jemand sie begleite? Onkel Georgie zeigte wenig Neigung, er sei auf der Kurpromenade verabredet.

»Du weißt ja, die heilenden Kräfte der hiesigen Quellen.«

»Ja, ja. Vermutlich dargereicht von der hübschen Balletteuse, die du gestern Abend in der Garderobe mit einem Armvoll Rosen aufgesucht hast.«

»Wie gut du mich doch kennst, liebe Schwester.«

Die Mutter köpfte ihr Frühstücksei. »Bist du nicht langsam zu alt für diese Junggesellenallüren? Wann wirst du endlich eine Familie gründen?«

Onkel Georgie zog sein unschuldigstes Unschuldsgesicht. »Warum sich mit einer einzelnen Rose begnügen, wenn Gott in seiner Güte Abermillionen erblühen ließ?«

Die Mutter verdrehte die Augen. »Und du?«, wandte sie sich an Vicky. »Was sind deine Pläne?«

Vicky hatte mit der Frage gerechnet, und so beiläufig wie möglich trug sie ihre vorbereitete Ausrede vor: »Ich denke, ich nehme an der Waldführung teil, die die Kurdirektion für heute angekündigt hat. Eine Erkundung der hiesigen Flora und Fauna. Das wird wohl mehrere Stunden in Anspruch nehmen.«

Die Mutter, die gerade ihren Eierlöffel zum Mund führte, hielt in der Bewegung inne. »Seit wann interessierst du dich für die Natur? Das ist doch gar nicht deine Art!«

Vicky fürchtete, unter dem Blick der Mutter zu erröten, doch zum Glück kam Onkel Georgie ihr zu Hilfe. »Das ist doch ein Grund zur Freude, Schwesterherz! Deine Tochter kommt ins heiratsfähige Alter, da wird es höchste Zeit, dass sie alles über das Leben der Bienen und Schmetterlinge erfährt.«

»Hältst du wohl deinen Mund? Das Thema ist zu ernst für deine Albernheiten. Es geht um Vickys Zukunft!«

Bei der Replik ihrer Mutter bekam Vicky plötzlich Angst vor der eigenen Courage. Vor lauter Vorfreude auf ihr Abenteuer hatte sie keinen Gedanken daran verschwendet, wie abenteuerlich dieses Abenteuer womöglich werden könnte. War sie verrückt gewesen, sich mit zwei wildfremden Ausländern zu verabreden? Ohne Begleitung? Auf einmal erschien ihr ein Kurkonzert gar nicht so unattraktiv. Man würde Werke von Johann Strauß Vater und Sohn zu Gehör bringen, und dabei ließ sich wunderbar träumen. Doch andererseits, wenn sie sich vorstellte, dass sie den Tag mit Träumen verbringen würde, während am Dianaturm vielleicht das wirkliche Leben auf sie wartete … Wie immer, wenn sie in Entscheidungsnot war, suchte sie im Geist Rat bei ihrem verstorbenen Vater. Und wie immer hatte der eine Idee: Wahrscheinlich war es ihren Kavalieren ja gar nicht möglich, zu der Verabredung zu erscheinen. Die zwei waren ja nicht zum Vergnügen in Karlsbad, sie mussten arbeiten, um Geld zu verdienen. Und selbst wenn sie sich freinehmen könnten, war ihnen inzwischen sicher bewusst geworden, wie ungehörig ein solches Treffen wäre –

die Herren waren ja weit unter ihrem Stand … Nein, es war doch sehr, sehr unwahrscheinlich, dass das Rendezvous *à trois* stattfinden würde … Bei dem Gedanken beruhigte sie sich ein wenig, doch eine Frage blieb: Wie sollte sie herausfinden, ob es so war oder nicht?

Während die Mutter sich wie nach jeder Mahlzeit eine Verdauungszigarette anzündete und Onkel Georgie sich in die *Times* vertiefte, um die nächste Stunde wenigstens im Geiste in London zu verbringen, verließ sie den Frühstückstisch, um sich Gewissheit zu verschaffen. Doch als sie die ganz in Rosa und Stuck und Marmor gehaltene Eingangshalle betrat, herrschte dort große Aufregung. Das Äffchen Pippo war aus seinem Käfig ausgebrochen, verzweifelt suchten die Portiers und Pagen nach dem kleinen Faxenmacher, aber der war wie vom Erdboden verschwunden.

Es dauerte darum eine gehörige Weile, bis jemand Zeit für Vicky und ihr Anliegen hatte. Doch ihre Hoffnung, dass ihre Kavaliere ihr die Entscheidung abgenommen hätten, erfüllte sich nicht. Monsieur Escoffier und Herr Biermann, so die Auskunft des Chefportiers, hatten ihre Billetts schon vor drei Tagen abgeholt – kaum dass Vicky diese an der Rezeption deponiert hatte.

5

OHNE NOCH einmal auf ihr Zimmer zurückzukehren, machte Vicky sich auf den Weg. Da dieser durch den Wald führte, hatte sie ihre Stiefeletten, mit denen es sich so wunderbar über die Kurpromenade stöckeln ließ, schon vor dem Frühstück gegen derbes Schuhwerk getauscht, das zum Glück unter ihren bodenlangen Röcken verschwand, so dass ihre Mutter und Onkel Georgie keinen Verdacht hatten schöpfen können. Der Dianaturm befand sich auf einer Anhöhe, die sich unmittelbar hinter dem Hotel erhob – kein Wunder, dass sie ihn von ihrem zum Fluss hinausgehenden Zimmer nicht gesehen hatte. Als sie sich an der Rezeption nach dem Turm erkundigt hatte, hatte der Portier ihr verschwörerisch zugezwinkert, doch ein einziger Blick hatte genügt, um ihn in die Schranken zu weisen, so dass er sich im Nu wieder in den dienstbaren Geist zurückverwandelte, der zu sein seiner Stellung entsprach, und statt sich weiter eine Vertraulichkeit anzumaßen, die Vicky ihm unmöglich zugestehen konnte, hatte er ihr wortreich zur Wahl ihres Ausflugsorts gratuliert – die Aussicht von dem Turm sei eine ganz und gar außerordentliche, und wer sie nicht kenne, der sei ja gar nicht wirklich in Karlsbad gewesen.

Der Aufstieg auf den Hügel war am bequemsten von einer Gasse aus zu erreichen, die sich an den Vorplatz des Hotels anschloss, doch um unnötiges Aufsehen zu vermeiden, verließ Vicky das Gebäude durch den Hinterausgang, von wo aus eine Folge steiler Treppen hinauf in den Wald führte. Mit jeder Stufe, die sie erklomm, schlug ihr Herz ein bisschen schneller. In London war sie keine Sekunde am Tag wirklich frei; sobald sie das Haus verließ, folgte Roberta ihr wie ein Schatten, die Gouvernante brachte sie zur Tanzstunde und zum Musikunterricht und holte sie von dort auch wieder ab; jedes Buch, das sie las, wurde kontrolliert; und damit sie auch zu Hause keinen unbestimmten oder gar gefährlichen Gedanken nachhing, hielt man sie fortwährend an, Klavier zu üben oder zu sticken oder zu zeichnen oder fremde Sprachen oder Kunst- und Literaturgeschichte zu lernen. Doch hier im Wald herrschte nichts als Natur. Geheimnisvoll duftete es nach Moos und Tannen, kühle und warme Abschnitte wechselten zwischen den Laub- und Nadelbäumen einander ebenso ab wie Licht und Schatten, und während der elastische Waldboden unter den Füßen zu federn schien und sie mit gerafften Röcken den Hang hinaufeilte, fühlte sie sich so frei wie die Vögel, deren Zwitschern sie auf ihrem Weg begleitete. Natürlich war es verrückt, sich heimlich mit zwei Männern zu treffen, die nicht nur weit unter ihrem Stand, sondern ihr auch vollkommen fremd und obendrein Ausländer waren. Aber war es deshalb falsch? Nein, sie war schließlich hier, um Abenteuer zu erleben, und sie wusste, später würde sie es bitterlich bereuen, wenn sie auf ein solches Abenteuer verzichtete, nur weil sie sich nicht traute. Denn am Ende des Lebens, so hatte sie mal in einem Roman gelesen, bereue jeder Mensch weniger das, was er getan, als was er nicht getan habe.

Was würde sie am Dianaturm erwarten?

Sie war von dem Aufstieg leicht erhitzt, als sie die Lichtung erreichte, die sie in ihren Billetts angegeben hatte. Sie hatte darin als »Reparationsleistung« ein Picknick verlangt – der Franzose sollte für Speisen und Getränke sorgen, der Deutsche für die Bequemlichkeit und Unterhaltung. Doch als sie sah, was die beiden vorbereitet hatten, gingen ihr die Augen über: Das war kein Picknick, sondern ein veritables *Déjeuner*. Auf einer Wiese war eine so große Decke ausgebreitet, dass man sich bequem zu dritt darauf niederlassen konnte, dahinter war eine Stellage aufgeschlagen, auf der ein Dutzend Tiegel und Töpfe in der Sonne blitzten, flankiert von feinstem Porzellan und Silberbesteck, während auf einem Tisch im Schatten mehrere mit Kühlmanschetten versehene Flaschen samt Gläsern bereitstanden.

»Herzlich willkommen!«

»Soyez la bienvenue!«

Vicky hätte am liebsten vor Freude gejauchzt, doch das kam natürlich nicht in Frage. Während sie ein Gesicht zog, als hätte sie nichts anderes erwartet, verbeugten sich ihre Kavaliere wie Schauspieler auf einer Theaterbühne. Die zwei hatten nicht nur den Ort, sondern auch sich selbst herausgeputzt: Auguste trug eine schwarze Samtjacke und dazu ein ebenfalls schwarzes Samtbarett, Paul ein kariertes Sportsakko sowie Knickerbocker. Die Vorstellung, dass die beiden sich für sie derart ins Zeug gelegt hatten, schmeichelte Vicky mehr, als sie sich eingestehen mochte – und machte ihr gleichzeitig ein kleines bisschen Angst. Was, wenn die Herren »Absichten« hatten? Für einen Moment musste sie an ein Ölgemälde denken, das sie vor Jahren bei einem Parisbesuch gesehen hatte: zwei elegant gekleidete

Männer bei einem Picknick im Grünen, und zwischen ihnen eine splitternackte Frau. Ein Künstler namens Manet oder Monet hatte es gemalt, sie konnte die Namen nie auseinanderhalten.

Aber die Verunsicherung dauerte nur eine Sekunde. Unsinn, sie war schließlich das Gegenteil von splitternackt! Sie trug eine hochgeschlossene, doppelt geknöpfte Rüschenbluse und dazu ein halbes Dutzend Röcke, die nicht nur ihre Waden, sondern auch ihre Knöchel bedeckten – und darunter eine so enge Korsage, dass es ihr nur mit Mühe gelang, sich einigermaßen anmutig auf der Decke niederzulassen. Noch während sie versuchte, eine irgendwie bequeme Stellung einzunehmen, reichte Auguste ihr schon einen Teller mit etwas darauf, das wie ein Törtchen aussah.

»Bon appétit!«

Mit der Hand führte sie den Bissen zum Mund. Im nächsten Moment war alles andere vergessen. So etwas Köstliches hatte sie ihr Lebtag nicht gegessen! Sie hatte keine Ahnung, was das war, ein Törtchen war es jedenfalls nicht, es war nicht süß, sondern salzig, aber das war völlig egal. So musste es im Schlaraffenland schmecken!

Mit großen Augen schaute sie den Koch an: »Sie sind ja ein Künstler!«

Auguste warf Paul einen triumphierenden Blick zu, um dann mit gespielter Bescheidenheit das Kompliment zurückzuweisen: »Nur ein kleines *Amuse bouche*, nicht der Rede wert.«

Noch während Vicky das Glas nahm, das Paul ihr reichte, servierte Auguste ihr schon den nächsten Leckerbissen. »Machen Sie mir *la joie*, auch diese *petitesse* zu kosten«, forderte er sie in seinem charmanten deutsch-französischen Kauderwelsch auf.

Sie konnte es kaum fassen, aber der zweite Happen war noch köstlicher als der erste. Wie war das möglich? Eine Delikatesse folgte auf die andere, so dass sie aus dem Staunen gar nicht mehr herauskam. Auguste wartete ihr mit immer wieder neuen, überraschenden Kompositionen auf, die er ihr in winzig kleinen, mundgerechten Portionen darreichte, als habe er Angst, sie könne vorzeitig den Appetit verlieren. Doch sollte dies seine Sorge sein, war sie ganz und gar unangebracht. Gleichgültig, ob kalt oder warm, Gemüse oder Salat, Fisch oder Fleisch – jeder Gang war eine solche Offenbarung, dass Vicky gar nicht genug davon bekommen konnte.

Der letzte Höhepunkt war ein Dessert, das sich wie eine die Sinne verwirrende Symphonie von Aromen in ihrem Mund entfaltete.

»Sie müssen mir unbedingt das Rezept verraten«, bat sie.

Zu ihrer Verblüffung schüttelte Auguste den Kopf. »Diesen Wunsch kann ich Ihnen leider nicht erfüllen. Beziehungsweise erst, wenn auch Monsieur Biermann seinen Beitrag geleistet hat.«

»Ach ja, die Unterhaltung! Die hätte ich fast vergessen!« Vicky drehte sich zu Paul herum. »Darf ich fragen, was Sie für uns vorbereitet haben?«

Paul, der sich die ganze Zeit im Hintergrund gehalten hatte, um nur hin und wieder die Gläser nachzufüllen, wurde sichtlich verlegen und sein großes, freundliches Gesicht lief rot an. »Ich fürchte, nach Herrn Escoffiers Demonstration kann ich Sie nur enttäuschen. Leider spiele ich kein Instrument, und irgendwelche Kunststücke beherrsche ich auch nicht.«

Vicky war in der Tat enttäuscht. »Dann muss ich wohl feststellen, dass Sie Ihren Part nicht erfüllt haben«, sagte sie.

Ein Zucken ging durch sein Gesicht. In der Hoffnung, dass er vielleicht nur gescherzt hatte, um doch noch mit einer Darbietung aufzuwarten, erwiderte sie seinen Blick. Doch ihre Hoffnung war vergebens. Eine Entschuldigung stammelnd, wandte er sich ab und entfernte sich in Richtung Wald, steif und ungelenk.

Kopfschüttelnd schaute sie ihm nach. Wie schade, er hatte doch ein so hübsches Lächeln.

»Voilà les allemands ...«

Auguste sprach aus, was Vicky insgeheim dachte: Ja, so waren sie, die Deutschen – fleißig und bemüht, aber leider auch ein bisschen langweilig. Während Paul zwischen den Bäumen verschwand, wandte sie sich wieder ihrem ersten Kavalier zu.

»Nun, dann wird es wohl Ihre Aufgabe sein, mich zu unterhalten, Monsieur Escoffier. Amüsieren Sie mich, seien Sie brillant. Schließlich sind Sie Franzose.«

Auf eine solche Aufforderung schien Auguste nur gewartet zu haben. Sprühend vor Esprit und Charme, zählte er die Verlustierungen auf, die rund um den Dianaturm möglich waren. Angeblich gab es in der Nähe eine Schmetterlingssammlung, deren Besuch sich unbedingt lohne – in ihrer bunten Flatterhaftigkeit seien die possierlichen Tierchen geradezu pariserisch. Auch könne man Blumen pflücken, Beeren sammeln, vielleicht sogar Pilze? Wobei man dafür allerdings, fügte er mit einem bedeutungsvollen Blick aus seinen schwarzen Augen hinzu, sehr, sehr tief in den Wald eindringen müsse.

Vicky spürte die Absicht und war für eine Sekunde verstimmt.

»Nein, nein, Monsieur, das kommt nicht in Frage. – Oder?«

Das letzte Wort war ihr ohne eigenes Zutun rausgerutscht. Auguste quittierte es mit einem Grinsen, um nur eine Sekunde später eine übertrieben zerknirschte Miene aufzusetzen.

»Bitte verzeihen Sie meine *fauxpas*. Meine einzige *excuse est votre beauté*.«

Sogleich war Vicky wieder versöhnt. Konnte ein Mann sich charmanter für ein Vergehen entschuldigen als mit der Schönheit der Frau, die ihn dazu verleitet hatte?

»Und was machen wir jetzt?«, fragte sie.

»Steigen wir auf den Dianaturm. Die Aussicht ist *phantastique!*«

»Eine gute Idee! Vielleicht entdecken wir die Göttin ja sogar bei der Jagd.«

»Das wird kaum möglich sein«, erwiderte er. »*Parceque* … ich habe die Göttin schon entdeckt. Sie sitzt ja vor mir, *vis-à-vis*.«

Dabei schaute er ihr noch tiefer in die Augen, und als wäre es das Selbstverständlichste der Welt, nahm er ihre Hand, um ihr aufzuhelfen. Aber sie stand kaum auf den Beinen, da ertönte aus dem Wald ein ohrenbetäubendes Tschinderassabum. Was in aller Welt war das? Irritiert drehte sie sich um. Paul war zurückkehrt, aber er war nicht allein, an einer Leine führte er das Hoteläffchen bei sich, Pippo. Mit Frack und Zylinder ausstaffiert, schlug das Tier zwei Becken gegeneinander, dass es nur so schepperte.

»Was für eine reizende Idee!«, lachte Vicky.

Auguste hingegen schien weniger amüsiert. Mit offenem Mund blickte er auf seinen Rivalen, und noch bevor er den Mund wieder zubekam, drückte Paul ihm die Leine in die Hand.

»Würdest du dich bitte um den Herrn Kapellmeister kümmern?«

Mit einer Verbeugung, die weder steif noch ungelenk war, sondern überraschend geschmeidig und elegant, forderte er Vicky zum Tanz auf. Immer noch lachend raffte sie ihre Röcke, und mit einem angedeuteten Hofknicks willigte sie ein. Offenbar war dieser Deutsche doch nicht so langweilig, wie sie für einen Moment gedacht hatte. Beherzt ergriff er ihre Hand und umfasste gleichzeitig mit seiner Rechten ihre Taille, um sie zu der Höllenmusik des Äffchens in eine erste Drehung zu führen. Vicky spürte ein wunderbares Kribbeln. Trotz seines massigen Körpers erwies sich dieser deutsche Hüne als ein überaus leichtfüßiger Tänzer, der sie ebenso sicher wie einfühlsam führte. Die Augen unverwandt auf sie gerichtet, drehte er sie im Kreise, immer wieder und wieder, immer schneller und schneller, bis ihr schwindlig wurde vor lauter Tanzen und Drehen und Kreisen und sie beide schließlich lachend ins Gras fielen, während Pippo weiter Becken schlagend um sie herumhüpfte.

6

ALLES WAR still, nur das Zirpen der Grillen war in der Nachmittagssonne zu hören, die hell und warm auf die Lichtung herabflutete. Angenehm müde vom Essen und vom Wein ruhte Vicky zusammen mit Paul und Auguste auf der Decke im Gras. Unten im Tal schlängelte sich der Fluss zwischen den Waldhängen entlang, gesäumt von den Straßenzügen des Kurortes. Winzig klein und fern und lautlos erschien von hier oben das sonst so aufregende Treiben auf der Promenade. Die ganze Welt atmete Glückseligkeit. Sogar das Äffchen, angeleint an einem Baumstamm, machte Pause und tat sich an einer Banane gütlich.

»Warum haben Sie sich im Hotel eigentlich so fürchterlich gestritten?«, fragte Vicky in die Stille hinein. »Offenbar sind Sie doch Freunde.«

»Das sind wir auch«, erklärte Paul. »Wir teilen uns sogar dasselbe Zimmer. Nur wenn die Rede auf die Politik kommt, dann …«

»Dann keine Politik! Es ist alles gerade so friedlich.«

»Aber wenn die Deutschen immer wieder Krieg anfangen?«

»Von wegen, die Deutschen. Ihr Franzosen habt uns den Krieg aufgezwungen!«

»*Assez!*«, fuhr Vicky dazwischen. »Alle beide!« Sie blickte sie der Reihe nach an. Dann fügte sie sanfter hinzu: »Mir zuliebe. Bitte …«

Die zwei zogen die Köpfe ein.

»*D'accord.*«

»Einverstanden.«

»Danke«, sagte sie. »Viel mehr als die dumme Politik würde mich nämlich etwas ganz anderes interessieren.« Sie zögerte einen Moment, aus Sorge, vielleicht zu indiskret zu sein. Doch einmal mehr war ihre Neugier stärker als ihre gute Erziehung. »Warum haben Sie eigentlich Paris verlassen, Monsieur Escoffier? Paris ist doch die schönste Stadt der Welt.«

»*Je suis ravi* von Ihre Meinung«, antwortete Auguste. »Ja, Paris ist wunderbar, und es ist ein Privileg, dort zu leben. Aber nach dem Krieg ging es in der Stadt drunter und drüber, überall wurde gekämpft – jeder gegen jeden! Republikaner gegen Monarchisten, Kommunarden gegen Polizisten, Bürger gegen Soldaten. Wie sollte ich mich da auf das konzentrieren, was für mich das Wichtigste ist?«

»Und was ist für Sie das Wichtigste?«

»Kochen natürlich!«

Für eine Sekunde war Vicky enttäuscht, von einem Franzosen hätte sie eine andere Antwort erwartet. Doch bevor sie etwas entgegnen konnte, sprach Auguste weiter.

»Jetzt hat sich Gott sei Dank die Lage beruhigt. Und sobald hier die Saison vorbei ist, fahre ich zurück nach Paris, um meine erste Stelle als Küchenchef anzutreten – in einem der besten Restaurants der Stadt«, fügte er mit sichtlichem Stolz hinzu.

»Dann wünsche ich Ihnen alles Glück dieser Welt, von Herzen.« Sie schenkte ihm ein Lächeln, dann drehte sie sich zu Paul herum. »Und Sie, Herr Biermann – zieht es Sie auch wieder in die Heimat?«

»Allerdings«, erwiderte er. »Doch erst mache ich noch Station in Wien. Ich weiß nicht, ob Sie davon gehört haben, aber in zwei Jahren findet dort die Weltausstellung statt. Da werden jede Menge Bauingenieure gebraucht. Ich kann dort sehr viel lernen, und Lernen ist das Wichtigste überhaupt, wenn man vorankommen will!«

Bei dem Stichwort Weltausstellung biss Vicky sich auf die Lippe. Und ob sie davon gehört hatte! Die allererste Weltausstellung, 1851 im Londoner Hyde Park, war ja nur möglich gewesen, weil ihr Großvater Joseph Paxton das dafür nötige Gebäude konstruiert hatte, den weltberühmten Kristallpalast, ein gigantisches, überdimensioniertes Gewächshaus aus Glas und Stahl, das fast zehnmal so groß war wie der Petersdom in Rom und in einer Rekordzeit von nur drei Monaten errichtet worden war und deshalb als das größte Wunderwerk der Ausstellung überhaupt gegolten hatte. Obwohl alles in ihr danach drängte, die Geschichte zu erzählen, beherrschte sie sich. Man würde sonst glauben, sie wolle sich produzieren, und das keineswegs zu Unrecht.

»Ist es nicht wunderbar«, fragte sie stattdessen, »wenn die Menschen, statt sich gegenseitig nach dem Leben zu trachten, zu einem solchen Völkerfest zusammenkommen? Um all die Wunderwerke zu feiern, die der Fortschritt hervorgebracht hat? Ich glaube, wir wissen gar nicht, in was für herrlichen Zeiten wir leben.«

Auguste und Paul drehten verwundert die Köpfe zu ihr herum.

»Was schauen Sie mich so an?«, fragte sie. »Nach zehn Jahren Krieg in Europa herrscht auf dem ganzen Kontinent Frieden – was für ein Geschenk! Niemand muss sich mehr totschießen lassen, jeder braucht sich nur noch um sein eigenes Vorankommen zu kümmern. – Apropos«, wandte sie sich an Paul. »Was sind Ihre Pläne, wenn Sie nach Ihrer Station in Wien nach Berlin zurückkehren?«

Bei der Frage ging ein Leuchten durch sein Gesicht. »Berlin wird sich verändern wie keine andere Stadt in Europa. Eine Metropole wird entstehen, die es vielleicht schon bald mit London und Paris aufnehmen kann. Da will ich dabei sein!«

Vicky nickte. »Die Entstehung einer neuen Welt, was für ein großartiger Gedanke.« Sie richtete ihren Blick auf Auguste. »Und was ist Ihr Traum?«

Auguste zögerte keine Sekunde. »Ich werde die französische Kochkunst von Grund auf erneuern, um sie in alle Welt hinauszutragen.«

»Oh, wollen Sie etwa die ganze Menschheit füttern?«

»Allerdings. Ich kann mir nichts Schöneres vorstellen. Menschen aller Völker und Nationen, die an meinem Tisch zusammenkommen, um miteinander zu genießen, was ich für sie zubereite, an meinem Herd, mit meiner Kunst.«

In seiner Stimme lag solcher Ernst, dass Vicky ihre ironische Frage bereute. »Sie haben recht, das ist wirklich eine schöne Vorstellung.« Sie hielt für einen Moment inne, dann fügte sie leise hinzu: »Weil, solange Menschen miteinander essen, schießen sie nicht aufeinander. Dann gäbe es vielleicht nie wieder Krieg …« Aus Angst, etwas Dummes oder Peinliches zu sagen, verstummte sie.

Wie konnten zwei Männer, die so weit unter ihr standen, so wunderbare Träume haben? Obwohl sie wusste, dass es sich nicht gehörte, fasste sie nach links und rechts und ergriff ihre Hände.

»Dann haben Sie ja beide wirklich Einzigartiges vor …«

Eine Weile blieben sie so sitzen, Hand in Hand, ohne dass es jemandem peinlich oder dumm oder ungehörig erschien, in stummem, wortlosem Einverständnis verbunden, während um sie herum die Grillen zirpten und unten im Tal die Fluten der Tepl in der Sonne funkelten.

»Und Sie«, fragte Paul irgendwann, »was sind *Ihre* Pläne, wenn Sie wieder in London sind?«

»Meine Pläne?« Die Frage kam so überraschend, dass Vicky keine Antwort einfiel.

»Mais quelle question?«, kam Auguste ihr zu Hilfe. »Wozu blüht die Blume? Um die Welt zu verschönern! Sie muss nur da sein, mehr nicht.« Er beugte sich über ihre Hand, um sie zu küssen. *»N'est-ce pas?«* Lachend schlug er die Augen zu ihr auf.

Charmiert fiel Vicky in sein Lachen ein – doch nur einen Moment. War das wirklich genug? Einfach nur da sein? Ein seltsam unwohles Gefühl beschlich sie, eine Mischung aus Verunsicherung und Beschämung.

»Was ist?«, fragte Paul. »Ist Ihnen nicht gut?«

»Nein, nein! Wie kommen Sie darauf?« Entschiedener, als ihr zumute war, schüttelte sie den Kopf. »Aber warten Sie, ich habe etwas für Sie – für Sie beide.« Sie öffnete den kleinen Nécessaire-Beutel, den sie am Handgelenk trug, und holte zwei Münzen daraus hervor, um sowohl Paul als auch Auguste eine zu geben. »Ein Glückspenny für Sie. Damit Ihre Träume in Erfüllung gehen. Und Sie diesen Tag niemals vergessen.«

TEIL EINS

Fraises Victoria

1873

1 WIE DAS Skelett eines Riesen ragte die noch im Rohbau befindliche Rotunde, der größte Kuppelbau der Welt und schon jetzt Wahrzeichen der Wiener Weltausstellung, in einen dunklen, wolkenverhangenen Himmel hinauf, als Paul aus dem Pumpwerk ins Freie trat. Das Pumpwerk war das Herzstück der unterirdischen Wasserleitungsanlagen, für dessen Installation er seit nunmehr anderthalb Jahren wie ein Maulwurf im Erdreich wühlte, zusammen mit einem Dutzend anderer Ingenieure sowie Hunderten Arbeitern. Dieses absolut neuartige, dem Auge verborgene Röhrensystem sollte, einmal in Betrieb genommen, das ganze Ausstellungsgelände mit dem Lebenselixier Wasser versorgen. Wasser war nicht nur für die Pflege der Gartenanlagen mit ihren Blumen und Pflanzen und Grünflächen unverzichtbar, sondern auch für die gastronomischen Betriebe und die sanitären Einrichtungen. Wasser würde zur Erfrischung der Besucher gebraucht, Wasser sollte zur allgemeinen Ergötzung aus Brunnen und Fontänen sprudeln, und schließlich musste Wasser für den Fall einer Feuersbrunst in dreihundert Spritzen und Hydranten eingespeist werden, die in den Ausstellungshallen sowie in den Außenbereichen zur Brandbekämpfung bereitstanden.

Heute allerdings war der Ausbruch einer Feuersbrunst so wenig wahrscheinlich wie eine plötzliche Dürre. Obwohl bereits der März angebrochen war, war der Winter noch einmal zurückgekommen, seit einer Woche ging ein mit nassschweren Schneeflocken vermischter Dauerregen auf Wien nieder, um das Gelände der Weltausstellung in einen einzigen Sumpf zu verwandeln. Eine Katastrophe angesichts des Zeitdrucks, unter dem die Arbeiten standen – in weniger als zwei Monaten, am 1. Mai, sollte das Völkerfest beginnen, und noch kein einziger Pavillon war bezugsfertig.

Ganz Wien betete darum für besseres Wetter, und im Stephansdom wurden Messen abgehalten, um die himmlischen Mächte um Beistand zu bitten. Schon nach der ersten Weltausstellung 1851 in London hatte sich in der k. u. k. Monarchie der Wunsch geregt, eine solche industrielle Musterschau zur Förderung der heimischen Wirtschaft in der Hauptstadt Wien zu veranstalten, doch war das Vorhaben den Wirren des damaligen Krieges gegen die Deutschen sowie der üblichen kakanischen Saumseligkeit zum Opfer gefallen, so dass 1867, ausgerechnet im Jahr des Zusammenschlusses der österreichisch-ungarischen Monarchie, Paris statt Wien den Zuschlag erhalten hatte, und es wäre vielleicht für alle Zeit bei dem frommen Wunsch geblieben, hätte nicht auch London sein Interesse für die nächste Veranstaltung im Jahr 1873 bekundet. Ja, Konkurrenz belebt das Geschäft, sogar an der schönen, blauen Donau. Im Mai 1871 hatte Kaiser Franz Joseph darum endlich den Erlass zur Abhaltung der Ausstellung unterschrieben und ein Budget von fast sechzehn Millionen Gulden bereitgestellt, so dass im Jahr darauf die Arbeiten tatsächlich beginnen konnten, im Prater, dem ehemaligen kaiserlichen Jagdrevier, das das Herrscherhaus bereits hundert Jahre zuvor der Wiener Bevölkerung als Erholungsgebiet geschenkt hatte. Jetzt sollte die Weltausstellung, als sechste Veranstaltung ihrer Art überhaupt und erste in einem deutschsprachigen Land, nach dem verlorenen Krieg gegen Preußen vor Gott und der Welt die Größe Österreich-Ungarns demonstrieren, auf einer Fläche, die mit zweihundertdreiunddreißig Hektar fünfmal so groß war wie das Marsfeld in Paris, wo 1867 die bis dato letzte Weltausstellung stattgefunden hatte, und sogar zwölfmal so groß wie die der ersten Weltausstellung im Londoner Hyde Park. Deshalb musste die Veranstaltung auf Gedeih und Verderb gelingen. Sonst war die stolze

k. u. k. Monarchie vor Gott und der Welt bis auf die Knochen blamiert.

Um sich gegen den peitschenden Schneeregen zu schützen, zog Paul den Hut in die Stirn und schlug den Kragen seines Arbeitsmantels hoch, dann machte er sich in seinen Gummistiefeln auf den Weg zur Baubaracke. Das Fontänen-Wasserwerk sollte mit einem Windkessel betrieben werden, dabei hatte sich ein unerwartetes Problem ergeben, so dass er noch einmal die Pläne einsehen musste.

»Verfluchte Scheiße!«

Vor der Baracke versuchte ein halbes Dutzend Männer, einen mit Backsteinen beladenen, von Pinzgauer Kaltblütern gezogenen Wagen freizubekommen, der im Morast feststeckte. Paul spuckte in die Hände, um mit anzupacken. Als er in die Speichen griff, durchzuckte ihn ein so heftiger Schmerz, als wäre ein Blitz in ihn gefahren – ein schlecht vernarbter Bauchschuss, den er sich bei der Belagerung von Metz eingefangen hatte. Doch er biss die Zähne zusammen – Hauptsache, der Wagen kam frei!

»Hau ruck!«

»Hau ruck!«

»Hau ruck!«

Er spannte seine Muskeln an, und der Kutscher ließ die Peitsche knallen. Die Tiere legten sich ins Geschirr, mit der ganzen Wucht ihrer massigen, schweren Körper, ein wütendes Schnauben und Stampfen, so dass der Matsch unter den Hufen nur so aufspritzte.

»Und noch einmal! Hau ruck!«

Endlich! Die Räder bewegten sich, einmal, zweimal, dreimal – dann war es geschafft. Außer Atem ließ Paul die Speichen los. Während der Wagen langsam davonrollte, wischte er sich den Schweiß von der Stirn. Nachdem er einen Moment verschnauft hatte, stieg er die Stufen zu dem hölzernen Baubüro hinauf.

Als er die Baracke betrat, blickte Fräulein Rosalie, die brünette, blutjunge Sekretärin des Oberingenieurs und wegen ihres auffallend hübschen Gesichts und ihrer noch auffallenderen üppigen Formen Schwarm aller fünftausend Arbeiter auf der Baustelle, mit großen Augen von ihrem Schreibtisch auf.

»Jessas! Wie schauen Sie denn aus, Herr Ingenieur?«

Erst jetzt wurde Paul bewusst, dass er vollkommen verdreckt war, nicht nur die Kleider an seinem Körper, auch sein Gesicht war voller Schlamm und Matsch.

Rosalie verließ ihren Schreibtisch. »Warten Sie, das haben wir gleich!«

Sie nahm einen Lappen, und ohne um Erlaubnis zu fragen, begann sie sein Gesicht zu säubern. Die himmelblauen Augen unverwandt auf ihn gerichtet, trat sie so dicht an ihn heran, dass er unwillkürlich einen Schritt zurückwich, aber sie nahm einfach seine Hand und hielt ihn fest. Mit einem Lächeln, zu dem nur eine Wienerin fähig war, bearbeitete sie sein Gesicht, erst die Stirn, dann seine Wangen und schließlich auch die Mundpartie. Dabei ließ sie solche Fürsorge walten, dass ihm ganz anders wurde.

»Wann führen Sie mich denn endlich einmal aus, Herr Ingenieur?«

Ihre plötzliche Frage brachte ihn noch mehr in Verlegenheit als ihre Berührungen. Er mochte das Mädchen, sehr sogar, aber …

Verlegen räusperte er sich. »Für was für einen Schuft halten Sie mich, Fräulein Rosalie. Ich … ich bin doch nur noch zwei Monate in Ihrem schönen Wien, dann kehre ich nach Berlin zurück.«

»Na, und?«, erwiderte sie und tippte ihm mit dem Zeigefinger auf die Nasenspitze. »In zwei Monaten lässt sich so manches erleben, und a bissl Schuft tät mir vielleicht ja grad gefallen.«

Ein paar endlose Sekunden wieder nur ihr himmelblauer Blick. Paul spürte, wie es ihm immer dringlicher wurde. »Ist … ist Post für mich da?«, fragte er.

Mit einem Seufzer ließ Rosalie von ihm ab. »Was müssen S' auch immer so preußisch sein, Herr Ingenieur? Kann man Ihnen das wirklich nicht austreiben?« Kopfschüttelnd nahm sie einen Brief vom

Schreibtisch und reichte ihn ihm. »Der ist soeben für Sie gekommen.«

Erleichtert öffnete Paul das Kuvert.

Der Brief war aus Berlin, von seinem Vater.

Mein innig geliebter, treuer Sohn,
auch wenn mir bewusst ist, wie sehr Deine jetzige Tätigkeit, bei der Du so viele neue und nützliche Kenntnisse über unser Metier erwirbst, vor allem den Tiefbau betreffend, Dich beglücken muss, zähle ich doch die Tage bis zu Deiner Rückkehr. Wir wissen kaum noch, wie wir der Arbeit ohne Dich Herr werden sollen. Heinrich Quistorp, ein äußerst erfolgreicher Spekulant, hat sich in unsere Firma eingekauft. Die Entscheidung, einen Fremden an der von meinem Vater gegründeten Familienunternehmung zu beteiligen, ist mir, wie Du Dir wohl denken magst, nicht leichtgefallen, und ich musste lange mit mir ringen, doch jetzt erweist sie sich als wahrer Segen. Quistorp ist nicht nur ein Finanzgenie, er unterhält auch allerbeste Kontakte zu dem neuen Stadtbaurat, und dieser schanzt uns so viele Aufträge zu, dass unser alter Konkurrent Gumbrecht & Cie. das Nachsehen hat. Alles geht im Höllentempo voran, Geld scheint keine Rolle zu spielen, dank der fünf Milliarden Goldfranken, welche die Franzosen als Reparationsleistung für den verlorenen Krieg an das Reich zahlen mussten, wird auf Teufel komm raus investiert, so dass Berlin aus allen Nähten platzt. Und jetzt hat Fürst Bismarck eine Idee in die Welt gesetzt, die alles in den Schatten stellt. Der Kanzler hat angeregt, den Churfürsten Damm zwischen dem Stadtschloss der kaiserlichen Familie und dem Jagdschloss in Charlottenburg zu einer Prachtstraße nach dem Vorbild der Pariser Champs-Élysées auszubauen – wenn möglich noch großartiger als dieser, um die Franzosen nach unserem herrlichen Sieg im Felde auch darin zu übertrumpfen …

Paul hielt in der Lektüre inne, er kannte die Champs-Élysées, nach dem Fall von Paris hatte er Gelegenheit gehabt, die Stadt zu besichtigen. Einen solchen Boulevard hatte er nie zuvor gesehen, mehrere Male war er die Gehsteige, die breiter waren als andernorts ganze Straßen, hinauf- und hinabgegangen, weil er sich gar nicht hatte sattsehen können. Der Eindruck war ihm noch so gegenwärtig, dass die Vorstellung, dass etwas Vergleichbares in Berlin entstehen sollte, ihn elektrisierte.

Ob es wohl eine Möglichkeit gab, daran mitzuwirken?

Er wollte den Brief schon zusammenfalten, aber dann sah er, dass der Vater unter seinen Namenszug noch ein Postskriptum gesetzt hatte.

P.S. Hast Du schon mal von den Gebrüdern Cubitt gehört? Es handelt sich um zwei englische Architekten beziehungsweise Ingenieure, die das Bauhandwerk von Grund auf revolutioniert haben sollen. Hermann Blankenstein, der neue Stadtbaurat, hat mich auf sie aufmerksam gemacht. Sie haben angeblich in London ein ganzes Stadtviertel hochgezogen, buchstäblich im Handumdrehen, mit völlig neuen Methoden. Bitte mach Dich doch einmal kundig, wenn es Dir keine allzu großen Umstände bereitet.

Paul steckte den Brief ein. Nein, von den Gebrüdern Cubitt hatte er noch nicht gehört, doch was man nicht wusste, konnte man in Büchern nachlesen, dafür waren diese da. Also beschloss er, nach Feierabend die Universitätsbibliothek aufzusuchen, die älteste und bedeutendste in ganz Europa. Dort würde er sicher fündig werden.

Er schaute in seiner Börse nach, ob er den Bibliotheksausweis dabeihatte, da entdeckte er zwischen seiner deutschen und österreichischen Barschaft eine fremdländische Münze: einen englischen Penny, den er seit seiner Station in Karlsbad bei sich trug.

Während er mit einem Anflug von Wehmut die Münze betrachtete, kam ihm plötzlich eine Idee. Vielleicht gab es ja eine viel bessere Möglichkeit, sich über die Gebrüder Cubitt kundig zu machen, als Bücher zu wälzen!

2

PAXTON HOUSE, das Stadtpalais von Vickys Familie, erhob sich unweit des Royal Court Theatre am Sloane Square, mitten im Herzen von Chelsea, jenem Londoner Stadtteil also, in dem der im Laufe des Jahrhunderts zu immer größerem Reichtum gelangte industrielle Mittelstand sein bevorzugtes Quartier gefunden hatte – die meisten der hier lebenden Familien brauchten, was die Vermögensverhältnisse betraf, keinen Vergleich mit dem von der Agrarwirtschaft lebenden Landadel zu scheuen. Die Vorderseite des drei Stockwerke hohen, im klassizistischen Stil erbauten Gebäudes war dem regen Stadtverkehr zugewandt, während man von der Rückseite aus auf einen zum Anwesen gehörenden, sorgsam gepflegten Garten blickte, dahinter auf die Peterskirche am Eaton Square und in etwas weiterer Ferne den Buckingham-Palast, über dessen Türmen der im Winde wehende Union Jack die Anwesenheit der Königin verkündete, wann immer diese in ihrem Londoner Hauptschloss weilte.

In diesem Haus war Vicky geboren und aufgewachsen, und sie hatte sich nie gefragt, warum eine einzige Familie ein so riesiges Gebäude zu ihrer Unterbringung brauchte, schließlich lebten fast alle Familien, mit denen die ihre verkehrte, in ähnlich großen Häusern. Die Wohnfläche verteilte sich auf etwa drei Dutzend Zimmer, dazu gehörten neben den Schlafgemächern und Gästesuiten die unterschiedlichsten Gesellschafträume, von der hohen, holzvertäfelten Eingangshalle über mehrere Salons, Speise- und Empfangszimmer bis hin zu einem weit in die Natur hinausragenden, großflächig verglasten Wintergarten, vor allem aber eine rund zwanzigtausend Bände umfassende Bibliothek, der ganze Stolz des ursprünglichen

Hausherrn, Vickys Großvater Joseph Paxton. Dieser aus bescheidensten Verhältnissen stammende Mann verdankte seinen immensen Reichtum einer landesweit beispiellosen Karriere. Als Gärtner des Herzogs von Devonshire war es ihm in seinen frühen Jahren gelungen, eine aus dem Amazonasgebiet nach England importierte Riesenseerose unter künstlichen Bedingungen zum Erblühen zu bringen. Das hatte in ganz Europa noch kein Gärtner vor ihm vollbracht und war seinerzeit eine solche Sensation gewesen, dass sogar Königin Victoria höchstselbst sich in seinem Gewächshaus eingefunden hatte, um das Wunder zu bestaunen. Dieser Begegnung, bei der er die Pflanze zu Ehren ihrer Majestät auf den Namen *Victoria regia* getauft hatte, war der Grund für seine zehn Jahre später erfolgte Berufung zum Architekten der ersten Weltausstellung im Londoner Hyde Park gewesen, mit der wiederum aufs engste sein einzigartiger Erfolg im Eisenbahngeschäft verbunden war, mit dem er es in kürzester Zeit zu einem Vermögen von über einer Million Pfund Sterling gebracht hatte.

Obwohl Joseph Paxton bereits vor Jahren verstorben war, atmete das Haus immer noch seinen Geist, Vicky spürte ihn in jedem Zimmer, in jedem Winkel, und das erfüllte sie mit dem wunderbaren Gefühl, dass sie ganz allein in dieses Haus gehörte und kein anderes. Als Kind war ihr der Großvater als der bedeutendste Mensch auf Erden erschienen, ein Mann, der gleich nach dem lieben Gott kam, und daran hatte sich bis heute kaum etwas geändert. Kein Wunder, ihre Mutter Emily wurde nicht müde, von den Abenteuern zu erzählen, die sie an der Seite ihres berühmten Vaters erlebt hatte, insbesondere beim Besuch der Königin, als sie im Alter von zehn Jahren auf dessen Geheiß eines der riesigen Seerosenblätter bestiegen hatte, um deren Tragfähigkeit zu demonstrieren, wobei sie am Ende jedoch ausgerutscht und in den Teich gefallen war, weil ein Dorfjunge vom Dach des Gewächshauses einen Sack Rosenblätter auf sie herabgeschüttet hatte. Der Familienlegende zufolge verdankte

Vicky diesem oft belachten Ereignis sogar ihren Namen, wobei allerdings stets unklar blieb, ob diese Namensgebung in Erinnerung an die Königin oder an die nach dieser benannte Seerose des Großvaters erfolgt war. Auch zeugten Dutzende naturkundlicher Bände in der Bibliothek, die Joseph Paxton verfasst und Vickys Mutter in ihrer Jugend mit erstaunlicher Kunstfertigkeit illustriert hatte, von der engen Verbundenheit zwischen Vater und Tochter, und wann immer es eine Meinungsverschiedenheit in der Familie gab, versuchte Vickys Mutter die Sache unter Berufung auf den Ahnherrn des Hauses zu entscheiden.

Obwohl zur Bewirtschaftung eines solchen Haushalts naturgemäß eine vielköpfige Dienerschaft erforderlich war und es an dem nötigen Personal auch keineswegs mangelte, servierte an Abenden wie diesem, da man ohne Gäste zwanglos im Kreis der Familie dinierte und Onkel Georgie statt des in Gesellschaft üblichen Fracks nur einen modernen Smoking trug, unter der Aufsicht von Butler O'Brien allein der zweite Diener McKenzie am Tisch, ein rotwangiger schottischer Bauernjunge, der Vicky jedes Mal, wenn er ihr eine der silbernen Platten reichte, schmachtende Blicke zuwarf, die sie allerdings entschieden ignorierte. Sie richtete ihre Aufmerksamkeit ganz auf die Reden ihres Onkels oder ihrer Mutter, zumal die zwei gerade auf Vickys baldigen Geburtstag zu sprechen kamen.

»Hat meine Lieblingsnichte vielleicht schon einen Wunsch?«, wollte Onkel Georgie wissen.

»Deine Lieblingsnichte ist entzückt, dass du danach fragst, verehrter Lieblingsonkel«, erwiderte Vicky, »auch wenn wir beide unsere Ehrentitel ja nur dem Mangel an Konkurrenz verdanken. Doch was deine Frage betrifft: Mit einem fotografischen Apparat könnte man mir durchaus eine Freude machen.«

Die Mutter schüttelte den Kopf. »Willst du schon wieder etwas Neues anfangen? Alles fängst du an, aber nichts führst du zu Ende: Zeichnen, Gesang, Klavier ...«

Vicky musste ihr innerlich recht geben, die Liste ihrer Versuche, ihre Begabung oder gar so etwas wie eine Bestimmung herauszufinden, war in Wahrheit noch länger – sogar Gedichte hatte sie geschrieben und fünf oder sechs Seiten eines nie vollendeten Romans, aber ein wirkliches Ziel, das ihrem Leben über die bloße Existenz hinaus Inhalt und Sinn geben würde, hatte sie immer noch nicht für sich entdeckt.

Wie so oft, wenn sie in Bedrängnis geriet, kam Onkel Georgie ihr zu Hilfe.

»Gewöhne dich bitte an den Gedanken«, sagte er, an seine Schwester gewandt, »dass deine Tochter eine junge Lady ist. Sie braucht nichts zu Ende zu bringen, so etwas gilt nur für den arbeitenden Teil der Bevölkerung. Hauptsache, sie amüsiert sich.«

»Du redest, als wären wir Aristokraten«, erwiderte die Mutter. »Aber das sind wir nicht. Wir sind der Mittelklasse zugehörig, schließlich arbeite ich, um uns zu ernähren. Was für dich natürlich nur in Maßen zutrifft und ich außerdem zugeben muss, dass an dir durchaus ein spleeniger Lord verlorengegangen sein könnte. – Aber nun«, fuhr sie mit erhobener Stimme fort, als ihr Bruder etwas entgegnen wollte, »zu etwas anderem und sehr viel Wichtigerem.«

Vicky zuckte zusammen. Sie konnte sich denken, welches Thema jetzt kam. Damit wurde sie schließlich bei jeder passenden und unpassenden Gelegenheit traktiert. Doch zu ihrer Erleichterung brachte die Mutter einen ganz anderen als den befürchteten Gegenstand zur Sprache.

»Ich habe mich entschieden, der unlängst gegründeten Submarine Continental Railway Company beizutreten, und habe für zehntausend Pfund Anteile gezeichnet.«

»Submarine Continental Railway Company?«, wiederholte Onkel Georgie. »Was in aller Welt ist das denn?«

»Eine Gesellschaft, die sich die Untertunnelung des Ärmelkanals auf die Fahne geschrieben hat«, erklärte seine Schwester.

»Was für eine entsetzliche Vorstellung!«

»Im Gegenteil! Was für eine wunderbare Chance! Ein Tunnel würde dem Eisenbahnverkehr unerhörten Auftrieb geben, eine direkte Verbindung nach Frankreich eröffnen und damit zum ganzen Kontinent.«

»Das soll eine Chance sein?« Onkel Georgie schüttelte sich. »Wofür? Dass die Franzosen bei uns einfallen, mit all den unappetitlichen Begleiterscheinungen, die damit unweigerlich einhergehen würden? Ich sage nur Tollwut, von der Nationalkrankheit dieses liebestollen Volkes gar nicht zu reden.«

»Bitte keine Phrasen, *mon cher*«, erwiderte seine Schwester, während McKenzie den letzten Gang abdeckte. »Die Franzosen bedeuten nach dem verlorenen Krieg keine Gefahr mehr für uns. Die Deutschen sind jetzt Englands Feind. Wir täten also gut daran, die Franzosen als Verbündete zu gewinnen. Und dafür wäre ein solcher Tunnel doch ganz wunderbar geeignet.«

»Das sind doch Phantastereien deines geliebten Premiers Gladstone. Ich kann nur hoffen, dass er bei der nächsten Wahl die Quittung dafür bekommt und Disraeli ihn ablöst. Der weiß, was wir England schuldig sind.« Onkel Georgie nahm einen Schluck Wein und tupfte sich mit der Serviette den Mund ab.

»Ehrlich gesagt, kann ich mich über dich nur wundern«, sagte seine Schwester, bevor sie dem Diener zunickte. »Sie können jetzt den Nachtisch zu servieren.«

Endlich! Darauf hatte Vicky schon die ganze Zeit gewartet. Sie hatte das Rezept ausprobiert, um das sie Auguste in Karlsbad gebeten hatte. Jetzt war sie gespannt, wie den anderen das Ergebnis schmeckte.

»Wundern? Worüber?«, wollte Onkel Georgie wissen.

»Hast du vergessen, welchem Umstand unsere Familie den Wohlstand verdankt, den du mehr als jeder andere genießt? Dann will ich dich gern daran erinnern. Als unser Vater den Auftrag bekam, das

Gebäude für die Weltausstellung zu errichten, hat er sofort erkannt, dass dieses Ereignis Scharen von Menschen aus dem ganzen Land anziehen würde, und hat sein gesamtes Geld in Aktien der Midland Railway investiert. Wie wir wissen, sollte er mit seiner Spekulation recht behalten. Durch die Weltausstellung wurde die Eisenbahn zum Transportmittel für das ganze Volk. Und unsere Familie zur Besitzerin der drittgrößten Eisenbahngesellschaft Englands. Genau eine solche Chance tut sich jetzt wieder für uns auf. Und unser Vater würde keine Sekunde zögern, sie zu ergreifen.«

Die Mutter hatte den letzten Satz in einem Ton gesprochen, der keinen Widerspruch zuließ. Doch diesmal versagte die Berufung auf den Vater. Während McKenzie das Dessert auftrug, zuckte Onkel Georgie nur verächtlich die Schultern.

»Profit ist nicht alles, meine Liebe«, sagte er. »England ist eine Insel, und London der einzige Ort auf der Welt, in der ein zivilisierter Mensch auf Dauer existieren kann. Und das sollte meiner Meinung nach unbedingt so bleiben!« Er nahm einen Löffel von seinem Dessert. »Also sei bitte so lieb, uns mit deinen skurrilen Plänen zu verschonen, damit wir weiter nach bewährter englischer Art und Weise ...« Plötzlich unterbrach er sich. »Mein Gott, das schmeckt ja köstlich!«

»Ja? Findest du?«, fragte Vicky erfreut. »Das habe ich gemacht!«

Onkel Georgie blickte sie mit gerunzelter Stirn an. »Wie kommt es, dass du über solche Fertigkeiten verfügst, Victoria Paxton-Stokes? Findest du das nicht, wie soll ich sagen, ein wenig ordinär?«

Vicky spürte, wie sie unter seinem Blick errötete. Es war ja wirklich mehr als ungewöhnlich, dass eine junge Lady wie sie sich eine Schürze umband, um sich in der Küche zu betätigen.

»Ich ... ich habe mich fürchterlich gelangweilt«, behalf sie sich mit einer Notlüge. »Und da mir nichts Besseres einfiel, habe ich ein wenig experimentiert.«

»Das heißt, du bist ein Naturtalent?« Die Miene ihres Onkels entspannte sich. »Nun gut, das lasse ich gelten. Ich hatte schon die Befürchtung, du wolltest dich mit Mittelklasse-Tugenden schmücken.«

3

IM PETIT Moulin herrschte Hochbetrieb. Seit Auguste Escoffier hier Küchenchef war, galt das kleine Restaurant in der Rue de Paradis als Geheimtipp. In dem von Kronleuchtern, Spiegeln und Messing wie ein Schatzkästlein funkelnden Lokal verkehrten vor allem die Pariser Bohémiens und Lebemänner, bevor sie die nur unweit gelegenen Folies Bergère aufsuchten, jenen stadtbekannten Tempel unbeschwerter Champagnerseligkeit, wo leichtgeschürzte Tänzerinnen zu den stürmischen Klängen des Cancans ihre Beine in die Lüfte warfen. Doch noch war es nicht so weit, noch waren die Tische des Petit Moulin bis auf den letzten Platz besetzt, und da jedem Gast üblicherweise mehrere Dutzend Gänge serviert wurden, wie es sich für ein *grand diner* gehörte, trieb der Restaurantbesitzer, Monsieur Lourdin, ein magerer, zum Aufbrausen neigender Endvierziger mit stechenden Augen und furchterregendem Knebelbart, die Kellner immer wieder zur Eile an, obwohl sie bereits keuchend und schwitzend ihr Bestes gaben, um die Wünsche der Gäste zu erfüllen.

In der Küche jedoch war von solcher Rastlosigkeit nichts zu spüren. Wie ein Dirigent sein Orchester dirigierte Auguste seine Kochbrigade, während er am Herd über die Ausführung seiner Rezepturen wachte. Obwohl er stets nur mit leiser Stimme, oft auch nur mit einem Blick oder einem Fingerzeig Anweisungen gab, funktionierte der Betrieb wie am Schnürchen. Ob Beiköche, Lehrjungen oder Tellerwäscher: Alle wussten, was sie zu tun hatten, und obwohl ein jeder ganz und gar in die Ausführung seiner jeweiligen Aufgabe vertieft war, griffen sämtliche Tätigkeiten so präzise ineinander wie die Rädchen eines Uhrwerks.

Diese ruhige, konzentrierte Betriebsamkeit war keineswegs selbstverständlich. Als Auguste im Petit Moulin angefangen hatte, hatte in der Küche dasselbe Chaos aus Hitze und Dreck, Fett und Geschrei geherrscht wie in allen anderen Küchen auch, die er in seinen Lehr- und Wanderjahren kennengelernt hatte. Küchen waren blutige, stinkende Höllenorte, verbannt in dunkle Kellerräume ohne ausreichend Licht und Luft, wo, beschienen von tanzenden Gasflammen, laut fluchende Unterweltgestalten in dreckstarrenden Uniformen ihr Wesen trieben und während der Arbeit so viel billigen Wein und noch billigeren Schnaps soffen, dass die meisten schon vor dem dreißigsten Geburtstag trunksüchtige Wracks waren, mit einer geringeren Lebenserwartung als Bergleute. Kein Wunder, dass Koch ein Berufsstand war, der keinerlei Respekt genoss und noch unter dem eines Tagelöhners stand.

Das zu ändern war Augustes Mission. Er wollte, dass Köche denselben Respekt erfuhren wie Künstler – er selbst hatte in seiner Jugend Bildhauer werden wollen, doch war er mit diesem Wunsch an seinem Vater gescheitert, weshalb er seinen Beruf stets als eine Form der Kunstausübung aufgefasst hatte. Um dafür die Voraussetzungen zu schaffen, hatte er die Küche des Petit Moulin von Grund auf umgestaltet. Schadhafte Rauchabzüge, in denen sich giftige Gase und Dämpfe entwickeln konnten, waren erneuert und zusätzliche Lichtschächte in das Mauerwerk gebrochen worden, so dass man auch ohne Gasbeleuchtung arbeiten konnte, deren Flammen ja nur die Hitze mehrten, ohne für ausreichende Helligkeit zu sorgen. Außerdem herrschten in Augustes Küche penible Ordnung und Sauberkeit, und alles Fluchen und Brüllen war genauso streng verboten wie Alkohol und Tabak, weil diese nicht nur das Leben verkürzten, sondern auf Dauer auch den Geschmackssinn ruinierten – das Schlimmste, was einem Koch widerfahren konnte. Um diese Prinzipien durchzusetzen, hatte er sich die höchste Kochmütze besorgt, die sich in ganz Paris hatte auftreiben lassen. Ein Chef wurde nur dann respektiert, wenn er seine Untergebenen körperlich überragte, doch die dazu erforderliche Größe hatte die Natur Auguste verwehrt – er war so klein geraten, dass er während seiner Lehrzeit sogar hölzerne Plateauschuhe hatte tragen müssen, um an die Töpfe heranzukommen. Mit der fast meterhohen Toque auf seinem Kopf aber war jedermann klar, wer am Herd des Petit Moulin das Sagen hatte.

Er schmeckte gerade eine Vinaigrette ab, als er plötzlich stutzte. Hatte er richtig gesehen? Armand, ein freundlicher, bei Gästen wie Kollegen gleichermaßen beliebter Kellner, hatte in eine Schüssel gespuckt, bevor er damit den Treppenaufgang hinauf verschwunden war, der die Küche mit dem Speisesaal verband.

Auf der Stelle verließ Auguste den Herd. Zum Glück erwischte er den Kellner gerade noch rechtzeitig, bevor dieser die Tür zum Speisesaal aufstieß.

»Was fällt dir ein, ins Essen zu spucken? Bist du verrückt geworden?«

Armand, sonst die Höflichkeit in Person, erwiderte trotzig seinen Blick.

»Der Mistkerl hat es nicht anders verdient.«

»Welcher Mistkerl?«

»Prinz Galitzin.«

»*Was* – ist der immer noch nicht satt?«

»Der Fettsack behauptet, wir lassen ihn verhungern.«

Auguste stieß einen Seufzer aus. Der russische Aristokrat war ein Vielfraß, vor allem aber war er ein Grobian, der unangenehmste Gast des Petit Moulin, ein wahrer Kotzbrocken, der die Kellner wie Muschiks behandelte.

Aber einem Gast ins Essen spucken? Niemals!

»Bring das Tablett zum Hinterausgang.«

Armand verstand, am Hinterausgang warteten stets ein paar arme Schlucker in der Hoffnung auf Essensreste, und machte auf dem Absatz kehrt. Auguste öffnete die Tür zum Lokal. Obwohl es ganz und gar unüblich war, dass ein Koch sich vor den Gästen blicken ließ, hatte er beschlossen, eine Ausnahme zu machen. Galitzin war imstande, einen Skandal zu provozieren, und das galt es um jeden Preis zu verhindern.

Im Speisesaal waren fast ausnahmslos Männer versammelt, ehrbare Frauen hatten nach allgemeiner Auffassung in einem Restaurant so wenig verloren wie in einem Bordell, darum leisteten an solchen Orten, nicht anders als in Cabarets oder Musiktheatern, nur Künstlerinnen oder Halbweltdamen den Herren Gesellschaft. Während Auguste den Saal durchquerte, ignorierte er die verwunderten Blicke, die sein Erscheinen auslöste. Trotz der drangvollen Enge war Prinz Galitzin nicht zu übersehen. Mit seinem fetttriefenden Mopsgesicht thronte er, eine handtuchgroße, von Flecken übersäte Serviette vor der mächtigen Brust, am Haupttisch, vor ihm zwei Dutzend bereits geleerte Schüsselchen und Schüsseln, obwohl er sich in Begleitung von nur einer einzigen Person befand – Blanche d'Antigny, Gerüchten zufolge die illegitime Tochter eines Vicomtes und darum eine besonders in der Aristokratie begehrte Kokotte, die mit ihren zahlreichen Verehrern das Petit Moulin regelmäßig frequentierte. Doch was zog sie für ein Gesicht? Sonst ein Ausbund an Lebenslust, war sie in Tränen aufgelöst. Auguste ahnte den Grund. Galitzin war dafür bekannt, dass er seine Begleiterinnen ebenso grob behandelte wie die Kellner.

»Dreißig Gänge habe ich verdammt nochmal bestellt«, polterte der Prinz so laut, dass alle Köpfe sich nach ihm umdrehten. »Und keine zehn wurden mir serviert. Eine Frechheit!«

Auguste hatte nicht übel Lust, den Kerl auf die Straße zu setzen. Aber was würde Lourdin sagen, wenn er einen so zahlungskräftigen Stammgast verlor? Tatsächlich war der Restaurantbesitzer bereits zu dem pöbelnden Russen geeilt und versuchte unter Bücklingen, diesen zu beruhigen, während Blanche d'Antigny hilfesuchende Blicke um sich warf.

Plötzlich hatte Auguste eine Idee.

Er zwinkerte Blanche einmal verschwörerisch zu, dann trat er an Galitzins Tisch.

»Ich bin untröstlich, Durchlaucht, wenn wir Ihren Unmut hervorgerufen haben«, sagte er. »Doch seien Sie versichert, dies geschah allein, um eine ganz besondere Komposition für Sie zuzubereiten. Ich bitte deshalb nur noch um einige wenige Minuten Geduld. Dann bin ich guter Hoffnung, Sie mit doppeltem Genuss für Ihr Warten entschädigen zu können.«

4 IN PAXTON House schickte McKenzie sich bereits an, den Kaffee zu servieren, doch Butler O'Brien hielt ihn mit einem Räuspern zurück. Die Dame des Hauses hatte noch nicht das entsprechende Zeichen gegeben.

»Was für eine Verschwendung von Talent«, sagte diese, an ihre Tochter gewandt, während sie einen letzten Löffel von ihrem Dessert nahm.

Vicky zuckte zusammen. Jetzt war es doch da, das befürchtete Thema! Nur weil sie sich mit Patisseriekünsten produziert hatte, die nicht mal ihre eigenen waren.

»Ich weiß nicht, wovon du redest«, behauptete sie mit Unschuldsmiene.

»Und ob du das weißt, meine Liebe«, erwiderte ihre Mutter. »Jeder Mann würde sich über eine Frau mit solchen Talenten glücklich preisen. Aber offenbar bist du ja fest entschlossen, den Ehestand zu meiden. Obwohl die begehrtesten Junggesellen Londons dir den Hof machen, willst du partout keinen erhören.«

»Ob es wohl stimmt, was die Zeitungen schreiben?«, wechselte Onkel Georgie das Thema, um Vicky einmal mehr zu helfen. »Es heißt, die Queen wolle nach der endlosen Trauer um Prinzgemahl Albert ihre selbstgewählte Isolation aufgeben, um sich erstmals wieder in der Öffentlichkeit zu zeigen.«

Doch seine Schwester fiel auf das allzu durchsichtige Ablenkungsmanöver nicht herein. »Das geht nun schon die zweite Ballsaison so«, fuhr sie, die Augen auf ihre Tochter gerichtet, unbeirrt fort. »Willst du etwa riskieren, sitzen zu bleiben?«

»Um ehrlich zu sein«, entgegnete Vicky, »finde ich deine Sorge reichlich übertrieben. Schließlich werde ich gerade mal zwanzig.«

»Das ist es ja. Zwanzig ist ein sehr gefährliches Alter für eine Frau.«

»Du musst es ja wissen«, pflichtete Onkel Georgie mit einem Grinsen bei. »Wenn ich daran denke, wie du damals …«

Die Mutter warf ihm einen so scharfen Blick zu, dass er verstummte. Vicky erwartete eine Replik. Doch zu ihrer Überraschung beließ Onkel Georgie es dabei, einmal kurz die Brauen zu heben, während er sich von McKenzie nachschenken ließ.

Seltsam, gab es womöglich etwas im Leben der Mutter, wovon sie nichts wusste? Oder – noch interessanter – nichts wissen *durfte*?

Onkel Georgie prostete seiner Schwester zu. »Wie ich dich kenne, hast du sicher schon einen geeigneten Kandidaten für meine Nichte im Auge.«

»Allerdings«, bestätigte die Mutter. »Und zwar den jungen Watkin.«

»*Rupert* Watkin?«, entfuhr es Vicky. »Von der South West Railway?«

Onkel Georgie lächelte sein spöttisches Lächeln. »Verstehe.«

Die Mutter ignorierte die Bemerkung. »Hast du etwas gegen ihn einzuwenden, meine Liebe?«

»Nein, nein«, stammelte Vicky. »Nichts. Ich kenne ihn ja kaum. Allerdings habe ich immer gedacht, einander zu kennen sei eine vielleicht nicht zwingende, aber doch immerhin vorteilhafte Voraussetzung, um überhaupt …«

»Umso besser«, schnitt die Mutter ihr das Wort ab. »Dann wird es dich sicher freuen zu hören, dass ich Rupert Watkin zu deinem kommenden Geburtstag eingeladen habe.«

5 AUGUSTE HATTE Prinz Galitzin allein aus der Not heraus eine ganz besondere, eigens für ihn zubereitete Komposition versprochen – Hauptsache, der Russe hörte auf zu randalieren. Da er aber nur wenige Minuten Zeit gehabt hatte, war ihm nichts anderes übriggeblieben, als aus bereits vorhandenen Zutaten aufs Geratewohl etwas zu kreieren, was hoffentlich besonders genug war, um den Grobian zu besänftigen.

Während er einen kurzen Blick mit Blanche d'Antigny tauschte, präsentierte Armand mit großem Zeremoniell die auf die Schnelle produzierte Komposition.

Doch der Prinz war sichtlich enttäuscht.

»Ein toter Vogel mit Gemüse? Das soll die große Überraschung sein? Wollen Sie mich beleidigen?«

»Wenn Durchlaucht vielleicht probieren würden?« Ohne die Antwort abzuwarten, häufte Auguste eine Portion auf den Teller, den Armand bereithielt. *»Bon appétit.«*

Galitzin blickte mit seinen kleinen, tiefliegenden Augen unwillig auf die Kostprobe.

»Mir zuliebe, mein Täuberich«, zwitscherte Blanche. »Ich bin sicher, es wird dir ganz wunderbar schmecken.«

Um ihren Worten Nachdruck zu verleihen, hauchte sie ihm einen Kuss auf die Wange. Mit einem Seufzer nahm Galitzin sein Besteck. Doch ein einziger Bissen genügte, und er war wie verwandelt. Genüsslich schmatzend schloss er die Augen, um sich die Speise auf der Zunge zergehen zu lassen.

»Bei der heiligen Matrona – was ist das?«

Auguste fiel ein Stein vom Herzen. »Mit Trüffel und Schnepfe gefüllter Fasan. – Abgeschmeckt mit einem Schuss Wodka«, fügte er sicherheitshalber hinzu.

»Göttlich«, sagte Galitzin. »Schmeckt wie Mütterchen Russland ...« Vor lauter Rührung traten ihm Tränen in die Augen. Dann drehte er sich zu dem Kellner herum und stieß ihm die Faust vor die Frackbrust. »Worauf wartest du, Muschik? Ich will mehr davon – *alles*!«

Während Armand sich beeilte, der Aufforderung Folge zu leisten, kam Auguste eine Idee. »Würden Durchlaucht vielleicht die Erlaubnis geben, die Komposition mit Ihrem Namen zu adeln?«

Galitzin blickte erst Auguste, dann seine Begleiterin an. »Verstehst du, was er meint?«

»Aber gewiss doch«, erwiderte Blanche. »Monsieur Escoffier möchte das Gericht nach dir benennen – *Faisan Galitzin*. Für die Speisekarte.«

Es dauerte ein wenig, dann strahlte der Prinz über das ganze runde Mopsgesicht. »Soll das heißen, ich werde berühmt?«

»Ja, mein Täuberich. Noch in hundert Jahren wird man so deinen Namen kennen. Dank Monsieur Escoffier.«

Voller Begeisterung füllte er eine Gabel. »Das musst du probieren, mein Täubchen. Damit du weißt, wie dein Täuberich schmeckt.« Mit einem anzüglichen Grinsen hielt er ihr die Gabel hin.

»Nichts täte ich lieber.«

Blanche beugte sich vor, um der Aufforderung nachzukommen. Doch als sie mit gerundeten Lippen den Fasan probierte, schaute sie nicht den Prinzen an, sondern Auguste.

6

GOTT SEI Dank, der Himmel hatte die Gebete der Wiener erhört, und nach den Schnee- und Regenfällen im März, die das Gelände der Weltausstellung in einen riesigen Sumpf verwandelt hatten, war der Winter für dieses Jahr gewichen. Seitdem herrschte trockenes, freundliches Frühlingswetter, so dass nicht nur zu Pauls Erleichterung die Arbeiten im Prater so zügig vorangingen, wie es nötig war, um die pünktliche Eröffnung der Ausstellung zu gewährleisten. Wie Pilze schossen nun die Pavillons aus dem Boden, überall wurde gehämmert und gesägt, von der Morgendämmerung bis zum Sonnenuntergang. Fünfunddreißig Nationen wollten an der Veranstaltung teilnehmen, mit über fünfzigtausend Unternehmen, darunter allein neuntausend aus der österreichisch-ungarischen Donaumonarchie sowie achttausend aus dem Deutschen Kaiserreich, das die Weltausstellung als großdeutsche Veranstaltung auch für sich reklamierte und entsprechend förderte. Frankreich hatte deshalb lange mit der Zusage gezögert, eine Nachwirkung der demütigenden Niederlage im Krieg gegen die Preußen, doch nachdem die Pariser Regierung auf Druck der eigenen Industrie sich doch zur Teilnahme durchgerungen hatte, stellten die Franzosen mit fünftausend Ausstellern das drittgrößte Kontingent überhaupt. Während die Briten, überzeugt von der unangreifbaren Vormachtstellung ihrer Wirtschaft, sich nur so halbherzig engagierten, dass der Bankier Nathaniel Rothschild sich genötigt sah, die Teilnahme englischer Unternehmen mit privaten Mitteln zu sichern, wollte Zar Alexander II. die Weltausstellung als politische Bühne nutzen, um mit einem möglichst großartigen Auftritt die Bedeutung Russlands unter den Völkern Europas zu demonstrieren, als eine kontinentale Großmacht, die es mit Österreich-Ungarn und dem Deutschen Reich ebenso aufnehmen konnte wie mit der *grande nation* Frankreich und dem britischen Empire.

Paul schloss gerade auf dem Dach des Reserve-Wasserwerks die Überprüfung des Windkessels ab, als eine Glocke zur Frühstückspause läutete. Sofort ließ er alles liegen und stehen und kletterte eilig die Leiter hinunter. Vor dem Industriepalast, dem nach der Rotunde größten Gebäude, wurden bereits die ersten Ausstellungsstücke angeliefert. Normalerweise hätte Paul die Pause genutzt, um sich von den Ingenieuren und Mechanikern, die die Exponate in der Halle aufbauten, deren Zweck und Funktionsweise erklären zu lassen – alles, was Zahnräder und Dampfkessel hatte, faszinierte ihn. Doch stattdessen lief er zur Baubaracke, um nach Post zu fragen. Fast einen

Monat war es her, dass er dem Vater geschrieben hatte, und er hatte immer noch keine Antwort.

Die Pausenglocke war kaum verhallt, da betrat er das Büro. Als Fräulein Rosalie ihn sah, griff sie in einen Ablagekorb. Ihr Lächeln sagte alles: Endlich war er da, der langersehnte Brief! Paul riss ihr das Kuvert aus der Hand.

»So warten Sie doch, Herr Ingenieur. Und nehmen Sie bittschön den Brieföffner.«

»Danke, aber den brauche ich nicht!«

Voller Ungeduld begann er zu lesen. Als er ans Ende des Briefes gelangte, stieß er einen Freudenschrei aus. Der Vater hatte die erhoffte Erlaubnis gegeben!

»Haben Sie vielleicht in der Lotterie gewonnen?«, fragte Fräulein Rosalie.

»Besser! Viel, viel besser!« In seinem Überschwang nahm er ihr Gesicht zwischen die Hände und gab ihr einen Kuss – mitten auf den Mund!

»Aber Herr Ingenieur – was ist denn in Sie gefahren? Sind Sie am Ende doch ein bissl ein Schuft?«

Obwohl sie ihm ein Lächeln schenkte, das keine Wünsche offenließ, machte er kehrt und eilte hinaus. Jetzt konnte er endlich den Brief schreiben, den er im Geiste schon Dutzende Male geschrieben hatte.

7

EIN KUSS weckte Auguste aus süßem Schlaf, und eine dunkle Frauenstimme flüsterte seinen Namen.

Träumte er noch oder war er schon wach?

Als er die Augen aufschlug, sah er in ein Gesicht, das so schön war, als hätte ein Maler es gemalt: zwei bernsteinfarbene Katzenaugen, darunter eine wohlgeformte Nase mit zwei vibrierenden Nasenflügeln – und dazu das sinnlichste Lippenpaar, das der liebe Gott je erschaffen hatte: Blanche d'Antigny, deren alabasterfarbener Leib so nackt und bloß war wie sein eigener, in dem wie ein fernes Echo noch die Lust nachklang, die er in der Nacht mit Blanche genossen hatte, auf der Pritsche seiner kleinen, schäbigen Dachkammer.

»Bist du endlich aufgewacht, mein Süßer?«

Im selben Moment fuhr der Schreck in ihn ein. Um Gottes willen, wie hatte er nur so blöd sein können? Wenn Galitzin erfuhr, was passiert war, war es mit ihm aus und vorbei!

In der verzweifelten Hoffnung, vielleicht doch noch zu träumen, schloss er wieder die Augen. Aber nein, er träumte nicht, mit überdeutlicher Klarheit kam die Erinnerung zurück. Blanche hatte ihm in der Nacht aufgelauert, um sich bei ihm zu bedanken – sein Fasan habe sie gerettet, sonst hätte sie den Prinzen verloren, ihren treuesten und großzügigsten Verehrer, der nicht nur ihre Wohnung finanzierte, sondern auch ihren Bedarf an Kleidern und Toilettenartikeln, ganz zu schweigen von den Colliers und Armbändern und Ringen, die er ihr regelmäßig verehrte. Eigentlich war Auguste nach sechzehn Stunden am Herd viel zu müde gewesen, um Blanches Dank anzunehmen, aber ihre Offerte hatte ihm so sehr geschmeichelt, dass er sie unmöglich hatte zurückweisen können – andere Männer zahlten für eine Nacht mit Blanche d'Antigny ein Vermögen! Jetzt allerdings hätte er einen Monatslohn dafür gegeben, wenn sie nur schon wieder fort wäre.

Von Notre-Dame-de-Lorette läutete es zur vollen Stunde.

»Höchste Zeit für die Arbeit!«

Er wollte aufstehen, aber Blanche schlang ihre warmen, weichen Arme um ihn.

»Die Arbeit kann warten. Sind der Gesellen zwei, hat der Meister frei.«

»Von wegen. Wenn ich von meiner Brigade Pünktlichkeit verlange, muss ich selbst ein Vorbild sein!«

»Und wenn ich dir noch eine süße, kleine Schweinerei verspreche?«

Ihr Schmollmund war wirklich zum Verlieben, vor allem wenn sie auch noch mit der Zunge zwischen den Lippen spielte.

Doch Auguste widerstand.

»Tut mir leid.« Mit einem Ruck machte er sich aus der Umarmung frei. »Die Arbeit geht vor. Immer!«

8

VICKYS GROSSER Tag war da: Vor nunmehr zwanzig Jahren hatte sie das Licht der Welt erblickt. Aus diesem Anlass hatte ihre Mutter nach Paxton House geladen, ein gutes Dutzend sogenannte Freundinnen, die in Vickys Augen jedoch ein Haufen alberner Gänse waren, mit denen sie vor zwei Jahren die Tanzschule absolviert und anschließend debütiert hatte und die jetzt, allesamt in Begleitung von jungen Männern aus bestem Hause, in der Halle aufgeregt schnatternd den neuesten Klatsch miteinander tauschten. Im Gegensatz zu Vicky waren einige von ihnen bereits verheiratet und standen einem eigenen Haushalt vor, die anderen waren verlobt oder zumindest in festen Händen.

Das Gespräch kreiste gerade um die Frage, welches Paar wohl als nächstes vor den Traualtar treten würde, da meldete O'Brien den Ehrengast: Rupert Watkin von der South West Railway, ein schlanker, hochgewachsener, feingliedriger junger Mann Anfang zwanzig, der mit einem prachtvollen Blumenbukett erschien. Noch während O'Brien es ihm abnahm, eilte Vickys Mutter auf ihn zu, wobei sie sich vor Begeisterung über sein Präsent förmlich überschlug – ein so herrliches Gebinde habe sie nie zuvor gesehen, ein florales Kunstwerk geradezu.

»Findest du nicht auch, Vicky?«

Der gefiel das Bukett durchaus, ein geschmackvolles Arrangement aus pastellfarbenen Rosen und Akeleien, das, wie der Zufall wollte, sogar mit den Pastellfarben ihres gerüschten Kleids harmonierte, aber am Ende war es doch nur ein Blumenpräsent mehr, und davon hatte sie schon ein Dutzend bekommen. Warum machten Männer nur immer solche Allerweltsgeschenke? Glaubten sie im Ernst, so das Herz einer Frau zu gewinnen? Nein, von einem Mann, der sie erobern wollte, erwartete Vicky etwas Persönliches, etwas, das nur auf sie gemünzt war. Auch wenn sie selbst keine Ahnung hatte, was sie sich darunter vorstellen sollte.

Aber das sagte sie natürlich nicht. Stattdessen bedankte sie sich mit der unverbindlichen Freundlichkeit, die man ihr für solche Situationen beigebracht hatte, und wies O'Brien an, das Bukett zu den anderen Buketts zu stellen, um sich sodann, da man nun vollständig war, dem fotografischen Apparat zu widmen, den sie sich von Onkel Georgie gewünscht und natürlich auch bekommen hatte. Der Optiker, der das Ungetüm geliefert hatte, hatte sie bereits in dessen Gebrauch unterrichtet, so dass für die erste Aufnahme alles bereit war.

Mit Onkel Georgies Unterstützung ließ sie die Geburtstagsgesellschaft für ein Gruppenbild antreten. Als sie unter das schwarze Tuch schlüpfte und durch die Linse sah, standen ihre Gäste auf dem Kopf. Umso drolliger war es mitanzusehen, wie ihre Mutter Rupert Watkin bei der Hand nahm, damit er an ihrer Seite im Zentrum posierte. Vicky musste insgeheim zugeben, dass Rupert von allen Kandidaten, die sich je um sie bemüht hatten, wohl die beste Wahl wäre. Obwohl seine Familie noch reicher war als ihre und Rupert außerdem mit seinen braun gewellten Haaren und dem feingeschnittenen Gesicht, aus dem zwei ebenso wache wie freundliche blaue Augen blickten, sogar auf dem Kopf stehend noch blendend aussah, war er kein arroganter Schnösel, von denen es auf den Bällen nur so wimmelte, vielmehr hatte er, wo immer sie ihm begegnet war, wohltuende Zurückhaltung gezeigt. Vielleicht lag das an seiner zarten Konstitution? Es hieß, seine Gesundheit sei nicht die beste. Vor allem aber verfügte er über ein erstaunlich hohes Maß an Bildung und konnte bisweilen durchaus originell sein. Aber darum gleich heiraten? Schließlich war das eine Entscheidung fürs Leben.

»Und jetzt sagen bitte alle einmal ›*Cheeeeeese*‹!«

»*Cheeeeeese* …«, ertönte es im Chor zurück.

Vicky betätigte den Auslöser, damit sollte die Aufnahme im Kasten sein. Doch ob das Wunder wirklich geschehen war, würde sich erst bei der Entwicklung der Platte zeigen. Sie konnte es kaum erwarten, das Resultat zu sehen. Jetzt aber musste sie sich um ihre Gäste kümmern.

Als sie unter dem Tuch hervortrat, forderte ihre Mutter die Gesellschaft auf, für den Sherry in den Wintergarten hinüberzuwechseln. Dabei hakte sie sich bei Vicky und Rupert links und rechts unter, um ihre Tochter so rasch wie möglich mit ihrem Wunschschwiegersohn ins Gespräch zu bringen. Vicky hätte ihr am liebsten einen Strich durch die Rechnung gemacht, indem sie Rupert einfach stehen ließ, doch da dies eine grobe Unhöflichkeit gewesen wäre, beschloss sie, ihm zum Zeitvertreib ein wenig auf den Zahn zu fühlen.

»Darf ich fragen, was Ihr großes Ziel ist, Mr. Watkin?«

»Ich bitte um Entschuldigung, Miss Vicky. Aber was meinen Sie mit großem Ziel?«

»Etwas Besonderes, Einmaliges, etwas, dem man sein ganzes Leben zu widmen bereit ist. Zum Beispiel eine neue Stadt bauen. Oder die Kochkunst neu erfinden.«

»Das meinst du sicher als Scherz, meine Liebe«, sagte ihre Mutter mit einem gezwungenen Lachen.

»Ich finde die Frage durchaus bedenkenswert«, erwiderte Rupert und wandte sich wieder Vicky zu. »Glauben Sie denn, dass jeder Mensch ein solches Ziel haben sollte?«

Vicky war überrascht, dass er das überhaupt in Frage stellte. Aber noch während sie überlegte, was sie Intelligentes entgegnen könnte, ohne gleichzeitig zugeben zu müssen, dass sie selbst ein solches Ziel ja auch nicht hatte, kam Rupert ihr mit der Antwort zuvor.

»Um ehrlich zu sein, ich beneide jeden Menschen, der sich etwas wirklich Großes vornimmt. Vermutlich bekommt das Leben dann einen ganz anderen, viel tieferen Sinn.«

»Ach ja?« Vicky war angenehm überrascht. »Soll das heißen, Sie sind immerhin auf der Suche?«

Rupert schüttelte hüstelnd den Kopf. »Ich fürchte, dazu bin ich nicht geboren, meine Kräfte reichen für solche Ambitionen nicht aus, ebenso wenig wie übrigens mein Genie.« Mit dem Zeigefinger strich er sich über seinen feinen Oberlippenbart. »Aber kann es nicht vielleicht auch eine Option sein, ganz bescheiden von Ziel zu Ziel zu leben? In Anpassung an die jeweiligen Möglichkeiten?«

Die Frage irritierte Vicky mehr, als sie sich eingestehen mochte. »Dann muss ich also feststellen, dass Sie keinerlei Leidenschaften haben?«

»Doch«, erwiderte er. »Die komischen Opern von Gilbert und Sullivan.«

Vicky hatte das Gefühl, dass er sie nun seinerseits prüfte. Doch da war er bei ihr an der falschen Adresse. »Ich habe neulich *Thespis* im Gaiety Theatre gesehen. Um ehrlich zu sein, ich war recht enttäuscht. Was gefällt Ihnen daran?«

»Die Leichtigkeit«, erwiderte er, und als er ihre geringschätzige Miene sah, fügte er mit einem Seufzer hinzu: »Vielleicht liegt es ja daran, dass mir das Leben manchmal so furchtbar schwer vorkommt.«

»Was für eine originelle Entschuldigung!«

Rupert quittierte ihre spöttische Replik mit einem Lächeln. »Ich weiß, ich bin ein trivialer Mensch. Aber es hat keinen Sinn, Ihnen etwas vorzumachen. Sie würden mich ja doch durchschauen.«

Vicky blickte ihn prüfend an. Unsicher, was sie von der Auskunft halten sollte, sagte sie: »Ich frage mich gerade, ob jemand, der sich selbst trivial nennt, wirklich trivial sein kann?«

Während sie sprach, machte Onkel Georgie ihr auffällig unauffällige Zeichen. Also entschuldigte sie sich bei Rupert und folgte dem Onkel in die Halle, wo er ihr einen Brief aushändigte.

»Den konnte ich gerade noch abfangen, bevor jemand anderes ihn in die Hände bekam.«

»Wozu die Geheimniskrämerei?«, fragte Vicky. »Das wird sicher nur ein weiterer Gratulationsbrief sein.«

»Das glaube ich kaum«, sagte Onkel Georgie. »Der Brief wurde in Deutschland aufgegeben. Hier, sieh selbst.«

Als Vicky den Absender sah, traute sie ihren Augen nicht. Tatsächlich, der Brief war aus Berlin, Paul Biermann hatte ihn geschickt.

»Danke, liebster Lieblingsonkel.«

Sie gab ihm einen Kuss auf die Wange, dann verschwand sie auf die Toilette, um ungestört lesen zu können. Nach Karlsbad hatten Paul und sie anfangs alle zwei Wochen korrespondiert, doch mit der Zeit waren die Abstände größer geworden, was allein an ihr lag, da er ihr immer erst dann wieder schrieb, wenn sie ihm auf seinen vorherigen Brief geantwortet hatte, und auf seine letzte Post, die inzwischen anderthalb Monate zurücklag, hatte sie bisher nicht reagiert.

Was hatte ihn wohl bewegt, ihr außer der Reihe zu schreiben?

Mit dem Nagel öffnete sie das Kuvert.

Verehrtes, liebes Fräulein Victoria,
bitte erschrecken Sie nicht, wenn ich Sie so unangemeldet überfalle. Aber geschäftliche Notwendigkeiten werden mich in Kürze nach London führen, und deshalb wollte ich höflichst anfragen, ob es wohl möglich sei, Ihnen bei der Gelegenheit einen Besuch abzustatten?

Was für eine reizende Idee! Unwillkürlich musste sie an den Tag denken, den sie mit Paul und Auguste in Karlsbad verbracht hatte, auf der Lichtung unter dem Dianaturm – der vielleicht schönste Tag in ihrem ganzen bisherigen Leben …

Mit einem Seufzer nahm sie den Brief wieder auf, um weiterzulesen.

Für den Fall, dass ich Ihnen meine Aufwartung machen darf, habe ich noch eine mir etwas peinliche Bitte, das Geschäftliche betreffend. Ich benötige dringend Kontakt zu den Gebrüdern Cubitt, die das Viertel Belgravia erbaut haben. Dieses Quartier befindet sich, sofern ich recht unterrichtet bin, wohl in unmittelbarer Nachbarschaft zu dem Ihren. Vielleicht will es der Zufall ja, dass Sie die Cubitts kennen? Für jede Art von Vermittlung wäre ich Ihnen sehr dankbar.

9

AUGUSTES MAGEN zog sich zusammen, als hätte er eine verdorbene Speise zu sich genommen. Doch das war nicht der Grund für die Krämpfe in seinem Bauch. Sein Magen war ein überaus nervöses Organ, das nicht nur auf verdorbene Speisen, sondern auf Widrigkeiten jedweder Art geradezu rebellisch reagierte.

Für den Abend war eine große Gesellschaft angesagt, Monsieur Derval, der Direktor der Folies Bergère, wollte mit dem gesamten *Corps de ballet* das vierjährige Bestehen seines Etablissements feiern, doch es war wie verhext. Während sonst alle Tätigkeiten in Augustes Küche ineinandergriffen wie die Rädchen eines Uhrwerks, folgte heute ein Malheur auf das andere. Der Suppenkoch hatte die Bouillon so sehr versalzen, dass er eine neue hatte ansetzen müssen, das Soufflé für den Nachtisch war in sich zusammengefallen, als der Lehrjunge das Blech aus dem Ofen genommen hatte, und die Rinderkeule wäre um ein Haar am Grill verkohlt, weil der Rotisseur bei der Arbeit Schnaps getrunken hatte. Als Auguste jetzt auch noch einen Beikoch beim Rauchen erwischte, war er kurz davor zu explodieren. Das aber war das Letzte, was ihm passieren durfte, schließlich hatte er in seiner Küche Geschrei und Gebrüll genauso verboten wie Alkohol und Tabak.

Um sich zu beruhigen, trat er hinaus auf den Flur. Verborgen in einer dunklen Ecke rieb er sich mit beiden Händen die Wangen und zwickte sich dann so lange in die Ohren, bis seine Wut verraucht war – ein Mittel, das ihm in solchen Situationen fast immer half. Es war ja seine eigene Schuld, dass heute alles verquer ging. Er war am Morgen zu spät zur Arbeit erschienen, kein Wunder also, wenn der Schlendrian einriss. Wie der Herr, so's Gescherr.

Er wollte gerade in die Küche zurückkehren, da kam Armand im Laufschritt die Treppe herunter.

»Prinz Galitzin verlangt nach Ihnen! Auf der Stelle!«

Um Gottes willen – das konnte nur eines bedeuten: Blanche hatte sich verplappert. Auf dem Absatz machte Auguste kehrt, um durch den Hinterausgang zu verschwinden. Aber zu spät! Galitzin war Armand gefolgt und verbaute ihm mit seinem massigen Körper den Weg.

»Was … was wünschen Sie?«

»Ich will wissen, was Sie verdienen!«, erwiderte der Russe mit Donnerstimme.

»Pardon, ich … ich begreife nicht, was Sie … was Sie …«

»Ich will Ihnen ein Angebot machen. Also raus damit! Wie viel?«

Während Auguste verzweifelt versuchte, einen Sinn in den Worten zu erkennen, schien Prinz Galitzin vor ihm immer mehr in die Höhe zu wachsen. Augustes Magen krampfte sich so sehr zusammen, dass er an sich halten musste, um sich nicht vor dem Riesen zu erbrechen.

»Wie immer der Betrag lautet«, donnerte der Russe, »Sie werden in Zukunft das Zehnfache bekommen. Bei meinem Freund Lord Shelby. – Heute ist nämlich Ihr Glückstag!«

Bei den letzten Worten fing er plötzlich laut an zu lachen. Vorsichtig lugte Auguste zu ihm auf. Konnte es sein, dass der Russe ihm gar nicht an die Gurgel wollte?

So schwer wie eine Bärentatze fiel dessen Rechte auf Augustes Schulter. »Shelby hat es sich in den Kopf gesetzt, dass man in seinem Haus besser speist als irgendwo sonst in London. Deshalb hat er mich gefragt, ob ich ihm einen Koch empfehlen kann. – Aber was stehen wir hier rum?«, unterbrach sich Galitzin. »Draußen wartet meine Kutsche! Shelby ist in der Stadt und will Sie kennenlernen. Beeilen wir uns! Sie werden Ihre Freude an ihm haben – ein unglaublicher Kauz!«

10

ALS VICKY in den Wintergarten zurückkehrte, wurde sie von der versammelten Geburtstagsgesellschaft bereits dringend erwartet. Die Diener hatten inzwischen Champagner eingeschenkt, die Mutter wollte eine Rede halten und hatte nach ihr suchen lassen. Als Onkel Georgie nun um Ruhe bat, verebbten die Gespräche, und die Gäste bildeten einen Kreis um die Mutter, die mit einem Glas in der Hand und bewundernswerter Sicherheit alle Blicke einfing, bis sie sich der allgemeinen Aufmerksamkeit sicher sein konnte.

Vicky ahnte, was nun kommen würde, und hoffte, dass sie nicht vor aller Augen in Tränen ausbrach.

»Ich freue mich«, begann die Mutter, »dass Sie meiner Einladung gefolgt sind, um diesen Tag mit uns zu feiern. Denn dieser Tag ist ein glücklicher Tag. Der Tag, an dem vor zwanzig Jahren meine geliebte Tochter zur Welt gekommen ist.« Mit einem strahlenden Lächeln prostete sie Vicky zu, und diese glaubte für einen Augenblick, dass es damit vorbei sei. Doch das war es nicht. Statt die Gäste aufzufordern, die Gläser auf Vickys Wohl zu erheben, fuhr die Mutter fort: »Bitte erlauben Sie mir aber auch, an diesem Tag an den Menschen zu erinnern, dem ich diese wunderbare Tochter verdanke – meinen innig geliebten Gatten Henry Stokes.«

Vicky spürte einen Kloß im Hals, und dieser Kloß wurde immer größer, je länger die Mutter von ihrem Vater sprach. Wie glücklich er gewesen war, als er nach der Geburt seine Tochter zum ersten Mal auf dem Arm gehalten hatte – »ein kleines, wunderbar gesundes und lebhaftes Mädchen« … Wie abgöttisch er sie geliebt und umsorgt hatte, ganz anders als andere Väter – »einmal hat er sogar versucht, sie mit Brei zu füttern« … Wie er Vicky das Lesen und Schreiben beigebracht hatte, schon im Alter von fünf Jahren, und natürlich das Reiten – »seine große, lebenslange Leidenschaft« …

Die Mutter stockte. Alles Strahlen erlosch in ihrem Gesicht.

Vicky wusste, jetzt war es so weit.

»Doch leider ist heute nicht nur ein glücklicher, sondern auch ein trauriger Tag. Denn heute vor dreizehn Jahren habe ich meinen geliebten Mann und meine Tochter ihren geliebten Vater verloren.«

Es war Vickys siebter Geburtstag gewesen. Der Vater hatte ihr ein Pony geschenkt, bevor er zum Landsitz eines Freundes aufgebrochen war, der am selben Tag eine Schleppjagd veranstaltet hatte. Es war beim Sprung über einen querstehenden Baum passiert – sein Pferd hatte sich überschlagen und ihn unter sich begraben. Niemals würde Vicky diesen Tag vergessen, der sie mit einem Schlag aus dem Paradies ihrer Kindheit vertrieben hatte. Sie war unter der Aufsicht von Kutscher Harry zum ersten Mal auf ihrem Pony durch den Park geritten, als fremde Männer die Schreckensnachricht brachten.

Die Mutter wandte sich wieder der Gegenwart zu.

»Aber so groß das Unglück war, das uns an jenem Tag ereilte, und obwohl es heute nicht weniger schmerzt als damals, wollen wir uns doch freuen und den Tag genießen, voller Dankbarkeit für alles, was das Leben uns schenkte …«

Während es Vicky nur mit Mühe gelang, die Tränen zu unterdrücken, bewunderte sie, wie beherrscht die Mutter über den Tod ihres Mannes zu sprechen vermochte, der doch die eine große Liebe ihres Lebens gewesen war. War dieser Verlust vielleicht der Grund, warum sie im Laufe der Jahre so streng mit sich und anderen geworden war? Onkel Georgie behauptete, sie sei in ihrer Jugend ein ganz anderer Mensch gewesen, von derselben Wesensart wie Vicky, eine neugierige, übermütige, ebenso lebenslustige wie lebenshungrige junge Frau, ohne Respekt vor irgendwem oder irgendwas …

»Und deshalb möchte ich Sie bitten, nun Ihr Glas zu erheben, um mit mir auf das Wohl meiner Tochter anzustoßen. Auf eine glückliche Zukunft!«

Während die Gäste der Aufforderung folgten, prostete die Mutter Vicky und Rupert mit einem bedeutungsvollen Blick zu.

»Ich denke, der junge Watkin wäre eine durchaus akzeptable Partie«, raunte Onkel Georgie an Vickys Seite. »Meinst du nicht auch?«

Vicky ignorierte seine Bemerkung und fragte stattdessen: »Kennst du zufällig die Gebrüder Cubitt?«

»Allerdings, ich sehe sie regelmäßig im Athenaeum's Club.« Verwundert hob Onkel Georgie die Brauen. »Aber warum willst du das wissen? Die Gentlemen sind bereits verheiratet.«

Vicky tätschelte seine Wange. »Das verrate ich dir vielleicht ein andermal. Erst musst du mir eine Bitte erfüllen.«

11

IM RÜCKGEBÄUDE des Petit Moulin, zum Hinterhof gelegen, gab es einen fensterlosen Verschlag, in dem Auguste bei seinem Eintritt als Küchenchef nur einen eingestaubten Billardtisch vorgefunden hatte, vergessenes Relikt aus einer Zeit, in der das Lokal ein übel beleumdetes Bistro gewesen war, in dem sich die Luden des Viertels getroffen hatten, um mit dem Queue auszufechten, welche Mädchen unter wessen Schutz arbeiten würden. Er hatte damals seinen Chef darum gebeten, ein Fenster in die Wand brechen zu lassen, damit er den Raum als Bureau nutzen konnte. Obwohl der Restaurantbesitzer nicht verstand, wozu ein Koch ein Bureau brauchte, hatte er kopfschüttelnd dem Wunsch entsprochen und außerdem für einen Schreibtisch gesorgt, an dem Auguste fortan jede freie Minute verbrachte, da er in der Küche entbehrlich war. Die Arbeit am Schreibtisch war für ihn nicht weniger wichtig als die am Herd. Er wusste, wenn er nicht wie die meisten Küchenchefs mit vierzig oder spätestens fünfzig Jahren als menschliches Wrack enden wollte, aufgezehrt von einer täglich sechzehn oder noch mehr

Stunden währenden Arbeit in unerträglicher Hitze, musste er seine Bei- und Hilfsköche befähigen, genauso gut zu kochen wie er selbst, damit er nicht von morgens früh bis spät in der Nacht persönlich am Feuer stehen musste.

Zu diesem Zweck verfasste er unzählige Anleitungen, wie seine Rezepturen auszuführen waren, mit einer solchen Präzision, dass jedes Mitglied seiner Brigade auch die anspruchsvollsten Gerichte eigenständig nachkochen konnte. Seit einigen Wochen befasste er sich mit der Herstellung von Soßen, der Königsdisziplin der Kochkunst. Dafür hatte er sich von dem Periodensystem des russischen Chemikers Mendelejew inspirieren lassen, einem System zur Klassifizierung der Elemente. Auf der Basis von fünf Fonds – Kalb, Rind, Huhn, Fisch, Gemüse – hatte er fünf »Muttersoßen« identifiziert: die braune *Espagnole*, die weiße *Velouté*, die milchige *Béchamel*, die gelbe *Hollandaise* und die rote *Tomate*, die jeweils allesamt durch verschiedenste Kräuter und Gewürze unendlich variiert werden konnten, wie die Essenzen in einem chemischen Laboratorium.

Doch heute gelang es ihm nicht, sich auf die Arbeit zu konzentrieren. Seit über einer Stunde zerbrach er sich nun schon den Kopf, wie sich die Ableitungen der *Velouté* systematisieren ließen, doch kam er nicht über die für Fisch geeigneten Variationen hinaus. Entnervt verließ er den Schreibtisch und trat an den Billardtisch, den er selbst wieder hergerichtet hatte, weil ihm beim Klackern der Kugeln die besten Ideen kamen. Sein Vater war ein leidenschaftlicher Billardspieler gewesen und hatte ihn sonntags nach dem Kirchgang oft mit ins Bistro mitgenommen. Wenn er mit dem Queue die Kugeln auf dem Vlies über Bande spielte, fand er zu einer inneren Ruhe und Einkehr wie andere Menschen im Gebet.

Heute aber versagte das Mittel. Statt an sein Soßensystem musste er immer wieder an seine Begegnung mit Lord Shelby denken. Prinz Galitzin hatte nicht übertrieben, der Engländer war der seltsamste Kauz, dem er je begegnet war. Er hatte sie im Grand Hotel am Palais

Royal empfangen, wo er eine ganze Etage für sich allein bewohnte, nur in Gesellschaft einer Unzahl von Katzen. Auguste hatte unwillkürlich an einen Sultan in seinem Harem denken müssen. Doch so wunderlich der Lord war, sein Angebot war mehr als verlockend, nicht nur wegen der fürstlichen Entlohnung, die tatsächlich das Zehnfache dessen betrug, was Auguste im Petit Moulin verdiente. Noch verlockender erschien ihm die Möglichkeit, seine Kunst im Ausland zu erproben, es gehörte ja schon immer zu seinem Traum, die französische Küche in die ganze Welt hinauszutragen, und hier bekam er die Chance dazu.

Doch andererseits … Sollte er dafür das Petit Moulin aufgeben? Seine erste Stelle als Küchenchef in einem der renommiertesten Pariser Restaurants? Brauchte er nicht die tägliche Zusammenarbeit mit seiner Brigade, wenn er das Beste aus sich herausholen wollte, um irgendwann der größte Koch aller Zeiten zu werden?

»Monsieur.«

Auguste schaute vom Billardtisch auf. Jean-Louis, einer der Küchenjungen, stand in der Tür, mit einem Brief in der Hand.

»Der ist gerade für Sie gekommen.«

»Danke. Gib her.«

Der Brief war von Paul. Er schrieb, dass er nach Eröffnung der Weltausstellung nach London reisen werde. Und dass er bei der Gelegenheit beabsichtige, Vicky zu besuchen, die ihm ihrerseits versprochen habe, ihn mit irgendwelchen Architekten oder Bauingenieuren bekannt zu machen.

Als Auguste zu Ende gelesen hatte, zog sich sein Magen zusammen, als hätte er eine versalzene Suppe probiert.

Trau, schau, wem …

Plötzlich packte ihn solche Eifersucht, dass er den Brief in der Hand zerknüllte. Und noch bevor er ihn ins Feuer warf, stand seine Entscheidung fest.

Noch heute würde er Lord Shelby schreiben.

12

AM ERSTEN Mai des Jahres 1873 eröffnete Seine kaiserlich-königliche Majestät Franz Joseph, Herrscher von Österreich-Ungarn, im Wiener Prater die fünfte Weltausstellung der Menschheitsgeschichte im Beisein hochrangiger Vertreter aus Adel und Politik, Wirtschaft und Kultur sowie seiner ihm angetrauten Gemahlin, Kaiserin Elisabeth, die aufgrund ihrer Neigung zur Schwermut öffentliche Auftritte sonst scheute, doch zu diesem Ereignis, das vor Gott und der Welt die wiederhergestellte Größe der Donaumonarchie unter Beweis stellen sollte, eine Ausnahme machte, ein Kraftakt, den das Volk ihr mit begeistertem Jubel dankte.

Ja, die Wiener Weltausstellung sollte ein Fest der Völker werden, wie es noch keines je zuvor gegeben hatte. Potentaten aller Herren Länder hatten ihren Besuch angekündigt, dreiunddreißig regierende Fürsten, dreizehn Thronfolger und zwanzig Prinzen, darunter der deutsche Kaiser Wilhelm ebenso wie der russische Zar Alexander oder der persische Schah Naser al-Din. Doch die Veranstaltung war nicht nur ein politisches Ereignis, als industrielle Leistungsschau war sie viel mehr noch eine gigantische Feier des Fortschritts. Ob im Bergbau- oder Hüttenwesen, in der chemischen oder Metallindustrie, in der Landwirtschaft oder in der Genussmittelerzeugung, in der Kunst oder im Kunstgewerbe, im Heeres- oder Marinewesen: Überall auf dieser Ausstellung war der Fortschritt mit Händen zu greifen, in jedem Pavillon, in jedem Exponat, als unaufhaltsam vorwärtstreibende Kraft und Garant eines immerwährenden Wachstums in Wirtschaft, Handel und Industrie, um den Völkern der Welt in einer nicht mehr fernen Zukunft unermesslichen Wohlstand und Reichtum zu bescheren.

Von diesem Glauben zeugte auch der Handel an den internationalen Börsen, deren Wesen und Geschäft es ja war, Wetten auf die Zukunft abzuschließen. Das Gründungsfieber, das seit dem Ende der Kriege den ganzen Kontinent beseelte, hatte die Aktienkurse in phantastische Höhen getrieben, und nachdem sowohl die Ankündigung als auch die Eröffnung der Weltausstellung die Börsen zwei weitere Male befeuert hatte, schien ein Ende der Hausse nicht abzusehen. In der Hoffnung auf schnellen Reichtum wurden den Brokern die Anteilsscheine von Unternehmen nahezu aller Branchen förmlich aus den Händen gerissen, in einem so wahnwitzigen Tempo, als würde es am nächsten Tag keine Wertpapiere mehr geben, während gleichzeitig im Prater immer größere Menschenmassen auf das Ausstellungsgelände strömten, um sich staunend von der greifbaren Wirklichkeit des Fortschritts zu überzeugen, voller Zuversicht, dessen Segnungen im eigenen Alltag alsbald teilhaftig zu werden – wie etwa der neuartigen *water closets* aus England, selbstreinigender Toiletten, die die peinlichen Spuren menschlicher Notdurft mit Hilfe einer Wasserspülung auf allerhygienischste Weise beseitigten.

Auf Anordnung von Oberingenieur Engerth, dem die Leitung des technischen Ausstellungsbetriebs oblag, hatte Paul seine Arbeit erst beenden dürfen, nachdem das einwandfreie Funktionieren der Wasser- und Pumpwerke sichergestellt war. Mit dem Lohn von fast zwei Jahren Arbeit in der Tasche verabschiedete er sich nun in der Baubaracke von Fräulein Rosalie.

»Bekomme ich nicht wenigstens noch ein kleinwinziges Busserl?«, fragte sie, als er die Quittung für das ausgezahlte Geld unterschrieb.

»Ach, Fräulein Rosalie. Sie wissen doch, dass das nicht geht.«

»Warum müssen Sie nur ein so grundanständiger Mensch sein?« Resigniert schüttelte sie den Kopf. »Aber wenn es nun einmal so ist – adieu, Herr Ingenieur, leben Sie wohl.« Sie schenkte ihm noch einmal ein Lächeln, dann beugte sie sich über ihren Schreibtisch. »Aber worauf warten 'S denn noch?«, fragte sie, als er unentschlossen vor ihr stehen blieb. »Jetzt schleichen 'S sich, sonst werde ich Ihnen noch eine Watschen verpassen. Weil, mit Ihrer Anständigkeit sind Sie nämlich ein noch viel größerer Schuft als der treuloseste Hundling.«

»Hundling?«

Statt ihm zu antworten, schaute sie ihn so traurig an, dass er ihr am liebsten doch einen Kuss gegeben hätte. Aber zum Glück schlug sie die Augen nieder.

Auf dem Absatz machte er kehrt, und Hals über Kopf verließ er die Baracke. In zwei Tagen würde er in London sein. Wie hatte er das auch nur für eine Sekunde vergessen können? Dabei freute er sich schon seit Wochen darauf, Vicky von der Weltausstellung zu erzählen. Und er hatte auch eine wunderbare Geschenkidee. In der Rotunde bot die »Wiener Photographen-Association« fotografische Aufnahmen von allen Sehenswürdigkeiten der Veranstaltung an. Er hatte für seine Zwecke bereits eine ganze Sammlung erworben, eine geradezu enzyklopädische Dokumentation der neuesten Errungenschaften der Ingenieurskunst, darunter Abbildungen von einem überschmiedeten, zweiundfünfzigtausend Kilogramm schweren Gussstahlblock der Firma Krupp aus Essen, von dampfgetriebenen Werkzeugmaschinen und dynamoelektrischen Motoren, von Schreibtelegrafen, die Nachrichten noch schneller übertrugen, als Züge fahren konnten, und von einer Sprachapparatur, die es an entfernten Orten lebenden Menschen dereinst ermöglichen sollte, sich vermittels elektrifizierter Drahtleitungen miteinander zu unterhalten, über viele hundert oder gar tausend Meter hinweg.

Aber für Vicky hatte Paul anderes im Sinn. Er wollte ihr fotografische Aufnahmen von jenen Abteilungen der Ausstellung mit nach London bringen, die Einblicke in die exotischsten Kulturen dieser Welt vermittelten. So gab es ein persisches Haus voller orientalischer Schätze und auch eine ägyptische Moschee, von deren Minarett ein Muezzin fünfmal am Tag zum Gebet rief. Vor dem japanischen Pavillon war zwischen künstlichen Wasserläufen und Brücken und Hügeln der Tempel von Kyoto nachgebildet worden, eines der Nationalheiligtümer des fernen Kaiserreichs. Und als ganz besondere Kuriosität hatten zwei New Yorker Restaurantbesitzer in der nordamerikanischen Abteilung ein haushohes Wigwam aufgeschlagen, in dem Indianer typische amerikanische Drinks wie Bourbon Whiskey servierten.

Paul konnte es gar nicht erwarten, Vicky die Bilder zum Geschenk zu machen. Doch als er sich mit einem Griff in seine Brusttasche vergewisserte, dass seine Reiseunterlagen noch an ihrem Platz waren, stürmten ihm plötzlich aus der Rotunde im Laufschritt Scharen von Menschen entgegen, als würde es im Innern des Gebäudes brennen.

Was in aller Welt hatte das zu bedeuten?

Als er die Eingangshalle betrat, herrschte darin ein aufgeregtes babylonisches Stimmengewirr. Niemand interessierte sich für die Möbelstoffe, Gobelins und Teppiche der Firma Philipp Haas & Söhne, die hier ausgestellt waren. Voller Panik und Entsetzen scharte man sich um ein paar Zeitungsjungen, die die Katastrophe verkündeten.

An diesem Vormittag des 9. Mai war die Spekulationsblase geplatzt, einhundertzwanzig Banken waren innerhalb weniger Stunden bankrott gegangen, so dass die Wiener Börse kurzerhand den Handel hatte einstellen müssen.

13

EIGENTLICH SOLLTE Vicky sich an diesem Vormittag um ihre Aussteuer kümmern. Miss Jackson, die schon seit Jahrzehnten in Paxton House der Wirtschaft vorstand, hatte ihr nach dem Frühstück ein paar Wäschestücke in die Hand gedrückt, damit sie diese für ihre künftige Ehe mit ihrem Monogramm versah. Aber auch nach zwei Stunden war sie noch nicht über den ersten Buchstaben hinausgelangt. Das lag nicht nur daran, dass sie jede Form von Handarbeit verabscheute. Nein, der eigentliche Grund, warum sie mit ihrer Stickerei nicht vorankam, war eine innere Unrast, wegen der sie die Arbeit immer wieder unterbrach, um aus dem Fenster zu schauen. Paul Biermann hatte seinen Besuch angekündigt, und sie freute sich so sehr auf das Wiedersehen, dass es sie selbst verwunderte. War es wegen der fotografischen Aufnahmen von der Weltausstellung, die er ihr in seinem letzten Brief versprochen hatte? Der Gedanke, dann von ihrem berühmten Großvater und dessen Beitrag zur ersten Weltausstellung erzählen zu können, war überaus verlockend – in Karlsbad hatte sie sich ja die Zunge abbeißen müssen, um nicht damit herauszuplatzen. Wenn Paul genügend Zeit hatte, würde sie vielleicht sogar mit ihm nach Sydenham fahren, um den Kristallpalast zu besichtigen, den man dort wieder aufgebaut hatte, als Ingenieur würde ihn die Konstruktion bestimmt interessieren. Auch freute sie sich darauf, ihn mit der guten Nachricht zu überraschen, die Onkel Georgie ihr ausgerichtet hatte. Dank seiner Vermittlung hatten die Brüder Cubitt sich bereit erklärt, Paul zu empfangen und sogar persönlich durch Belgravia zu führen, um ihm die Methoden zu erklären, mit denen sie das Viertel errichtet hatten.

Wieder trat sie ans Fenster und schob die Gardine zur Seite. Auf dem Sloane Square herrschte der um diese Zeit übliche Verkehr, aber von ihrem Besuch gab es nach wie vor keine Spur. Enttäuscht wandte sie sich ab, um ein Blatt von dem Tageskalender zu reißen, der, halb verborgen von den schweren Volants, an der Wand hing. Warum ließ Paul sich nicht endlich blicken? Seiner Ankündigung nach müsste er längst in London sein. Wenn irgendwelche Umstände ihn aufgehalten hatten, hätte er ihr wenigstens eine Nachricht schicken können, aber das hatte er nicht getan – eine Ungehörigkeit, die gar nicht zu ihm passte. Oder hatte sie ihn falsch eingeschätzt?

»Warum stehst du eigentlich den ganzen Vormittag am Fenster?«

Vicky hatte nicht bemerkt, dass ihre Mutter hereingekommen war.

»Ich … ich wollte nur nach dem Wetter schauen«, sagte sie. »Vielleicht mache ich noch einen kleinen Spaziergang.«

»Heute?« Die Mutter schüttelte den Kopf. »Roberta hat ihren freien Tag, das weißt du doch, und ich selbst habe keine Zeit, dich zu begleiten. Ich bin mit Edward Watkin verabredet.«

»Ach so?« Vicky war alarmiert.

»Nicht, was du denkst«, erwiderte die Mutter. »Es geht nicht immer nur um dich auf dieser Welt, meine Liebe. Edward Watkin und ich streben eine Zusammenarbeit unserer Unternehmen an, um mit vereinten Kräften das Tunnelprojekt voranzutreiben. Die Konkurrenz schläft nicht. Die Great Western hat bereits in die Submarine Continental Railway Company kräftig investiert, um ganz vorn mit dabei zu sein.«

»Waren das nicht die, die uns schon mal das Geschäft weggeschnappt haben?«, fragte Vicky, um bei dem unverfänglichen Thema zu bleiben. »Bei der Einführung der Untergrundbahn?«

»Ja, weil damals dein Großvater bereits im Sterben lag. Sonst würden wir heute die U-Bahn betreiben. So etwas darf uns kein zweites Mal passieren.«

»Aber was sagt Onkel Georgie dazu? Ich hatte nicht den Eindruck, dass er von der Idee sehr begeistert ist.«

»Dafür werde ich schon sorgen«, erklärte die Mutter. »Dein Onkel hat noch nie Interesse an den Geschäften gezeigt und ist mir bislang bei allen Entscheidungen gefolgt. – Aber wenn du partout keine Lust zum Sticken hast«, wechselte sie abermals das Thema, »warum nutzt du nicht die Zeit, die Fotografien von deiner Geburtstagsfeier zu entwickeln? Oder ist das auch nur wieder eine von den vielen Dingen, die du angefangen hast, ohne sie zu Ende zu bringen?«

14

MÜDE UND mit knurrendem Magen verließ Paul nach einer durchwachten Nacht den Zug, der ihn von Wien nach Berlin gebracht hatte, und von der langen Fahrt auf den Holzbänken schmerzten ihm alle Glieder. Da die Schlafwagenabteile ebenso ausgebucht gewesen waren wie die Coupés der ersten und zweiten Klasse, hatte er mit einem Platz in der dritten Klasse vorliebnehmen müssen, wo es keine Gelegenheit gegeben hatte, Toilette zu machen oder die Wäsche zu wechseln, so dass er sich jetzt nichts sehnlicher wünschte als ein Bad und frische Kleider und danach ein kräftiges Frühstück – seit seiner Abreise in Wien hatte er nur ein Butterbrot und eine Tasse Kaffee zu sich genommen, die ihm in Prag irgendwann in der Nacht ein fliegender Händler vom Perron aus durchs Fenster gereicht hatte.

Auf dem Bahnsteig wies er einen Dienstmann an, sein Gepäck auf den Vorplatz zu bringen, wo er eine Droschke nehmen wollte, um nach Hause zu fahren.

Ja, statt wie geplant nach London zu reisen, war Paul direkt nach Berlin zurückgekehrt. Ein Telegramm seines Vaters hatte ihn gerufen, als er gerade den Koffer für London packte – es war nicht mal Zeit geblieben, Vicky einen Brief zu schreiben, um sein Ausbleiben zu entschuldigen. Der Wiener Börsenkrach hatte nicht nur die Donaumonarchie erschüttert, die von niemandem vorausgesehene Katastrophe hatte über alle Grenzen hinweg ein internationales Beben ausgelöst, das sämtliche Handelsplätze in Europa und sogar Amerika erfasst hatte. Die Folgen hatte die Firma Biermann & Söhne unmittelbar zu spüren bekommen. Der neue Teilhaber, Heinrich Quistorp, den der Vater als überaus erfolgreichen Spekulanten, ja als Finanzgenie gepriesen hatte, war noch am Tag des Wiener Börsenkrachs in Konkurs gegangen, und damit, so hatte es im Telegramm geheißen, drohe auch Biermann & Söhne der Bankrott, weshalb Pauls Rückkehr zwingend erforderlich sei.

Als er den Bahnhof verließ, strahlte ihm die Sonne von einem wolkenlosen Himmel entgegen. Das herrliche Wetter empfand er wie Hohn auf die schlechten Nachrichten, die auch hier die Zeitungsjungen ausriefen.

»Ende des Börsenrauschs!«

»Aktien im freien Fall!«

Der Dienstmann lud Pauls Gepäck bereits auf eine Droschke. »Nach Charlottenburg«, sagte er und nahm auf der Rückbank Platz.

Der Kutscher schnalzte mit der Zunge, und die Pferde zogen an.

Die Straße quoll förmlich über von hin- und herhastenden Menschenmassen. War der Berliner Verkehr früher auch schon so ein Chaos gewesen? Ob zu Pferd oder zu Fuß, ob in Kutschen oder Droschken – jeder schien in solcher Eile zu sein, als ginge es um sein Leben. Oder hatte Paul diesen Eindruck nur, weil er fast zwei Jahre in Wien gelebt hatte, wo jenseits des Weltausstellungsgeländes die Uhren ein bisschen langsamer tickten und die Zeit so träge dahinfloss wie die Fluten der schönen blauen Donau, ohne dass sich je etwas zu ändern schien? Paul wusste es nicht. Er sah nur, dass hier in Berlin alles Veränderung war. Die Stadt war kaum noch wiederzuerkennen. Wohin er blickte, überall wurde abgerissen und gebaut, gezimmert und gemauert und gehämmert, und wo früher nichts als Gegend gewesen war, waren völlig neue Quartiere entstanden, manche mit herrschaftlichen Villen, andere mit schäbigen, bis in den Himmel ragenden Mietskasernen, ein halbes Dutzend Stockwerke hoch, und an jeder Ecke gab es Geschäfte und Werkstätten, Manufakturen und Fabriken.

Nur eines hatte sich nicht verändert, und das war der Geruch. Wo immer die Droschke entlangfuhr, überall stieg Paul derselbe faulige Gestank in die Nase, die typische »Berliner Luft«. Der Grund dafür war die fehlende Kanalisation. Abwässer wurden nur mit Hilfe von obererdigen Rinnsteinen aus der Stadt geleitet, und feste Abfälle und Fäkalien mussten immer noch wie im Mittelalter aus Jauchegruben abgeschöpft werden – ein Übelstand, der seit Ewigkeiten zwar beklagt wurde, den aber bisher noch niemand ernsthaft angegangen war.

»Brrrrr!«

Der Kutscher zog an den Leinen. Eine junge Frau im Sommerkleid überquerte die Straße, ohne auf den Verkehr zu achten. Als sie sich auf der anderen Straßenseite umdrehte, sah Paul unter schwarzen Locken ein Paar lachende Augen und einen vollen roten Mund. Der Anblick versetzte ihm einen Stich. Wenn alles nach Plan verlaufen wäre, wäre er jetzt in London bei Vicky.

Aber was im Leben verlief schon nach Plan?

Während die Fremde sich zwischen den Menschenmassen verlor, richtete Paul seinen Blick nach vorn. Jetzt konnte er nur hoffen, dass die Lage zu Hause nicht so dramatisch war, wie das Telegramm des Vaters ihn hatte glauben machen, damit er seinen Besuch in London so bald wie möglich nachholen konnte.

Vielleicht ja schon in ein paar Tagen.

15

VICKY SCHLOSS hinter sich die Tür des kleinen Laboratoriums, das Onkel Georgie als Teil seines Geburtstagsgeschenks im Keller des Hauses für sie hatte einrichten lassen, damit sie die Bilder, die sie mit ihrer Kamera aufnahm, selbst entwickeln konnte. Harry hatte darin eine mit Karmesin bestrichene Gaslampe installiert, die alles in ein dunkelrotes Licht tauchte, so dass die Gegenstände im Raum nur schemenhaft zu erkennen waren.

Sie wartete, bis ihre Augen sich daran gewöhnt hatten, dann trat sie an den Tisch mit den Chemikalien.

Sie hatte eine Ewigkeit gebraucht, um sich an die Entwicklung ihrer ersten Bildplatte zu wagen. Ihre Mutter hatte zwar recht mit der Behauptung, sie fange immer wieder etwas Neues an, ohne eine Sache zu Ende zu bringen, doch in diesem Fall lagen die Dinge anders. Der Grund, warum sie so lange gezögert hatte, war ihre Angst vor einer Enttäuschung. Was sie an der Fotografie faszinierte, war deren Magie. Mit Hilfe der Fotografie war es möglich, die Zeit, deren Wesen doch fortwährende Veränderung war, für einen Wimpernschlag anzuhalten, um dem durch sie gebannten Augenblick gegen alle Naturgesetze unveränderliche Ewigkeit zu verleihen.

Würde sie zu solcher Magie fähig sein? Oder würde der Augenblick, den sie auf ihrem Geburtstag mit der Kamera festgehalten hatte, sich unter ihren Händen in Nichts auflösen?

Obwohl der Optiker ihr Schritt für Schritt erklärt hatte, was zu tun war, damit die auf der belichteten Platte aufgebrachte Bromsilberschicht das darin eingefangene Bild preisgab, war sie sich ihrer Sache alles andere als sicher. Wenn ihr auch nur ein einziger Fehler bei der Mischung der Chemikalien unterlief, war es um das Bild geschehen. Während ihr Puls sich beschleunigte, band sie sich eine Atemmaske vor Mund und Nase, um sich gegen die Dämpfe zu schützen, die bei der Entwicklung austreten würden. Dann tauchte sie die Trägerplatte in eine alkalische Lösung, um die Reaktion in Gang zu setzen.

Sie kniff die Augen zusammen, um in dem Rotlicht besser zu sehen, und begann im Geiste zu zählen.

Eins, zwei, drei …

Nichts geschah.

Fünfundachtzig, sechsundachtzig, siebenundachtzig …

Immer noch nichts.

Hundertelf, hundertzwölf, hundertdreizehn …

Plötzlich ein erstes Schemen, noch ganz schwach und verschwommen wie aus einer anderen Welt. Doch als sie sich über die Wanne beugte, stieß sie gegen deren Rand und sah nur noch die sich kräuselnde Oberfläche der Lösung.

Hatte sie sich das Schemen nur eingebildet?

Mit angehaltenem Atem wartete sie ab, dass die Flüssigkeit in der Wanne sich wieder beruhigte.

Nein, sie hatte sich nicht getäuscht, das Wunder geschah! Wie von Zauberhand nahm das Bild vor ihren Augen Konturen an, immer klarer und deutlicher trat es auf der Platte hervor, erst die Umrisse der kleinen Festgesellschaft, die sie auf ihrem Geburtstag fotografiert hatte, dann die einzelnen Figuren, bis schließlich sogar die Gesichter zu erkennen waren.

Sie hatte es geschafft! Der Augenblick war für immer gebannt!

Mit einer Zange nahm sie die Platte aus der Lösung, um die Reaktion abzubrechen, bevor das Bild sich schwärzte, und gab sie dann in eine zweite Wanne mit Natronlauge zur Fixierung der Aufnahme. Danach wusch sie die Platte in einer mit Wasser gefüllten dritten Wanne, um sie von allen Chemikalien zu befreien, und trocknete sie am Ende mit einem sauberen, weichen Tuch.

Voller Stolz hielt sie ihr Werk in der Hand. Wie im wirklichen Leben schauten ihre Geburtstagsgäste sie an, in der Mitte die Mutter.

Und an deren Seite Rupert Watkin.

Sollte er ihr Mann fürs Leben sein?

Es klopfte an der Tür, und gleich darauf ertönte die Stimme O'Briens.

»Miss Vicky?«

»Jetzt nicht! Ich bin beschäftigt.«

»Tut mir leid. Aber es ist Besuch für Sie da.«

»Was für ein Besuch?«

»Ich habe den Namen nicht verstanden – ein Ausländer!«

»Ein Ausländer? Einen Moment, ich komme.«

Das musste Paul sein – Paul Biermann aus Berlin! Eilig legte sie die Bildplatte ab, dann verließ sie ihr Laboratorium und lief an O'Brien vorbei die Treppe hinauf.

Doch als sie in die Halle kam, traute sie ihren Augen nicht.

Vor ihr stand nicht Paul Biermann aus Berlin, sondern Auguste – Auguste Escoffier aus Paris, mit einem Strauß Blumen in der Hand.

16

CHARLOTTENBURG, eine seit Menschengedenken beliebte Sommerfrische im Westen Berlins, hatte sich im Laufe der Zeit zum Lieblingslustort der Hauptstadtbewohner gewandelt, den eine stark frequentierte Pferdestraßenbahn mit der Kapitale verband. Vor allem an den Wochenenden strömten die Berliner in Scharen vor die Tore der Stadt, um in der freien Natur die gute Luft zu genießen und sich von den Mühen der Arbeit zu erholen oder aber um sich in einer der zahlreichen hier etablierten Gartenwirtschaften und Vergnügungsstätten zu verlustieren. Nicht wenige wohlhabende Liebhaber des Ortes verbrachten sogar den ganzen Sommer in ihren großzügigen und geschmackvollen Landhäusern, die das Stadtbild inzwischen prägten, und seit Mitte des Jahrhunderts erfreute Charlottenburg sich so großer Beliebtheit, dass es unter den reichen Berliner Familien in Mode gekommen war, den Wohnsitz ganz hierher zu verlegen, vorzugsweise an der Berliner Straße, der repräsentativen Chaussee zwischen dem Charlottenburger Schloss und dem Brandenburger Tor.

Hier hatte sich auch Pauls Familie angesiedelt. Die schneeweiße, mit ihrer geschwungenen Auffahrt und der beidseitig begehbaren Freitreppe fast herrschaftlich anmutende Villa, die nicht nur Platz für alle Glieder der ersten und zweiten Generation bot, sondern auch noch genügend Räumlichkeiten für künftige Enkelkinder in Reserve hielt, war sichtbares Zeichen des stetig gewachsenen Erfolgs der Firma Biermann & Söhne und darum Stolz der ganzen Familie. Pauls Vater wies Besucher gern darauf hin, dass in der Nachbarschaft, nur wenige hundert Meter weiter, Werner von Siemens in seiner schlossartigen Villa residierte, der geniale Erfinder und Industrielle, und man einander aus der Kutsche heraus durchaus grüße, wenn sich auf der Chaussee ihre Wege kreuzten.

Ja, wer hier lebte, hatte es geschafft, und man konnte nur hoffen, dass durch die neu entstehenden Viertel nicht der eigentümliche Charme Charlottenburgs verlorenging. Um dem rasanten Wachstum des Ortes zu entsprechen, entstanden überall unansehnliche Zweckbauten, mit denen Stadtplaner James Hobrecht eine Durchmischung des gehobenen Bürgertums mit dem einfachen Volk anstrebte, um auf diese Weise dem enormen Wohnungsbedarf rund um die Hauptstadt Genüge zu tun – ein Konzept, das bei den Anwohnern der Berliner Straße auf wenig Gegenliebe stieß.

Paul hatte den Eindruck, dass die neuen Quartiere bereits bedrohlich nahe an die Villen herangerückt waren, als seine Droschke die

Chaussee entlangrollte. Obwohl das Telegramm des Vaters seine eigentlichen Pläne so unerwartet durchkreuzt hatte, freute er sich nach über zwei Jahren in der Fremde jetzt doch, wieder nach Hause zu kommen. Noch lebhaft erinnerte er sich an den Einzug der Familie in der Villa. Er war damals zwölf Jahre alt gewesen, und das Haus war ihm so groß wie ein Palast erschienen. Als der Kutscher in die Auffahrt einbog, kam es ihm nun jedoch um einiges bescheidener vor; vermutlich lag es daran, dass seine Augen sich in Wien an andere architektonische Dimensionen gewöhnt hatten. Die Prachtbauten der Ringstraße waren wirkliche Paläste, sein Elternhaus hingegen war, bei Licht betrachtet, dann doch nicht mehr als eine gutbürgerliche Villa und insofern durchaus der Stellung der Familie entsprechend.

Da Paul sein Kommen telegrafisch angekündigt hatte, hatte er erwartet, dass man ihm einen Empfang bereiten würde. Selbst wenn gewöhnlicher Besuch ins Haus stand, wies seine Mutter das Personal stets an, Ausschau nach den Gästen zu halten, um sie auf der Freitreppe zu begrüßen. Doch niemand ließ sich blicken, als er aus der Droschke stieg, nicht mal Anton, der Hausbursche, um ihm mit dem Gepäck zu helfen.

Seltsam.

Auf dem Treppenabsatz stellte er seine Koffer ab und betätigte den Türklopfer mit dem gusseisernen Löwenkopf.

Es dauerte eine Weile, bis er im Innern Schritte hörte.

»Na, endlich!«

Als die Tür aufging, stand sein Schwager Hugo Lebsanft vor ihm, ein untersetzter, glatzköpfiger Mann Ende dreißig mit platzrundem Gesicht und graumeliertem Backenbart, der Ehemann seiner älteren Schwester Greta und Prokurist der Firma Biermann & Söhne. Trotz des herrlichen Sommerwetters trug er einen schwarzen Anzug, in dem er sichtlich schwitzte.

Paul überkam eine böse Ahnung. »Um Gottes willen, ist etwas passiert?«

Hugo nickte. »Vater ist tot«, sagte er. »Er hat sich das Leben genommen.«

17

VICKY WAR von dem unverhofften Besuch so überrascht, dass sie einen Moment brauchte, bis sie ihr Französisch beisammenhatte.

»Monsieur Escoffier? Na, so etwas! Wo kommen Sie denn her?«

Mit seinem Blumenstrauß in der Hand trat Auguste auf sie zu. »Ich bitte vielmals um Vergebung, wenn ich so unangemeldet bei Ihnen erscheine.« Mit einer Verbeugung reichte er ihr das Bukett. »Ich hätte meinen Besuch vorher ankündigen sollen – ein unverzeihliches Versäumnis, wie ich jetzt erkenne. Ich kann es nur damit entschuldigen, dass ich Sie überraschen wollte.«

»Die Überraschung ist Ihnen allerdings gelungen!« Lachend nahm sie seinen Blumenstrauß entgegen, und während sie ihn an O'Brien weiterreichte, warf sie kurz einen Blick in den Spiegel, um ihr Aussehen zu überprüfen. »Um ehrlich zu sein, als man mir einen ausländischen Gast meldete, hatte ich eher unseren Freund Paul erwartet.«

»Paul – Paul Biermann?«, wiederholte er. »Das kann ich unmöglich glauben!«

»Aber ja doch, er schrieb, dass er diesen Monat geschäftlich in London zu tun haben werde.«

»Was für ein Zufall!« Auguste zögerte einen Moment, dann fügte er hinzu: »Jetzt sind Sie wohl sehr enttäuscht, nicht wahr?«

Vicky musste sich eingestehen, dass sie das tatsächlich war. Sie hatte sich ja seit Tagen auf Pauls Besuch gefreut und es kaum erwarten können, ihn wiederzusehen. Doch andererseits … Einen charmanteren Stellvertreter als Auguste konnte man sich gar nicht wünschen, sie hatte nicht vergessen, wie unterhaltsam seine Gesellschaft war. Und außerdem – lieber ein Kavalier, der unangekündigt erscheint, als einer, der sich ankündigt, um dann unentschuldigt auszubleiben.

Energisch schüttelte sie den Kopf. »Aber nein«, sagte sie. »Ich bin entzückt. Doch was stehen wir hier herum? Gehen wir lieber an einen etwas angenehmeren Ort. – Sie kümmern sich bitte um die Blumen«, wies sie den Butler an.

Während O'Brien sich entfernte, führte sie Auguste in den Grünen Salon, der in Paxton House seit jeher als Empfangszimmer diente – ein Raum voller wuchernder Pflanzen, die noch Vickys Großvater gezogen hatte.

»Verraten Sie mir, was Sie nach London geführt hat?«, fragte sie, nachdem sie beide in den schweren Lederfauteuils Platz genommen hatten.

»Aber gerne«, sagte Auguste. »Ein russischer Prinz, für den ich einige Male gekocht habe, eigentlich ein fürchterlicher Grobian und Schrecken aller Restaurantbesitzer, hatte die unerwartete Freundlichkeit, mich einem hier lebenden Lord zu empfehlen, der nun in seinem Haus meine Dienste in Anspruch nehmen möchte.«

»Darf ich fragen, wie Seine Lordschaft heißt?«

»Shelby – falls dies die korrekte Aussprache ist.«

»Lord *Harold* Shelby?«, platzte Vicky heraus. »Der ist mir durchaus bekannt – der schrulligste Kauz von ganz London.«

»Ich fürchte, dem kann ich nicht widersprechen.« Auguste grinste über das ganze Gesicht. »Ich hatte bereits in Paris das Vergnügen, diesen außergewöhnlichen Herrn kennenzulernen. Er trug während unseres Gesprächs zwei Katzen unter dem Arm und fütterte gleichzeitig mit einem Milchfläschchen ein Katzenjunges, das aus seinem Rock hervorlugte.«

»Harold Shelby, wie er leibt und lebt!«

»Und dann sein Französisch!«

Um eine Vorstellung davon zu geben, radebrechte Auguste ein paar Sätze, in einem Kauderwelsch, das man unmöglich verstehen konnte, und zog dabei ein so hochmütiges und gleichzeitig dümmliches Gesicht, dass Vicky Lord Shelby leibhaftig vor sich zu sehen glaubte.

»Einfach köstlich. Allerdings hoffe ich sehr, dass Sie inzwischen genügend Englisch gelernt haben, um sich in Shelby House verständlich zu machen.«

Auguste schüttelte den Kopf. *»Not very.«*

»Nein?« Sie dachte einen Moment nach. »Nun, dann habe ich vielleicht eine Idee.«

»Nämlich?«

Als sie seinen erwartungsvollen Blick sah, zögerte sie. Vielleicht war die Idee, die ihr gerade gekommen war, ja allzu verwegen und nicht nur nach den Maßstäben ihrer Mutter unangemessen. Immerhin würde das ja bedeuten, dass sie und Auguste künftig mit einiger Regelmäßigkeit …

Ach, was! Die Idee gefiel ihr einfach zu gut, um sie für sich zu behalten. Also schob sie ihre Bedenken beiseite und sagte: »Wenn Sie möchten, bin ich gern bereit, Ihnen beim Erlernen unserer Sprache behilflich zu sein.«

Sie hatte erwartet, dass Auguste dankbar zustimmen würde. Doch stattdessen runzelte er die Stirn.

»Das ist überaus freundlich von Ihnen«, erwiderte er, »und ich weiß Ihr Angebot wirklich zu schätzen. Aber nein, das kann ich unmöglich annehmen.«

»Nur keine falsche Bescheidenheit«, insistierte sie. »Es wäre mir wirklich eine Freude.«

»Bescheidenheit ist nicht der Grund.« Seine Miene wurde plötzlich ernst. »Ich habe mir bei Lord Shelby ausdrücklich ausbedungen, dass ich in seinen Diensten nicht gezwungen sein werde, die englische Sprache zu lernen.«

Jetzt war es Vicky, die die Stirn runzelte. »Was für eine seltsame Bedingung. Gibt es dafür einen Grund?«

»Allerdings. Und zwar den triftigsten, der sich nur denken lässt.«

»Dann spannen Sie mich nicht auf die Folter.«

Mit einem Anflug von Verachtung zuckte er die Schulter. »Wenn ich anfange, wie ein Engländer zu sprechen, werde ich irgendwann auch anfangen, wie ein Engländer zu kochen. Und da sei der heilige Lukullus vor!«

Verwundert erwiderte sie seinen Blick. »Meinen Sie das im Ernst?«

Noch bevor Auguste antworten konnte, näherten sich von der Halle Schritte, und einen Moment später ging die Tür auf und herein kam Vickys Mutter.

»Oh, wir haben Besuch?«, fragte sie mit gespielter Überraschung.

Vicky wusste, das hatte sie O'Brien zu verdanken.

»Enchanté, madame.«

Auguste war von seinem Sessel aufgesprungen, um der Mutter die Hand küssen. Doch die machte keinerlei Anstalten, ihm die Hand zu reichen. Ohne ihn eines Grußes zu würdigen, wandte sie sich an Vicky.

»Wenn du mir bitte erklären würdest, mit wem wir das Vergnügen haben?«

»Monsieur Escoffier. Aus Paris.«

»Ach ja?« Die Mutter hob die Brauen. »Darf ich erfahren, wo du Pariser Bekanntschaften machst?«

Vicky geriet ins Stammeln. »Wir ... wir sind uns in Karlsbad begegnet, vor zwei Jahren. Auf der Kurpromenade.«

Die Augenbrauen der Mutter gingen noch weiter in die Höhe. »Interessant.«

»Monsieur Escoffier ist ... er ist ein Freund von Lord Shelby!«

Jetzt war die Mutter wirklich überrascht. Voller Verwunderung musterte sie den Gast. Erst jetzt fiel Vicky auf, was für einen unpassenden Anzug Auguste trug, einen Dreiteiler aus billigem, speckig glänzendem Stoff mit abgewetztem Samtrevers, und dazu ein gerüschtes Hemd, das wie eine Blumengirlande aus seiner Weste hervorquoll.

Wie ein Schießbudenbesitzer auf dem Jahrmarkt.

»Leider spreche ich kein Englisch«, erklärte er auf Französisch. »Aber ein wenig verstehe ich doch. Gerade genug, um das Notwendigste zu begreifen.« Er straffte sich, wie um sich größer zu machen. »Bitte verzeihen Sie, wenn ich Ihrer Tochter widerspreche. Aber nein, ich bin kein Freund Seiner Lordschaft, ich bin sein Koch.«

Die Miene der Mutter wurde zu Stein.

Verzweifelt zermarterte Vicky sich das Gehirn, wie sie die Situation retten konnte. Aber in der Eile fiel ihr nur Unsinn ein. »Monsieur Escoffier verdanken wir das Rezept des Desserts, das Onkel Georgie so gut geschmeckt hat. Erinnerst du dich?«

Das beeindruckte die Mutter nicht im Geringsten. Ohne zu antworten, betätigte sie den Klingelzug an der Wand, um nach O'Brien zu läuten.

Als habe er nur darauf gewartet, erschien der Butler in der Tür.

Einer Eingebung folgend, ließ Vicky ihr Taschentuch fallen. Zum Glück bückte Auguste sich im selben Moment wie sie, um es aufzuheben.

»Ich werde Ihnen schreiben«, flüsterte sie ihm zu.

Die Mutter war so in Rage, dass sie nichts bemerkte. »Bitte begleiten Sie den Herrn hinaus«, wies sie den Butler an. »Durch den Dienstbotenausgang!«

18

EINSAM UND verloren schlug die Totenglocke an, während vier schwarzgewandete Totengräber den Sarg in die Gruft hinabließen – eine leichte Sommerbrise trug ihren Klang über den sonnenbeschienenen Luisenfriedhof. Pauls Vater hatte schon vor geraumer Zeit den Platz bestimmt, an dem er zur letzten Ruhe gebettet werden wollte. Das Grab befand sich in bester Nachbarschaft. Nur eine Reihe weiter war der in Stadt und Land bekannte Architekt Adolf Brix beigesetzt, Seite an Seite mit dem bedeutenden Tonwarenfabrikanten Ernst March sowie dem von Kennern geschätzten Dichter Wilhelm Meinhold, und lediglich einen Steinwurf entfernt hatte der Erfinder und Industrielle Werner von Siemens eine Grabstelle für sich und seine Familie erworben, die groß genug war, um ein ganzes Haus darauf zu errichten.

Ja, man konnte stolz auf diese Nachbarschaft sein. Nur – wie sollte es jetzt weitergehen?

Die Totengräber nahmen ihre Zylinder von den Köpfen, und der junge Pastor Bläulich, der für seinen schönen Tenor bekannte Pfarrer der Luisengemeinde, rückte an seiner Halskrause, um ein Lied anzustimmen.

Wenn ich einmal soll scheiden,
So scheide nicht von mir.
Wenn ich den Tod soll leiden,
So tritt du dann herfür.

Nur die engsten Angehörigen hatten sich zu der Beisetzung eingefunden: in der ersten Reihe, zusammen mit Paul, die in Tränen aufgelöste und von Weinkrämpfen geschüttelte Witwe, seine Mutter Hermine, eine kleine, zierliche Frau von einundfünfzig Jahren; links und rechts an ihrer Seite die Zwillingsschwestern Else und Anna, zwei hagere, vollkommen gleich aussehende Jungfern, die, obwohl noch keine dreißig, wohl für immer unverheiratet bleiben würden; dann, untergehakt bei ihrem Ehemann Hugo, Pauls sichtbar schwangere Schwester Greta, die in wenigen Wochen mit dem Enkelkind niederkommen würde, auf das der Vater sich angeblich so sehr gefreut hatte; und schließlich Pauls drei Jahre jüngerer Bruder Fritz, seines Zeichens Leutnant der Reserve und bei der Germania korporierter Student der Theologie, Geschichte und Geografie, der mit Hilfe seines künftigen Doktorvaters erreicht hatte, dass dem Vater trotz des sich selbst beigebrachten Todes ein christliches Begräbnis bereitet werden konnte, sowie Felix, mit gerade achtzehn Jahren der Benjamin der Familie und Liebling der Mutter, der als kaufmännischer Lehrling im Büro des familieneigenen Bauunternehmens arbeitete – ein mit der Mutter verwandter Medizinalrat hatte ihm wohlwollend eine Rückgratverkrümmung attestiert und ihn dadurch vom Militärdienst befreit.

Da will ich nach dir blicken,
Da will ich glaubensvoll
Dich an mein Herz fest drücken.
Wer so stirbt, der stirbt wohl.

Der Gesang verstummte, und Pastor Bläulich forderte die Trauernden auf, nun Abschied von dem Verstorbenen zu nehmen. Als Erstes trat Paul an das offene Grab, zusammen mit seiner Mutter und den Zwillingen, die die Mutter zwischen sich genommen hatten, damit diese nicht unter ihrem Schmerz zusammenbrach. Während sie laut und hemmungslos unter ihrem schwarzen Schleier schluchzte und die Schwestern im Flüsterton versuchten, beruhigend auf sie einzuwirken, starrte Paul immer noch ungläubig auf das schlichte Holzkreuz mit dem Namen des Vaters, das in dem aufgeworfenen Erdhügel steckte, um bis zur Fertigstellung des Grabsteins diesen zu ersetzen.

THEOBALD BIERMANN
*1814 †1873

Hatte es wirklich keinen anderen Ausweg mehr für ihn gegeben? Schwager Hugo hatte gesagt, die Verzweiflung habe den Vater in den Tod getrieben – dessen Kompagnon, Heinrich Quistorp, habe, um den eigenen Bankrott abzuwenden, das Geschäftskonto geplündert, wodurch die Firma Biermann & Söhne über Nacht zahlungsunfähig geworden sei. Paul musste mit den Tränen kämpfen, sein Vater war zeit seines Lebens ein durch und durch redlicher Mann gewesen, kein Wunder, dass er die Schmach nicht verkraftet hatte.

Vater unser, der du bist im Himmel …

Ganz von allein bewegten sich Pauls Lippen, das Gebet war die einzige Antwort, die es in solcher Ohnmacht gab. Nachdem er die schon tausendmal gesagten Worte zu Ende gesprochen hatte, griff er in einen mit Erde gefüllten Eimer, der für diesen Zweck am Grab bereitstand, und während die Mutter hilflos einen Strauß weißer Rosen aus den Händen gleiten ließ, so dass Else ihn mit der Spitze ihrer Stiefelette in die Gruft befördern musste, warf er ein paar Krumen auf den Eichensarg. Mit hohlem Klang trafen sie auf das Holz. Dann trat er beiseite, um seiner Schwester Greta und ihrem Mann Platz zu machen.

Die beiden verweilten keine Minute am Grab.

»Wie konntest du uns das antun?«, fragte Greta verbittert, die Augen voller Wut auf den Sarg gerichtet. »Das werde ich dir nie verzeihen.«

Hugo fasste sie unter. »Wir werden schon eine Lösung finden«, sagte er und führte sie fort. »Verlass dich auf mich.«

Als Letzte verabschiedeten sich Fritz und Felix von dem Vater. Als die zwei vortraten, hatte Paul den Eindruck, dass sein jüngster Bruder nicht ganz sicher auf den Beinen stand. Konnte es sein, dass er vor Kummer getrunken hatte? Tatsächlich, mit gläsernen Augen stierte Felix vor sich hin, und erst als Fritz ihn mit einem giftigen Blick in die Seite stieß, faltete er die Hände, um zu beten. Es war noch genauso wie früher. Die beiden Brüder hassten sich, Fritz verübelte es Felix auf den Tod, dass dieser sich mit einem Gefälligkeitsgutachten die Befreiung vom Militärdienst erschlichen hatte, weshalb Felix sich weigerte, die Schuldwechsel, die er zur Finanzierung seines großspurigen Lebensstils als Verbindungsstudent bei seinen Bundesbrüdern zog, aus der Firmenkasse zu begleichen.

Paul stieß einen Seufzer aus. Ja, wie in aller Welt sollte es jetzt weitergehen?

»Mein aufrichtiges Beileid. Der Verstorbene war ja ein so herzensguter Mann.«

Während Pastor Bläulich den Hinterbliebenen mit beiden Händen und innigem Blick aus seinen wässrigen Augen kondolierte, kamen einige Firmenangehörige herbei, die sich während der Beisetzung abseits gehalten hatten, um die Hinterbliebenen ihres Chefs nicht in der Trauer zu stören, an ihrer Spitze der erste Polier Karl Busicke, der schon zu Zeiten von Pauls Großvater in der Firma gearbeitet hatte. Die Mützen verlegen in den Händen drehend, murmelten sie ein paar kaum verständliche Worte. Paul dankte ihnen für ihre Treue und versprach, alles zu tun, um den Karren wieder aus dem Dreck zu ziehen. Auch wenn er selbst nicht die geringste Ahnung hatte, wie er wie das bewerkstelligen sollte.

»Vielleicht kann ich ja helfen.« Ein elegant gekleideter Mann mittleren Alters trat auf ihn zu. »Blankenstein«, stellte er sich vor.

Paul erinnerte sich an den Namen, sein Vater hatte ihn in einem seiner Briefe erwähnt. »*Stadtbaurat* Blankenstein?«

»Derselbe«, erwiderte der Fremde mit einem Lächeln. »Doch ich bin nicht von Amts wegen gekommen, sondern als Freund Ihres Herrn Vaters. Besuchen Sie mich doch gelegentlich im Rathaus, wenn Ihre Zeit es erlaubt.«

19

DER HIMMEL über London war von grauen Wolken verhangen, und ein feiner Nieselregen fiel auf die Stadt herab. Auguste fröstelte, als er mit seinen zwei Koffern die kleine Pension unweit von Victoria Station, in der er nach seiner Ankunft ein Zimmer genommen hatte, an diesem Morgen verließ und hinaus auf die Straße trat. Aufgewachsen im Azurblau der französischen Riviera und an das Lichtermeer von Paris gewöhnt, wirkte die englische Hauptstadt auf ihn, wie wenn man an einem heißen Sommertag in einen feuchten, dunklen Schatten tritt.

Eigentlich hatte er das Zimmer für drei Tage gemietet, in der Hoffnung, vor Beginn seines Dienstes in Shelby House noch einige Zeit mit Vicky verbringen zu können. Doch nach dem Rauswurf durch ihre Mutter hatte er die Unterkunft nach nur einer Nacht gekündigt, um sich vorzeitig bei seinem Arbeitgeber zu melden – die Vorstellung, nach der erlittenen Demütigung drei Tage allein durch die Straßen dieser kalten, abweisenden Stadt zu irren, war ihm unerträglich. Nur in der Arbeit würde er vergessen können, was man ihm angetan hatte. Wenn überhaupt.

Das billigste und schnellste Verkehrsmittel, um sich in London fortzubewegen, so hatte er in einem Reiseführer gelesen, sei die Untergrundbahn, ein weltweit einmaliges, unterirdisches Schienenverkehrssystem, in dem von Dampflokomotiven gezogene Züge zur Entlastung der Straßen die Millionen hier lebenden Menschen in atemberaubender Geschwindigkeit von einem Ort zum anderen transportierten. Doch da ihm die Vorstellung, durch unterirdische Tunnels zu rasen, über denen sich die englische Hauptstadt mit ihren gewaltigen, tonnenschweren Bauwerken erhob, alles andere als geheuer war, beschloss er, eine Droschke zu nehmen, um nach Paddington zu gelangen, das Londoner Stadtviertel, in dem sein neuer Arbeitgeber residierte.

Die Droschke hielt in Sussex Gardens, vor einem Gebäude, das so groß war wie ein Schloss. Auguste verschlug es den Atem. In diesem Palast würde er fortan leben? Ohne nach dem Dienstboteneingang zu schauen, trat er vor das Hauptportal. Dort stellte er sein Gepäck ab, um seinen Anzug und seine Schleife zu richten. Dann betätigte er den Türklopfer.

Ein Butler öffnete, ein Mann mit einem so hochmütigen Gesicht, als sei er Seine Lordschaft persönlich. Als er die Koffer auf dem Boden sah, hob er die Brauen.

»Mein Name ist Escoffier«, erklärte Auguste auf Französisch. »Ich werde erwartet.«

Zum Glück schien der Butler seine Sprache zu verstehen. »Wir sind im Bilde«, erwiderte er, gleichfalls auf Französisch. »Treten Sie ein. Um das Gepäck brauchen Sie sich nicht zu kümmern«, fügte mit einem Blick auf die Koffer hinzu. »Das wird ein Diener erledigen.«

Die Eingangshalle wurde nur durch ein paar wenige, bunt verglaste Fenster beleuchtet, und jeder Schritt auf dem Marmorboden hallte von den hohen Wänden laut wider. Auguste fühlte sich wie in einer Kathedrale. Doch nirgendwo in dem unermesslich großen Raum war auch nur eine einzige Menschenseele zu sehen. Stattdessen schlichen überall Scharen von Katzen umher – exotische, prachtvolle Tiere mit herrlichen Fellen und majestätischen Bewegungen, von denen einige ihn mit krummem Rücken und aufgestellten Schwänzen misstrauisch beäugten.

»Lebt Lord Shelby hier ganz allein?«

»Fragen nach dem Privatleben Seiner Lordschaft sind unangemessen«, erwiderte der Butler und forderte ihn auf, ihm eine Treppe hinab in den Keller zu folgen, wo sich die Küche befinde.

»Aber sollte ich mich nicht zuerst bei Lord Shelby …?«

»Die Einweisung der Dienerschaft gehört nicht zu den Obliegenheiten Seiner Lordschaft. Seine Lordschaft wird Sie bei der Abendmahlzeit begrüßen.«

Auguste musste schlucken. Lag es am Londoner Klima, dass man ihn so frostig empfing? In Paris hatte Lord Shelby sich so leutselig gezeigt, dass von dem Standesunterschied zwischen ihnen kaum etwas zu spüren gewesen war. Aber vielleicht hatte das ja auch nur an Prinz Galitzin gelegen, der ihnen immer wieder Champagner nachgeschenkt und sie zum Trinken aufgefordert hatte.

Der Butler öffnete eine Tür. »Ihr Arbeitsplatz.«

Vor Augustes Augen tat sich ein Paradies auf: eine von Tiegeln und Töpfen nur so blinkende Küche mit einem überdimensionierten, nagelneuen Herd, vor dem ein halbes Dutzend Köche und Küchenjungen wie Zinnsoldaten Aufstellung genommen hatten, um ihn zu begrüßen. *Parbleu!* Lord Shelby hatte ja einiges versprochen, aber damit hatte Auguste nicht gerechnet. Hier zu arbeiten würde eine Freude sein! Auch gab es einen hochmodernen Kühlraum für die Vorratshaltung, der bis unter die Decke mit Fleisch und Fisch und Gemüse und Obst gefüllt war. Allerdings befand sich zu seiner Verwunderung unter dem Küchenpersonal nur ein Franzose, alle anderen Mitglieder der Brigade waren Engländer.

Hatte Seine Lordschaft ihn missverstanden? Er hatte doch gesagt, dass er kein Englisch sprach und diese Sprache auch nicht zu erlernen gedachte.

»Ich zeige Ihnen jetzt Ihre Unterkunft«, erklärte der Butler. »Die Zeit drängt, Seine Lordschaft pflegt um punkt acht zu Abend zu essen.«

Über eine Hintertreppe ging es hinauf unters Dach. In dem engen Treppenhaus roch es muffig und feucht und von den Wänden blätterte der Kalk. Umso größer aber war die Überraschung, als Auguste seine Unterkunft sah. Er hatte nur eine einfache Kammer erwartet, möbliert mit dem Nötigsten, was er zum Schlafen und in der wenigen arbeitsfreien Zeit brauchen würde. Stattdessen hatte man eine komplette Wohnung für ihn eingerichtet, mit einem Schlafzimmer, einem Salon und einem Büro – in diesem hatte man außer einem Schreibpult sogar einen Billardtisch für ihn aufstellen lassen.

»Beeilen Sie sich«, sagte der Butler. »Wir haben keine Zeit zu verlieren.«

Jemand hatte Augustes Gepäck bereits in sein Schlafzimmer gebracht. Er wartete, bis der Butler die Wohnungstür hinter sich geschlossen hatte, dann öffnete er seine Koffer, um sich für die Arbeit umzuziehen.

Würde Vicky ihr Versprechen wohl wahrmachen und ihm schreiben?

Er wagte es kaum zu hoffen. Noch immer spürte er die Blicke

ihrer Mutter bei seinem Abgang, wie Nadelstiche brannten sie auf seiner Haut.

Als er einen Stapel Hemden aus dem Koffer nahm, rollte eine Münze zu Boden. Der Glückspenny, den Vicky ihm in Karlsbad geschenkt hatte. Er hatte ihn in Paris schon verloren geglaubt, ihn dann aber beim Packen wiedergefunden, irgendwo zwischen der Wäsche.

War das ein gutes Omen?

Nachdenklich betrachtete er die glänzende Münze. Dann führte er sie an die Lippen, um sie zu küssen.

20

IM LAUFE des Tages hatte das Wetter sich aufgehellt, und am Nachmittag schien sogar für ein paar Stunden die Sonne von einem nur noch leicht bewölkten Himmel auf London herab, so dass Vicky und ihre Mutter in offener Kutsche nach Knightsbridge fahren konnten. Sie waren auf dem Weg zu Harrods, dem exklusiven Warenhaus in der Brompton Road, das die Londoner Upper Class mit allem versorgte, was diese für einen ihr angemessenen Lebensstil als vonnöten erachtete. Der letzte Ball der Saison stand bevor, da wurde es Zeit, den Stoff und das Modell für Vickys Kleid auszusuchen.

Wie immer, wenn die Mutter missvergnügt war, rauchte sie während der Fahrt eine Zigarette nach der anderen.

»Ein Koch!«, ereiferte sie sich. »Der nicht mal unsere Sprache spricht! Wie kannst du nur? Ich möchte gar nicht wissen, was du sonst noch hinter meinem Rücken in Karlsbad getrieben hast.«

»Es war alles vollkommen harmlos«, erwiderte Vicky. »Ein Picknick im Grünen, mehr nicht. Ich weiß wirklich nicht, was es daran auszusetzen gibt. Ich habe mich doch nur ein wenig amüsiert! Und du weißt ja, was Onkel Georgie sagt – amüsieren ist für eine junge Lady das Einzige …«

»Papperlapapp!«, fiel die Mutter ihr ins Wort. »Was dein Onkel sagt, will ich gar nicht hören. Der steckt ja *per se* mit dir unter einer Decke, Hauptsache, er kann meine Autorität untergraben. Picknick im Grünen – wenn ich mir vorstelle, dass sich das herumspricht! Am Ende kommt es noch Rupert Watkin zu Ohren. Ich glaube nicht, dass er dir dann noch einen Antrag machen wird. Es heißt, Sophie Vaughn habe bereits ein Auge auf ihn geworfen. Und die ist nicht nur besonders hübsch, sondern ihr Vater ist außerdem einer der reichsten Stahlmagnaten des Landes.«

»Sophie Vaughn kann Rupert Watkin von mir aus gerne haben«, sagte Vicky, obwohl das nicht die ganze Wahrheit war. Zwar war es nicht ihre Absicht, Rupert zu heiraten, aber die zuckersüße Sophie Vaughn, die fast jedem jungen Mann der Londoner Gesellschaft den Kopf verdrehte, musste es nun auch nicht sein.

»Du weißt ja nicht, was du redest.« Die Mutter zündete sich eine weitere Zigarette an. »Manchmal frage ich mich, ob ich dir überhaupt noch trauen kann, so oft, wie du mich schon hintergangen hast.«

Der Kutscher drehte den Kopf über die Schulter und warf Vicky einen tröstenden Blick zu. Harry war ihr Freund, seit ihrer Kindheit vergötterte er sie. Doch sein Mitgefühl half ihr auch nicht weiter. Fieberhaft dachte sie nach, wie sie Auguste wiedersehen konnte – das war das Mindeste, was sie ihm nach seinem demütigenden Rauswurf schuldig war. Aber wie sollte sie das anstellen?

»Und dann hat dieser Mensch auch noch die Stirn, in unser Haus einzudringen«, fuhr die Mutter fort.

»Welcher Mensch?«, fragte Vicky mit gespielter Ahnungslosigkeit. »Rupert Watkin?«

»Ich verbitte mir deine Witze! Du weißt ganz genau, von wem ich rede – natürlich von deinem französischen Koch in seinem Künstleraufzug. Aber kein Wunder, wenn er sich erdreistet, dir die Aufwartung zu machen – du hast ihm ja offenbar unsere Adresse gegeben.« Die Mutter nahm einen tiefen Zug von ihrer Zigarette. »Mein Gott, wenn ich mich in meiner Jugend so hätte gehen lassen, könntest du heute nicht das Leben führen, das du führst.«

Vicky horchte auf. Was war damit gemeint?

Doch bevor sie fragen konnte, hatten sie ihr Ziel erreicht, vor ihnen erhob sich das Harrods, und Mr. Jacobs, der Schneider, bei dem auch die königliche Familie arbeiten ließ, erwartete sie schon dienernd und mit einem Maßband um den Hals vor dem Haupteingang.

21

SCHON SEIT Jahrhunderten befand sich das Berliner Rathaus an der Ecke Königsstraße / Spandauerstraße im Bezirk Mitte, doch aufgrund des rasanten Wachstums der Stadt und der damit einhergehenden immer umfangreicher werdenden Verwaltungsaufgaben hatte das ursprüngliche, bereits im Mittelalter errichtete Gebäude seinen Zweck nur noch in unvollkommener Weise erfüllen können, so dass der Stadtrat sich entschlossen hatte, es gänzlich abzureißen und durch eine großflächige, dreigeschossige Mehrflügelanlage mit einem stolzen, fast hundert Meter hohen Turm zu ersetzen, weithin sichtbares Zeichen für die überragende, in so kurzer Zeit erlangte Bedeutung der jungen Reichshauptstadt, und obwohl der Gebäudekomplex erst vor drei Jahren in Betrieb genommen worden war, war er aufgrund seiner Klinkerarchitektur, die von Ferne an italienische Bauten der Frührenaissance erinnerte, in der Bevölkerung bereits als das »Rote Rathaus« bekannt.

Das mit Abstand größte Amt, das hier untergebracht war, war das Baudezernat, und es erfüllte Paul mit gehörigem Respekt, dass der Vorsteher dieser für die Entwicklung Berlins zuständigen Fachabteilung, Baurat Hermann Blankenstein, ihn zu einer persönlichen Unterredung hierher geladen hatte.

»Ihr Herr Vater war mein größter Förderer«, eröffnete Blankenstein das Gespräch. »Er hat mir gegen manchen Widerstand zu meinem Amt verholfen, und ich übertreibe nicht, wenn ich sage, dass ich ohne seine Unterstützung heute nicht vor Ihnen säße.«

Überrascht von dieser Eröffnung, musterte Paul das Gesicht seines Gegenübers. Was für ein Mensch war Hermann Blankenstein? Mit seinen schätzungsweise vierzig Jahren war er für sein Amt noch ziemlich jung, ein Umstand, dem er offenbar mit seinem schwarzen Vollbart entgegenzuwirken versuchte. Doch wenn das die Absicht war, war der Erfolg ein geringer. Mit seinen feinen, fast femininen Gesichtszügen sowie den hellen, wachen Augen war der Baurat eine nahezu jugendliche Erscheinung, und sein auffallend eleganter Anzug, der nicht recht in eine Amtsstube passen wollte, machte einen ebenso gepflegten Eindruck wie seine wohlgeformten Hände mit den manikürten Nägeln – eine unter Bauleuten ungewöhnliche kleine Eitelkeit.

»Es freut mich sehr«, erwiderte Paul ein wenig unsicher, »dass Sie meines Vaters so freundlich gedenken. Gern werde ich Ihre Komplimente meiner Mutter ausrichten. Das wird ihr in diesen schweren Stunden ein Trost sein.«

»Bitte tun Sie das, mein junger Freund. Allerdings ist das nicht der Grund, warum ich Sie zu mir gebeten habe.« Blankenstein stützte die Ellbogen auf die Lehnen seines Schreibtischstuhls und legte die Spitzen seiner Finger gegeneinander, um Paul dann mit einem warmherzigen Lächeln in die Augen zu schauen. »Es ist mir ein Bedürfnis, Ihnen nach dem fürchterlichen Schicksalsschlag, der nicht nur Sie und Ihre Familie, sondern auch die Firma Biermann & Söhne getroffen hat, unter die Arme zu greifen. Damit dieses verdienstvolle Unternehmen möglichst rasch wieder auf die Beine kommt.«

Paul deutete eine Verbeugung an. »Ich bin Ihnen zutiefst dankbar, Herr Baurat, und Ihre Anteilnahme lässt mich nicht unberührt. Allerdings fürchte ich«, fügte er mit einem Räuspern hinzu, »dass Hilfe kaum noch möglich ist. So schwer es mir über die Lippen will, aber die Firma Biermann & Söhne ist bankrott.«

Blankenstein nickte. »Wenn Sie die Firma Ihres Vaters meinen – ja, die ist wohl nicht mehr zu retten. Aber was hindert Sie daran, die Firma Biermann & Söhne aufs Neue aus der Taufe zu heben?«

»Ich wüsste nicht, wie das möglich sein sollte«, entgegnete Paul.

Blankenstein betrachtete seine zusammengelegten Fingerspitzen. »Gibt es irgendeine Form von Vermögen, das nicht zur Konkursmasse gehört?«

»Ja, die Villa, in der die Familie lebt. Die ist Privatbesitz.«

»Sehr schön! Ein so herrschaftliches Gebäude, noch dazu in dieser Lage, stellt doch einen ganz bedeutenden Wert dar – zusammen mit dem großen Grundstück, vorsichtig gerechnet, um die hundertfünfundsiebzigtausend Goldmark. Wenn Ihre Familie bereit ist, an einem Strang zu ziehen und vorübergehende Einschränkungen in Kauf zu nehmen, sollte es wohl zu schaffen sein.«

Paul spürte, wie sein Puls sich belebte. Seit seiner Rückkehr nach Berlin war dies das erste Hoffnung spendende Wort.

»Darf ich Sie um Erläuterung bitten?«

»Aber gewiss.« Blankenstein dachte einen Moment nach, dann sagte er: »Auch wenn der Börsenkrach ein herber Rückschlag war und manche Auguren schon eine große Depression heraufbeschwören – das Baugeschäft floriert nach wie vor. Keine Stadt in Europa wächst so schnell wie Berlin, die Menschen ziehen in Scharen hierher, weil sie in den Fabriken doppelt und dreifach so viel verdienen wie auf dem Land, und sie alle brauchen ein Dach über dem Kopf.«

»Daran mitzuwirken war schon immer mein Traum«, erklärte Paul. »Eine schönere Aufgabe kann ich mir gar nicht denken. – Apropos«, fuhr er nach kurzem Zögern fort, »ist es eigentlich wahr, dass Fürst Bismarck plant, den Kurfürstendamm zu einer Prachtstraße im Stil der Pariser Champs-Élysées auszubauen? Mein Vater schrieb davon in einem seiner Briefe, und ich muss sagen, die Vorstellung, dass man hier den Franzosen womöglich Paroli …«

»Ach ja, die Jugend und ihre Träume«, fiel Blankenstein ihm ins Wort und schüttelte lachend den Kopf. »Nein, mit Aufträgen für Prachtstraßen kann ich leider nicht dienen, das ist auch nicht Aufgabe der Stadt, sondern eher etwas für private Investoren. Aufgabe der Stadt ist es, für die nötige Infrastruktur zu sorgen, damit die Menschen, die in Berlin bereits leben beziehungsweise künftig hier zu leben trachten, die Bedingungen vorfinden, die sie zur Erfüllung ihrer Alltagsgeschäfte brauchen. Und deshalb bin ich fest entschlossen, endlich ein Problem anzugehen, das seit Jahrzehnten ungelöst ist, doch das aufgrund des Zuzuges täglich dringlicher wird.«

Statt weiterzusprechen, hob Blankenstein bedeutungsvoll die Brauen. Paul brauchte einen Moment, um zu begreifen.

»Sie meinen – die Kanalisation?«, fragte er entgeistert.

»Richtig«, bestätigte Blankenstein. »Eine wahre Herkulesaufgabe. Unser leitender Ingenieur James Hobrecht hat die dazu notwendigen Pläne inzwischen erstellt, so dass jetzt die ersten Aufträge vergeben werden. Und wie ich von Ihrem Herrn Vater weiß, haben Sie sich in Wien ja wohl sehr gründlich mit der Installation von Wasserleitungssystemen befasst.« Als er Pauls Gesicht sah, hielt er für einen Moment inne. »Begeistert scheinen Sie nicht gerade zu sein.«

Nein, das war Paul ganz und gar nicht. Doch er wusste, hier ging es nicht um Begeisterung, sondern ums Überleben. Also riss er sich zusammen.

»Ich … ich war nur für einen Moment überrascht«, stammelte er. »Aber wenn Sie mir die Chance geben wollen, werde ich Sie nicht enttäuschen. Ich weiß gar nicht, wie ich Ihnen danken soll.«

»Nicht nötig«, erwiderte Blankenstein, nun wieder mit seinem warmherzigen Lächeln. »Das bin ich Ihrem Herrn Vater schuldig. Aber jetzt beratschlagen Sie sich erst mal in Ihrer Familie, um zu klären, ob Ihre Angehörigen Sie unterstützen. Und sollten Sie irgendwelche Fragen haben, kommen Sie einfach zu mir. Allerdings nicht hierher ins Rathaus, sondern vielleicht lieber zu mir nach Hause. Da redet es sich ungezwungener.« Er griff in seine Westentasche. »Hier ist meine Karte.«

22

MR. JACOBS, Leiter der Maßschneiderei von Harrods und dank seines exquisiten Geschmacks persönlicher Modeberater des als überaus anspruchsvoll geltenden englischen Thronfolgers Prinz Edward, mühte sich redlich. Seit über einer Stunde ließ er nun schon aus dem schier unerschöpflichen Fundus seiner Abteilung einen Musterfolianten nach dem anderen kommen, doch mit keiner der Kreationen, die er Vicky zeigte, konnte er ihren Beifall gewinnen. Während manche andere Kundin an den Nachbartischen über die ihr vorgelegten Entwürfe geradezu in Verzückung geriet, würdigte Vicky Mr. Jacobs' Vorschläge kaum eines Blickes und schüttelte immer wieder nur den Kopf, sehr zum Unwillen ihrer Mutter. Ihre Gedanken kreisten immer noch um Auguste, sie konnte einfach nicht vergessen, auf welch unwürdige Weise O'Brien ihn hinausgeschafft hatte, wie einen Hausierer. Auch wenn sie noch keine Idee hatte, wie – sie musste Auguste treffen, um sich für das Verhalten ihrer Mutter zu entschuldigen.

»Würdest du dich bitte konzentrieren?«

»Tut mir leid. Es ist nichts Passendes dabei. Außerdem – wozu brauche ich überhaupt ein neues Kleid? Mein Schrank quillt sowieso schon über.«

»Das will ich dir sagen, mein Fräulein. Weil du dich unmöglich zweimal in ein- und demselben Kleid auf einem Ball zeigen kannst. Du würdest dich zum Gespött machen.«

»Das wäre zur Abwechslung vielleicht gar nicht so uninteressant.« Vicky klappte das Musterbuch zu. »Können wir jetzt gehen?«

»Nicht, bevor du eine Wahl getroffen hast.«

Als Vicky den Blick ihrer Mutter sah, wusste sie, dass Gefahr im

Verzug war. Doch nicht deshalb zögerte sie. Der Grund war, dass ihr gerade eine Idee kam.

»Na gut, um des lieben Friedens willen.«

Als hätte sie sich besonnen, klappte sie das Musterbuch wieder auf und blätterte die Folianten der Reihe nach durch, um sich schließlich für das aufwendigste Modell von allen zu entscheiden: eine Kreation mit einem furchtbar kompliziert aussehenden, schulterfreien Oberteil aus mehreren Rüschenreihen in hellblauer Seide und aufwendiger Paspelierung, einem nach der neuesten Mode vorn schmal gearbeitetem Rock in gleicher Farbe, der im Rücken in eine verschwenderische Schleppe mündete, deren Raffungen kaskadenartig, von Schleifen und Rosetten gebauscht, bis zum Boden fielen.

»Ich gratuliere Ihnen zu Ihrem Geschmack«, sagte Mr. Jacobs. »Eine ganz ausgezeichnete Wahl. Allerdings möchte ich zu bedenken geben, dass die Anfertigung einige Anproben mehr als bei schlichteren Modellen erfordern wird.«

Das war ganz in Vickys Sinn. Doch die Mutter schüttelte den Kopf.

»Du weißt, meine Zeit ist bemessen, und Roberta kann dich auch nicht beliebig oft begleiten.« Sie trat an das Musterbuch und blätterte weiter. »Wie wäre es mit dem hier? Das ist doch auch sehr hübsch.«

Sie zeigte auf ein Kleid aus grünem Samt, das ohne eine einzige Rüsche oder sonstige Verzierung wie aus einem Stück gefertigt schien.

Doch davon wollte Vicky nichts hören. »Das blaue oder keines«, sagte sie. »Wenn es um meine Zukunft geht, wird es ja wohl nicht auf ein paar Anproben mehr oder weniger ankommen, oder?« Und als würde es ihr erst in diesem Moment einfallen, fügte sie hinzu: »Aber bitte, da offenbar niemand Zeit für mich hat, fahre ich eben allein zu den Anproben. Wenn Harry mich bringt, bin ich in Begleitung, so dass mir nichts passieren kann.«

23

NACH SEINEM Besuch im Rathaus fand Paul endlich Zeit, Vicky zu schreiben. Schon viel zu lange stand seine Entschuldigung aus, warum er ihr den angekündigten Besuch nicht abgestattet hatte. Im Privatkontor des Vaters, das dieser sich in der Villa eingerichtet hatte, um auch an den Wochenenden arbeiten zu können, setzte er sich an den Schreibtisch und nahm Papier und Füllfeder zur Hand.

Verehrtes, liebes Fräulein Victoria …

Kaum hatte er die Anrede niedergeschrieben, geriet er schon ins Stocken. Durfte er Vicky überhaupt noch so nennen? Sicher zürnte sie ihm, dass er sie so lange hatte warten lassen – vorausgesetzt, dass sie überhaupt auf ihn gewartet hatte.

Nein, das Recht auf die vertraute Anrede hatte er verwirkt.

Aus dem Zimmer nebenan hörte er das unterdrückte Schluchzen der Mutter und dazu die Stimmen der Zwillinge, die leise auf sie einredeten. In der Luft hing immer noch der süßliche Duft der Essenzen, die der Bestatter bei der Präparierung der Leiche verwandt hatte, vermischt mit dem Geruch von Räucherkerzen. Es war der letzte Wunsch des Vaters gewesen, in seinem Kontor aufgebahrt zu werden. Paul sah ihn wieder vor sich, wie er ihn zum letzten Mal gesehen hatte, mit dem kreisrunden, rotgeränderten Loch in der wachsbleichen Stirn. Er zwang sich, nicht daran zu denken, doch es gelang ihm nicht. Immer wieder tauchte das Bild vor ihm auf.

Er zerknüllte den Bogen und warf ihn in den Papierkorb, um von neuem anzusetzen.

Verehrtes Fräulein Paxton-Stokes,
wohl wissend, welches Versäumnis ich mir habe zuschulden kommen lassen, und eingedenk der Tatsache, dass dieses sich in kei-

ner Weise rechtfertigen lässt, will ich – im Vertrauen auf Ihre freundliche Nachsicht – dennoch versuchen, Ihnen die Umstände darzulegen, welche mich …

Wieder legte er die Füllfeder beiseite. Selten war ihm ein Brief so schwergefallen. Er war einfach nicht darin geübt, Gefühle in Worte zu fassen, und schriftlich tat er sich damit noch schwerer als mündlich.

Nach mehreren gescheiterten Versuchen entschloss er sich deshalb, sich so kurz wie möglich zu fassen, alles andere stand ihm weder zu Gebote noch zu Gesicht.

Sehr geehrte Miss Paxton-Stokes,
viel zu spät ist es mir leider jetzt erst möglich, mich bei Ihnen zu melden, um mein Ausbleiben zu entschuldigen. Doch sollen Sie wissen, welche Gründe mich daran hinderten, Ihnen meine Aufwartung zu machen. Ich war gleichsam schon auf dem Weg zu Ihnen, als der völlig unerwartete Tod meines Vaters alle Pläne zunichtemachte. Abgesehen von der Trauer, in welche der Schicksalsschlag meine Familie und vor allem natürlich meine Mutter stürzte, hat dieser auch die denkbar unerfreulichsten Konsequenzen, was den Fortbestand der Firma Biermann & Söhne betrifft. Doch dank unverhoffter Unterstützung eines Freundes meines Vaters habe ich jetzt die Möglichkeit, dessen Lebenswerk vielleicht trotz aller Widrigkeiten zu retten, und ich müsste ein Schuft sein, wenn ich diese Chance nicht ergreifen würde.
Obwohl meine Feder sich dagegen sträubt, muss ich Ihnen aus diesem Grunde mitteilen, dass es mir bis auf weiteres wohl unmöglich sein wird, nach London zu reisen. Insofern bleibt mir nur die Hoffnung, dass sich in einer ferneren und freundlicheren Zukunft vielleicht die Möglichkeit ergibt, das Versäumte nachzu-

holen, sofern Sie mir verzeihen können und weiterhin bereit sind, mich zu empfangen.
Mit dem Ausdruck meiner vorzüglichsten Hochachtung
Ihr Paul Biermann

Endlich, es war geschafft! Er las den Brief noch einmal durch, dann streute er Sand auf die Tinte, und nachdem diese getrocknet war, faltete er den Bogen und steckte ihn in das bereits adressierte Kuvert.

Nebenan schluchzte die Mutter.

Würde er Vicky wohl jemals wiedersehen?

24

VICKY HATTE ihr Versprechen wahrgemacht – sie hatte tatsächlich geschrieben! Noch einmal las Auguste die wenigen Zeilen, in denen sie Ort und Zeitpunkt für ein Wiedersehen nannte.

Er konnte sein Glück kaum fassen. Ein Rendezvous! Ein wirkliches und wahrhaftiges Rendezvous!

Im Haus ertönte der Gong. Acht Uhr – Seine Lordschaft wollte zu Abend essen. Eilig ließ Auguste den Brief, der mit der Abendpost gekommen war, in seiner Schürze verschwinden und verließ die Küche. Mit einem halben Dutzend Dienern im Gefolge, die die Schüsseln und Schalen mit den von ihm zubereiteten Speisen auf Tabletts balancierten, machte er sich die Treppe hinauf auf den Weg zum Esszimmer, um sein Antrittsdiner zu präsentieren. Jenkins, wie der Butler mit Namen hieß, hatte ihm aufgetragen, für eine Gesellschaft von zwölf Personen zu kochen, diese Zahl gelte von nun für jede Mahlzeit, sofern nicht anderslautende Anweisungen erfolgten.

Lebte Seine Lordschaft also doch nicht allein?

Auguste hatte es nur mit knapper Not geschafft, rechtzeitig fertig zu werden – da in der Küche jede seiner Anweisungen übersetzt werden musste, hatte es immer wieder Missverständnisse gegeben. Jetzt konnte er nur hoffen, dass die erste Probe seines Könnens bei

Seiner Lordschaft Anklang fand. Er hatte improvisiert, mit den vorgefundenen Produkten ließen sich die Rezepte, die er für sein Entrée vorgesehen hatte, nicht so realisieren, wie er es von Paris her gewohnt war – hier in London schienen nur Fleisch und Fisch von halbwegs akzeptabler Qualität zu sein.

Das Esszimmer war kein Zimmer, sondern ein Saal. Als Auguste ihn betrat, stutzte er. Lord Shelby, ein rotgesichtiger Mittsiebziger mit zu beiden Seiten des knochigen Schädels spitz nach vorn gekämmtem grauem Haarkranz und einem imposanten Knebelbart, thronte am Kopfende eines viele Meter langen Tisches – mutterseelenallein.

Wozu in aller Welt hatte man ihn für zwölf Personen kochen lassen?

Auch hier schlichen überall Katzen umher: auf dem Boden, auf den Möbeln und auf den Fenstersimsen – eine schöner und edler als die andere. Ein besonders prächtiges Exemplar hockte auf dem Schoß Seiner Lordschaft, ein Tier mit schwarz glänzendem Fell, eine wahre Katzenkönigin, bekrönt mit einem Brillantdiadem.

»Ist alles zu Ihrer Zufriedenheit?«, knarrte Shelby in seinem gebrochenen Französisch.

Auguste deutete eine Verbeugung an. »Die Einrichtung der Küche könnte nicht besser sein. Allerdings werde ich wohl einige Zeit auf den Märkten verbringen müssen, um bessere Produkte ausfindig zu machen. Ich möchte Eure Lordschaft nicht enttäuschen.«

»Teilen Sie Ihre Zeit ein, wie es Ihnen erforderlich scheint. Sie haben vollkommen freie Hand.«

Das hörte Auguste gern, erstens, weil die Erlaubnis eine Respektbekundung für seine Arbeit bedeutete, zweitens und vor allem aber, weil sie ihm die Freiheit gab, Vicky wiederzusehen – wann immer er wollte.

»Danken möchte ich auch für die großzügige Wohnung«, sagte er. »Insbesondere für den Billardtisch.«

»Mein eigenes Interesse«, erwiderte Shelby. »Sie hatten mir ja verraten, dass Ihnen beim Billardspielen die besten Ideen kommen. Aber wenn wir jetzt vielleicht beginnen können?«

Der Butler trat an den Tisch. »Sehr wohl, Mylord.«

Auguste war nicht entgangen, dass Jenkins das Gespräch zwischen ihm und Seiner Lordschaft mit unverhohlenem Missfallen verfolgt hatte, offenbar war er eifersüchtig, vielleicht aber hatte er auch nur etwas gegen Franzosen – eine unter Engländern angeblich weitverbreitete Eigenschaft, wie Auguste in seinem Reiseführer gelesen hatte. Doch was es auch war, Jenkins ließ sich nichts davon anmerken, als er den ersten Gang servierte, ein *Amuse bouche* aus rosa gebratener Gänsestopfleber mit einem in Portwein gedünsteten Apfel-Zwiebel-Confit, garniert mit einem Spiegel aus Bitterorangenmarmelade.

Voller Anspannung sah Auguste zu, wie Shelby mit seiner knochigen Rechten zu einem Probierlöffel griff. Wie würde das Urteil Seiner Lordschaft ausfallen?

So vorsichtig, als wolle er das Kunstwerk nicht zerstören, häufte Shelby eine winzig kleine Portion auf den Löffel. Die Leber war so zart, dass kein Messer nötig war, um sie zu teilen. Doch was war das? Statt selbst zu kosten, gab Shelby die Vorspeise der gekrönten Diva auf seinem Schoß zum Probieren.

Auguste traute seinen Augen nicht. Sollte das heißen, das Katzenvieh würde das Urteil über seine Arbeit sprechen?

Tatsächlich, erst als das Tier sich das Maul leckte, nahm auch Shelby einen Bissen. Im selben Augenblick begannen die Diener zu servieren – Portion für Portion gaben sie die Gänseleber auf die Teller und stellten diese auf den Boden.

Um Fassung ringend, sah Auguste mit an, wie das Katzenvolk sein Kunstwerk verspeiste.

Lord Shelby aber strahlte über das ganze rote Gesicht. »Sehen Sie, wie glücklich Sie meine Lieblinge machen, Monsieur Escoffier? – Nein, mein Freund Galitzin hat nicht zu viel versprochen. Sie sind wahrhaft ein Künstler!«

25

IN DER Villa Biermann tagte der Familienrat. Paul hatte seine Angehörigen zusammengerufen, um ihnen die Nachricht von Hermann Blankensteins Angebot zu verkünden. Die Mutter, wie immer mit den Zwillingen Else und Anna an ihrer Seite, Schwester Greta und Schwager Hugo, die Brüder Fritz und Felix: Sie alle hatten sich im »Salong« versammelt, dem größten und prächtigsten Zimmer des Hauses, das sonst nur zu besonderen Anlässen wie Weihnachten oder Silvester oder an Tagen, an denen man hohen Besuch empfing, in Gebrauch genommen wurde – ein Raum voller hochrankender Grünpflanzen, blankpolierter Mahagonimöbel, plüschiger Sessel und Sofas sowie Nippesfiguren jedweder Art, in dem es stets ein wenig nach Mottenkugeln roch.

Paul trat vor das großformatige Ölgemälde, auf dem ein Künstler, dessen Namen niemand mehr kannte, Theobald Biermann in seinem fünfzigsten Lebensjahr verewigt hatte, um gleichsam mit dem Vater im Rücken zu seinen Angehörigen zu sprechen. In einfachen Worten, damit auch die mit den Geschäften wenig vertraute Mutter und die Zwillinge seine Rede verstanden, entwarf er ein Bild, wie die Firma Biermann & Söhne mit den von Stadtbaurat Blankenstein in Aussicht gestellten Aufträgen wieder aus der Taufe gehoben werden und Tritt fassen konnte.

»Voraussetzung für das Gelingen«, schloss er, »ist jedoch die Bereitschaft aller, an einem Strang zu ziehen und vorübergehende Einschränkungen in Kauf zu nehmen.«

Zum ersten Mal seit seiner Rückkehr sah Paul wieder ein Lächeln im Gesicht der Mutter. »Aber natürlich halten wir zusammen, wenn wir so Vaters Lebenswerk retten können«, sagte sie mit feucht schimmernden Augen. »Wir sind doch eine Familie.«

Auf ihr Geheiß schenkten die Zwillinge Eierlikör aus. Felix, der mit bleichen Wangen und schleppenden Bewegungen umherschlich wie das Leiden Christi, kippte gleich mehrere Gläschen.

»Diese fürchterlichen Rückenschmerzen«, klagte er mit unsicherem Lächeln und fasste sich ins Kreuz, als er den vorwurfsvollen Blick seiner Schwester Greta sah. »Anders halte ich die Qual nicht aus.« Mit schmerzverzerrter Miene setzte er das Glas ein weiteres Mal an die Lippen.

»Quatsch mit Soße!« Fritz rammte ihm den Ellbogen so heftig in die Seite, dass Fritz sich an seinem Eierlikör fast verschluckte. »Mit schönem Gruß an den Rücken, du Drückeberger!« Er drehte sich zu Paul herum, um ihn mit zusammengekniffenen Augen zu fixieren. »Was soll das heißen – an einem Strang ziehen?«

Auf seiner Wange zuckte der dunkelrote, schlecht vernarbte Schmiss, für den er bereits im ersten Semester gesorgt hatte. Ein Saxone hatte sich über seinen Mittelscheitel lustig und diesen mit dem Gesäß des Kaisers in Verbindung gebracht, worauf Fritz ihn gefordert hatte. Seitdem trug er den Schmiss wie ein Ehrenzeichen.

Paul zögerte, die Antwort fiel ihm so schwer, dass sie ihm kaum über die Lippen wollte. »Wir müssen die Villa verkaufen«, erklärte er schließlich.

»Was sagst du da?«

Fritz riss ungläubig die Augen auf, und die Zwillinge hakten einander erschrocken unter.

Für einen Moment herrschte Totenstille im Raum.

»Und wo sollen wir dann wohnen?«, fragte die Mutter.

Der brüchige Klang ihrer Stimme rührte Paul bis ins Mark. »Darüber habe ich natürlich nachgedacht«, erwiderte er. »Du wirst mit Anna und Else in ein Damenstift ziehen, ich habe schon etwas sehr Ansprechendes am Potsdamer Platz für euch im Auge. Fritz kann bei seiner Verbindung unterkommen, und Felix werde ich unter meine Fittiche nehmen. – Ich weiß«, fuhr er fort, als er die langen Gesichter sah, »es wird nicht leichtfallen, und ich würde uns allen diese Einschränkungen liebend gern ersparen. Aber ich bin sicher, es wird nur vorübergehend sein. Ich selbst will mit gutem Beispiel vorangehen und mir mit Felix ein Zimmer in Untermiete teilen.«

»Ich glaube, ich brauche noch einen Eierlikör«, sagte sein Bruder. Doch niemand achtete auf ihn.

Greta stemmte sich mit ihrem dicken Bauch von ihrem Sofa in die Höhe und trat mit den breiten, watschelnden Schritten der Schwangeren auf Paul zu. »Für Felix und dich ist Einschränkung keine Kunst, ihr seid Junggesellen. Aber was ist mit Hugo und mir? Wir bekommen ein Kind. Soll das im Elend aufwachsen?«

»Davon kann keine Rede sein«, sagte Paul. »Ich werde alles tun, was in meiner Macht steht, damit ihr …« Er unterbrach sich und blickte seinen Schwager an, der sich bislang noch nicht geäußert hatte. »Bist du nicht auch der Meinung, dass der Verkauf der Villa die einzige Möglichkeit ist?«

Hugo nickte. »Sicher, sonst ist ja nichts mehr übrig.«

Paul fiel ein Stein vom Herzen. »Ich freue mich, dass du die Sache siehst wie ich.«

»Wie sollte es angesichts der Zahlen anders sein?«, erwiderte Hugo. »Schließlich bin ich Kaufmann. Allerdings …«

»Allerdings was?«

Dem Schwager war die Frage sichtlich unangenehm, mehrmals fuhr er sich mit der Hand über die Glatze, ohne einen Ton hervorzubringen. »Ich frage mich nur«, sagte er schließlich, »ob man das Geld, das wir für die Villa erzielen, wirklich in eine Firma stecken soll, wie sie dir vorschwebt. Ich meine, Kanalarbeiten – wir waren bisher doch eher im Hochbau tätig.«

»Sehr richtig«, schnarrte Fritz. »Kanalarbeiten heißt ja wohl in Jauche rühren, oder was? Pfui Teufel! Ein anständiger Mann gibt sich da lieber die Kugel, wie unser Vater es getan hat, zu seiner und unserer Ehre!«

Die Mutter stieß einen kleinen, spitzen Schrei aus, um dann schluchzend ihr Gesicht in den Händen zu bergen. Paul fehlten die

Worte. Statt Fritz zurechtzuweisen, wandte er sich wieder an seine Schwester Greta und ihren Mann.

»Wenn euch meine Idee nicht gefällt – habt ihr eine bessere?«

Hugo zögerte. »Schon möglich. Aber ich bin mir nicht sicher, ob sie dir gefallen wird.«

»Raus mit der Sprache!«

Greta gab ihrem Mann einen Schubs. »Jetzt mach schon, einmal muss es ja gesagt werden.«

»Was muss gesagt werden?«

Greta warf den Kopf in den Nacken. »Hugo fängt zum nächsten Ersten bei Gumbrecht & Cie. an. Als erster Prokurist.«

Paul zuckte zusammen. »Bei … bei unserem größten Konkurrenten?«

Greta strich sich über den gewölbten Bauch. »Was bleibt uns anderes übrig? In der Not muss schließlich ein jeder sehen, wo er bleibt. Außerdem hat Gumbrecht & Cie. Hugo eine Teilhaberschaft in Aussicht gestellt.«

»Vorausgesetzt«, ergänzte ihr Mann, »dass ich zehntausend Goldmark in die Firma einbringe. Und das kann ich nur, wenn wir die Villa verkaufen.«

26 WAS FÜR ein Abenteuer!

Mit gerafften Röcken eilte Vicky die Freitreppe hinunter und stieg in den Dogcart, den noch ihr Vater angeschafft hatte, ein Jagdwagen mit offenem Verdeck, der aussah wie eine Badewanne und vor dem Haus auf sie wartete.

»Fahr los, Harry! Wir sind spät dran.«

Der dicke Tom, ein prächtiger Hackney, der dem Wagen vorgespannt war, scharrte schon stallmutig mit den Hufen. Nach einer schier endlosen Diskussion hatte die Mutter tatsächlich eingewilligt, dass sie ohne Roberta mit Harry zur Anprobe fahren durfte. Der ließ jetzt die Peitsche knallen, und bei herrlichem Sommerwetter ging es Richtung Knightsbridge. Während Vicky sich den Wind um die Nase wehen ließ, genoss sie das Großstadtgetriebe, als wäre sie zum ersten Mal in London. Wie bunt und aufregend das alles war, allein und ohne Aufsicht! Es war, als würde sich vor ihr eine ganz neue Welt auftun: eine unbekannte, unendlich weite Welt, die es jenseits ihrer eigenen, engen Welt aus Vorschriften und Verboten und Ermahnungen gab, eine Welt, von der sie kaum etwas wusste, aber nach der sie sich um so mehr sehnte, als sie in ihren Träumen davon allein auf Ahnungen und Mutmaßungen angewiesen war – das wahre, wirkliche Leben, von dem die Mutter und Roberta sie immer ferngehalten hatten, damit sie als »gut erzogen« galt, und das sie nun endlich anfangen würde zu erkunden.

Sie hatten Knightsbridge noch nicht erreicht, da ließ sie den Kutscher halten.

Verwundert drehte Harry sich auf dem Kutschbock herum.

»Aber bis Harrods ist es noch fast eine Meile.«

»Ich weiß. Doch ich möchte vorher noch ein paar Besorgungen erledigen. Warte im King's Crown auf mich, am Ende der Straße. Den Pub kennst du doch, oder?«

»Sicher. Aber hat deine Mutter das auch erlaubt?«

Unter Harrys prüfendem Blick konnte Vicky nur hoffen, dass sie nicht rot wurde.

»Nein, sie darf davon nichts wissen«, erklärte sie wahrheitsgemäß, um dann nicht ganz so wahrheitsgemäß hinzuzufügen: »Das soll eine Überraschung werden. Also nichts verraten.« Sie drückte Harry ein paar Pennys in die Hand. »Für den Pub, damit dir die Zeit nicht lang wird.«

Mit einem zufriedenen Brummen steckte er die Münzen ein. »Aber lass dich nicht von fremden Männern ansprechen«, mahnte er, als sie aus dem Dogcart stieg.

»Keine Sorge, ich passe schon auf.«

Sie wartete, bis der Einspänner im Verkehr verschwunden war. Dann machte sie kehrt, und statt die Brompton Road in Richtung Harrods zu laufen, eilte sie zum Eingang des Hyde Parks. Hoffentlich wartete Auguste noch auf sie, sie hatte sich ziemlich verspätet. Vor Aufregung klopfte ihr Herz bis zum Hals. Es war das erste Mal in ihrem Leben, dass sie ohne Begleitung durch die Straßen lief. Ein bisschen kam sie sich vor wie in einem Roman, und immer wieder schaute sie sich um, als würde sie etwas Verbotenes tun.

Aber tat sie das nicht auch?

Ach was, sie wollte sich nur für das schlechte Benehmen ihrer Mutter entschuldigen, nur deshalb würde sie Auguste wiedersehen.

27

WAR ES ein Fehler gewesen, nach London zu kommen?

Seit zwanzig Minuten wartete Auguste schon am Eingang des Hyde Parks, und noch immer keine Spur von Vicky. Um seiner Nervosität Herr zu werden, ging er vor dem Gewächshaus, das sie ihm als Treffpunkt bezeichnet hatte, auf und ab. Dabei versuchte er, im Geiste die Rezepte des Menüs nachzuschmecken, das er für das Diner in Shelby House vorbereitet hatte, doch das half ebenso wenig wie seine Versuche, die Enten auf dem Teich oder die Rosenstöcke am Wegesrand zu zählen. Er konnte sich einfach nicht konzentrieren, denn mit jeder Minute, die verstrich, wurde seine Befürchtung mehr und mehr zur Gewissheit.

Natürlich war es ein Fehler gewesen, nach London zu kommen! Der größte Fehler seines Lebens!

Was für ein Idiot er gewesen war … Er hatte in kürzester Zeit geschafft, was andere in ihrem ganzen Leben nicht schafften: Mit kaum fünfundzwanzig Jahren war er zum Küchenchef eines der beliebtesten Pariser Restaurants aufgestiegen, wo er seine Vorstellungen von Kochkunst in eigener Regie und Verantwortung hatte umsetzen können. Das hatte er aufgegeben, um jetzt für einen spleenigen Lord

Katzenfutter zuzubereiten. Und warum? Um Paul Biermann auszustechen – bei einer Frau, die völlig außer seiner Reichweite war und deren Mutter ihn des Hauses verwiesen hatte. Und die, aus Langeweile oder einfach nur zum Spaß, ihm Hoffnungen gemacht hatte, die sie nicht im Traum zu erfüllen gedachte. Schließlich war sie eine Lady. Und er nur ein hergelaufener Küchenschwengel.

Er zückte seine Taschenuhr: fünf vor drei.

Nein, Vicky würde nicht kommen, sie war schon fast eine halbe Stunde über die Zeit.

Mit einer Mischung aus Enttäuschung und Wut steckte er die Uhr wieder ein. Höchste Zeit, London zu verlassen und nach Paris zurückzukehren! Noch heute würde er Lord Shelby kündigen.

28

GOTT SEI Dank, Auguste war noch da!

Schon von Ferne erkannte Vicky ihn inmitten der Spaziergänger, in seinem Künstleranzug stach er ihr gleich ins Auge. Doch statt vor dem Gewächshaus zu warten, stapfte er mit gesenktem Kopf und wütenden Schritten in Richtung Ausgang.

Was war in ihn gefahren?

Sie fragte sich schon, ob sie kehrtmachen sollte, da hob er den Kopf, und ihre Blicke trafen sich. Im selben Moment hellte sich seine Miene auf, und mit einem Lächeln eilte er auf sie zu und begrüßte sie mit einem Handkuss.

»Wie schön, Sie wiederzusehen.«

»Dann freuen Sie sich also doch?«, fragte sie.

»Aber natürlich, wie sollte ich nicht?«

»Ich dachte, vielleicht sind Sie mir ja böse – wegen meiner Mutter.«

Ein kurzes Zucken ging durch sein Gesicht, dann schüttelte er den Kopf.

»Nein, nein, Mütter sind, wie sie sind, überall auf der Welt. Und

Ihre Frau Mutter war ja aus gutem Grund verärgert, ich hätte meinen Besuch ankündigen sollen, statt einfach so in Ihr Haus einzufallen.«

»Aber warum zogen Sie dann eben so ein finsteres Gesicht? – Nein, leugnen Sie nicht, ich habe es genau gesehen.«

»Lord Shelby«, sagte er mit vor Empörung bebender Stimme, »hat mich engagiert, damit ich für seine Katzen Essen koche.«

»Das ist nicht wahr!«

»Ich schwöre! In Shelby House wimmelt es von den Viechern Seiner Lordschaft, und meine Aufgabe ist es, sie mit Futter zu versorgen.«

»Typisch Harold Shelby«, lachte Vicky. »Machen Sie sich nichts daraus, er ist bekannt für seine Schrullen. Einmal erschien er in Morgenrock und Pantoffeln im Oberhaus, um gegen den frühen Sitzungsbeginn zu protestieren. Dabei schlug es von Big Ben bereits zu Mittag. Sogar die *Times* hat darüber berichtet.«

Auguste schien das seltsamerweise nicht lustig zu finden. Vielmehr zog er ein Gesicht, als hätte man ihn beleidigt. Was war der Grund? Hatte sie etwas Falsches gesagt?

»Sollte ich Sie in irgendeiner Weise verletzt haben, tut es mir leid«, sagte sie. »Was auch immer es war, es war nicht meine Absicht. Bitte verzeihen Sie mir.«

»Sie brauchen sich nicht zu entschuldigen«, erwiderte er. »Es ist nur … Sie … Sie können ja nicht wissen, was Kochen für mich bedeutet.«

»Nun, ich denke, es ist Ihr Beruf.«

»Nein! Kochen bedeutet mir viel mehr. Kochen ist mein Leben!«

Er hatte mit solcher Entschiedenheit gesprochen, dass sie beschämt verstummte. Schon bei ihrer ersten Begegnung in Karlsbad war es sein großes Ziel gewesen, die französische Kochkunst in die Welt hinauszutragen. Offenbar hatte er an diesem Ziel all die Jahre über unbeirrbar festgehalten. Was für ein außergewöhnlicher, aufregender Mann!

»Erzählen Sie mir, wie es dazu kam?«

Er zögerte. »Natürlich«, sagte er dann. »Aber vielleicht machen wir dabei ein paar Schritte?«

»Gern! Dafür ist der Park ja da.«

Mit einer Handbewegung forderte er sie zum Gehen auf, und nachdem sie einen Teich passiert hatten, an dem eine Schar Kinder unter Aufsicht ihrer Nanny Enten fütterte, fing er an zu erzählen.

»In meiner Kindheit war es mein Traum, Bildhauer zu werden. Stundenlang habe ich einem Holzschnitzer bei der Arbeit zugeschaut, der für unsere Dorfkirche eine Marienstatue schuf. Es war für mich ein unbegreifliches Wunder, wie sich unter seinen Händen ein Stück Holz nach und nach in die Muttergottes verwandelte. So etwas wollte ich auch können.«

Vicky nickte. »Ich habe schon immer gewusst, dass Sie ein Künstler sind. Und ich glaube, ich habe es Ihnen bereits in Karlsbad gesagt. Erinnern Sie sich?«

»Mein Vater war Schmied«, fuhr er fort, ohne auf ihre Frage zu antworten. »Für ihn war Bildhauerei brotlose Kunst, also kam eine Ausbildung nicht in Frage, und da ich nicht kräftig genug war, um bei ihm in die Lehre zu gehen, schickte er mich zu einem seiner Brüder nach Nizza, der dort ein Restaurant betrieb. Am Anfang war es die Hölle. Als Küchenjunge musste ich jeden Morgen vor allen anderen aufstehen, Feuer machen und danach dann nichts als Töpfe und Pfannen und Teller und Schüsseln schrubben, den ganzen Tag lang, bis in die Nacht hinein, vierzehn, fünfzehn Stunden ohne Pause. Dabei setzte es bei jedem Fehler Schläge und Tritte. Zu essen gab es nur Abfälle, und in der Nacht, wenn die anderen in ihre Kammern gingen, musste ich in der Küche bleiben und dort auf einer Strohmatratze schlafen.«

»Sie Ärmster«, sagte Vicky. »Haben Sie nie daran gedacht, wegzulaufen?«

»Nein. Nicht ein einziges Mal.«

»Aber wie ist das möglich, wenn man Sie so schikaniert hat?«

»Weil ich in der Küche meines Onkels meine Berufung fand. Wenn beim Kochen aus den Zutaten wie durch Zauberhand die köstlichsten Gerichte entstanden, war das für mich genauso ein Wunder, wie wenn durch die Kunst eines Bildhauers sich ein Stück Holz in eine Marienstatue verwandelt.«

»Was für ein schöner Vergleich. Ja, Sie haben recht, es ist ein Wunder, auch wenn ich das bisher nie so gesehen habe.«

Über sein Gesicht huschte ein Lächeln. Doch als sie versuchte, seinen Blick zu fangen, wich er ihr aus und sprach weiter.

»Ich sammelte damals alle Rezeptbücher und Speisekarten, derer ich habhaft werden konnte, und verschlang sie wie andere Menschen Romane, und wenn alle anderen schliefen, kochte ich mit übriggebliebenen Resten heimlich die Gerichte nach, die der Küchenchef gekocht hatte, obwohl ich sie nur vom Geruch her kannte – als Küchenjunge durfte ich ja nicht kosten, das durften nur die Köche. So habe ich mir das Kochen selbst beigebracht, um schließlich irgendwann ganz neue Gerichte auszuprobieren, auf eigene Faust. Dafür hat mein Onkel mich dann rausgeworfen – zu meinem Glück.« Er unterbrach sich und schaute sie an. »Aber was langweile ich Sie mit meinen Nichtigkeiten? Lassen Sie uns über etwas Interessanteres reden! Reden wir über Sie!«

»Nein«, sagte sie, »ich höre Ihnen mit größter Aufmerksamkeit zu.« Zur Bekräftigung berührte sie seinen Arm. »Bitte erzählen Sie weiter. Ich möchte alles wissen.« Obwohl sie wusste, dass es sich nicht gehörte, hakte sie sich bei ihm unter.

Er warf ihr einen kurzen irritierten Blick zu, dann kam er ihrer Aufforderung nach. »Das Kochen hat mir buchstäblich das Leben gerettet, sonst hätte ich den Krieg nicht überstanden. Ich tauge nicht zum Soldaten, ich wäre beim ersten Sturmangriff gefallen. Aber ich hatte Glück, eines Tages kam ein Offizier ins Petit Moulin, wo ich als Rotisseur arbeitete. Er war auf der Suche nach einem Küchenchef für General Bazaine und seinen Stab, und Monsieur Lourdin, der Restaurantbesitzer, hat mich empfohlen. So kam es, dass ich während der Belagerung von Metz für die Verpflegung des Offizierscasinos verantwortlich war. Nie habe ich so viel gelernt wie in dieser Zeit. Schon nach wenigen Wochen wurden die Vorräte an Lebensmitteln so knapp, dass wir unsere eigenen Pferde schlachten mussten.«

»Wie schrecklich!« Vicky spürte, wie ihr die Tränen kamen.

»Uns blieb nichts anderes übrig«, sagte er. »Unsere Vorräte waren aufgebraucht, es fehlte an allem, ich musste buchstäblich aus nichts etwas machen – Suppe aus Sauerampfer mit Ziegenmilch, die Herren Offiziere waren verwöhnt und verlangten, ordentlich bekocht zu werden. Ich habe in der Festung einen kleinen Bauernhof eingerichtet, mit requiriertem Vieh, das ein Soldat rund um die Uhr bewachte. Trotzdem war am Ende der Belagerung jedes Stück Fleisch und Wurst verzehrt.«

»Sie haben getan, was Sie konnten«, sagte sie voller Bewunderung. »Mehr kann ein Mensch nicht leisten. – Und wie ging es dann weiter?«

»Nach der Niederlage kam ich als Kriegsgefangener nach Mainz. Nie werde ich vergessen, wie die Deutschen uns im Lager geschunden und misshandelt haben, als wären wir keine Menschen, sondern Vieh – dazu die eisige Kälte, es war ja mitten im Winter. Aber auch unsere Kerkermeister mussten essen, und als Koch konnte ich mir Respekt verschaffen, so dass ich irgendwann nach Wiesbaden verlegt wurde, um im Kursaal-Restaurant zu arbeiten. – Die weiteren Stationen kennen Sie ja, erst das Grandhotel Pupp in Karlsbad und dann wieder das Petit Moulin, doch diesmal als Küchenchef. Sie können sich nicht vorstellen, was das für mich bedeutete. Eine eigene Küche, in der ich tun und lassen konnte, was ich wollte. Und jetzt Katzenfutterkoch bei Lord Shelby …«

Er verstummte.

Auch Vicky schwieg, aufgewühlt von seinem Bericht.

»Sie sind der erste Mensch, dem ich das erzähle«, sagte er.

»Wirklich?« In einer Aufwallung nahm sie seine Hand. »Ich glaube, jetzt verstehe ich ein wenig …«

Er hob den Kopf und sah sie an. »Was glauben Sie zu verstehen?«

Sie suchte nach den richtigen Worten, doch sie konnte sie nicht finden. Seine Geschichte hatte so unterschiedliche, ganz und gar widersprüchliche Gefühle in ihr ausgelöst: Mitleid, Entsetzen, Staunen, Empörung, Bewunderung – alles zugleich. Vor allem aber ein Bedürfnis … ein Bedürfnis, ihn irgendwie … Ach, wenn sie nur wüsste, was für ein Bedürfnis das war!

»Bereuen Sie Ihre Entscheidung?«, fragte sie leise.

»Welche Entscheidung?«

»Dass Sie Ihre Stellung in Paris aufgegeben haben und hierher in unser grässliches London gekommen sind?«

Statt zu antworten, schlug er die Augen nieder.

»Ich kann Ihnen gar nicht sagen, wie leid mir das tut«, sagte sie.

Während sie sprach, spürte sie seine Hand in der ihren, und das seltsame, unnennbare Bedürfnis wurde noch stärker, ein herrliches und gleichzeitig bedrohliches Ahnen und Sehnen, das sie noch nie zuvor empfunden hatte.

Wortlos drückte sie seine Hand, in der Hoffnung, dass er sie auch so verstand.

Mit einem Lächeln erwiderte er ihren Blick. »Wie sollte ich meine Entscheidung bereuen, wenn Sie doch jetzt hier vor mir stehen und … und meine Hand halten?«

Während seine schwarzen Augen unverwandt auf ihr ruhten, spürte Vicky, wie ihr Herz zu rasen anfing. »Soll das … soll das heißen, Sie könnten sich womöglich hier arrangieren und … und noch eine Weile bleiben?«

Sein Adamsapfel ruckte, und mit rauer Stimme sagte er: »Wenn … wenn ich Sie wiedersehen darf?« Er stockte. »Darf ich?«

Ihr Herz schlug noch höher, und ihre Kehle war wie zugeschnürt, so dass sie keinen Ton hervorbrachte. Doch ganz von allein folgte ihr Kopf ihrem Herzen, und bevor sie sich entschieden hatte, nickte sie.

Augustes Augen leuchteten auf wie die eines Kindes. Er trat noch näher an sie heran. »Und wenn ich in diese Augen schauen darf …« Pause. »Darf ich?«

In ihrem Kopf begann es zu rauschen. Sie hob den Blick und schaute ihn an.

»Ja …«, flüsterte sie.

Kaum hatte sie das Wort ausgesprochen, zuckte sie zusammen. Hatte sie das wirklich gesagt?

Ohne sie aus den Augen zu lassen, führte Auguste ihre Hand an seine Lippen. »Und wenn ich diese Hand küssen darf … Darf ich?«

Willenlos überließ sie ihm ihre Hand. Er küsste die Spitzen ihrer Finger, und während ihr ein Schauer über den Rücken rieselte, kam er ihr so nah, dass die Konturen seines Gesichts vor ihren Augen verschwommen.

»Und wenn ich diesen Mund küssen darf … Darf ich?«

Unter seinem Blick fühlte sie sich plötzlich, als wäre sie nackt. Ihr schwindelte, alles um sie herum schien sich zu drehen, und ihre Knie wurden so weich, dass sie einzuknicken drohten.

Und doch war alles wunderbar.

Ohne dass sie wusste, was sie sagte, flüsterte sie: »Ich hoffe, Sie wissen, wie … wie skandalös Ihr Verhalten ist …«

»Ich versuche nur, Sie zu unterhalten«, erwiderte er, die schwarzen Augen weiter auf sie gerichtet. »So, wie Sie es mir befohlen haben. Erinnern Sie sich?«

Sie nickte. »Dann … dann unterhalten Sie mich.« Allen Widerstand aufgebend, schloss sie die Augen. Und endlich, endlich spürte sie seine Lippen auf den ihren.

29 ALS ICH *einst Prinz war von Arkadien …*

Ein Couplet von Jacques Offenbach summend, stand Auguste am Herd von Shelby House für das Diner an diesem Abend. Nie und nimmer hätte er gedacht, dass die Zubereitung von Katzenfutter ihm so viel Befriedigung bereiten könnte. Aber warum nicht? Lord Shelbys Katzen waren keine Tiere, sie waren herrliche, majestätische Wesen – vielleicht, wer weiß, sogar Inkarnationen von Königinnen und Prinzessinnen untergegangener Weltreiche, zum Beispiel von Arkadien, es würde ihn nicht wundern. Auf jeden Fall waren sie wahre Hoheiten und unbestechlich in ihrem Geschmack, was man von Menschen nur selten sagen konnte. Früher, im Petit Moulin, war seine Kunst für die meisten Gäste nur eine Art *Hors d'œuvre* gewesen, Auftakt für den späteren Besuch der Folies Bergère, um sich dort, angeregt von Wein und Champagner, an den Darbietungen der Cancan-Tänzerinnen zu delektieren … Nein, im Vergleich zu der Pariser Bohème war Lord Shelbys Katzenvolk ein weitaus würdigeres Publikum und all seiner Mühen wert.

Lebt' ich in Reichtum, Glanz und Macht …

Noch immer war er erfüllt von dem wunderbaren Nachmittag mit Vicky. Zur Erinnerung daran wollte er eine Süßspeise kreieren, eine eigens für sie geschaffene Komposition. Im Geiste schmeckte er noch einmal den Kuss nach, den sie getauscht hatten. Genauso süß sollte die Süßspeise sein, gleichzeitig aber so frisch und natürlich wie Vicky selbst, dazu vielleicht ein kleiner, aufmüpfiger Gegenakzent … Er entschied sich für Erdbeeren als Basis, beträufelt mit ein paar Tropfen Dessertwein, die Früchte eingebettet in Vanillecreme und von Puderzucker und Schlagsahne bekrönt, die er zuvor vielleicht noch mit ein wenig Erdbeerpüree und Ananasmark anreichern würde. Er hatte den Geschmack schon auf der Zunge.

Während er die Zutaten in seinem Rezeptheft notierte, sah er, wie einer seiner Köche einen Schuss Weinbrand in einen Fischfond gab.

»Wein habe ich gesagt, nicht Weinbrand«, wies er ihn zurecht. »*No brandy – wine!*«

Butler Jenkins, der gerade in die Küche kam, schüttelte den Kopf. »Es wird höchste Zeit, dass Sie endlich Englisch lernen. So geht das nicht weiter.«

Doch Auguste war nicht bereit, sich die gute Laune verderben zu lassen.

»Englisch lernen?«, erwiderte er. »Niemals! Das habe ich zur Bedingung gemacht. Fragen Sie Seine Lordschaft!«

30

ENDLICH WAR Vicky allein. Seit sie nach Hause zurückgekehrt war, wartete sie darauf, sich in ihr Zimmer zurückziehen zu können, um die Erlebnisse des Tages niederzuschreiben. Jetzt zog sie die Vorhänge vor den Fenstern zu, holte ihr Tagebuch aus dem Nachtkasten und setzte sich damit an den kleinen, fragilen Sekretär, der mehr zur Zierde als zum Gebrauch in ihrem Zimmer stand.

Im Haus war alles still. Onkel Georgie war nach dem Abendessen ausgegangen, und die Mutter hatte die Dienerschaft zur Nacht entlassen, bevor sie sich selbst zur Ruhe begeben hatte.

Mit klopfendem Herzen öffnete Vicky die Schließe ihres Tagebuchs, das noch ihr Vater ihr geschenkt hatte. Dann drehte sie das Gaslicht herunter und schraubte den Füllfederhalter auf.

Paxton House, 17. Juli 1873

Was für ein Tag! Heute habe ich das größte Abenteuer meines Lebens erlebt – der erste Kuss, den ich mit einem Mann getauscht habe. Auguste heißt er, Auguste Escoffier – ein FRANZOSE!!! Allein der Name lässt mich erschaudern. Er hat mir schon in Karlsbad auf überaus charmante Weise den Hof gemacht. Und jetzt ist es passiert. Ein Augenblick höchster Glückseligkeit, den ich nie vergessen werde. Doch wie soll ich ihn beschreiben? Ach, es müsste einen Apparat zur Reproduktion von Gefühlen geben, ähnlich meinem Fotoapparat zur Reproduktion der äußeren Natur, mit dem man Bildplatten innerer Seeleneindrücke anfertigen könnte, um diese immer wieder aufs Neue nachzuempfinden … Aber vielleicht ist es ja auch gut, dass es einen solchen Apparat nicht gibt. Weil solche Gefühle ja wohl doch einmalig sind und man sie darum nur ganz und gar wirklich erleben kann.

Jedenfalls kann ich es kaum erwarten, ihn wiederzusehen. Auguste … Und wir werden uns wiedersehen, das haben wir uns beim Abschied versprochen. Es gibt neben dem rückwärtigen Gartentor einen losen Stein im Mauerwerk, den wollen wir als Briefkasten nutzen, um Nachrichten miteinander zu tauschen …

Vicky schloss die Augen. Bei dem Gedanken, dass sie dort vielleicht schon bald ein *Billet d'amour* vorfinden würde, durchrieselte sie ein Schauer.

»Was machst du da?«

Erschrocken fuhr sie herum. Vor ihr stand ihre Mutter. Eilig klappte sie das Tagebuch zu.

»Du kannst in dein Tagebuch schreiben, was du willst«, sagte die Mutter, »das geht mich nichts an. Aber was ist das?« Sie hielt einen geöffneten Brief in die Höhe und wedelte damit in der Luft. »Der ist heute für dich gekommen!«

Vicky zuckte zusammen. Hatte Auguste ihr geschrieben?

»Was … was ist das für ein Brief?«

»Aus Deutschland«, sagte die Mutter. »Würdest du mir das bitte erklären?«

Vicky griff nach dem Umschlag. Doch die Mutter war schneller und zog ihn zurück, bevor sie ihn zu fassen bekam.

»Von wegen, mein Fräulein! Der bleibt in meinem Verwahr!«

31 DER FAMILIENRAT hatte getagt und gegen Paul entschieden. Nur die Mutter war bereit gewesen, seinen Plan zur Rettung der Firma zu unterstützen, die Zwillinge und Felix hatten sich enthalten, und da Fritz gemeinsame Sache mit Schwester Greta und Schwager Hugo gemacht und deren Forderung zugestimmt hatte, den Erlös vom Verkauf der Villa zu gleichen Teilen an die Mitglieder der Erbengemeinschaft auszuzahlen, war das Schicksal von Biermann & Söhne besiegelt. Ein Kaufangebot lag bereits vor; Geheimrat von Siemens war bereit, hundertachtundfünfzigtausend Goldmark auf den Tisch des Hauses zu legen, um die Villa als Dienstwohnung für einen seiner Direktoren zu nutzen, der Vertrag, der auf Wunsch der Mutter der Familie ein Rückkaufsrecht einräumte, musste nur noch unterschrieben werden. Zwar würde auch Paul seinen Anteil bekommen, aber das war nur ein Tropfen auf den heißen Stein, selbst wenn die Mutter ihren Anteil zuschießen würde, um das Lebenswerk ihres Mannes zu retten.

Was für eine Familie! Statt ihm den Rücken zu stärken, um den Bankrott der Firma abzuwenden, hatte man ihn verraten und im Stich gelassen. Jetzt blieb ihm nichts anderes übrig, als bei Hermann Blankenstein den Offenbarungseid zu leisten.

Wie von diesem gewünscht, suchte er den Baurat in dessen Privathaus in Zehlendorf auf, einem burgähnlichen, drei Stockwerke hohen und mit Türmen und Zinnen bewehrten Ziegelsteinpalast inmitten eines parkgroßen Gartens. Offenbar hatte Blankenstein reich geheiratet, von einem Beamtensalär war ein solches Anwesen nicht zu finanzieren.

Paul hatte bis zum späten Nachmittag gewartet, um seine Aufwartung zu machen – Blankenstein hatte gesagt, dass er für gewöhnlich ab siebzehn Uhr unter seiner Privatadresse anzutreffen sei. Doch das Dienstmädchen, das ihm öffnete, teilte ihm mit, dass der Baurat noch nicht im Haus sei.

»Dann werde ich es ein andermal versuchen. Richten Sie ihm bitte meine ergebensten Grüße aus.«

Er reichte dem Mädchen seine Visitenkarte, da trat eine hochgewachsene, auffallend schöne Frau Anfang dreißig in das Vestibül.

»Sie müssen Paul Biermann sein«, sagte sie, ohne auf seine Karte zu blicken. »Mein Mann hat mir schon viel von Ihnen erzählt. – Dora Blankenstein.«

Sie streckte ihm den Arm in einer Weise entgegen, dass er gar nicht anders konnte, als ihr die Hand zu küssen.

»Es … es ist mir eine Ehre.«

»Und mir eine Freude. Aber kommen Sie doch herein. Ich erwarte meinen Mann jeden Moment zurück. Bis dahin können wir ein wenig plaudern. – Betsy«, wandte sie sich an das Dienstmädchen, »bring uns doch bitte etwas Tee und Gebäck.«

Während Betsy in der Küche verschwand, legte Paul seinen Hut ab, um der Hausherrin in einen sehr hellen, mit nur wenigen Möbeln und Pflanzen eingerichteten Salon zu folgen. Er hatte sich darauf vorbereitet, dem Baurat sein Scheitern einzugestehen. Und jetzt sollte er Konversation treiben mit dessen Frau?

Sein Blick irrte über verwirrend moderne Gemälde an den Wänden.

»Impressionisten«, sagte Dora Blankenstein, als sie seinen Blick sah. »So nennt man in Frankreich eine Gruppe von Malern, die bei uns leider noch unbekannt sind. Aber das da«, sie deutete auf ein Bild, das eine lichtdurchflutete Allee zeigte, »ist von Max Liebermann, einem jungen Berliner Künstler, von dem ich mir sehr viel verspreche. Sie lieben Kunst?«

Paul zögerte. »Um ehrlich zu sein …«

»Bitte verzeihen Sie«, unterbrach sie ihn. »Wie gedankenlos von mir. Sie haben im Moment andere Sorgen. Aber nehmen wir doch Platz.«

Betsy brachte Tee und Gebäck. Nachdem man von beidem gekostet hatte, erkundigte Dora Blankenstein sich eingehend nach Pauls Situation. Dabei zeigte sie sich überraschend gut im Bilde, und ihre Anteilnahme an seinem Unglück war so groß, dass sie, als Paul auf den tragischen Tod seines Vaters zu sprechen kam, spontan seine Hand nahm.

»Ich kann Ihnen gar nicht sagen, wie leid mir das tut.«

Seine Hand in der ihren, schaute sie Paul in die Augen. Erst jetzt registrierte er, was für eine schöne Frau sie war – er konnte sich nicht erinnern, je eine schönere Frau gesehen zu haben. Dora Blankenstein hatte ihr kastanienbraunes Haar in geflochtenen Wellen hochgesteckt, so dass ihr schlanker Hals höchst vorteilhaft zur Geltung kam. Dabei bildeten ihre lebhaften grünen Augen zu der klassisch geformten Nasenpartie einen ebenso reizvollen Kontrast wie die sinnlich geschweiften roten Lippen zu der makellosen Reinheit ihres Teints und der Strenge ihrer Hochfrisur. Ohne ihn aus den Augen zu lassen, spielte sie mit der dreireihigen Perlenkette, die sie über einem schwarzweiß gestreiften, schmal geschnittenen Sommerkleid trug und deren Perlen von derselben Größe und Beschaffenheit waren wie diejenigen, welche sie in ihren Haarzopf eingeflochten hatte. Während ihre schmale, feingliedrige Hand von der Kette hinauf an ihren Schwanenhals wanderte, schlug sie die Beine übereinander und öffnete einen Spalt weit die Lippen, doch ohne ein Wort zu sagen

Und immer noch schaute sie ihn an.

War es wirklich nur Mitgefühl, das sie bewegte?

So absurd seine Zweifel waren, wusste Paul kaum noch, wie er sitzen sollte.

Da ging die Tür auf und Hermann Blankenstein trat herein.

Endlich!

Paul wollte aufstehen, aber Dora Blankenstein hinderte ihn daran, indem sie weiter seine Hand in der ihren hielt. Ihr Mann registrierte es mit einem kurzen Blick, doch offenbar ohne sich daran zu stören.

»Nur keine Umstände, Herr Biermann«, sagte er mit einem wohlwollenden Lächeln. »Behalten Sie doch bitte Platz.«

Während Paul wie auf Kohlen dasaß und sich fragte, was das seltsame Benehmen seiner Gastgeber zu bedeuten hatte, setzte Dora Blankenstein ihren Mann über ihr zuvor geführtes Gespräch in Kenntnis, einschließlich der Weigerung von Pauls Familie, die Erlöse aus dem Verkauf der Villa gemeinschaftlich in die Rettung der Firma zu investieren.

»Was meinst du, mein Lieber – sollten wir Herrn Biermann nicht unterstützen?«

»Du sprichst mir wie immer aus der Seele«, erwiderte ihr Mann. »Ich habe überschlägig ermittelt, wie viel Geld wohl für Personal, Baugerät und Material nötig sein würde, damit die Firma Biermann & Söhne den Betrieb wiederaufnehmen kann.« Er drehte sich zu Paul herum. »Wäre Ihnen mit hunderttausend Goldmark gedient? Ich denke, zusammen mit Ihrem Anteil aus dem Verkauf Ihres Elternhauses müsste das für den Beginn reichen.«

Paul machte sich von Dora Blankensteins Hand frei. »Ich … ich weiß nicht, was Sie meinen.«

»Was ist daran nicht zu verstehen? Ich biete Ihnen ein Darlehen an.«

»Ein Darlehen?«, wiederholte Paul irritiert. »Ich … ich weiß Ihr Angebot wirklich zu schätzen, Herr Baurat. Aber nein, das kann ich unmöglich annehmen. Ich habe ja keinerlei Sicherheiten zu bieten.«

Blankenstein lachte einmal laut auf. »Und ob Sie die zu bieten haben. *Sie* sind unsere Sicherheit, mein junger Freund, mit Ihrem Willen und Ihrem Fleiß.«

»An beidem soll es nicht fehlen, aber …«

Als Paul stockte, nahm Dora Blankenstein abermals seine Hand und schaute ihn mit ihren grünen Augen an.

»Ich weiß, Ihr Stolz steht Ihnen im Wege, und das ehrt Sie. Aber wir bieten Ihnen kein Almosen an, sondern ein Geschäft.«

»Ein Geschäft?«

»Ja, ein Geschäft«, bestätigte Blankenstein. »Von jedem Auftrag, den das städtische Bauamt der Firma Biermann & Söhne künftig für Arbeiten zur Installierung einer Kanalisation erteilt, treten Sie fünf Prozent Ihres Gewinns an meine Frau und mich ab.«

»Eine Lösung«, ergänzte Dora Blankenstein, »die für alle Parteien nur Vorteile hat, nicht wahr?«

Paul brauchte einen Moment, um zu begreifen. »Ist … ist eine solche Verabredung denn überhaupt statthaft?«

»Aber gewiss doch«, versicherte Blankenstein. »Es handelt sich um eine weitverbreitete Usance. Mit Ihrem Herrn Vater hatten wir dieselbe Verabredung getroffen.«

»Tatsächlich?«

Die Auskunft reichte, um Pauls Bedenken zu zerstreuen – sein Vater war zeit seines Lebens die Redlichkeit in Person gewesen.

»Dann sind wir uns also einig?« Dora Blankenstein erhob sich, um ihn zu verabschieden. »Besuchen Sie mich doch bitte recht bald wieder«, sagte sie dann mit einem bezaubernden Lächeln. »Ich führe ein sehr offenes Haus.«

Verunsichert tauschte Paul einen Blick mit ihrem Mann. Doch der klopfte ihm lachend auf die Schulter.

»Versuchen Sie erst gar nicht, sich meiner Frau zu widersetzen«, sagte er. »Es hat keinen Sinn, ich spreche aus Erfahrung.« Er führte Paul zur Tür. »Und Blumen werden nicht nötig sein, wenn Sie meine Frau besuchen, es reicht, wenn Sie unsere Provision mitbringen. Der Einfachheit halber am besten in bar!«

32

WO HATTE die Mutter Pauls Brief versteckt?

Vicky hatte gewartet, bis das ganze Haus schlief. Das Bureau, das die Mutter für ihre Geschäfte benutzte, hatte sie bereits durchsucht, doch ohne Erfolg. Zwar hatten sich auf dem riesigen Schreibtisch über ein Dutzend Briefe gestapelt, doch kein einziger Umschlag war in Deutschland abgestempelt worden. Und die Fächer, in denen die Mutter wichtige Geschäftspapiere aufbewahrte, waren unter Verschluss.

Vicky fiel nur noch ein Ort ein, an dem sie suchen konnte, ohne dass sie Schlösser aufbrechen musste: das Boudoir ihrer Mutter. Die Wahrscheinlichkeit, dort fündig zu werden, war zwar gering, seit dem Tod ihres Mannes empfing die Mutter ihre Gäste entweder in einem Salon oder im Wintergarten, aber Vicky hatte keine Idee, welcher andere Ort im Haus in Frage käme.

Als sie die Tür öffnete, quietschte diese leise in den Angeln. Erschrocken hielt sie den Atem an und lauschte ins Haus. Doch nichts regte sich. Sie wartete noch eine Weile, dann schloss sie behutsam die Tür hinter sich und zündete das Gaslicht an.

Das Boudoir wirkte in seiner Unberührtheit wie ein vergessenes Museum. Auf allen Möbeln lag Staub, offenbar war schon eine Ewigkeit niemand mehr hier gewesen. Trotzdem setzte Vicky ihre Suche fort. Das einzige Möbel, das sich als Versteck eignete, war eine kleine Empire-Kommode an der Stirnwand. Der Reihe nach öffnete sie die Schubladen. Aber wieder wurde sie enttäuscht. Die Schubladen enthielten vor allem dickleibige Bände mit Illustrationen, die ihre Mutter zu den naturkundlichen Büchern ihres Großvaters angefertigt hatte, außerdem eine Schmetterlings- und eine Insektensammlung sowie einige exotische Gegenstände, die Joseph Paxton von seinen vielen Reisen mitgebracht hatte, darunter ein afrikanischer Schrumpfkopf und eine Schlange in einem Spirituskolben, die sich in der trüben Flüssigkeit immer noch zu winden schien.

Aber von Pauls Brief keine Spur.

Vicky wollte schon aufgeben, da entdeckte sie plötzlich zwischen zwei Folianten ein Bündel Briefe, das mit einem verblassten rosa Band verschnürt war.

Überrascht hielt sie inne: Waren das Liebesbriefe ihrer Mutter?

Die Anschrift auf den vergilbten Umschlägen bestätigte ihre Vermutung: Die Briefe waren an »Miss Emily Paxton« adressiert. Gerührt, dass ihre Eltern sich Liebesbriefe geschrieben hatten, wollte Vicky das Bündel zurücklegen. Doch dann wurde sie gewahr, dass die Schrift auf den Kuverts nicht die Schrift ihres Vaters war.

Seltsam. Sie prüfte die Umschläge noch einmal. Aber kein Zweifel, ihr Vater hatte sie nicht beschriftet. Nur – von wem waren die Briefe dann? Sollte es womöglich, Vicky stockte der Atem, im Leben der Mutter noch einen anderen Mann gegeben haben?

Nein, ausgeschlossen, ihre Mutter verkörperte die Tugenden einer Dame ihres Standes in solcher Vollkommenheit, dass sie damit schon auf die Welt gekommen sein musste. Während Vicky überlegte, was es mit den Briefen auf sich haben mochte, erinnerte sie sich plötzlich an eine Bemerkung von Onkel Georgie in Karlsbad, als die Mutter die Gefahren heraufbeschworen hatte, die angeblich auf ein junges Mädchen ihres Alters lauern würden.

Wie hatte der Onkel zu seiner Schwester gesagt?

Du musst es ja wissen …

Jetzt war der Zweifel da. Obwohl Vicky wusste, dass sie die Briefe zurücklegen sollte, wendete sie das Bündel, um den Namen des Absenders zu lesen.

Victor Savage.

Um Gottes willen – konnte das ein Zufall sein? Man hatte ihr immer gesagt, sie sei auf den Namen Victoria getauft worden, weil der Großvater seine Riesenseerose zu Ehren der Königin *Victoria regia* genannt hatte. Die Mutter erzählte ja heute noch, wie sie als Kind bei der Demonstration vor den Augen der Queen von der Pflanze gerutscht und in den Gewächshausteich gefallen war.

Victor Savage …

Victor Savage …

Victor Savage …

Immer wieder las Vicky den Namen. Nein, das war unmöglich.

Wie ein böses Gift fraß der Verdacht sich in ihre Seele, so dass sie kaum noch denken konnte. Eine lange Weile starrte sie auf die Briefe wie auf ein Orakel.

War die Geschichte ihrer Namensgebung nur ein Märchen?

Irgendwann nahm sie ihren Mut zusammen, und mit zitternden Fingern löste sie das rosa Band, um sich Gewissheit zu verschaffen. Doch als sie den Poststempel auf dem obersten Kuvert sah, hielt sie ein zweites Mal inne: 18. Mai 1850. Im Geiste rechnete sie nach – drei Jahre vor ihrer Geburt. In fliegender Eile überprüfte sie die Poststempel auf den übrigen Kuverts. Der späteste Brief datierte vom Spätsommer 1851.

Gott sei Dank! Offenbar endete die Beziehung ihrer Mutter zu diesem Mann schon viele Monate, bevor sie geheiratet hatte.

Erleichtert fügte Vicky die Briefe wieder zusammen und verschnürte sie mit dem rosa Band, um das Bündel zurück in die Schublade zu legen.

Nein, auch wenn die Mutter ihr Pauls Brief vorenthalten hatte – sie hatte nicht das Recht, diese Briefe zu lesen.

Fünf Minuten später lag sie im Bett. Doch an diesem Abend fand sie nicht in den Schlaf. Victor Savage … Wie hatte der Mann wohl ausgesehen, für den das Herz ihrer Mutter geschlagen hatte? Bei dem Versuch, ihn sich vorzustellen, sah Vicky plötzlich Auguste vor sich. Im selben Moment spürte sie wieder die Seligkeit ihres Kusses, und ihr Herz begann zu rasen. Doch während in der Erinnerung ihre Münder aufs Neue miteinander verschmolzen, hörte sie im Geiste die Stimme ihrer Mutter.

Mein Gott, wenn ich mich in meiner Jugend so hätte gehenlassen, könntest du heute nicht das Leben führen, das du führst …

33

ÜBER HUNDERT Arbeiter und Angestellte hatten bei Biermann & Söhne in Lohn und Brot gestanden, als die Firma in Konkurs gegangen war. Doch nicht einmal die Hälfte davon war dem Aufruf gefolgt, mit dem Paul in den alten Bauhof gegenüber der Familienvilla geladen hatte, um den Männern mitzuteilen, wie es weitergehen sollte.

Wie konnte das sein? War ihnen ihre Zukunft egal?

Während das traurige Häuflein sich um ihn versammelte, wurde auf der anderen Straßenseite ein Fuhrwerk entladen. Möbelpacker trugen die Kisten und Kästen der neuen Bewohner ins Haus. Paul war froh, dass seiner Mutter der Anblick erspart blieb. Sie war mit den Zwillingen vor zwei Tagen in das Damenstift gezogen, das er am Potsdamer Platz für sie gefunden hatte.

Unsicher schaute er in die Gesichter der Männer. Er kannte jeden einzelnen, wusste die Namen ihrer Frauen und Kinder, manche wie der alte Busicke hatten schon für seinen Großvater gearbeitet, sie gehörten praktisch zur Familie. Er war sich darum bewusst, wie bitter die Botschaft war, die er ihnen verkünden musste. Mit Blankensteins Darlehen sowie seinem Anteil am Erbe hatte er zwar den Bauhof samt Gerätschaften und Material aus der Konkursmasse retten können. Darüber hinaus jedoch war so wenig Geld übrig geblieben, dass er den Männern nur Hungerlöhne zahlen konnte.

Er entschied sich, nicht um den heißen Brei herumzureden. »Ihr wisst, wie die Lage ist«, sagte er. »Die Firma wurde zum Opfer eines Spekulanten. Jetzt sind die Kassen leer. Aber wenn wir alle zusammenhalten, werden wir es schaffen und den Karren gemeinsam aus dem Dreck ziehen. Aufträge sind genügend da!«

»Aufträge interessieren uns nicht«, rief August Lübbe, ein junger Geselle, der vor ein paar Tagen zum ersten Mal Vater geworden war. »Uns interessiert nur, wie viel wir bekommen.«

»Ich weiß«, erwiderte Paul. »Ich kann euch eine Mark achtzig pro Tag zahlen, bei zehn Stunden Arbeit. Poliere bekommen fünfundzwanzig Pfennige mehr.«

Pfiffe und Buhrufe waren die Antwort.

»Ausbeutung!«

»Wir haben früher zwei fünfzig bekommen!«

Paul hob die Arme. »Wartet! Ich bin noch nicht fertig! Eins achtzig ist nur der Grundlohn. Zum Ausgleich bin ich bereit, euch am Gewinn zu beteiligen. Sobald ich mein Geld bekomme, bekommt ihr eine Prämie, je nach Baufortschritt, so wie ich selber auch mein Geld bekomme. Auf diese Weise vermehrt sich euer Lohn Schritt für Schritt! Und wenn die Rechnung aufgeht, verdoppelt er sich sogar und ihr verdient drei Mark sechzig am Tag!«

Die Rufe und Pfiffe verebbten, doch die Zweifel blieben.

»Und wer garantiert, dass die Sache funktioniert?«

»Und Sie Ihr Wort halten?«

Paul zeigte auf Felix, der mit gezücktem Block und Stift neben ihm stand.

»Mein Bruder führt über eure Ansprüche genauestens Buch! Und jeder von euch hat das Recht, Einsicht zu nehmen. Wann immer er will.«

Einige Männer nickten, andere wiegten die Köpfe und begannen, untereinander zu diskutieren.

Paul schöpfte Hoffnung. »Wer von euch macht mit?«

Der alte Busicke hob als Erster die Hand. »Ich bin dabei!«

»Ich auch!«, rief Bruno Vogt, der Altgeselle.

Immer mehr Arbeiter schlossen sich den beiden an, und bald waren es über zwei Dutzend.

August Lübbe jedoch schüttelte den Kopf. »Nichts für ungut, Herr Biermann. Aber ich muss an meine Familie denken. Und Gumbrecht & Cie. zahlen zwei neunzig die Stunde. Garantiert!«

Er rückte seine Kappe zurecht und wandte sich ab.

Paul begriff. Daher also wehte der Wind … Sein Schwager hatte für Gumbrecht & Cie. die Trommel gerührt. Offenbar wollte er ihm schaden, wo er nur konnte.

»Nur Mut«, sagte der alte Busicke, während August Lübbe mit

einem Dutzend weiterer Abtrünniger den Hof verließ. »Wir sind immer noch dreißig Mann, dein Großvater hat mit weniger angefangen. Wir waren damals gerade mal zu fünft.«

»Du hast recht«, sagte Paul. »Und ihr habt es trotzdem geschafft.« Er atmete einmal tief durch, dann straffte er sich. »Wir haben keine Zeit zu verlieren. Nächsten Montag fangen wir an!«

34

PARAPLUIE WAR ein Wort, das man zum Glück auch in England verstand, so dass Auguste sich mit einem Schirm gegen den Sommerregen hatte wappnen können, der seit dem frühen Morgen von einem garstig grauen Himmel auf London niederging. Trotz des Schutzes rieselte ihm das Wasser in feinen, warmen Strömen den Nacken herunter, denn immer wieder frischte der Wind im Hyde Park auf und fuhr unter seinen Schirm, manchmal in so heftigen Böen, dass die Bespannung umklappte und er für Sekunden ungeschützt den Elementen ausgesetzt war. Doch davon ließ er sich nicht verdrießen. Seit er mit Vicky den ersten Kuss getauscht hatte, schaute er, wann immer die Arbeit es ihm erlaubte, in ihrem »Briefkasten« nach, und gestern hatte er dort tatsächlich eine Nachricht vorgefunden, eine so ganz und gar wunderbare Nachricht, dass sie ihn in der Nacht um den Schlaf gebracht hatte.

Morgen an unserem Treffpunkt zur selben Zeit. V

Er konnte es gar nicht erwarten, ihr die Überraschung zu präsentieren, die er für sie vorbereitet hatte. Die Frage war nur, wie? Das Regenwetter drohte, alles zunichtezumachen.

Während er noch überlegte, trat ein Gärtner aus dem Gewächshaus, vor dem sie verabredet waren. Im selben Moment kam Auguste die rettende Idee. In einem Kauderwelsch aus Englisch und Französisch redete er auf den Mann ein. Er brauchte eine Weile, um sich verständlich zu machen, doch als er dem Gärtner ein üppiges Trinkgeld in die Hand drücke, verstand dieser plötzlich jedes Wort, und ohne die Tür zu verriegeln, überließ er ihm das Glashaus und verschwand.

Auguste hätte sich keinen besseren Ort wünschen können. Überall in dem Gewächshaus blühten Rosen, und die Regenschlieren, die an den Glasscheiben herunterliefen, ließen die Welt dahinter ganz fern und unwirklich erscheinen.

In einer Ecke entdeckte er einen kleinen Metalltisch mit zwei Klappstühlen. In Windeseile bereitete er alles für seine Überraschung vor. In einem Picknickkorb hatte er die Süßspeise mitgebracht, die er für Vicky kreiert hatte. Diese arrangierte er samt Teller und Besteck auf dem Tischchen, dann brach er ein paar Rosenblüten von den Sträuchern und schmückte damit Vickys Platz.

Nur – würde sie bei dem Wetter überhaupt kommen?

Als er sich umdrehte, um einen Blick in den Park zu werfen, stand sie bereits in der Tür, eingehüllt in ein Regencape, das Gesicht halb verborgen von einer hochgeschlagenen Kapuze.

»Vicky!«

Er eilte auf sie zu. Doch als er ihr Gesicht sah, verharrte er.

Ohne die Tür hinter sich zu schließen, sagte sie: »Ich bin nur gekommen, um Ihnen mitzuteilen, dass wir uns nicht mehr sehen können.«

»Was … ist passiert? Beim letzten Mal haben wir uns doch noch …«

Sie schaute ihn so ernst an, dass ihm die Worte im Hals steckenblieben.

»Ja, wir haben uns geküsst«, sagte sie. »Aber das hätte niemals geschehen dürfen. Und deshalb bitte ich Sie, meine Entscheidung zu akzeptieren. Es … es geht nicht anders.«

35

VICKY SAH die Enttäuschung in seinem Gesicht, die tiefe Trauer, die aus seinen schwarzen Augen sprach. Der Anblick brach ihr das Herz.

»Natürlich«, sagte er. »Wenn du – ich meine, wenn Sie darauf bestehen … Wie … wie konnte ich nur annehmen, dass Sie – eine junge Lady, und ich, ein Koch, ein Niemand …«

»Nein, nein, das ist es nicht!«

»Was ist es dann?« Das Bärtchen auf seiner Oberlippe zitterte, und sein Adamsapfel ruckte.

In der Stille war nur das Prasseln der Regentropfen zu hören, die auf das Glasdach fielen. Sie trat einen Schritt auf ihn zu und nahm seine Hand.

»Ich mag Sie wirklich sehr, Monsieur Escoffier, glauben Sie mir. Vielleicht sogar zu sehr, um ehrlich zu sein.«

»Zu sehr? Wie soll das möglich sein? Ach, Sie wissen ja nicht, was ich für Sie empfinde. Sonst würden Sie nicht so …«

»Bitte sprechen Sie nicht weiter.« Sie drückte seine Hand. »Seien Sie versichert, wenn es allein von mir abhinge, ich würde …«

»Was würden Sie?«

Eine Bö wehte von draußen herein.

Sie schüttelte den Kopf. »Quälen wir uns nicht länger, Monsieur. Adieu!«

Mit einem Ruck wandte sie sich ab. Doch sie war noch nicht bei der Tür, da fiel ihr Blick auf einen kleinen Metalltisch. Darauf stand ein von Rosenblüten umkränzter Teller mit einer Süßspeise und einer kleinen, silbernen Probiergabel.

»Was … was ist das?«

»Ach, nichts«, sagte er. »Nur eine Kleinigkeit, die ich für Sie vorbereitet habe, ein Dessert. *Fraises Victoria.*«

»Wollen Sie … wollen Sie damit sagen – Sie haben es nach mir benannt?«

Er nickte. »Ich habe bei der Komposition an Sie gedacht … an Sie und an den Kuss, den Sie mir gaben … an diese wunderbare Süße …«

Sie musste an ihren Geburtstag denken, an all die vielen, sündhaft teuren Blumenbuketts, die man ihr verehrt hatte. Kein einziges davon hatte ihr etwas bedeutet.

»Noch nie hat mir jemand ein so wunderbares Geschenk gemacht«, sagte sie. »Danke!«

Er erwiderte ihren Blick, und ein kleines, unsicheres Lächeln zupfte an seinen Lippen. »Wollen Sie vielleicht einmal kosten?«

Plötzlich sah sie nur noch sein Lächeln, und bevor sie wusste, was sie tat, schlug sie ihre Kapuze zurück und schloss die Tür hinter sich.

36

DIE INSTALLATION eines Kanalisationsnetzes, das sich im Untergrund von Berlin über das ganze Stadtgebiet erstrecken sollte, um die Unmengen von Unrat abzuleiten, den Hunderttausende Menschen Tag für Tag produzierten, war ein gigantischer, Millionen verschlingender Kraftakt, der längst überfällig war, doch vor deren Realisierung Generationen von Bürgermeistern, Stadträten und Bauamtsleitern immer wieder zurückgeschreckt waren, so dass die Hauptstadt des Deutschen Kaiserreiches, die in kürzester Zeit von einer preußischen Provinzstadt zu einer veritablen Metropole herangewachsen war, buchstäblich zum Himmel stank. In allen Straßen und Gassen stand die Jauche knöchelhoch in den Rinnsteinen, und man konnte kaum einen Fuß vor den anderen setzen, ohne mit dem Stiefel im Morast zu versinken. Doch die fehlende Kanalisation machte sich darüber hinaus in einem anderen, noch schwerer wiegenden Übelstand bemerkbar, der schlimmste Auswirkungen auf die Gesundheit der Bevölkerung hatte. Die über Tage schwimmende Kloake war immer wieder Ursache ausbrechender Epidemien, darunter so bedrohlicher Seuchen wie Cholera und Typhus, die nicht nur in den Armuts- und Elendsquartieren grassierten, sondern auch in den Vierteln der bessergestellten und wohlhabenden Hauptstadtbewohner.

Nach Jahrzehnten der Tatenlosigkeit hatte die Stadtverwaltung nun endlich den leitenden Ingenieur James Hobrecht beauftragt, ein alle Teile Berlins erfassendes Kanalisationssystem zu entwerfen. Die französischen Reparationszahlungen, die nach dem Sieg Deutschlands über den Erbfeind auch in die Berliner Stadtkasse geflossen waren, hatten den Ratsbeschluss begünstigt, den Kraftakt in Angriff zu nehmen. Ein bloßes Einleiten der Kloake in die Spree kam aufgrund der Verunreinigung des Flusses und der damit einhergehenden hygienischen Folgen nicht in Frage. James Hobrecht hatte darum ein Radialsystem von Kanälen und Leitungen entwickelt, das die Kanalisation der Stadt in zwölf Untergebiete aufteilte. Darin würden die Abwässer unter Tage zu Auffangstationen an den jeweils tiefsten Stellen geleitet und von dort aus zu weit vor den Toren der Stadt gelegenen Rieselfeldern gepumpt werden, mit Pumpwerken, die so groß waren wie Kathedralen, und unterirdischen Kanälen so breit wie die Spree. Dieses System genügte nicht nur den bereits bestehenden Erfordernissen, sondern ließ sich beliebig erweitern, um auch bei weiter steigenden Bevölkerungszahlen für saubere Straßen und saubere Luft in der Reichshauptstadt zu sorgen.

Pauls erster Auftrag, den das Bauamt ihm erteilt hatte, bestand darin, im Stadtteil Kreuzberg einen Stollen zwischen der Wiener und der Reichenberger Straße in den Untergrund zu treiben. Dabei drängte die Zeit von der ersten Minute an. Bezahlt wurde nach Baufortschritt, die Firma Biermann & Söhne würde also nur dann den vereinbarten Lohn bekommen, wenn Paul und seine Männer den Zeitplan pünktlich auf den Tag einhielten. Zum Glück hatte sein Bruder Felix sich angeboten, alle Büroarbeiten zu übernehmen, so dass er selbst von morgens bis abends auf der Baustelle sein konnte. Dankbar für die Chance, die Hermann Blankenstein ihm gegeben hatte, arbeitete er, dass ihm das Blut unter den Nägeln hervorspritzte. Dabei erfüllte ihn die Vorstellung, wie wertvoll seine Arbeit für das Wohl der Stadt und der Bevölkerung war, sogar mit einer gewissen Befriedigung.

Und trotzdem nagte der Zweifel an ihm.

Hatte er den richtigen Weg eingeschlagen? Oder hätte er nicht wie sein Schwager den leichten Weg nehmen und zur Konkurrenz wechseln sollen?

Während er wie ein Maulwurf im Dreck wühlte, errichtete Gumbrecht & Cie. herrschaftliche Villen im Grunewald und im Tiergarten, und es ging sogar das Gerücht, dass die Firma sich auf Hugo Lebsanfts Initiative für die Bebauung der künftigen Prachtstraße bewerbe, die Bismarck zwischen dem Stadtschloss der kaiserlichen Familie und dem Charlottenburger Jagdschloss anlegen wollte. *Die Entstehung einer neuen Welt* … Wie hatten Vickys Augen geleuchtet, als Paul ihr in Karlsbad von seinen großartigen Plänen vorgeschwärmt hatte. Und jetzt? Jetzt wirkte er mit an der Installation eines Kanalsystems, dessen Sinn und Zweck es war, als Verdauungstrakt der Stadt die Notdurft der Bevölkerung abzuführen, vergleichbar dem Darm eines Menschen, der Kot und Urin aus dessen Körper ausschied, und wenn er abends müde und wie erschlagen von der Arbeit in seine Kammer zurückkam, die er sich mit Felix teilte, konnte er sich noch so lange mit Waschsand traktieren, weder seine Hände noch sein Gesicht wurden je so sauber, wie es nötig wäre, um einer Frau wie Vicky gegenüberzutreten.

Er konnte nur froh sein, dass sie ihn nicht sah. Aber vielleicht hatte sie ja schon immer geahnt, was für eine Art von Bauingenieur er war. Auf den Brief, den er ihr geschickt hatte, um sich für sein Ausbleiben zu entschuldigen, hatte sie nie geantwortet.

Mit einem Seufzer wischte er sich den Schweiß von der Stirn.

Würde er aus diesem Tief je wieder herausfinden?

37 ALS AUGUSTE an die Mauer gelangte, die Paxton House von der rückwärtigen Straße trennte, schlugen die Glocken der Dreifaltigkeitskirche am Sloane Square fünfmal an. Um Gottes willen, er sollte längst zurück in Shelby House sein – die Katzen warteten auf ihre Abendmahlzeit! Ein Metzger hatte ihn aufgehalten, sie hatten sich nicht auf die Provision einigen können, die Auguste für seine Bestellungen verlangte, danach war es eigentlich schon zu spät gewesen, um nach einer Nachricht von Vicky zu schauen. Aber da sie einander seit fast zwei Wochen nicht mehr gesehen hatten, war seine Unruhe zu groß, um nach Paddington zurückzukehren, ohne sich Gewissheit zu verschaffen.

War sein Glück mit Vicky etwa schon vorbei?

Vorsichtig, um im Blattwerk keine Spuren zu hinterlassen, schob er den Efeu beiseite, hinter dem sich der Briefkasten verbarg, und tastete er nach dem losen Stein.

Im nächsten Moment hielt er einen Umschlag in der Hand.

Gott sei Dank!

Im Laufschritt eilte er zum Sloane Square, um von dort eine Droschke zu nehmen.

»Sussex Gardens!«, rief er dem Kutscher zu.

Als er den Brief öffnete, stutzte er. Vicky forderte ihn auf, sich am nächsten Montagmorgen auf dem Markt in der Bute Street einzufinden. Sie wolle, so schrieb sie, sich für sein Geschenk revanchieren.

Was hatte das zu bedeuten?

Sosehr Auguste sich den Kopf zerbrach, fiel ihm keine Erklärung ein. Aber musste man immer alles verstehen? Hauptsache, er würde Vicky wiedersehen! Das war das Einzige, was zählte!

38 DAS ERSTE Etappenziel war erreicht: Der Stollen, den Paul und seine Männer in das Kreuzberger Erdreich getrieben hatten, verband die Wiener mit der Reichenberger Straße, wo sich das Pumpwerk befand, von dem aus künftig die Abwässer des Viertels zu den Rieselfeldern vor den Toren Berlins weitergeleitet würden. Doch auch Baurat Blankenstein hatte Wort gehalten und nach erfolgter Abnahme noch am selben Tag die nötige Anweisung an die Stadtkasse gegeben, so dass die erste Zahlung ebenso pünktlich erfolgt war wie die Fertigstellung des ersten Bauabschnitts.

Paul war erleichtert. Seine Anstrengungen wurden belohnt, seine Rechnung ging auf.

Jetzt war für diese Woche Feierabend, und Felix, der als Buchhalter auch auf der Baustelle eine Schirmmütze und Ärmelschoner trug wie im Kontor, verteilte die Lohntüten, die nicht nur die Löhnung für die letzte Woche enthielten, sondern auch die vereinbarten Zusatzprämien zur Aufstockung des Grundlohns seit Beginn der Arbeit. Bester Laune nahmen die Männer die Tüten entgegen.

Paul nutzte die gute Stimmung, um Werbung in eigener Sache zu machen. »Drei Mark fünfzig pro Woche, wie ich euch versprochen habe. Sagt das weiter, erzählt das euren Kollegen, vor allem denen, die zu Gumbrecht & Cie. abgewandert sind, damit sie wieder zurückkommen. Wir können jede Hand brauchen!«

Während sich beifälliges Murmeln erhob, nahm der alte Busicke Paul beiseite.

»Hast du keine Angst, einen Krieg mit deinem Schwager vom Zaun zu brechen?«

»Wenn die Firma wieder auf die Beine kommen soll, muss ich das riskieren.«

»Auch, wenn du dich dabei selbst ruinierst?« Der Polier zog an seiner Pfeife. »Ich frage mich, ob bei diesem Geschäft überhaupt noch was für dich selber rausspringt.«

Die Zweifel hatte Paul auch, natürlich hatte er sie, er musste ja auch noch die Provision für die Blankensteins abzweigen. Doch was blieb ihm anderes übrig?

Der alte Busicke legte ihm die Hand auf die Schulter.

»Ich hoffe, du weißt, was du tust, mein Junge.«

Noch während er sprach, entstand plötzlich Unruhe. Hubert Stubbe, der zweite Polier, hatte eine Reklamation.

»Da fehlen fünfundvierzig Pfennige!«

»Das kann nicht sein«, entgegnete Felix. »Ich habe alles genauestens berechnet. Jede Stunde und jeden Tag. Aber wenn jemand krank geworden ist oder blau gemacht hat, ist das schließlich nicht meine …«

»Bei mir ist auch zu wenig in der Tüte!«, protestierte noch jemand. »Sogar siebzig Pfennige!«

»Betrug!«

»Wollt ihr uns verarschen?«

Die Arbeiter rückten Felix bedrohlich auf die Pelle.

Paul ließ den alten Busicke stehen.

»Beruhigt euch!«, rief er den Arbeitern zu. »Zeigt mir eure Lohnzettel! Ich rechne selbst noch mal nach. Dann wird sich alles aufklären.«

Zögernd kamen die Männer der Aufforderung nach. Unter ihren misstrauischen Blicken nahm Paul Bleistift und Papier, um die Auszahlungen zu überprüfen. Tatsächlich, fast jede zweite Berechnung erwies sich als fehlerhaft.

»Irgendwas ist da schiefgelaufen …«

»Das können Sie laut sagen!«, pflichtete Heinrich Stubbe ihm bei. »Eine Schweinerei ist das!«

»Ja, eine Schweinerei!«

»Ihr habt ja recht! Aber keine Sorge! Um den Schaden wiedergutzumachen, gleiche ich hier und jetzt alle Fehlbeträge aus und lege bei jedem, der zu wenig in der Tüte hat, aus eigener Tasche fünfzig Pfennig obendrauf. Ist das ein Wort?«

Paul zückte sein Portemonnaie. Zum Glück führte er darin noch den Rest des Geldes bei sich, das die Stadtkasse ihm ausbezahlt hatte.

»Also nichts für ungut«, sagte er, als er dem Letzten die Lohntüte mit dem korrigierten Betrag in die Hand drückte. »Bis Montagmorgen!«

Wieder versöhnt, machten die Männer sich auf den Weg, um wie jeden Samstagabend in ihren arbeitsfreien Tag hinein zu feiern, bevor zu Hause ihre Frauen den restlichen Wochenlohn kassierten.

Felix wollte sich zusammen mit ihnen verdrücken. Aber Paul hielt ihn zurück.

»Wie konnte das passieren?«

Sein Bruder schaffte es nicht, ihn anzusehen. »Ich … ich weiß auch nicht …«

»Du weißt auch nicht?« Paul musste an sich halten, um ihn nicht zu ohrfeigen. »Ist dir klar, was du angerichtet hast? Mit deiner Schlamperei hast du alles gefährdet, was wir mühsam versuchen wieder aufzubauen.« Plötzlich hielt er inne und schnupperte in der Luft. »Sag mal, hast du getrunken?«

»Nur ein einziges Glas«, gab Felix kleinlaut zu. »Du weißt doch, diese fürchterlichen Rückenschmerzen.«

»Rückenschmerzen? Willst du mich für dumm verkaufen? Das kannst du Mutter erzählen! Bei mir bist du an der falschen Adresse!«

»Du tust mir unrecht! Du weißt ja nicht, welche Qualen ich leide. Oft ist es so schlimm, dass ich nicht mehr weiß, wie ich es aushalten soll. Mein ganzer Körper ist dann nur noch ein einziger Schmerz. Dann hilft nur noch Alkohol. Ich … ich kann doch nichts dafür.«

»Das wagst du mir ins Gesicht zu sagen?« Paul schnappte nach Luft. »Und ob du was dafür kannst! Herrgott im Himmel, schämst du dich nicht? Reiß dich verdammt nochmal am Riemen! Wie wir alle! Oder ich schmeiße dich raus! Dann kannst du zusehen, wie du klarkommst. Und dich von mir aus zu Tode saufen. Hast du verstanden?«

Felix schlug die Augen nieder.

»Ob du mich verstanden hast?« Paul packte ihn am Kragen und schüttelte ihn. »Sei ein Mann und gib deinen Fehler zu! Oder sag was zu deiner Verteidigung!«

Doch das tat Felix nicht. Stattdessen schüttelte er nur den Kopf.

»Du hast ja recht«, flüsterte er. »Ich habe es nicht anders verdient. Weil …« Plötzlich schluchzte er laut auf. »Ich … ich tauge einfach nichts.«

»Was sagst du da?«

Felix konnte nur noch stammeln. »Ich … ich wollte immer so sein wie du, aber ich schaffe es einfach nicht. Weil ich nichts tauge … noch nie etwas getaugt habe … und auch nie … nie etwas taugen werde.«

Wie verloren stand er da, die blonden Locken zerzaust, das zarte, kindliche, noch bartlose Gesicht übersät mit roten Flecken, während ihm die Tränen an den Wangen herunterliefen.

Pauls Wut verrauchte. Vielleicht tat er Felix ja unrecht, weil er nur noch seine eigenen Probleme sah. In einer Aufwallung nahm er seinen Bruder in den Arm.

»Hör auf zu weinen«, sagte er. »Ich bin ja da.«

»Kannst du … kannst du mir verzeihen?«

»Aber natürlich, wir sind doch Brüder. Und Fehler passieren jedem, mir auch …«

»Ach, Paul.« Wie ein Kind schmiegte Felix sich an seine Brust. »Danke, dass du mir verzeihst … Auch wenn ich es nicht verdiene.«

Eine Weile verharrten sie so, ohne ein Wort zu sagen. Dann gab Felix sich einen Ruck, und während er sich aus der Umarmung befreite, zog er schniefend die Nase hoch.

»Ich verspreche dir, dass so etwas nie wieder vorkommt. Nie, nie wieder!«

39

AUGUSTE SCHAUTE sich um. Wo war Vicky?

Der Markt erstreckte sich die ganze Bute Street entlang, und er war die Stände und Buden schon mehrmals auf- und abgegangen, ohne sie zu finden. Zehn Uhr hatte sie gesagt. Und jetzt war es schon zwanzig nach.

Spielte sie ein Spiel mit ihm? Vielleicht beobachtete sie ihn ja aus einem Versteck und hatte ihren Spaß daran, wie er sich nach ihr den Hals verrenkte. Wäre sie eine Französin, würde er sich darüber nicht wundern. Aber Vicky war keine Französin, sie war eine junge englische Lady. Und da lag eine andere Erklärung viel näher. Dass nämlich ihre Mutter sie daran gehindert hatte, das Haus zu verlassen.

Mit einem Seufzer gab er auf. Trotz der Enttäuschung musste er seine Einkäufe machen. Das Angebot war nicht dazu angetan, seine Stimmung zu heben. Das Obst hatte kaum Geschmack, das Gemüse war blass und wässrig. Wie sollte man daraus etwas Schmackhaftes zubereiten? Ein Glück, dass er darin geübt war, zu improvisieren.

Er trat an einen Stand, an dem die Tomaten einen halbwegs brauchbaren Eindruck machten, und nahm eine Frucht, um zu tasten, ob sie reif war.

Als er aufsah, stutzte er.

Was zum Teufel war das?

In einer Budengasse hatte ein Fotograf seinen Apparat aufgebaut, um, verborgen unter einem Tuch, Aufnahmen zu machen. Hatte der Kerl etwa ihn im Visier? Den Engländern traute Auguste alles zu, sogar dass sie einen Koch beim Einkaufen fotografierten.

Kopfschüttelnd wandte er sich ab, als plötzlich Vicky unter dem Tuch auftauchte. Mit einem Lächeln zwinkerte sie ihm zu.

Das also war die Überraschung!

Er wollte zu ihr eilen, aber sie schüttelte den Kopf. Der Grund dafür war eine Frau an ihrer Seite, ein Mannweib mit streng gescheiteltem Blondhaar. Das musste ihre Gouvernante sein.

Also blieb er, wo er war, und sandte Vicky nur eine heimliche Kusshand zu.

Welch süßer Schmerz, ihr so nah und gleichzeitig so fern zu sein …

War er etwa wirklich verliebt?

40

PAUL HATTE Gesicht und Hände noch gründlicher als sonst mit Waschsand traktiert, um die Spuren seiner Arbeit zum Verschwinden zu bringen, bevor er sich auf den Weg nach Zehlendorf gemacht hatte. Die Sonne stand darum schon tief am Himmel, als er in der Villa Blankenstein vorsprach, um die Provision für seinen ersten Auftrag abzuliefern. Obwohl es gegen die Etikette verstieß, schien es ihm angezeigt, Hermann Blankenstein so spät am Nachmittag seine Aufwartung zu machen. Schließlich wollte er sichergehen, dass der Baurat zu Hause war.

Doch auch heute traf er in dem Ziegelsteinpalast nur die Dame des Hauses an. Dora Blankenstein schien sich dafür umso mehr über sein Kommen zu freuen. Als das Dienstmädchen ihn in den Salon führte, trat sie mit ihrem ebenso bezaubernden wie einschüchternden Lächeln auf ihn zu und streckte ihm dabei wie selbstverständlich den Arm zum Handkuss entgegen, als wäre er ein vertrauter Freund. Angesichts dieses Empfangs wurde ihm umso peinlicher bewusst, dass er ohne Blumen erschienen war.

»Wie schön, Sie wiederzusehen«, sagte sie, als er sich über ihre Hand beugte. »Wie ich höre, kommen Sie wunderbar voran.«

Er reichte er ihr seinen Umschlag mit der Provision. »Statt Blumen, gnädige Frau. Wie gewünscht in bar.«

»Sehr aufmerksam.« Unbesehen legte sie das Geld beiseite. Doch kaum hatten sie Platz genommen, nahm sie wie bei seinem ersten Besuch seine Hand. »Was für ein Jammer, dass Ihr Herr Vater nicht mehr erleben darf, wie tüchtig Sie sind, er hätte allen Grund, stolz auf Sie zu sein. Ach, wenn nur dieser Hasardeur Quistorp nicht gewesen wäre. Sie wissen ja gar nicht, wie viele Existenzen dieser Mensch auf dem Gewissen hat. Aber was soll man auch von einem Mann erwarten, der eine Engländerin zur Frau genommen hat?«

Ohne Pauls Hand loszulassen, echauffierte sie sich über den Spekulanten, der sich in zahlreiche Firmen eingekauft und sogar Banken mit der Aussicht auf phantastische Dividenden dazu verlockt hatte, ihm Unsummen von Geldern anzuvertrauen, so dass bei seinem Bankrott nicht nur die Firmen, an denen er beteiligt war, Konkurs hatten anmelden müssen, sondern fünfhundert Millionen Mark an Krediten sich in Luft aufgelöst hatten.

»Nein, Ihr Herr Vater war nicht der Einzige, der diesem Mephisto zum Opfer fiel. Vielleicht ist Ihnen das ja ein Trost.«

Mit einem Seufzer beschloss Dora Blankenstein ihre Klage. Dabei schaute sie Paul mit ihren grünen Augen unverwandt an. Und immer noch hielt sie seine Hand in der ihren.

»Finden Sie mich so abstoßend, dass sie mich partout nicht ansehen wollen?«

Ihre Frage kam so überraschend, dass Paul ins Stottern geriet.

»Um … um Gottes willen, gnädige Frau! Wo denken Sie hin?«

Sie legte ihre freie Hand an den Schwanenhals. »Falls Sie sich Sorgen wegen meines Mannes machen, das müssen Sie nicht.« Und mit einem rätselhaften Lächeln fügte sie hinzu: »Sie sollten wissen, dass er nur wenig Gefallen an Frauen findet.«

»Ich … ich verstehe nicht ganz.«

»Nun, unsere Ehe ist eine Zweckgemeinschaft. Mein Mann ist froh, dass er dank unserer Verbindung seinen Neigungen nachgehen kann, ohne dass sein Ruf Schaden nimmt. Dafür lässt er mir alle Freiheiten, mir mein Leben nach meinen Wünschen einzurichten.« Sie schaute Paul noch tiefer in die Augen. »Verstehen Sie, was ich meine?«

»Aller … allerdings … Auch wenn ich vielleicht sagen sollte …«

Sie drückte seine Hand, und wieder trat dieses Lächeln auf ihr Gesicht. »Was sollten Sie vielleicht sagen, mein Lieber?«

Während er fieberhaft überlegte, ging die Flügeltür auf, und das Dienstmädchen kam herein.

»Ihre Frau Mutter, gnädige Frau.«

Eine hochgewachsene Dame, deren Gesicht von einem blumen- und federgeschmückten Hut zu zwei Dritteln verdeckt war, betrat den Raum. Mit schräg geneigtem Kopf und offenen Armen ging sie auf Dora Blankenstein zu.

Entschlossen, die Chance zu nutzen, erhob Paul sich von seinem Platz.

»Dann sollte ich mich wohl verabschieden.«

Er deutete eine Verbeugung an, und bevor seine Gastgeberin ihn daran hindern konnte, wandte er sich zur Tür.

Gott sei Dank! Das war gerade noch mal gutgegangen …

41

VICKY SETZTE sich an ihren kleinen Sekretär und öffnete ihr Tagebuch. Dann tauchte sie die Füllfeder in die Tinte und begann zu schreiben.

Paxton House, 25. August 1873

Was für ein Sommer! Wie im Rausch ist er vergangen, so dass ich weder Zeit noch Muße fand, meine Aufzeichnungen à jour *zu halten. Und wie viel schöner ist es ja auch zu leben als zu schreiben, bedeutet Schreiben doch immer nur Verwandlung des Lebens in tote Buchstaben. Trotzdem ist es die einzige Möglichkeit, mir selber das Glück zu bezeugen, das ich in nie erhoffter Weise erfahren darf, um es für spätere Jahre aufzubewahren, wenn die Erinnerung einmal verblasst.*

Nein, was für ein unsinniger Gedanke! Als könnte solches Glück je verblassen. Es wird mich begleiten bis zur Stunde meines Todes und immerfort in mir sein.

They can't take away the beautiful hours …

Ach, wie unvergleichlich schön sind die Stunden mit Auguste. Fünfmal haben wir uns wiedergesehen, und jedes Wiedersehen ist beglückender als das andere. Wenn ich nur an das Leuchten in seinen Augen denke, als er die Fotografie in Händen hielt, die ich auf dem Markt von ihm gemacht habe. Und dann die Treffen in unserem Glashaus, bei denen er mich ein ums andere Mal mit einer neuen Köstlichkeit betört. Fast könnte man meinen, die Liebe gehe wirklich durch den Magen, wie die Leute sagen.
Liebe …
So lange habe ich gezögert, das Wort niederzuschreiben. Doch nun steht es da und schaut mich an.
Muss ich mich darum schämen?
Nein, nein und abermals nein! Wie anders sollte ich denn sonst das Gefühl benennen, das Auguste in mir entfacht? Wenn wir uns küssen, spüre ich sein Verlangen, und indem ich es spüre, erfasst mich wieder jenes unwiderstehliche Ahnen und Sehnen, das mich bereits bei unserem ersten Kuss meiner Sinne beraubte, und jede Faser meines Leibs drängt danach, ihm näher und näher und immer näher zu sein – so nah wie nur irgend möglich.
Für unser nächstes Treffen hat er mir eine Überraschung versprochen. Als ich ihn bat, mir eine Andeutung zu machen, hat er sich nicht dazu überwinden können. Stattdessen machte ihn mein Drängen verlegen, in so entzückender Weise, dass ich nicht anders konnte, als ihn zu küssen, wieder und wieder. Und obwohl Mama sich bereits über die vielen Anproben bei Harrods zu wundern beginnt, muss ich ihn so bald als irgend möglich wiedersehen, um das von ihm so peinlich gehütete Geheimnis zu lüften.
Muss … muss … muss …

42

DER ZWEITE Bauabschnitt, den Paul in Angriff nahm, war der Anschluss des Stollens an das Pumpwerk in der Reichenberger

Straße. Dabei galt es, eine Häuserzeile zu untertunneln, deren Kellergewölbe fast fünf Meter tief ins Erdreich ragte.

Trotzdem kamen die Arbeiten gut voran. Es hatte sich herumgesprochen, dass die Firma Biermann & Söhne bessere Löhne zahlte als die Konkurrenz, und die Zahl der Männer, die für Paul arbeiteten, hatte sich in kurzer Zeit von einunddreißig auf siebenundvierzig erhöht.

Ja, seine Werbung hatte die erhoffte Wirkung gezeigt. Fast alle Arbeiter, die zu Gumbrecht & Cie. abgewandert waren, waren zurückgekehrt, auch August Lübbe, der jeden Pfennig für seine junge Familie brauchte. Jetzt legten sich die Rückkehrer doppelt ins Zeug, um Paul ihre Treue zu beweisen.

Einem Mann aber war dies ein Dorn im Auge: Hugo Lebsanft. Wie der alte Busicke prophezeit hatte, fasste Pauls Schwager die Abwerbung seiner Arbeiter als Kriegserklärung auf. Schäumend vor Wut erschien er auf der Baustelle.

»Wenn du Krieg haben willst, kannst du Krieg haben!«

Paul zuckte die Schultern. »Ich weiß nicht, wovon du redest. Die Männer entscheiden selbst, für wen sie arbeiten wollen. Und offenbar arbeiten sie lieber für mich als für dich.«

»Quatsch mit Soße! Den Männern ist scheißegal, für wen sie malochen. Das Einzige, was die interessiert, ist die Penunse am Wochenende. Aber bilde dir ja nichts ein. Was du kannst, können wir schon lange. Wenn du drei fünfzig die Woche zahlst, zahlen wir drei siebzig.«

»Soll das eine Drohung sein?«

»Worauf du einen lassen kannst!«

Paul blickte seinen Schwager an. Die Margen, mit denen Gumbrecht & Cie. kalkulierte, waren dieselben, die auch für Biermann & Söhne galten, und er konnte sich nicht vorstellen, dass Hugo sich bei einer so knappen Gewinnspanne auf einen Preiskampf einlassen würde. Schließlich hatte dabei ja auch noch der alte Jakob Gumbrecht ein Wörtchen mitzureden, und der war für seinen Geiz bekannt.

Plötzlich hörte er in seinem Rücken eine Stimme.

»Jetzt haben wir die Kacke am Dampfen!«

Als er sich umdrehte, kam der alte Busicke aus dem Schacht geklettert, der in den Stollen führte.

»Was ist los?«

»Am besten, du schaust dir das selbst an.«

Paul ließ seinen Schwager stehen und folgte dem Polier die Leiter hinab unter Tage. Als er im Licht der Petroleumlampen sah, was der alte Busicke meinte, holte er tief Luft.

Sie waren auf Felsen gestoßen!

»Was sollen wir tun?«, fragte der Polier.

»Wir müssen sprengen«, sagte Paul. »Aber keine Angst«, fügte er hinzu, als er Busickes Gesicht sah. »Ich mache das selbst.«

Der Polier schüttelte den Kopf. »Unmöglich! Da muss ein Sprengmeister ran.«

»Das kann ich mir nicht leisten«, erwiderte Paul. »Du weißt doch, was das kostet.«

Busicke zog an seiner Pfeife. »Es gibt nur eins, was du dir nicht leisten kannst, mein Junge. Dich selbst in die Luft jagen.«

43

DIE AUGUSTSONNE schien hell und warm vom Londoner Himmel herab. In luftig-leichter Sommerkleidung spazierten die Menschen durch den Hyde Park, und die Droschkenkutscher fuhren ihre Fahrgäste im offenen Wagen. Nur das Verdeck einer Kalesche war geschlossen, scheinbar ohne Ziel rollte sie immer wieder den West Carriage Drive, der den Park in zwei Hälften teilte, hinauf und hinunter, und von innen waren die Vorhänge zugezogen, so dass kein Blick hineindringen konnte.

»Was für eine wunderbare Überraschung«, flüsterte Vicky.

»Verstehst du jetzt, warum ich dir nichts verraten konnte?«, fragte Auguste. »Sonst hättest du womöglich …«

»Psssssst …«

Während die Kutsche abermals wendete, ließ Vicky sich in seine Arme sinken. Sie wusste nicht, wie viele Küsse sie schon getauscht hatten, begleitet von Berührungen, die sie niemals hätte erlauben dürfen. Doch wie sollte sie sich dagegen wehren? Es war wie beim Genuss seiner Leckereien. Jeder Kuss, jede Umarmung war das Tor zu einer neuen, wunderbaren Empfindung und steigerte nur noch mehr das Verlangen, statt dieses zu stillen.

»Bitte …«, sagte er so nah an ihrem Ohr, dass sie seinen Atem spürte, während er die Knöpfe ihrer Bluse öffnete. »Bitte …«

»Nein, mein Liebster … nein …«

Jetzt glitt seine Hand in den Ausschnitt. Ein Schauer lief ihr über den Rücken, der ihren ganzen Leib erfasste, bis in den Schoß hinein. Sie schloss die Augen, und in seliger Ohnmacht spürte sie, wie seine Hand sich weiter und weiter vorwagte.

»Ma belle … mon ange … mon amour …«

Seine Worte waren Liebkosungen, die sie in ihrem tiefsten Inneren berührten. So mussten die Menschen im Paradies gesprochen haben.

Irgendwo schlug eine Uhr.

Vicky fuhr auf und lauschte.

… vier … fünf … sechs …

»Um Gottes willen! Ich muss nach Hause!«

Sie versuchte, sich zu befreien, doch Auguste hielt sie zurück.

»Noch einen Kuss.«

»Nein … es geht nicht …«

»Nur einen …«

»Ach, mein Liebster …«

Wieder gab sie nach, seinem Drängen und ihrem Verlangen. Dieses wurde so unerträglich, dass sie alles wollte – *alles!*

»Was … was machst du nur mit mir?«

Plötzlich spürte sie etwas Hartes, Bedrohliches an ihrem Schenkel. Mit einem Ruck machte sie sich los.

»Nein, mein Liebster … ich kann nicht … ich darf nicht … *Bitte!* Meine Mutter!«

Eine Weile verharrten beide ohne eine Bewegung. Dann ließ er von ihr ab.

»Ich … ich danke dir …«

Die Hände wollten ihr kaum gehorchen, als sie die Knöpfe ihrer Bluse zu schließen versuchte. Mit einem Seufzer beugte Auguste sich vor und klopfte gegen die Kutschwand.

»Brompton Road!«

Sie tauschten einen allerletzten Kuss. Als der Wagen am Eingang des Parks zum Stehen kam, sprang Vicky hinaus.

»Ich werde dir schreiben!«

Im Forteilen warf sie Auguste eine Kusshand zu, die er durch das Fenster erwiderte.

Zum Glück wartete Harry fahrbereit vor dem Pub auf sie, die Leinen in der Hand.

»Wir müssen uns beeilen!«, rief sie.

Im Stechtrab ging es nach Chelsea. Unterwegs richtete Vicky ihre Frisur und Kleider, so gut es bei dem Schaukeln und Ruckeln möglich war.

Zu Hause fing Onkel Georgie sie in der Halle ab.

»Achtung! Dicke Luft!«

Zu spät! Die Mutter kam schon die Treppe herunter.

»Wo hast du gesteckt?«

»Ich … ich war bei Harrods«, stammelte Vicky. »Die Anprobe … Du weißt doch …«

»Lügnerin!« Die Augen ihrer Mutter sprühten vor Zorn. »Mr. Jacobs war hier. Mit deinem fertigen Kleid. Ab sofort setzt du keinen Schritt mehr allein vor die Tür! Nicht einen einzigen! Hast du verstanden?«

44 GEBURTSTAG IM Damenstift!

Pauls Schwestern Elsa und Anna, die zusammen mit ihrer Mutter Hermine drei Zimmer am Potsdamer Platz bezogen hatten, feierten die neunundzwanzigste Wiederkehr des Tages, an dem sie im Abstand von nur wenigen Minuten zur Welt gekommen waren. Der Doppelgeburtstag war der alljährliche Höhepunkt im Leben der zwei Jungfern, die endgültig die Hoffnung auf eine Vermählung aufgegeben hatten und sich deshalb umso aufopferungsvoller um die Mutter kümmerten, die immer noch unter dem Verlust ihres Mannes und der Aufgabe ihres Charlottenburger Heims litt und jeden Abend im Nachtgebet ihren Herrgott darum bat, eines schöneren Tages wieder in die Familienvilla zurückkehren zu dürfen.

Würde ihr letzter Lebenstraum wohl je in Erfüllung gehen?

Sosehr Paul es ihr wünschte, wusste er nicht, woher er den Glauben daran nehmen sollte. Er hatte alle Sprengmeister der Stadt aufgesucht, aber es war wie verhext – keiner hatte sich bereit erklärt, die Sprengung in den nächsten zwei Wochen durchzuführen.

Wie sollte er so die vorgegebene Frist einhalten?

Doch heute sollte von Sorgen keine Rede sein, heute war ein Freudentag! Als hätte der liebe Gott es so eingerichtet, war Greta gerade noch rechtzeitig niedergekommen, und zum Entzücken aller, insbesondere der Großmutter, hatten die Lebsanfts ihren neugeborenen Sohn, Kaspar mit Namen, in einem mit blauen Schleifen verzierten Körbchen zu der Feier mitgebracht. Jetzt bewunderte jedermann den Hosenmatz. Während Paul alle Mühe hatte, sich seinen Groll gegen Hugo nicht anmerken zu lassen, schenkten die Zwillinge Eierlikör aus, damit man endlich auf ihr Wohl anstieß, in der Befürchtung, sonst sogar an ihrem Ehrentag in Vergessenheit zu geraten.

Nur Felix lehnte das Glas ab, das Anna ihm reichte.

»Nanu?«, wunderte sich Hugo, eine Zigarre paffend. »So kenne ich dich ja gar nicht. Heute keine Schmerzen?«

»Schön wär's«, seufzte Felix. »Aber ich muss wohl lernen, die Qual auch ohne lindernde Mittel zu ertragen …«

»Ach was! Ich kann es nicht mit ansehen, wenn ein Mensch sinnlos leidet.« Hugo nahm ein Glas von Annas Tablett und gab es Felix. »Wie sagt der Dichter? ›Es ist ein Brauch von alters her, wer Sorgen hat, hat auch Likör.‹«

»Warum tust du das?«, zischte Paul. »Du weißt so gut wie wir alle, dass Felix …«

»Jetzt sei doch nicht so streng«, sagte die Mutter, der kein Misston in der Familie entging. »Felix hat mit seinem Rücken so schwer an seinem Schicksal zu tragen, da darf er sich ruhig mal ein Gläschen gönnen. Außerdem wollen wir heute feiern«, fuhr sie mit erhobener Stimme fort, als Paul etwas einwenden wollte. »Und wir haben inzwischen doch so selten Anlass dazu.« Sie hob ihr Glas und blickte mit ihren alten, grauen Augen tapfer lächelnd in die Runde. »Auf unser aller Wohl!«

Dem mütterlichen Wunsch wollte sich niemand verweigern, auch Felix nicht. Paul blieb also nichts anderes übrig, als zuzusehen, wie sein Bruder mit zitternder Hand das Glas an die Lippen führte, um dieses in einem Zug zu leeren. Während er den im Glas verbliebenen Rest ausleckte, wachte der kleine Kaspar auf und fing in seinem Körbchen laut an zu krähen, als wolle auch er seinen Tanten gratulieren.

Fritz, der aus Anlass der Feier seine Reservistenuniform trug, trat mit dem Glas vor der Brust und durchgedrücktem Rücken vor und stimmte ein Lied an.

Hoch soll'n sie leben,
Hoch soll'n sie leben –
Dreimal hoch!

Alle fielen in das Ständchen ein. Die zwei Jungfern wurden rot bis in die angegrauten Haarspitzen und blickten sich mit glücklichen Augen gegenseitig an, die Hände vor den glucksenden Mündern.

Mit seiner Zigarre zwischen den Lippen wandte Hugo sich an Paul.

»Ich habe gehört, du suchst einen Sprengmeister?«

»Allerdings.«

Für eine Sekunde flammte in Paul die Hoffnung auf, dass der Schwager ihm helfen würde. Aber nur für eine Sekunde.

»Da kannst du lange suchen«, lachte Hugo, ohne die Zigarre aus dem Mund zu nehmen. »Ich habe höchstpersönlich dafür gesorgt, dass du keinen findest. Es gibt ja nur ein halbes Dutzend in der Stadt. Da habe ich mir den Spaß gemacht, ihnen ganz ohne Gegenleistung ein Honorar zu zahlen – allein für die schriftliche Versicherung, zwei Wochen lang keinen Auftrag von Biermann & Söhne anzunehmen.«

Paul war fassungslos. »Was bist du nur für ein Mensch …«

Seelenruhig paffte Hugo ihm den Rauch seiner Zigarre entgegen. »Du wolltest Krieg – jetzt hast du ihn!«

45

MITTERNACHT HATTE schon geschlagen, als Vicky das Boudoir ihrer Mutter betrat. Noch immer war sie so erregt, dass sie aufpassen musste, keinen Lärm zu machen. Nach ihrer Rückkehr aus dem Hyde Park hatte die Mutter ihr den ganzen Abend lang Vorhaltungen gemacht und ihr ewige Ehr- und Ehelosigkeit prophezeit, wenn sie nicht zur Räson komme. »Meine Tochter, eine Lügnerin – unfassbar! Ich werde dir nie wieder vertrauen können!« Onkel Georgies Versuche beim Abendessen, sie zu unterstützen, hatten wenig geholfen. Bei seinen ebenso vagen wie dunklen Andeutungen über die Vergangenheit der Mutter, mit denen er Vicky hatte in Schutz nehmen wollen, war diese explodiert und hatte ihm den Mund verboten, so dass er entnervt die Serviette auf den Tisch geworfen hatte, um sich mit einer zwischen den Lippen hervorgepressten Entschuldigung in den Club zu verabschieden.

Noch nie hatte Vicky sich so ungerecht behandelt gefühlt. Woher nahm die Mutter das Recht, sie so zu behandeln?

Jetzt wollte sie die Wahrheit wissen, die ganze Wahrheit!

Sie holte das mit einem rosa Band verschnürte Bündel aus der Kommode, das sie dort gefunden hatte, und setzte sich damit in einen Sessel. Das Gaslicht surrte leise, als sie zu lesen begann, die Briefe, die Victor Savage vor Jahr und Tag an »Miss Emily Paxton« geschrieben hatte, einen nach dem anderen, in der Reihenfolge der Datierung … Während sie immer tiefer in die Geheimnisse ihrer Mutter eindrang, stockte ihr ein ums andere Mal der Atem. Was sie da las, war so verstörend, so unglaublich, so ganz und gar ungeheuerlich, dass sie die Lektüre mehrmals unterbrechen musste, und am liebsten hätte sie das ganze Bündel wieder zurück in die Schublade gelegt. Aber dafür war es zu spät, jetzt wollte, nein, *musste* sie alles wissen, so dass ihre Augen ganz von allein immer wieder zurück zu den Zeilen wanderten, die all die verstörenden, unglaublichen Ungeheuerlichkeiten aus dem Vorleben ihrer Mutter offenbarten.

Sollte Emily Paxton wirklich ein und dieselbe Frau sein, die sie geboren und großgezogen hatte?

Nein, diese Frau war nicht die Frau, die Vicky kannte, die untadelige Dame der Gesellschaft, diese Frau war eine Rebellin, die gegen alles opponiert hatte, was ihre Mutter verkörperte, und die ihr ebenso fremd war wie Victor Savage, der Mann, der die Briefe geschrieben hatte. Emily Paxton hatte diesen Victor Savage geliebt, mit unbändiger Leidenschaft, gegen alle Vorurteile der Gesellschaft und gegen den Widerstand der Eltern und deren immer wieder neue Versuche, diese Liebe zu unterbinden. Emily Paxton hatte Victor Savage alles gegeben, was eine Frau einem Mann geben kann, bis zum Äußersten, daran ließen die Briefe keinen Zweifel … Sie war mit ihm nach Manchester durchgebrannt, hatte ihr Elternhaus verlassen, um ehelos mit ihm zusammenzuleben, in einer Einzimmerwohnung ohne Küche und Abort, und selbst diese erbärmliche Unterkunft hatten die zwei sich nur leisten können, weil auch sie, Emily Paxton, gearbeitet hatte, in einer Fabrik, wie eine Frau aus den untersten Schichten. Sie war sogar bereit gewesen, ihrem Geliebten nach Australien zu folgen, wohin dieser vor ihrem Vater geflohen war, wie aus dem letzten Brief hervorging.

Hier bin ich frei und unbescholten, und dank Mr. Patterson, meinem großherzigen Gönner, einem Parlamentsabgeordneten und wohlhabenden Mann, der mich in allem unterstützt, habe ich sowohl Arbeit als auch eine Wohnung gefunden. Die Wohnung ist groß genug für eine Familie, auch verdiene ich in Mr. Pattersons Diensten genügend Geld, um Dich und unsere Kinder zu ernähren, ohne dass Du je wieder arbeiten musst. Alles ist zu Deinem Empfang bereit, mein geliebter Engel. Wann endlich kommst Du? Der Fahrschein für die Passage von Southampton nach Sydney ist bereits bezahlt, ich füge ihn hier bei …

Als Vicky den Brief sinken ließ, war ihr schwindlig. Alle Gewissheiten, alle Sicherheiten, an die sie seit ihrer Kindheit geglaubt hatte, hatten sich in Luft aufgelöst, alle Regeln und Gebote, mit denen man sie bis heute traktierte – ihre Mutter selbst hatte sie Lügen gestraft. Ja, ihre Mutter war eine Lügnerin, eine Schauspielerin, ein vollkommen anderer Mensch, als der zu sein sie vorgab! Sie *war* Miss Emily Paxton, die hinter der Maske vermeintlicher Untadeligkeit doppelten Verrat begangen hatte – an ihrem Ehemann und an ihrer Tochter.

Vicky schloss die Augen, und während sie mehrmals ein- und ausatmete, um ihrer Erregung Herr zu werden, spürte sie, wie stattdessen die Wut in ihr aufstieg. Wie konnte diese Emily Paxton es wagen, ihr trotz der eigenen, himmelschreienden Missachtung aller gesellschaftlicher Regeln und Gebote im Namen von Anstand und

Ehre und Schicklichkeit Fesseln anzulegen? Um ihr ein Recht vorzuenthalten, das sie sich selbst genommen hatte?

Sie beschloss, die Mutter zur Rede zu stellen – egal, wie spät es war.

Doch als sie die Augen aufschlug, fiel ihr Blick auf den vergilbten Briefbogen in ihrem Schoß.

… mein geliebter Engel …

Noch einmal nahm sie die Briefe zur Hand, um sie ein zweites Mal zu lesen. Und je länger sie las, desto mehr legte sich ihre Wut, um einem Gefühl fast ehrfürchtigen Staunens zu weichen.

Was für eine große, wunderbare, bedingungslose Liebe sprach aus diesen Briefen! Wie glücklich mussten Emily Paxton und Victor Savage gewesen sein …

Sie faltete die Briefe zusammen und steckte sie in die Umschläge, um diese mit dem rosa Band zu verschnüren, das ihre Mutter einst vor vielen Jahren um sie geschlungen hatte, um diese große, wunderbare, bedingungslose Liebe für immer aufzubewahren.

Nein, ihre Mutter war keine Lügnerin, sie hatte getan, was ihr Herz ihr befohlen hatte. Welches Gesetz konnte darüberstehen?

Vicky legte die Briefe zurück in die Kommode, dann trat sie an die Tür und löschte das Licht.

Morgen früh würde sie Onkel Georgie um einen Gefallen bitten.

46

WIE IMMER, wenn Auguste sich der Mauer näherte, die den Garten von Paxton House vor zudringlichen Blicken schützte, schaute er sich alle paar Schritte um, aus Angst, dass ihn womöglich jemand beobachtete. Doch niemand nahm in der wenig frequentierten Seitenstraße Notiz von ihm. Trotzdem wartete er, bis die zwei Dienstmädchen, die sich angeregt plaudernd mit ihren Einkaufskörben näherten, in einer Gasse verschwunden waren, bevor er an das

Gartentor trat und sich bückte, um in dem losen Mauerwerk hinter dem Efeu nach einem Brief zu tasten.

Es dauerte nur ein paar Sekunden, und seine Finger hatten gefunden, wonach er suchte. Sich abermals umschauend, zog er den Umschlag zwischen dem Blattwerk hervor und machte sich damit davon wie ein Dieb mit seiner Beute.

Im Laufen überflog er die sehnsüchtig erwarteten Zeilen. Ja, Vicky wollte ihn wiedersehen – noch in dieser Woche!

Doch plötzlich stutzte er. Hatte er richtig gelesen?

Er blieb stehen, um noch einmal die Zeilen zu überprüfen.

Nein, er hatte sich nicht geirrt. Als Treffpunkt nannte Vicky nicht das Gewächshaus im Hyde Park, sondern ein Hotel.

EIN HOTEL!

Es heißt Brown's und befindet sich in der Albemarle Street, auf der Höhe eines Porzellangeschäfts und diesem schräg gegenüber. Nehmen Sie am Freitag dort ein Zimmer und warten Sie ab fünfzehn Uhr auf mich. Ich werde alles daransetzen, pünktlich zu sein …

Auguste führte den Brief an die Lippen.

Sollte das wirklich heißen, dass sie …?

Vor lauter Glück stieß er einen Freudenschrei aus. Freitag – Freitag würde Vicky sein! Während ein paar Passanten sich verwundert nach ihm umdrehten, eilte er so schnell nach Hause, als könne er auf diese Weise die Zeit dazu bewegen, rascher zu vergehen.

47

VICKY STAND in der Halle vor dem Spiegel und machte sich ausgehfertig. Auf der Ablage vor ihr stapelte sich ein Dutzend Hüte.

»Wie viele willst du denn noch anprobieren?«, fragte Roberta.

»Erst drängst du zur Eile, und jetzt trödelst du herum. Wenn du so weitermachst, können wir zu Hause bleiben. Der Himmel zieht sich schon zu.«

»Nur noch diesen einen.«

Unter dem Blick der Gouvernante, die mit Argusaugen jede ihrer Bewegungen beobachtete, nahm Vicky ein mit türkis schillernden Erpelfedern verziertes Jägerhütchen vom Kopf und ersetzte es durch eine mit einem Gesichtsschleier versehene Haube. Während sie den Sitz der Kopfbedeckung so umständlich wie möglich korrigierte, überlegte sie, wie sie weitere Zeit schinden könnte, ohne dass Roberta Verdacht schöpfte. Tatsächlich ließ sie die Gouvernante schon eine Viertelstunde warten. Der Grund dafür war Onkel Georgie, der sich einfach nicht blicken ließ.

Hatte er es sich anders überlegt?

»Wenn ich nur wüsste, wo meine Handschuhe sind. Ich glaube, ich muss noch mal auf mein Zimmer.«

Als sie sich umdrehte, kam Onkel Georgie endlich die Treppe herunter.

»Gott sei Dank! Da sind sie ja.«

Als hätte sie die Handschuhe gerade gefunden, zog Vicky sie hinter einer Vase hervor, hinter der sie sie vorsorglich versteckt hatte, und während sie sich das Paar überstreifte, kümmerte Onkel Georgie sich wie verabredet um die Gouvernante.

»Sie brauchen sich nicht zu bemühen, Roberta. Ich werde meine Nichte begleiten. Wir haben in der City zu tun.«

»Das ist ja das Allerneueste.« Argwöhnisch blickte die Gouvernante erst ihn, dann Vicky an. »Weiß deine Mutter Bescheid?«

Onkel Georgie nahm ihr die Antwort ab. »Ich möchte mit meiner Nichte zu Asprey.«

»Dem Juwelier?«

»Wozu hat das Kind einen Onkel? Wir wollen Schmuck aussuchen. Für den Schlussball.«

Mit einer angedeuteten Verbeugung reichte er Vicky den Arm, und eine Minute später saßen sie in der Kutsche.

»Zur Bruton Street.«

»Sehr wohl, Sir.«

Harry schnalzte mit der Zunge, und die Pferde zogen an.

Vicky gab ihrem Onkel einen Kuss. »Danke!«

»Aber gerne, mein Kind. Wenn ich nur wüsste, wofür. Willst du es mir verraten?«

Mit strenger Miene schüttelte sie den Kopf. »Eine solche Frage gehört sich nicht für einen Gentleman.«

»Du hast recht«, lachte er, »schließlich bin ich dein Onkel, nicht dein Komplize.« Dann fügte er mit einem Seufzer hinzu: »Ach ja, in so langweiligen Zeiten wie diesen, in denen man nichts anderes mehr zu tun hat, als sich um sein Glück zu kümmern, ist es vielleicht die nobelste Aufgabe des Menschen, dieses zu ruinieren.«

Die Fahrt dauerte nur wenige Minuten, so dass Vicky keine Zeit fand, über die Weisheiten ihres Onkels nachzudenken.

Vor dem Geschäft ließ sie Harry halten und stieg aus.

»Dann wünsche ich dir einen vergnüglichen Nachmittag«, sagte Onkel Georgie. »Wobei auch immer.«

Er winkte ihr zum Abschied noch einmal zu, und gleich darauf verschwand die Kutsche im Nachmittagsverkehr.

Vicky konnte es kaum glauben. Sie hatte es tatsächlich geschafft!

Doch als sie die wenigen Schritte zur Albemarle Street hinunterging und dann vor der eleganten, säulengeschmückten Fassade des Brown's stand mit dem im Wind schwankenden Schild über dem Eingang, wurden ihre Knie ganz weich.

Sollte sie es wirklich wagen? Das größte, allergrößte Abenteuer ihres Lebens?

48

DAS BROWN'S lag im Herzen von Mayfair, ein schmales, mehrstöckiges Gebäude, dessen weißgestrichene Fassade von den angrenzenden Häusern kaum zu unterscheiden war. Auguste hätte Vicky lieber in eines der spektakulären Grandhotels entführt, von denen es in London nicht wenige gab. Sie sollte sich wie eine Königin fühlen! Doch vermutlich hatte sie Sorge, in einem der noblen Häuser auf Bekannte zu stoßen, und sich darum für das Brown's entschieden. Immerhin gab eine Suite, zwei ineinander übergehende Zimmer, die ebenso geschmackvoll wie komfortabel eingerichtet waren.

Die Flasche Champagner stand in einem Eiskübel bereit, und auch der Tisch für das Souper war schon gedeckt, mit Porzellan und Silber, das Auguste hinter Jenkins' Rücken in Shelby House ausgeliehen hatte. Er hatte einen Korb voller Köstlichkeiten mitgebracht, Salate und Pasteten und Frikassees, dazu verschiedene *Amuse bouches* und Desserts, darunter natürlich auch Vickys Lieblingssüßspeise, *Fraises Victoria*, obwohl die Saison für Erdbeeren längst vorüber war. Um trotzdem welche zu finden, hatte er alle Londoner Märkte abgesucht, doch erst in der Feinkostabteilung von Harrods war er fündig geworden. Das kleine Körbchen hatte ein Vermögen gekostet. Aber ein einziger Kuss von Vicky war tausendmal mehr wert.

Mit pochendem Herzen versuchte er, sich die kommenden Stunden vorzustellen. Wie würde ihr Liebesmahl verlaufen? Noch einmal ließ er den Blick über den Tisch schweifen, um zu prüfen, ob alles am richtigen Platz war, dann schaute er in das angrenzende Schlafgemach. Er hatte das Bett aufgeschlagen und die Kissen und Laken mit Rosenblättern bestreut.

Er griff in seine Westentasche, um nach der Uhr zu schauen, da glaubte er, ein Klopfen zu hören.

Mit angehaltenem Atem lauschte er in die Stille hinein.

War sie wirklich gekommen?

49 IM SCHEIN einer Petroleumlampe traktierte Paul mit Hammer und Meißel die Felswand am Ende des Stollens, um das letzte Loch für die Sprengung in das Gestein zu schlagen. Die Kiste mit dem Dynamit stand schon bereit, jede Stange war mit einem Totenkopf markiert.

»Ich würde mir das noch mal gut überlegen«, sagte Karl Busicke, die kalte Pfeife zwischen den Zähnen.

»Da gibt es nichts mehr zu überlegen«, erwiderte Paul, ohne seine Arbeit zu unterbrechen. »In ganz Berlin ist kein Sprengmeister bereit, für mich zu arbeiten. Zumindest nicht in den nächsten vierzehn Tagen. Und so lange kann ich nicht warten. Sonst sind wir pleite.«

In dem flackernden Licht schimmerte der Felsen wie Metall.

»Aber du hast doch noch nie eine Sprengung gemacht.«

»Ich weiß, was zu tun ist, ich habe schließlich studiert. Also geh mir bitte aus dem Weg!«

Paul legte Hammer und Meißel beiseite, dann nahm er eine Stange Dynamit und steckte sie in die Felswand. Die anderen Männer hatten den Stollen bereits verlassen und warteten weiter hinten am Schacht, der über die Leiter ins Freie führte.

Nur der alte Busicke hatte sich geweigert, Paul allein zurückzulassen.

»Na, gut«, knurrte er. »Des Menschen Wille ist sein Himmelreich. Aber wenn es schiefgeht, sag nicht, ich hätte dich nicht gewarnt.«

Er steckte seine Pfeife in die Brusttasche seines Kittels und spuckte in die Hände. Zusammen bestückten sie die übrigen Löcher mit den Dynamitstangen, dann verbanden sie den Docht jeder Stange mit der Hauptzündschnur und verlegten diese den Stollen entlang bis zurück zu dem Schacht, wo die anderen warteten.

»Ihr verschwindet jetzt nach oben. Und nehmt die Lampe mit.«

Paul wartete, bis die Männer seine Anweisung befolgt hatten, und als endlich auch der alte Busicke die Leiter hinaufgeklettert war, legte er sich auf den Boden und zündete mit seinem Sturmfeuerzeug die Lunte an.

Voller Anspannung sah er zu, wie die Zündschnur sich zischend und funkensprühend in den dunklen Stollen fraß, und während er sich mit beiden Händen die Ohren zuhielt, zählte er die Sekunden.

... *elf* ...

... *zwölf* ...

... *dreizehn* ...

50

VICKY SPÜRTE, wie ihr Puls raste.

Hatte sie wirklich an der Tür geklopft?

Während sie glaubte, noch den Nachhall zu hören, sah sie im Geiste wieder das Gesicht des Portiers, als sie nach Auguste gefragt hatte. Er hatte sie so überrascht angesehen, dass sie sich den Schleier unwillkürlich noch dichter vor das Gesicht gezogen hatte, und noch als sie die Treppe hinaufgeeilt war, hatte sie geglaubt, seine Blicke in ihrem Rücken zu spüren.

Plötzlich hatte sie den verzweifelten Wunsch, Auguste möge nicht da sein.

Was um Himmels willen hatte sie nur hierhergetrieben?

Sie wollte kehrtmachen, davonlaufen, die Treppe hinunter und dann hinaus auf die Straße, zurück zu Onkel Georgie und Harry. Aber sie schaffte es nicht. Wie angewurzelt stand sie da, unfähig sich vom Fleck zu rühren, und starrte wie gebannt auf die Tür, während ihr das Herz bis zum Hals klopfte.

Und wenn Auguste doch da war?

Da hörte sie Schritte. Im nächsten Moment ging die Tür auf, und er stand vor ihr.

»Victoria ...«

Sein Gesicht war ein einziges Strahlen. Die Türklinke in der Hand, trat er beiseite, und mit einer ausholenden Armbewegung hieß er sie willkommen.

»Soyez la bienvenue.«

Als Vicky an ihm vorbei in die Suite hinein sah, traute sie ihren Augen nicht: die Speisen auf dem Tisch, der Champagnerkübel, das mit Rosenblättern bestreute Bett – herrlicher als in jedem Roman! Und das alles nur für sie, für sie ganz allein …

»Willst du nicht eintreten?«

Er streckte die Hand nach ihr aus, die schwarzen Augen unverwandt auf sie gerichtet. Ihr war, als würde er bis auf den Grund ihrer Seele schauen. Doch dann geschah das Wunder: Gefangen in seinem Blick wurde sie auf einmal ganz ruhig, und als er ihre Hand ergriff, spürte sie, dass es Schicksal war.

Sie schloss die Augen und hörte seine Stimme.

»Ma belle … mon ange … mon amour …«

Verschmolzen im Kuss, traten sie über die Schwelle.

Dann fiel die Tür hinter ihr zu.

51

… EINUNDZWANZIG …

… zweiundzwanzig …

… dreiundzwanzig …

Beide Hände an die Ohren gepresst, zählte Paul weiter. Doch nichts geschah.

… vierunddreißig …

… fünfunddreißig …

… sechsunddreißig …

Er kniff die Augen zusammen, um besser zu sehen, und starrte in den Stollen. Er fühlte sich wie bei der Belagerung von Metz. Als er im Schützengraben gelegen und mit dem Fernglas die Festung beobachtet hatte. Bevor die Franzosen ausgebrochen waren.

… siebenundvierzig …

… achtundvierzig …

… neunundvierzig …

Immer noch nichts. Wie zum Teufel konnte das sein? War die Zündschnur erloschen? Es hatte am Morgen geregnet, und obwohl sie den Schacht mit einer Plane abgedeckt hatten, war möglicherweise Nässe in den Stollen eingedrungen.

… sechzig …

… einundsechzig …

… zweiundsechzig …

Paul hörte auf zu zählen.

»Ich schaue mal nach!«, rief er durch den Schacht nach oben.

»Bleib um Himmels willen, wo du bist!«

Paul biss sich auf die Lippen. Der alte Busicke hatte recht. Manchmal kam es vor, dass die Zündschnur schon erloschen schien, um dann doch wieder aufzuflackern.

Also blieb er, wo er war, und zählte weiter.

Und wartete …

Und zählte …

Und wartete …

Und zählte …

Bei hundertfünfzig gab er auf. Nein, irgendwas war schiefgegangen, kein Zweifel, sonst wäre die Explosion längst erfolgt. Er nahm die Hände von den Ohren und kroch auf allen vieren in den Stollen.

»Bist du lebensmüde? Komm sofort zurück!«

Ohne auf den alten Busicke zu hören, robbte Paul weiter. Vor ihm war nichts als Dunkelheit. Kein Zischen, kein Lauffeuer – nichts!

Die Sache war klar. Sie mussten eine neue Zündschnur legen.

Da – plötzlich ein aufsprühender Funke, irgendwo tief in der Finsternis.

In Todespanik machte Paul kehrt.

Zu spät!

Ein Knall – und die Erde barst.

52

»AAAAHHHH!«

Vicky schrie einmal auf, wie ein Messer fuhr der Schmerz in sie hinein und löste in ihr ein solches Blitzgewitter aus, dass ihr die Sinne zu schwinden drohten.

Würde sie sterben?

Während der Schmerz in langsam ausklingenden Wellen verebbte, verwandelte er sich in Lust, in eine starke, machtvolle, übermächtige Lust, die sich von Sekunde zu Sekunde steigerte, um sich zu einer Woge aufzutürmen, die sie mit Leib und Seele erfasste. Nein, sie würde nicht sterben, sie *lebte* – lebte wie nie zuvor! Mit Auguste verschlungen, ließ sie sich von der Woge tragen, höher und immer höher hinauf. Und während sie an ihrem Ohr den keuchenden Atem des Mannes hörte, der tiefer und tiefer in sie drang, spürte sie wieder dieses bedrohliche und gleichzeitig wunderbare, alles verlangende und alles verschlingende Ahnen und Sehnen, das jetzt endlich Erfüllung und Erlösung finden sollte.

Wie waren solche Gefühle nur möglich?

Plötzlich stieß Auguste einen Seufzer aus, ein paar Zuckungen – und es war vorbei.

Als Vicky die Augen aufschlug, sah sie in sein seliges Gesicht.

»Bist du glücklich?«, fragte er.

»Ja … ja, natürlich«, antwortete sie. »Natürlich bin ich glücklich.«

An ihren verschwitzten Leibern klebten Rosenblätter. Noch beseelt von der ungestillten Lust, doch auch ein kleines bisschen enttäuscht, sank Vicky zurück auf das Kissen. Während Auguste seinen Kopf auf ihren Unterleib bettete, ließ sie ihren Blick durch das Zimmer schweifen, das Geschirr mit den Speiseresten, die leere Champagnerflasche, die am Boden verstreuten Kleider … Ein Satz aus einem alten französischen Roman fiel ihr ein, den sie in der Bibliothek ihres Großvaters entdeckt hatte: Die Liebe ist wie ein Büfett; man schaut es davor mit anderen Augen an als danach …

»Und jetzt?«, fragte sie leise.

Auguste schmiegte sein Gesicht an ihren Schoß und schnurrte wie ein zufriedener Kater.

»Jetzt sind wir ein Paar.«

53

ALLES WAR dunkel und schwarz. Paul wusste nicht, wo er sich befand, noch, was mit ihm geschehen war. Er wusste nur, dass es eine Explosion gegeben hatte, als wäre eine Granate oder Bombe eingeschlagen, ganz in seiner Nähe, in einem ohrenbetäubenden Knall war die Erde geborsten und hatte ihr Innerstes ausgespuckt. Jetzt war sein Körper ein einziger pochender Schmerz, auf dem fürchterliche Gewichte lasteten, während er mit rasselnder Lunge versuchte, Atem zu holen.

War der Krieg noch nicht vorbei?

Irgendwo jaulte eine Sirene, wie durch eine Wattewand drang sie an sein Ohr. Aus dem Dunkel traten Schemen hervor, Männer in Uniformen, mit spitzen Hauben auf den Köpfen, Soldaten, preußische, deutsche Soldaten mit Pickelhauben – Kameraden! Er glaubte ihre Schreie und Rufe zu hören, mit aufgepflanzten Bajonetten stürmten sie auf eine himmelhohe Mauer zu. Mit Kanonenschüssen setzten die Belagerten sich zur Wehr, in Scharen strauchelten die Angreifer und fielen in den Morast, manche in Stücke zerfetzt. Die noch Lebenden krochen auf allen vieren weiter, immer weiter … Zwischen den Männern wiehernde Pferde, sie bäumten sich auf, überschlugen sich und begruben ihre Reiter unter den sich wälzenden Leibern … Weiter, immer weiter … Paul spürte den Helm auf seinem dröhnenden Schädel, die Last seines Tornisters, während seine Arme und Beine so schwer waren wie Blei und er in dem Morast kaum noch vorankam. Aber er durfte nicht aufgegeben, er musste kämpfen, gegen die Last auf seinen Schultern, gegen die Lähmung in den Armen und Beinen, er durfte den Anschluss nicht verlieren, sonst war er verloren …

Weiter, immer weiter …

Aber es ging nicht mehr weiter, immer langsamer und langsamer kroch er voran, bis die Kräfte versagten und er ohnmächtig zurückblieb.

Dann Stille, nur noch lautlose Stille, die alles Leben verschluckte, in einem tiefen, undurchdringlichen Schwarz.

Es war vorbei …

… vorbei ….

… für immer …

Asche und Staub senkten sich vom Himmel herab. Paul hatte nicht mehr die Kraft zu beten, nicht mehr die Kraft und nicht mehr den Willen, seine Zunge, seine Lippen versagten ihm den Dienst. Während er im Morast lag, bedeckt von Asche und Staub, gefangen in ewiger, schwarzer Stille, war es, als würde sein Geist sich von seinem Körper lösen, um über ihm schwebend die Worte zu flüstern, die seine Zunge und seine Lippen nicht mehr zu formen vermochten.

Vater unser, der du bist im Himmel …

54

»ABER WIE soll das gehen – ein Paar?«, fragte Vicky.

Auguste schaute von ihrem Schoß zu ihr auf. »Warst du schon mal in Paris?«

»Ja, mit meiner Mutter, noch vor dem Krieg. Ich war damals fast noch ein Kind. Die schönste Stadt, in der ich je gewesen bin. Warum fragst du?«

Um seine Lippen spielte ein Lächeln. »Kannst du dir vorstellen, da zu leben?«

Während sein Blick auf ihr ruhte, zuckte in ihr die Erinnerung an ein Gemälde auf, das sie damals in einem Museum gesehen hatte – zwei Männer und eine nackte Frau auf einer Lichtung bei einem Picknick im Grünen …

Im selben Augenblick kehrte ihre Erregung zurück.

»Wie meinst du das – in Paris zu leben?«

Auguste richtete sich auf. »Ist das so schwer zu verstehen?«, fragte er und gab ihr einen Kuss.

Nein, das war es nicht, Vicky hatte ja genügend Romane gelesen.

»Du meinst«, sie wagte es kaum auszusprechen, »als Mann und Frau?«

Er nickte.

Sie spürte, wie die Erregung immer mehr Besitz von ihr ergriff.

»Das … das müsste herrlich sein …«

Auguste nahm sie in den Arm, und während sie sich mit geschlossenen Augen an ihn schmiegte, sprach er mit leiser, betörender Stimme von dem Leben, das sie in Paris führen könnten, in der Hauptstadt der Liebe. Mit einer Wohnung im Quartier Latin, als Herberge ihres Glücks … Mit Maskenbällen am Montparnasse und Künstlerfesten in Montmartre … Mit nächtlichen Spaziergängen am Ufer der Seine, nur sie beide und der Mond, dessen Schein sich in den dunklen Fluten des Flusses spiegelte … Und immer würden sie sich lieben, bei Tag und bei Nacht, immerfort …

»Was für ein schöner Traum«, flüsterte Vicky.

»Es muss kein Traum bleiben«, sagte er. »Wir brauchen nur etwas Mut.« Er wartete, bis sie die Augen aufschlug und seinen Blick erwiderte. »Hast du diesen Mut?«

55

AUGUSTE FÜHLTE sich, als hätte er in Champagner gebadet, als er nach Shelby House zurückkehrte. Doch Jenkins empfing ihn in der Halle mit einem Gesicht, das ganz und gar nicht zu seiner Hochstimmung passte.

»Ich muss feststellen, dass Sie Ihre Pflichten einmal mehr vernachlässigt haben, Escoffier.« Mit tadelnder Miene zeigte der Butler auf das Zifferblatt der großen Standuhr. Die Zeiger standen auf Viertel nach acht. »Um punkt acht Uhr wird in Shelby House zu Abend gegessen! Hatte ich das nicht unmissverständlich erklärt?«

»Natürlich, gewiss«, erwiderte Auguste. »Aber Sie haben doch gesagt, dass Seine Lordschaft heute im Club speisen würde?«

»Ja, Seine Lordschaft. Aber nicht seine Katzen.«

»Ich werde das Versäumte auf der Stelle nachholen.«

»Nicht nötig, ich habe mich bereits gekümmert.«

»Aber ist das nicht unter Ihrer Würde?«

Die Frage war Auguste ohne seinen Willen herausgerutscht. Zum Glück zuckte der Butler nicht mit der Wimper.

»Ich betrachte es als meine Pflicht, für die Lieblinge Seiner Lordschaft und ihr leibliches Wohl zu sorgen. Gleichgültig, ob andere ihre Pflichten erfüllen oder nicht.«

Eine Katze miaute zu seinen Füßen. Erst jetzt registrierte Auguste die vielen leergefressenen Schälchen, die in der Halle standen.

»Dann … dann danke ich Ihnen. Wenn ich mich jetzt empfehlen darf?«

»Sie dürfen.«

Auguste machte drei Kreuze. Was kümmerten ihn die blöden Viecher nach einem solchen Tag?

Im Laufschritt eilte er in seine Wohnung hinauf. Er war so glücklich, dass er platzen würde, wenn er sein Glück nicht mit jemandem teilte.

Noch heute würde er Paul einen Brief schreiben.

56

DIE DÄMMERUNG war schon angebrochen, als Vicky wieder mit ihrem Onkel in der Kutsche saß. Harry hatte mit dem dicken Tom vor Asprey in der Bruton Street auf sie gewartet.

»Wenn du mich fragst«, sagte Onkel Georgie, »ist der Mensch gar nicht dazu geschaffen, glücklich zu sein. Trotzdem wird er nicht müde, dem Glück nachzujagen wie der Esel der Mohrrübe, die man ihm vors Maul gebunden hat. Muss man ihn dafür tadeln? Nein, er tut gut daran, so dumm zu sein. Er wüsste sonst ja nicht, wie er die Zeit totschlagen sollte. Ohne die Illusion vom großen Glück würden wir alle vor Langeweile sterben.«

Vicky hörte nur mit halbem Ohr zu. Sie war viel zu aufgewühlt, um den Weisheiten ihres Onkels Aufmerksamkeit zu schenken. Außerdem war sie selbst ja gerade der Gegenbeweis seiner Theorie. Glücklicher als sie konnte gar kein Mensch sein. Sie hatte den Mut gehabt, etwas zu tun, was keine ihrer Freundinnen je gewagt hätte.

Doch würde sie auch den Mut haben, mit Auguste durchzubrennen? In eine fremde Stadt? In ein fremdes Land? Davor war sogar Emily Paxton zurückgeschreckt. Die Vorstellung, ihre Mutter zu übertrumpfen, bereitete ihr eine geradezu diebische Freude. Was für ein herrliches, wunderbares Abenteuer würde das sein!

»Was ist eigentlich aus deinem Ingenieur geworden?«, fragte Onkel Georgie.

»Was für einem Ingenieur?«

»Deinem deutschen Verehrer aus Karlsbad. Du hattest mich gebeten, mich für ihn bei den Brüdern Cubitt zu verwenden. Erinnerst du dich?«

»Ach so«, erwiderte Vicky. »Ja, nein – das … das hat sich erledigt.«

Onkel Georgie schaute sie prüfend an. »Du machst mir einen recht derangierten Eindruck, mein Kind. Wie wäre es, wenn du dir die Bluse ein wenig richten würdest? Und vielleicht auch die Frisur? Ich denke, das könnte helfen.«

Tatsächlich, in der Eile hatte sie die Bluse verkehrt zugeknöpft, und aus ihrer Frisur hatten sich einige Strähnen gelöst. Zum Glück war es bis zum Sloane Square noch ein Stück Weg, so dass ihr genügend Zeit blieb, ihr Äußeres zu restaurieren.

Die Mutter kam gerade die Treppe herunter, als sie und Onkel Georgie die Halle betraten, wo zwei Diener wie jeden Abend die Kerzen auf dem Kronleuchter anzündeten.

»Jetzt bin ich aber gespannt, was ihr bei Asprey gefunden habt. Roberta sagte, ihr wolltet Schmuck aussuchen?«

Vicky zuckte zusammen. Um Gottes willen, das hatte sie ganz vergessen!

Während sie noch nach Worten suchte, zog Onkel Georgie eine Schatulle aus seinem Jackett hervor.

»Nur eine Kleinigkeit«, sagte er und öffnete den Deckel. Darunter kam ein Diadem zum Vorschein, das vor lauter Brillanten und Diamanten Funken zu sprühen schien.

Entzückt nahm die Mutter das Schmuckstück aus der Schatulle. »Das ist ja ganz zauberhaft. Und kommt gerade zur rechten Zeit. Mr. Jacobs bittet um eine letzte Anprobe, er will Vicky noch einmal in ihrem Kleid sehen. Dann kann sie das Diadem mit anprobieren.«

Vicky dankte Onkel Georgie mit einem innigen Blick. Der zwinkerte ihr unauffällig zu.

»Dafür sind Onkels ja wohl da«, raunte er. »Nicht wahr?«

57

VATER UNSER, *der du bist im Himmel,*
Geheiligt werde dein Name.
Dein Reich komme,
Dein Wille geschehe,
Wie im Himmel,
Also auch auf Erden …

Wie aus weiter Ferne hörte Paul die Worte. Konnte es sein, dass jemand für ihn betete? Oder war das immer noch sein Geist, der über ihm schwebte?

Unser tägliches Brot gib uns heute.
Und vergib uns unsere Schuld,
Wie auch wir vergeben unseren Schuldigern …

Er versuchte, die Augen aufzuschlagen, aber seine Lider waren wie zugeklebt.

Und führe uns nicht in Versuchung,
Sondern erlöse uns von dem Übel.
Denn dein ist das Reich und die Kraft und die Herrlichkeit
In Ewigkeit. Amen.

»Amen«, flüsterte Paul.

Nur mit Mühe gelang ihm ein Blinzeln. Die Decke über ihm war kalkweiß.

»Er kommt zu sich!«

»Gelobt sei Gott der Herr!«

Paul kannte die Stimmen, sie waren ihm so vertraut wie seine eigene. Als es ihm endlich gelang, die Augen aufzuschlagen, sah er seine Mutter und die Zwillinge, zu dritt saßen sie an seinem Bett. An der Wand hinter ihnen hing ein Kreuz. Offenbar befand er sich in einem Krankenhaus.

»Was machen Sie nur für Sachen, mein lieber junger Freund!«, sagte eine Männerstimme. »Wie konnten Sie uns nur so einen Schrecken einjagen?«

Obwohl die Bewegung fürchterlich schmerzte, drehte Paul den Kopf herum. Auf der anderen Seite seines Bettes stand Hermann Blankenstein, zusammen mit Felix, und schaute voller Mitgefühl auf ihn herab.

»Ihr Herr Bruder hat mich gleich nach dem Unfall in Kenntnis gesetzt. Ich habe alles liegen und stehen lassen, um zu Ihnen zu eilen.«

»Das … das weiß ich sehr zu schätzen.« Erst jetzt merkte Paul, dass er einen Verband um den Kopf trug. »Danke.«

»Unsinn«, wehrte Blankenstein ab. »Sie haben ja keine Ahnung, in welcher Sorge ich um Sie war. Und erst meine Frau.« Er zeigte auf eine Vase voller Rosen. »Den Strauß hat sie mir für Sie mitgegeben, mit den allerbesten Genesungswünschen. Und sie besteht darauf, dass Sie sie so bald wie möglich besuchen, wenn Sie wieder auf den Beinen sind. – Aber jetzt werden Sie erst mal wieder gesund«, fügte er hinzu, als Paul etwas erwidern wollte. »Mit dem Turban sehen Sie ja aus wie ein Scheich.«

58

IN DER Modeabteilung von Harrods war ein ganzes Areal für Vickys letzte Anprobe reserviert. Während Mr. Jacobs, das Maßband um die Schultern, die Stecknadeln zwischen den Lippen, auf dem Boden kniete, um noch einmal den Saum zu korrigieren, betrachtete Vicky sich im Spiegel. Das Kleid war wirklich ein Traum! Das ganz auf Taille gearbeitete blauseidene Oberteil betonte auf das Vorteilhafteste ihre nicht allzu üppige Büste, und der Rock wirkte mit seiner verschwenderischen Schleppe wie ein hellblauer Wasserfall, dessen Seide sie knisternd umrauschte.

Ach, wenn Auguste sie nur in diesem Kleid sehen könnte!

Während Mr. Jacobs sich vom Boden erhob, setzte die Mutter ihr Onkel Georgies Diadem aufs Haar.

Der Schneider faltete die Hände wie zum Gebet. »Eine vollkommene Prinzessin«, flüsterte er voller Andacht. »Alle jungen Männer werden Ihnen zu Füßen liegen.«

»Darauf lege ich nicht den geringsten Wert«, erwiderte Vicky.

»Richtig«, pflichtete die Mutter ihr bei. »Es zählt nur einer. Nur der soll dir zu Füßen liegen.«

Mr. Jacobs horchte auf. »Werden wir vielleicht schon bald eine Ankündigung in der *Times* lesen dürfen?«

»Alles zu seiner Zeit.«

Vicky wusste nur zu gut, was ihre Mutter meinte. Die Vorstände der Midland und der South West Railway waren übereingekommen, beide Unternehmen für das Tunnelprojekt in einer gemeinsamen Gesellschaft zu fusionieren, und zur Festigung ihres Abkommens hatte die Mutter mit Edward Watkin, dem Haupteigentümer der South West, vereinbart, dass dessen Sohn Rupert Vicky einen Antrag machen würde, und zwar auf dem letzten Ball der Saison.

»Du sprichst mir aus der Seele, liebe Mama«, sagte Vicky. »Alles zu seiner Zeit.« Beide Hände in der Taille, drehte sie sich vor dem Spiegel einmal im Kreis, um sich über die Schulter von hinten zu betrachten. »Obwohl ich zugeben muss, dass ich es kaum noch erwarten kann.«

Verwundert schaute die Mutter sie an. »Was ist denn in dich gefahren?«

»Ja, freust du dich denn gar nicht, dass ich mich freue?«

Vicky drehte sich ein zweites Mal herum. Was kümmerten sie noch die Pläne der Mutter? Zum Zeitpunkt des Balls würde sie nicht mehr in London sein.

Nur schade, dass sie dieses wunderbare Kleid wohl niemals tragen würde.

59

»MEIN MANN hatte mich zu Unrecht gewarnt«, sagte Dora Blankenstein mit einem Lächeln. »Ich finde, der Kopfputz steht Ihnen ganz ausgezeichnet, auch wenn die Gründe, warum Sie den Verband tragen, natürlich alles andere als erfreulich sind. Aber so ein Turban gibt Ihnen, wie soll ich sagen, irgendwie etwas Verwegenes …«

»Ach, so – meinen Sie?«

Paul fühlte sich ganz und gar nicht verwegen. Vor Schmerzen konnte er sich nur mit Mühe aufrecht halten, es gab kaum eine Stelle an seinem Körper, die nicht grün oder blau war. Schon seit einer Stunde saß er in Dora Blankensteins Salon, allein mit ihr, und während sie sich mit größter Anteilnahme nach den Umständen seines Unfalls sowie den Fortschritten seiner Genesung erkundigte, hielt sie die ganze Zeit seine Hand in der ihren.

»In meinen Augen sind Sie ein Held.«

»Nein, das bin ich nicht! Ich bin ein Dummkopf. Mein Polier hatte mich gewarnt. Aber ich glaubte, weil ich studiert habe, könnte ich eine Sprengung durchführen.«

»Das lasse ich nicht gelten. Sie sind sehr wohl ein Held. Schließlich haben Sie Ihr Leben riskiert. Für Ihre Firma. Für Ihre Angestellten. Für das Lebenswerk Ihres Vaters.« Sie beugte sich vor und strich ihm über den Verband, ganz zart und behutsam, als habe sie Angst, ihm weh zu tun. »Ich denke, so viel Mut verdient eine Belohnung.«

Sie schaute ihn so eindringlich an, dass er nicht wusste, wohin er blicken sollte. Mein Gott, wie unglaublich schön sie war ... Die grünen Augen unverwandt auf ihn gerichtet, beugte sie sich noch ein Stückchen weiter vor und drückte seine Hand.

»Meinst du nicht auch, Paul?«

Das plötzliche »Du« aus ihrem Mund war fast wie ein Kuss.

»Was ... was soll ich meinen?«

»Dass du eine Belohnung verdienst ...«

»Um Gottes willen ... bitte ... verehrte, gnädige Frau ...«

Sie öffnete einen Spaltweit den Mund, und zwischen ihren Lippen spielte die Spitze ihrer Zunge.

»Nein! Bitte nicht! Ich ... ich kann nicht!«

»Aber warum denn nicht?«

»Weil ... weil ...« Er hatte so schnell keine Antwort parat. »Weil ich verlobt bin!«, platzte er schließlich heraus.

»Verlobt?« Überrascht ließ sie seine Hand fahren. »Mit wem? Kenne ich die Glückliche?«

»Nein, ich glaube nicht ... Weil, sie ... sie lebt nicht in Berlin ...«

»Sondern?«

Wieder fiel ihm keine Antwort ein.

»In ... in London«, stotterte er. »Sie ... sie ist – Engländerin ...«

Dora Blankenstein hob die Brauen.

»Eine Engländerin? Wie interessant!«

60

VICKY HATTE ja gesagt! Ja! Ja! Ja!

Obwohl Auguste ihren Brief schon ein Dutzend Mal gelesen hatte, holte er ihn ein weiteres Mal hervor, als müsse er sich jede Minute seines Inhalts versichern, um die wunderbare Nachricht glauben zu können.

Ja, mein Geliebter! Ich habe den Mut! Ich werde mit dir gehen – nach Paris, in die Stadt der Liebe! Wir müssen uns nur noch eine Weile gedulden. Bevor ich London verlassen kann, muss ich Onkel Georgies Geburtstag abwarten, das bin ich ihm schuldig, nach allem, was er für mich, nein: für uns getan hat – auch wenn wir uns bis dahin nicht werden sehen können, ich habe ja keine Möglichkeit mehr, unbewacht das Haus zu verlassen. Doch welch süße Qual wird diese Zeit der Prüfung sein in der Gewissheit, dass wir danach für immer zusammen sein werden. Denk an unsere kleine Wohnung im Quartier Latin, die Herberge unseres Glücks … Denk an die Maskenbälle und Künstlerfeste … Und denk vor allem an unsere nächtlichen Spaziergänge am Ufer der Seine, nur du und ich und der Mond, dessen sanfter Schein sich in den Fluten spiegelt …

Auguste küsste den Brief. Es war, als würde ihm aus ihren Zeilen sein eigenes Echo entgegenhallen. Er hatte Vickys Herz gewonnen – sie war sein!

Konnte es ein größeres Wunder geben?

Obwohl er lieber heute als morgen aufbrechen würde, war er bereit, die Wartezeit in Kauf zu nehmen. Sie hatte recht, die Aussicht auf den wunderbaren Lohn würde ihnen beiden das Warten versüßen. Auch konnte er die Zeit nutzen, um Geld für die Fahrt zu sparen. Vicky sollte erster Klasse nach Paris reisen!

Er faltete den Brief zusammen, und für den Fall, dass Jenkins in seiner Wohnung schnüffelte, versteckte er ihn in einer Wäscheschublade. Dann ging er in sein Büro und trat an den Billardtisch, um eine Partie zu spielen. Ihm war die Idee für ein Kalbsragout gekommen, und daran wollte er noch ein bisschen weiterspinnen.

Er kreidete gerade seinen Queue ein, da ertönte plötzlich Lärm im Haus.

Was war das?

Er verließ seine Wohnung und eilte die Dienstbotentreppe hinunter. Als er in die Halle kam, sah er den Grund der Aufregung.

Eine Katze Seiner Lordschaft lag verendet am Boden, andere Tiere schlichen wie krank umher, und ein grauer Siamkater erbrach sich auf einen Teppich.

Lord Shelby, umringt von seiner Dienerschaft, starrte fassungslos auf sein Katzenvolk, aschfahl im sonst roten Gesicht.

»Ein Veterinär«, sagte er mit tonloser Stimme. »Wir brauchen einen Veterinär …«

61

VON KOPF bis Fuß verdreckt kam Paul von der Arbeit nach Hause. Das Zimmer, das er sich mit Felix teilte, gehörte zu einer Männerpension, die Eleonore Buttgereit, Witwe eines Metzgermeisters, in einer Achtzimmerwohnung in Moabit betrieb. Da die Etage über kein Bad verfügte, musste er für die abendliche Reinigung mit einem im Zimmer befindlichen Waschtisch vorliebnehmen. Nur samstags leistete er sich den Luxus eines Vollbads im öffentlichen Badehaus.

Vorsichtig löste er den lehmverschmierten Verband. Die handtellergroße Wunde an der Stirn war braunrot verkrustet und fast schon abgeheilt, doch bei der Arbeit spürte er immer noch solche Schmerzen, dass er seinem Bruder innerlich Abbitte leistete. Wenn Felix tatsächlich ähnliche Schmerzen litt wie er … Er schob den Gedanken beiseite. Hauptsache, es ging wieder voran. Trotz seines Unfalls war die Sprengung ein Erfolg gewesen, der Durchbruch in der Felsenwand war geschafft, die Arbeiten befanden sich im Zeitplan, und die Stadtkasse zahlte pünktlich.

Wann würde er sich wohl eine richtige Wohnung leisten können? Auch wenn an eine Rückkehr in die Familienvilla vorerst nicht zu denken war – auf Dauer war das Zusammenleben mit seinem Bruder in dem kleinen Zimmer kein Zustand, und ein bisschen mehr Komfort nach der täglichen Knochenarbeit wäre auch willkommen.

Er warf den Verband in den Wäschekorb. Als er sich zum Schrank wandte, um frisches Verbandszeug zu holen, stutzte er. Auf dem Tisch lag ein Brief: Post von Auguste – was für eine schöne Überraschung! Sobald er sich gewaschen und umgezogen hatte, würde er ihn lesen.

Er hatte seine Toilette jedoch noch nicht beendet, da ging die Tür auf und Felix kam herein.

»Was machst du denn hier?«, fragte Paul. »Heute muss doch die Lohnabrechnung fertig werden.«

Felix hob grinsend einen Aktenordner in die Höhe. »Ich … ich habe die Arbeit mitgebracht«, lallte er mit schwerer Zunge. »Is hier doch viel jemütlicher.«

Offenbar war er sturzbetrunken! Schwankend stand er da, und als Paul auf ihn zutrat, ließ er sich mit einem dummen Grinsen im Gesicht rücklings aufs Bett fallen. Dabei glitt ihm der Ordner aus der Hand, so dass Dutzende Blätter zu Boden flatterten – Akten aus der Firma.

»Bist du wahnsinnig?«

Doch Felix war schon eingeschlafen. Paul versuchte, ihn wachzurütteln. Aber Felix schnarchte nur einmal laut auf, dann drehte er sich zur Wand und schlief weiter.

»Was soll ich nur mit dir machen?«

Mit einer Mischung aus Resignation und Wut kehrte Paul an den Waschtisch zurück. Er hatte Felix gewarnt, was passieren würde, wenn er wieder trank. Jetzt gab es nur eine Möglichkeit: Er musste ihn rauswerfen, aus dem Zimmer und aus der Firma, sonst verlor er jede Autorität. Sollte Felix zusehen, wie er ohne ihn klarkam.

Er nahm den Pinsel und seifte sich das Gesicht ein. Als er das Messer ansetzte, sah er im Spiegel seinen Bruder auf dem Bett, zusammengerollt wie ein Säugling lag er da. Ach, Felix … Nein, er konnte ihn nicht seinem Schicksal überlassen, er war doch sein kleiner, dummer Bruder, der auf ihn angewiesen war. Er musste ihm noch eine Chance geben, sonst landete er in der Trinkerheilanstalt und war womöglich für immer verloren.

Er beschloss, ihm die Pistole auf die Brust zu setzen – ab sofort keinen Tropfen Alkohol mehr, oder es war aus, ein für alle Mal!

Mit einem Seufzer beendete er die Rasur und entfernte die Seifenreste aus seinem Gesicht. Dann bückte er sich zu Boden, um die Aktenblätter aufzusammeln. Die Lohnabrechnung musste er wohl selber machen.

Als er den Ordner auf den Tisch legte, lag dort Augustes Brief. Den hätte er fast vergessen!

Froh, dass es noch andere Dinge gab, öffnete er das Kuvert.

Was hatte Auguste zu berichten?

Aus dem mit deutschen Brocken versetzten Französisch seines Freundes wurde er nur mit Mühe schlau. Aber das Wichtigste verstand er auch so, und ihm zog sich das Herz zusammen.

Auguste und Vicky waren ein Paar. Sie hatten beschlossen, London zu verlassen, um zusammen in Paris zu leben.

62

AUGUSTE KONNTE es nicht fassen, wie langsam die Zeit manchmal verging. Onkel Georgies Geburtstag, hatte Vicky geschrieben, war Anfang Oktober, also in anderthalb Monaten – eine kleine Ewigkeit! Wie zur Zeit seiner Grundausbildung beim Militär hatte er deshalb in seinem Kleiderschrank ein Zentimetermaß befestigt, um dieses täglich um einen Zentimeter zu kürzen, als sichtbares Zeichen, dass die Zeit trotz allem verging.

Während er auf diese Weise dem Tag entgegenfieberte, an dem sein Glück begann, grassierte in Shelby House eine unerklärliche Seuche unter dem Katzenvolk Seiner Lordschaft. Es war nicht bei dem einen Sterbefall geblieben, inzwischen waren Dutzende Tiere verendet, und der herbeigerufene Veterinär Dr. Rutherby stand vor einem Rätsel.

Lord Shelby war in solcher Sorge um seine Lieblinge, dass er nicht mehr essen noch schlafen konnte. Mehrmals täglich empfing er den Arzt in der Halle, mit seiner Favoritin auf dem Arm, und zu jeder dieser Konsultationen hatte sich das gesamte Personal einzufinden. Auguste wusste nicht, wozu das gut sein sollte. Was hatte er mit dem Katzensterben zu tun?

Als er in die Halle kam, horchte Dr. Rutherby gerade mit seinem Stethoskop den leblosen Leib einer Katze ab.

»Alle Symptome weisen auf eine Vergiftung hin«, sagte er. »Wird im Haus Rattengift gestreut?«

»Ausgeschlossen«, erwiderte Lord Shelby. »Das habe ich strengstens verboten.«

»Dann kann es nur am Futter liegen.«

»Am Futter?«

»Ja.« Dr. Rutherby steckte sein Stethoskop ein und bedeckte den Kadaver mit einem Tuch. »Eine andere Erklärung ist leider nicht möglich.«

Lord Shelbys Augen wurden größer und größer. »Soll das … soll das heißen, jemand trachtet meinen Schützlingen nach dem Leben?«

Noch während Seine Lordschaft sprach, wurde Auguste gewahr, wie Butler Jenkins ihn fixierte, und gleich darauf waren alle Blicke auf ihn gerichtet.

63 ALS PAUL in der Villa Blankenstein vorsprach, um die wieder einmal fällige Provision zu überbringen, war er so weit wiederhergestellt, dass er statt des Verbandes wieder einen Hut auf dem Kopf trug, wie es sich für einen zivilisierten Menschen gehörte.

»Der gnädige Herr ist leider nicht im Haus«, erklärte das Dienstmädchen. »Aber die gnädige Frau wird Sie sicher gern empfangen.«

Paul hätte am liebsten auf dem Absatz kehrtgemacht. Die Vorstellung, in seinem Zustand mit Dora Blankenstein Konversation zu treiben und sich womöglich weiterer Avancen erwehren zu müssen, war ihm ein Gräuel.

Aber Betsy öffnete bereits die Tür zum Salon.

»Herr Biermann, gnädige Frau!«

Ihm blieb nichts anderes übrig, als einzutreten. Während das Dienstmädchen sich entfernte, erhob Dora Blankenstein sich aus einem Sessel und trat mit freudigem Lächeln auf ihn zu.

»Wie schön, Sie wieder ohne Turban zu sehen. Auch wenn ich zugeben muss, dass der Kopfputz Ihnen ausgezeichnet stand. – Aber warum diese triste Miene?«, fragte sie mit gerunzelten Brauen. »Gibt es etwas, das Sie bedrückt?«

»Ganz im Gegenteil«, erwiderte Paul forscher, als ihm zumute war. »Es geht mir ausgezeichnet.«

Dora Blankenstein schüttelte den Kopf. »Glauben Sie wirklich, Sie könnten mich täuschen? Nein, mein Lieber, heraus mit der Sprache! Ich sehe doch, dass etwas nicht stimmt. Immer noch die Sorge um die Firma? Die Geschäfte entwickeln sich doch ganz wie sie sollen.«

»Das tun sie auch. Ihnen und dem Herrn Baurat sei Dank.«

»Jetzt lassen wir mal meinen Mann aus dem Spiel. Gibt es vielleicht Streit in der Familie? Es heißt, die Erholung von Biermann & Söhne sei manchem Konkurrenten ein Dorn im Auge. Unter anderem wohl auch Ihrem Schwager Lebsanft.«

»Nein, nein. Mein Schwager und ich wissen das Geschäftliche vom Privaten durchaus zu trennen. Man ist und bleibt ja doch Familie.«

»Dann ist Ihre Miene einfach unverzeihlich!«, sagte sie. »Zumal Sie ja in Bälde eine englische Lady ehelichen! Was kann ein junger Mann mehr vom Leben erwarten?«

Statt zu antworten, schlug Paul die Augen nieder.

»Sie verstummen? Was soll ich daraus schließen?

Er spürte, wie ihm ein Kloß im Hals wuchs.

»Keine Antwort, lieber Freund?«, fragte sie voller Mitgefühl. »Heißt das – die Verlobung wurde aufgelöst?«

Wortlos starrte er zu Boden.

»Sie Ärmster!«, sagte sie und ergriff seine Hände. »Sie wissen ja nicht, wie leid mir das tut, ich hatte mich ja so mit Ihnen gefreut. Und jetzt plötzlich alles aus und vorbei? – Ach, Frauen können so grausam sein.«

Sie drückte seine Hände und schaute ihn dabei so innig, so voller Anteilnahme, so zärtlich und liebevoll an, dass er dankbar ihren Händedruck erwiderte.

»Ich würde dich so gerne trösten«, sagte sie leise. »Darf ich?«

64

SOSEHR DIE Zeit sich auch dehnte, schritt sie doch voran, und Onkel Georgies Geburtstag rückte näher. Vicky wollte ihm etwas ganz Besonderes schenken; ohne dass er es ahnte, würde es ja ein Abschied sein, und wer weiß, vielleicht sogar für immer. Zum Glück hatte sie eine Idee. Seit ihrer Kindheit hatte Onkel Georgie sie unzählige Male in die National Gallery mitgenommen, um ihren Sinn für Kunst zu schulen. Von seinen Lieblingsbildern wollte sie nun fotografische Aufnahmen machen, dann konnte er sie in Zukunft auch bei sich zu Hause betrachten.

Sie hatte sich eigentlich auf den Ausflug ins Museum gefreut, doch als sie an diesem Nachmittag mit Roberta zum Trafalgar Square fuhr, fühlte sie sich gar nicht wohl. Bevor sie in die Kutsche gestiegen war, war sie noch einmal auf die Toilette gegangen, doch wieder ohne Erfolg. Seit Tagen wurde sie von Unterleibsschmerzen geplagt, einem quälenden Ziehen und Spannen, das sich einfach nicht lösen wollte. Am liebsten hätte sie einen Arzt konsultiert, aber dafür hätte sie sich ihrer Mutter anvertrauen müssen, und das kam nicht in Frage. Sie konnte nur hoffen, dass die Sache sich von allein erledigte, und hoffentlich möglichst bald.

»Würdest du bitte die Kamera hineinbringen?«, fragte sie Harry, als sie vor dem Museum hielten. »Wir müssen in den zweiten Stock.«

Der Kutscher schulterte den Apparat, und während Roberta im Foyer die Eintrittskarten löste, folgte Vicky ihm die Treppen hinauf in den Saal, in dem Onkel Georgies drei Lieblingsbilder hingen: zwei sehr unterschiedliche Porträts des jungen Lord Byron – das eine zeigte den Dichter in klassischer Denkerpose, das andere in prachtvoller albanischer Kleidung – sowie der berühmte *Blue Boy* von Thomas Gainsborough. Wie viele Stunden hatten sie zusammen schon vor diesem Bild verbracht. Manchmal hatte sich ein junger Museumswärter zu ihnen gesellt, mit dem Onkel Georgie auf erstaunlich vertrautem Fuße zu stehen schien. Die zwei hatten sich jedes Mal darüber gestritten, ob der rechte Arm des *Blue Boy* nicht ein wenig zu lang geraten sei. Bis Onkel Georgie eines Tages die Diskussion damit beendet hatte, dass man einen so schönen Arm gar nicht lang genug malen könne.

Mit Harrys Hilfe baute Vicky die Kamera so auf, dass der Arm auf der Aufnahme besonders gut zur Geltung kommen würde, da glaubte sie plötzlich etwas zu spüren.

Gott sei Dank! War es endlich so weit?

Sie ließ Harry stehen und eilte hinunter ins Foyer.

»Wo willst du hin?«, fragte Roberta, die ihr auf der Treppe entgegenkam.

»Ich bin gleich wieder zurück.«

Die Toilette befand sich gleich neben der Kasse. Zum Glück war die Kabine frei, so dass sie nicht zu warten brauchte. Voller Hoffnung raffte sie ihre Röcke, um nachzuschauen.

Doch umso größer dann die Enttäuschung: wieder kein Tropfen Blut.

65

IN SHELBY House herrschte Trauer. Die Favoritin Seiner Lordschaft, Clarissa von Whetenham, auch »Principessa« genannt, war in der Nacht verendet. Lord Shelby hatte das Tier am Morgen leblos vor seinem Bett gefunden, inmitten einer Lache von Erbrochenem. Seitdem wehte eine schwarze Fahne über Shelby House, und während die Glocke der Hauskapelle schlug, wurde der Leichnam mitsamt dem Krönchen, das Clarissa in Auszeichnung ihrer besonderen Stellung getragen hatte, in einem kleinen, weißen Sarg im Garten beigesetzt. Mit einer Spende für die Indienmission hatte ein im Ruhestand befindlicher Pastor sich dazu bewegen lassen, ein paar Worte am Grab zu sprechen, so dass die sterblichen Überreste der Favoritin mit einem Segen ins Jenseits verabschiedet werden konnten.

Nach der Trauerfeier wurde Auguste in die Bibliothek zitiert. Dort saß Lord Shelby in einem Ohrensessel, ganz in sich zusammengesunken, die geröteten Augen noch tränenfeucht. Ihm zur Seite stand Butler Jenkins, der sogleich das Wort ergriff, kaum, dass Auguste den Raum betrat.

»Das Maß ist voll, Escoffier. Der Tod der Principessa ist Ihr Verschulden.«

»Wie … wie kommen Sie zu einer derartigen Behauptung?«, stammelte Auguste.

»Dr. Rutherby hat keinen Zweifel daran gelassen, dass das Futter die Ursache des Katzensterbens ist. Und für das Futter zeichnen Sie verantwortlich.«

»Wollen Sie damit unterstellen, dass ich …?«

»Niemand will Ihnen etwas unterstellen«, unterbrach Lord Shelby. »Aber man hat beobachtet, dass es in der Küche zu Missverständnissen kam, weil Sie offenbar nicht imstande sind, sich verständlich zu machen. Mit den fatalsten Folgen, wie wir nun erleben.«

»Ich selbst war Zeuge«, sagte Jenkins, »wie ein Koch aufgrund Ihrer unklaren Anweisungen Wein und Weinbrand miteinander verwechselte. Wollen Sie das bestreiten?«

»Aber durch so etwas kommt doch niemand zu Schaden!«, protestierte Auguste.

Lord Shelby schluchzte laut auf. »Und warum müssen meine Lieblinge dann sterben?«

»Woher soll ich das wissen? Ich … ich weiß nur, dass Ihr Butler als Letzter das Recht hat, mich zu beschuldigen.«

Shelby hob die buschigen Brauen. »Was wollen Sie damit sagen?«

Auguste zögerte, dann straffte er sich und erklärte: »Jenkins füttert hinter meinem Rücken die Katzen Eurer Lordschaft, mit von ihm angerichteten Speisen.«

Der Lord rang nach Worten. »Aber das … würde ja heißen, dass Jenkins … Ist es das, was Sie meinen?«

»Ich meine gar nichts«, erwiderte Auguste. »Aber Jenkins hat mich vom ersten Tag an mit größter Feindseligkeit behandelt. Deshalb kann ich nicht ausschließen, dass er mit seinem infamen und durch nichts zu rechtfertigenden Verdacht versucht, Seine Lordschaft gegen mich aufzubringen. Weil er nicht gewillt ist, einen Franzosen als Küchenchef …«

»Das ist absurd!«, schnitt Shelby ihm das Wort ab. »Jenkins steht seit Jahrzehnten in meinen Diensten, und noch nie hat er sich das Geringste zuschulden kommen lassen. Außerdem liebt er meine Katzen ebenso sehr wie ich.«

Der Butler bedankte sich mit einer Verbeugung. »Seine Lordschaft sind zu gütig.«

Zugleich bedachte er Auguste mit einem höhnisch triumphierenden Blick.

»Du gottverdammter Heuchler!«

Auguste wollte sich auf ihn stürzen. Doch bevor er ihn zu fassen bekam, stolperte er über das Löwenfell vor dem Kamin und fiel zu Boden.

»Zahlen Sie den Mann aus«, befahl Lord Shelby. »Ich will ihn nie wieder in meinem Haus sehen.«

66

WANN IMMER Vicky im Schein des Rotlichts in ihrem kleinen Laboratorium experimentierte, überkam sie eine Andacht wie einen Katholiken bei der heiligen Wandlung. Obwohl sie inzwischen in der Kunst, die auf Trägerplatten gebannten Aufnahmen zu Bildern zu entwickeln, so weit geübt war, dass ihr kaum noch Fehler unterliefen, war sie jedes Mal aufs Neue fasziniert, wenn das Wunder unter ihren Händen geschah, die ersten Schemen, die unter der Einwirkung der alkalischen Lösung sichtbar wurden, immer deutlichere Konturen annahmen und der Augenblick, den sie mit ihrer Kamera festgehalten hatte, sich Schritt für Schritt reproduzierte, damit sie ihn für alle Ewigkeit fixieren konnte.

Doch heute ließ die Magie dieses Vorgangs sie unberührt, gleichgültig, ob Lord Byron ihr in Denkerpose oder in albanischer Tracht entgegentrat. Nachdem die Aufnahmen mit den Dichterbildnissen entwickelt waren, tauchte sie die Platte mit Onkel Georgies Lieblingsbild *Blue Boy* in das Lösungsbad. Doch während die Chemikalien ihre Wirkung taten, schweiften ihre Gedanken immer weiter ab, so dass sie den richtigen Zeitpunkt verpasste, die Platte aus der Lösung zu nehmen, mit der Folge, dass der in Seide gewandete Jüngling, kaum dass er in die Sichtbarkeit getreten war, im Dunkel der sich rasch schwärzenden Beschichtung schon wieder verschwand.

Entnervt brach Vicky die Arbeit ab. Nein, in der Verfassung, in der sie war, würde sie auch die zweite Aufnahme verderben, die sie von dem Gemälde gemacht hatte.

Aber war das ein Wunder?

Die letzte Woche hatte sie fast nur noch in der Bibliothek ihres Großvaters verbracht, um alle einschlägigen Bücher und Nachschlagewerke zu konsultieren, die sie unter den zwanzigtausend dort versammelten Bänden hatte finden können. Und mit jedem Buch, mit jedem Artikel, mit jedem Lexikoneintrag, den sie gelesen hatte, war ihre Befürchtung immer mehr zur Gewissheit geworden.

Nein, an ihrem Zustand bestand kein Zweifel mehr. Sie war schwanger.

Noch hatte sie mit niemandem darüber gesprochen, auch nicht mit Auguste. Die Tatsache, dass sie ein Kind von ihm bekam, löste die unterschiedlichsten Gefühle in ihr aus. Manchmal schwelgte sie in der Vorstellung, ihrem Geliebten ein Kind zu schenken, und konnte es gar nicht erwarten, nach der Geburt ihm den kleinen Winzling in die Arme zu legen. Ein Kind war doch der größte Ausdruck und Beweis der Liebe! Dann aber wieder überkam sie solche Angst, dass sie nachts stundenlang wachlag und sich in ihrem Bett hin und her warf, gequält von tausend Fragen. Welcher Arzt, welche Hebamme würde ihr helfen, wenn sie niederkam? Wie sollte sie ein Kind großziehen, wenn Auguste und sie in einer Dachkammer hausten, allein und ohne Nanny oder Gouvernante? Und überhaupt – wovon sollten sie leben?

War ihre Liebe groß genug, um Antwort auf ihre Fragen zu finden?

Sie verließ das Laboratorium und eilte auf ihr Zimmer, um Auguste zu schreiben. Sie musste ihrem Herzen Luft machen, sonst hielt sie es nicht aus. Vielleicht reichte ja ein Wort von ihm, und alles war wieder gut.

Ein Wort und ein Kuss.

Doch als sie ihren Brief am Abend in der Mauernische am Gartentor deponierte, stellte sie verwundert fest, dass er ihr bereits zuvorgekommen war.

Während sie den Umschlag hervorzog, spürte sie, wie ihr der Mund austrocknete.

Hatte Auguste es sich anders überlegt?

67 PAUL SCHLOSS die Augen, und mit einem Seufzer sank er in die Umarmung, die ihn alle Enttäuschung vergessen ließ. Ja, Dora Blankenstein hatte einen Weg gefunden, ihn zu trösten, und er hatte ihren Trost angenommen. Es war wie ein Traum, den ein anderer träumte. In ihren Armen tauchte er in ein Dunkel hinab, in dem ihn nichts mehr erreichte.

Irgendwo im Haus schlug eine Tür.

Erschrocken hielt er inne. Erst jetzt wurde er gewahr, dass überall im Raum Spiegel hingen. Darin sah er sich selbst, viele Male, nackt in Doras Armen.

»Keine Angst«, sagte sie. »Das wird mein Mann sein.«

»Um Gottes willen!«

Wo waren seine Kleider? Er warf die Decke von sich, doch Dora hielt ihn zurück.

»Mein Mann ist diskret und wird uns nicht stören.«

»Sind Sie – ich meine, bist du sicher?«

»Aber natürlich. Ich würde ja auch nicht bei ihm eindringen, wenn er jemanden *privatissime* zu Gast hat.«

»Pssssst!«

Paul hielt den Atem an und lauschte.

Schritte! Sie kamen die Treppe herauf.

Er spürte, wie Panik ihn überkam, und als die Schritte vor der Tür verharrten, glaubte er seinen eigenen Herzschlag zu hören.

Jeden Moment würde die Tür auffliegen, und dann …

Die Schritte setzten wieder ein und entfernten sich.

Erleichtert atmete er auf.

»Siehst du, mein süßer Angsthase?« Mit einem Lächeln fuhr Dora ihm über das Haar. »Ich habe doch gesagt, mein Mann ist diskret. Und jetzt komm zurück in meine Arme.«

68

ZURÜCK IN ihrem Zimmer, öffnete Vicky Augustes Brief.

Ma belle, mon ange, mon amour,

Ich wage kaum, es in Worte zu fassen, aber es ist so weit. Unser Glück – es konnte nicht länger warten und hat schon jetzt seine Tore für uns aufgestoßen.

Aus Gründen, die ich Dir später erkläre, hat Lord Shelby mir gekündigt. Dem Herrgott sei Dank – ich hätte sonst womöglich noch Englisch lernen müssen.

Ich habe bereits nach Paris telegrafiert, um meine dortigen Verhältnisse zu klären. Monsieur Lourdin, der Besitzer des Petit Moulin, hat noch in derselben Stunde zurücktelegrafiert. Ich bin ihm aufs höchste willkommen und kann sofort wieder als Küchenchef bei ihm anfangen. Allerdings macht er zur Bedingung, dass ich auf der Stelle zurückkehre.

Das heißt allerdings, dass wir den Geburtstag Deines Onkels nicht mehr abwarten können. Aber ich bin sicher, er wird es Dir nachsehen, so sehr, wie er Dich liebt.

Was das Praktische angeht, musst Du Dich um nichts kümmern. Ich habe unsere Fahrscheine bereits beschafft, erster Klasse, sowohl für die Bahnreise als auch für die Überfahrt über den Kanal! Du sollst wie eine Königin nach Paris reisen!

Bitte finde Dich übermorgen Vormittag um elf Uhr am Haupteingang von Victoria Station ein, unser Zug nach Dover geht um 11.27 Uhr ab. Noch am selben Abend besteigen wir die Fähre

nach Calais, und wenn der nächste Morgen graut, sind wir bereits in Frankreich – in Freiheit!
In der Hoffnung, dass Du genauso glücklich bist wie ich,
Dein Dich über alles liebender
Auguste

Als Vicky den Brief zu Ende gelesen hatte, zitterten ihre Hände.

Um Gottes willen – worauf hatte sie sich nur eingelassen?

69

AUGUSTE PACKTE seine Sachen. Zwei Nächte und einen Tag würde er in einer Pension verbringen, um auf Vicky zu warten. Schließlich brauchte sie ein wenig Zeit, um ihre Flucht vorzubereiten.

Hatte er auch nichts vergessen?

Er ging noch einmal durch die drei Zimmer, die fast ein halbes Jahr seine Bleibe gewesen waren, um die Schränke und Schubladen zu kontrollieren. Dabei verspürte er einen Anflug von Wehmut. Es war nur ein gutes Dutzend Jahre her, dass er als Lehrling noch nicht mal ein eigenes Bett gehabt hatte, und selbst als Küchenchef des Petit Moulin hatte er noch in einer armseligen Dachkammer gehaust. Im Vergleich dazu war seine Wohnung in Shelby House geradezu herrschaftlich gewesen. In Paris würde er als Erstes mit Monsieur Lourdin über seinen Lohn reden. Für die paar Sou, die er früher im Petit Moulin verdient hatte, konnte er sich keine angemessene Wohnung leisten.

Aber kam es darauf an, wenn man sich liebte?

Plötzlich fiel ihm der Glückspenny ein, den Vicky ihm in Karlsbad geschenkt hatte. Würde er ihnen in Paris Glück bringen? Wer weiß, vielleicht würde ihre Familie sich ja irgendwann mit der Situation abfinden. Dann könnten sie heiraten, und womöglich würde ihre Mutter oder ihr Onkel sie sogar unterstützen, damit Vicky standesgemäß leben konnte.

Er nahm seine zwei Koffer, dann verließ er die Wohnung und lief ein letztes Mal die Hintertreppe hinunter. Vor dem Eingang zur Halle zögerte er. Er wollte Shelby House durch das Hauptportal verlassen, das war er sich schuldig – aber war das auch klug? Sicher würde Jenkins ihn in der Halle abfangen.

Nein, diese Demütigung wollte er sich ersparen. Also lief er weiter und verschwand durch den Dienstboteneingang.

Nur noch zwei Nächte, dann waren Vicky und er vereint, und zusammen würden sie das grässliche London verlassen.

Auf Nimmerwiedersehen!

70

AUCH VICKY hatte inzwischen das Nötigste gepackt, etwas Wäsche zum Wechseln, ihr Pflege-Necessaire, ein Paar Ersatzschuhe – zusätzliche Kleidung würde sie unter ihrem Mantel aus dem Haus schmuggeln. Sie wusste auch schon, wann und wie sie ihre Flucht bewerkstelligen konnte. Das Glück war ihr zu Hilfe gekommen. Die Mutter hatte gesagt, dass sie den Vormittag außer Haus sein würde, sie war mit Edward Watkin verabredet, um mit ihm den Vertrag über den Zusammenschluss ihrer beider Firmen und Familien abzuschließen, und Roberta litt an einem schmerzenden Zahn und würde morgen früh den Dentisten aufsuchen.

Nur noch eine Nacht …

Vor Aufregung tat Vicky kein Auge zu. Immer wieder blickte sie auf die Reisetasche, die griffbereit auf ihrem Frisiertisch stand. Es war so herrlich aufregend gewesen, davon zu träumen, mit Auguste nach Paris durchzubrennen. Doch jetzt, da es nur noch von ihr abhing, kamen ihr solche Zweifel, dass sie kaum noch denken konnte. Sie versuchte sich vorzustellen, wie wunderschön es sein würde, mit Auguste in Paris zu leben. Das war es doch, was sie sich mehr als alles andere wünschte! Aber wo war das rauschhafte Glücksgefühl geblieben, in dem sie bei der Vorstellung so oft geschwelgt hatte?

Jetzt machte die Vorstellung ihr nur noch Angst. Statt Traumbilder von champagnerhafter Seligkeit tauchten lauter Schreckensbilder vor ihr auf. Das Leben, das sie in Paris führen würde, würde ein Leben ohne jede Sicherheit sein, ganz zu schweigen von dem Komfort und Luxus und all den kleinen Annehmlichkeiten, an die sie von Kindesbeinen an gewöhnt war. Nie würde sie wissen, was der nächste Tag, die nächste Nacht, die nächste Stunde brachte. Dafür würde sie in einer kleinen, ärmlichen Wohnung hausen, mit nichts anderem beschäftigt, als auf Auguste zu warten, den ganzen Tag lang und bis in die Nacht hinein, da er ja arbeiten musste, um sie zu ernähren. Und niemand würde da sein, der ihr half, ihr Kind zu trösten, wenn es jammerte und schrie, weil es Schmerzen litt oder Hunger – weder ihre Mutter noch eine Nanny oder Gouvernante.

Ach, könnte sie doch nur die Zeit zurückdrehen und alles noch einmal von neuem entscheiden! Aber das konnte sie nicht, sie trug das Kind ja bereits in ihrem Leib, *sein* Kind, und es gab keinen Weg mehr zurück.

Was würde ihr Vater ihr raten?

Wie so oft, wenn sie nicht weiterwusste, bat sie ihn im Geist um Hilfe. Aber diesmal blieb er stumm.

Sie sprang aus dem Bett. Es gab nur einen Menschen, der ihr helfen konnte. Eilig zog sie sich an und lief hinunter ins Erdgeschoss.

Zum Glück war Onkel Georgie noch wach. Er saß in der Bibliothek und sinnierte rauchend vor sich hin.

Ohne Vorwarnung schüttete Vicky ihm ihr Herz aus.

Er war so überrascht, dass er sich am Rauch seiner Zigarette verschluckte.

»Du bist schwanger? Wie unoriginell!«

Beschämt schlug sie die Augen nieder.

»Darf ich fragen, wer der glückliche Vater ist?«

»Ein Franzose«, flüsterte sie, den Blick immer noch zu Boden gerichtet.

»Schon origineller. Und ist er sonst noch etwas, außer Franzose?«

»Er ist … er ist Koch.«

»Das ist in der Tat *sehr* originell!«

»Und er will mich heiraten.«

»Grundgütiger, das wird ja immer origineller! Ich glaube, jetzt brauche ich etwas zu trinken.«

Onkel Georgie stand auf und schenkte sich ein Glas Whisky ein. Nachdem er einen Schluck getrunken hatte, sagte er: »Ich nehme an, es ist passiert, als ich das Diadem gekauft habe, um dir ein Alibi zu verschaffen, nicht wahr? Du warst bei der Rückfahrt ja einigermaßen derangiert.«

Sie nickte.

»Nun, dann fühle ich mich für die missliche Situation mitverantwortlich. Also bitte die Wahrheit, und nichts als die Wahrheit, damit wir eine Lösung finden.«

Vicky war ihm so dankbar. Ja, er war ihr Lieblingsonkel, schon immer gewesen, und ganz gleich was geschehen war, er hielt zu ihr und würde ihr helfen. Trotzdem traute sie sich kaum, ihm in die Augen sehen, während sie ihm alles erzählte, die Wahrheit und nichts als die Wahrheit, von Anfang an. Wie sie Auguste in Karlsbad kennengelernt hatte, erst im Hotel und dann bei ihrem *Déjeuner sur l'herbe* … Wie er später unverhofft in London aufgetaucht war, um ihr seine Aufwartung zu machen … Wie ihre Mutter ihn des Hauses verwiesen hatte … Wie sie Auguste im Hyde Park getroffen hatte, um sich bei ihm für ihre Mutter zu entschuldigen … Wie beglückt sie über sein Geschenk gewesen war, mit dem er sie überrascht hatte, ein ganz und gar persönliches Geschenk, das sogar ihren Namen trug – *Fraises Victoria* …

»Und jetzt«, schloss sie, »jetzt habe ich nur noch Angst, weil ich mein altes Leben aufgeben muss. Während er es gar nicht erwarten kann, dass wir endlich zusammen sind. Er hat sogar schon die Fahrscheine gekauft – erster Klasse! Obwohl er sich nicht mal einen anständigen Anzug leisten kann! – Ach«, schluchzte sie auf, »ich bin auch nur eine dumme, verwöhnte Gans wie Sophie Vaughn und all die anderen albernen Gänse aus der Tanzschule.«

Onkel Georgie schüttelte den Kopf. »Nein, ich glaube nicht, dass du das bist. Und ich glaube auch nicht, dass die Vorstellung, dein altes Leben aufgeben zu müssen, der eigentliche Grund für deine Angst ist.« Nachdenklich drehte er sein Glas in der Hand. »Ich könnte mir vorstellen, dass der wahre Grund ein ganz anderer ist.«

»Aber was könnte das sein?«

Er zuckte die Achseln. »Vielleicht hast du ja Angst vor deiner Rivalin?«

Überrascht hob Vicky den Kopf. »Welcher Rivalin?«

»Mr. Escoffiers Beruf«, sagte Onkel Georgie. »Ein Mann, der sich weigert, Englisch zu lernen, nur um nicht eines Tages wie ein Engländer zu kochen, der meint es wirklich ernst mit dem, was er tut.«

»Was soll daran schlecht sein?«

»Abgesehen davon, dass eine solche Besessenheit nicht gerade *gentlemanlike* ist, liebt Mr. Escoffier seine Kocherei zweifellos über alles. Und das heißt natürlich auch – mehr als dich, meine Liebe.«

Sie wollte protestieren. Wie konnte Onkel Georgie nur so etwas behaupten? Doch dann erinnerte sie sich, was Auguste selbst gesagt hatte: *Kochen ist mein Leben* …

»Seine Liebe zu mir«, sagte sie, »und seine Liebe zu seinem Beruf haben nichts miteinander zu tun.«

»Offenbar doch. Sonst hätte er sich an eure Vereinbarung gehalten. Er hat sie ja nur gebrochen, weil Shelby ihm gekündigt hat. Ist das nicht Beweis genug?«

»Nein! Auguste liebt mich ebenso sehr wie ich ihn!«

Onkel Georgie nippte an seinem Whisky. »Damit könntest du in der Tat recht haben. Leider!«

»Leider?«, wiederholte sie.

»Allerdings.« Mit einem Lächeln erwiderte er ihren Blick. »Wenn ein so überflüssiges Ereignis wie mein Geburtstag für dich Grund genug ist, die Erfüllung deiner vermeintlichen Träume um Wochen hinauszuschieben, kann es mit deiner Liebe nicht allzu weit her sein.«

Vicky biss sich auf die Lippen. In manchen Nächten, in denen sie nicht hatte schlafen können, hatte sie sich ja selbst gefragt, wem ihre Liebe eigentlich galt. Auguste? Wirklich nur ihm allein? Oder vielleicht mehr noch dem wunderbaren Gefühl von Freiheit, das sie mit ihm verband? Sie hatte die Frage jedes Mal beiseitegeschoben, darauf vertrauend, dass beides ein und dasselbe sei. Aber vielleicht hatte sie sich getäuscht, vielleicht waren das in Wahrheit zwei ganz verschiedene Dinge, die sie nur miteinander verwechselt hatte.

»Siehst du?«, fragte Onkel Georgie. »Wenn ihr beide euch wirklich lieben würdet, ich meine, so lieben wie die Liebespaare in bestimmten Romanen, dass einer ohne den anderen partout nicht leben kann, dann wäre mein Rat, dass du und Mr. Escoffier es diesen Romanfiguren gleichtut und ihr nach Paris durchbrennt. Für deine Mutter wäre das zwar ein Schock, aber nach einiger Zeit würde sie sich damit arrangieren. Man würde sich eine Geschichte ausdenken, wie man einen französischen Koch in eine vorzeigbare Person verwandelt, du und Mr. Escoffier könntet dann in Paris heiraten, natürlich offiziell und mit einer ausreichend großen Anzeige in der *Times*, du bringst das Kind in Frankreich zur Welt, und wenn genug Gras über die Sache gewachsen ist, kehrt ihr nach London zurück, um hier bis ans Ende eurer Tage euer Glück zu genießen. – Aber so?«

Über den Rand seines Glases schaute er sie an.

»Was bleibt mir denn jetzt noch anderes übrig?«, flüsterte Vicky. »Ich bekomme doch ein Kind von ihm.«

»Muss ich dir das wirklich erklären?«, fragte er mit einem Lächeln. »Tu einfach, was jede junge Lady deines Standes tun würde, wenn sie halbwegs bei Verstand ist.«

71 DER PLATZ vor Victoria Station quoll über von Menschen. Immer wieder schaute Auguste auf die Uhr über dem Eingang, doch so oft der Minutenzeiger auch vorrückte, von Vicky war in dem Gewühl weit und breit keine Spur. Dabei war es schon zehn nach elf, und um elf Uhr siebenundzwanzig ging der Expresszug nach Dover ab – pünktlich, wie ihm ein Bahnbeamter an Gleis fünf versichert hatte, wo die Lokomotive schon unter Dampf stand.

»Brrrrr …«

Die Uhr zeigte auf vierzehn nach elf, als ein Dogcart vor dem Portal hielt. Ein Dandy im gestreiften Cutaway mit Zylinder und Kavaliersstöckchen stieg aus und trat auf Auguste zu.

»Mr. Escoffier, nehme ich an?«, fragte er auf Französisch.

»Woher … woher wissen Sie?«, fragte Auguste überrascht zurück.

Der Fremde musterte ihn nur einmal kurz mit erhobenen Brauen. »Ihr Anzug«, sagte er. »So kleidet sich nur ein Franzose.« Er griff in seine Brusttasche und holte einen Umschlag daraus hervor. »Eine Nachricht für Sie. Von Miss Victoria Paxton-Stokes.«

»Von Vicky? Um Gottes willen, warum ist sie nicht hier?« Auguste verstand überhaupt nichts mehr. »Sind Sie … sind Sie etwa Onkel Georgie?«

Statt ihm zu antworten, reichte der andere ihm den Brief. »Darin erfahren Sie alles Nötige. Ich empfehle mich.« Zur Verabschiedung tippte er mit seinem Stöckchen an die Krempe seines Zylinders, dann stieg er wieder in den Dogcart.

Auguste schaute hinauf zur Bahnhofsuhr.

Sechzehn nach elf.

Er riss das Kuvert auf. Schneller, als er lesen konnte, überflog er die Zeilen, so dass er nur einzelne Satzfetzen erfasste.

... Es war eine Illusion, wenngleich eine wunderschöne ... Manche Träume können nur fortbestehen, wenn sie Träume bleiben ... Lass uns also einander so in Erinnerung behalten – als zwei glückliche Träumer ... Im wirklichen Leben aber sind wir nicht füreinander geschaffen, das habe ich gerade noch rechtzeitig begriffen ... Auch wenn Du jetzt vielleicht traurig bist und enttäuscht, vergiss nicht, dass Du Dein Glück bereits gefunden hast ... Mit Deiner Kochkunst wirst Du unendlich viele Menschen glücklich machen, und das wird Dein größtes Glück sein ... Dies ist Deine Bestimmung – bleibe ihr treu! Dafür wünsche ich Dir alles Gute ...
Lebe wohl!
Vicky

72

NICHT NUR an den Wänden, auch an der Decke über dem Bett waren in Dora Blankensteins Gemach Spiegel befestigt. Unwillkürlich zog Paul ein Laken über sich, als er sich in seiner Blöße sah. Obwohl er Dora inzwischen seit einigen Wochen besuchte, erschrak er nach wie vor stets aufs Neue, wenn ihm aus einem der Spiegel sein nacktes Konterfei entgegensprang.

»Genierst du dich noch immer?«, fragte Dora, die sich bereits an ihrem Frisiertisch restaurierte. »Wie süß!«

Sie warf ihm eine Kusshand zu, dann widmete sie sich weiter ihrer Toilette. Sie trug nur ein Höschen und ein Negligé, und ihre schlanken Füße steckten in zwei offenen, plüschbesetzten Pantöffelchen. Für Paul war es immer noch ein Wunder, dass diese hinreißend schöne Frau sich ausgerechnet ihn zu ihrem Geliebten erkoren hatte – eine Frau, die doch jeden Mann der Welt haben konnte ... Sie hatte ihr Haar wieder zu einem lockeren Zopf geflochten, und während sie diesen um ihren Kopf wand, wurde die Silhouette ihres Schwanenhalses sichtbar, den er so gerne küsste. Jetzt klaffte auch noch ihr Négligé einen Spaltweit und gab den Blick auf ihre Brüste frei, die immer noch so perfekt geformt waren wie bei einem jungen Mädchen.

Im Spiegel lächelte sie ihm zu. »Bekommst du schon wieder Lust?« Sie befestigte mit einer Klammer ihren Zopf, dann verließ sie den Frisiertisch und trat zu ihm ans Bett. »Was für ein schönes Kompliment.« Sie fuhr mit der Hand einmal flüchtig über die Wölbung, die sich unter dem Laken abzeichnete. »Aber dafür ist jetzt nicht mehr die Zeit«, sagte sie, als er die Berührung mit einem Seufzer quittierte. »Leider. Jetzt müssen wir uns um deine Karriere kümmern.«

»Meine Karriere?«, fragte er überrascht.

»Allerdings«, bestätigte sie und streifte sich einen Kimono über. »Du hast das Zeug zu etwas Großem, glaub mir, so etwas spüre ich. Und damit du tatsächlich der Mann wirst, den ich in dir sehe, sind genau zwei Dinge notwendig. – Erstens«, sie schloss den Gürtel ihres Kimonos und fixierte ihn mit ihrem Blick, »du musst dich in der Politik engagieren.«

Paul holte tief Luft. »Und zweitens?«

»Reich heiraten«, erklärte sie mit einem Lächeln. »Und beides werde ich für dich arrangieren.«

73 *Der Trauerschleier über London ist hinfortgezogen!*

Ganz London fieberte dem letzten Ball der Saison entgegen, den die *Times* mit dieser Schlagzeile auf der Titelseite ankündigte. Königin Victoria, die zwölf Jahre nach dem Tod ihres geliebten Albert immer noch so sehr trauerte, dass sie weiterhin im Schlafgemach des Prinzgemahls die Bettwäsche und Handtücher jede Woche wechseln ließ – sie hatte endlich dem Drängen ihres Volkes nachgegeben und beschlossen, ihre schier endlose Isolation als »Witwe von Windsor« aufzugeben, um sich erstmals wieder in der Öffentlichkeit auf einem Fest zu zeigen.

Als sie an der Seite ihres Kammerherrn und Vertrauten John Brown den Saal betrat, glaubte man ein allgemeines Aufatmen zu spüren, und nicht wenige der Anwesenden hätten am liebsten zu ihrem Empfang applaudiert. Doch eine solche Freudenbekundung verbot sich. Denn zum Andenken an ihren Mann erschien Victoria sogar auf dem Ball ganz in Schwarz gekleidet, und ein ebenfalls schwarzer Schleier verbarg ihr Gesicht.

Was für ein Liebesbeweis – über den Tod hinaus …

Vicky war zutiefst gerührt, und fast schämte sie sich für ihr spektakuläres neues Kleid, mit dem sie so sehr Furore machte, dass ihr alle jungen Männer auf dem Ball zu Füßen lagen, wie Mr. Jacobs prophezeit hatte.

Dabei kam es doch nur auf einen an: Rupert Watkin. Bereits nach dem ersten Tanz, einem Walzer, machte er ihr seinen Antrag.

»Sie wissen, Miss Vicky, ich bin kein Mann, der nach den Sternen greift. Aber wenn Sie mir Ihr Jawort geben, werde ich mein ganzes künftiges Leben in den Dienst eines einzigen großen Ziels stellen – Sie glücklich zu machen.« Er nahm ihre Hand und kniete vor ihr nieder. »Könnten Sie sich entschließen, meine Frau zu werden?«

Vicky ließ noch einmal ihren Blick über die Tanzfläche schweifen, wo sich die Paare zur Musik im Kreise drehten, als wäre das Leben ein einziges rauschhaftes Fest, dann straffte sie sich und fasste ihren Entschluss. Und während die Königin sich am anderen Ende des Saales in ihrem schwarzen Trauerkleid mit Hilfe ihres Kammerherrn auf dem Thron niederließ, richtete sie die Augen auf Rupert und sagte:

»Ja.«

TEIL 2

Der Tunnel

1876 – 1890

1 TAUFE – TAUFE in Berlin!

Ja, Dora Blankenstein hatte Wort gehalten und sich um Pauls Fortkommen gekümmert, sowohl was die Politik als auch was seinen Ehestand betraf. Sie hatte nicht nur dafür gesorgt, dass er als Nachrücker der Nationalliberalen Partei einen Sitz im Reichstag bekam, als ein Fraktionsmitglied ebenso unverhofft wie willkommen dem Schlagfluss erlag; dank ihrer Vermittlung war Paul inzwischen auch mit Erdmute Schmaltzried verheiratet, der fünf Jahre älteren, jedoch erfreulich gutgestellten Witwe des Kommerzienrats Alexius Schmaltzried, der als stiller Teilhaber von Siemens & Halske zu großem Ansehen und noch größerem Reichtum gelangt war.

Keine zwei Jahre nach der Eheschließung war Erdmute, eine hochgewachsene, grobknochige Frau von dreiunddreißig Jahren, mit einem Knaben niedergekommen. Es war eine schwere Geburt gewesen, eine Steißlage hätte den Eintritt des Kindes in diese Welt fast verhindert, so dass sie nur mit knapper Not und Gottes Hilfe überlebt hatte. Paul hätte seinen Sohn gern in Erinnerung an seinen Vater Theodor genannt, doch seine Frau wollte ihr Kind nicht nach einem Selbstmörder benennen, und weil er es ja selbst gewesen war, der Erdmute mit seinem Wunsch nach einem Stammhalter in Lebensgefahr gebracht hatte, hatte er sich ihrem Willen gefügt. Pastor Bläulich, der noch junge, aber überaus beliebte Pfarrer der Charlottenburger Luisengemeinde, taufte das Kind also auf den schönen preußischen Namen Friedrich Wilhelm, einerseits zum Andenken an die gleichnamigen Könige des Landes, andererseits in stillem Gedenken an Alexius Schmaltzried, der nicht unbeträchtliche Teile seines Vermögens darauf verwandt hatte, Organisationen zu unterstützen, die sich die Purifizierung des Deutschtums von fremdländischen, insbesondere aber jüdischen Einflüssen auf die Fahnen geschrieben hatten.

Pastor Bläulich breitete seine Hände über das Kind aus, um den Exorzismus zu sprechen: »Herr Jesus Christus, du hast Kindern die Hände aufgelegt und sie gesegnet. Schütze dieses Kind und halte von ihm fern, was schädlich und böse ist. Bewahre es vor Satans Macht, damit es dir in Treue folgt. Lass es in seiner Familie geborgen sein und gib ihm Sicherheit und Schutz auf den Wegen seines Lebens, der du lebst und herrschest in Ewigkeit.«

Als Paten fungierten Dora Blankenstein, ohne deren beherztes Engagement der Täufling kaum das Licht der Welt erblickt hätte, sowie Pauls Bruder Felix. Gemeinsam hielten sie den kleinen Friwi, wie der Neugeborene schon jetzt in der Familie hieß, über das Becken – sehr zum Unwillen von Pauls zweitem Bruder Fritz, der aufgrund von Namensgleichheit und Anciennität auf diese Ehre reflektiert hatte. Doch Paul hatte nicht ohne Grund Felix den Vorzug gegeben. Mit dessen Wahl zum Paten wollte er seine Anerkennung dafür zum Ausdruck bringen, dass Felix seit nunmehr drei Jahren vollkommen abstinent lebte und in der Firma zu jedermanns Zufriedenheit die Finanz- und Buchhaltungsgeschäfte führte.

»Widersagt ihr dem Satan?«, fragte Pastor Bläulich die Paten.

»Ich widersage«, antworteten Dora und Felix in Stellvertretung des Täuflings.

»Und all seinen Werken?«

»Ich widersage.«

»Und all seinen Verlockungen?«

»Ich widersage.«

Mutter Hermine standen Freudentränen in den Augen. Ihr war an diesem Tag gleich doppeltes Glück beschieden. Heute wurde nicht nur ihr drittes Enkelkind aus der Taufe gehoben, auch würde man das freudige Ereignis wieder an alter Stätte feiern. Ihr größter, allergrößter Wunsch, von dem sie seit dem Tod ihres Mannes keine Stunde abgelassen und den sie ihrem Herrgott in jedem Nachtgebet vorgetragen hatte, war tatsächlich in Erfüllung gegangen: Die Familie war wieder in die Charlottenburger Villa zurückgekehrt. Dank der Aufträge von Baurat Blankenstein hatten die Geschäfte der Firma Biermann & Söhne eine so glänzende Entwicklung genommen, dass sie inzwischen auf über fünfhundert Arbeiter und Angestellte angewachsen war. Paul hatte die Sanierung genutzt, um von dem Rückkaufsrecht, das Geheimrat von Siemens der Familie in nachbarschaftlicher Verbundenheit eingeräumt hatte, Gebrauch zu machen, und nachdem er mit Erdmutes Geld die Villa um zwei Flügel erweitert hatte, lebte die Mutter seit wenigen Wochen wieder mit all ihren Lieben zusammen in der alten Herrlichkeit – außer mit Schwager Hugo und Schwester Greta, die mit ihren zwei Kindern, dem inzwischen dreijährigen Kaspar und dessen nachgeborener Schwester Johanna, ein eigenes, noch größeres Haus Unter den Linden bewohnten.

Pastor Bläulich hob die Arme zum Segen.

»Gehet hin in Frieden.«

»Dank sei Gott dem Herrn.«

Die Zwillinge hatten in der Villa schon alles zur Feier gerichtet, auch der »Salong« war in seiner ganzen Pracht wiederhergestellt mit den altvertrauten Grünpflanzen, den blankpolierten Mahagonimöbeln, den plüschigen Sesseln und Sofas sowie all den Nippesfiguren der Mutter – sogar der Geruch von Mottenkugeln hing wieder in der Luft. Während Else und Anna aus einer Magnumflasche Henkell trocken ausschenkten, pries Mutter Hermine die Vorzüge der *water closets*, die Paul beim Ausbau der Villa hatte installieren lassen. »Zum Glück ist die Charlottenburger Kanalisation bereits in Betrieb, so dass die Wasserspülung ganz prima funktioniert.«

Paul klingelte mit einem Messer an sein Glas.

»Wenn ich für einen Moment um Ruhe bitten darf?«

Er wartete, bis die Gespräche verstummten, dann ergriff er das Wort, nicht nur, um Gott für den doppelten Segen zu danken, der ihm und seiner Familie zuteilgeworden war, sondern auch, um eine Grußadresse von Fürst Bismarck zu verlesen, mit der dieser ihm als jüngstem Abgeordneten seiner Partei im Parlament zur glücklichen Geburt des Stammhalters gratulierte. Während das Schreiben des Kanzlers, ausgestattet mit dem Reichsadler und von dessen eigener Hand unterschrieben, in der Taufgesellschaft für staunende Bewunderung sorgte, hob Paul sein Glas, um auf seinen Sohn anzustoßen.

»Auf das Wohl unseres Erstgeborenen – und das meiner Frau Erdmute, der ich zu tiefstem Dank verpflichtet bin. Sie hat mir das schönste Geschenk gemacht hat, das eine Frau einem Mann nur machen kann. Meine Frau und mein Sohn, sie leben hoch!«

»Hoch! Hoch!«, erscholl es im Chor.

Obwohl Erdmute von der Geburt noch gezeichnet war – ihr ohnehin längliches Gesicht schien noch mehr in die Länge gezogen, und der Blick ihrer stahlblauen Augen war so stumpf und matt wie ihr graumeliertes Haar –, quittierte sie seinen Toast mit einem Lächeln. Wie freute er sich über dieses Lächeln! Erdmutes Ehe mit Alexius Schmaltzried war kinderlos geblieben, umso glücklicher war sie nun über den späten Nachwuchs, der ihrer Beziehung vielleicht zu wirklicher Blüte verhelfen würde. Dank des gemeinsamen Sohnes empfanden sie beide, so Pauls Eindruck, erstmals Gefühle füreinander, die sich nicht in Respekt und Wertschätzung erschöpften.

Würde ihre Ehe sich vielleicht doch noch über das wechselseitige Zweckbündnis hinausentwickeln, als das sie geschlossen worden war?

Der kleine Friwi fing in seinem Körbchen an zu schreien. Während die Frauen sich um ihn kümmerten, nahmen die Männer ihre Gespräche wieder auf. Das Wort führte Fritz, inzwischen Doktorand der Theologie in Tübingen. In schneidigen Worten erging er sich über das Thema seiner Dissertation: »Unsere Cultur-Mission in Afrika«. Darin vertrat er die These, dass die Kolonisierung des Schwarzen Kontinents die letzte Erfüllung des alttestamentarischen Auftrags Gottes an die ersten Menschen sei, sich die Erde untertan zu machen – »und alles, was darauf fleucht und kreucht«.

»Welch schöner, gottgefälliger Gedanke! Ganz ausgezeichnet!«

Während Pastor Bläulich Fritz gratulierte, sah Paul, wie Schwager Hugo seinem Bruder Felix ein Glas Sekt anbot.

»Gegen die Qual in deinem Rücken.«

Paul wollte intervenieren – nicht auszudenken, wenn sein Bruder rückfällig würde, noch dazu in Gegenwart von Baurat Blankenstein!

Aber Felix blieb auch ohne seinen Beistand fest. »Das ist sehr freundlich«, lehnte er das ihm angebotene Glas ab. »Doch ich habe inzwischen ein besseres Mittel gefunden, die Schmerzen zu kurieren.«

Paul war erleichtert, im Gegensatz zu seinem Schwager.

»Na gut, wer nicht will, der hat schon.« Hugo ließ Felix stehen und wandte sich an Paul. »Stimmt es eigentlich, dass Bismarck dich zum Sonderbeauftragten für sein Lieblingsprojekt gemacht hat? Ich habe da so was läuten hören.«

»Sie meinen den Kurfürstendamm?«, fragte Hermann Blankenstein, bevor Paul antworten konnte. »Da haben Sie richtig gehört. Ihr Schwager hat sich für den Posten mit seiner doppelten Qualifikation als Politiker und Bauingenieur ja geradezu aufgedrängt.«

»Welch große Stücke Sie auf meinen Schwager halten, ist stadtbekannt«, erwiderte Hugo säuerlich. »Sie bevorzugen die Firma Biermann & Söhne ja in einer Weise, dass unsereins bei städtischen Ausschreibungen gar nicht mehr zum Zuge kommt.«

»Bei mir erhält immer nur das beste Angebot den Zuschlag. So sind die Regeln des Wettbewerbs.«

»Ist es denn überhaupt noch ein Wettbewerb?«

Hugo blickte den Baurat so vielsagend an, dass es Paul mulmig wurde. Zum Glück aber wandte sein Schwager sich von Blankenstein ab, um mit geheucheltem Interesse auf sein ursprüngliches Thema zurückzukommen. »Wie geht es denn mit dem vielbeschworenen Boulevard voran?«

Die Frage brachte Paul in Verlegenheit, denn das Lieblingsprojekt des Kanzlers, für das sich sein Schwager, wie jedermann wusste, ebenfalls beworben hatte, fand in der Politik wie auch bei privaten Investoren bislang wenig Gegenliebe, so dass die Verwirklichung des Vorhabens noch völlig in den Sternen stand.

Dora sah seine Not und kam ihm zu Hilfe. »Seien Sie versichert, Herr Lebsanft, dass schon bald Bewegung in die Sache kommt. Nur leider darf darüber noch nicht gesprochen werden – nicht wahr, Hermann?«, vergewisserte sie sich bei ihrem Mann.

»So ist es«, bestätigte dieser.

»Tatsächlich?«, fragte Erdmute überrascht. »Das wäre ja ganz wunderbar. Aber warum weiß ich davon noch nichts?«

Paul war so ahnungslos wie seine Frau. Deshalb konnte er nur wiederholen, was Dora Blankenstein gesagt hatte. »Du hast doch gehört, meine Liebe, es darf noch nicht darüber gesprochen werden.«

Gott sei Dank brachten die Zwillinge ein anderes Thema aufs Tapet.

»Es heißt«, sagte Anna, »Königin Victoria will sich zur Kaiserin von Indien krönen lassen. Nein, diese Engländer.«

»Ach, wie gern würde man bei so etwas mal dabei sein!«, erwiderte Else. »Wie hieß die Stadt noch mal, wo die Feier stattfinden soll? Delhi? Ein Name wie aus Tausendundeiner Nacht.«

»Von wegen Tausendundeine Nacht!«, schnaubte Fritz. »Die Briten veranstalten den Zirkus doch nur, damit ihre Königin nicht vor ihrer eigenen Tochter in den Staub sinken muss, wenn die Frau unseres Thronfolgers Friedrich erst Kaiserin ist.«

»Apropos Märchen«, wandte Dora Blankenstein sich an die Dame des Hauses. »Ich würde zu gern Ihr *water closet* inspizieren.«

»Aber gern, meine Liebe«, erwiderte Hermine. »Sie werden staunen. Eine so sinnreiche Einrichtung. Man will nie mehr darauf verzichten, wenn man sie einmal erprobt hat.«

Die Frauen hakten einander unter, um das Wunderwerk zu besichtigen. Als sie an Paul vorüberkamen, raunte Dora ihm leise zu: »Nächsten Dienstag, wie immer?«

»Wie bitte?«, fragte Hermine, deren Gehör immer mehr nachließ.

Doch da hatte Paul schon genickt, um Dora sein Einverständnis zu signalisieren.

2

ES WAR tatsächlich wie ein Märchen aus Tausendundeiner Nacht, als die Herrscherin des Vereinigten britischen Königreichs, Queen Victoria, am ersten Januar des Jahres 1877 vor den Toren der Stadt Delhi zur Kaiserin von Indien ausgerufen wurde. Auf einem unendlich weiten, mit zahllosen im Wind wehenden Fahnen geschmückten Platz, der sich bis zum Horizont erstreckte, war unter einem hoch in den wolkenlosen Himmel aufragenden, trapezförmigen und mit rotweißen Stoffbahnen bespannten Baldachin der Thron aufgeschlagen, auf dem in Vertretung der Königin, die mit Rücksicht auf ihr Alter und die weite Reise nicht an der Feier teilnehmen konnte, der Generalgouverneur und Vizekönig von Indien Bulwer-Lytton Platz genommen hatte und, umringt von britischen und indischen Würdenträgern in ordensgeschmückten Uniformen, die Parade zum Ruhm des Empires und zu Ehren seiner vielgeliebten Herrscherin abnahm.

Vicky hatte ihren fotografischen Apparat auf einer Tribüne aufgebaut, die dem Thronpavillon direkt gegenüberlag und diesen im Abstand von einigen hundert Fuß in einem Halbrund umfing, um die herrlichen Bilder der Parade auf die Trägerplatten ihrer Kamera zu bannen. Ja, anders als die Queen bezeugte sie vor Ort das Ereignis, auf das an diesem Tag die Aufmerksamkeit der ganzen Welt gerichtet war, zusammen mit ihrem Ehemann Rupert Watkin sowie ihrer

Mutter Emily und Onkel Georgie. Dessen Freund General Wolseley, ein in vielen Kriegen und Scharmützeln erprobter Haudegen Mitte vierzig, der, wo immer es in den letzten zwei Jahrzehnten in den britischen Kolonien gebrannt hatte, als Feuerwehrmann eingesetzt worden war, hatte ihnen die Teilnahme an der Feier und den Platz auf der Ehrentribüne ermöglicht.

Während General Wolseley mit schnarrender Stimme die Parade kommentierte, schlüpfte Vicky unter das schwarze Tuch ihres Apparats, damit das strahlend helle Licht der indischen Sonne nicht ihre Aufnahmen verdarb. Angesichts der Mischung von britischer Prachtentfaltung und orientalischer Exotik, die sich vor ihrer Kamera auftat, gingen ihr die Augen über. Turbangekrönte und juwelenbehangene Maharadschas auf Elefanten zogen zwischen Thronpavillon und Ehrentribüne vorbei, gefolgt von Heerscharen halbnackter, barfüßiger Inder, Tempeltänzerinnen und Fakire, Schlangenbeschwörer und Dompteure mit Tigern und Leoparden an den Leinen, dazwischen immer wieder die rotberockten Kolonialsoldaten sowie zahllose Abordnungen aus allen Teilen des Königreichs in ihren farbenfrohen Uniformen und Trachten. Ein Motiv folgte auf das andere, ein jedes noch großartiger als das vorausgegangene, so dass Vicky sich kaum entscheiden konnte, wann sie den Auslöser betätigen sollte. In kürzester Zeit hatte sie zwei Dutzend Platten belichtet, doch sie hätte Hunderte gebraucht, um all die Eindrücke von diesem Ereignis zu verewigen.

»Bist du glücklich?«, fragte ihr Mann, als sie wieder unter ihrem Tuch auftauchte.

»Ach, Rupert. Ich weiß gar nicht, wie ich dir danken soll.«

»Unsinn! Ich muss mich bei dir bedanken. In London herrscht jetzt scheußlichstes Winterwetter, und hier haben wir die angenehmsten Temperaturen.«

»Du charmanter Lügner. Ich weiß doch, dass du das alles nur meinetwegen auf dich genommen hast.«

Das waren keine leeren Worte. Aufgrund seiner zarten Konstitution war die Reise für Rupert ein Kraftakt gewesen, und während der Überfahrt hatte Vicky manches Mal bereut, ihn dazu bewegt zu haben. Nur ihr zuliebe hatte er die Reise unternommen, damit sie dieses Spektakel, das in der Presse als Jahrhundertereignis angekündigt worden war, erleben konnte, und trotz der Strapazen war keine einzige Klage über seine Lippen gekommen. Mit dankbarer Zärtlichkeit drückte sie seine Hand, als sie wieder ihren Platz an seiner Seite auf der Tribüne einnahm. Niemals hätte sie gedacht, dass sie in dieser Ehe, die sie ja nur aus Vernunft und um ihres guten Rufes willen eingegangen war, so glücklich werden würde.

Ja, Rupert hatte sein Versprechen gehalten, alles für ihr Glück zu tun.

»Hurra! Hurra! Hurra!«

Ein Dutzend Reiter des königlichen Garderegiments paradierten auf ihren mit Schabracken und Federbüschen herausgeputzten Pferden vor dem Thron, um ihrer abwesenden Herrscherin zu huldigen. Mit spöttischem Blick drehte Vickys Mutter sich zu ihrem Bruder herum.

»Ich dachte, England sei eine Insel und solle auch eine solche bleiben.«

»Mein Gott«, erwiderte Onkel Georgie mit einem Achselzucken. »Offenbar hat die Welt beschlossen, sich in eine einzige britische Insel zu verwandeln. Soll man es ihr verdenken? Etwas Besseres kann ihr ja gar nicht passieren.«

War das nur wieder eine von seinen Bemerkungen, die niemand ernst zu nehmen brauchte, weil er sie ja selbst nicht wirklich ernst nahm? Vicky hatte das Gefühl, dass die Dinge diesmal anders lagen. Die Proklamation war in der Tat nicht nur ein symbolischer Akt, vielmehr markierte sie eine neue Ausrichtung der britischen Kolonialpolitik, über die ihre Mutter und Onkel Georgie sich bereits während der Überfahrt am Tisch des Kapitäns gestritten hatten. War Großbritannien bislang im Besitz eines zwar weitverzweigten, aber eher zufällig über die Jahrhunderte gewachsenen Kolonialreichs gewesen, das von London aus an langer Leine regiert worden war, strebte der neue Premierminister Disraeli, der, wie Onkel Georgie es sich schon lange wünschte, den liberalen Gladstone abgelöst und die Erhebung der Königin zur Kaiserin betrieben hatte, offenbar ein straff geführtes, zentralistisches Empire an, ein Imperium, in dem die über alle Kontinente verstreuten Teile einmal eine globale, von London aus regierte Einheit bilden sollten – als erste und alle anderen Länder dominierende Weltmacht der Welt überhaupt.

Fanfaren ertönten, und ein Trommelwirbel kündigte die eigentliche Proklamation an. Wie ein Mann erhoben sich die Ehrengäste auf der Tribüne, auch Vicky und ihre Angehörigen. Während eine weihevolle Stille entstand, richteten sich alle Augen auf den Thronpavillon, von dem aus Vizekönig Bulwer-Lytton das Kaiserreich Indien ausrief. Doch der Abstand zur Tribüne war so groß, dass Vicky nur wenige Wortfetzen aufschnappen konnte.

»… Wohl der Nation … Ruhm des britischen Empires … Vorsehung und göttlicher Wille … indisches Kaiserreich … Gott schütze die Queen …«

Kaum waren die letzten Worte verhallt, erhob sich ein Chor, in den alle Anwesenden einfielen, so dass er wie ein Sturmgebraus über den Platz fegte.

When Britain first, at Heaven's command
Arose from out the azure main;
This was the charter of the land,
And guardian angels sang this strain:
»Rule, Britannia! rule the waves:
»Britons never will be slaves.«

Der ganze Erdkreis schien von dem Lobpreis des Empires widerzuhallen, auch Onkel Georgie schmetterte aus voller Kehle das Lied, das als heimliche Hymne des Vereinigten Königreichs galt. Verwundert drehte Vicky sich zu ihm herum. Wollte er sich lustig machen? Doch als sie ihn sah, traute sie ihren Augen nicht. Onkel Georgie sang mit solcher Inbrunst, dass ihm Tränen in den Augen standen, und die Hand an der Stirn stand er stramm wie General Wolseley, den schimmernden Blick ergriffen auf den Thron gerichtet.

Als die Hymne verklang, setzte der Festzug sich wieder in Gang. Lachend zeigte Rupert auf eine Affenparade, die vor der Tribüne aufmarschierte.

»Sind die nicht drollig?«, fragte er. »Jetzt weiß ich, was wir unseren Kindern mitbringen werden.«

3

AUGUSTE WAR wieder in seinem Element, in der Küche des Petit Moulin, in der er sich besser auskannte als in seinem eigenen Herzen. Gerade bereitete er ein Dessert für seinen Lieblingsgast vor: die in Paris und ganz Frankreich berühmte Schauspielerin Sarah Bernhardt. Seit sie zum ersten Mal seinen Kalbsbriesauflauf mit Trüffelscheiben und Kalbsleberpüree gekostet hatte, war sie seiner Kochkunst verfallen, und sooft ihre Zeit und ihre Liebhaber es zuließen, dinierte sie nach ihren Auftritten am Odéon-Theater im Petit Moulin, wobei sie größten Wert darauf legte, dass Auguste ihr das Dessert persönlich servierte, um ein wenig mit ihm zu plaudern.

Zum Abschluss ihres heutigen Menüs hatte er sich eine ganz besondere Leckerei ausgedacht: eine Komposition mit frischen Erdbeeren als Basis, die er mit Puderzucker bestäubte und ein paar Tropfen Dessertwein beträufelte, um dann das Ganze in Vanillecreme einzubetten und mit einer Haube Schlagsahne zu bekrönen, die er zuvor mit ein wenig Erdbeerpüree und Ananasmark angereichert hatte.

Auf einem Silbertablett präsentierte er das Ergebnis.

»*Voilà – Fraises Sarah Bernhardt!*«

»Oh, Sie haben das Dessert nach mir benannt?« Vor Freude klatschte die Schauspielerin in die Hände, und ihre braunen Augen strahlten wie nach einer gelungenen Premiere. »Wie liebenswert von Ihnen, mein Freund.«

Während alle Köpfe sich nach der berühmten Bühnenkünstlerin umdrehten, nahm sie einen Löffel, um die Süßspeise zu probieren.

»Köstlich! Wie machen Sie das nur?«

»Das Geheimnis ist die Inspiration«, erwiderte Auguste. »Und die verdanke ich ganz allein Ihnen.«

»Sie Schmeichler! Es ist nur allzu bekannt, dass Sie sich ausschließlich selbst inspirieren. – Doch apropos«, wechselte sie das Thema, während sie einen zweiten Löffel nahm. »Haben Sie inzwischen jemanden im Auge?«

Auch ohne Erklärung wusste Auguste, was sie meinte. Es war sein Ziel, eine Frau aus gutem Hause zu heiraten – nur durch Einheirat in bürgerliche Kreise konnte er die gesellschaftliche Anerkennung finden, die er anstrebte, seit er der Lehre bei seinem Onkel entkommen war. Sarah, die er ins Vertrauen gezogen hatte, bestärkte ihn in diesem Bestreben. Ganz ähnlich wie er litt auch sie darunter, auf der Bühne zwar bewundert, im wirklichen Leben jedoch nur wenig respektiert zu werden.

»Ja, es gibt tatsächlich jemanden«, antwortete Auguste. »Delphine Daffis ist ihr Name.« Er griff in sein Jackett und reichte Sarah die Fotografie, die er stets bei sich trug. »Ich weiß«, sagte er, als er die Verwunderung im Gesicht seiner Freundin sah, »eine Schönheit ist sie nicht. Aber sie ist die Tochter eines Verlegers und schreibt sogar Gedichte.«

»Hauptsache, sie ist aus gutem Hause. Das ist wichtiger als jede Äußerlichkeit.« Sarah gab ihm die Fotografie zurück. »Haben Sie sich ihr schon erklärt?«

»Ja, und sie erwidert meine Liebe.« Auguste zögerte. »Aber es gibt ein Problem – Ihr Vater. Ich fürchte, er wird mich nicht akzeptieren.«

»Fürchten heißt nicht wissen.« Mit einem Lächeln, für das ganz Frankreich sie liebte, schüttelte Sarah den Kopf. »Aber was hindert Sie daran, sich Gewissheit zu verschaffen? Wenn Monsieur Daffis einwilligt, sind Sie am Ziel Ihrer Träume. Lehnt er ab, was ich nicht glaube, sind Sie auch nicht schlechter dran als jetzt. Also nur Mut, mein Freund! Sie haben nichts zu verlieren, aber alles zu gewinnen.«

Auguste tat einen Seufzer. »Wenn es nur so einfach wäre. Monsieur Daffis ist ein wohlhabender und hochangesehener Mann. In seinen Augen bin ich nur ein Koch! Und ich weiß nicht, ob ich eine Zurückweisung hinnehmen könnte.«

»Von wegen nur ein Koch!« Sarah leckte ihren Löffel ab. »Sie sind ein Künstler!«

»Mag sein, aber zollt man unsereinem deshalb Respekt? Monsieur Daffis speist gelegentlich hier und wurde schon mehrmals Zeuge, wie ich nach Lourdins Pfeife tanzen muss. Zum Beispiel, wenn ich zu lange mit den Gästen rede.« Unauffällig wies er mit dem Kopf in Richtung Tresen, von wo aus der Restaurantbesitzer ihm bereits missbilligende Blicke zuwarf.

Sarah nickte. »Ich begreife. Aber ich denke, dafür gibt es eine Lösung.«

»Welche?«

»Sie müssen sich selbständig machen! Wenn Sie erst Ihr eigener Chef sind, wird der Herr Verleger Sie akzeptieren.«

4

DER DIENSTAG war gekommen. Erschöpft, aber nicht glücklich, sank Paul zurück auf das Bett, und als er unter der Decke sein Spiegelbild sah, nackt in Dora Blankensteins Armen, fiel ihm unwillkürlich sein Konfirmationsspruch ein: »Ist es auch köstlich gewesen, so war es doch Mühe und Arbeit …«

Mit einem Seufzer schloss er die Augen. Was hatte er in diesem Bett verloren?

Wie so oft nach der alldienstäglichen Umarmung überkam ihn eine unerklärliche, abgrundtiefe Trauer, und er hatte nur noch das Bedürfnis, so rasch wie möglich aus diesem Bett herauszukommen und zu verschwinden. Aber das ging nicht, Dora war immer noch zärtlich gestimmt und übersäte ihn mit Küssen, und er müsste ein Schuft sein, sie in diesem Zustand zurückzulassen.

Während er überlegte, wie er sich verabschieden könnte, ohne ihre Gefühle zu verletzen, zauberte sie unter dem Kopfkissen eine goldene Taschenuhr hervor.

»Damit du jede Minute weißt, wie sehr ich dich liebe.«

Aufgestützt auf beide Ellbogen, starrte er die Uhr an, als wäre sie Evas Apfel.

»Das … das kann ich nicht annehmen!«

»Aber warum denn nicht?«

»Das weißt du doch, du überhäufst mich derart mit Geschenken, dass es mich beschämt.«

»Beschämt? Was für ein Unsinn! Nichts bereitet mir so viel Freude, wie dich glücklich zu machen.« Während sie ihn sanft wieder auf das Kissen drückte, ließ sie den Sprungdeckel aufschnappen. »Das ist eine Repetieruhr. Jedes Mal, wenn sie sich meldet, wirst du an mich denken.« Sie betätigte einen Mechanismus, und die Uhr fing an zu rasseln. »Spürst du, wie sehr ich dich liebe?«

Dabei blickte sie ihn so glücklich an, dass ihm nichts anderes übrigblieb, als ihr Geschenk anzunehmen.

»Ach Dora, so viel Liebe verdiene ich ja gar nicht.«

Er drehte den Kopf zur Seite. Doch sie schaute ihn weiterhin an, aus allen Spiegeln, mit denen Wände und Decke ihres Boudoirs verkleidet waren, von oben und unten, von vorn und von hinten, von links und von rechts, als wolle sie ihn nie mehr aus ihrem Blick entlassen. Es war zum Verzweifeln. Die Liebe, die Dora für ihn empfand, er konnte sie nicht erwidern, und schlimmer noch, je mehr sie ihn mit ihrer Liebe überhäufte, umso mehr hatte er das Gefühl, daran zu ersticken. Gleichzeitig wusste er sich zutiefst in ihrer Schuld. Er hatte ihr sein ganzes Glück zu verdanken, nicht nur seine Ehe, die seiner Familie das Leben ermöglichte, das sie heute wieder führte, sondern auch die Aufträge für die Firma sowie seine politische Karriere. Dass sie ihm ihre Liebe, die er nicht für sie empfand, wieder und wieder bewies, war ihm zu einer so erdrückenden Last geworden, dass er schon mehrere Male versucht hatte, ihr Verhältnis zu beenden – nicht nur um seinet-, auch um ihretwillen! Aber alle Versuche waren an ihr abgeprallt. Um mit ihr zu brechen, müsste er ihr den größtmöglichen Schmerz zufügen, den er ihr nur zufügen konnte, und ihr sagen, dass er sie nicht liebte, sie nie wirklich geliebt und sich nur auf sie eingelassen hatte, um eine andere Frau zu vergessen, deren Liebe schon vergeben war. Aber das brachte er nicht übers Herz.

Mitfühlend strich sie ihm über den Kopf. »Du denkst gerade an deinen Sohn, nicht wahr?«

»An Friwi? Ja, ja, natürlich, das … das auch.«

Ihr Missverständnis beschämte ihn noch mehr. Nein, so ging es nicht weiter! Er musste endlich reinen Tisch machen!

»Erdmute«, setzte er an, »ich – ich meine, es war eine so schwere Geburt, sie hätte dabei fast das Leben für unser Kind gelassen. Sie hat es einfach nicht verdient, dass ich sie hintergehe.«

»Mein wunderbarer Liebling.« Dora beugte sich über ihn, um ihn für seine Worte mit einem weiteren Kuss zu belohnen. »Du bist ein so anständiger Kerl. Aber von Hintergehen kann keine Rede sein. Erdmute hat dich so wenig aus Liebe geheiratet wie du sie. Das weiß niemand besser als ich. Und du – du weißt es doch auch!«

Ja, das wusste er. Dora war ihre Freundin und hatte sie mit Paul zusammengeführt, damit sie nicht länger als Witwe ihr Dasein fristen musste. »Sie hat das Geld, er den Status« – wie bei so vielen anderen Paaren auch war das die Formel gewesen, unter der sie ihr

Bündnis geschlossen hatten. Darum nahm Erdmute auch keinen Anstoß an seinem Verhältnis mit Dora, noch zeigte sie Interesse an der körperlichen Seite der Ehe, im Gegenteil, schon in der Hochzeitsnacht hatte sie ihm das Versprechen abgenommen, von allen ehelichen Pflichten entbunden zu sein, sobald sie einen Sohn und Statthalter geboren hatte.

»Trotzdem«, sagte er. »Ich habe ein schlechtes Gewissen. Auch wegen Friwi.«

Mit ernster Miene schüttelte Dora den Kopf. »Was Friwi angeht, so wird er niemals zwischen uns stehen. Das schwöre ich dir. Ich habe keine Kinder, und ich werde nie welche haben, du weißt ja, warum. Und deshalb werde ich Friwi immer so lieben, als wäre er auch mein Sohn. Und irgendwie ist er das ja auch, er ist ja ein Teil von dir.«

»Bitte, Dora! Hör auf, so zu reden!«

»Aber warum denn? Es ist doch die Wahrheit!«

»Nein, das ist es nicht. Es ist falsch, ganz und gar falsch. Und wenn du ehrlich bist, wirst du mir beipflichten.«

Während er sprach, zuckte es um ihren Mund, und fast flehentlich schaute sie ihn an. Doch als er ihrem Blick standhielt, verhärtete sich ihre Miene.

»Ich hätte nicht gedacht, dass du so undankbar sein könntest.«

»Aber das bin ich nicht. Ich weiß doch, was ich dir verdanke. Ohne dich und deinen Mann wäre ich ein Nichts!«

Sie packte sein Kinn, damit er ihr in die Augen schauen musste.

»Weißt du das wirklich?«

»Natürlich. Aber … aber wir können so nicht mehr weitermachen. Es geht einfach nicht …«

Statt zu antworten, bohrte sie ihren Blick immer weiter in ihn hinein. Doch so schwer es ihm fiel, hielt er abermals stand. Es musste sein. Jetzt oder nie!

»Nun gut, wie du meinst.« Sie ließ ihn los und kehrte ihm den Rücken zu.

Eine Weile lagen sie schweigend so da.

»Dann hast du sicher auch kein Interesse an meiner Idee«, sagte Dora irgendwann, als er das Schweigen kaum noch ertrug.

»Was für eine Idee?«

»Für den Kurfürstendamm. Wie du Bewegung in die Sache bringen kannst. Ich habe mir nämlich was überlegt.«

Er biss sich auf die Lippe. Natürlich wollte er wissen, was sie sich überlegt hatte, er brauchte dringend eine Idee, um den Knoten zu durchschlagen. Aber sosehr er sich den Kopf zermartert hatte, wie das Lieblingsprojekt des Kanzlers sich finanzieren ließe, nichts war ihm eingefallen, was Aussicht auf Erfolg haben könnte.

»Damit du nicht in Ungnade bei Bismarck fällst«, fuhr Dora fort. »Du weißt ja, die Größe des Menschen ist seine Fallhöhe.«

War das eine Drohung? Ein Cousin Doras, der das Ohr des Kanzlers hatte, hatte ihn als Sonderbeauftragten für Bismarcks Prachtstraße vorgeschlagen. Ein Wort von ihm würde genügen, dass Paul den Posten wieder verlor.

Doch statt auf die Drohung einzugehen, sagte er nur: »Ich weiß, du willst das Beste für mich. Aber ich muss endlich lernen, auf eigenen Füßen zu stehen und meine Probleme selber zu lösen. Sonst … sonst …«

»Sonst was?«

»Sonst kann ich nicht länger in den Spiegel schauen.«

Er schloss die Augen. Wieder entstand ein langes Schweigen. Und wieder war es Dora, die es brach.

»Übrigens, bevor ich's vergesse – dein Schwager hat uns kürzlich besucht.«

»Hugo Lebsanft?« Paul war alarmiert. »Bei euch zu Hause?«

»Ja, er besteht darauf, für die Irrenanstalt in Dalldorf ein Angebot zu machen. Und ich muss leider sagen, seine Offerte fällt weit vorteilhafter aus als deine.«

Paul spürte, wie sich ihm die Kehle zuschnürte.

»Und – was hat dein Mann dazu gesagt?«

»Angesichts der Konditionen sah er sich genötigt, den Auftrag an die Firma Gumbrecht & Cie. zu vergeben«, erwiderte Dora. »Ich sah leider keine Möglichkeit, ihn daran zu hindern.«

Paul stöhnte leise auf.

»Reingefallen!« Lachend warf Dora sich zu ihm herum und schlang die Arme um ihn. »Glaubst du wirklich, ich könnte dich verraten? Wie schlecht du mich doch kennst!« Sie gab ihm einen Kuss, dass ihm Hören und Sehen verging. Doch als er ihren Kuss erwiderte, ließ sie von ihm ab und setzte sich auf. »So, und jetzt hör zu, was ich mir für dich überlegt habe. Ich bin sicher, Bismarck wird sofort begreifen, welche Chance darin steckt.«

5

DIE RMS *Empress of India* war das modernste Passagier- und Postschiff der Cunard Reederei, ein fünfundsechzig Meter langer und sechzehn Meter breiter Raddampfer mit zusätzlicher Takelage, der bei gutem Wind und ruhiger See mit seinen Zweimastsegeln sowie einer Maschinenleistung von vierhundertvierzig Pferdestärken eine Höchstgeschwindigkeit von neun Knoten beziehungsweise siebzehn Kilometern in der Stunde erreichte. Anlässlich der Proklamation Königin Victorias zur Kaiserin von Indien erbaut, war sie vor einem Vierteljahr vom Stapel gelaufen, um die Teilnehmer an dem Staatsakt in Delhi auf die denkbar komfortabelste Weise in die ferne Kolonie und im Anschluss an die Feierlichkeiten wieder zurück zum Mutterland zu befördern. Zweihundert Mann war die Besatzung stark, von der allerdings nur ein Drittel mit der Führung des Schiffes betraut war. Die übrigen Mitglieder der Crew kümmerten sich ausschließlich um das Wohl der einhundertfünfzig Passagiere, damit diese an Bord des Schiffes denselben Luxus genießen konnten wie in einem erstklassigen Hotel oder bei sich zu Hause, angefangen mit den Angeboten zum Frühsport am Morgen über literarische und musikalische Darbietungen im Verlauf des Tages bis hin zum Galadiner am Abend mit anschließender Möglichkeit zum Tanz.

Von den mannigfachen Annehmlichkeiten und Verlustierungen konnte Vicky allerdings keinen Gebrauch machen. Vor zwei Tagen war die *Empress of India* in schwere See geraten. Seitdem hob und senkte sich das Schiff und neigte sich dabei gleichzeitig auf so beängstigende Weise mal zur einen, dann zur anderen Seite, als wolle es sich nie wieder aufrichten, mit der Folge, dass Rupert die Reise liegend über sich ergehen lassen musste und trotz der strikten Bettruhe außerstande war, das wenige an Nahrung, das er überhaupt zu sich zu nehmen vermochte, dauerhaft bei sich zu behalten. Aschfahl im Gesicht, die Wangen eingefallen, kämpfte er gegen die Übelkeit an, so kraftlos und matt, als liege er bereits auf den Tod.

Vicky versuchte, ihm ein wenig Kamillentee einzuflößen. »Bereust du es, dass du die Reise auf dich genommen hast?«, fragte sie. Ihren Mann so leiden zu sehen tat ihr in der Seele weh.

Rupert schaffte es kaum zu lächeln, doch seine braunen Augen, die in dem bleichen Gesicht noch viel größer wirkten als sonst, leuchteten. »Allein deine Freude bei der Feier war die Reise wert. Und dann die Kinder. Was werden sie Augen machen, wenn sie sehen, was wir ihnen mitgebracht haben.«

»Ach, Rupert ...« Sie beugte sich über ihn küsste ihn auf die schweißnasse Stirn. »Ich weiß doch, das hast du nur für mich getan.«

»Von wegen! Du hast ja keine Ahnung, was für einen Egoisten du geheiratet hast.«

Vicky musste lachen. »Du und Egoist?«

»Warte nur ab, bis wir wieder in London sind. Dann bekommst du die Rechnung präsentiert.«

»Welche Rechnung?«

»Hast du das wirklich vergessen?«, fragte er mit gespielter Empörung. »Du hast versprochen, mich künftig zu allen Premieren von

Gilbert-und-Sullivan-Opern zu begleiten. Kann es einen größeren Liebesbeweis geben?«

6

NEIN, EINE Schönheit war Delphine Daffis nicht, kein Mann drehte sich nach ihr um, als Auguste an diesem nasskalten Wintertag mit ihr am Arm durch den Jardin du Luxembourg spazierte. Aus ihrem runden Allerweltsgesicht blickten zwei allzu kleine Äuglein, die ihr im Zusammenspiel mit der spitzen Nase etwas Maushaftes verliehen, ihr Haar war ein dichtes braunes Gestrüpp, das sie mühsam mit einem Knoten bändigte, und ihr gedrungener Körper war so massig geraten, dass sie ihn unter wallenden Gewändern verbarg. Doch was ihr an äußeren Vorzügen fehlen mochte, machte sie mit ihren inneren Gaben mehr als wett. Denn Delphine verfasste Gedichte, und eines davon, *Sprache der Poesie* betitelt, würde demnächst sogar in einem Almanach erscheinen, den ein Freund ihres Vaters als Herausgeber betreute. Und das beeindruckte Auguste fast so sehr wie das Ansehen, das ihre Familie in der Gesellschaft genoss.

»Würden Sie mir die Freude machen, mir Ihre Verse vorzutragen?«

Delphine errötete. »Möchten Sie sie denn wirklich hören?«

»Wie können Sie nur fragen? Sie würden mich glücklich machen!«

»Sie bringen mich in Verlegenheit. Es sind doch nur recht bescheidene Versuche, mein Freund.«

»Aber wenn man Ihr Gedicht abdrucken will! Bitte, meine liebe Freundin!«

»Na gut. Aber nur, weil Sie mich so drängen.«

Sie atmete einmal tief durch, dann hob sie zu ihrem Vortrag an.

Will Enges dir die ew'ge Kraft umschließen,
Tritt in den Wald, wo Lieder frei regieren,
Die hohen Wipfel Geistersprache führen,
Mit Säuseln dich des Lebens Zungen grüßen.

Die Erde, die dich ängstigst, dir versüßen
Woll'n sanfte Blumen; recht dein Herz zu rühren,
Woll'n sie der Bäche Leben flüssig zieren,
Als tausendfache Farbenstrahle sprießen.

So auch ist Poesie, mächtig und kindlich,
Sie hebt dich aus dem irdischen Gewühle
Zu dem erhab'nen, gottverwandten Schweigen.

Der letzte Vers verhallte mit dem Krähen eines Raben, der sich vom kahlen Geäst eines Baumes in den Winterhimmel aufschwang. Mit sehnendem Blick verfolgte Delphine seinen Flug, bis er sich in dem Wolkengrau verlor, dann drehte sie sich zu Auguste herum, die kleinen Augen übervoll von Erwartung.

Der war so ergriffen, dass er keine Worte fand. Also stieß er nur ein »Ach!« hervor und küsste stumm ihre Hand.

Ob er sie wohl auch so beeindrucken konnte wie sie ihn?

»Ich trage mich mit dem Gedanken, mich selbständig zu machen«, sagte er. »Was halten Sie davon?«

Im selben Moment fiel alle Poesie von Delphine ab. »Aber das ist ja ganz wunderbar! Wissen Sie schon, wann und wo?«

»Nein. Ich sondiere noch verschiedene Möglichkeiten. Aber ich bin fest entschlossen, es zu wagen. Vorausgesetzt natürlich, meine Pläne finden Ihre Zustimmung. Weil – Sie … Sie wissen ja, warum …«

»Sie ahnen ja nicht, wie glücklich es mich macht, dass Sie nach meiner Zustimmung fragen!« Sie strahlte über das ganze runde Gesicht. »Natürlich haben Sie die – ich könnte mir nichts Schöneres denken, als zusammen mit Ihnen … Ach«, unterbrach sie sich, »wenn ich meinem Vater sage, dass Sie sich etwas Eigenes aufbauen, muss er einwilligen! – Und was Ihre Pläne betrifft, so habe ich vielleicht sogar eine Idee«, fügte sie in ihrer praktisch-tüchtigen Art hinzu, die

Auguste noch mehr beeindruckte als ihre Fähigkeit, Verse zu schmieden. »Wie wäre es, wenn man so ein Restaurant mit einer kleinen Privatpension verbindet? Nur drei, vier Zimmer, die aber *picobello*. Die Betreuung der Gäste wäre meine Aufgabe, auf diese Weise hätte ich auch einen Platz in Ihrem Reich.«

Auguste hob die Brauen. »Logieren und speisen unter einem Dach? Beides auf hohem Niveau?« Leise pfiff er durch die Zähne. »Das wäre etwas Neues!«

Delphine wurde ganz rot im Gesicht. »Sie müssen meinen Vater um meine Hand bitten. So schnell wie möglich.«

Sie schaute ihn so verliebt an, dass er sie einfach lieben musste.

»Versprochen!«, sagte er. »Bei der allernächsten Gelegenheit.«

7

ALS JÜNGSTER Abgeordneter der Nationalliberalen hatte Paul zu Beginn seiner politischen Karriere wie jeder Anfänger auf einer der hinteren Bänke im Reichstag Platz nehmen müssen. Doch es war ihm rasch gelungen, auf sich aufmerksam zu machen, nicht nur in seiner Fraktion, auch im Parlament. Nach seiner Jungfernrede über die Bauwirtschaft als Motor der nationalen Konjunktur hatte er auf Vorschlag seines Fraktionsvorsitzenden Aufnahme in die »Reichstagsbaucommission« gefunden, die sich mit der Planung und Errichtung eines neuen Parlamentsgebäudes befasste und deshalb die besondere Aufmerksamkeit von Kanzler Bismarck genoss. Obwohl seit der Reichsgründung schon sechs Jahre vergangen waren, tagte der Reichstag immer noch in einem Provisorium in der Leipziger Straße, in dem zuvor die Königliche Porzellanmanufaktur ihren Sitz gehabt hatte – ein Übelstand, der weder mit der Würde des Hohen Hauses noch mit der gewachsenen Bedeutung Deutschlands in der Welt vereinbar war.

Über hundert Architekten hatten sich an dem von der Regierung ausgeschriebenen Wettbewerb beteiligt. Ein Baumeister aus Gotha namens Ludwig Bohnstedt war daraus als Sieger hervorgegangen. Sein Entwurf eines symmetrischen, machtvollen Kuppelbaus fand sowohl bei der Commission als auch in der Öffentlichkeit große Zustimmung, doch konnte er nicht realisiert werden, weil es an einem geeigneten Grundstück fehlte. Auf dem ursprünglich für den Neubau vorgesehenen Areal am Königsplatz stand das Palais eines steinalten polnischen Grafen, der sich jedoch weigerte, den Platz zur Verfügung zu stellen – »nur mit den Füßen voran« werde er sein Palais verlassen. Und ein anderer, verfügbarer Standort stieß sowohl beim Kaiser als auch beim Kanzler wegen allzu großer Nähe zum Stadtschloss auf Ablehnung – das Gebäude dort zu errichten wäre einer unzulässigen Aufwertung des Parlaments gleichgekommen.

In dieser verfahrenen Situation hatte Paul Kontakt mit dem Sohn des polnischen Grafen aufgenommen, und dieser hatte seine Bereitschaft signalisiert, im Falle des Ablebens seines Vaters das Grundstück für den Reichstagsbau freizugeben. Und da dieses Ableben in aller Wahrscheinlichkeit alsbald erfolgen würde, hatte Pauls Initiative bei allen Fraktionen so starken Beifall gefunden, dass auch Bismarck von seiner Existenz Notiz genommen hatte, und es hatte nur noch der Fürsprache von Dora Blankensteins Cousin bedurft, damit der Kanzler ihn zum Sonderbeauftragten für sein Lieblingsprojekt ernannt hatte, die Prachtstraße zwischen dem Jagd- und dem Stadtschloss des Kaisers. Seitdem war Paul in die zweite Reihe seiner Fraktion aufgerückt, von wo aus er nunmehr die Parlamentsdebatten verfolgte.

Hätte er sich träumen lassen, je solche Höhen zu erklimmen, als er vor wenigen Jahren noch im Berliner Untergrund wühlte, um Rohre für die Kanalisation zu verlegen?

Auf der Tagesordnung der heutigen Reichstagssitzung stand die seit Jahren schwelende Orientkrise, die unlängst mit lautem Knall zum Ausbruch gekommen war. Russland hatte dem Osmanischen Reich den Krieg erklärt – angeblich, um als Schutzmacht aller auf dem Balkan lebenden Christen diese vom Joch der jahrhundertelangen muselmanischen Unterjochung zu befreien. Tatsächlich aber verfolgte der Zar das Ziel, auf diese Weise die slawischen Völker in einer panslawischen Bewegung hinter sich zu einen, um Russland als europäische Großmacht zu etablieren. Das aber bedeutete Gefahr für den Frieden auf dem ganzen Kontinent – mit seinen komplizierten, sich immer wieder aufs Neue verschiebenden Kräfteverhältnissen war Europa ohnehin ein Pulverfass, und der Krieg auf dem Balkan hatte das Zeug, es zur Explosion zu bringen.

Trotzdem schaffte Paul es nicht, sich auf die Debatte zu konzentrieren. Bismarck hatte ihn im Anschluss an die Plenarsitzung zum Rapport zitiert. Jetzt konnte er nur hoffen, dass Doras Idee beim Kanzler verfing. Dabei würde es nicht nur auf seine Argumente ankommen, sondern auch auf Bismarcks Laune. Der Kanzler war ein impulsiver Mann – wenn er missgestimmt war, konnte kein Argument der Welt ihn überzeugen.

Unwillkürlich wanderte Pauls Blick zur Regierungsbank. Wie immer saß Bismarck da wie sein eigenes Denkmal: groß, breit, unerschütterlich – mit jedem Zoll der »eiserne Kanzler«, als den seine Anhänger ihn bewunderten und seine Gegner ihn hassten. Mit keiner Regung seiner Miene gab er preis, welche Gedanken hinter seiner mächtigen Stirn arbeiteten, während in der »Quatschbude«, wie er das Parlament einmal voller Verachtung genannt hatte, die Wellen immer höherschlugen. Doch es konnte keinen Zweifel geben, dass der Verlauf der Debatte alles andere als erfreulich für ihn war. Gleich mehrere Vertreter von Industrie und Landwirtschaft nahmen den Krieg auf dem Balkan zum Anlass, um Bismarcks Freihandelspolitik in Frage zu stellen. In allen Ländern Europas, so ihre Klage, bereite man die Umstellung vom Freihandels- auf ein Schutzzoll-System vor, um der seit dem Gründungskrach von 1873 stagnierenden eigenen Volkswirtschaft auf die Beine zu helfen – wann werde Deutschland endlich ihrem Beispiel folgen? Gerade in Zeiten drohender militärischer Auseinandersetzungen sei es die Aufgabe des Staates, den heimischen Markt vor der Überflutung mit billiger Auslandsware zu schützen. Damit nicht genug, kritisierten Abgeordnete sowohl der Konservativen als auch der Nationalliberalen Partei, auf deren Unterstützung der Kanzler bei jeder Abstimmung angewiesen war, dessen hartnäckige Weigerung, Deutschlands Wohl und Ruhm durch den Erwerb von Kolonien zu mehren, wie es England immer energischer tat und inzwischen auch Frankreich, das nach dem verlorenen Krieg gegen Preußen wieder zu alter Größe zu gelangen trachtete und sich deshalb gerade in Tunesien breitmachte.

»Ohne Schutzzölle und ohne Kolonien wird Deutschland zum kranken Mann Europas!«, scholl es Bismarck entgegen.

Entsprechend übellaunig empfing der Kanzler Paul in seinem Bureau. Ohne ihm einen Platz anzubieten, ließ er sich über den Stand der Dinge informieren, und Paul hatte noch nicht ausgesprochen, da ließ Bismarck seinen ganzen Unmut an ihm aus.

»Warum kommen Sie in unserer Sache nicht voran? Der Boulevard ist keine Spielerei, sondern ein Politikum höchsten Ranges. Es gilt, vor den Augen der Welt zu demonstrieren, dass die Hauptstadt des Deutschen Reichs die kraftvollste und am stärksten wachsende Metropole Europas ist. Ich kann deshalb nicht dulden, dass unser Vorhaben am fehlenden Geld scheitert. Doch Sie haben nichts vorzuweisen! Inzwischen frage ich mich, ob Sie der richtige Mann sind. Kann es sein, dass wir Sie überschätzt haben?«

Seine in tiefen Tränensäcken liegenden Augen blickten so bedrohlich, dass Paul sich fühlte wie ein Schüler, dessen Versetzung in höchstem Maße gefährdet ist.

War das sein politisches Ende?

Er wusste, Bismarck respektierte einen Mann nur, wenn er Stärke zeigte. Also nahm er seinen ganzen Mut zusammen.

»Um Bewegung in unsere Sache zu bringen, würde ich Ihnen gern eine Idee vortragen.«

»Eine Idee?«, wiederholte der Kanzler. »Ich brauche keine Idee! Ich brauche Geld! Es muss doch möglich sein, die nötigen Mittel aufzutreiben! Schließlich handelt es hier um eine Frage von nationalem Interesse!«

»Ich habe alle Möglichkeiten geprüft. Doch leider stößt das Projekt nicht auf den erhofften Widerhall. Überall heißt es, das Risiko sei zu groß! Und da Sie ja die Direktive ausgegeben haben, zur Finanzierung des Projekts ausschließlich private Investoren …«

»Wollen Sie etwa mir die Schuld für Ihr Versagen in die Schuhe schieben? Das ist ein starkes Stück!«

»Das würde ich niemals wagen, Durchlaucht. Ich möchte nur sagen …«

»Dann sagen Sie es doch endlich!«

»Sehr gern. Voraussetzung dafür wäre allerdings, dass Sie mich ausreden lassen!«

Bismarck riss einmal kurz die Augen auf, und Paul machte sich darauf gefasst, dass der Kanzler explodierte und ihn rauswarf. Doch das tat er nicht. Er schüttelte nur einmal unwillig seinen schweren Schädel, dann forderte er ihn mit einer Handbewegung auf weiterzusprechen.

Paul atmete auf. Es hatte funktioniert.

»Die Idee ist im Grunde ganz einfach«, erklärte er. »Wenn der Boulevard in Deutschland keine Unterstützung findet, muss man äußeren Druck erzeugen.«

»Wie soll das gehen?«

»Indem wir ausländische Investoren für unsere Sache gewinnen. Und ich bin guter Dinge, dass das gelingt. Denn es besteht kein Zweifel, dass der Boulevard, einmal fertiggestellt, hohe Renditen abwerfen wird. Auch wenn deutsche Investoren das bis jetzt noch nicht begreifen!«

Erwartungsvoll blickte er Bismarck an. Doch statt zu antworten, fuhr der sich mit seiner großen, behaarten Hand über die Halbglatze, dann zupfte er an seinem buschigen Schnauzbart, dessen Enden so freudlos herunterhingen wie seine Mundwinkel.

Immerhin, der Kanzler dachte nach.

»Ja, das könnte funktionieren«, sagte er schließlich. »Was für Investoren haben Sie im Auge? Russen, die nicht wissen, wohin mit ihrem Geld? Oder Dollar-Amerikaner?«

»Ich dachte eher an englische Geldgeber«, erwiderte Paul. »Im Unterschied zu deutschen Bankiers und Unternehmern sind sie bereit, Risiken einzugehen – Finanzspekulationen sind auf der Insel ja fast ein Volkssport.«

»Kein dummer Gedanke.«

»Ergebensten Dank. Aber es kommt noch ein zweiter Aspekt hinzu – die innenpolitische Wirkung. Eine Beteiligung Großbritanniens könnte nicht nur deutsche Investoren aus ihrem Dornröschenschlaf wecken, sondern auch auf den Kaiser Eindruck machen. Seine Majestät ist ja mit Königin Victoria verwandt, seine Schwiegertochter, die Gemahlin von Kronprinz Friedrich, ist deren Tochter.«

Wieder strich der Kanzler sich über die Halbglatze, doch diesmal glaubte Paul ein Schmunzeln hinter seinem Schnauzbart zu erkennen.

»Respekt, junger Mann«, brummte Bismarck. »Wenn Sie so weitermachen, kann mal ein brauchbarer Politiker aus Ihnen werden. – Also gut, wir werden Ihren Vorschlag aufgreifen. Haben Sie Kontakte auf der Insel?«

Überrascht von der unverhofften Frage, zögerte Paul einen Moment.

»Ja«, sagte er dann. »Ich werde noch heute ein Telegramm nach London absetzen.«

8

NUR NOCH eine einsame Gaslampe brannte im Speisesaal des Petit Moulin, längst hatten die Gäste das Restaurant verlassen, und auch die Küchenbrigade hatte sich zur Nacht verabschiedet. Nur noch Auguste und sein Chef waren in dem leeren Lokal zurückgeblieben. Der Grund war ein Streit grundsätzlicher Natur, der schon seit einiger Zeit zwischen ihnen schwelte.

»Ein Menü besteht aus zwei bis drei Dutzend Gängen«, erklärte Lourdin. »Das war so, das ist so, und das wird immer so bleiben!«

»Aber nicht mit mir!«, erwiderte Auguste. »Wissen Sie, was heute allein an Tisch vier serviert wurde? Ich weiß es noch auswendig: Hummercocktail, Kraftbrühe, Austernpastete, gemischte Vorspeisen, russischer Salat, Seezunge, Lachs, Schnepfe im Reisrand, gedämpftes Huhn, gefüllter Fasan, Halbgefrorenes, garniertes Kalbsnierenstück, gespickte Rinderlende, Yorker Schinken, noch mal Halbgefrorenes, Ochsenzunge mit verschiedenen Gemüsen, Rehrücken mit Kompott, zum dritten Mal Halbgefrorenes, Hirschragout, Wildschweinschnitte, Ananasbombe, Erdbeersorbet, Schweizer Törtchen, Sahneeis, Käseplatte, Früchte, Kaffee, Pralinenauswahl, Cognac …«

»Sie haben die Zigarren vergessen«, lachte Lourdin und strich sich zufrieden über die Enden seines Knebelbarts. »Die Rechnung war ein Genuss.«

»Von wegen Genuss!«, fiel Auguste ihm ins Wort. »So was ist Völlerei – eine Sünde wider den guten Geschmack!«

»Aber ein Segen fürs Geschäft! Oder haben Sie etwas Besseres zu bieten?«

»Allerdings. Einfache, leicht verdauliche Menüs, mit höchstens sieben Gängen. Davon aber jeder einzelne ein Kunstwerk.«

»Nur sieben Gänge?« Lourdin verzog das Gesicht. »Wollen Sie mich ins Armenhaus bringen?«

»Begreifen Sie doch! Die Völlerei ist der Erzfeind jeder guten Küche! Bei dreißig Gängen kann ich unmöglich die Qualität garantieren, auf die unsere Gäste Anspruch haben. Abgesehen davon schaden solche Unmengen von Speisen dem Wohlbefinden. Dreißig Gänge kann man nur mit Gewalt und in Überwindung des Brechreizes in sich hineinstopfen!«

»Dann verwenden Sie einfach mehr Kümmel. Das fördert die Verdauung und steigert den Appetit – jeder Küchenjunge weiß das!«

»Ist das Ihr Ernst? Kümmel? Wozu haben Sie mich dann engagiert? Ich hatte Ihnen versprochen, aus Ihrem Restaurant das beste von ganz Paris zu machen. Aber mein Versprechen kann ich nur halten, wenn Sie mir freie Hand lassen.«

»Ich pfeife auf Ihr Versprechen. Ich bin vollkommen zufrieden, so, wie es ist. Wir sind jeden Abend ausgebucht. Was will ich mehr?« Lourdin nahm Hut und Stock und wandte sich zur Tür. »Gute Nacht. Und vergessen Sie nicht, das Licht auszumachen.«

Auguste hätte am liebsten auf der Stelle gekündigt. Aber bis er ein eigenes Restaurant hatte, musste er im Petit Moulin ausharren. Oder er riskierte, nicht nur seine Anstellung, sondern auch Delphine zu verlieren.

»Bis morgen«, knurrte er.

Während Lourdin das Lokal verließ, trat Auguste hinter den Tresen und inspizierte die angebrochenen Flaschen. Obwohl er so gut wie nie Alkohol trank, brauchte er jetzt einen Schluck. Er schenkte sich ein Glas Wein ein und stürzte es in einem Zug hinunter, danach ein zweites und ein drittes. Doch die erhoffte Wirkung stellte sich nicht ein. Als er ins Freie trat, war er immer noch so erregt, dass er kaum würde schlafen können.

Statt nach Hause ging er in das Petit Coin, das einzige Bistrot in der Rue de Paradis, das so spät noch geöffnet hatte. Hoffentlich war keiner von seinen Köchen da, es würde einen schlechten Eindruck machen, wenn er sich in der Schnapsbude blicken ließ, er predigte ja immer, Alkohol zu meiden, um die Geschmacksnerven zu schonen, nach der Arbeit solle ein Koch darum lieber ins Bett statt ins Bistrot gehen.

»Oh, der Herr Künstler!«, rief eine Stimme, als er das Bistrot betrat. »Welche Freude zu später Stunde!«

Über den Billardtisch gebeugt, den Queue zum Stoß bereit, grüßte der Verleger Daffis, Delphines Vater. Ausgerechnet! Auguste wollte schon auf dem Absatz kehrtmachen, doch dann besann er sich.

Bei der allernächsten Gelegenheit …

Statt das Lokal zu verlassen, setzte er sich an den Tresen, um sich Mut anzutrinken. Delphines Vater war als der beste Billardspieler im Quartier bekannt. Während er seinen Zuschauern ein paar zirkusreife Kunststücke vorführte, trank Auguste zwei weitere Gläser Wein. Dann wischte er sich den Mund ab und trat an den Billardtisch.

»Sie wünschen?«, fragte der Verleger.

Auguste suchte nach einer möglichst eleganten Formulierung, doch es fiel ihm keine ein. Also platzte er mit der reinen, unverfälschten Wahrheit heraus.

»Ich … ich möchte Sie um die Hand Ihrer Tochter bitten.«

Der Verleger unterbrach nicht mal sein Spiel. »Sie?«, fragte er mit einem Blick über die Schulter. »Sie machen wohl Witze!« Noch während er sprach, produzierte er eine Karambolage, die bei seinem Publikum bewunderndes Staunen auslöste.

Wie ein begossener Pudel stand Auguste da. Es war immer dasselbe, wenn es darauf ankam, stieß man ihn in die Gosse zurück, aus der er gekommen war.

Doch plötzlich hatte er eine Idee.

»Ich verlange Satisfaktion!«, sagte er. »Sie haben meine Ehre beleidigt.«

»Ach so? Habe ich das?« Daffis grinste. »Na dann! Auf Pistolen oder Degen?«

»Weder noch. Ich fordere Sie zu einer Partie heraus!«

»Sie wollen im Billard gegen mich antreten? Na, Sie haben Mut, junger Mann. Um welchen Preis?«

»Dass Ihre Tochter selbst entscheiden darf, ob sie mich zum Mann haben will.«

Der Verleger stutzte, und für einen Moment verschwand das Grinsen aus seinem Gesicht. Doch dann kehrte es auch schon wieder zurück.

»Gut, wenn Sie sich unbedingt blamieren wollen. Ihr Einsatz?«

Auguste zückte sein Portemonnaie, dann legte er eine Münze auf den Tisch.

Daffis runzelte die Stirn. »Was ist das?«

»Ein englischer Penny«, sagte Auguste und nahm einen Queue. »Wenn ich verliere, gehört er Ihnen.«

9 PAUL BETRACHTETE den Penny in seiner Hand. Würde die kleine, glänzende Münze ihm das erhoffte Glück bringen?

Nur einen Tag nachdem er das Telegramm nach London abgesetzt hatte, hatte Vicky geantwortet.

++ VERBINDUNGEN ZU MÖGLICHEN INVESTOREN
VORHANDEN STOP ++ MEIN MANN UND ICH
ERWARTEN SIE STOP ++ BITTE UM MITTEILUNG
IHRER ANKUNFT STOP ++

Am Vorabend war Paul in London angekommen, und nachdem er in einem Hotel unweit von Victoria Station übernachtet hatte, hatte er sich am Morgen gleich nach dem Frühstück, bei dem es seltsamerweise statt Bohnenkaffee und Butterbrot Milchtee und einen pappigen Brei gegeben hatte, in eine Droschke geworfen.

Er hatte das Hotel mit fast leerem Magen verlassen, doch die Fahrt durch die englische Metropole entschädigte ihn doppelt und dreifach für das Frühstück. London war eine gigantische Manifestation menschlicher Schöpferkraft, nicht nur wegen der unermesslichen Größe der Stadt, in der sechs Millionen Menschen zusammenlebten, sondern auch wegen der überwältigenden Vielfalt der Eindrücke. Auf mittelalterliche Quartiere, in deren engen Gassen kaum ein

Fortkommen war, folgten hochmoderne, breit angelegte Straßenzüge mit gepflegten Reitwegen und Pferdebahnen, dreckige Elendsviertel, in denen die Bewohner kaum von den in Lumpen gekleideten Bettlern zu unterscheiden waren, wechselten mit hochherrschaftlichen Wohngegenden ab, deren palastartige Gebäude von märchenhaftem Reichtum zeugten. Dabei schien in London die ganze Welt zu Hause zu sein – nirgendwo sonst hatte Paul je so viele Menschen unterschiedlicher Herkunft und Hautfarbe gesehen, überall auf den Straßen und Plätzen mischten sich exotisch aussehende Männer und Frauen unter das Volk, Inder und Afrikaner, Chinesen und Araber – Abkömmlinge der britischen Kronkolonien. Und überall erhoben sich aus dem Gewusel die imposanten öffentlichen Gebäude, steinerne Sinnbilder der Größe und Bedeutung Englands: das gerade fertiggestellte neugotische Parlament an der majestätisch dahinströmenden Themse, die Kathedralen mit ihrem machtvollen Kuppeln, die Börse und die Bankhäuser, die Museen sowie die Regierungs- und Verwaltungsgebäude, die ganze Stadtbezirke in Anspruch nahmen … Diese Stadt war nicht irgendeine Großstadt, sie war das pulsierende Herz und Zentrum des britischen Empires, das den ganzen Erdkreis umspannte – das einzige wirkliche Weltreich unter den Nationen. Im Vergleich dazu erschien Paul Berlin wie ein Parvenü, der sich im karierten Anzug in eine Gesellschaft des Hochadels verirrt hatte.

Nur die Luft war von Übel, sie war noch schlechter als in Berlin und setzte den Atemorganen so sehr zu, dass Paul während der Fahrt mehrmals husten musste. Der Grund dafür war der Rauch, der in schwarzen Wolken aus den Schornsteinen der Fabriken in den Himmel aufstieg, so dass dieser trotz des Sonnenscheins wie hinter einem Schleier verborgen blieb.

War dies der Preis für die rastlose Betriebsamkeit dieses tüchtigen Volkes?

Ehe Paul es sich versah, war er an sein Ziel gelangt. Das Palais, vor dem die Droschke hielt, war größer und prächtiger als alle Wohnhäuser, die er in Berlin kannte – selbst das Siemens'sche Anwesen war im Vergleich dazu bescheiden.

Als er an der Fassade hinaufblickte, fing sein Herz plötzlich an zu schlagen.

Wie würde das Wiedersehen mit Vicky ausfallen?

Er schloss kurz die Augen, dann steckte er den Glückspenny in seine Westentasche und verließ die Kutsche.

10

ES WAR das erste Mal, dass Vicky ihre zwei Kinder, die dreijährige Claire und den anderthalbjährigen Nigel, in ihr Laboratorium gelassen hatte – Rupert hatte die Idee gehabt, sie sollten ihrer Mutter beim »Zaubern« zusehen. Zu diesem Zweck hatte er für die beiden sogar eine erhöhte Sitzbank aufstellen lassen, eine richtige kleine Tribüne. Mit großen Augen bestaunten sie nun, wie sich auf den Trägerplatten in den vom Rotlicht beschienenen Wannen die Bilder materialisierten, die Vicky in Indien aufgenommen hatte, und sich nach und nach immer deutlicher unter der sich kräuselnden Oberfläche der Lösungsbäder abzeichneten.

»Das sind aber große Kühe«, sagte Claire und zeigte mit ihrem kleinen Finger auf das Bild, das Vicky gerade mit einer Zange in das Fixierbad legte.

»Nein, das sind keine Kühe, das sind Elefanten«, lachte Rupert. »Man erkennt sie an dem Rüssel und den riesigen Ohren. Und die Männer, die auf ihnen reiten, nennt man Maharadschas. Sieh nur, was für große Juwelen und Diamanten sie tragen!«

Während der kleine Nigel, der gerade erst gelernt hatte, »Mama« und »Papa« zu sagen, nichts von alledem begriff, hörte Claire ihrem Vater zu und verfolgte gleichzeitig voller Andacht, wie ihre Mutter immer wieder neue Wunderwelten vor ihren Augen hervorzauberte.

»Und was sind das für Leute?«, wollte sie wissen und zeigte auf eine andere Platte. »Die haben ja gar nichts an!«

»Das sind Fakire«, erklärte Rupert. »Die schlafen nicht wie wir auf Matratzen, sondern auf Nagelbrettern.«

»Tut das denn nicht ganz schlimm weh?«

»Ja, das tut es. Aber die haben das so lange geübt, dass sie keine Schmerzen mehr spüren.«

»Wie geht das?«

»Das weiß ich auch nicht. Aber wir können ja einen Brief nach Indien schreiben und einen Fakir fragen. Was meinst du – wollen wir das tun?«

Claire strahlte über das ganze kleine Gesichtchen. Sie war das Sorgenkind der Familie, ein sehr zartes, oft kränkelndes und darum eigentlich ein eher stilles, in sich gekehrtes Mädchen. Doch Rupert schaffte es immer wieder, ihre ernsten, dunklen Augen zum Leuchten zu bringen. Vicky war zutiefst gerührt, mit welcher Liebe er sie umsorgte – gerührt und gleichzeitig beschämt. Rupert glaubte, er trage die Schuld an der schwachen Konstitution der Kleinen – sein »minderwertiges Erbgut«, wie er sich einmal ausgedrückt hatte, sei dafür der Grund, warum sie nicht so kräftig und gesund war wie andere Kinder. Immer wieder drängte es Vicky, die Lüge aufzulösen, noch gestern Abend, als sie nach der Premiere der neuesten Gilbert-und-Sullivan-Oper zusammengesessen hatten, hatte sie einen Anlauf genommen. Doch wie schon so viele Male zuvor hatte sie es nicht über sich gebracht. Rupert liebte Claire über alles, es würde ihm das Herz brechen, wenn er die Wahrheit erführe.

Es klopfte an der Tür, und gleich darauf erschien Butler O'Brien.

»Ihr Besuch ist da.«

»Besuch?«, fragte Rupert. »Welcher Besuch?«

»Paul Biermann«, erwiderte Vicky. »Mein Bekannter aus Karlsbad – wir hatten telegrafiert. Erinnerst du dich nicht?«

»Ach ja, natürlich, wie dumm von mir.« Rupert gab ihr einen Kuss. »Nun, dann solltest du deinen Gast wohl begrüßen, nicht wahr? Geh nur vor, ich kümmere mich um die Kinder.«

11

EINE ERSTE Ahnung von Frühling lag in der Luft, als Auguste an diesem Märznachmittag den Jardin du Luxembourg betrat, um sich mit Delphine am Medici-Brunnen zu treffen. Die Erde begann wieder zu duften, und in den Bäumen zwitscherten Spatzen, während Kinder unter der Aufsicht von Dienstmädchen im Sand spielten oder auf den Teichen Bötchen schwimmen ließen. Obwohl das Petit Moulin komplett ausgebucht war, war Auguste Delphines Ruf auf der Stelle gefolgt. Sie müsse ihn unbedingt sehen, noch heute, hatte sie ihm in einem per Laufburschen geschickten Brief geschrieben – »es geht um unser Glück und unser Leben, mein Liebster!« Angesichts solcher Dringlichkeit hatte er keine andere Wahl gehabt, als sich über den Willen seines Chefs hinwegzusetzen, der mit Kündigung für den Fall gedroht hatte, dass er seinen Posten verlasse. Mit der Auskunft, er müsse ein sehr schlechter Küchenchef sein, wenn seine Brigade nicht eine Stunde ohne ihn auskäme, hatte er Lourdin stehenlassen.

Delphine wartete bereits vor dem Brunnen. Als sie ihn sah, eilte sie ihm entgegen.

»Sie haben meinen Vater besiegt!«, rief sie. »Ich kann es immer noch nicht glauben. Obwohl er der beste Billardspieler im ganzen Quartier ist!«

»Hat er Ihnen von unserer Partie erzählt?«, fragte Auguste, nicht weniger aufgeregt als sie. »Dann spannen Sie mich nicht auf die Folter!«

Delphine nahm seine Hände und schaute ihn an. »Ich darf selbst entscheiden, ob ich Ihren Antrag annehme.«

Auguste wurde schwindlig. »Und wie … wie lautet Ihre Entscheidung?«

»Wie können Sie nur fragen? Ja, mein Liebster, ich will, tausend- und abertausendmal!« Sie schlang die Arme um ihn, um ihn zu küssen. Doch dann hielt sie inne. »Um Gottes willen! Das hätte ich fast vergessen!« Sie griff in ihren Mantel und reichte ihm einen Brief. »Für Sie.«

Auf dem Kuvert prangte das Signet des Verlagshauses *Daffis & frères.* Mit fliegenden Händen fingerte Auguste ein handgeschriebenes Billet daraus hervor.

Als er die Zeilen las, glaubte er die Glocken von Notre Dame zu hören.

… beehre ich mich mit meiner Frau Gemahlin, Sie, verehrter Monsieur Escoffier, für kommenden Sonntag nach der Messe zu einem Gabelfrühstück in unser Haus einzuladen …

12

DER BUTLER hatte Paul in einen Salon geführt, in dem mehr Grünpflanzen wucherten als in einem Gewächshaus. Während er sein Englisch vom Realgymnasium sortierte, hörte er Schritte, und als er sich umdrehte, stand Vicky vor ihm.

Für einen Moment war es, als wären sie wieder in Karlsbad. Vicky hatte sich kaum verändert: dieselben schwarzen Locken, dieselben türkisfarbenen Augen, derselbe volle rote Mund.

Mein Gott, wie verliebt er in sie gewesen war …

»Paul Biermann, wie er leibt und lebt.« Lachend trat sie auf ihn zu. »Wie schön, Sie wiederzusehen!«

»Die … die Freude ist ganz meinerseits …«

Erst jetzt wurde er gewahr, dass er noch gar nicht den Hut abgenommen hatte, aber bevor er dazu kam, den Fauxpas zu beheben, flog ihm aus dem Nichts ein fauchender kleiner Teufel entgegen. Der landete auf seiner Schulter und riss ihm den Hut vom Kopf, um sich mit keckernden Lauten aus dem Staub zu machen.

»Ein Affe?«, lachte Paul.

»Prinz Ramigami«, erwiderte Vicky. »Wir haben ihn für unsere Kinder aus Indien mitgebracht.«

Er schaute sie fragend an.

Doch sie schüttelte den Kopf. »Nein, nein, mein Mann hatte die Idee. Sehr unvernünftig, ich weiß, aber die Kinder lieben den Faxenmacher.«

Noch während sie sprach, kam ein vielleicht drei Jahre altes Mädchen den Salon.

»Meine Tochter Claire«, sagte Vicky.

Paul bückte sich, um ihr die Hand zu geben, doch statt ihn zu begrüßen, verschwand sie zwischen den Pflanzen, hinter denen der Affe verschwunden war, um gleich darauf mit seinem Hut zurückzukommen.

»Danke«, sagte er, »das ist aber lieb von dir ...«

Als er ihr Gesicht sah, blieben ihm die Worte im Halse stecken. Das Mädchen war Augustes Ebenbild *en miniature*.

Irritiert suchte er Vickys Blick.

Ja, sie hatte gesehen, was er gesehen hatte ...

»Was ... was für ein bezauberndes Kind«, stammelte er. Um die Peinlichkeit zu überspielen, behalf er sich mit einer Floskel. »Ganz die Mama ...«

»Ach ja, finden Sie?«, erwiderte Vicky unsicher. »Die meisten Leute sagen ...«

»... dass Claire ein Papa-Kind ist«, führte eine Stimme den Satz zu Ende. »Was ich als großes Kompliment auffasse.« Ein hochgewachsener, feingliedriger Mann um die dreißig trat lächelnd auf Paul zu. »Mr. Biermann, nehme ich an? – Rupert Watkin«, stellte er sich vor und schüttelte ihm die Hand. »Ich freue mich, Sie kennenzulernen. Meine Frau hat mir von Ihren Plänen erzählt. Ein Boulevard wie die Champs-Élysées für Berlin? Ich kann kaum erwarten, mehr darüber zu erfahren.«

13 O'BRIEN HOB einmal kurz, doch unübersehbar, die Brauen, als der zweite Diener McKenzie zu servieren begann. Vicky hatte keinen Zweifel, was der Grund für das Missfallen des Butlers war: die Kleidung ihres deutschen Gastes. Paul hatte keine Gelegenheit gehabt, sich umzuziehen, also saß er in seinem Glencheck-Anzug am Tisch und nahm sich entsprechend abenteuerlich neben Onkel Georgie aus, der wie stets bei Besuch in Paxton House im Frack bei Tisch erschienen war. »Angemessene Kleidung«, so seine Rede, »ist die Grundvoraussetzung eines zivilen Miteinanders. Menschen, die sich manierlich kleiden, benehmen sich auch manierlicher.«

Obwohl Rupert aus Rücksicht auf den Gast nur einen Smoking trug und aus demselben Grund auch Vicky und ihre Mutter auf eine große Abendgarderobe verzichtet hatten, fühlte Paul sich sichtlich unwohl – immer wieder zupfte er an seinem Anzug, obwohl dieser tadellos saß und ihm ausgezeichnet stand. Aber vielleicht schüchterte ihn die prachtvolle Tafel mit all dem Kristall und Silber und vor allem der protzige Dining Room selbst ein, mit dessen Ausstattung Vickys Großvater einst seinen Gästen imponieren wollte, von den scheußlichen Ölgemälden an den Wänden bis zu den Perserteppichen auf dem Boden, in denen man knöcheltief versank.

Umso dankbarer war Vicky ihrem Mann, dass er Paul mit größter Freundlichkeit begegnete, obwohl er schon seit dem Morgen unter der schlechten Luft litt und ihm der Atem manchmal so knapp wurde, dass ihm das Sprechen schwerfiel. Ja, sie konnte sich wirklich glücklich preisen, diesen Mann gefunden zu haben. Rupert machte Paul sogar Komplimente für sein holpriges Englisch, obwohl Vicky immer wieder für ihn übersetzen musste.

Nur Onkel Georgie zeigte sich gegenüber dem deutschen Gast reserviert. Vor allem Pauls Absicht, englische Investoren für die Finanzierung einer in Berlin geplanten Prachtstraße zu gewinnen, stieß bei ihm auf unverhohlene Ablehnung, die er mit an Unhöflichkeit grenzender Arroganz zum Ausdruck brachte und die ganz und gar nicht zu seinem Frack passte.

»Warum sollte ein solches Vorhaben einen britischen Investor interessieren? Wenn man irgendwo auf der Welt Geld verdienen kann, dann in England. Unsere Wirtschaft ist der Wirtschaft aller anderen Länder haushoch überlegen.«

»Dem ist nicht zu widersprechen«, sagte Paul. »Die Londoner Börse bestimmt den Handel weltweit, damit kann Berlin nicht konkurrieren. Aber unterschätzen Sie nicht die deutsche Ingenieurskunst, sie ist das treibende Element unserer Volkswirtschaft und braucht keinen Vergleich zu scheuen. Die Firma Siemens & Halske hat kürzlich eine Elektrolok vorgestellt, die das Zeug hat, den Verkehr in den großen Metropolen zu revolutionieren. Und Sie sind doch im Eisenbahngeschäft tätig, nicht wahr?«

Onkel Georgie zuckte gelangweilt die Schulter. »Eine Elektrolok mag in Ihrem Berlin ja ganz possierlich sein, wenn Sie den Begriff Metropole tatsächlich für eine preußische Provinzstadt strapazieren wollen. Bei uns in London allerdings wäre sie wohl höchstens für Vergnügungsfahrten durch den Hyde Park zu gebrauchen. Haben Sie schon mit unserer U-Bahn Bekanntschaft gemacht? Sie befördert täglich zigtausend Menschen von einem Punkt der Stadt zum anderen, in rasender Geschwindigkeit. Das ist einmalig – auf der ganzen Welt!«

»Ich hatte leider noch keine Gelegenheit«, erwiderte Paul. »Trotzdem bin ich sicher, dass Elektroloks sich gerade für den Personenverkehr unter Tage als nützlich erweisen könnten. Ihr Einsatz würde das aufwendige Belüftungssystem erübrigen und für viel bessere Luft in den Schächten sorgen, der Rußausstoß der Dampflokomotiven muss ja unerträglich sein.«

Vicky sah, dass Rupert etwas erwidern wollte, doch sein Versuch einer Antwort ging in einem Hustenanfall unter, so dass er nur zustimmend nicken konnte, während er sich sein Taschentuch vor das Gesicht hielt.

»Ich bin beeindruckt, Mr. Biermann«, sagte Onkel Georgie, obwohl seine Miene das Gegenteil besagte. »Laut eigener Auskunft haben Sie unsere U-Bahn noch nie benutzt. Trotzdem wollen Sie mir erklären, was falsch ist an dem System? Das nennt man wohl deutschen Idealismus – Immanuel Kant, Urteile *a priori* und so weiter, nicht wahr? Nun, solche Denkweise ist uns Briten leider fremd. Wir sind praktischer geartet und vertrauen in unserer Schlichtheit lieber auf Vernunft und Erfahrung als auf metaphysische Spekulationen.«

Er nahm sein Glas und prostete Paul zu. Dabei schaute er ihn so verächtlich an, dass Paul, statt den Toast zu erwidern, sich über seinen Teller beugte und mit stummer Beherrschung weiter aß. Für einen Moment war es so still im Raum, dass Ruperts pfeifender Atem zu hören war. Vicky überlegte, wie sie das Gespräch in eine andere Richtung lenken könnte, um das ungute Schweigen aufzulösen, aber sie war so empört über Onkel Georgies Benehmen, dass ihr auf die Schnelle nichts einfiel.

Zum Glück kam Rupert ihr zu Hilfe.

»Ich denke, Mr. Biermanns Idee hat eine Menge für sich«, brachte er, immer noch um Atem ringend, hinter seinem Taschentuch hervor. »Wir sollten diesen Gedanken für das Tunnelprojekt aufgreifen.«

»Tunnelprojekt?«, fragte Paul, sichtlich dankbar für den Themenwechsel.

»Sie haben noch nicht davon gehört? Nun, es gibt Bestrebungen, unter dem Ärmelkanal eine Röhre in den Meeresgrund zu treiben, um unsere Insel mit dem Festland zu verbinden.«

»Was für eine faszinierende Vorstellung!«

»Nicht wahr?«, pflichtete Vickys Mutter bei. »Ein Tunnel für den Zugverkehr. Man wird auf diese Weise in nur wenigen Stunden von London nach Paris reisen, ohne umzusteigen. Ich muss Ihnen den wirtschaftlichen Nutzen nicht erklären. Unsere Eisenbahngesellschaften werden Anschluss an das europäische Eisenbahnnetz erlangen – sowohl für den Personen- als auch für den Güterverkehr. Die

Firma meiner Familie wie auch die meines Schwiegersohns unterstützen das Projekt deshalb mit aller Kraft.«

»Mit aller Kraft vielleicht«, sagte Onkel Georgie. »Aber nicht unbedingt mit vollem Verstand – auf jeden Fall aber ohne meine Zustimmung. Diese Schnapsidee ist nichts anderes als eine Bedrohung unserer Kultur und Tradition. Am Ende wird man in Londoner Restaurants noch Froschschenkel servieren!«

»Das wäre natürlich die denkbar größte Katastrophe«, versuchte Vicky es mit einem Lachen. »Komm, Lieblingsonkel, zieh nicht so ein Gesicht. Was soll unser Gast denken? Dass wir Engländer keinen Humor haben?«

Sie nickte ihm aufmunternd zu, doch er schüttelte den Kopf, mit so grimmiger Miene, dass Vicky unwillkürlich an seinen Freund General Wolseley denken musste.

»Zum Teufel mit Humor!«, knurrte er. »Alles hat seine Grenzen!«

»Was in aller Welt ist heute nur in dich gefahren?«

»Fragst du das im Ernst? Wenn man allem, was mir lieb und teuer ist, das Grab schaufeln will?« Er nahm seine Serviette ab und warf sie auf den Tisch. »Diese ganze Tunnelidee ist Stoff für einen Schauerroman. Nein, danke! Ohne mich!« Damit erhob er sich von seinem Platz.

»Willst du uns etwa schon verlassen?«

»Allerdings! So interessant es sein mag, diesen Schauerroman fortzuspinnen – ich habe leider noch eine Verabredung. Und die Dame ist einfach zu hübsch, als dass ich sie warten lassen dürfte. Ich bitte deshalb, mich zu entschuldigen.«

Onkel Georgie nickte einmal in die Runde, dann rauschte er zur Tür hinaus.

Fassungslos blickte Vicky ihm nach.

»Ich denke, wir nehmen jetzt den nächsten Gang«, wies die Mutter den Butler an.

»Sehr wohl, Ma'am!«

Während O'Brien und McKenzie der Aufforderung folgten, suchte Vicky nach Worten, um sich für das Verhalten ihres Onkels zu entschuldigen. Obwohl Paul vor Erregung rot im Gesicht war, tat er, als wäre nichts geschehen, und bevor sie eine Entschuldigung vorbringen konnte, sagte er: »Mich würde interessieren, wie Sie über einen solchen Tunnel denken, Mrs. Watkin. Verraten Sie mir Ihre Meinung?«

Vicky zögerte. »Nun, ich weiß nicht – offen gestanden habe ich mich mit dem Thema noch nicht näher beschäftigt, auch bin ich, was die finanziellen Aspekte betrifft, kaum im Bilde. Aber vor die Frage gestellt, ob ich selbst lieber unter oder über dem Meer reisen würde – ich glaube, da zöge ich im Zweifelfall die altmodische Überfahrt per Schiff wohl vor.«

»Kann es sein«, fragte ihre Mutter, »dass die Antipathien deines Lieblingsonkels auf dich abgefärbt haben?«

»Nein, das hat nichts mit Onkel Georgie zu tun. Es ist nur die Vorstellung, in einem Zug durch eine interirdische Röhre zu fahren, während über einem die Wellen des Ozeans wogen … Nein, das ist mir doch einigermaßen unheimlich.«

»Das verstehe ich«, lachte Paul. »So etwas hat es ja auch noch nie gegeben, da muss einem ja erst mal angst und bange werden. Aber ich kann Sie beruhigen, es besteht kein Anlass zur Sorge, auf die Ingenieurskunst ist Verlass. Ich erinnere nur an die ägyptischen Pyramiden, die wurden vor Jahrtausenden gebaut und stehen immer noch.«

»Ja, aber die wurden nicht unter dem Ozean errichtet, sondern auf festem Grund und Boden.«

»Da haben Sie recht. Aber bedenken Sie, welche Fortschritte wir seitdem gemacht haben. Was bis vor kurzem noch unmöglich schien, ist heute ganz selbstverständlich. Nehmen Sie nur das U-Bahn-System, von dem wir eben sprachen. Es ist noch nicht lange her, da haben die Menschen geglaubt, ein Eisenbahntunnel führe mitten in die Hölle hinein. Inzwischen untertunnelt man sogar die Schweizer

Alpen, gerade hat man mit dem Gotthard-Tunnel begonnen, unter einem Berg von zweitausend Metern Höhe. – Nein, Mrs. Watkin, die Gefahr, dass ein Tunnel unter den Fluten des Ärmelkanals einbrechen könnte, ist vollkommen auszuschließen.«

»Bravo, Mr. Biermann!«, sagte die Mutter. »An Befürchtungen solcher Art darf unser Unternehmen nicht scheitern. Dafür steht viel zu viel auf dem Spiel.«

»Du meinst das eingesetzte Geld, liebe Schwiegermama?«, fragte Rupert mit einer Spur von Ironie.

»Was sonst? Unser Gast ist ja nicht nur Ingenieur, sondern auch Unternehmer. Er kann sich also denken, welcher finanzielle Kraftakt erforderlich ist, um ein solches Vorhaben zu verwirklichen. Da ist es nur recht und billig, dass der Profit in einem gesunden Verhältnis zum Risiko steht. Meinen Sie nicht auch, Mr. Biermann?«

»Allerdings«, pflichtete Paul ihr bei. »Jedes Unternehmen muss Gewinn erwirtschaften – ich weiß leider ein Lied davon zu singen. Aber es gibt noch einen Grund, weshalb Ihr Vorhaben mich fasziniert, und dieser Grund ist politischer Natur. Ich glaube, ein solcher Tunnel wäre eine einmalige Chance, die Beziehungen der Völker in ganz und gar außergewöhnlicher Weise zu verbessern, insbesondere zwischen den langjährigen Feinden England und Frankreich.«

Vicky hob verwundert die Brauen. »Wie meinen Sie das?«

»Ganz einfach«, erwiderte Paul, »Menschen, die miteinander verkehren und Handel treiben, schießen nicht so schnell aufeinander.« Dabei lächelte er sein unsicheres, aber umso sympathischeres Lächeln, das Vicky noch von früher kannte.

Unwillkürlich fasste sie nach der Hand ihres Mannes.

»Daran habe ich noch gar nicht gedacht«, sagte Rupert. »Aber Sie haben völlig recht, Mr. Biermann. Gerade jetzt, da in fast allen Ländern wieder die Scharfmacher das Wort führen, ist nichts wichtiger als die Wahrung des Friedens, und dafür sind gute Geschäfte der beste Garant.« Er drehte sich zu Vicky herum. »Ist das nicht ein ganz wunderbarer Gedanke?«

»Mag … mag sein«, sagte sie unsicher. »Vermutlich wird es sich wohl so verhalten.«

Ihre Mutter schaute sie stirnrunzelnd an. »Aber das ist doch kein Grund, rot zu werden.«

Unter ihrem Blick wurde Vicky noch röter. »Das muss die schlechte Luft sein«, sagte sie. »Es ist ja furchtbar stickig im Raum, findet ihr nicht?«

»Vielleicht möchtest du dich ein wenig frisch machen?«, fragte Rupert.

Energischer, als es ihre Absicht war, schüttelte sie den Kopf. »Nein, nein, es geht schon wieder.«

»Wirklich, mein Engel?«

Als sie ihm zunickte, drückte er ihre Hand, um sich dann wieder Paul zuzuwenden.

»Sie sind doch Politiker, Mr. Biermann. Droht in Europa ein neuer Krieg? Die Situation auf dem Balkan ist ja durchaus kritisch.«

»Dem kann ich leider nicht widersprechen.« Paul wiegte den Kopf. »Die Russen standen Anfang des Jahres ja schon vor der Besetzung Konstantinopels. Wenn England nicht seine Kriegsschiffe in die Dardanellen geschickt hätte, wäre es vielleicht zur Katastrophe gekommen. Jetzt will Bismarck einen internationalen Kongress mit allen Großmächten in Berlin einberufen, um zwischen Russland und dem Osmanischen Reich zu vermitteln. – Allerdings«, fuhr er fort, »gibt nicht nur der Balkan Anlass zur Sorge, nicht weniger Sorge macht mir die Tatsache, dass sich auch in der Handelspolitik überall die Scharfmacher durchsetzen. Die Nationen fangen an, sich gegenseitig mit immer höheren Schutzzöllen zu überziehen. Ein solcher Handelskrieg lässt Schlimmstes befürchten, letztlich sind es ja die ökonomischen Interessen, die das Handeln der Menschen bestimmen, in der Politik nicht anders als im Privatleben. Leider droht inzwischen sogar Bismarck, der bislang stets ein Bollwerk des Freihandels war, einzuknicken und den Forderungen von Industrie und Landwirtschaft nach protektionistischen Maßnahmen nachzugeben.«

»Ja, es ist eine Schande«, sagte Rupert mit einem Seufzer. »Tatsächlich leben wir in der besten aller Welten, die es je auf Erden gab. Aber die Menschen begreifen es nicht. Statt die Früchte des Fortschritts miteinander zu genießen, herrschen überall Missgunst und Herrschsucht zwischen den Nationen, jede will für sich selbst mehr und immer mehr. Doch wem genug zu wenig ist, dem ist nichts genug!«

»Sie sprechen mir aus dem Herzen, Mr. Watkin«, sagte Paul. »Dank des technischen Fortschritts können die Menschen über alle Grenzen hinweg miteinander verkehren und Handel zu treiben. Eisenbahn und Telegrafie machen es möglich. Aber es hapert am richtigen Gebrauch dieser wunderbaren Möglichkeiten.«

»Haben Sie schon von der Erfindung des Herrn Bell in Amerika gehört?«

»Sie meinen die Fernübertragung von Tönen mit Hilfe eines sogenannten Telefons? Ja, ich habe auf der Weltausstellung in Wien sogar schon einen solchen Apparat gesehen. Eine der großartigsten Erfindungen überhaupt.«

»In der Tat. Entfernungen spielen in Zukunft keine Rolle mehr. Theoretisch könnte die ganze Menschheit in einer einzigen Weltgemeinschaft leben.«

»Weltgemeinschaft?«

»Es wäre das Paradies«, sagte Rupert. »Wie der Schöpfergott es den ersten Menschen aufgetragen hat: ›Machet die Erde euch untertan …‹«

Paul nickte. »›… und herrschet über die Fische des Meeres …‹«

»›… und über die Vögel des Himmels …‹«

»›… und über das Vieh und alle Tiere des Feldes …‹«

»›… und über alles Gewürm, das auf Erden kriecht …‹«

Mit leuchtenden Augen prosteten die beiden einander zu. In ihrer Begeisterung merkten sie nicht einmal, dass auch Vicky ihr Glas erhoben hatte. Was sollte sie davon halten? Sosehr sie sich freute, dass Paul und ihr Mann sich so wunderbar verstanden, verspürte sie gleichzeitig ein seltsames Unbehagen.

War sie etwa eifersüchtig?

»Schade, dass mein Vater das alles nicht mehr erlebt«, sagte ihre Mutter. »Die ganze Welt an einem Ort, das war Joseph Paxtons großer Traum.«

Vicky sah Pauls fragenden Blick. Im selben Moment beschleunigte sich ihr Puls. Endlich konnte sie sagen, womit sie am liebsten schon in Karlsbad herausgeplatzt wäre. Sie hatte sich damals förmlich die Zunge abbeißen müssen, um nicht in den Verdacht zu geraten, sie wolle sich mit ihrem Großvater produzieren.

»Vielleicht darf ich Ihnen erklären, was meine Mutter meint«, sagte sie so beiläufig wie möglich. »›Die ganze Welt an einem Ort‹ war das Motto der ersten Weltausstellung 1851 im Hyde Park. Mein Großvater hat das Gebäude errichtet, in dem sie stattfand.«

»Sie meinen den berühmten Kristallpalast?«, fragte Paul ungläubig.

»Ja. Mein Großvater war von Hause aus Gärtner und hat das Gebäude wie ein riesiges Gewächshaus konzipiert, mit dem Vorteil, dass es sich in kürzester Zeit auf- und wieder abbauen ließ. Damit hat er das Gebäudeproblem gelöst, an dem sich zuvor die besten Architekten des Landes die Zähne ausgebissen hatten. Ohne den Kristallpalast hätte es wahrscheinlich keine Weltausstellung gegeben. Deshalb gilt Joseph Paxton noch heute als deren eigentlicher Vater.«

»Donnerwetter! So einen Großvater hätte ich auch gern. Gratulation.«

»Danke, auch wenn ich nichts dafür kann, dass ich seine Enkeltochter bin«, sagte Vicky so bescheiden wie möglich, obwohl sie vor Stolz fast platzte. »Ach, übrigens«, fügte sie hinzu, »das mit dem

Auftrag Gottes, das hat Prinz Albert bei der Eröffnungsfeier genauso gesagt, fast wörtlich.«

»Wie wär's«, fragte Rupert, »wenn du mit unserem Gast einmal nach Sydenham fahren würdest, um ihm den Kristallpalast zu zeigen?«

»Das ist eine ganz wunderbare Idee!«, stimmte sie ihm zu. »Als Kind war ich immer wieder dort, zusammen mit meinem Großvater, und er hat mir alles …«

Als sie Pauls Blick sah, seine großen blauen Augen, musste sie plötzlich an Karlsbad denken, und sie verstummte.

Nein, das war alles andere als eine gute Idee.

»Denk bitte darüber nach«, sagte Rupert mit einem Lächeln. »Ich bin sicher, der Kristallpalast wird Mr. Biermann interessieren. Schließlich ist er Bauingenieur, und die Konstruktion des Gebäudes soll Fachleuten zufolge ja recht ungewöhnlich sein.« Ohne ihre Antwort abzuwarten, drehte er sich zu Paul herum. »Aber zurück zu Ihrem Projekt, mein Freund. Ich denke, Ihre Idee einer englisch-deutschen Finanzierung des Berliner Boulevards verdient Unterstützung. Wenn Sie erlauben, würde ich Sie gern mit ein paar Gentlemen bekanntmachen, die auf der Suche nach lukrativen Investitionsmöglichkeiten sind. – Spielen Sie zufällig Golf?«

14

NEIN, PAUL spielte kein Golf, er kannte diesen Sport nur vom Hörensagen. Trotzdem erschien er am nächsten Tag zusammen mit Rupert im tadellosen Dress auf dem Green des Shooters Hill Club südlich von London, wo ein Dutzend ähnlich gekleideter Bankiers bereits wartete, an ihrer Spitze der steinalte William Baring, Inhaber der Baring Bank, ein Mann mit riesigen Ohren und bis auf die Schultern herabhängenden Bartkoteletten. Auf Ruperts Rat hatte Paul sich bei Harrods mit allem Nötigen versorgt, nicht nur mit einem karierten Anzug, einer Ballonmütze sowie weißbraunen Nagelschuhen, die zur Ausübung dieses Sports angeblich unverzichtbar waren, sondern auch mit einem halben Dutzend Schlägern und einem zu deren Beförderung nötigen Karren. Obwohl Kleidung und Ausrüstung ein Vermögen gekostet hatten, hatte er an nichts gespart. Golf, so hatte Rupert gesagt, war in der englischen Hochfinanz der letzte Schrei, um Geschäfte zu machen, und nirgendwo würden Investoren sich zugänglicher zeigen als auf dem Green des Shooters Hill Club.

Rupert hatte während der Kutschfahrt versucht, Paul die wichtigsten Regeln des Spiels beizubringen. Im Wesentlichen kam es wohl darauf an, mit Hilfe der Schläger einen kleinen, weißen Ball in ein Rasenloch zu befördern. Doch was in der Theorie so einfach klang, erwies sich in der Praxis als ungeheuer schwierig. Paul brauchte gleich mehrere Versuche, um den winzig kleinen Ball überhaupt zu treffen, und das zu erreichende Loch lag von der Abschlagstelle so weit entfernt, dass es mit einer Fahnenstange hatte markiert werden müssen. Es war zum Verzweifeln. Während die anderen Spieler mit erstaunlich wenigen Schlägen ihr Ziel erreichten, landete Pauls Ball immer wieder unter irgendwelchen Büschen und Hecken oder in Teichen und Bodensenken, die man eigens zur Erschwernis dieses seltsamen Spiels in der Landschaft angelegt hatte, so dass er die meiste Zeit auf allen vieren verbrachte, um seinen verlorengegangenen Ball wiederzufinden. Trotzdem verfolgte man sein Bemühen mit derselben Ernsthaftigkeit wie das der anderen Spieler, unter denen sich einige wahre Kunstschützen befanden, und obwohl Paul nicht weniger als fünfundzwanzig Schläge benötigte, um seinen Ball in dem dafür vorgesehenen Loch unterzubringen, wurde man nicht müde, ihn anzufeuern und gute Ratschläge zu geben.

»But now let's discuss business, gentlemen«, sagte Rupert, nachdem der erste Spielabschnitt beendet war. »Reden wir übers Geschäft.«

Erleichtert steckte Paul den Schläger in seinen Karren. Beim Golf, das war laut Rupert eine heilige Regel, durfte ausschließlich über Golf gesprochen werden, doch diese Regel galt nur für das Spiel selbst, nicht aber für die Zeit, wenn die Gruppe, die man *flight* nannte, sich von einem Feld zum nächsten fortbewegte. Der Platz hatte neun Löcher mit verschiedenen Schwierigkeitsgraden, also hatte Paul achtmal ein bis zwei Minuten Gelegenheit, für seine Sache zu werben. Dafür hatte er sich besser vorbereitet als ein Student aufs Examen. Doch als er zu reden anfing, hörte ihm zu seiner Verwunderung kaum jemand zu. Stattdessen machte man ungeniert Lockerungsübungen, probierte die Schläger aus und bereitete sich mit sausenden Luftschwüngen auf den nächsten Abschlag vor.

Paul spürte, wie ihm der Schweiß ausbrach. Sollte sich die Prophezeiung von Vickys Onkel erfüllen, dass sich in England niemand für eine Berliner Prachtstraße interessierte?

»Keine Sorge«, raunte Rupert ihm zu. »Es sieht gut aus. Vertrauen Sie mir.«

Paul hätte ihm nur zu gern geglaubt, aber das konnte er nicht. Tatsächlich sah es überhaupt nicht gut aus, im Gegenteil, es wurde von Loch zu Loch schlimmer. Während er sich den Mund fusselig redete, schwadronierten seine Mitspieler von irgendeiner Londoner Straße, von der er noch nie gehört hatte, Riedjend Street oder so ähnlich. Erst als es ihm am letzten Loch gelang, seinen Ball mit nur neun Schlägen zu versenken, klatschte man Beifall und gratulierte ihm zu einem »Bogey« beziehungsweise »eins über par«, was immer das heißen mochte.

War seine Reise umsonst gewesen?

Umso größer war Pauls Überraschung, als William Baring beim Umtrunk im Clubhaus die ganze Gesellschaft aufforderte, ein deutsch-englisches Konsortium zu gründen.

»Als Namen schlage ich *Kurfürsten Avenue Land Company* vor. Unser Landsmann John Booth kann in Berlin unsere Interessen vertreten, er betreibt dort eine Baumschule und ist mit dem Berliner Immobilienmarkt bestens vertraut. – Aber was schauen Sie mich so verwundert an?«, wandte er sich an Paul, der nicht wusste, wie ihm geschah. »Ich dachte, das wäre der Zweck dieses Treffens gewesen. Oder habe ich Sie missverstanden?«

»Nein, nein«, versicherte Paul. »Ich … ich bin nur überrascht – positiv überrascht. Ehrlich gesagt, hatte ich nicht den Eindruck, Sie überzeugt zu haben.«

Baring lachte ein meckerndes Lachen. »Die Väter der hier anwesenden Gentlemen haben vor einem halben Jahrhundert die Regent Street finanziert, heute die wichtigste Geschäftsstraße in London. Damit haben sie ein Vermögen verdient. Das Gleiche werden wir nun in Berlin tun. – Ja«, fügte er hinzu, »es hat sich auch bei uns herumgesprochen, dass Berlin die am stärksten expandierende Metropole auf dem Kontinent ist. Da müsste es ja mit dem Teufel zugehen, wenn mit Ihrer Prachtstraße kein Geld zu verdienen wäre.«

»Dann setze ich am besten gleich eine kleine Absichtserklärung auf«, beeilte Paul sich zu sagen, »die Gründung des Konsortiums betreffend.«

»Das wird nicht nötig sein, junger Mann, das Wort eines Gentlemans genügt in unseren Kreisen.« Baring strich sich über seine Bartkoteletten. »Allerdings könnte sich ein Brief an Kronprinz Friedrich als nützlich erweisen, um Kaiser Wilhelm für die Sache zu gewinnen. Wenn ich nicht irre, ist John Booth weitläufig mit der Prinzessin verwandt. Er wird sich kümmern. Aber jetzt wollen wir unser Gläser erheben und auf eine erfolgreiche gemeinsame Zukunft anstoßen. Lang lebe die Queen!«

»Lang lebe die Queen!«

Nachdem man die Gläser geleert hatte, löste die Gesellschaft sich auf.

»Sind Sie zufrieden?«, fragte Rupert, als sie wieder in der Kutsche saßen.

»Zufrieden ist gar kein Ausdruck«, erwiderte Paul. »Ich weiß gar nicht, wie ich Ihnen danken soll.«

»Unsinn.« Rupert schüttelte lächelnd den Kopf. »Die Freunde meiner Frau sind auch meine Freunde.«

Paul spürte, das war ehrlich gemeint, und er selbst empfand genauso. Auch wenn es ihn nicht unberührt gelassen hatte, wie sehr Vicky ihren Mann liebte, hatte er Rupert vom ersten Augenblick an sympathisch gefunden.

»Was meinen Sie«, fragte er, »wird Ihre Gattin wohl die Zeit finden, mir vor meiner Abreise den Kristallpalast zu zeigen?«

Das Lächeln aus Ruperts Gesicht verschwand. »Ich bedaure. Unvorhergesehene Umstände machen es ihr leider unmöglich. Sie ist heute und morgen sehr beschäftigt. Aber sie lässt ihre herzlichsten Grüße ausrichten und wünscht Ihnen eine gute Heimfahrt. Ich hoffe, Sie verstehen.«

Paul nickte. Ja, er verstand. Vicky wollte ihn nicht wiedersehen. Und natürlich hatte sie recht.

»Ich kann Ihre Enttäuschung nachempfinden«, sagte Rupert. »Aber vielleicht erlauben Sie mir eine kleine Entschädigung. Ihr Einverständnis vorausgesetzt, habe ich eine Führung durch Belgravia arrangiert. Die Gebrüder Cubitt haben sich bereit erklärt, Ihnen persönlich die Techniken und Methoden zu erklären, mit denen sie das Stadtviertel in so kurzer Zeit errichten konnten.«

»Aber wie konnten Sie wissen, dass mich nichts so sehr interessiert wie …«

»Nicht ich«, fiel Rupert, nun wieder lächelnd, ihm ins Wort. »Das war Vickys Idee. Sie ist der Meinung, damit wäre Ihnen besser gedient als mit einer Besichtigung des Kristallpalasts.«

15

AUGUSTE ESCOFFIER war ein frommer Katholik, und sein Glaube an die Kirche war so fest und unerschütterlich wie sein Glaube an das Vaterland. Es verging darum kein Samstag, an dem er nicht zur Beichte ging, und kein Sonntag, an dem er nicht die Heilige Messe besuchte. Doch heute bedurfte er der geistigen Stärkung, die er durch den Gottesdienst erfuhr, noch mehr als sonst. Denn heute war der Tag seines Antrittsbesuchs im Hause Daffis.

Das Schlussgeläut des Hochamts war kaum verklungen, als er am Esstisch der Familie Platz nahm, Seite an Seite mit Delphine, die sich zur Feier des Tages mit allerlei Schleifen und Rüschen ebenso herausgeputzt hatte wie ihre Mutter, von der sie sowohl die Leibesfülle als auch die spitze Nase geerbt hatte. Auguste konnte nicht glücklicher sein. Während der Herr des Hauses das Tischgebet sprach, überkam ihn das wunderbare Gefühl, an einem Ort angekommen zu sein, nach dem er sich innerlich sein Leben lang gesehnt hatte, ohne ihn zu kennen. Die schweren, massiven Eichenmöbel, der Duft des Sonntagsbratens, vermischt mit dem Geruch von Bohnerwachs, der Gummibaum mit seinen auf Hochglanz polierten Blättern, die entkorkte Flasche Wein auf dem gedeckten Tisch, das »gute« Geschirr mit den blümchenverzierten Tellern, die geschliffenen Gläser, die im Schein der Sommersonne ebenso so funkelten wie das Silberbesteck – all das strömte eine so gediegene, grundsolide Bürgerlichkeit aus, dass ihm ganz warm ums Herz wurde.

»Ich glaube, ich bin Ihnen noch etwas schuldig«, sagte Daffis. »Ihr eingesetztes Pfand.« Er griff in seine Westentasche und holte eine Münze daraus hervor. »Die können Sie vielleicht noch brauchen.«

Als Auguste den Glückspenny sah, zögerte er. Aber nur für eine Sekunde. »Nein«, sagte er dann, »die Münze hat ihre Schuldigkeit getan. Schließich habe ich ihr das Glück meines Lebens zu verdanken.«

Seine Worte entlockten Delphine ein gehauchtes »Ach«, und die Augen der Mutter schimmerten feucht.

»Das hören meine Frau und ich gern«, sagte Daffis. »Delphine ist unser einziges Kind, deshalb wollen wir sie nur in allerbeste Hände geben.« Er steckte den Penny wieder ein. »Sie sagt, Sie wollen sich selbständig machen?«

»In der Tat«, bestätigte Auguste. »Ich habe meine eigenen Vorstellungen von der Kochkunst. Und die kann ich nur verwirklichen, wenn ich mein eigener Herr bin.«

Daffis nickte. »Ich muss sagen, das imponiert mir. Damit beweisen Sie Mut und Entschlusskraft. – Und abgesehen davon«, fügte er mit einem verschwörerischen Augenzwinkern hinzu, »verdient man als sein eigener Herr auch mehr Geld.«

»Machen Sie sich darum keine Sorge. Sie und Ihre Frau Gemahlin sollen es nie bereuen, mir Ihre Tochter anvertraut zu haben.«

Während Auguste sich fragte, ob er seinen Glückspenny vielleicht allzu voreilig hergegeben hatte, hob Daffis sein Glas und prostete ihm zu.

»Willkommen in unserer Familie, Monsieur Escoffier.«

Delphine klatschte in die Hände. »Dann dürfen wir also heiraten?«

»Unseren Segen sollt ihr haben.«

»Danke, Papa!« Mit einem Freudenjauchzer schlang sie die Arme um ihn und gab ihm einen Kuss. »Ich kann es kaum noch erwarten!«

»Dann sollten wir uns wohl mit der Frage beschäftigen, wann die Hochzeit stattfinden soll«, sagte Madame Daffis, die bislang nur in stummer Verklärung das Glück ihrer Tochter geteilt hatte. »Habt ihr euch darüber schon Gedanken gemacht?«

Auguste verneinte, aber Delphine widersprach.

»Doch, das habe ich, auch wenn Auguste davon nichts weiß.« Sie machte eine kurze Pause. »Ich … ich würde gern im August heiraten«, sagte sie errötend. »Ihr könnt euch sicher denken, warum.«

»Wie romantisch«, seufzte die Mutter. »Finden Sie nicht auch, Monsieur Escoffier?«

»Ich bin gerührt.« Auguste nahm Delphines Hand und führte sie an die Lippen. »Sie sind wirklich eine Poetin.«

»Dann ist es also abgemacht!«, entschied der Vater. »Geheiratet wird im August. Wer wird Ihr Trauzeuge sein, Monsieur?«

»Mein Freund Paul Biermann. Ein Bauingenieur aus Berlin.«

»Ein *boche*?« Daffis verzog das Gesicht. »Hm, ich muss gestehen, dass mir das gar nicht gefällt. Sie müssen wissen, ich bin im Elsass geboren und habe im Jahr '71 meine Heimat an die Preußen verloren. Die Vorstellung, dass ein Deutscher am Traualtar meiner Tochter ...« Er schüttelte sich. »Nein, dazu kann ich meine Zustimmung nicht geben. Ich hoffe, das werden Sie verstehen.«

Auguste schluckte. Was sollte er darauf entgegnen? Zum Glück nahm Delphine ihm die Antwort ab.

»Aber Papa! Der Krieg ist doch längst vorbei, und wenn der beste Freund meines Verlobten ein Deutscher ist, dann dürfen wir ihm den Wunsch nicht verweigern. – Mir zuliebe«, fügte sie hinzu. »Ich bin doch deine einzige Tochter.«

16

MAN SCHRIEB den 13. Juli des Jahres 1878, als Paul am frühen Abend in eine Droschke stieg, um zur Reichskanzlei zu fahren. Bismarck hatte ihn zu sich gerufen, bevor er Berlin am nächsten Morgen verlassen würde, um nach den Strapazen der letzten Wochen in Bad Kissingen die dringend benötigte Kur zu gebrauchen.

Weswegen wollte der Kanzler ihn sprechen?

Nach seiner Rückkehr aus London hatte Paul sogleich Kontakt mit John Booth aufgenommen, dem englischen Baumschulbetreiber und Immobilienspekulanten, den die Londoner Bankiers als Mittelsmann benannt hatten. Der hatte versprochen, einen Brief an die Frau von Kronprinz Friedrich zu schreiben, Königin Victorias Tochter, mit der er tatsächlich wohl um einige Ecken verwandt war, doch seitdem hatte Paul nichts mehr von Booth gehört. Auch Dora hatte keinen Rat gewusst, sie hatte nur angekündigt, vor der Reichskanzlei auf ihn zu warten, um sofort alle Neuigkeiten brühwarm zu erfahren.

In der Wilhelmstraße wehten in der Abendsonne noch die Fahnen der Nationen, die an dem in Berlin tagenden Kongress teilgenommen hatten. Bismarck hatte Vertreter aller europäischen Großmächte sowie des Osmanischen Reichs in die deutsche Hauptstadt geladen, um eine Lösung für die Balkankrise zu finden, bevor die Auseinandersetzungen auf den ganzen Kontinent übergriffen und womöglich einen Krieg in Europa entfachten. Mit dem Vordringen der russischen Armee auf Konstantinopel war es Zar Alexander im Frühjahr gelungen, Sultan Abdulhamid einen Friedensschluss aufzuzwingen, der allein den Interessen Russlands entsprach. Das hatte bei vielen Nationen einen Sturm der Empörung hervorgerufen, vor allem England und Österreich waren mit Blick auf ihre eigenen Interessen im Orient und auf dem Balkan nicht bereit gewesen, einen solchen Machtzuwachs des Zarenreiches hinzunehmen. Auf Bismarck war die Wahl als »ehrlicher Makler« zwischen den verfeindeten Parteien gefallen, weil der Kanzler jede Einmischung Deutschlands auf dem Balkan mit der Erklärung ausgeschlossen hatte, es gebe dort kein Interesse, »welches die gesunden Knochen auch nur eines einzigen pommerschen Musketiers wert wäre«.

Paul hätte viel darum gegeben, an dem Kongress teilzunehmen, aber das war wegen der Vertraulichkeit der Gespräche nicht möglich gewesen. Obwohl er den Verlauf der Verhandlungen also nur mit Hilfe der Presseberichte hatte verfolgen können, war er doch voller Bewunderung, wie Bismarck den Kongress für die Zwecke des Deutschen Reichs genutzt hatte. Im Konzert der Mächte hatte der Kanzler sich zu deren Dirigenten aufgeschwungen. Auf sein Betreiben hatte der Kongress, der an diesem Tag mit der Unterzeichnung der Abschlusserklärung zu Ende gegangen war, Englands Ansprüche auf Ägypten ebenso bestätigt wie die Ansprüche Russlands auf das Schwarze Meer, doch nur unter der Bedingung, dass das Zarenreich sich auf dem Lande mit Bessarabien und Teilen Armeniens begnügte. Mit dieser Bedingung wiederum war den Interessen Österreich-Ungarns Genüge getan – die Donaumonarchie hätte unmöglich die Entstehung einer panslawischen Großmacht an ihren Grenzen dulden können. So hatte Bismarck nicht nur für die Wiederherstellung des Friedens auf dem Balkan gesorgt, sondern zugleich auch eine neue Ordnung auf dem Kontinent geschaffen, in der alle Mächte außer Frankreich auf Deutschlands Wohlwollen angewiesen waren, während sie durch ihre Rivalität untereinander davon abgehalten wurden, sich gegen das Kaiserreich zu verbünden.

Doch würde das reichen, um auf Dauer einen Krieg zu verhindern? Während Deutschland mit dem Berliner Kongress der glanzvolle Aufstieg in den Kreis der Großmächte gelungen war, war ein anderes Problem, das für den Frieden kaum weniger bedrohlich war als die Balkankrise, ungelöst geblieben: die Frage der Schutzzölle. Bismarck hatte lange für den Freihandel gekämpft, doch am Ende hatte auch er dem wachsenden Druck der Protektionisten nachgeben müssen. Die Vertreter der Ruhrindustrie hatten im Verein mit den ostelbischen Agrariern im Reichstag ein »Bündnis von Roggen und Eisen« zum Schutz ihrer Produkte vor ausländischer Konkurrenz durchgesetzt – ein Gesetz, das dem friedlichen Freihandel den Garaus machte und darum in Pauls Augen eine latente Kriegsgefahr bedeutete. Denn beim Geld hörte die Freundschaft nicht nur zwischen den Menschen auf, sondern auch zwischen den Nationen.

Als er die Eingangshalle der Reichskanzlei betrat, herrschte dort immer noch Hochbetrieb – ein Gewusel von Politikern und Diplomaten aller Herren Länder, die ein letztes Mal vor ihrer Rückreise sich den Fragen der Journalisten stellten. Ein Adjutant führte Paul durch die Menge hindurch zum Kanzler. Der empfing ihn an seinem riesigen Schreibtisch in voller Uniform einschließlich Pickelhaube – angeblich hatte er so auch einige widerspenstige Gesandtschaften empfangen, um ihnen seine Entschlossenheit zu demonstrieren. Doch sein Gesicht stand in auffallendem Gegensatz zu dem martialischen Aufzug, der Kanzler war blass und sichtlich von der Anstrengung gezeichnet, die er sich während des Kongresses mit seinen zwanzig Plenarsitzungen und zahllosen Kommissionsberatungen ohne Rücksicht auf sein fortgeschrittenes Alter abverlangt hatte.

»Darf ich mir erlauben, Durchlaucht zu gratulieren?«, fragte Paul, nachdem der Kanzler ihn aufgefordert hatte, Platz zu nehmen. »Der Kongress war ein diplomatisches Meisterwerk.«

»Sehr freundlich, junger Mann«, erwiderte Bismarck. »Doch ob Sie recht behalten werden, muss die Geschichte erweisen. Immerhin ist uns das Offenhalten des orientalischen Geschwürs gelungen. Jetzt müssen wir hoffen, dass der Eiter abfließt. Allerdings fürchte ich, dass der Balkan auch weiterhin eine Gefahr darstellt. Sorge macht mir vor allem, dass Russland sich mit dem Erreichten nicht zufriedengeben wird. – Aber das ist nicht der Grund, warum ich Sie rufen ließ.« Er nahm einen Brief vom Schreibtisch und reichte ihn ihm. »Lesen Sie selbst.«

Als Paul den Bogen sah, hob er die Brauen. Das Schreiben war von Kaiser Wilhelm höchstselbst! Darin brachte Seine Majestät ihr Wohlwollen für die von Bismarck geplante Prachtstraße zum Ausdruck und sicherte dem Unternehmen eine Spende von vierzigtausend Goldmark aus der kaiserlichen Privatschatulle zu, damit der alte Damm zwischen dem Berliner Stadtschloss und dem Jagdschloss in Charlottenburg mit einem provisorischen Pflaster befestigt werden konnte.

»Fabelhaft!«, sagte Paul, als er zu Ende gelesen hatte. »Damit haben wir die Unterstützung von allerhöchster Stelle.«

Bismarck nickte. »Ihre Initiative in London hat Wirkung gezeigt. Offenbar will der Kaiser sich im Vergleich mit seiner englischen Verwandtschaft nicht lumpen lassen. Ich denke, jetzt können wir die Gründung einer deutschen Kurfürstendamm-Gesellschaft ins Auge fassen. Gut gemacht, junger Mann!«

Paul deutete eine Verbeugung an.

»Aber damit es nicht bei bloßen Worten bleibt«, fuhr Bismarck fort, »habe ich beschlossen, Ihnen die Geschäftsführung der neuen Gesellschaft zu übertragen.«

»Der Kurfürstendamm-Gesellschaft?«, fragte Paul.

Über Bismarcks Gesicht huschte ein Schmunzeln. »Das soll Ihr Schade nicht sein, und auch nicht der Firma Biermann & Söhne. Aber jetzt entschuldigen Sie mich, meine Frau wartet bereits mit gepackten Koffern.«

Paul verabschiedete sich so eilig, als fürchte er, der Kanzler könne es sich noch einmal anders überlegen, so dass er bei der Tür fast mit dem Adjutanten zusammengestoßen wäre, der ihn nun zum Ausgang begleitete.

Draußen wartete Dora in einer geschlossenen Kutsche.

»Ich wusste, du würdest es schaffen«, jubelte sie, nachdem er ihr berichtet hatte. »Ich bin ja so stolz auf dich!«

»Das habe ich nur dir zu verdanken«, erwiderte Paul. »Ich weiß gar nicht, wie ich das je wiedergutmachen kann.«

Seine Repetieruhr rasselte.

»Aber ich«, flüsterte sie. »Sag, dass du mich liebst.«

Paul schluckte. Aus ihren Augen leuchtete solches Glück, dass er ein Schuft sein müsste, würde er ihr den Wunsch verweigern.

»Ich … ich liebe dich …«

In einer Aufwallung nahm sie sein Gesicht zwischen die Hände und gab ihm einen leidenschaftlichen Kuss.

»Worauf warten wir? Fahren wir los! Ich habe schon alles vorbereitet!«

So behutsam er konnte, machte Paul sich aus ihrer Umklammerung frei. »Bitte sei mir nicht böse, aber ich werde zu Hause erwartet.«

Entgeistert ließ Dora die Arme sinken. »Ausgerechnet heute?«

»Du weißt doch, wie es ist. Ich bin ein verheirateter Mann.«

»Aber ich hatte mich so darauf gefreut.«

»Ich mich ja auch. Aber es … es geht einfach nicht.«

»Und wenn ich dich ganz, ganz lieb bitte?«, fragte sie. Und mit einem verführerischen Lächeln fügte sie hinzu: »Ich verspreche dir auch, dass ich dich heute ganz besonders verwöhne.«

Paul wusste, was sie meinte, und bei der Vorstellung wurde ihm anders.

»Siehst du? Das darf ein Mann sich doch nicht entgehen lassen, oder?«

Ihr Gesicht war jetzt so nah, dass er ihren Atem spürte.

Abermals rasselte die Uhr.

Bevor er wusste, was er tat, riss er sich von ihr los.

»Du wagst es, mich zurückzuweisen?« Ihre Augen sprühten Funken.

Schuldbewusst nahm er ihre Hand. »Bitte verzeih, ich ... ich wollte dich nicht zurückweisen. Wie kannst du nur auf so etwas kommen? Es ist ja nur, weil ... weil ich ...« Vor lauter Schuldbewusstsein fiel ihm kein vernünftiger Grund ein. »Weil ich dich so sehr liebe«, sagte er schließlich.

Von einer Sekunde zur anderen war Dora wieder wie verwandelt. Die Wut, die für eine Sekunde in ihren Augen aufgeflackert war, war erloschen, und nichts als Liebe und Leidenschaft sprach aus ihrem Blick. »Mein Herzallerliebster! Bitte vergiss, was ich gesagt habe. Ich weiß doch, wie sehr du mich liebst. Ich habe das ja nur gesagt, weil ich so enttäuscht war. Weil ich dich so sehr liebe, dass ich es manchmal gar nicht mehr aushalte! Mein Liebster! Mein Leben! Mein Alles!« Sie schlang ihre Arme um ihn und bedeckte sein Gesicht mit Küssen. »Kannst du mir verzeihen?«

»Aber natürlich, mein Liebling, natürlich. Es tut mir ja selbst so leid.«

»Dann ist alles gut. Danke, mein Geliebter – danke, danke, danke!« Noch einmal küsste sie ihn. »Und jetzt geh«, sagte sie dann. »Ich weiß ja, du bist nicht frei und kannst nicht, wie du möchtest.«

»Danke, mein Liebling.« Noch während er seinen Anzug richtete, verließ er ihre Kutsche.

Wo zum Teufel war die nächste Droschke?

17

EIN GRAUER Himmel hing über London, und die kühle Luft ließ bereits den kommenden Herbst ahnen. Trotzdem hatte Vickys Familie beschlossen, an diesem Sonntagnachmittag den Zoologischen Garten im Regent's Park zu besuchen. Es war Claires Wunsch gewesen, seit ihrem ersten Besuch dort war sie der Überzeugung, die Affen im Affenhaus seien Prinz Ramigamis Familie, und weil Rupert seiner Tochter nichts abschlagen konnte, hatte er nach dem Mittagessen anspannen lassen.

Während Claire und ihr Bruder Nigel sich unter Robertas Aufsicht im Affenhaus vergnügten, drangen überraschend ein paar Sonnenstrahlen durch die Wolkendecke, so dass die Erwachsenen eine Tasse Tee im Freien nehmen konnten. Auf der Terrasse der Zoo-Restauration waren die meisten Plätze frei. Vicky wählte einen Tisch, von dem aus sie einen Blick auf das Affenhaus hatte. Mit den Kindern konnte man ja nie wissen.

»Es gibt gute Nachrichten aus Frankreich«, sagte ihre Mutter, als der Kellner den Tee brachte. »Die Association du Chemin de Fer Sou-Marin …«

»Association de quoi?«, fragte Vicky.

»Das französische Unternehmen für den Tunnelbau. Die haben auf der anderen Seite des Kanals bereits mit den Bodenuntersuchungen angefangen. Erstaunlich, wie entschlossen die Franzosen die Sache vorantreiben. Obwohl sie doch jahrhundertelang unsere Erbfeinde waren.«

»Kein Wunder«, sagte Rupert. »Nachdem sie den Krieg gegen Preußen verloren haben, brauchen sie neue Verbündete, damit Deutschland ihnen nicht über den Kopf wächst. Ich hoffe, dass unsere Regierung erkennt, welche Chancen sich für England daraus ergeben.«

»Auf jeden Fall müssen wir jetzt mit aller Kraft investieren. Wir wollen doch den Franzosen nicht nachstehen.«

»Mein Vater und ich sind bereit. Aber was ist mit deinem Bruder,

Schwiegermama? Mit seinem Aktienanteil könnte dein Bruder unsere Pläne zunichtemachen.«

Ruperts Blick wanderte zu Vicky, und auch ihre Mutter schaute sie an. Vicky wusste, warum. Falls Onkel Georgie sich gegen das Tunnelprojekt sperrte, wäre sie mit dem kleinen Aktienpaket, das sie am Kapital der Midland Railway hielt, das Zünglein an der Waage.

»In diesem Fall«, sagte sie, »bin ich ausnahmsweise anderer Meinung als mein Lieblingsonkel. Im Gegensatz zu ihm halte ich den Tunnel für ein durchaus lobenswertes Vorhaben. Ihr könnt also mit meiner Unterstützung rechnen.«

»Ach, ja?« Ihre Mutter hob die Brauen. »Woher der plötzliche Sinneswandel? Ich dachte, die Vorstellung von wogenden Meeresfluten über deinem Kopf wäre dir nicht geheuer.«

Vicky griff nach Ruperts Arm. »Ich folge nur den Ansichten meines Mannes.«

»Was bist du doch für eine wunderbare Frau«, sagte Rupert. Und mit einem Lächeln fügte er hinzu: »Auch wenn du wohl weniger meinen Ansichten als denen unseres Freundes Paul Biermann folgst, nicht wahr, mein Engel?«

Vicky wollte widersprechen. Doch er ließ sie nicht zu Wort kommen.

»Ich bin so stolz, eine Frau zu haben, die nicht blindlings ihrem Mann folgt, sondern den besten Argumenten. Und vor allem ihrem eigenen Verstand.« Er nahm ihre Hand und führte sie an die Lippen. »Darum liebe ich dich umso mehr.«

Noch während er sprach, fiel Vickys Blick auf das Affenhaus. Im selben Moment entzog sie Rupert die Hand.

»Was hast du?«, fragte er.

»Roberta kommt mit den Kindern zurück.«

»Jetzt schon? Seltsam.«

»Allerdings.« Vicky stand auf, um ihnen entgegenzueilen. »Hoffentlich ist nichts passiert.«

18 DES TAGES Arbeit war getan, und der Friede des Feierabends füllte die Charlottenburger Villa. Während Erdmute im Kinderzimmer darüber wachte, wie die Amme den kleinen Friwi vor der Nacht noch einmal stillte, las Paul im Wohnzimmer die Abendpost. Auguste hatte geschrieben, er wollte heiraten und lud ihn zu seiner Hochzeit ein. Paul wiegte den Kopf: eine Reise nach Paris? Hm, eigentlich fehlte ihm dazu die Zeit, außer der Arbeit in der Firma und im Parlament hatte er alle Hände voll mit der Gründung der Kurfürstendamm-Gesellschaft zu tun. Doch andererseits – warum nicht? Der Mensch lebte schließlich nicht vom Brot allein, und wer viel arbeitete, brauchte hin und wieder auch ein bisschen Erholung.

Er steckte sich eine Zigarre an. Auf dem Beistelltisch lag ein Stoß Zeitungen für die Lektüre bereit. Seit Aufhebung der Stempelsteuer hatte das Pressewesen im Reich einen ungeheuren Aufschwung genommen, jeden Monat kamen neue Journale und Gazetten heraus, so dass der Blätterwald fast unüberschaubar geworden war – offenbar ließ sich mit Abonnements und Annoncen eine Menge Geld verdienen. In der »Vossischen« entdeckte Paul zu seiner Freude einen Artikel über die Vorlage eines Patentgesetzes, an dem er selbst mitgewirkt hatte. Um den deutschen Erfindergeist vor Nachahmern zu schützen, sollte eine neue Reichsbehörde gegründet werden. Deutsche Wissenschaftler und deutsche Ingenieure waren die findigsten der Welt, vor allem in der chemischen und der Elektroindustrie, die als die Branchen der Zukunft galten. Darin überflügelten sie sogar die englische Konkurrenz, und diesen Vorsprung hieß es auszubauen, wenn Deutschland seinen Platz in der ersten Reihe unter den Völkern Europas auf Dauer sichern und ausbauen wollte.

Im Flur waren Schritte zu hören, die Amme verließ das Haus. Paul faltete die Zeitung zusammen und ging hinüber ins Kinderzimmer, wo Erdmute den bereits schlafenden Friwi in sein Bettchen legte. Dies war für ihn stets die schönste Stunde des Tages, wenn er zusammen mit seiner Frau ihrem Sohn beim friedlichen Schlummern zusah.

»Was wird wohl einmal aus ihm werden?«, fragte Erdmute leise.

»Na, ich hoffe doch sehr, dass er mir in der Firma nachfolgt. So wie ich meinem Vater nachgefolgt bin.«

»Alexius hat immer gesagt, die beste Erziehung genieße ein Knabe in der Kadettenanstalt.«

»So? Hat er das?« Obwohl Paul die Erinnerung an ihren ersten Mann gerade als wenig passend empfand, versuchte er, sich seinen Unmut nicht anmerken zu lassen.

»Dein Bruder Fritz ist übrigens derselben Meinung«, fuhr sie fort. »Und ebenso dein Schwager Hugo. Er hat seinen Sohn sogar schon auf mehrere Anmeldelisten setzen lassen.«

»Kaspar?«, fragte Paul verwundert. »Aber der ist doch noch keine vier.«

Erdmute nickte bedeutsam. »Der Andrang in den Kadettenanstalten ist so groß, dass man sich gar nicht früh genug um einen Platz kümmern kann. Und ich möchte, dass unser Sohn den denkbar besten Start ins Leben hat.«

Pauls Repetieruhr rasselte.

»Um Himmels willen!«

Während er seine Uhr zückte, um sie abzustellen, beugte Erdmute sich über das Bettchen und legte ihrem Kind die Hand auf. Tatsächlich blinzelte Friwi nur einmal kurz zu ihr auf, und als sie ihm einen Schnuller ins Mündchen steckte, fielen ihm die Augen gleich wieder zu und er nuckelte sich zufrieden zurück in den Schlaf.

»Das ist gerade noch mal gutgegangen«, flüsterte Erdmute erleichtert. »Er hat ja einen so empfindlichen Schlaf.«

Paul war gerührt. In einer plötzlichen Aufwallung nahm er seine Frau in den Arm.

»Was hältst du von einer Reise nach Paris? Nur du und ich und unser Sohn?«

19

NEIN, ES war nichts passiert, Claire hatte nur erhöhte Temperatur gehabt, wieder einmal, darum hatte Roberta den Besuch der Kinder im Affenhaus abgebrochen. Vicky hatte noch am selben Abend Dr. Wilson rufen lassen, aus Sorge, dass Claire sich mit Masern oder Windpocken angesteckt haben könnte, doch beides hatte der Arzt ausgeschlossen – er hatte nur eine Sommergrippe diagnostiziert, für die er die zarte Konstitution der Patientin verantwortlich machte. Vicky wäre es lieber gewesen, er hätte etwas Konkretes festgestellt, dann gäbe es eine Erklärung. Aber wie so oft stocherte Dr. Wilson auch diesmal im Nebel und hatte nur einen stärkenden Kräutersaft verschrieben. Den verschrieb er immer, wenn er nicht mehr weiterwusste.

Inzwischen nahm Claire den Saft schon seit zwei Tagen, ohne dass eine Besserung ihres Zustands zu beobachten war. Zum Glück aber gab es ein Mittel, das bei ihr besser wirkte als jede Arznei – die von ihrer Großmutter illustrierten Bücher ihres Urgroßvaters Joseph Paxton. Die darin abgebildeten Tiere und Pflanzen interessierten sie mehr als jede Kinderbuchgeschichte, und sie konnte ihrer Großmutter stundenlang lauschen, wenn diese ihr die exotischen Lebewesen und Gewächse aus aller Welt in den Folianten zeigte und dazu deren Herkunft erklärte.

»Ich kann nicht mehr«, sagte Emily irgendwann. »Mir tun schon die Augen weh.«

»Dann solltest du dein Lorgnon benutzen«, erwiderte Vicky, die mit einer Handarbeit am Bett ihrer Tochter saß. »Dafür ist es schließlich da.«

»Du weißt doch, dass ich die Augengläser nicht mag. Damit sehe ich aus wie eine Oma.«

»Aber du bist doch eine Oma, Oma«, sagte Claire. »Bitte mach weiter!«

Während Emily mit einem Seufzer den nächsten Band aufschlug, steckte Onkel Georgie seinen Kopf durch die Tür. »Hast du vielleicht eine Minute Zeit, Vicky? Du findest mich in der Bibliothek.«

Vicky schaute ihre Mutter fragend an, aber die zuckte nur die Achseln. Also legte sie ihre Handarbeit beiseite und verließ den Raum, um ihrem Onkel zu folgen.

Als sie die Bibliothek betrat, stand er am Kamin und goss sich einen Whisky ein. Mit so finsterer Miene, dass sie stutzte.

»Ist irgendwas nicht in Ordnung?«

»Allerdings«, sagte er. »Der verdammte Tunnel. Ich hatte mich auf dich verlassen, aber wie ich höre, bist auch du inzwischen für die Pläne deiner Mutter.«

»Seit wann regst du dich über solche Dinge auf?«, fragte Vicky verwundert. »Die Geschäfte der Firma haben dich doch nie interessiert. Hast du keine Angst, dass die Damen vom Ballett eifersüchtig werden?«

»Hier geht es weder um die Firma noch um ein Geschäft«, erwiderte er ohne jeden Humor. »Hier geht es darum, was wir sein wollen – Briten oder Europäer. Und ich will verdammt nochmal bleiben, als was ich geboren wurde und was ich bin. Ein Brite!«

»Aber dafür reichen deine Spleens doch vollkommen aus!«

»Es ist jetzt nicht der Zeitpunkt für Witze. Jetzt heißt es Farbe bekennen – *right or wrong, my country*!« Er nahm einen großen Schluck von seinem Whisky und schaute sie an. »Wenn es in der Firma zum Schwur kommt, wie wirst du stimmen: dafür oder dagegen?«

»So, wie ich es für richtig halte. Also dafür.«

»Bist du von allen guten Geistern verlassen? Haben wir Wilhelm den Eroberer besiegt, damit wir unsere Insel jetzt den Froschschenkelfressern preisgeben?«

Er stürzte den Rest seines Whiskys hinunter, und mit vor Erregung zitternden Händen schenkte er sich gleich wieder nach. Vicky sah es voller Befremden. Noch nie hatte sie ihren Onkel in einem solchen Zustand gesehen.

Meinte er das alles ernst?

Nachdem er auch das zweite Glas geleert hatte, trat er auf sie zu. »Muss ich dich wirklich daran erinnern, dass ich dir immer geholfen habe, wenn es darauf ankam?«

»Was … was willst du damit sagen?«

»Kannst du dir das nicht denken, Lieblingsnichte?« Sein Gesicht verzog sich zu einem schiefen Grinsen. »Nun, es ist doch wirklich seltsam, wie wenig unsere kleine Claire ihrem Vater gleicht. – Ja, ja, die Launen der Natur …«

Vicky spürte, wie ihr die Knie weich wurden.

»Willst du … willst du mich etwa erpressen?«

»Um Gottes willen, nein«, erwiderte er mit ungewohnter Heftigkeit. »So war das nicht gemeint. Ich … ich bin nur einigermaßen enttäuscht, um ehrlich zu sein. Da bitte ich dich einmal um einen Gefallen, aber du lässt mich im Stich. – Nun gut«, sagte er, nun wieder gefasst. »Wenn es so ist, wie es ist, wird es das Beste sein, wir vergessen dieses Gespräch.« Er nickte ihr einmal kurz zu, dann drehte er sich um, so dass sie nur noch seinen Rücken sah. »Gute Nacht, Vicky. Wenn du mich schon alleinlässt, dann lass mich jetzt auch wirklich allein.«

20

AN DIESEM Dienstag hatte Paul sich erst am Abend von seinen Verpflichtungen freimachen können, sein Fraktionsvorsitzender hatte nach der Parlamentsdebatte zu einer Sondersitzung geladen, um über ein von Bismarck geplantes Sozialistengesetz zu beraten, so dass es schon auf Mitternacht zuging, als er Doras Bett verließ, um sich wieder anzuziehen. Während er in seine Kleider schlüpfte, saß sie bereits am Frisiertisch. Obwohl sie gesagt hatte, sie wolle sich gleich schlafen legen, restaurierte sie noch einmal ihr Äußeres. Mit geübten Griffen flocht sie ihr Haar, um es in drei Zöpfen kunstvoll um ihren Kopf zu winden. Dank der vielen Spiegel konnte er sie dabei von vorn und von hinten bewundern und dazu von beiden Seiten im Profil.

Wie in aller Welt sollte er ihr endlich sagen, was er ihr sagen musste?

»Ach, übrigens«, sagte er. »Ich habe eine Einladung aus Paris. Mein Freund Escoffier will heiraten und hat mich gebeten, sein Trauzeuge zu sein.«

Obwohl ihre Blicke sich im Spiegel trafen, drehte sie sich zu ihm herum. »Was für eine wunderbare Überraschung! Wann fahren wir?«

Er holte tief Luft. Diese Reaktion hatte er befürchtet.

»Nichts könnte schöner sein, als zusammen mit dir nach Paris zu fahren«, sagte er. »Aber leider ist das keine Vergnügungsreise. Ich werde meinen Besuch dort für Bismarcks Boulevard nützen. Die Champs-Élysées sind ja das Vorbild für den Kurfürstendamm.«

»Das ist doch kein Grund, dich nicht zu begleiten. Lass mich deine Muse sein!«

»Aber wie stellst du dir das vor? Ich werde von morgens bis abends unterwegs sein. Auch habe ich bereits um einen Termin bei Stadtplaner Haussmann angefragt. Da wird kaum freie Zeit übrigbleiben.«

»Mein süßer kleiner Streber. Aber keine Sorge, ich werde dich nicht von der Arbeit abhalten. Wenn du keine Zeit hast, gehe ich in den Louvre oder in die Tuilerien oder einfach bummeln. Die Magasins du Printemps möchte ich schon lange besuchen. Das soll das luxuriöseste Kaufhaus von Paris sein.«

Paul schlang sich die Krawatte um den Hals. »Tut mir leid«, sagte er und straffte mit einem Ruck den Knoten. »Ich habe Rücksichten zu nehmen. Ich bin nun mal nicht frei und kann nicht so, wie ich möchte. Es braucht uns nur jemand am Bahnhof zu sehen, wie wir in den Zug steigen. Verstehst du das denn nicht?«

»Natürlich verstehe ich das. Aber wir können ja bis Hannover getrennt fahren und nehmen erst dort ein gemeinsames Coupé. Das fände ich sogar sehr romantisch, fast wie eine Entführung. Findest du nicht auch?«

»Ja, nein – vielleicht … Aber darum geht es nicht. Ich meine, ich will in Paris einen alten Freund wiedersehen. Und du weißt doch, wie das ist. Da wird von Dingen die Rede sein, die dich nicht im Geringsten interessieren.«

»Ach so?« Ihre Stimme klang inzwischen gereizt. »Du hast Angst, dass ich euch bei euren Männergesprächen störe? Ist es das?«

»Nein, nicht direkt. Wobei, wenn ich ehrlich bin, ein bisschen auch, natürlich. Aber das ist nicht der eigentliche Grund. Es ist vielmehr so, dass …«

»Dass was?«

»Dass einfach … einfach, na ja, eben – *überhaupt*!«

Er wollte sich nach seinen Schuhen bücken, aber sie sah ihn so eindringlich an, dass er es unterließ. »Kann es sein«, fragte sie, »dass du dich für mich schämst? Weil ich älter bin als du?«

»Was für ein Unsinn! Du bist das vollkommenste Wesen, das ich kenne. Aber mein Freund heiratet – das heißt, er geht den Bund fürs Leben ein. Da … da kann ich unmöglich auf seiner Hochzeit mit einer Geliebten aufkreuzen.«

»Einer Geliebten?«, wiederholte sie. »Das bin ich also für dich? Wie kannst du nur wagen, mir das ins Gesicht zu werfen? Bin ich etwa ein Flittchen vom Theater oder ein Blumenmädchen vom Laden um die Ecke?« Ihre Augen sprühten Funken. »Jetzt geht mir ein Licht auf! Du willst mich nicht dabeihaben, weil du auf amouröse Abenteuer aus bist. *Das* ist der Grund!«

»Bist du verrückt geworden? Das ist doch vollkommen absurd!«

»Von wegen absurd!« Ihre Stimme schnappte über. »Paris, die Stadt der Liebe!«, rief sie, mit gellendem Lachen. »Aber natürlich! Cancan und die Schönen der Nacht!« Sie schnalzte mit der Zunge. *»O la la!«*

»Bitte beruhige dich.« Ängstlich blickte er zur Tür. »Wenn dein Mann uns hört.«

»Ich soll mich beruhigen? Wenn du vorhast, mich zu betrügen? Und mir das auch noch ins Gesicht sagst?«

Tränen schimmerten in ihren Augen, und ihr Unterkiefer zitterte.

»Bitte, Dora … Bitte …«, sagte er und trat auf sie zu.

»Fass mich nicht an!« Mit beiden Händen stieß sie ihn von sich, wütend wie eine Furie.

Taumelnd wich er zurück. Was konnte er tun, um sie zur Räson zu bringen?

Sie war so außer sich, dass es nur eine Möglichkeit gab.

»Es ist unmöglich«, sagte er. »Du kannst mich nicht begleiten. Weil … Erdmute – *sie* wird mit mir nach Paris fahren.«

21

IN DER Église St. Laurent läuteten die Hochzeitsglocken. Die katholische Pfarrkirche war das bedeutendste Gotteshaus im zehnten Arrondissement, und da sie nur wenige Gehminuten von der Rue de Paradis entfernt lag, war es nur natürlich, dass Auguste und Delphine sich hier das Jawort gaben.

In einem Frack, den er für sündhaft teures Geld bei einem der besten Schneider von Paris hatte anfertigen lassen, trat Auguste vor den Altar, wo seine Braut schon auf ihn wartete, zusammen mit seinem Trauzeugen Paul Biermann, der mit seiner Frau Erdmute und deren erst wenige Monate altem gemeinsamen Sohn eigens für diesen Tag aus Berlin angereist war. Delphine empfing ihn mit einem Lächeln, das ihr Gesicht unter dem Schleier so hell erstrahlen ließ, dass es fast schön erschien.

Als Auguste an ihre Seite trat, straffte er sich. Sobald der Priester den Segen gesprochen hatte, würde er, Auguste Escoffier, ein Koch aus der Provence, der Schwiegersohn des Verlegers Alphonse Daffis sein, eines wohlhabenden und in den besten Kreisen der Hauptstadt geachteten Mannes.

Voller Dankbarkeit erwiderte er Delphines Lächeln – damit sie ihn nicht an Körpergröße überragte, hatte er seine Stiefel dreifach besohlen lassen. Dann tauschte er einen Blick mit seinem Freund Paul, der die Ringe schon bereithielt, und wandte sich dann dem vor ihm stehenden Priester zu.

»Willst du, Delphine Daffis, den hier anwesenden Auguste Escoffier zum Manne nehmen, ihn achten und ehren in guten wie in schlechten Tagen? So sage ja.«

»Ja«, hauchte Delphine.

»Und willst du, Auguste Escoffier, die hier anwesende Delphine Daffis zum Weibe nehmen, sie achten und ehren in guten wie in schlechten Tagen? So sage ja.«

»Ja, das will ich«, erwiderte Auguste mit fester Stimme.

»Dann tauscht nun die Ringe.«

Mit Delphine am Arm zog Auguste unter abermaligem Glockengeläut an der Spitze der Festgemeinde aus der Kirche. Draußen wurden sie von der Kochbrigade des Petit Moulin empfangen. Angetan mit ihren weißen Mützen und Uniformen standen die Männer auf der Freitreppe Spalier, und während die übrigen Hochzeitsgäste das frisch getraute Paar mit Reis bewarfen, veranstalten sie mit ihren Löffeln und Töpfen einen solchen Lärm, dass Pauls Sohn auf dem Arm seiner Mutter zu schreien anfing und Erdmute die Flucht ergriff, um mit dem verängstigten Säugling in einer Droschke zu verschwinden.

22

»GESCHLOSSENE GESELLSCHAFT« stand auf der kleinen Messingtafel, die am Eingang des Petit Moulin hing. Das Lokal war für die Hochzeit des Küchenchefs reserviert, nicht einmal Stammgäste fanden an diesem Tag Einlass. Trotzdem reichte der Platz kaum aus, so groß war die Festgesellschaft, in der sich zu Pauls Verwunderung anscheinend nur Angehörige der Verlegerfamilie fanden. Hatte Auguste weder Freunde noch Verwandte in Paris?

Die Tische bogen sich unter den Platten, die die Kellner immer wieder aufs Neue aus der Küche brachten – darauf lauter kunstvoll komponierte Köstlichkeiten mit nicht weniger kunstvoll komponierten Namen, bei deren Nennung bereits den Gästen das Wasser im Mund zusammenlief. Obwohl Paul noch nie so exquisit gespeist hatte, stocherte er lustlos auf seinem Teller herum. Der Grund dafür war der leere Stuhl an seiner Seite. Friwi hatte sich von seinem Schreck nicht mehr erholt, er hatte stundenlang geschrien wie am Spieß, auch die Amme, die Augustes Schwiegermutter besorgt hatte, hatte es nicht geschafft, ihn zu beruhigen, so dass Erdmute mit dem Kind im Hotel geblieben war und Paul nun ohne seine Frau an der Feier teilnehmen musste. Was für eine Enttäuschung! Er hatte Erdmute zu der Reise in der Hoffnung überredet, dass ein Besuch in die Stadt der Liebe ihre Ehe beleben würde. Immerhin hatte er ihr das Versprechen abnehmen können, dass sie im Hotel auf ihn wartete – vorausgesetzt, dass er vor Mitternacht zurück sei.

Die Kapelle spielte den ersten Walzer. Wie auf Kommando eilten die Hochzeitsgäste zur Tanzfläche, für die man in der Mitte des Lokals inzwischen Platz geschaffen hatte. Paul blieb allein an seinem Tisch zurück. Dabei hatte er sich auf das Tanzen ganz besonders gefreut, er tanzte ja für sein Leben gern. Aber eine fremde Frau auffordern, die auch noch Französisch sprach? Nein, dazu konnte er sich nicht überwinden.

»Sie erlauben?«, fragte jemand auf Deutsch mit seltsamem Akzent.

Überrascht drehte Paul sich um. »Monsieur Daffis?« Er sprang auf, um Augustes Schwiegervater einen Platz anzubieten. »Aber natürlich! Sehr gern.«

Doch statt sich zu setzen, blieb Daffis stehen. »Hat Ihnen eigentlich niemand gesagt, wie unerwünscht Ihr Deutsche in Frankreich seid?«

Paul brauchte einen Moment, um zu begreifen. »Sie meinen, wegen des Krieges? Ja, der lastet immer noch auf unseren Völkern. Aber das gilt nicht für Auguste und mich, wir zwei sind gute Freunde, das kann ich Ihnen versichern.«

»Unsinn!«, schnaubte Daffis. »Wie kann es Freundschaft unter Feinden geben? Ich bin in Colmar geboren. Ihr *boches* habt mir meine Heimat geraubt.«

»Aber damit habe ich doch nichts zu tun!«

»Waren Sie etwa kein Soldat?«

»Ja, sicher, schon.« Paul hoffte, dass ihr Wortwechsel im Lärm der Tanzkapelle unterging. »Aber ... «

»Sehen Sie!« Voller Verachtung verzog der Verleger das Gesicht. »Und darum hasse ich euch Deutsche – jeden einzelnen von euch! Guten Tag, Monsieur.«

Damit wandte er sich ab. Für eine Sekunde war Paul wie erstarrt.

»Und was ist mit den französischen Kolonien in Afrika?«, rief er dem Verleger nach.

Der drehte sich um. »Was soll mit denen sein?«

»Das will ich Ihnen sagen. Vielleicht geht es den Tunesiern ja ganz genauso wie Ihnen. Vielleicht haben sie auch das Gefühl, gerade ihrer Heimat beraubt zu werden. Und zwar durch *Ihre* Soldaten.«

Daffis zuckte die Schultern. »Ihr Deutschen könnt es ja nur nicht ertragen, dass wir euch Afrika weggeschnappt haben. Aber euer Bismarck hat sich ja nicht getraut. Mehr Angst als Vaterlandsliebe! Scheißt doch in eure Pickelhauben!«

»Ich muss Sie bitten, sich zu mäßigen!«, erwiderte Paul »Oder ... «

»Oder was?«, fiel Daffis ihm ins Wort. »Wollen Sie mir etwa den Mund verbieten? In meinem eigenen Land? Was bilden Sie sich ein? Wir sind hier in Paris und nicht in Berlin!« Er spuckte Paul vor die Füße. *»Sale boche!«*

Obwohl die Kapelle weiterspielte, drehten sich ein paar Köpfe nach ihnen herum. Sie standen jetzt so nah voreinander, dass Paul die zitternden Härchen sah, die aus den Nasenlöchern des Verlegers ragten, und auch die Speichelreste an seinen Lippen. Er musste an sich halten, um dem Kerl nicht an den Kragen zu gehen, und er hätte für nichts garantiert, wenn Auguste nicht herbeigeeilt wäre.

»Heute keine Politik!«

Zum Glück waren Delphine und Madame Daffis Auguste gefolgt. Kurzerhand nahmen sie den Verleger zwischen sich und schleppten ihn davon.

Erleichtert nahm Paul wieder Platz. Auguste setzte sich zu ihm.

»Weißt du noch?«, fragte er. »Heute keine Politik!«

Paul brauchte einen Augenblick, dann musste er grinsen. Natürlich – das waren Vickys Worte gewesen, als sie einander zum ersten Mal begegnet waren. Auguste und er hatten wie die Besenbinder gestritten, und Vicky hatte ihren Streit geschlichtet. Genau mit diesen Worten.

Ein entstand ein kurzes, intensives Schweigen.

Paul räusperte sich. »Du hattest aus London geschrieben, dass ihr zusammen nach Paris wolltet, Vicky und du. Warum habt ihr es nicht getan?«

Auguste zögerte. »Um ehrlich zu sein«, sagte er, »ich habe nie wirklich daran geglaubt. Vicky stammt doch aus ganz anderen Sphären.«

Paul nickte. Er hatte ja mit eigenen Augen gesehen, in was für Verhältnissen Vicky lebte. »Habt ihr noch Kontakt?«, fragte er.

Auguste schüttelte den Kopf. »Es ist besser so, wie es ist.«

Als Paul seine schwarzen Augen sah, war er für eine Sekunde versucht, nach Claire zu fragen, Vickys Tochter. Aber das war nur ein kurzer Impuls, den er sogleich unterdrückte.

»Sind dir nie Zweifel gekommen?«, fragte er nur.

»Du meinst, dass ich es nicht wenigstens versucht habe?« Auguste dachte eine Weile nach, dann schüttelte er ein zweites Mal den Kopf. »Dazu gibt es keinen Grund. Weil – ich bin noch nie in meinem Leben so glücklich gewesen wie jetzt.«

»Wie schön!«, sagte Paul. »Dann hast du mit Delphine also das große Los gezogen?«

»Ja, das auch«, antwortete Auguste. »Aber stell dir vor, ich werde mich selbständig machen. Ich habe schon was an der Hand, ein Restaurant in Boulogne-sur-mer, oben am Atlantik. In Kürze werde ich dorthin reisen, um mir alles anzuschauen.«

»Aber macht ihr nicht erst mal Flitterwochen?«

»Wozu? Delphine weiß, wie viel es mir bedeutet, mein eigener Herr zu sein, und ist bereit, auf die Flitterwochen zu verzichten. – In einem eigenen Restaurant kann ich ja ganz anders arbeiten als hier«, fügte er mit einem Blick auf den Besitzer des Petit Moulin hinzu, der am Tresen die Getränke ausschenkte. »Und das ist das Wichtigste, auch für unsere Ehe. Wenn ich glücklich bin, ist meine Frau es auch.«

»Dann drücke ich die Daumen, dass alles klappt«, sagte Paul. Er konnte sich vorstellen, wie viel seinem Freund ein eigenes Restaurant bedeutete.

»Weißt du was?«, fragte Auguste. »Sobald wir eröffnet haben, schreibe ich dir. Dann kommst du mit deiner Familie nach Boulogne, und ihr macht Urlaub bei uns. Es gibt mehr Platz als genug, ich habe die Baupläne gesehen, und Delphine will sowieso ein paar Gästezimmer einrichten. – Abgemacht?«

»Abgemacht«, sagte Paul.

Auguste erhob sich von seinem Platz. »Aber jetzt sollte ich mich mal wieder um die anderen Gäste kümmern. Und vielleicht auch um meinen Schwiegervater«, fügte er grinsend hinzu. »Er leidet an Bluthochdruck und hat ein schwaches Herz. Ich hoffe, er hat sich inzwischen beruhigt.«

Eine halbe Stunde später war Paul im Hotel – noch vor Mitternacht. Umso größer aber war seine Enttäuschung, dass Erdmute nicht auf ihn gewartet hatte. Als er das Zimmer betrat, war schon alles dunkel, und sie schlief tief und fest auf ihrer Seite des Doppelbetts, mit dem vor Wohligkeit leise seufzenden Friwi im Arm.

23

WOGE FÜR Woge spülten die Fluten des Atlantiks an Land, wo sie sich schäumend brachen, um im Sand zu zerfließen. Vicky war mit Rupert und den Kindern nach Dover gereist, wo die ersten Probebohrungen für den Tunnel begonnen hatten. Nachdem Rupert und sie die Baustelle besichtigt hatten, waren sie mit Roberta und den Kindern an den Strand gefahren.

Während Nigel unter Robertas Aufsicht im Sand spielte, nahm Rupert Claire an die Hand und ging mit ihr hinunter ans Wasser. Vicky folgte ihnen nach.

»Das ist aber groß …«

Mit offenem Mund stand Claire da, das Haar von der Meeresbrise zerzaust, und staunte angesichts der Unendlichkeit, die sich vor ihren Augen auftat, während über ihr am Himmel, der so grau war wie das Meer, die Möwen krächzten, als wollten sie Abschied nehmen von den Schiffen, die mit geblähten Segeln vor der Küste kreuzten. Eines davon war so nah, dass man die Matrosen an Deck sehen konnte.

»Fahren die nach Indien?«, fragte Claire.

»Nach Indien und ganz vielen anderen Ländern«, sagte Rupert. »Das Meer ist so groß, darauf kann man überall hinfahren, rund um die ganze Welt.«

Vicky hörte nur mit halbem Ohr zu. Sie war noch mit den Eindrücken des Vormittags beschäftigt. Die Bohrungen ließen darauf schließen, dass man schon bald mit einem ersten Probestollen beginnen konnte. Rupert hatte sich über die Auskunft der Ingenieure so sehr gefreut, dass er vor Aufregung einen Hustenanfall bekommen hatte. Hatte er mit dem Tunnel sein großes Lebensziel gefunden? Oder vielleicht sogar sie beide ihr gemeinsames? Vicky war sicher, wenn der Tunnel Wirklichkeit würde, würde das die Welt verändern, und sie und Rupert würden später einmal sagen können, wir sind dabei gewesen.

Als könne Rupert Gedanken lesen, sagte er: »Danke, dass du für uns gestimmt hast. Ich weiß ja, wie sehr du an Onkel Georgie hängst. Es ist dir sicher nicht leichtgefallen.« Er nahm sie in den Arm und gab ihr einen Kuss.

»Aber wo ist der Tunnel?«, rief Claire und zerrte an seiner Hand. »Komm, Papa, zeig ihn mir.«

»Den Tunnel gibt es doch noch gar nicht, mein Schatz«, sagte Rupert. »Der muss doch erst noch gebaut werden. Unter dem Wasser.«

Während er sich wieder um Claire kümmerte, schaute Vicky aufs Meer hinaus. Nein, leicht war ihr die Entscheidung nicht gefallen, Onkel Georgie hatte ja unverblümt damit gedroht, ihr Geheimnis zu verraten, wenn sie gegen ihn stimmte. Jetzt konnte sie nur darauf vertrauen, dass er sich an seine eigenen Worte hielt und ihr Gespräch vergaß. Doch sicher war das nicht. Er hatte angekündigt, sich der Kampagne seines Freundes Wolseley anzuschließen – der General machte an mehreren Fronten gleichzeitig gegen den Tunnel mobil, sowohl im Parlament als auch in der Presse.

»Aber das kann doch gar nicht sein«, sagte Claire. »Da muss der Tunnel doch kaputtgehen, bei so viel Wasser.«

»Du hast recht«, sagte Rupert. »Eigentlich müsste er das.«

»Aber warum tut er es dann nicht?«

Rupert lachte. »Das kann ich dir auch nicht erklären. Aber vielleicht fragst du mal Onkel Paul, wenn er uns wieder besucht. Der ist Ingenieur und weiß Bescheid.«

Er hob Claire auf den Arm und zeigte auf ein Schiff. »Schau nur! Da klettert gerade ein Matrose auf den Mast! Kannst du ihn sehen?«

Claire streckte ihren kleinen Zeigefinger in die Luft. »Ja! Ja! Ja! Ich sehe ihn!«

Die beiden strahlten, als hätten sie gerade Amerika entdeckt.

Der Anblick erfüllte Vicky mit solchem Glück, dass ihr die Tränen kamen.

24

OBWOHL DIE Sonne von einem wolkenfreien Himmel auf Berlin herabschien, lag bereits eine schmerzliche Ahnung von Herbst in der Luft. Die Sonne hatte ihre Kraft verloren, in den langen Schatten, die die Häuser warfen, war es an manchen Stellen so kühl, dass man fröstelte, und in der Wilhelmstraße kehrten Straßenfeger das erste bunte Laub des Jahres vom Trottoir, als Paul die Reichskanzlei betrat. Seit drei Tagen war er aus Paris zurück, doch seine schriftliche Bitte um einen Termin beim Kanzler, die er gleich nach seiner Ankunft auf die Post gegeben hatte, war unbeantwortet geblieben. Jetzt wollte er persönlich vorsprechen, um eine Unterredung mit Bismarck herbeizuführen.

Zwei Wochen hatte er in Paris verbracht, und jede freie Minute hatte er dazu genutzt, die französische Hauptstadt zu erkunden. Mehrmals war er die Champs-Élysées in beiden Richtungen abgelaufen und ebenso die großen Boulevards, die wie riesige Schneisen in die Stadt geschlagen worden waren, um die Quartiere voneinander zu trennen und Ordnung in das Gewirr aus Straßen, Gassen und Plätzen zu bringen. Drei Notizbücher hatte er bei seinen Erkundungen mit Zeichnungen und Anmerkungen gefüllt, und bei einem Mittagessen mit Georges-Eugène Haussmann hatte der berühmte Stadtplaner ihm erklärt, mit welchen baulichen Maßnahmen es ihm gelungen war, das mittelalterlich geprägte Paris in wenigen Jahrzehnten zu einer modernen Metropole des Industriezeitalters umzugestalten.

Jetzt sprudelte Paul nur so vor Ideen und konnte es gar nicht erwarten, sie Bismarck zu präsentieren. Doch Bismarcks Sekretär, ein Geheimrat namens Bucher, der mit seinem speckigen Anzug, den schmalen Lippen und dem Zwicker auf der Nase wie ein Volksschullehrer aussah, erklärte ihm zu seiner Verblüffung, dass der Kanzler ihn nicht empfangen werde – weder heute noch morgen und auch nicht in einem Jahr.

»Aber das kann doch gar nicht sein«, sagte Paul. »Ich bin der Sonderbeauftragte für den Kurfürstendamm und muss dem Kanzler rapportieren.«

»Nein, das müssen Sie nicht.« Bucher nahm seinen Zwicker von der Nase. »Sie wurden Ihres Amtes enthoben. Haben Sie den Bescheid nicht bekommen?«

»Nein, ich … ich war auf Reisen. Aber was um Himmels willen ist denn passiert?«

»Bedauere, ich bin leider nicht befugt, darüber sprechen. Nur so viel: Sie können froh sein, wenn Ihnen nicht der Prozess gemacht wird.«

»Prozess?«, wiederholte Paul, der kein Wort verstand.

Der Geheimrat nickte. »Ja, Prozess. Nur in Würdigung Ihrer früheren Verdienste hat der Kanzler dafür gesorgt, dass Sie nicht unter Anklage gestellt werden. Mehr können wir nicht für Sie tun.«

»Aber … das – das muss ein Missverständnis sein«, protestierte Paul.

»Vielleicht erkundigen Sie sich bei Baurat Blankenstein.« Geheimrat Bucher setzte sich seinen Zwicker wieder auf die Nase und kehrte zurück an seinen Schreibtisch. »Vorausgesetzt natürlich, dass der Herr sich noch in Berlin aufhält.«

25

AUGUSTE PACKTE seinen Koffer – er war für den Nachmittag in Boulogne-sur-mer mit dem Besitzer des zum Verkauf stehenden Restaurants verabredet. Das heißt, eigentlich packte nicht er, sondern Delphine, er stand vielmehr daneben und schaute nur immer wieder auf die Uhr.

»Wann geht dein Zug?«, fragte sie, über den Koffer gebeugt, als er ein weiteres Mal den Deckel seiner Bréguet aufspringen ließ.

»In zweiundfünfzig Minuten.«

»Dann hast du ja noch Zeit.«

»Von wegen! Wenn ich den Zug verpasse, komme ich heute nicht mehr an. Das wäre eine Katastrophe. Mein Vorkaufsrecht gilt nur bis heute, und es gibt eine Menge anderer Bewerber, die nur darauf warten, dass ich einen Rückzieher mache.«

»Hoffentlich war es kein Fehler, dass du im Petit Moulin schon gekündigt hast. Es kann ja immer noch etwas schiefgehen, und dann stehst du auf der Straße.« Sie drehte sich zu ihm um. »Schaust du mal nach, ob du auch alles hast, was du brauchst?«

»Nicht nötig, ich bin sicher, du hast an alles gedacht. Außerdem bin ich ja übermorgen schon wieder zurück.«

Er gab ihr einen Kuss, da gellte plötzlich ein Schrei durchs Haus.

Irritiert schaute er Delphine an. »War das deine Mutter?«

»Um Gottes willen!«

Während sie hinauseilte, schloss er den Koffer, dann nahm er sein Gepäck und folgte ihr die Treppe hinunter. In der Beletage stand die Tür zum Schlafzimmer offen. Auf dem Bett lag sein Schwiegervater, mit rotem Kopf und schwer atmend, während seine Frau ihm mit fliegenden Händen die Hemdbrust öffnete.

»Was ist passiert?«

»Das Herz«, sagte Delphine. »Es ist nicht das erste Mal.«

»Habt ihr nach einem Arzt geschickt?«

»Ja, ein Laufbursche ist schon unterwegs.«

»Dann bin ich beruhigt.« Auguste zückte seine Uhr.

»Kannst du nicht bleiben, bis wir Bescheid wissen?«, fragte Delphine. »Bitte. Nur einen Tag.«

Als er ihr Gesicht sah, zögerte er. »Das würde ich liebend gerne, du weißt ja, wie sehr ich deinen Vater mag. – Aber sollen wir uns wirklich die Chance unseres Lebens entgehen lassen? Glaubst du, das würde dein Vater wollen?«

Eine Weile erwiderte sie seinen Blick, die Augen voller Tränen, dann schüttelte sie den Kopf. »Nein, das würde er nicht. Natürlich nicht. Er hat sich ja so gefreut, dass du dich selbständig machen willst.«

»Siehst du?« Er hob ihr Kinn in die Höhe. »Es gibt keinen Grund zur Sorge, du hast ja selbst gesagt, es ist nicht das erste Mal. Gleich kommt der Arzt, und dann ist alles wieder gut. Vielleicht ist dein Vater heute Abend schon wieder munter und spielt im Petit Coin seine Partie Billard.«

Delphine schluckte ihre Tränen hinunter. »Du hast recht. Er hat sich ja immer wieder berappelt. Und er würde es sich nie verzeihen, wenn wir uns wegen ihm eine solche Chance entgehen lassen würden.«

»Meine tapfere, kluge Delphine.« Auguste nahm sie zum Abschied in den Arm. »Schick mir ein Telegramm, wenn der Arzt da war. Dann weiß ich Bescheid. Du hast doch die Adresse, oder?«

26

VOR DER Villa Blankenstein stand ein mit zwei schweren Kaltblütern bespannter Möbelwagen, als Paul aus der Droschke stieg, die ihn nach Zehlendorf gebracht hatte. Auf der Ladefläche türmten sich Möbel und Kisten, und auf dem Kiesweg, der die Straße mit dem Hauseingang verband, kamen ihm zwei Möbelpacker entgegen, die in Decken geschlagene Spiegel auf den Wagen luden.

Um Gottes willen – was hatte das zu bedeuten?

»Man hat mich meines Amtes enthoben«, erklärte Hermann Blankenstein, der im Hausflur die Arbeiten dirigierte.

»Was – Sie auch?«, fragte Paul.

»Ich wurde strafversetzt – nach Stettin. Mir blieb nichts anderes übrig, als zu akzeptieren. Sonst hätte man mir den Prozess gemacht.«

»Aber warum?«

»Vielleicht gehen wir besser in den Salon«, erwiderte Blankenstein mit Blick auf die Möbelpacker und öffnete die Tür.

Als Paul den Salon betrat, erkannte er den Raum nicht wieder. Bis auf ein paar Grünpflanzen war alles fortgeräumt. Inmitten der Leere stand Dora mit dem Rücken zur Tür, offenbar versunken in den

Anblick des letzten verbliebenen Gemäldes an den Wänden. Eine lichtdurchflutete Allee – von Max Liebermann, wie Paul sich zu erinnern glaubte.

»Es ist alles meine Schuld«, sagte sie mit tonloser Stimme.

Als sie sich umdrehte, schrak er zusammen. Sie sah eigentlich aus wie immer, vollkommen in ihrer Schönheit und Haltung – sie trug sogar dasselbe schwarz-weiß gestreifte Kleid, das sie auch bei ihrer ersten Begegnung getragen hatte. Und doch wirkte sie in ihrer reglosen Gefasstheit vollkommen verändert. Fast wie ein Mensch, der mit seinem Leben abgeschlossen hat.

»Ein unverzeihlicher Augenblick der Schwäche«, sagte sie, wieder mit derselben tonlosen Stimme. »Ich … ich habe an deiner Liebe gezweifelt, und deshalb habe ich … habe ich … ja, um dich zu strafen … Um dich zu verletzen … Weil ich … weil ich …« Plötzlich brach ihre Stimme, ihre Miene zerfiel, und sie schluchzte laut auf.

Die Auflösung geschah so überraschend, dass Paul nicht wusste, was er tun sollte. Wären sie allein gewesen, hätte er sie in den Arm genommen. Aber in Gegenwart ihres Mannes? Also ließ er die schon erhobenen Arme wieder sinken und sagte: »Ich … ich verstehe nicht. Was ist passiert?«

Blankenstein tat einen Seufzer. »Während Ihrer Abwesenheit wurde Hugo Lebsanft bei mir vorstellig, um im Namen von Gumbrecht & Cie. ein Angebot für den Bau der neuen Volksschule in Neukölln abzugeben.«

»Aber den Auftrag hatten Sie mir doch schon zugesagt!«

»Ich weiß. Aber Ihr Schwager hat gedroht, einen Skandal zu machen, wenn es keine Ausschreibung gibt. Also blieb mir nichts anderes übrig, als sein Angebot entgegenzunehmen, verbunden mit dem Versprechen, es zu prüfen. Da ich jedoch mit Rücksicht auf die besondere Beziehung, die Sie zu meiner Frau pflegen, die Entscheidung nicht allein treffen wollte, habe ich ihn zwei Tage später schriftlich gebeten, sich mit ihr ins Benehmen zu setzen.«

»Es sollte doch nur ein Denkzettel sein«, sagte Dora laut aufschluchzend. »Damit du dich besinnst.«

»Damit ich was?«

»Dich besinnst! Auf uns! Auf unser Glück!«

Paul schloss die Augen. Natürlich, die gemeinsame Reise, die er ihr verweigert hatte. Nach Paris – die Stadt der Liebe.

Er hob den Blick und schaute sie an. »Das heißt, Gumbrecht & Cie. haben den Zuschlag erhalten?«

Sie wagte kaum, ihn anzusehen. »Ich weiß selbst nicht, wie ich das tun konnte. Ich … ich war einfach nur so fürchterlich enttäuscht. Enttäuscht und verletzt. Und eifersüchtig. Auf deine Frau.« Sie schlug die Hände vors Gesicht.

Paul drehte sich zu ihrem Mann herum. Erst jetzt fiel ihm auf, in welcher Verfassung Blankenstein war. Sein Gesicht war ganz blass, fast weiß unter dem dunklen Bart, auch schien er abgenommen zu haben, und seine Miene war so angespannt, dass die Adern an Stirn und Schläfen bläulich hervortraten. Paul konnte nur bewundern, wie beherrscht und kontrolliert sich der Mann trotz allem gab.

»Aber wozu dann ein Prozess?«

Blankenstein hob die Arme. »Hugo Lebsanft hat uns eine Falle gestellt. Es war ihm gar nicht um den Auftrag zu tun. Statt in das Geschäft einzuschlagen, hat er die Sache beim Bürgermeister zur Anzeige gebracht – Verdacht auf aktive und passive Bestechung, in Tateinheit mit Veruntreuung öffentlicher Gelder.«

»Um Himmels willen!«, rief Paul. »Aber – wie ist das überhaupt möglich? Ich … ich meine, eine Provision ist doch eine allgemein geübte Usance. Sogar mein Vater hat darauf vertraut, dass alles seine Richtigkeit hatte, sonst hätte er sich doch nie und nimmer darauf eingelassen.«

Blankenstein zuckte die Achseln. »Eine Usance lässt sich immer so oder so auslegen. Außerdem sei zur Ehre Ihres Herrn Vaters gesagt, dass er von der Provision, die meine Frau und ich erhielten, keinerlei Kenntnis hatte. Diese Dinge haben wir mit seinem Kompagnon Hermann Quistorp geregelt. Der war ja Miteigentümer von Biermann & Söhne und zeichnungsberechtigt.«

»Das wird ja immer abenteuerlicher! Wollen Sie damit sagen, Quistorp und Sie haben Ihre Geschäfte hinter dem Rücken meines Vaters abgeschlossen?« Paul brauchte einen Moment, um die Tragweite von Blankensteins Worten zu erkennen, aber dann fiel es ihm wie Schuppen von den Augen. »Deshalb hat er sich also umgebracht … Mein Gott! Hätte ich das nur geahnt …«

Dora eilte auf ihn zu und nahm seine Hände. »Bitte verzeih mir! Bitte verzeih! Ich bereue das alles so sehr.« In Tränen aufgelöst schlang sie die Arme um seinen Hals, und ohne Rücksicht auf ihren Mann bedeckte sie sein Gesicht mit Küssen. »Ich werde alles tun, um es wiedergutzumachen. Sag mir, was ich tun soll, und ich werde es tun, was immer es ist. Nur zweifle nicht an meiner Liebe! Nie, niemals!«

Paul versuchte, sich von Dora zu lösen, doch es gelang ihm nicht. Wieder und wieder beteuerte sie ihre Liebe, während sie wieder und wieder um Verzeihung flehte und ihn wieder und wieder küsste. Erst als er ihre Handgelenke packte und sie gewaltsam zurückstieß, ließ sie von ihm ab und sank schluchzend zu Boden.

»Es ist wohl besser, wenn Sie jetzt gehen«, sagte Hermann Blankenstein und geleitete ihn zur Tür. »Leben Sie wohl, mein Freund.«

27

EIN WEISSBLAUER Himmel wölbte sich über dem Ozean, und eine frische Meeresbrise wehte landeinwärts, als Auguste mit seinem Koffer in der Hand die Kurpromenade von Boulogne-sur-mer erreichte. Obwohl es vom Bahnhof ein ordentliches Stück Weg gewesen war, war er zu Fuß gegangen, um sich einen Eindruck von dem Ort zu verschaffen. Die Mühe hatte sich gelohnt. Trotz der fortgeschrittenen Jahreszeit wimmelte es überall von Touristen, sowohl in dem mittelalterlichen Stadtkern als auch in dem Fischereihafen mit seinem Markt, ja, sogar auf dem endlos weiten Sandstrand tummelten sich noch erlebnishungrige Badegäste, die, in Pullover und Windjacken verpackt, barfuß und mit hochgekrempelten Hosenbeinen die Pier entlang zum Leuchtturm pilgerten, wo das Meer an den Wellenbrechern in haushohen Gischtwolken aufschäumte.

Am Ende der Kurpromenade sichtete Auguste ein Gebäude, das sich strahlend weiß auf einem Felsen über dem Meer in der Sonne erhob. Bei dem Anblick schlug sein Herz höher.

Sollte es das wirklich sein?

Ein Einheimischer, bei dem er sich erkundigte, gab ihm zur Auskunft, dass es sich bei dem Gebäude um das Kurhaus handle und das Restaurant sich tatsächlich ebenso darin befinde wie das Spielcasino. Auguste hätte dem Mann am liebsten ein Trinkgeld gegeben. Das bedeutete allerbestes Publikum für das Lokal – lauter wohlbetuchte Gäste, die bei ihren Bestellungen nicht aufs Geld schauen würden.

Eine Viertelstunde später erreichte er sein Ziel. Der Inhaber, ein betagter Herr namens Poireau, erwartete ihn bereits und begann sogleich mit der Führung. Aber ach, die Besichtigung war eine Enttäuschung. So verheißungsvoll das Haus aus der Ferne erschienen war, von nahem betrachtet ließ es alle Träume im Nu zerplatzen. Der Speisesaal hatte seine besten Tage schon viele Jahre hinter sich, und die Küche erinnerte Auguste an die dunklen, blutig stinkenden Höllenorte, in denen er seine Lehrjahre verbracht hatte. Alles war in einem so heruntergekommenen Zustand, dass das gesamte Inventar herausgerissen werden musste, und um für die nötige Entlüftung und ausreichend Licht zu sorgen, musste man die Decke und sämtliche Wände durchbrechen, so dass kaum ein Stein auf dem anderen bleiben würde.

Während sie in ein kleines, elegant eingerichtetes Bureau hinüberwechselten, überschlug Auguste im Kopf die Kosten. Doch auch bei nur grober Kalkulation war klar, dass er sich nach Zahlung des

Kaufpreises eine so aufwendige Renovierung unmöglich würde leisten können.

Monsieur Poireau sah sein Zögern. »Wenn Sie von Ihrem Vorkaufsrecht zurücktreten wollen – Gott sei Dank sind Sie nicht der einzige Interessent. Insofern …«

Mitten im Satz hielt er inne. Der Grund war ein Postbote, der zur Tür hereinkam.

»Ein Telegramm! Für einen Monsieur Escoffier.«

»Das bin ich!« Auguste gab ihm ein Trinkgeld und nahm das Telegramm. Wahrscheinlich war Daffis wieder auf den Beinen und vielleicht sogar jetzt gerade auf dem Weg, um seine abendliche Billardpartie zu spielen.

Mit den Fingern öffnete er das Kuvert.

++ SOFORT ZURÜCKKOMMEN STOP ++ VATER VERSTORBEN STOP ++ DELPHINE ++

»Hoffentlich keine schlechten Nachrichten?«, fragte Poireau.

»Doch, leider.« Auguste steckte das Telegramm ein. »Mein Schwiegervater ist gestorben, ich muss zurück nach Paris. Wissen Sie, ob heute noch ein Zug geht?«

»Tut mir leid, das weiß ich leider nicht.«

»Dann versuche ich es auf gut Glück. Wo finde ich die nächste Droschke?«

»An der Place de la Patrie, nur fünf Minuten von hier.«

Auguste nahm seinen Koffer. »Dann verabschiede ich mich.«

Er wandte sich zur Tür. Doch Poireau hielt ihn zurück.

»Noch einen Moment …« Er nahm den Vertrag vom Schreibtisch. »Wollen Sie nun unterschreiben oder nicht?« Und mit feinem Lächeln fügte er hinzu: »Ich meine, vielleicht wird Ihre Frau Gemahlin ja erben?«

28

PAUL LAG im Bett seiner Frau und dachte an Dora.

Würde er sie jemals wiedersehen?

Seit der fluchtartigen Abreise der Blankensteins war es das erste Mal, dass er Erdmute in ihrem Gemach aufgesucht hatte. Dora war der schwarze Fleck in seinem Leben, und es war gut, dass ihre Beziehung ein Ende hatte, auch wenn ein Teil in ihm sie vermisste. Die Firma und das Wohlergehen der Menschen, denen er verpflichtet war, waren wichtiger, und wer weiß, vielleicht würde seine Ehe ja noch einmal mit einem Kind gesegnet. Zwar war Erdmute in den Wechseljahren, immer wieder klagte sie über Hitzewallungen, aber ausgeschlossen war es nicht. Paul jedenfalls wünschte sich nichts mehr, als dass seine Bemühungen noch einmal Früchte trügen. Das würde das Band zwischen ihnen aufs Neue knüpfen.

Während Erdmute sich im Bad von den Spuren der ehelichen Vereinigung reinigte, holten ihn wieder die Gedanken ein, die ihn seit Tagen plagten. Welch glänzender Zukunft hatte er bei seiner Rückkehr aus Paris entgegengesehen! Jetzt aber stand die Existenz der Firma Biermann & Söhne auf dem Spiel. Zwar würde es noch einige Zeit dauern, bis Blankensteins Aufträge abgearbeitet waren, doch der neue Baurat würde ihm keine weiteren Aufträge geben, das stand so fest wie das Amen in der Kirche. Und nicht genug damit, dass er bei Bismarck in Ungnade gefallen war, hatte der Kanzler ausgerechnet Hugo Lebsanft als seinen Nachfolger im Amt des Sonderbeauftragten für den Kurfürstendamm ernannt.

Wie sollte es jetzt weitergehen?

Im hochgeschlossenen Nachtkleid kehrte Erdmute aus dem Bad zurück. Als sie ihn sah, stutzte sie. »Oh, du bist noch da?«

»Ja, ich wollte noch etwas mit dir besprechen.«

Er hatte gehofft, dass sie das Licht löschen und sich zu ihm legen würde. Doch sie ließ das Licht brennen und nahm an ihrem Frisiertisch Platz.

»Ich höre!«

Er richtete sich in ihrem Bett auf. »Ich brauche deine Hilfe.«

»Du meinst mein Geld?« Im Spiegel erwiderte sie seinen Blick.

»Es geht um den Erhalt der Firma«, sagte er. »Ich muss neue Auftraggeber finden, auch denke ich darüber nach, auf eigenes Risiko Mietwohnungen zu errichten, damit lässt sich gutes Geld verdienen. Aber dafür brauche ich mehr Liquidität.«

Erdmute bürstete eine Weile schweigend ihr Haar, dann schüttelte sie den Kopf. »Tut mir leid, aber das kann ich nicht verantworten.«

»Nicht verantworten?«, wiederholte Paul. »Was soll das heißen?« Er hatte nicht gehofft, bei Erdmute auf offene Ohren zu stoßen, aber dass sie ihn so kalt abweisen würde, hatte er nicht erwartet. Immerhin hatte Alexius Schmalzriedt ihr ein Vermögen von über einer halben Millionen Goldmark hinterlassen.

»Muss ich dir das wirklich erklären?«, fragte sie. »Dass ich dir zur Rettung der Firma einmal unter die Arme gegriffen habe, war Teil unseres Eheabkommens. Aber ein zweites Mal wird es nicht geben. Schon um Friwis willen nicht.«

»Aber gerade um Friwi geht es doch! Er soll schließlich die Firma erben.«

»Was Friwi einmal tun wird, steht noch in den Sternen.« Sie drehte sich auf ihrem Schemel herum. »Außerdem – wer garantiert, dass, wenn es so weit ist, die Firma Biermann & Söhne überhaupt noch existiert? Nein, ich spiele nicht *va banque*. Und aus diesem Grund werde ich das Geld, dass Alexius mir hinterlassen hat, für meinen Sohn aufbewahren, statt es einem Hasardeur wie dir anzuvertrauen.«

»Hasardeur?«

Mit kalter Verachtung erwiderte sie seinen Blick. »Mit deinem Geschäftsgebaren hast du dir diese Bezeichnung redlich verdient. Oder ist dir Betrüger lieber?«

Paul schluckte die Kröte hinunter und schwieg.

»Damit hast du gegen unsere Abmachung verstoßen«, fuhr Erdmute fort. »Ich habe das Geld in unsere Ehe eingebracht. Im Gegenzug wäre es deine Pflicht gewesen, durch Tüchtigkeit und Erfolg für das Ansehen unserer Familie zu sorgen – einen nennenswerten Titel besitzt du ja nicht. Doch stattdessen hast du uns öffentlicher Schande ausgesetzt. Da wirst du mir nicht im Ernst zumuten wollen, dass ich dich noch einmal unterstütze und gutes Geld schlechtem hinterherwerfe.«

»Aber du hast doch von unserer Usance gewusst!«

»Du meinst, so wie ich alles Übrige von Dora Blankenstein und dir wusste?«, fragte sie. »Nun, was du tust oder lässt, sei dir überlassen – vorausgesetzt, du gestaltest die Dinge so, dass unser Ruf keinen Schaden nimmt. Aber genau darin hast du versagt.«

Paul wusste nicht, was er darauf erwidern sollte.

»Siehst du?« Sie beugte sich über die Frisierkommode und löschte das Licht. »Ich denke, damit haben wir alles Nötige besprochen. Ich wäre dir deshalb dankbar, wenn du mich jetzt verlassen würdest. Ich bin müde und möchte schlafen.«

29

JA, DIE Frau Gemahlin hatte geerbt, schon bei Delphines Geburt hatte Alphonse Daffis verfügt, dass im Falle seines Ablebens sein Vermögen zu gleichen Teilen an seine Frau und seine Tochter gehen sollte. Das hatte der Verleger auf der Hochzeitsfeier seiner Tochter in seiner Tischrede verkündet, so dass Auguste im Vertrauen darauf, dass Delphine ihm ihr Erbe zur Verfügung stellen würde, am Abend desselben Tages, an dem sein Schwiegervater verschieden war, Monsieur Poireaus Vertrag unterschrieben hatte, um sich in Boulogne-sur-mer den Traum vom eigenen Restaurant zu erfüllen.

Delphine hatte ihn nicht enttäuscht, gleich nach der Testamentseröffnung hatte sie ihm ihr Vermögen überschrieben, damit er nach Belieben schalten und walten konnte. Doch die Maßnahmen, die nötig waren, um Küche und Speisesaal in einen tauglichen Stand zu versetzen, hatten sich als noch aufwendiger erwiesen als befürchtet. Anderthalb Jahre waren seit dem Erwerb des Restaurants vergangen, anderthalb Jahre, in denen Auguste Dutzende Male zwischen Boulogne und Paris hin und her gereist war, um an dem einen Ort die Bauarbeiten zu überwachen und an dem anderen seinen Pflichten als Ehemann nachzukommen. Er hatte in dieser Zeit nicht nur ein Kind gezeugt, Delphine war im achten Monat schwanger, sondern auch eine neue Stelle angenommen, um seine Frau und das Kind zu ernähren, das Delphine unter dem Herzen trug und von dem sie wünschten, dass es in Boulogne zur Welt kam. Da Lourdin sich geweigert hatte, ihn nach seiner Kündigung wieder anzustellen, hatte er den Direktionsposten eines Bankettservices angenommen, Chevet's mit Namen, dessen Dienste von Feinschmeckern in ganz Europa in Anspruch genommen wurden. Chevet's belieferte Botschaften, Ministerien und Adelshäuser mit kompletten Menüs, einschließlich Kerzenleuchtern, Geschirr und Getränken sowie der erforderlichen Dienerschaft, nicht nur auf dem Kontinent, sondern auch in England. Und immer wenn ein Bankett auf die Insel verschickt wurde, betreute Auguste die Auslieferung, weil er auf diese Weise zweimal Gelegenheit hatte, in Boulogne nach dem Rechten zu schauen.

Auch diesmal hatte er auf der Rückreise aus Canterbury, wo er das Weihnachtsbankett für einen Marquis und dessen Familie ausgerichtet hatte, am Atlantik Zwischenstation gemacht. Die Eröffnung des neuen Lokals sollte zu Beginn der neuen Badesaison stattfinden. Die Renovierungsarbeiten waren beinahe abgeschlossen, in der Küche funkelte und blitzte es wie einst in der Küche von Shelby House, und der Speisesaal konnte es an Eleganz mit den besten Restaurants von Paris aufnehmen – Sarah Bernhardt, die in allen europäischen Großstädten zu Hause war, hatte Auguste bei der Auswahl der Möbel und Tapeten beraten.

Winterliche Nebel wallten über dem Meer, und im Kamin prasselte ein Feuer, als er am Schreibtisch von Monsieur Poireaus Büro, das jetzt das seine war, Platz nahm, um das Programm für die Eröffnungsfeier zu entwerfen. Er wollte ein Spektakel veranstalten, über das alle Feinschmecker im Norden Frankreichs und der Hauptstadt in Verzückung geraten sollten, mit einem Zwölf-Mann-Orchester und den hübschesten Tänzerinnen der Folies Bergère. Doch da die Renovierungsarbeiten Delphines Erbe fast gänzlich verschlungen hatten, war kein Geld übrig, um die Werbetrommel zu rühren.

Zum Glück hatte er eine Idee, die noch kein anderer Gastronom vor ihm gehabt hatte. Da er sich keine teuren Zeitungsannoncen leisten konnte, wollte er die Presse für sich mobilisieren. Dafür hatte er sich eine Übersicht der wichtigsten Journalisten verschafft, die er schon jetzt auf die Eröffnung seines Restaurants einstimmen wollte, in der Überzeugung, dass jeder unbezahlte Feuilletonartikel größere Wirkung beim Publikum erzielen würde als eine noch so große bezahlte Anzeige.

»Warum warst du nicht am Bahnhof?«

Überrascht schaute er von seinem Schreibtisch auf. »Delphine?« Seine Frau stand vor ihm, mit platzrundem Bauch und zwei Koffern in den Händen. »Um Himmels willen! Das hatte ich ganz vergessen!«

Während er aufsprang, ließ sie ihre Koffer fallen, und sich mit beiden Händen um den Bauch fassend, sank sie auf einen Stuhl.

»Ich … ich glaube, es geht los …« Sie hatte noch nicht ausgesprochen, da ergoss sich eine Flüssigkeit zwischen ihren Beinen und bildete eine Pfütze am Boden. »Eine Hebamme – schnell!«

»Ich bin schon unterwegs.« Im Laufschritt eilte Auguste hinaus. »In fünf Minuten bin ich zurück.«

30

EINE NEBELKATASTROPHE hatte London heimgesucht und lähmte alles Leben in der Stadt. Die Ursache war eine heimtückische Laune der Natur. Wenn die Temperaturen unter den Taupunkt sinken und der Wind plötzlich schweigt, kann es zu einem Austausch zwischen den Wasserfluten der Themse und den darüberliegenden Schichten der Luft kommen, durch die Ausscheidung von Dampf in feinen Tropfen. Das ist an sich kein Anlass zur Sorge, und auch dieses Mal hatte es mit einer solchen harmlosen Trübung der Atmosphäre begonnen. Doch schon bald hatte der Dunst sich zu einem bedrohlichen, undurchdringlichen Nebel verdichtet, der sich nun zu beiden Seiten des Flusses wie eine Waschküche zusammenballte. Während der Schiffsverkehr nach und nach zum Erliegen kam, krochen die Nebelschwaden ans Ufer und wälzten sich aufs Land, vermehrten sich dort wie eine helle Finsternis, um schließlich die ganze Stadt in ihren Besitz zu nehmen. In immer gewaltigeren Massen waberten sie durch die Straßen und Gassen, breiteten sich auf den Plätzen aus und hüllten die Gebäude ein, so dass es beinahe schien, als wäre der Wolkenhimmel auf die Erde herabgesunken.

Seit sechs Wochen lag die Stadt wie unter einem gigantischen Leichentuch danieder und drohte zu ersticken. Denn der Nebel vermischte sich mit dem ewigen Rauch, der überall aus den Schornsteinen der Wohnhäuser und Fabriken drang – Myriaden Partikel, die zwischen Himmel und Erde schwebten –, und bildete einen so dichten Brodem, dass man kaum noch die Fackeln erkennen konnte, die zur Markierung der Gehwege an den Straßenecken brannten. Für Menschen, die an Atemnot litten, waren die Folgen verheerend. Weit über tausend Opfer hatte die Giftwolke seit Jahresanfang dahingerafft, und auch zu Beginn des Februars war ein Ende der Katastrophe immer noch nicht abzusehen.

»Muss Papa sterben?«, fragte Claire, die mit ihren fast sechs Jahren alt genug war, um zu begreifen, wie es um ihren Vater stand.

Vicky musste bei der Frage ihres Kindes mit den Tränen kämpfen. Gleich zu Beginn der Katastrophe hatte Dr. Wilson ihrem Mann untersagt, das Haus zu verlassen. Seitdem verbrachte Rupert die Tage liegend auf der Chaiselongue in seinem Zimmer, mit rasselndem

Atem um Luft ringend, und während Vicky Todesängste um ihn ausstand, inhalierte er ätherische Dämpfe – das war alles, was die medizinische Kunst gegen die verpestete Luft aufzubieten hatte.

Vicky strich ihrer Tochter über das Haar. »Wenn du etwas tun möchtest, kannst du beim lieben Gott für Wind und Sonne beten. Damit sich das Wetter ändert und die Nebelwolken sich verziehen.«

»Dann beten wir am besten zusammen«, sagte ihre Mutter, die mit ihrem Lorgnon an Ruperts Bett Zeitung las. »Und danach schauen wir ein Buch von deinem Urgroßvater an. Das mit den Bildern von den wilden Tieren. Komm mit.«

Sie legte ihre Zeitung beiseite und nahm Claire an die Hand. Während die beiden den Raum verließen, kam O'Brien herein, um die Post zu bringen.

»Wer hat geschrieben?«, fragte Rupert, als Vicky den Brief von O'Briens Tablett nahm.

»Paul Biermann, unser Freund aus Berlin.«

»Wie schön.« Die gequälte Miene ihres Mannes hellte sich ein wenig auf. »Was gibt es Neues?«

Vicky entfaltete den Brief und überflog den Inhalt. »Er will uns besuchen«, sagte sie, »und fragt, ob er willkommen ist.«

31

DER WIND an der Atlantikküste hatte gedreht, in heftigen Böen wehte er vom Land über das Meer und trieb den Nebel auf den Ozean hinaus, so dass die Wintersonne an diesem herrlichen Februartag von einem leergefegten Himmel auf das Kurhaus über dem Strand von Boulogne-sur-mer herabschien und ihre Strahlen mit hellem Licht den Raum erfüllten, in dem Delphine Escoffier im Wochenbett lag, erschöpft, aber glücklich mit ihrem neugeborenen Kind im Arm.

Es war ein Junge. Obwohl der Kleine drei Wochen zu früh gekommen war, war es eine leichte Geburt gewesen. Es waren kaum zwei Stunden vergangen, da hatte die Hebamme den verschmierten roten Winzling in die Luft gehoben und ihm einen Klaps auf den Po gegeben, und als er wie gewünscht geschrien hatte, hatte sie ihn der Mutter an die prall gefüllte Brust gelegt, wo er sich emsig saugend in kurzer Zeit beruhigte. Auguste hatte vor lauter Glück über den Stammhalter sämtliche Rosen gekauft, die er auf dem Wochenmarkt hatte auftreiben können, um damit das Wöchnerinnenzimmer in ein Rosenhaus zu verwandeln.

Jetzt saß er an Delphines Bett und hielt ihre Hand, die Augen selig auf seinen schlummernden Sohn gerichtet, an dem er sich gar nicht sattsehen konnte.

»Ich bin dir ja so dankbar«, sagte er und küsste Delphines Hand. »Und bitte verzeih, wenn ich dich in vernachlässigt habe – ich hatte ja nur noch das Restaurant und die Eröffnung im Kopf.«

»Du musst dich nicht entschuldigen.« Mit einem zärtlichen Lächeln erwiderte sie seinen Blick. »Genau deswegen liebe ich dich ja und habe dich geheiratet.«

Auguste drückte ihre Hand. Dann widmete er sich wieder seinem Sohn.

»Was meinst du, ob er wohl auch mal ein Koch wird?«

»Woher soll ich das wissen?« Delphine lachte. »Erst mal sollte er einen Namen bekommen. Hast du einen Wunsch, wie er heißen soll? Vielleicht wie sein Vater?«

Auguste schüttelte den Kopf. »Nein, wenn ich den Namen aussuchen darf, habe ich eine bessere Idee.«

32

HATTE DER liebe Gott Claires Gebete erhört?

Ja, ihr Papa hatte überlebt – Rupert Watkin war dem Tod noch einmal von der Schippe gesprungen. Dank eines plötzlichen Wetterumschwungs hatte sich der Himmel über London in der zweiten Februarwoche gelichtet, die giftige, mit Ruß und schwefeligen Säuren geschwängerte Nebelwolke, die seit Beginn des Jahres 1880 über zweitausend Menschen in der britischen Hauptstadt das Leben gekostet hatte, hatte sich nach anderthalb Monaten endlich aufgelöst, so dass Rupert vor einer Woche sein Krankenlager hatte verlassen können und inzwischen fast schon wiederhergestellt war, als Butler O'Brien an diesem freundlichen Vorfrühlingstag Paul Biermanns Ankunft in Paxton House meldete. Vicky hatte sich auf das Kommen ihres Berliner Freundes gefreut und zugleich doch Bedenken gehabt. Rupert war noch von seinem Siechtum gezeichnet, sie hatte deshalb befürchtet, die Anstrengungen eines Besuchs könnten ihn überfordern. Umso mehr freute sie sich jetzt, wie er beim Wiedersehen mit Paul aufblühte.

Was aber war der Anlass für dessen Besuch?

Paul zögerte, offenbar fiel ihm die Antwort schwer, als Rupert die Frage stellte.

»Um es gerade herauszusagen«, erklärte er schließlich. »Ich befinde mich zur Zeit in einer sehr misslichen Situation. Der Baurat der Stadt Berlin, mein seit Jahren wichtigster Auftraggeber, wurde seines Amtes enthoben. Wo … woran ich selbst«, fügte er stockend hinzu, »leider Mitschuld trage, das heißt, ohne mein Zutun wäre es wahrscheinlich nicht zu der Demission gekommen …«

»Rupert und ich sind im Bilde«, unterbrach Vicky, um ihm über die Peinlichkeit hinwegzuhelfen. »Die Provisionsgeschichte. Sie hatten ja in einem Brief davon berichtet.«

»Dann will ich mich nicht mit Erklärungen aufhalten«, sagte Paul erleichtert, »und gleich zu meiner Frage kommen. Besteht vielleicht die Möglichkeit, dass die Firma Biermann & Söhne sich am Bau des Tunnels beteiligt? Ich habe fünfhundert Männer in Arbeit und Lohn, doch bei der jetzigen Auftragslage wird es mir nicht möglich sein, sie alle zu halten. Viele der Männer haben schon für meinen Vater gearbeitet, ich würde mir wie ein Schuft vorkommen, wenn ich sie entlassen müsste. Falls Sie Bedarf an zusätzlichen Fachkräften haben – ein Großteil der Belegschaft hat bei der Installation des Berliner Kanalsystems Erfahrungen im Tiefbau gesammelt. Ich kann also guten Gewissens versichern, dass wir die nötigen Voraussetzungen mitbringen würden.«

»Aber das kommt ja wie gerufen!«, erklärte Rupert. »Bei den Probebohrungen ist ein Problem aufgetreten, vielleicht können Sie uns bei der Lösung helfen. Wenn Sie freundlicherweise einen Blick darauf werfen möchten?« Er führte Paul an einen Tisch mit den Tunnelplänen. »Hier«, er tippte auf eine Zeichnung. »An dieser Stelle wird eine Sprengung nötig sein. Aber unsere Ingenieure sind unschlüssig, wie sie sie am besten absichern können.«

Vicky beobachtete von ihrem Sessel aus, wie die beiden diskutierten. Paul kannte sich mit Schachtarbeiten aus. Während er von Querstreben und Versteifungen und sonstigen Dingen sprach, von denen Vicky nichts verstand, legte er seine Schüchternheit immer mehr ab. Rupert war so begeistert von seinen Ausführungen, dass man kaum glauben konnte, dass er vor kurzem noch auf den Tod gelegen hatte.

»Das scheinen ganz ausgezeichnete Vorschläge zu sein«, sagte er. »Ich werde sie an unsere Ingenieure weiterleiten.«

»Nicht der Rede wert«, erwiderte Paul, obwohl er sich über das Lob sichtlich freute. »Wenn Sie wünschen, kann ich meine Vorschläge auch schriftlich fixieren.«

»Das wäre in der Tat hilfreich, ich bin ja alles andere als ein Fachmann.«

Als die zwei zu ihren Plätzen zurückkehrten, warf Rupert Vicky einen kurzen Blick zu. Sie wusste, was er meinte, und bedeutete ihm mit einem Kopfnicken ihre Zustimmung.

»Dann heiße ich Sie im Namen der Submarine Continental Railway Company bei unserer großen Aufgabe willkommen!«, sagte er.

Paul wusste sich vor Freude kaum zu lassen. »Wirklich? Sie ahnen ja nicht, was das für mich bedeutet. Danke!«

Rupert reichte ihm die Hand. Während die beiden per Handschlag die Vereinbarung besiegelten, läutete Vicky nach O'Brien.

»Das muss gefeiert werden!«

Der Butler brachte Champagner und Gläser.

»Darf ich mich dann vielleicht nach dem aktuellen Stand der Dinge erkundigen?«, fragte Paul, nachdem sie miteinander angestoßen hatten.

Ruperts Miene wurde ernst. »Eigentlich kommen wir gut voran, die Arbeiten sind im Zeitplan, und auch die Finanzierung ist auf einem guten Weg. Doch leider gibt es politischen Gegenwind.«

»Und zwar gehörig«, fügte Vicky hinzu. »Er ist sogar bis in unsere Familie hinein zu spüren. Mein Onkel George, der, wie Sie ja wissen, schon immer gegen den Tunnel war, hat sich zu einem geradezu fanatischen Widersacher unseres Vorhabens entwickelt und sich seinem Freund General Wolseley angeschlossen, dem einflussreichsten Gegner des Tunnels im ganzen Land. Er unterstützt den Mann, wo und wie er nur kann – mit dem Geld, das unsere Firma an ihn ausschüttet. Das muss man sich mal vorstellen!«

»Bitte echauffiere dich nicht, meine Liebe.« Rupert legte ihr seine Hand auf den Arm. »Umso mehr freuen wir uns, dass Sie nun mit an Bord sind, Mr. Biermann. Das Unternehmen ist für eine internationale Zusammenarbeit doch prädestiniert wie kaum ein anderes. Die Franzosen sind ja schon mit von der Partie. Vielleicht tröstet Sie das auch ein wenig darüber hinweg, dass man Ihnen die Mitwirkung am Kurfürstendamm entzogen hat. Wenn ich richtig verstehe, ist Bismarck ja vor allem darauf aus, mit seiner Prachtstraße der Welt die Überlegenheit des Kaiserreichs zu demonstrieren. Ganz anders unser Tunnel. Der wird eines Tages die Völker miteinander verbinden, statt ihre Rivalität zu schüren.«

»Um ehrlich zu sein«, sagte Paul, »unter diesem Aspekt habe ich die beiden Projekte noch nie miteinander verglichen.«

»Aber Sie selbst haben uns doch ein Licht aufgesteckt, was für eine großartige Chance der Tunnel auch in politischer Hinsicht ist.« Rupert hob sein Glas und prostete ihm zu. »Wann können Sie anfangen?«

»Von mir aus sofort!«, erwiderte Paul. »Je früher, desto besser. Weil …«

Er verstummte, und statt weiterzusprechen, nahm er einen Schluck aus seinem Glas. Vicky hob die Brauen. Stand es so schlecht um seine Firma?

Rupert schien denselben Gedanken zu haben. »Nur für den Fall, dass Sie zur Überbrückung etwas mehr Liquidität brauchen, stehen wir gern mit einem Kredit bereit. Bitte zögern Sie nicht, wir sind ja unter Freunden.«

Vicky sah, wie Paul rot anlief. »Ich weiß Ihre Großzügigkeit zu schätzen«, sagte er. »Und was die Freundschaft betrifft, so erwidere ich diese von Herzen. – Aber nein, ich bin kein Hasardeur. Solange unsicher ist, ob der Tunnel gebaut wird, kann ich Ihr Angebot nicht annehmen.«

33

DIESMAL HATTE Paul sich auf seinen Besuch in Paxton House besser vorbereitet als beim ersten Mal und sich zum Dinner in Schale geworfen, damit der Butler keinen Grund hatte, wieder die Nase zu rümpfen. Die Verkleidung hatte gewirkt. Bei seinem Anblick hatte O'Brien für einen Moment gestutzt, dann hatte er anerkennend genickt und Paul während der Mahlzeit höchstpersönlich serviert. Vicky, die in Abendrobe zu Tisch erschienen war, hatte ihm sogar ein Kompliment gemacht – »Sie sollten öfter Frack tragen, der steht Ihnen ganz ausgezeichnet.«

Jetzt war die Mahlzeit beendet, und sie saßen zu dritt bei einem Cognac am Kamin. Auf die Zigarre hatte Paul mit Rücksicht auf seinen Gastgeber verzichtet.

»Es war ein wunderbarer Tag mit Ihnen, Mr. Biermann«, sagte

Rupert, nachdem er sein Glas ausgetrunken hatte. »Allerdings lassen jetzt meine Kräfte nach, so dass ich mich leider entschuldigen muss. – Aber bitte bleiben Sie doch sitzen«, fügte er hinzu, als Paul sich zusammen mit ihm erhob. »Meine Frau wird Ihnen sicher noch ein wenig Gesellschaft leisten. Nicht wahr, *darling*?«

»Natürlich«, sagte Vicky. »Aber erst begleite ich dich auf dein Zimmer.«

Paul schaute den beiden nach. Wie liebevoll sie miteinander umgingen – glücklicher konnte eine Ehe nicht sein … Fast verspürte er Neid. Ob Rupert wohl Bescheid wusste? Wenn ja, musste seine Liebe grenzenlos sein.

»Gibt es eigentlich Neuigkeiten von unserem Freund Auguste?«

Er hatte gar nicht bemerkt, dass Vicky zurückgekommen war.

»Allerdings«, sagte er und wartete, dass sie sich setzte, bevor auch er wieder Platz nahm. »Er wird sich in Kürze mit einem eigenen Restaurant selbständig machen, in Boulogne-sur-mer, an der Atlantikküste.«

»Wie schön! Das war ja schon immer sein Traum. Drücken wir ihm die Daumen, dass er Erfolg hat.«

»Den wird er gewiss haben. Ich habe auf der Hochzeit seine Kochkünste erlebt – einfach unglaublich! – Aber das ist noch nicht alles. Er ist auch Vater geworden.«

»Ach, ja?« Vicky schien für einen Moment irritiert. »Wer hätte das gedacht? Das ist, wie soll ich sagen – ich meine …« Sie unterbrach sich. Dann fragte sie: »Was ist es? Ein Junge oder ein Mädchen?«

»Ein Junge«, sagte Paul. »Auguste hat ihn nach mir benannt.«

»Was für ein wunderbarer Freundschaftsbeweis. Dann haben Sie sicher bei der Taufe Pate gestanden?«

»Leider nein, dafür fehlte die Zeit. Aber sobald es die Arbeit erlaubt, will ich ihn besuchen, zusammen mit meiner Familie. Zu dem Restaurant gehört auch eine Pension. Seine Frau wird sich um die Logiergäste kümmern. Sie scheint eine sehr patente Person zu sein, und Auguste ist ihr für ihre Unterstützung zutiefst dankbar. Offenbar passen die zwei wirklich gut zusammen, und …«

Er verstummte mitten im Satz. Was für einen Unsinn redete er? Er hatte doch keine Ahnung, wer Augustes Frau war und wie die zwei zueinander standen, er hatte Delphine ja nur bei der Hochzeit gesehen, und Auguste hatte nicht von seiner Frau, sondern nur von seiner Arbeit gesprochen. Jetzt hoffte er, dass Vicky irgendetwas sagte, damit das Gespräch weiterging, ihm fiel nichts mehr ein, außer den Dingen, die ihn wirklich bewegten. Und die konnte er unmöglich sagen.

Doch Vicky blieb stumm. Genauso wie er.

Eine lange Weile blickten sie schweigend ins Feuer. Während es so still im Raum war, dass man nur ab und zu das Knacken eines brennenden Scheits hörte, sah er unauffällig er zu ihr hinüber. Ganz in ihre Gedanken versunken, schaute sie dem Feuer zu, dessen Flammen tanzende Schatten in ihr Gesicht zauberten, während sie mit der Hand an einem ihrer Ohrringe spielte.

»Weiß Auguste Bescheid?«, fragte er.

Vicky zuckte zusammen. »Was … was meinen Sie damit?«

Am liebsten hätte er sich die Zunge abgebissen. Aber noch während er überlegte, wie er den Fehler wiedergutmachen konnte, drehte sie sich in ihrem Sessel zu ihm herum.

»Woher wissen Sie es?«, fragte sie mit leiser, aber fester Stimme.

Als er ihr Gesicht sah, wusste er, es hatte keinen Sinn zu leugnen. »Ich habe Claire gesehen«, antwortete er, »die Ähnlichkeit ist ja frappierend. Und von Auguste weiß ich, dass Sie beide sich wohl mit dem Gedanken trugen, London zu verlassen und zusammen in Paris zu leben.«

Vicky erwiderte seinen Blick. »Ja, das habe ich«, sagte sie. »Wenn auch in einem anderen Leben. – Verurteilen Sie mich?«

»Nein. Dazu habe ich kein Recht. Und selbst wenn ich es hätte, würde ich mir kein Urteil anmaßen, weil …« Er sprach den Satz nicht zu Ende.

»Weil?«

Sollte er sagen, wie es um seine Ehe stand? Für einen Moment hatte er das unsinnige Bedürfnis, Vicky alles zu erzählen. Doch er beherrschte sich.

»Niemand werfe den ersten Stein …«, sagte er.

Obwohl sie unmöglich verstehen konnte, was er damit meinte, gab sie sich mit der Antwort zufrieden.

Wieder sahen sie schweigend dem Feuer zu.

»Aber denken Sie nicht«, fragte er irgendwann, »dass Auguste ein Recht darauf hat, die Wahrheit zu erfahren?«

Aus den Augenwinkeln sah er, wie sie nickte. »Ja, das hat er«, sagte sie, »natürlich hat er das. Aber könnte ich das verantworten? Sie haben ja gesehen, wie es um Ruperts Gesundheit steht. Und ich fürchte, wenn ich ihm die Wahrheit sage, dann …« Sie schüttelte den Kopf. »Nein, das könnte sein Ende bedeuten. Er liebt Claire über alle Maßen.«

34

WIE CHAMPAGNER schäumte im Kursaal von Boulogne-sur-mer die Lebenslust über. Angetrieben von den stürmischen Klängen einer Zwölf-Mann-Kapelle, hakten auf der Bühne leichtgeschürzte Mädchen einander unter und warfen jauchzend ihre seidenbestrumpften Beine in die Luft, um den ehrwürdigen Ort in eine entfesselte Hölle der Glückseligkeit zu verwandeln, in der König Cancan nach den außer Rand und Band geratenen Noten eines Herrn namens Jacques Offenbach regierte. Während die Tänzerinnen eine nach der andern ihre Atlasfüßchen in die Hände nahmen, um sich auf einem Bein um die eigene Achse zu drehen, ließen sie die Spitzen ihrer Jupons hin und her kreisen, dabei frech ihre Höschen zeigend. Auf und nieder, auf und nieder flogen die Beine, so dass die Strumpfbänder zu reißen drohten, bis die Mädchen sich laut kreischend in den Spagat fallen ließen, um sich schließlich außer Atem, aber mit strahlenden Gesichtern dem Publikum zu präsentieren, in starr aufrechter Haltung, die Köpfe in den Nacken geworfen und die Hände in die Wespentaillen gestemmt.

Ja, Auguste hatte es geschafft. Pünktlich zu Beginn der neuen Badesaison hatte er sein Restaurant – Carte Blanche mit Namen – in Boulogne-sur-mer eröffnet, mit einem Spektakel, wie es der Ort noch nie zuvor erlebt hatte. Die Gage, die der Direktor der Folies Bergère für den Auftritt seiner eigens zu diesem Ereignis aus Paris angereisten Compagnie verlangt hatte, war noch schamloser gewesen als die Darbietungen seiner Tänzerinnen. Doch jeder Sou hatte sich gelohnt. Der Beifall des Publikums ließ jetzt den Kursaal in seinen Grundfesten erbeben, und die Mädchen mussten drei Zugaben geben, damit die Da-capo-Rufe ein Ende nahmen.

Seit zwei Stunden dauerte das Eröffnungsspektakel inzwischen an. Außer den Tänzerinnen waren Magier und Jongleure aufgetreten, man hatte sich beim Glücksspiel vergnügt, und Augustes Freundin Sarah Bernhardt hatte mit einer Szene aus ihrer Paraderolle, der »Kameliendame«, eine Kostprobe ihrer Kunst gegeben und damit die Premierengäste zu Tränen gerührt.

Der Höhepunkt des Abends aber war das Bankett, das nach Abschluss des Unterhaltungsprogramms eröffnet wurde. Auguste präsidierte am Kopfende des Tisches, an dem die geladenen Journalisten platziert worden waren, mit seiner Frau Delphine zur Rechten und Sarah Bernhardt zur Linken, wobei Letztere mehrere Interviews gleichzeitig gab, um seine Kochkunst zu preisen. Während die Kellner auffuhren, was Küche und Keller hergaben, ergriffen ein paar Honoratioren das Wort, um den Chef des neueröffneten Restaurants in Boulogne-sur-mer willkommen zu heißen. Zufrieden registrierte Auguste, dass die Kritiker sich nicht die Bohne für die Reden des Bürgermeisters oder des Präfekten interessierten, sondern sich mit all ihren Sinnen den Köstlichkeiten widmeten, die er ihnen servieren ließ und die sie mit verzückten Gesichtern verspeisten.

Abschluss und Krönung des Menüs war das Dessert: ein aus Eis und Naschwerk montiertes Segelschiff, das zwischen gigantischen Meereswellen über einen Ozean von Zuckerguss trieb. Als die Küchenbrigade das von Wunderkerzen illuminierte Kunstwerk in den verdunkelten Saal trug, brandete der Applaus wie ein Meeressturm auf, und während er zum Orkan anschwoll, erhob Sarah Bernhardt sich Beifall klatschend von ihrem Platz, andere folgten spontan ihrem Beispiel, so dass nach wenigen Sekunden der ganze Saal Augustes Kunst stehend feierte und die Begeisterungsrufe nicht aufhören wollten, was die Presseleute eifrig notierten.

Auguste tauschte erst einen Blick mit seiner Freundin Sarah, dann mit seiner Frau Delphine: Hatte er sein großes Ziel erreicht?

35

DER OBERE Westflügel von Paxton House hatte sich in einen Kinderspielplatz verwandelt. Seit die Familie in Dover gewesen war, war Claire wie besessen von der Idee, in einem Zug unter dem Meer hindurchzufahren. Rupert hatte darum für sie mit Decken und Stühlen einen Tunnel gebaut, der sich in mehreren Windungen durch die Kinder- und das Spielzimmer schlängelte. Claire war so begeistert, dass sie dafür sogar ihre Naturkundebücher liegen ließ. Gerührt schaute Vicky zu, wie ihr Mann sich auf allen vieren auf den Boden hockte, um den Kindern als Lokomotive zu dienen.

»Vorsicht an Gleis eins«, rief er wie ein Schaffner. »Der Zug nach Calais fährt in einer Minute ab! Bitte einsteigen und die Türen schließen!«

Claire und Nigel kletterten auf seinen Rücken, und während Rupert schnaufte wie ein Dampfross, verschwanden sie zu dritt unter einer Deckenröhre. Vicky wollte ihnen folgen, doch da wurden im Haus plötzlich Stimmen laut. Nanu, was war das? Sie eilte hinaus, um nachzuschauen.

Als sie auf die Galerie trat, sah sie unten in der Halle ihre Mutter und Onkel Georgie, die offenbar miteinander stritten.

»Du hast zehntausend Pfund vom Firmenkonto abgehoben«, rief Emily. »Da habe ich ja wohl das Recht zu erfahren, wozu!«

»Zu dem besten Zweck, der sich nur denken lässt«, erwiderte Onkel Georgie. »Der Wahrung unserer Tradition und Wesensart.«

»Du meinst – zur Unterstützung deines Freundes General Wolseley?«

»Wenn dir diese sehr verkürzte Beschreibung des Sachverhalts lieber ist – ja!«

»Bist du verrückt? Wolseley setzt alles daran, uns zu ruinieren!«

»Mir kommen die Tränen, Schwesterherz! Hast du Angst, wir würden ohne den verdammten Tunnel verhungern?«

Alarmiert von dem Lärm, kam auch Rupert auf die Galerie.

»Das hat uns gerade noch gefehlt«, sagte er. »Ausgerechnet jetzt!«

Vicky wusste, was er meinte. In wenigen Wochen sollte eine öffentliche Propagandaveranstaltung für das Tunnelprojekt stattfinden, um den Gegnern des Vorhabens, die sowohl im Parlament als auch in der Presse immer lauter Krach schlugen, Paroli zu bieten – die Vorbereitungen liefen bereits auf vollen Touren.

»Ich sehe mal nach, was ich tun kann«, sagte Rupert und eilte die Treppe hinunter.

Vicky folgte ihm nach. Nicht auszudenken, wenn Onkel Georgie seine Drohung wahrmachte.

In der Halle trat Rupert zwischen die Streitenden. »Schön, dass ich euch beide antreffe. Im Savoy kommt die neueste Gilbert-und-Sullivan-Produktion heraus – ›Die Piraten von Penzance‹. Wie wäre es, wenn wir gemeinsam die Premiere besuchen? – Es heißt«, fügte er mit Blick auf Onkel Georgie hinzu, »eine Figur darin sei deinem Freund Wolseley nachempfunden. Das müsste dich doch interessieren.«

Doch Onkel Georgie schüttelte unwillig den Kopf, und Vickys

Mutter, die aufgeregt eine Zigarette rauchte, attackierte weiter ihren Bruder.

»Begreifst du denn nicht, welchen Schaden du anrichtest? Du gefährdest ein Millionengeschäft.«

»Dass ich nicht lache!«, erwiderte Onkel Georgie. »Wir haben ja noch nicht mal dasselbe Schienensystem wie die Europäer. Unsere Züge können auf französischen Gleisen gar nicht fahren.«

»An einem gemeinsamen System wird bereits gearbeitet.«

»Wer's glaubt, wird selig. Nein, die Zeiten für internationale Geschäfte sind vorbei. Die Nationen bekriegen sich doch bis aufs Blut, um ihre Produkte vor ausländischer Konkurrenz zu schützen. General Wolseley hält das sogar für die derzeit größte Kriegsgefahr.«

»Kriegsgefahr?«, wiederholte Rupert. »Mit welchem Feind?«

»Zum Beispiel mit Frankreich!«

»Bei allem Respekt – das doch Unsinn. Frankreich treibt das Tunnelprojekt mit derselben Entschlossenheit voran wie wir.«

»Fragt sich nur, aus welchem Grund. Die Franzmänner wollen den Tunnel als trojanisches Pferd benutzen, um auf unserer Insel einzufallen.«

»Aber warum sollten sie das tun? Sie suchen doch gerade den Schulterschluss mit uns, um sich gegen Deutschland zu verbünden.«

»Und was ist mit den Kolonien?«, schnaubte Onkel Georgie. »In Afrika machen sie uns schon jetzt den Boden streitig. Was soll sie davon abhalten, in Europa dasselbe zu versuchen? Die Franzosen zaubern doch alle paar Jahrzehnte einen neuen Napoleon aus dem Hut, und dann helfe uns Gott! – Nein«, schloss er, »wenn man in diesen Zeiten Geschäfte machen will, dann mit Kanonen und Kriegsschiffen!« Er drehte sich zu Vicky herum. »Meinst du nicht auch, allerliebste Lieblingsnichte? Oder bist du so genauso naiv wie dein Ehemann?«

Dabei schaute er sie so eindringlich an, dass seine Frage nicht misszuverstehen war. Zum Glück erschien in diesem Augenblick Nigel auf der Galerie.

»Weiterspielen, Papa!«

Rupert wechselte einen Blick mit Vicky. »Warte, ich bin schon da!«, rief er, als sie nickte.

»Und die Oma soll auch mitkommen. Sie hat den Tunnel noch gar nicht gesehen!«

Vicky wartete, bis sie mit ihrem Onkel allein war.

»Wenn du deine Drohung wahrmachst«, zischte sie, »bringst du Rupert um. Ist das deine Absicht?«

»Nein! Wofür hältst du mich?«, fragte Onkel Georgie empört. »Aber das heißt nicht«, fügte er nach kurzem Zögern hinzu, »dass ich meinen Freund Wolseley nicht weiter nach Kräften unterstütze. Wir werden alles tun, um euren verfluchten Tunnel zu verhindern. Darauf könnt ihr Gift nehmen!«

36

AUGUSTES IDEE, statt mit teuren Annoncen mit einer Pressekampagne für das Carte Blanche zu werben, hatte sich als voller Erfolg erwiesen, das Restaurant war für die gesamte Badesaison so gut wie ausgebucht. In der Pariser Gesellschaft war es Mode, übers Wochenende oder für ein paar Tage an die Atlantikküste zu reisen, um sich am Meer und am Spieltisch zu vergnügen, und da nach der Eröffnung des Carte Blanche sämtliche Hauptstadtzeitungen Augustes Kochkünste über den grünen Klee gelobt hatten, verbanden die Pariser Badegäste den Besuch des Spielcasinos von nun an mit einem Besuch seines Lokals.

Mehr noch als der Gästezulauf aber zählte für Auguste die Freiheit, die er als sein eigener Herr genoss. Endlich konnte er ganz nach seinen Vorstellungen schalten und walten. Wohl wissend, dass die Werke der Kochkunst anders als die anderer Künste vergänglich waren und immer wieder aufs Neue erschaffen werden mussten, organisierte er die Arbeit in der Küche von Grund auf neu, in geradezu militärischer Straffung. Als Chef de cuisine war er am Herd der Oberbefehlshaber, unter dem ein halbes Dutzend Sous-Chefs als seine Offiziere für die Ausführung seiner Anweisungen sorgten. Statt dass jeder Koch wie in anderen Lokalen ein komplettes Menü vom ersten bis zum letzten Gang zubereitete, gliederte er seine Kochbrigade in verschiedene Abteilungen, sogenannte *parties*, die sich unter der Anleitung eines Chef de partie jeweils auf die Zubereitung eines einzelnen Ganges konzentrierten, von den Vorspeisen über die Zwischen- und Hauptgerichte bis zu den Desserts, um auf diese Weise einen möglichst fehlerfreien Ablauf zu gewährleisten. Alle Köche trugen eine einheitliche weiße Uniform, allein die Höhe der Mützen markierte die unterschiedlichen Ränge. Alkohol und Nikotin waren bei der Arbeit ebenso verboten wie Fluchen oder Kraftausdrücke. Sogar der »Brüller«, der die Bestellungen der Gäste von den Kellnern an die Küche weitergab, hieß im Carte Blanche nunmehr »Ausrufer«. Am Herd verlangte Auguste penible Sauberkeit sowie gegenseitigen Respekt. Er selbst ließ sich als »Monsieur« anreden und begrüßte seinerseits bei Arbeitsbeginn jedes Mitglied seiner Brigade in der Küche mit Handschlag. Dabei verlangte er sich selbst wie auch seinen Angestellten täglich Höchstleistungen ab. Denn Kochen war wie Rudern gegen den Strom: Sobald man in seinen Anstrengungen nachließ, fiel man zurück.

Der einzige Bereich, der Anlass zur Sorge gab, war der Pensionsbetrieb. Dieser war Delphines Reich. Doch leider war ihr nicht derselbe Erfolg beschieden wie Auguste. Zwar waren die Logierzimmer im Kurhaus ebenso ausgebucht wie die Tische im Restaurant, doch immer wieder fiel Delphine auf Hochstapler und Filous herein, die sich als zahlungsunfähig erwiesen, und nicht selten kam es vor, dass glücklose Glücksritter, die beim Roulette ihre Barschaft verspielt hatten, die Rechnung schuldig blieben, so dass die Verluste der Pension die Gewinne des Restaurantbetriebs regelmäßig zunichtemachten. Am liebsten hätte Auguste den Pensionsbetrieb aufgegeben, aber das brachte er nicht übers Herz – Delphine war so stolz auf ihr Reich.

Immerhin hatte der letzte Zechpreller, ein Baron aus Paris, bei seiner Ehre versprochen, gleich nach seiner Rückkehr telegrafisch seine Schuld zu begleichen. Man konnte nur hoffen, dass er wirklich ein Baron war.

Als Delphine glucksend vor Freude in der Küche erschien, war dies Augustes erster Gedanke.

»Hat er tatsächlich Wort gehalten?«

»Nein«, erwiderte Delphine. »Aber ich habe eine viel schönere Nachricht.« Sie beugte sich an sein Ohr, damit niemand sonst sie hören konnte. »Ich bin schwanger.«

»Dann kann uns der Baron gestohlen bleiben«, rief Auguste so laut, dass sich alle in der Küche nach ihm umdrehten. Er nahm Delphine in den Arm und gab ihr einen Kuss. »Hoffentlich wird es diesmal ein Mädchen.«

37

DAS HATTE die Welt noch nicht gesehen! Die Submarine Continental Railway Company hatte zu einer Veranstaltung geladen, bei deren Ankündigung selbst die verwöhntesten Snobs der Londoner Gesellschaft, für die es eigentlich nichts mehr unter der Sonne gab, wozu sie noch nicht mit einem gelangweilten Gähnen ihr Desinteresse bekundet hätten, erstaunt die Brauen in die Höhe zogen: ein Empfang in dem Probestollen, den die Tunnelgesellschaft an der Küste von Dover in den Erdboden getrieben hatte. Champagner unter dem Ärmelkanal, *le dernier cri absolu*! Da musste man dabei gewesen sein!

Tatsächlich gingen Vicky die Augen über, als sie zusammen mit ihrem Mann und ihrer Mutter sowie Ruperts Vater Edward Watkin die illustren Gäste empfing, die der Einladung gefolgt waren: Bankiers und Industrielle, Wissenschaftler und Künstler, Abgeordnete sowohl aus dem Ober- als auch aus dem Unterhaus – sogar Mitglieder der Königsfamilie gaben sich die Ehre, allen voran Edward, der Prinz von

Wales, Queen Victorias Sohn und Nachfolger auf dem Thron, von jedermann »Bertie« genannt. Die angereisten Journalisten schrieben sich die Finger wund, um die Namen der Zelebritäten zu notieren, die sich auf der Baustelle eingefunden hatten, die Herren im Frack und die Damen in großer Abendgarderobe mit Juwelen und Brillanten.

Im Fackelschein ging es in den Stollen hinein, dann ein kurzes Kommando und es wurde stockfinster. Ein Moment ängstlicher Anspannung, dazu ein paar Rufe in der Dunkelheit. Sofort ertönte ein zweiter Befehl, dann ein lautes Knacken, wie von einem großen Schalter, der umgelegt wurde – und plötzlich erstrahlte wie von Zauberhand der Schacht in elektrischer Beleuchtung, um die ewige Nacht unter dem Ozean zum lichthellen Tage zu machen.

»Ah, dieser Edison …«

»Ein Teufelskerl!«

»Ja, das ist Fortschritt!«

Der Stollen war für den Empfang hergerichtet wie für einen Staatsakt. Grünpflanzen und Stehtische füllten das Gewölbe, und die Wände waren mit dem englischen Union Jack und der französischen Trikolore geschmückt. Dazwischen servierten livrierte Diener eisgekühlten Champagner. Mit den Gläsern in den Händen prostete man Edward Watkin zu, der im Namen der Submarine Continental Railway Company die Begrüßungsworte gesprochen hatte, um dann dem Hauptredner der Veranstaltung zu lauschen, Premierminister Gladstone, der seinen konservativen Nachfolger Disraeli von den Tories wieder abgelöst hatte und im Unterschied zu diesem als Liberaler das Tunnelprojekt ebenso entschieden wie engagiert unterstützte.

»Der Tunnel wird nicht nur den Handel mit Frankreich zum Blühen bringen, sondern mit allen Ländern des Kontinents. Auf diese Weise wird er sowohl unseren Wohlstand mehren als auch zum Frieden in Europa beitragen. Deshalb rufe ich Ihnen hier und heute zu …«

Die Worte des Premiers gingen in einem Getöse unter, das sich vom Eingang des Stollens immer lauter werdend näherte. Als Vicky sich umdrehte, fiel ihr das Glas aus der Hand. Eine Blechkapelle marschierte auf sie zu, angeführt und dirigiert von General Wolseley, mit einem ganzen Regiment Tunnelgegnern im Gefolge, darunter Onkel Georgie in der ersten Reihe. Während die geladenen Gäste voller Entsetzen vor den Demonstranten zurückwichen, fingen diese auch noch an zu singen.

Rule, Britannia! Britannia, rule the waves:
Britons never will be slaves.

Im Nu brach ein Handgemenge aus. Gläser klirrten, Pflanzenkübel stürzten um, Flaschen zerplatzten am Boden, während livrierte Diener verzweifelt versuchten, die Festgesellschaft vor der heranstürmenden Horde zu schützen.

Vicky hatte nur einen Gedanken – Rupert!

In dem Getümmel konnte sie ihn nirgendwo entdecken. Sie sah nur Onkel Georgie, der sich wie ein Schuljunge mit einem Abgeordneten raufte.

»Gott sei Dank, da bist du ja!« Wie aus dem Nichts stürzte Rupert auf sie zu und nahm sie bei der Hand. »Komm!«, rief er und zog sie fort. »Nichts wie weg!«

38

UNTERDESSEN LIEF Paul in Berlin die Zeit davon. Zweieinhalb Jahre waren seit der Entlassung Hermann Blankensteins aus seinem Amt inzwischen vergangen, und bis auf eine öffentliche Badeanstalt in Moabit, die kurz vor der Fertigstellung stand, sowie einen Schlachthof in Köpenick hatte die Firma Biermann & Söhne sämtliche Aufträge abgearbeitet, die Paul noch mit Dora und ihrem Mann abgeschlossen hatte. Und da nirgendwo ein anderer Bauherr in Sicht war, der auch nur annähernd ein Auftragsvolumen zu vergeben hatte wie das städtische Baudezernat, fieberte er mit wachsender Sorge dem Tag entgegen, da endlich der Baubeginn des Ärmelkanaltunnels beschlossene Sache war. Sonst würde ihm nichts anderes übrigbleiben, als die Hälfte seiner Belegschaft zu entlassen. Die letzten Nachrichten aus London machten Gott sei Dank Mut. Der englische Thronfolger Prinz Edward hatte in der *Times* seine Unterstützung für das Projekt bekundet, und es musste schon mit dem Teufel zugehen, wenn die britische Öffentlichkeit und das Parlament sich gegen den Willen des künftigen Königs stellen würden.

Doch von alledem sollte an diesem Tag in der Charlottenburger Familienvilla keine Rede sein. Denn heute wurde dort der siebte Geburtstag von Pauls Sohn und Stammhalter Friedrich Wilhelm gefeiert, und nachdem sich die vollständig versammelte Familie im Esszimmer mit Kaffee und Kuchen gestärkt hatte, hatte man im »Salong« zwischen den wuchernden Grünpflanzen und den blankpolierten Mahagonimöbeln mit Hermines Nippes-Figuren in den inzwischen ein wenig abgewetzten Plüschsesseln Platz genommen, um dem gar nicht mehr so kleinen Friwi, der zur Feier seines Ehrentags zum ersten Mal einen Matrosenanzug trug, beim Geschenkeauspacken zuzuschauen, während die Zwillinge Eierlikör an die Erwachsenen ausschenkten.

»Er kann sogar schon das Alphabet«, verkündete Erdmute voller Mutterstolz und nahm ihren Sohn an die Hand. »Komm, sing für uns das ABC-Lied. Das magst du doch so gerne.«

Nur widerwillig trennte Friwi sich von dem Zauberkasten, den sein Patenonkel Felix ihm geschenkt hatte, um der Aufforderung seiner Mutter zu folgen. Die zerrte ihn in die Mitte des Raums, wo er mit gesenktem Kopf Aufstellung bezog. Als sie ihm in den Rücken puffte, machte er einen Diener und fing mit seiner Kinderstimme leise an zu singen, die Augen immer noch zu Boden gerichtet.

A-Bee-Cee-Dee,
Trink kein' Kaffee.
Sei doch kein Muselmann,
Der das nicht lassen kann …

Die kleine Geburtstagsgesellschaft lachte und applaudierte.

»Das hast du fein gemacht«, lobte ihn seine Großmutter und drückte ihm ein Markstück in die Hand. »Für deine Spardose.«

»Ja, Bildung ist alles.« Paul nahm das Glas Eierlikör, das seine Schwester Else ihm reichte, und hob es in die Höhe. »Auf meinen Sohn. Den künftigen Chef der Firma Biermann & Söhne!«

»Hoch! Hoch!«

»Darf ich jetzt zurück zu meinem Zauberkasten?«, fragte Friwi.

Doch Fritz verbaute ihm den Weg. »Willst du denn gar nicht wissen, was ich für dich habe?«

Mit einer Mischung aus Angst und Bewunderung blickte Friwi zu seinem Onkel auf. Fritz war im Auftrag des Überseekaufmanns Adolph Woermann in Afrika gewesen, um für den Kolonialerwerb in Frage kommende Gebiete zu erkunden. Obwohl er schon seit Wochen wieder zurück in Berlin war, trug er immer noch die Tropenuniform mit dem verwegenen Hut, den er auch im Haus nur ungern ablegte, weil er so hervorragend zu dem Knebelbart passte, den er sich während der Reise hatte wachsen lassen.

»Sieh mal, was ich dir mitgebracht habe, mein Junge.«

»Aus Afrika?«

»Ja, aus Afrika!« Fritz öffnete einen Holzkasten, in dem schwarze Holzpüppchen mit bunten Baströckchen in Reih und Glied aufgestellt waren. Auf die Gesichter waren in roter Farbe dicklippige Münder gemalt, und aus den Köpfen wuchs krause schwarze Wolle hervor. Ihnen gegenüber stand ein Trupp Zinnsoldaten, die genauso aussahen wie Fritz selbst und mit Gewehren und Pistolen bewaffnet waren. »Wollen wir damit spielen?«

Friwi war plötzlich wie verwandelt. »Ja, Onkel Fritz«, rief er mit leuchtenden Augen. »Dann schießen wir alle Neger tot.«

Paul legte ihm die Hand auf die Schulter. »Willst du nicht zuerst den Zauberkasten ausprobieren?«, fragte er. »Sonst ist Onkel Felix vielleicht traurig.«

»Lass ihn doch«, erwiderte Erdmute. »Wenn er solche Freude an Fritz' Geschenk hat. Außerdem lernt er so, wo Deutschlands Zukunft liegt.«

»Allerdings!«, bestätigte Fritz. »Ich bin überzeugt, dass Bismarck sich den Forderungen aller vaterländisch denkenden Männer nicht länger widersetzen kann und seine lasche Kolonialpolitik korrigiert.«

»Von solchen Kolonialgelüsten halte ich gar nichts«, entgegnete Paul. »Deutschlands Zukunft liegt nicht in Afrika, sondern in Europa. Und Gott sei Dank gibt es dafür gerade sehr ermutigende Anzeichen. Zum Beispiel die Einführung des europäischen Eisenbahnverbundnetzes, das kürzlich beschlossen wurde. Wie ihr wisst, wird die Firma Biermann & Söhne davon erheblich profitieren.«

»Du meinst, wegen des berühmten Tunnels?«, mischte Schwager Hugo sich in das Gespräch ein. »Da ist doch nur der Wunsch der Vater des Gedankens. – Nein«, sagte er und zog an seiner Zigarre. »Natürlich wird der Kanzler Kolonien für Deutschland fordern, die Zeit dafür ist mehr als reif. Afrika bedeutet billige Rohstoffe und billige Arbeitskräfte. Und nicht zu vergessen neue Absatzmärkte.«

Paul schüttelte den Kopf. »Bismarck hat Prinzipien, und an denen hält er fest.«

»Pfeifendeckel!« Hugo paffte ihm den Rauch seiner Zigarre ins Gesicht. »Was Bismarck auszeichnet, ist seine Wendigkeit. Nicht umsonst sagt er, dass die Kunst des Segelns darin besteht, die Segel nach dem Wind zu setzen. Das«, fügte er lachend hinzu, »sollte eigentlich niemand besser wissen als du, lieber Schwager.«

Paul verstand die Anspielung nur zu gut. Noch immer benutzte Hugo jede Gelegenheit, um ihn an die Usance zu erinnern, die ihn in solche Bedrängnis gebracht hatte, und das ärgerte ihn umso mehr, als Hugo sich als neuer Sonderbeauftragter für den Kurfürstendamm ein paar Grundstücke in besonders bevorzugter Lage unter den Nagel gerissen hatte. Doch statt mit seinem Schwager zu streiten, ließ Paul ihn stehen und wandte sich seinem Bruder Felix zu, der etwas verloren mit seinem Zauberkasten dasaß und Sprudelwasser trank.

»Ich glaube, davon hast du inzwischen genug getrunken.« Paul nahm ein Glas Eierlikör und reichte es Felix.

Der schaute ihn verwundert an. »Du weißt doch, dass ich das nicht vertrage.«

»Papperlapapp! Du bist über den Berg und hast das jetzt im Griff.« Lachend drückte Paul ihm das Glas in die Hand. »Erinnerst du dich, was du einmal zu mir gesagt hast – dass du nichts taugen würdest? Ich habe dir damals widersprochen. Du hast bewiesen, dass ich recht hatte.« Er prostete ihm zu. »Auf dein Wohl! Das hast du dir verdient.«

So vorsichtig, als habe er Angst, sich die Lippen zu verbrennen, nippte Felix an dem Eierlikör.

»Aber ich will es nicht bei Worten belassen«, fuhr Paul fort. »In Anerkennung deiner Disziplin, die du nun jahrelang bewiesen hast, insbesondere aber in Würdigung deiner hervorragenden Leistungen biete ich dir die Prokura und kaufmännische Leitung der Firma Biermann & Söhne an. Kann ich auf dich zählen?«

Felix, der schon immer nah am Wasser gebaut hatte, war zu Tränen gerührt. »Ich … ich weiß gar nicht, wie ich dir danken soll. Und ich verspreche dir, alles zu tun, um dich nicht zu enttäuschen.«

»Da bin ich mir sicher. – Was ist denn?«, fragte Paul, als der Hausbursche Anton zu ihm trat.

»Die Abendpost, gnädiger Herr. Und da ein Brief aus London dabei ist, dachte ich, dass Sie vielleicht …«

»Aus London?«

Paul nahm den Umschlag und riss ihn auf. Endlich die Post, der er seit Monaten entgegenfieberte! Doch er war noch nicht ans Ende des Briefs gelangt, da fingen seine Hände an zu zittern.

»Was ist?«, fragte Felix. »Keine guten Nachrichten?«

39

NEIN, DAS waren keine guten Nachrichten, die Vicky nach Berlin geschickt hatte, und sie hatte lange gezögert, den Brief aufzugeben. Doch am Ende war sie zu dem Schluss gelangt, dass sie Paul reinen Wein einschenken mussten – es hatte ja keinen Sinn, dass er sich Hoffnungen machte und sich in falscher Sicherheit wiegte.

Die Sache war die: Obwohl der Prince of Wales sich für den Bau des Tunnels ausgesprochen hatte, hatte sich die öffentliche Meinung um hundertachtzig Grad gedreht. Der Grund dafür war die Propaganda, die Onkel Georgies Freund Wolseley betrieb. Der General wurde nicht müde, vor den militärischen Gefahren einer Untertunnelung des Kanals zu warnen. Sogar die *Times*, die noch vor einem Jahr die Vorteile des Tunnels gepriesen hatte, beschwor nun Schreckensvisionen von Horden französischer Soldaten herauf, die auf unterirdischem Weg in der Grafschaft Kent einfallen würden, und behauptete, dass jeder deutsche Rekrut der kaiserlichen Armee bereits in seiner Grundausbildung lerne, wie eine unterirdische Invasion zu bewerkstelligen sei. Und gleich im Dutzend erschienen Schauerromane, in denen feindliche Truppen getarnt durch den Tunnel in Britannien eindrangen, um das stolze Albion zu unterjochen.

Die Kampagne verfehlte nicht ihre Wirkung. Im April des Jahres 1882 forderte das englische Handelsamt, ein von der Regierung unabhängiger, aber weisungsbefugter Parlamentsausschuss, die Submarine Continental Railway Company offiziell auf, alle Arbeiten an dem Projekt einzustellen, einschließlich der geologischen Voruntersuchungen und Probebohrungen.

Die Nachricht von der Katastrophe erreichte Vicky und ihren Mann beim Frühstück.

War dies das Ende?

»Ich fürchte, wir haben verloren«, sagte Vicky.

»Was redest du da?«, fragte Rupert. »So kenne ich dich ja gar nicht.«

»Ich denke nur an deine Gesundheit. Die ist wichtiger als alles andere. Die Aufregung wird dich eines Tages noch umbringen.«

»Nein«, erwiderte Rupert, »aufgeben kommt nicht in Frage. Noch nie in meinem Leben war ich von einer Sache so überzeugt, und wenn ich mich nicht sehr irre, gilt das genauso für dich. Deshalb werde ich für den Tunnel kämpfen, bis ich tot umfalle. – Außerdem«, fuhr er mit einem Lächeln fort, als Vicky protestieren wollte, »haben wir das Recht auf unserer Seite. Man kann uns nicht verbieten, weiterzubohren, schließlich gehört der Meeresboden unserer Gesellschaft, wir haben dafür eine Menge Geld bezahlt. Also haben wir das Recht, damit zu machen, was wir wollen.«

»Bist du sicher?«, fragte Vicky.

»Ganz sicher.« Rupert küsste ihre Hand. »Und vergiss auch nicht unseren Freund Paul Biermann. Wir sind bei ihm im Wort.«

40

AUGUSTES WUNSCH war in Erfüllung gegangen: Delphine hatte ihm ein Mädchen geboren. Und auch diesmal hatte seine Frau es ihm überlassen, den Namen des Kindes zu bestimmen. Er hatte sich für Germaine entschieden, eine weitere Bekundung seiner Freundschaft mit Paul, obwohl der aufgrund geschäftlicher Probleme der Tauffeier seiner Tochter hatte fernbleiben müssen.

Das Carte Blanche ging inzwischen in die zweite Saison. Auguste hatte sich nicht verkalkuliert, das Restaurant war eine Goldgrube. Da es sich im selben Haus wie das Spielcasino befand, wurde es Tag für Tag von Gästen frequentiert, die nicht aufs Geld schauen mussten. Dabei spielte es fast keine Rolle, ob sie zuvor am Spieltisch gewonnen oder verloren hatten. Gewinne wurden gefeiert, und über Verluste tröstete man sich mit einem umso üppigeren Gelage hinweg.

An diesem Abend hatte ein ungarischer Graf namens Kostolany, der beim Roulette dreimal hintereinander auf die Drei gesetzt und auf diese unmögliche Weise dreimal hintereinander gewonnen hatte, einen Tisch für dreiunddreißig Gäste bestellt, von denen er nur drei persönlich kannte. Aber das war ihm egal, er wollte feiern – mit Gulasch und Tokajer! Zum Glück hatte Auguste mehrere Kisten im Keller, das süße Zeug wurde nur selten verlangt, und während eine Zigeunerkapelle, als die er drei Mitglieder des Kurorchesters verkleidet hatte, am Tisch des Ungarn aufspielte, liefen die Kellner sich die Absätze krumm, um Berge von Fleisch und Knödel und Paprika aus der Küche herbeizuschaffen. Auguste verzog dazu keine Miene. Des Gastes Wunsch war sein Himmelreich, und wenn sein Gast ein Barbar war, dann war es eben seine Aufgabe, diesen Barbaren glücklich zu machen. Und Graf Kostolanys Augen glänzten vor Glück wie das Fett, das ihm vom Mund troff.

Jetzt spielte der Geiger ein Ständchen für seine Begleiterin, der zuliebe er dreimal auf die Drei gesetzt hatte, weil die ihre Lieblingszahl war. Wie ein wirklicher Zigeuner warf er sich das Haar aus der Stirn, um dann »in den Brunnen hinabzuspielen«, die feurigen Augen auf die dahinschmelzende Glücksfee gerichtet. Der Graf klatschte dazu im Takt, doch als er mit rudernden Armen seine Tischgesellschaft aufforderte, es ihm gleichzutun, krachte draußen ein Schuss.

Auguste lief hinaus. Während drinnen mit unverminderter Lautstärke weitergefeiert wurde, suchte er im Schein einer Gaslaterne den Garten ab. Halb verborgen unter einem Rhododendron lag ein junger, schmächtiger Pole, ein Badegast, den jedermann in Boulogne kannte. Vor zwei Tagen, so hieß es, habe er sein gesamtes Vermögen bis auf den letzten Heller verspielt. Er hielt noch die Pistole in der Hand, mit der er sich entleibt hatte.

Auguste holte zur Verstärkung zwei Diener. Während er sie leise flüsternd anwies, den Toten so diskret fortzuschaffen, dass niemand etwas von dem Vorfall bemerkte, trat in der Dunkelheit ein Mann auf ihn zu.

»Mein Kompliment«, sagte der Fremde. »So etwas sollte keinem Gast den Abend verderben.«

Der Mann war im selben Alter wie Auguste und von ähnlich zierlichem Wuchs, er hatte ein feingeschnittenes Gesicht, zwei wache, lebhafte Augen, die Stirn war ein wenig gelichtet, und die Enden seines Oberlippenbarts hatte er der neuesten Mode entsprechend nach links und rechts ausgedreht – eine überaus elegante Erscheinung, was die maßgeschneiderte Kleidung noch unterstrich.

»Darf ich fragen, mit wem ich das Vergnügen habe?«

Der Fremde streifte seine Handschuhe ab und reichte ihm die Hand. »Ritz ist mein Name«, sagte er mit schweizerischem Akzent. »César Ritz – Hotelier. Ich darf Sie von unserer Freundin Sarah Bernhardt grüßen. Sie hat mir Ihr Restaurant empfohlen und Ihre Kunst in den höchsten Tönen gepriesen. Ich war inzwischen mehrere Male in Ihrem Lokal zu Gast und muss sagen, sie hat nicht übertrieben. Ich habe nie zuvor so gut gespeist wie bei Ihnen.«

»Das freut mich zu hören, aber …«

»Warum ich Sie hier bei Nacht und Nebel anspreche?«, fiel Ritz ihm lächelnd ins Wort. »Das will ich Ihnen erklären. Aber vielleicht an einem anderen Ort?«, fügte er mit Blick auf die Hausdiener hinzu, die sich an dem toten Polen zu schaffen machten.

»Natürlich, bitte folgen Sie mir.«

Obwohl Auguste nicht die leiseste Ahnung hatte, was der Mann von ihm wollte, führte er ihn in sein Büro. Irgendwie roch dieser Fremde nach Geld und Erfolg.

»Ich komme aus Monte Carlo«, erklärte Ritz, kaum, dass sie Platz genommen hatten. »Dort habe ich die Geschäftsführung des Grand Hôtel übernommen und suche jetzt einen Küchenchef, der dem Niveau des Hauses entspricht. Ein erstklassiges Hotel braucht eine erstklassige Küche. Das Grand Hôtel Monte Carlo soll das erste Haus in Europa werden, das diesem Anspruch gerecht wird – in den meisten Hotels werden die Gäste ja in einer Weise abgespeist, dass es einen schaudert. Könnte die Aufgabe Sie reizen?«

»Ihre Frage ehrt mich«, erwiderte Auguste. »Aber nein, das kommt für mich nicht in Frage. Ich habe mich erst vor kurzem selbständig gemacht, und ich denke nicht daran, meine Selbständigkeit aufzugeben.«

»Das sollen Sie auch nicht. Das Hotel wird meine Sache sein, die Führung des Restaurants hingegen würde allein Ihnen obliegen. Das heißt, Sie hätten sowohl in der Küche als auch im Speisesaal vollkommen freie Hand.«

»Vollkommen freie Hand habe ich nur als mein eigener Herr.«

»Gewiss. Aber trifft das auch zu, wenn man sich in einem so engen finanziellen Rahmen bewegt, dass man sich kaum noch rühren kann?«

»Wie kommen Sie darauf?«, fragte Auguste. »Wir sind jeden Abend ausgebucht, es gibt sogar Wartelisten.«

»An dem Erfolg Ihres Restaurants habe ich keinen Zweifel. Aber was ist mit dem Pensionsbetrieb?« Ritz blickte ihn mit seinen wachen, intelligenten Augen an. »Ich habe mich erkundigt. Die Verluste der Pension bedrohen Ihr Restaurant in seiner Existenz. Wäre es nicht ein Jammer, wenn Sie daran scheitern sollten?«

Darauf wusste Auguste nichts zu erwidern.

»Kommen Sie nach Monte Carlo«, sagte Ritz. »Wenn wir zwei uns zusammentun, sind wir unschlagbar! Der beste Hotelier und der beste Küchenchef von ganz Frankreich! Zusammen können wir Berge versetzen!«

Während er sprach, flog plötzlich die Tür auf, und Delphine kam herein, sichtlich aufgebracht.

»Was soll das heißen?«, fragte sie, ohne den Gast zu begrüßen. »Sollen wir schon wieder umziehen?«

Ritz erhob sich von seinem Platz. »Ich verstehe Ihre Sorge, gnädige Frau. Aber in dem Fall, dass Sie und Ihr Herr Gemahl sich mit meinem Vorschlag anfreunden könnten, bin ich gern bereit, den Umzug zu organisieren.«

»Und was ist mit den Kosten?«

»Für die käme ich natürlich ebenfalls auf«, erklärte er. »Und um Ihnen die Entscheidung zu erleichtern«, fügte er mit einem Lächeln hinzu, »Sie würden sich finanziell deutlich verbessern. Als Honorar dachte ich an eine Gehaltsgarantie in Verbindung mit einer Erfolgsbeteiligung.«

»Gehaltsgarantie?«, wiederholte Delphine. »In welcher Höhe?«

»Das Doppelte dessen, was Ihr Gatte mit dem Restaurant erwirtschaftet.«

Auguste runzelte die Stirn. »Ohne Kenntnis der Bücher?«

»Mein Angebot gilt unbesehen.« Ritz reichte ihm die Hand. »Schlagen Sie ein?«

Auguste wollte der Aufforderung folgen. Doch Delphine hatte noch eine Frage.

»Und wie viel Prozent beträgt die Gewinnbeteiligung?«

41

VICKY HÄTTE nicht gedacht, dass der Mann, den sie geheiratet hatte, je für eine Sache so kämpfen würde, wie Rupert es für den Tunnel tat. Sie erinnerte sich noch an ihr erstes Gespräch mit ihm, bei der Feier ihres zwanzigsten Geburtstags. Damals hatte er erklärt, dass es so etwas wie ein großes Ziel für ihn nicht gebe – für solche Ambitionen fehle es ihm nicht nur an Genie, sondern auch an der nötigen Tatkraft, weshalb er sich mit einem Leben von Ziel zu Ziel bescheide. Seine Auskunft hatte sie gleichermaßen enttäuscht wie irritiert. Mit umso größerer Bewunderung, aber auch umso größerer Sorge sah sie nun, wie er seine früheren Reden Lügen strafte. Ohne sich von den Attacken, mit denen General Wolseley gegen den

Tunnel zu Felde zog, beeindrucken zu lassen, kämpfte er standhaft weiter, im Vertrauen darauf, dass das Recht auf seiner Seite war.

Doch was nützte es, das Recht auf seiner Seite zu haben, wenn man kein Recht bekam? Ruperts Eingabe, dass die Submarine Continental Railway Company mit dem Kauf des anliegenden Landes auch das Recht erworben habe, frei über die entsprechenden Grundstücke auf dem Meeresboden zu verfügen, hatte das Handelsamt ohne Begründung abgelehnt und die Tunnelgesellschaft abermals aufgefordert, sämtliche Arbeiten einzustellen.

»Meinst du nicht, wir sollten unsere Niederlage eingestehen?«, fragte Vicky ihn eines Abends, als sie bei einem Glas Wein am Kamin saßen.

»Das kommt nicht in Frage. Ich habe gegen den Bescheid Einspruch erhoben. Und solange es kein endgültiges Urteil gibt, machen wir weiter.«

»Aber wir haben inzwischen die ganze Nation gegen uns. Sogar Premierminister Gladstone wagt es nicht mehr, sich zu dem Tunnel zu bekennen.«

»Mag sein, aber einen Trumpf haben wir noch. Einen Trumpf, der alle anderen Trümpfe sticht.«

»Welchen?«, fragte Vicky überrascht.

»Die Queen«, erklärte Rupert mit einem Grinsen. »Wenn sie uns unterstützt, werden unsere Gegner verstummen.«

»Was für eine großartige Idee.« Sie hob ihr Glas und prostete ihm zu. »Dann würde sogar General Wolseley kapitulieren. Aber wie willst du die Königin für unsere Sache gewinnen?«

»Mit Hilfe ihres Sohnes. Der Prince of Wales ist einer unser größten Befürworter, in einer Rede hat er den Tunnel sogar zu einem seiner Herzenswünsche erklärt. Und welche Mutter kann ihrem Sohn einen Herzenswunsch abschlagen?«

Ruperts Augen glänzten vor Begeisterung. Doch Vicky drehte unsicher ihr Glas in der Hand. Ausgerechnet Edward sollte ihr Trumpfass sein? Nicht umsonst nannte ihn jedermann »Bertie«. Er stand im Ruf eines genusssüchtigen Lebemanns, der sich mehr für gutes Essen und schöne Frauen interessierte als für Politik. Mit seinem ausschweifenden Lebenswandel brachte er das Königshaus immer wieder in Misskredit – aus Sorge, dass er seiner Mutter auf den Thron folgen würde, hatten sich bereits republikanische Vereine gegründet, die für die Abschaffung der Monarchie trommelten, und es war allgemein bekannt, wie unglücklich die Queen über das Bild ihres Sohnes in der Öffentlichkeit war. Außerdem galt Bertie als ein unzuverlässiger Patron, der aus Bequemlichkeit nie nein sagte, um dann oft das Gegenteil dessen zu tun, was er versprochen hatte.

»Nun«, fragte Rupert. »Was sagst du dazu?«

Noch bevor Vicky antworten konnte, ging die Tür auf, und Onkel Georgie kam herein. Triumphierend wedelte er mit einem Stück Papier in der Hand.

»Wisst ihr, was das ist? Eine Verfügung des Handelsamts. Darin steht, dass eurer verdammten Tunnelgesellschaft der Prozess gemacht wird, wenn ihr nicht umgehend alle Arbeiten einstellt.«

»Das ist nicht wahr!«, sagte Vicky.

»Wenn du dich bitte selbst überzeugen möchtest?«

Er reichte ihr das Schreiben, und ohne ihr Glas abzustellen, überflog sie den Inhalt. Tatsächlich, das Handelsamt drohte mit sofortiger Strafverfolgung für den Fall, dass die Submarine Continental Railway Company der Anordnung nicht unverzüglich Folge leistete – mit Schadensersatzforderungen in unbestimmter Höhe.

»Glaubst du mir jetzt?«, fragte Onkel Georgie.

Vicky drehte sich zu Rupert herum. Als sie ihren Mann sah, schrak sie zusammen. Er versuchte, etwas zu sagen, doch er brachte nur ein hilfloses Gestammel hervor, das unmöglich zu verstehen war, und aus seinem Mund, der ganz schief in seinem Gesicht saß, als gehörte er gar nicht dahin, rann Speichel wie bei einem Greis.

42

DAS GRAND Hôtel Monte Carlo, 1881 in der Rekordzeit von nur neun Monaten erbaut, erhob sich über dem Hafen des Fürstentums Monaco, in dem windschnittige Dampf- und Segelyachten mit bunten Flaggen aus aller Welt vor Anker lagen. Von den zweihundertfünfzig Zimmern auf vier Stockwerken, die durch hydraulische Lifte miteinander verbunden waren, hatte man einen herrlichen Blick sowohl auf das Meer als auch auf den gegenüberliegenden Felsenhügel mit dem Palast des regierenden Fürsten Charles III. und auf das prachtvolle, von dem berühmten Architekten Garnier erbaute Kuppelgebäude, das die Oper und das Spielcasino beherbergte. In diesem Hotel logierten Prinzessinnen und Herzöge, Industriemagnaten und Schauspielerinnen, Exzentriker und Exoten jeder Couleur. Sie alle genossen nicht nur die äußerlichen Annehmlichkeiten dieser einmaligen Luxusherberge, sondern vor allem auch den hier gepflegten Service, der in ganz Europa seinesgleichen suchte. »Der Gast hat immer recht«, lautete das Credo des Hoteldirektors César Ritz, und darauf schwor er das Personal beim Morgenappell täglich aufs Neue ein. »Sagen Sie niemals nein, wenn ein Gast um etwas bittet, selbst wenn es der Mond ist.«

Ja, Auguste war dem Ruf des Schweizer Hoteliers an die Côte d'Azur gefolgt, und nachdem Ritz erklärt hatte, dass der Küchenchef über das Garantiegehalt hinaus mit zwanzig Prozent am Gewinn des Restaurants beteiligt würde, hatte auch Delphine ihren Segen zu dem Wechsel vom Norden in den Süden Frankreichs gegeben. Auguste hatte die Entscheidung keine Minute bereut. Das Restaurant befand sich in einem niedrigen Flachbau, der auf der Gartenseite die zwei Gebäudeflügel des Hotels miteinander verband und eine ganze Flucht von Séparées und Nebenräumen umfasste, darunter ein elegantes *Café anglais* für den Nachmittagstee und ein holzgetäfeltes Raucherkabinett, sowie den gesamten Küchentrakt, der, bestens belüftet und lichtdurchflutet, den höchsten Erfordernissen genügte.

Das architektonische Juwel aber war der Speisesaal im maurischen Stil, der seit der französischen Militärexpedition nach Tunis in Mode gekommen war. Die Einrichtung prunkte mit kostbaren Teppichen und orientalischen Rundbögen, und die phantasievollen Ornamente an den Wänden und Decken erglänzten mittels einer elektrischen Beleuchtung, deren Strom von einem dampfgetriebenen Dynamo im Kellergeschoss erzeugt wurde, bei Nacht nicht weniger als bei Tage.

Da das Hotel nur wenige Schritte von der Oper und dem Spielcasino entfernt lag, war das Restaurant jeden Abend ausgebucht. Auguste setzte alles daran, dass der Besuch seines Lokals für jeden Speisegast zum Ereignis wurde. Edles Porzellan, Silberbesteck, Damast und Blumenschmuck bestimmten die Tischkultur. An jedem Platz lagen künstlerisch gestaltete Speisekarten aus, mit überaus wohlklingenden Namen für die Gerichte, so dass der Gast schon die Auswahl der Speisen genießen konnte. Für jeden Gang wurde die Tafel in der Mitte mit einem silbernen Aufsatz geschmückt, und um diesen standen unterschiedlich große Deckelterrinen. Die Bedienung durch die Kellner mutete wie ein elegant arrangiertes Ballett unter der Aufsicht des Maître an, eine Inszenierung aus standardisierten und sorgfältigst aufeinander abgestimmten Bewegungen. Dabei wurden die Gerichte wie Kunstwerke auf dem Teller arrangiert, damit der Gast jede Speise mit allen Sinnen erlebte.

Noch mehr Furore aber machte eine andere Neuerung, die Auguste und Ritz sich hatten einfallen lassen – ihre gemeinsame Freundin Sarah Bernhardt hatte sie dazu inspiriert. Waren Restaurants in der Vergangenheit eine rein männliche Domäne gewesen, in der das weibliche Geschlecht fast nur in Gestalt von Künstlerinnen und Halbweltdamen präsent gewesen war, wurde das Restaurant im Grand Hôtel Monte Carlo zu einer Bühne der Frauen. Die ganze Einrichtung des Speisesaals, von den Spiegeln bis zur Beleuchtung, war darauf ausgerichtet, ihr Aussehen zum Strahlen zu bringen. Eine dieser Frauen, Katinka Oblomowa, eine schwarzhaarige Schönheit in der Blüte ihrer Jahre und Gattin eines greisen russischen Großfürsten, inszenierte ihre Auftritte mit solcher Perfektion, dass der Hotelarzt ihr hoffnungslos verfiel und sich für sie mit immer größeren Orchideengebinden zu ruinieren drohte.

Auch an diesem Abend lauerte der Arzt seiner Angebeteten in der Hotelhalle auf, um ihr beim Verlassen des Speisesaals ein Bukett zu überreichen, das ihn selbst um Haupteslänge überragte. Auguste und Ritz forderten ihn gerade auf, heute auf seine Liebesbekundung zu verzichten, weil Fürst Oblomow ausnahmsweise in Gesellschaft seiner Frau dinierte statt wie sonst allein auf dem Zimmer, da schwebte mit eiligen Tippelschritten der Empfangschef herbei, mit vor Aufregung rotem Kopf und einem Telegramm in der Hand.

»Eine Katastrophe! Der Prince of Wales hat sich für morgen angekündigt. Und natürlich braucht er ein eigenes Bad!«

Auguste wusste, was das bedeutete. Im ganzen Haus gab es nur zwölf Zimmer, die über ein Bad verfügten, aber die waren auf Monate ausgebucht. Der britische Thronfolger hätte also ebenso gut nach dem Mond verlangen können.

Doch Ritz ließ sich nicht beirren. »Die Wünsche unserer Gäste sind uns Befehl. Also werden wir ein Zimmer nach dem Wunsch des Prinzen einrichten. Mit Bad.«

»Über Nacht?«, fragte der Empfangschef.

»Über Nacht. Wir haben zwölf Stunden Zeit. Als erstes benötige ich ein Verzeichnis sämtlicher Handwerker der Stadt. Also los, worauf warten wir?«

Während Ritz und der Empfangschef sich an die Arbeit machten, kehrte Auguste in die Küche zurück. Dort wartete zu seiner Überraschung Großfürstin Katinka auf ihn, in einer tief dekolletierten, dunkelroten Seidenrobe und mit einem betörenden Lächeln im schönen Gesicht.

»Sie haben sich heute selbst übertroffen, Monsieur. Das Diner war ein einziger Sinnenrausch.«

Auguste war für einen Moment sprachlos. Das hatte er noch nie erlebt, dass ihn ein Gast in der Küche aufsuchte, um sich zu bedanken. Gleichermaßen geehrt wie geschmeichelt nahm er Katinkas Hand.

»Ein solches Kompliment aus dem Mund einer so schönen Frau …« Er deutete einen Handkuss an. »Welch schöneren Lohn kann es geben?«

Katinka erwiderte seinen Blick in einer Weise, dass ihm schwindlig wurde. »Vielleicht finden wir die Antwort ja gemeinsam heraus?«, fragte sie. »Ich würde nämlich zu gern wissen, ob Sie in allen Dingen ein so wunderbarer Künstler sind.«

43

IN PAXTON House herrschte gespenstische Stille. Lautlos bewegte sich das Personal durch die Flure, und gesprochen wurde nur im Flüsterton. Selbst der kleine Nigel, von dessen Lachen und Lärmen die Wände sonst stets widerhallten, traute sich kaum ein Wort zu sagen, wenn er in Robertas Obhut mit seiner Ritterburg spielte oder mit Buntstiften ein Bilderbuch ausmalte, während seine Schwester Claire in stummer Beharrlichkeit immer wieder versuchte, in das elterliche Schlafzimmer vorzudringen, das zu betreten jedoch außer Vicky und Dr. Wilson jedermann verboten war.

Seit zwei Tagen saß Vicky am Bett ihres Mannes – zwei Tage zwischen Hoffen und Bangen. Der Arzt war noch am selben Abend herbeigeeilt, als Rupert hilflos stammelnd zusammengebrochen war, und hatte eine »Apoplexia cerebri« diagnostiziert. Doch außer der lateinischen Feststellung seines Befunds hatte er nichts ausgerichtet, nicht mal seinen stärkenden Kräutersaft hatte er dem Patienten verabreichen können, weil dieser weder ansprechbar war noch Herr seiner Bewegungen.

Würde Rupert sterben?

»Bei einem Schlaganfall«, so hatte Dr. Wilson gesagt, »sind wir allein in Gottes Hand. Beten Sie, gnädige Frau! Und machen Sie sich mit dem Gedanken vertraut, vielleicht die Hilfe eines Geistlichen in Anspruch zu nehmen.«

Mit geschlossenen Augen lag Rupert da. Nein, einen Geistlichen hatte Vicky nicht rufen lassen, und beten wollte sie auch nicht. Noch ging sein Atem, gleichmäßig hob und senkte sich seine Brust, und manchmal, wenn er die Luft einzog, entstand ein leiser Pfeifton. Aber sein Gesicht war so bleich und leblos und fern, als wäre er schon bei den Engeln. Auf den eingefallenen Wangen, die er sonst so sorgfältig rasierte, spross wildernd sein Bart, auch um den immer noch schief herabhängenden Mund, der seinem Aussehen etwas Groteskes verlieh – fast konnte man glauben, er würde im Schlaf Fratzen schneiden.

Vicky beugte sich vor und wischte mit einem Tuch den Speichel fort, der ihm aus dem Mundwinkel rann.

War es ihre Schuld, dass ihn der Schlag getroffen hatte?

Von Ziel zu Ziel leben, das war seine Vorstellung von einem gelungenen Leben gewesen. Ach, hätte er doch nie größere Ziele gehabt.

»Papa! Ich will zu meinem Papa!«

Claire war ins Zimmer eingedrungen. Mit eiligen Schritten lief sie an das Bett ihres Vaters, und während sie versuchte, ihn mit ihren kleinen Armen zu umschlingen, schmiegte sie ihr Gesichtchen an seine Brust.

»Du darfst nicht sterben, Papa. Bitte …«

Mit einem leisen Pfeifton antwortete er auf ihr Flehen, ohne dass in seinem Gesicht sich etwas regte. Nichts ließ darauf schließen, dass er seine Tochter gehört hatte. Kein Zucken, kein Blinzeln. Nichts.

Doch was war das?

Seine Hand hatte sich bewegt! Vicky wagte kaum zu atmen.

»Rupert …?« Wie gebannt starrte sie auf seine Hand.

Nein, sie hatte sich nicht getäuscht, wieder bewegte sich die Hand, zögerlich tastend, als würde sie etwas suchen. Und tatsächlich, als sie Claires Arm berührte, regte sich etwas in Ruperts Gesicht, ein kleines, kaum wahrnehmbares Zucken, und während ein Lächeln an den Lippen seines schiefen Mundes zupfte, öffnete er blinzelnd die Augen.

44

NUR DER schwache Schein des Mondes, der durch das Fenster fiel, erhellte Katinkas Schlafgemach, das überquoll von all den Orchideen, die der Hotelarzt ihr täglich verehrte, und der schwere Duft von Zimt und Vanille erfüllte die Luft. Wie eine schlafende Venus lag sie da, weiß schimmerte ihr üppiger, nackter Leib im Mondlicht, und von der zuvor genossenen Lust zeugte noch das selige Lächeln in ihrem slawischen Gesicht.

Auguste hatte die Lust mit ihr geteilt, doch jetzt war sie erloschen. Während aus dem angrenzenden Zimmer die Schnarchlaute ihres Mannes zu hören waren, richtete er sich leise auf, um ihr Lotterbett zu verlassen – schließlich wohnten auch seine Frau und seine Kinder im Haus, und Delphine war zum dritten Mal schwanger. Auf allen vieren kroch er über den Boden, um seine Sachen aufzusammeln, die im Raum verstreut lagen. Kaum hatte Katinka die Tür hinter ihnen geschlossen, hatte sie ihm die Kleider vom Leib gerissen, um ihm für seine Kunst noch schönere Komplimente zu machen als bei ihrem Besuch in der Küche. Nein, die Ehrbezeigung durch eine russische Großfürstin war eine zu große Verlockung gewesen, als dass er hätte widerstehen können. Jetzt bereute er, dass er wieder einmal zum Opfer seiner Eitelkeit geworden war, und konnte nur hoffen, dass Delphine keinen Verdacht schöpfte.

Roch sein Hemd nach Katinkas Parfüm?

Ängstlich schnupperte er an dem Stoff, doch zum Glück war die Duftspur so schwach, dass keine Gefahr bestand. Delphines Geruchssinn war sehr unzureichend ausgebildet und erlaubte ihr kaum, das Aroma einer Erdbeere von dem einer Ananas zu unterscheiden.

Während er sich das Hemd überstreifte, bewegte Katinka sich im Bett.

Nur fort, bevor sie aufwachte!

Eilig klaubte er seine Sachen auf, schlüpfte in seine Hose, und mit den Schuhen in der Hand verließ er das Gemach und schlich hinaus auf den Flur.

Gegenüber lag das Apartment des Prinzen von Wales. Trotz seiner Eile öffnete Auguste die Tür und lugte hinein.

Tatsächlich, Ritz hatte das Wunder vollbracht! Alles war für die Ankunft des englischen Thronfolgers bereit.

Leise schloss Auguste die Tür. Jetzt musste er es nur noch unbemerkt zurück in seine Wohnung schaffen. Doch er hatte das Ende des Flurs noch nicht erreicht, als plötzlich der Boden unter seinen Füßen schwankte, ein Ruck ging durch das Haus, und die Wände wackelten, als stürze die Erde ein.

45

MIT DEM Libretto der neuesten Gilbert-und-Sullivan-Produktion in der Hand kehrte Vicky in den Wintergarten zurück. Rupert hatte sie gebeten, das Textbuch aus der Bibliothek zu holen. Seit er im Rollstuhl saß, wurde jede noch so kleine Besorgung für ihn zur übergroßen Anstrengung, und um einen zweiten Schlaganfall zu vermeiden, hatte Dr. Wilson gesagt, sei Schonung das oberste Gebot.

Rupert saß mit dem Rücken zur Tür und schaute durch die deckenhohe Glasfront hinaus in den sonnenbeschienenen Park.

»Möchtest du vielleicht auf die Terrasse?«, fragte Vicky.

»Ja«, sagte er, »das wäre schön. Wenn es dir keine allzu große Mühe macht?«

»Nein, natürlich nicht.« Sie legte das Libretto auf die Decke, die seinen Schoß und seine Beine umhüllte, und rollte ihn ins Freie. »Ist das Wetter nicht herrlich?«

Er schloss die Augen, um die warmen Sonnenstrahlen zu genießen. Wie gönnte sie ihm die kleine Wohltat.

»Es tut mir so leid, dass wir gescheitert sind«, sagte er.

»Als ob es darauf jetzt ankäme. Das Einzige, was jetzt zählt, ist deine Gesundheit.«

»Und zur Belohnung hast du auch noch einen Krüppel als Mann. Dass ich dir das antue, werde ich mir nie verzeihen.«

»Bist du wohl still!« Sie beugte sich zu ihm und gab ihm einen Kuss. »Ich habe den wunderbarsten Mann der Welt. Daran kann nichts etwas ändern.«

»Das sagst du ja nur, weil du mich liebst.« Er drehte sich zu ihr um und versuchte zu lächeln, doch er schaffte es nicht. »Weil sonst …«

»Was sonst?«

»Ach, nichts. Du kannst nur froh sein, dass ich so ein trivialer Mensch bin.«

»Du und trivial? Wie kommst du denn darauf?«

»Weil ich mich trotz allem noch auf etwas freue. Zum Beispiel auf Samstag.« Jetzt huschte doch ein Lächeln über sein Gesicht.

»Du meinst die Premiere von Princess Ida?«, fragte sie.

»Zu der du mich begleiten musst.« Sein Lächeln wurde zu einem Grinsen. »Das hast du mir versprochen, und ein Versprechen muss man halten.« Er griff nach dem Libretto in seinem Schoß. »Aber jetzt würde ich gern den Text lesen. Bei der Aufführung versteht man ja nichts, und eine Idee zu haben, worum die Handlung sich dreht, kann ja nicht schaden.«

Vicky spürte, wie ihr die Tränen kamen. Mein Gott, wie tapfer er war. Damit er nichts merkte, kehrte sie in den Wintergarten zurück. Als sie sich noch einmal nach ihm umdrehte, sah sie, wie er das Textbuch aufschlug und zu lesen begann. Fast schien alles so wie früher. Doch der Schein trog. Nichts war mehr so wie früher. Und nichts würde je wieder wie früher sein.

Was für ein Leben lag nun vor ihm?

Sein Gesicht war wiederhergestellt, der Mund hing nicht mehr einseitig und verzerrt herunter, auch hatte sein Verstand keinen Schaden genommen, er konnte klar denken und auch wieder klar artikulieren. Er hatte sogar Appetit – laut Dr. Wilson das beste Zeichen, dass bald vielleicht sogar seine Lebensfreude zurückkehren würde. Aber der Arzt hatte auch gesagt, dass Rupert den Rollstuhl nie mehr würde verlassen können. Weder um mit seiner Frau durch den Park zu spazieren, noch um mit seinen Kindern zu spielen oder auch nur zur Toilette zu gehen, ohne dass ihm jemand half. Für den Rest seines Lebens. Bis zu seinem Tod.

»Das habe ich nicht gewollt.«

Erschrocken fuhr Vicky herum. Onkel Georgie trat auf sie zu.

Unwillkürlich machte sie einen Schritt zurück.

»Du hast gedroht, mich zu verraten.«

»Das hätte ich niemals getan«, erwiderte er. »Das weißt du doch!«

Sie schaute ihm fest in die Augen. »Weiß ich das wirklich?«

»Ach, Vicky.« Er ließ die Arme sinken, und nur mit Mühe hielt er ihrem Blick stand. »Kannst du mir je verzeihen?«

Sie zuckte die Achseln. »Das weiß ich nicht, um ehrlich zu sein.«

Noch während sie sprach, kam ihre Mutter in den Wintergarten.

»Weshalb hast du Vicky gedroht, sie zu verraten?«, fragte sie ihren Bruder. »Gibt es etwas, wovon ich nichts weiß?«

Von einer Sekunde zur anderen verschwand die Zerknirschung aus Onkel Georgies Gesicht, und mit seiner gewohnt spöttischen Miene antwortete er: »Ich habe deine Tochter nur vor einem Fauxpas bewahrt. Sie wollte das Haus ohne Hut verlassen. Man stelle sich den Skandal vor! Eine Frau ohne Haarbedeckung! Genauso gut könnte sie nackt durch die Straßen laufen.«

46

PAUL KÄMPFTE in Berlin um seine Existenz. Obwohl er bei mehreren Ausschreibungen die Angebote der Konkurrenz deutlich unterboten hatte, ließ der neue Stadtbaurat ihn nicht zum Zuge kommen, so dass ihm nach dem Ende des Tunnelprojekts, auf das er so große Hoffnungen gesetzt hatte, der Bankrott drohte. Die Lage war so ernst, dass sogar seine Mutter und die Zwillinge, die sich sonst voller Gottvertrauen nicht um weltliche Dinge kümmerten, inzwischen um ihren Verbleib in der Familienvilla bangten.

Paul wusste, von allein würde das Blatt sich nicht wenden. Zum Glück aber hatte er eine Idee, wie er die Firma retten könnte, ohne die Mehrzahl der Angestellten zu entlassen. Dafür brauchte er allerdings Geld – *viel* Geld, das er nicht hatte und das Erdmute ihm nicht geben wollte.

Zusammen mit Felix suchte er die Handels- und Kreditbank Reichenbach auf. Das Geldinstitut war mit seinem Stammsitz in Dresden domiziliert, doch hatten die Eigentümer kürzlich eine Niederlassung unweit des Hacke'schen Marktes eröffnet, um von der Hausse des Baugewerbes in der Hauptstadt zu profitieren. Die Bank stand in dem Ruf, unkonventionellen Ideen gegenüber aufgeschlossener zu sein als die Konkurrenz – wenn Paul die Chance auf einen Kredit für die Verwirklichung seiner Idee hatte, dann hier.

Gisbert Reichenbach, der Vorsitzende des Kreditausschusses, empfing ihn und seinen Bruder zusammen mit einem kaum dreißigjährigen Mann, der mit seinen Triefaugen und dem herabhängenden Schnauzbart ein wenig wie ein Seehund aussah und den er als seinen Neffen Gustav vorstellte. Der führte nach der Begrüßung das Wort.

»Einhunderttausend Reichsmark?«, fragte er. »Eine hübsche runde Summe. Wofür benötigen Sie das Geld?«

»Wir wollen Mietshäuser im Wedding bauen«, erklärte Paul. »Aufgrund des fortgesetzten Zuzugs vom Land ist der Bedarf ungebrochen.«

Sein Gegenüber verzog das Gesicht. »Im Mietskasernengeschäft ist Gumbrecht & Cie. das Maß aller Dinge. Wie wollen Sie dagegen bestehen?«

»Indem wir die Preise unterbieten.«

»Aber wo bleibt dann Ihr Profit?«

»Zwei Dinge haben wir unseren Konkurrenten voraus, um mit niedrigeren Kosten bessere Ergebnisse zu erzielen. Erstens werden wir alle am Bau beteiligten Gewerke aus einer Hand anbieten, vom Zimmermann über den Dachdecker bis zum Glaser. Das spart Zeit und Geld. Auf diese Weise haben die Gebrüder Cubitt in London das Nobelviertel Belgravia im Rekordtempo errichtet. Im Schlichtbau wird die Methode sich als noch vorteilhafter erweisen.«

Gustav Reichenbach zupfte an seinem Bart. »Und zweitens?«

»Wenn ich darauf antworten darf?«, fragte Felix. »Als kaufmännischer Leiter von Biermann & Söhne fällt das Thema in mein Ressort.«

Der junge Bankier nickte.

»Um die bestmögliche Zusammenarbeit der Gewerke zu garantieren«, erklärte Felix, »machen wir die Handwerker zu Teilhabern. Dadurch, dass sie direkt am Gewinn partizipieren, werden sie alles für den gemeinsamen Erfolg tun.«

»In welcher Gesellschaftsform soll das geschehen?«

»Durch die Gründung einer Genossenschaft. Die Subunternehmer dürfen jeweils maximal fünf Prozent am Stammkapital zeichnen, mit einer Deckelung der gesamten Fremdbeteiligung auf neunundvierzig Prozent.«

»Damit Sie Herr im eigenen Haus bleiben und das Sagen haben?« Gustav Reichenbach lächelte ein Seehundslächeln. »Das ergibt Sinn.«

Sein Onkel jedoch schüttelte den Kopf. »Höchstens fünf Prozent, höchstens neunundvierzig Prozent, höchstens was weiß ich?«, brummte er. »Daraus wird doch kein Mensch klug. Nein, das gefällt mir nicht. Ein Mann – eine Firma. So soll es sein.«

Die Ablehnung erfolgte so schroff, dass Paul schluckte. Doch Felix ließ sich nicht beeindrucken.

»Sie haben recht, Herr Direktor. Die Konstruktion ist neu und erscheint auf den ersten Blick vielleicht kompliziert. Eine Entscheidung will darum reiflich überlegt sein. Aus diesem Grund habe ich mir erlaubt, das Ganze schriftlich niederzulegen.« Felix holte einen Aktendeckel aus seiner Tasche hervor und reichte diesen den Bankiers. »Damit Sie alles noch einmal in Ruhe prüfen und sich miteinander besprechen können.«

47

EIN ERDBEBEN hatte Auguste gerettet! Dank des Tohuwabohus, das im Hotel ausgebrochen war, hatte er sich unbemerkt von Katinkas Schlafgemach ins Eheleben zurückschleichen können. Wobei »Erdbeben« etwas hoch gegriffen war, es war in Wahrheit eine Art Ruckeln des Untergrunds gewesen, das auch nur ein paar Sekunden gedauert hatte. Menschen waren nicht zu Schaden gekommen, auch die Gebäude in der Nachbarschaft waren unversehrt geblieben, nur im Grand Hôtel hatte die kurze Erschütterung Spuren hinterlassen, es gab Risse im Gemäuer, zwei Innenwände waren sogar eingestürzt – Folge der allzu knapp bemessenen Bauzeit.

Während César Ritz die Instandsetzung organisierte, bemühte Auguste sich um die Wiederherstellung seines alten Lebens. Das Beben hatte Katinka veranlasst, Monte Carlo den Rücken zu kehren; zusammen mit ihrem großfürstlichen Gatten sowie einem Tross von Bediensteten war sie nach Nizza weitergezogen, um dort den Rest der Saison zu verbringen, so dass Auguste seine ganze Tat- und Schaffenskraft wieder seinen eigentlichen Aufgaben widmen konnte. Die Rückkehr an den Herd empfand er nach seinem nervenzehrenden Seitensprung als Wohltat. Nur hier, in der ruhigen, konzentrierten Arbeit empfand er wahres Glück – Vergnügungen *à la Katinka* waren nur leere Begierden.

An diesem Tag fand auf der Terrasse des Grand Hôtel das beliebte Taubenschießen der Gäste statt, alljährlicher Höhepunkt der Badesaison, eine Attraktion, die nicht nur die Touristen anzog. Während diese von den Balkonen der Nachbarhotels aus mit Ferngläsern verfolgten, wie Hunderte von Tauben aus ihren Käfigen entlassen wurden und in den azurblauen Himmel flatterten, um eine nach der anderen abgeschossen zu werden, kletterten die Monegassen auf Bäume und Zäune, um das Spektakel mitzuerleben. Der Preis für den Sieger war ein Bankett, das Auguste nach dessen speziellen Wünschen zubereitete. In diesem Jahr ging ein italienischer Conte als Sieger aus dem Wettbewerb hervor, persönlich brachte er alle von ihm erlegten Vögel in die Küche, damit Auguste sie für ihn verarbeitete.

Die Küchenjungen hatten gerade angefangen, das Federvieh zu rupfen, da kam ein Stubenmädchen in die Küche gelaufen.

»Es ist so weit!«, rief sie, ganz außer Atem.

Auguste brauchte einen Moment, um zu begreifen, wovon sie sprach. Um Gottes willen, wie hatte er das nur vergessen können? Er ließ alles liegen und stehen, und da die hydraulischen Lifte auf jedem Stockwerk stehenblieben, eilte er zu Fuß, zwei Stufen auf einmal nehmend, die Treppen hinauf zu seiner Privatwohnung.

Als er die Tür zum Schlafzimmer aufriss, empfing Delphine ihn im Bett, schweißüberströmt, doch mit einem seligen Lächeln im Gesicht, in ihrem Arm das Kind haltend, das sie soeben zur Welt gebracht hatte.

»Es ist ein Junge«, strahlte sie. »Er soll Daniel heißen.«

48

MAN SCHRIEB den 24. April des Jahres 1884, als der deutsche Kanzler Otto Fürst von Bismarck im Reichstag eine Erklärung abgab.

»Von diesem Tag an stehen die Besitzungen der Firma Lüderitz in Lüderitzland unter dem Schutz des Deutschen Reichs.«

Paul horchte auf. Was hatte Bismarck gesagt? Er hatte sich seit Wochen nicht mehr um Politik gekümmert, die Geschäfte der Firma Biermann & Söhne gingen so schlecht, dass er schon Dutzende Arbeiter hatte entlassen müssen, und die Handels- und Kreditbank Reichenbach hatte sich immer noch nicht zu dem Kredit geäußert. Deswegen hätte er auch die heutige Parlamentsdebatte geschwänzt, hätte sein Fraktionsvorsitzender ihm nicht aufgrund seiner vielen Absenzen mit dem Ausschluss aus dem Bauausschuss gedroht.

»Und die deutsche Fahne«, fuhr der Kanzler fort, »wird nicht nur in Lüderitzland wehen, sondern auch in Togo und in Kamerun.«

Paul vergaß die Sorgen um die Firma und konzentrierte sich auf die Rede des Kanzlers. Was Bismarck gerade verkündete, stellte alles auf den Kopf, was er in der Vergangenheit gesagt hatte! Er hatte deutsche Kolonialansprüche stets kategorisch ausgeschlossen – solange er Reichskanzler sei, werde Deutschland sich an der »Balgerei um Afrika« nicht beteiligen. Deutsche Kolonialpolitik sei wie »der seidene Zobelpelz in polnischen Adelsfamilien, die keine Hemden haben«. Um Kolonien im Kriegsfall zu verteidigen, brauche man eine starke Flotte. Die aber könne Deutschland sich nicht leisten, weil es aufgrund seiner Lage mitten in Europa schon eine starke Armee benötige.

Woher dann der Gesinnungswandel?

»Ich glaube«, fuhr Bismarck fort, »dass man Kolonialprojekte nicht künstlich schaffen kann, in dem Sinne, dass man einen Hafen haben will, wo noch kein Verkehr ist, eine Stadt bauen, wo noch die Bewohner fehlen. Etwas ganz anderes aber ist die Frage, ob es zweckmäßig ist, denjenigen seiner Untertanen, die solchen Unternehmungen im Vertrauen auf des Reiches Schutz sich hingeben, diesen Reichsschutz zu gewähren und ihnen Beihilfen in ihren Kolonialbestrebungen zu leisten und denjenigen Gebilden, die aus den überschüssigen Säften des gesamten deutschen Körpers naturgemäß herauswachsen, in fremden Ländern Pflege und Schutz angedeihen zu lassen. Und das bejahe ich.«

Paul fing an zu begreifen. Offenbar reagierte der Kanzler auf den immer größer werdenden Druck all jener Kräfte, die sich von deutschen Kolonien eine Belebung der Konjunktur erhofften. Der Übersee-Kaufmann Adolph Woermann, der mit dem Tausch von Branntwein und Waffen gegen Palmöl und Kautschuk in Afrika Geld wie Heu verdiente und in dessen Auftrag auch schon Pauls Bruder Fritz in Afrika tätig gewesen war, hatte in einer Denkschrift den Erwerb von Kolonien zur nationalen Aufgabe erklärt, weil diese neue Rohstoffquellen und neue Absatzmärkte bedeuteten. Dadurch hatte er nicht nur den unlängst gegründeten Deutschen Kolonialverein hinter sich gebracht, sondern auch einen Großteil der konservativen und nationalliberalen Reichstagsabgeordneten, auf deren Unterstützung Bismarck, weil ohne eigene Mehrheit regierend, angewiesen war. Wenn der Kanzler jetzt den Schutz deutscher Kolonien zur nationalen Pflicht erklärte, meinte er damit in Wahrheit den Schutz seiner eigenen Machtstellung. Paul musste an die Bemerkung seines Schwagers Hugo denken, wonach Bismarck die Segel gern nach dem Wind setzte. Jetzt handelte der Kanzler offenbar nach genau dieser Maxime. Dafür sprach auch das Gerücht, dass er denselben Adolph Woermann, der ihn mit seiner Denkschrift zu der Kehrtwende gedrängt hatte, zu seinem Berater in Kolonialfragen ernennen wollte.

»Und wenn London sich darüber beschwert, dass wir unsere eigenen Interessen verfolgen«, rief Bismarck den Abgeordneten zu, »dann frage ich: Weshalb soll das Recht zu kolonisieren, welches England im weitesten Maß ausübt, uns verwehrt sein? Nein, der englische Egoismus bedeutet eine Verletzung unseres Nationalgefühls!«

Die einzige Fraktion, die sich gegen Bismarcks Wende in der Kolonialpolitik stellte, waren die Sozialisten. Sie warnten vor der Kriegsgefahr, die der Kanzler damit heraufbeschwor, und erinnerten ihn an seine eigenen Worte: »Der Versuch, Kolonien auf Gebieten zu gründen, deren Oberhoheit andere Staaten, gleich ob mit Recht oder Unrecht, in Anspruch nehmen, wird zu mannigfachen Konflikten führen.« Doch Bismarck ließ sich von seinen früheren Aussagen nicht beirren, sondern begegnete den Vorwürfen mit der Ankündigung, die Vertreter aller Kolonialmächte nach Berlin einzuladen, um eine Aufteilung Afrikas unter den europäischen Staaten, dem Osmanischen Reich und Amerika zu erzielen, damit aus dem Streit um die Kolonien kein neuer Krieg erwuchs. Und um auch die Unterstützung der Liberalen zu gewinnen, versprach er zum Schluss, dass seine neue Politik den kolonialisierten Völkern aus Not und Armut helfen würde.

»Wir wollen den Eingeborenen Afrikas den Anschluss an die Zivilisation ermöglichen, indem wir das Innere des Kontinents für den Handel erschließen.«

Tosender Beifall war die Antwort, in dem die Pfiffe und Buhrufe der Sozialisten untergingen. Paul konnte es nicht länger ertragen, seinen Kanzler so reden zu hören. Noch bevor der Parlamentspräsident die Sitzung schloss, verließ er den Plenarsaal.

In düstere Gedanken vertieft, erreichte er die Halle. Dort lief er seinem Bruder Felix in die Arme. Der aber strahlte, als hätte er in der Lotterie gewonnen.

»Gute Nachricht, Bruderherz! Die Reichenbachs haben den Kredit bewilligt!«

49

DER FEBRUAR war der ungemütlichste Monat des Jahres in London. Obwohl Vickys Großvater bei der Errichtung von Paxton House in allen Räumen eine moderne Warmwasser-Zentralheizung hatte installieren lassen, war es in dem riesigen Gebäude so zugig, dass Vicky den Diener gebeten hatte, ein Kaminfeuer in der Bibliothek anzuzünden, bevor sie mit ihrer Mutter dort den Tee nahm.

»Bereust du, Rupert geheiratet zu haben?«, fragte Emily, nachdem Jenkins den Raum verlassen hatte. »Jetzt, da er wohl für immer im Rollstuhl sitzen wird?«

»Nein, niemals!«, sagte Vicky. »Wie kannst du das nur fragen?«

»Nun, als Mutter macht man sich so seine Gedanken. Schließlich habe ich dich damals zu der Ehe gedrängt. Und wer weiß, wie die Dinge sich entwickelt hätten, wenn ich das nicht getan hätte …«

»Ach, Mama. Das war das Beste, was du je getan hast. Du und Rupert – ihr habt mich vor dem größten Fehler meines Lebens bewahrt.«

Die Mutter nahm einen Schluck von ihrem Tee.

»Ich glaube, ich weiß, was du meinst.«

Durch ihr Lorgnon schaute sie Vicky an. Die fühlte sich plötzlich wie früher als Kind, wenn ihre Mutter sie bei etwas Verbotenem erwischt hatte. Um nichts sagen zu müssen, wandte sie den Blick ab und schaute auf die tanzenden Flammen im Kamin.

»Willst du mir nicht sagen, was für ein Geheimnis das ist, über das du mit Onkel Georgie neulich gesprochen hast?«

Die Mutter hatte die Frage ganz leise gestellt, ohne jeden Vorwurf in der Stimme. Vicky musste an die Liebesbriefe denken, die sie vor Jahren im Sekretär ihrer Mutter entdeckt hatte. Nein, nicht nur sie war bereit gewesen, aus Liebe oder was sie für Liebe gehalten hatte, London zu verlassen, um mit einem Mann, der ihr nicht angetraut war, im Ausland zu leben, auch ihre Mutter hatte ihre Eltern und ihre Familie und ihr Land um eines Mannes willen für immer aufgeben wollen, zu einer Zeit, als sie noch nicht die über jeden Zweifel erhabene Mrs. Paxton-Stokes gewesen war, die Verkörperung aller Tugenden der guten Londoner Gesellschaft, sondern Miss Emily Paxton, eine junge, leidenschaftliche Frau, die sich über alle Regeln und Gebote hinweggesetzt hatte, um ihrem Herzen zu folgen …

Im Kamin fiel mit lautem Knacken ein Scheit in sich zusammen, und während Vicky die wohlige Wärme spürte, die das Feuer verströmte, fühlte sie sich auf einmal mit ihrer Mutter in einer Weise verbunden, die sie nie zuvor empfunden hatte, und es drängte sie, ihr die Wahrheit zu gestehen.

Doch während sie nach den richtigen Worten suchte, ging plötzlich die Tür auf und Rupert kam in seinem Rollstuhl herein.

»Neuigkeiten aus Berlin!«, sagte er. »Phantastische Neuigkeiten!«

»Du meinst die Afrika-Konferenz?«, fragte Vickys Mutter. »Ja, es ist wirklich erfreulich, dass man sich geeinigt hat. Aber wenn du glaubst, dass wir deswegen eine neue Chance für den Tunnel bekommen …«

»Davon rede ich doch gar nicht«, fiel Rupert ihr ins Wort. »John Booth hat mir einen interessanten Brief geschickt.«

»John Booth?«, fragte Vicky. »Ist das nicht unser Landsmann, der in der Kurfürstendamm-Gesellschaft die englischen Interessen vertritt?«

»Ja«, bestätigte Rupert. »Ich hatte ihn damals mit Paul Biermann zusammengebracht. Weißt du noch?«

»Meine Güte, ist das schon lange her. Was schreibt er?«

Rupert rollte in seinem Stuhl zu ihr heran. »Es gibt ein Problem bei der Bebauung des Boulevards. Ein ganz gewaltiges Problem sogar – ein Problem, das buchstäblich zum Himmel stinkt.«

Vicky verstand kein Wort. »Und was soll daran gut sein?«

»Ja, begreifst du denn nicht?« Mit gespielter Enttäuschung schüttelte Rupert den Kopf. »Und dabei dachte ich immer, ich hätte eine intelligente Frau geheiratet!«

50

MIT SEINEN neun Jahren war Friwi inzwischen in einem Alter, da ein Junge wissen sollte, wie sein Vater das Geld verdient. Paul hatte sich deshalb an diesem Nachmittag frei genommen, um mit seinem Sohn zu der Baustelle im Wedding zu fahren, auf der die ersten Mietskasernen entstanden, die die Firma Biermann & Söhne errichtete. Mit großen Augen bestaunte Friwi das Geschehen, und als Paul mit ihm auf ein Gerüst kletterte, von wo sie aus luftiger Höhe auf die Baustelle herabschauen konnten, geriet er schier aus dem Häuschen.

»Müssen die alle tun, was du sagst?«, fragte er und zeigte auf die Arbeiter, die zu ihren Füßen hämmerten und sägten und mauerten.

»Ja, das müssen sie. Weil ich ihr Chef bin.«

»Dann will ich auch Chef sein!«

»Das wirst du auch. Wenn du eines Tages die Firma von mir erbst.«

»Und dann müssen alle mir gehorchen?«

»Jetzt mal langsam«, lachte Paul. »Erst musst du noch ein bisschen wachsen. So wie die Häuser hier.«

Ja, die Wende war geschafft. Mit dem Kredit der Reichenbach Bank sowie Felix' Hilfe hatte Paul die Genossenschaft gegründet, und da an dieser alle auf dem Bau beschäftigten Handwerker beteiligt waren, arbeiteten sie so zügig Hand in Hand, dass die Arbeiten nicht nur in einem nie zuvor gekannten Tempo vorangingen, sondern man auch schon daran denken konnte, einige der entlassenen Arbeiter wieder einzustellen.

»Und jetzt zeige ich dir, wo die Häuser, die wir hier bauen, geplant worden sind.«

»Ist das da, wo du regierst?«, fragte Friwi.

»Ja, so könnte man sagen. Aber ich sage lieber Firmenkontor.«

Am Rand der Baustelle stand sein nagelneuer, in schwarzem Lack glänzender Landauer, eine »konvertible« Kutsche, die sie sich mit wenigen Handgriffen von einem geschlossenen in einen offenen Wagen umwandeln ließ. Paul hatte mit der Anschaffung lange gezögert, eine eigene Kutsche samt Wagenpferden war ein ziemlicher Luxus. Aber die Mietdroschken, auf die er bislang angewiesen gewesen war, kosteten auch Geld und dazu jede Menge Zeit, die ihm von der Arbeit abging. Außerdem konnte er den Landauer sonntags für Familienausflüge nutzen.

Vom Himmel schien die Frühlingssonne so warm herab, dass sie mit offenem Verdeck fuhren. Friwi wollte die Zügel halten, doch dafür herrschte zu viel Verkehr.

»Aber wenn du willst, darfst du mit der Peitsche knallen!«

Das ließ Friwi sich nicht zweimal sagen. »Hü! Hü!«, rief er und schlug so heftig auf die Kutschpferde ein, dass Paul ihm die Peitsche wieder abnehmen musste.

Am unteren Ende des Kurfürstendamms wuchsen inzwischen die ersten Gebäude aus dem Boden. »Gehören die uns auch?«, fragte Friwi.

»Nein. Die gehören Onkel Hugo.«

»Dann finde ich die richtig hässlich«, sagte sein Sohn.

»Ich auch«, lachte Paul.

Seit sein Schwager der Kurfürstendamm-Gesellschaft vorstand, verkaufte diese die zur Bebauung freigegebenen Grundstücke im ganz großen Stil, ohne dass es ein Gesamtkonzept für die Bebauung gab. Auf diese Weise verdienten die Anteilseigner sich goldene Nasen, allen voran Hugo Lebsanft, der wohl bald seine erste Million auf dem Konto haben würde, doch die architektonischen Folgen waren verheerend. Entlang des Dammes wurde wild durcheinander gebaut, herrschaftliche Villen standen in einer Reihe mit schmucklosen Einfamilienhäusern, dazwischen verloren sich Gartenlauben und Handwerksschuppen, die noch aus früheren Zeiten übrig geblieben waren. Keine Spur von der Prachtstraße, die dem Kanzler vorschwebte.

»Willst du noch mal mit der Peitsche knallen?«

Paul hatte die Frage kaum gestellt, da griff Friwi schon zur Peitsche.

»Hü! Hü! Hü!«

Das Kontor der Firma Biermann & Söhne befand sich in einem Bureaugebäude am Gendarmenmarkt, erst vor zwei Wochen hatte Paul sich hier eingemietet, um von der zentralen Lage zu profitieren. Er hatte erwartet, dass die Größe des Gebäudes und die prachtvolle Eingangshalle Eindruck auf seinen Sohn machen würden, doch Friwi war nur beeindruckt von dem Empfang, den man seinem Vater bereitete. Jeder Angestellte begrüßte voller Respekt den Chef, auch in dem großen Zeichensaal, wo ein Dutzend Architekten und Ingenieure die Pläne entwarfen, nach denen die Bauten im Wedding ausgeführt wurden.

»Hier kannst du sehen, wie wichtig es ist, fleißig in der Schule zu sein«, sagte Paul. »Alle Männer, die hier arbeiten, haben studiert.« Er strich seinem Sohn über das blonde Stoppelhaar. »Ja, Bildung ist alles. Sie entscheidet, wo du im Leben stehst. Deshalb musst du immer tüchtig lernen. Vor allem jetzt, damit du nächstes Jahr Ostern den Wechsel aufs Gymnasium schaffst.«

»Ich will aber nicht aufs Gymnasium!«, sagte Friwi.

»Was soll das heißen? Willst du etwa in der Volksschule bleiben?«

»Nein, ich will in eine Kadettenanstalt. Wie Kaspar!«

Paul schüttelte den Kopf. »Was dein Cousin macht, bestimmen Onkel Hugo und Tante Grete. Aber du gehst aufs Realgymnasium, genauso wie ich, als ich so alt war wie du. Das ist die beste Voraussetzung, um Ingenieur zu werden. Und das willst du doch, nicht wahr? Sonst kannst du nie Firmenchef werden.«

Statt seinen Blick zu erwidern, schaute Friwi zu Boden und kaute an seinem Damennagel. »Und wenn ich lieber General werden will?«, fragte er. »Onkel Fritz sagt, General ist das Höchste, was es auf der Welt überhaupt gibt. Noch mehr als Chef!«

»So, hat er das gesagt?«

»Ja, und Mama sagt das auch. Und um General zu werden, muss man in eine Kadettenanstalt. Das ist nämlich die Schule für Generäle.«

Vorsichtig blickte Friwi auf. Paul hätte ihn am liebsten bei den Schultern gepackt, um ihn durchzuschütteln. Aber er beherrschte sich. Der Junge konnte ja nichts dafür, er plapperte ja nur nach, was sein Onkel und seine Mutter ihm eintrichterten.

»Im Leben«, sagte Paul, »kommt es nicht darauf an, Chef oder General zu sein. Viel wichtiger ist es, dass man durch seine Arbeit beweist, dass man der Beste ist. Sonst wird man weder Chef noch General. – Ja, was ist, Fräulein Lechtenbrink?«

Pauls Sekretärin steckte ihren Kopf durch den Türspalt. »Besuch, Herr Direktor. Der Herr wartet in Ihrem Bureau.«

»Einen Moment, ich komme. Bitte kümmern Sie sich in der Zeit um meinen Sohn.«

Der Besucher war ein hagerer Mann mit rosigem Gesicht, Stirnglatze und goldfarbenem Backenbart.

»Mr. Booth«, rief Paul überrascht. »Was verschafft mir die Ehre?«

»Es gibt ein Problem am Kurfürstendamm«, erwiderte der Engländer. »Und Sie können uns helfen, es zu lösen. Das ist zumindest die Meinung unseres Freundes Rupert Watkin. Er hat mir empfohlen, mich an Sie zu wenden.«

»Ich muss gestehen, Sie machen mich neugierig.«

»Das freut mich. Sie kennen den ›schwarzen Graben‹?«

»Sie meinen die Kloake, die zwischen Schöneberg und Charlottenburg die Gegend verpestet?«

»Ein unerträglicher Übelstand. Um ihn abzustellen, bedürfte es einer aufwendigen Kanalisation.«

»Daran besteht kein Zweifel. Aber Sie sprechen mit dem Falschen. Mein Schwager Hugo Lebsanft ist der Direktor der Kurfürstendamm-Gesellschaft. An ihn müssen Sie sich wenden.«

»Genau da liegt das Problem. Der Vorstand weigert sich, die nötigen Mittel bereitzustellen – angeblich würde der Profit zu sehr darunter leiden. Haben Sie vielleicht eine Idee, wie man der Sache beikommen könnte?« Booth ließ die Enden seines Backenbartes durch seine Finger gleiten, und mit einem Lächeln fügte er hinzu: »Es würde Ihr Schaden nicht sein. Wie Sie vielleicht wissen, stehe ich mit Fürst Bismarck auf vertrautem privaten Fuß.«

51

SEIT CÉSAR Ritz dem britischen Thronfolger buchstäblich über Nacht ein Zimmer mit Bad hatte einrichten lassen, kam der Prince of Wales regelmäßig nach Monte Carlo, um das schöne Leben an der französischen Riviera zu genießen. »Wo César Ritz hingeht«, so sagte er bei der Ankunft stets in seiner jovialen Art, »da will auch ich sein.« In dieser Saison logierte er bereits zum dritten Mal im Grand Hôtel. An dieser Treue hatte Auguste nicht geringen Anteil, der Prinz war von seiner Kochkunst so angetan, dass er, seit er zum ersten Mal bei ihm gegessen hatte, nirgendwo sonst mehr speisen wollte. Denn Bertie, der es während seines Studiums in Cambridge so toll getrieben hatte, dass seine Mutter ihn bis heute für den vorzeitigen Tod ihres geliebten Albert verantwortlich machte, liebte nicht nur Wein, Weib und Roulette, er liebte auch und ganz besonders gutes Essen, wovon seine Leibesfülle überdeutlich Zeugnis gab.

Nach den Mahlzeiten plauderte er gern bei Cognac und Zigarre mit Ritz und Auguste über Gott und die Welt. An diesem Abend war das Thema die Krise der Dritten Republik, die nach der Niederlage Frankreichs gegen Preußen ausgerufen worden war. Kriegsminister Boulanger, der seine Beliebtheit vor allem der Entscheidung verdankte, auch Priester zum Militärdienst zu verpflichten, schürte in jeder seiner Reden den Hass der Franzosen auf Deutschland und drängte die Regierung zu einem Vergeltungsschlag gegen den Erzfeind auf der anderen Seite des Rheins – sehr zum Unwillen des Ministerpräsidenten und der übrigen Kabinettsmitglieder, die sich einem solchen Abenteuer entschieden widersetzten.

Drohte ein Militärputsch?

Die Vorstellung machte Auguste Angst. »Das wäre eine Katastrophe für unser Haus«, sagte er. »Kein Mensch interessiert sich für Reisen und gutes Essen, wenn es dazu kommt. Königliche Hoheit, meinen Sie, dass so etwas wirklich passieren kann?«, fragte er den englischen Thronfolger in der Gewissheit, dass dieser tiefere Einblicke in die Geheimnisse der Politik besaß als er selbst.

»Ein Hellseher bin ich nicht.« Bertie zog an seiner Zigarre und paffte ein paar bläuliche Wolken in die Luft. »Ich weiß nur eins«, fügte er dann mit dem Gesicht einer Sphinx hinzu, »England ist eine Insel, da muss niemand solche unberechenbaren Ereignisse fürchten. Meinen Sie nicht auch, Monsieur Ritz?«

Die beiden tauschten einen verschwörerischen Blick, den Auguste nicht verstand.

Was hatte das zu bedeuten?

52

AUF DEM Korridor der Reichskanzlei roch es nach Bohnerwachs und Terpentin. Schon seit zwei Stunden wartete Paul dort auf einer Holzbank in der Hoffnung, dass Geheimrat Bucher ihn empfing. Mit Zustimmung seiner Genossenschaftler wollte er Bismarck einen Vorschlag machen, den der Kanzler unmöglich ablehnen konnte. Doch wie sollte er das tun, wenn er nicht einmal die Gelegenheit bekam, mit dessen Sekretär zu sprechen? Ihm gegenüber an der Wand hing ein Gemälde von Bismarcks Jagdschloss Friedrichsruh, das der Kaiser dem Kanzler zum Dank für die Reichsgründung geschenkt hatte. Um sich irgendwie zu beschäftigen, zählte Paul die Fenster an der Vorderfront des Gebäudes. Einschließlich der Dachgauben waren es sechsunddreißig – von links nach rechts genauso wie von rechts nach links.

Endlich ging eine Tür auf und ein Kanzleischreiber, kenntlich an seinen grauen Ärmelschonern, kam in den Flur.

»Kommerzienrat Biermann?«

»Nur Biermann, bitte«, erwiderte Paul und stand auf.

»Ganz, wie Sie wünschen. Wenn Sie mir bitte folgen?«

Als Paul das Bureau von Bismarcks Sekretär betrat, war der gerade damit beschäftigt, seine Grünpflanzen zu gießen.

»Wie oft soll ich es Ihnen denn noch sagen?«, fragte der Geheimrat, ohne von seiner Tätigkeit aufzuschauen. »Der Kanzler will Sie nicht sehen.«

»Ich komme mit einer Empfehlung von Mr. John Booth«, erwiderte Paul.

»Mr. Booth?« Mit der Gießkanne in der Hand drehte Geheimrat Bucher sich zu ihm herum. »Nun gut, was haben Sie vorzubringen?«

»Es geht um den ›schwarzen Graben‹«, erklärte Paul. »Beziehungsweise um die dort nötige Kanalisation.«

Der Geheimrat stieß einen Seufzer aus. »Ich fürchte, dann haben Sie sich umsonst herbemüht. Der Direktor der Kurfürstendamm-Gesellschaft hat bereits dagegen entschieden. Außerdem ist die Kanalisation Aufgabe der Stadt. Die soll sich darum kümmern.«

Mit diesem Einwand hatte Paul gerechnet. »Es fragt sich nur welcher Stadt?«, entgegnete er. »Berlin oder Charlottenburg? Die beiden Magistrate sind sich uneins und schieben sich gegenseitig die Verantwortung zu. Eine Einigung kann Jahre dauern! Und solange das Problem fortbesteht, kommt die Bebauung des Damms am ›schwarzen Graben‹ zum Erliegen.« Er machte eine kurze Pause. »Es sei denn ...«

Sein Gegenüber blickte auf. »Es sei denn – was?«

»Dass die Firma Biermann & Söhne die Kanalisation besorgt«, sagte Paul. »Auf eigene Kosten.«

»Auf eigene Kosten?«, wiederholte Bucher.

»Allerdings.«

Der Geheimrat stellte seine Gießkanne ab. »Ich nehme an, Sie machen ein solches Angebot nicht ohne Erwartung einer Gegenleistung.« Er rückte an seinem Zwicker. »Welche?«

53

VICKY HATTE den Nachmittag mit Roberta und den Kindern im Zoo verbracht. Als sie zusammen nach Hause zurückkehrten, kam ihnen in der Halle Prinz Ramigami entgegen, mit einem Satz sprang er auf Claires Arm, die ihrem Liebling sogleich von seinen Artgenossen im Zoo erzählte, während Nigel und die Gouvernante die Treppe hinauf in Richtung Spielzimmer verschwanden.

Vicky legte Hut und Sonnenschirm vor dem Spiegel ab. Butler O'Brien trat mit der Abendpost auf sie zu.

»Eine Depesche aus Berlin.«

»Danke.« Sie nahm den Brief und ging damit hinaus auf die Terrasse, wo Rupert in seinem Rollstuhl die Abendsonne genoss.

»Ich glaube, wir sollten uns langsam entscheiden, was mit Nigel werden soll«, sagte er, nachdem sie ihn mit einem Kuss begrüßt hatte. »Was meinst du – sollen wir ihn nach Eton oder nach Harrow geben?«

»Ist das wirklich eine Frage?«, erwiderte sie mit einem Lächeln. »Du warst in Eton, dein Vater war in Eton, und dein Großvater war auch in Eton. Also wird es wohl auf Harrow hinauslaufen.«

Rupert lachte. »Nun, wenn du mir die Entscheidung überlässt, werde ich mich um die Anmeldung kümmern. – Aber ich sehe«, fügte er mit einem Blick auf den Brief in ihrer Hand hinzu, »unser Freund Paul Biermann hat geschrieben. Was gibt es Neues?«

Vicky öffnete den Umschlag und überflog die Zeilen. »Er bedankt sich für deine Vermittlung. Die Sache scheint aufzugehen. Zwar wartet er noch auf die Bestätigung des Kanzlers, dass seine Bedingungen erfüllt werden, aber er ist zuversichtlich, dass Bismarck sein Angebot zu schätzen weiß.«

Rupert strahlte. »Wie schön, dass wir unserem Freund helfen konnten.«

»Was heißt ›wir‹?«, fragte Vicky. »Das war allein deine Idee. – Ach, was bist du nur für ein wunderbarer Mann.«

Sie wollte ihn noch einmal küssen, da näherten sich Schritte. Ihre Mutter kam aus dem Wintergarten, mit einer Miene, die nichts Gutes verhieß.

»Onkel Georgie …«, stieß sie hervor.

»Was … was ist mit ihm?«, fragte Vicky erschrocken.

»Er packt seine Koffer!«

»Seine Koffer?« Erleichtert lachte sie auf. »Und ich dachte schon, es wäre etwas passiert.«

»Das ist es auch!« Das Gesicht ihrer Mutter wurde noch ernster. »Onkel Georgie will nach Indien. Für immer!«

54

GEHEIMRAT BUCHER hatte richtig vermutet: Für das Angebot, auf eigene Kosten den »schwarzen Graben« an die Kanalisation anzuschließen, erwartete Paul eine Gegenleistung. Die Bedingung, die er an sein Angebot knüpfte, war die Zusage, dass er wieder in die Kurfürstendamm-Gesellschaft eintreten konnte. Schließlich würde der Boulevard des Kanzlers unvollendet bleiben, solange es den »schwarzen Graben« gab, kein Investor würde sich bei dem Gestank dort engagieren.

Mit der Aussicht auf glänzende Geschäfte hatte Paul die Unterstützung seiner Genossenschaft gewonnen. Die Erbauung von Luxusvillen und Bureaugebäuden würde ungleich höhere Gewinne abwerfen als die Errichtung von Mietskasernen im Wedding. Doch die Kanalisationsarbeiten gestalteten sich aufwendiger als erwartet, immer wieder stießen die Arbeiter auf Felsgestein, während sie die Schächte und Stollen in den Untergrund trieben, so dass die in der Genossenschaft vereinigten Handwerker anfingen zu murren. Sie wollten nicht ins Blaue arbeiten, wenn dafür die Arbeiten im Wedding in Verzug gerieten. Lieber den Spatz in der Hand als die Taube auf dem Dach!

Es war eine Wette auf die Zukunft, und je mehr Zeit verstrich, um so geringer wurde die Chance, diese Wette zu gewinnen. Obwohl Paul mehrmals bei Bismarcks Sekretär nachgefragt hatte, stand die Zusage des Kanzlers weiterhin aus, so dass auch seine Zweifel von Tag zu Tag größer wurden. Was, wenn man ihn im Stich ließ? Allein konnte er unmöglich sein Wort halten, das er Bismarck gegeben hatte. Außerdem drohte im Fall seines Scheiterns die Auflösung der Genossenschaft.

Als er an diesem Abend seinen Landauer bestieg, bereute er seinen Leichtsinn. Die Aussicht auf Profit hatte ihn gierig gemacht, und Gier war ein noch schlechterer Ratgeber als Angst. Die Nachrichten, die die Zeitungsjungen ausriefen, waren auch nicht dazu angetan, seine Laune zu heben. Auf dem Balkan stritten sich einmal mehr Russland und Österreich um Bulgarien, kaum dass die Balgerei um Afrika ausgestanden war, so dass schon wieder die Zeichen auf Krieg standen. Vielleicht sollte er seinen Landauer wieder verkaufen, solcher Luxus gehörte in diesen Zeiten bestraft.

Zu Hause angekommen, hatte er für diesen Tag nur noch einen Wunsch: eine Flasche Schultheiß und eine Zigarre. Doch kaum hatte er sich ein Glas eingeschenkt, kam Erdmute herein.

»Wir müssen Friwi endlich anmelden!«

»Anmelden – wofür?«

»In der Kadettenastalt. Du hast ja keine Ahnung, wie begehrt die Plätze sind.«

Paul schüttelte den Kopf. »Der Junge kommt aufs Realgymnasium.«

Um das Thema zu beenden, griff er nach der Post. Als er den obersten Umschlag sah, beschleunigte sich sein Puls.

Geheimrat Bucher hatte geschrieben!

Ungeduldig riss er den Umschlag auf und überflog die Zeilen. Als er zu Ende gelesen hatte, fielen Bleigewichte von ihm ab.

Der Kanzler wollte ihn sehen! Er hatte es geschafft!

»Jetzt gibt dir einen Ruck und tu dem Jungen den Gefallen. Es ist doch sein allergrößter Herzenswunsch.«

Als er aufschaute, blickte er in Erdmutes Gesicht. Sie lächelte, wie nur eine Mutter lächeln konnte.

»Na, gut«, seufzte er. »Aber unter einer Bedingung. Nach dem Abitur kommt Friwi in die Firma.«

55

IN ONKEL Georgies Kleiderkammer sah es aus wie bei Huntsman, der ältesten und angesehensten Maßschneiderei in der Savile Row, bei der nicht nur der Prince of Wales seine Garderobe fertigen ließ, sondern jeder Londoner Gentleman, der auf sich hielt, also auch Onkel Georgie. Ihm zufolge war Huntsman überhaupt der einzige Schneider, in dessen Kleidern man sich in der Öffentlichkeit blicken lassen konnte, und seine Schränke quollen über von all den Anzügen und Mänteln, Westen und Hemden, Krawatten und Plastrons, Schuhen und Strümpfen, Tüchern und Shawls, die er im Laufe seines Lebens mit der Sorgfalt eines Kunstsammlers in der Savile Row No. 11 ausgesucht hatte und nun eigenhändig, weil ein Diener doch nur alles falsch gemacht hätte, in die Überseekisten faltete, mit denen seine Kleiderkammer vollgestellt war.

»Dann ist es also wirklich wahr?«, fragte Vicky. »Du willst nach Indien? Ich hätte nicht für möglich gehalten, dass du das ernst meinst.«

»Übermorgen läuft mein Schiff aus«, sagte er in so ernstem Ton, dass sie seine Stimme kaum wiedererkannte. »Die Entscheidung war längst überfällig, eine andere Möglichkeit gab es nicht.«

»Aber weshalb?«

Mit einem gefalteten Hemd in der Hand drehte er sich zu ihr herum. Die Antwort fiel ihm sichtlich schwer. »Ich … ich kann nicht länger hier leben«, brachte er schließlich hervor. »Nicht in diesem Haus …«

Vicky musste schlucken. »Du meinst – wegen Rupert?«

Er nickte.

Obwohl sie nie darüber gesprochen hatten, wusste sie, dass er sich mitschuldig fühlte am Schicksal ihres Mannes. Und wenn sie ehrlich war, konnte sie ihm nicht widersprechen. – Ach, Onkel Georgie … Erst jetzt fiel ihr auf, dass im Knopfloch seines Seidenjacketts eine verwelkte Nelke steckte. Wahrscheinlich saß sie dort noch vom letzten Mal, da er das Jackett getragen hatte – eine Nachlässigkeit, die ihm unter normalen Umständen niemals unterlaufen wäre.

»Erinnerst du dich, wie wir zusammen in Indien waren?«, fragte sie.

»Bei der Proklamationsfeier?« Er legte das Hemd in eine Kiste. »Natürlich. Warum fragst du?«

»Weil das Land uns so fremd ist wie der Mond. Was wirst du da tun?«

»Ich weiß es selbst noch nicht so genau. Mein Freund Wolseley hat mir einen Posten in Bombay verschafft, ich glaube, in der Kolonialverwaltung. Aber frag mich bitte nicht, worum es dabei geht.«

»Aber du hast doch immer gesagt, London sei der einzige Ort auf der Welt, an dem du auf Dauer leben kannst. Wie … wie willst es du dann überhaupt in Indien aushalten?«

Onkel Georgie zuckte die Schulter. »Angeblich erscheint auch in Bombay die *Times*, zwar mit ein paar Tagen Verspätung, doch immerhin.«

»Und wie stellst du dir das vor? Für einen Kolonialbeamten fehlt dir doch jegliche Voraussetzung. Du bist weder Jurist noch Soldat.«

»Das weiß niemand besser als ich.« Für eine Sekunde klang in seiner Stimme der spöttische Ton an, der ihr seit der Kindheit vertraut war. »Ich gebe ja zu, wenn das Kolonialamt Leute wie mich einstellt, muss man sich wirklich Sorgen um die Zukunft des Empires machen.«

Er versuchte zu lächeln, doch es kam nur ein schiefes Grinsen dabei heraus. Offenbar wusste er selbst, dass sein Scherz so falsch und unpassend war wie die Nelke in seinem Knopfloch. Vicky spürte einen Kloß im Hals. Solange sie zurückdenken konnte, gehörte Onkel Georgie zu ihrem Leben wie die Grünpflanzen und Bücher ihres Großvaters zu Paxton House – er war nicht nur ihr Lieblingsonkel, er war auch ihr Vertrauter und manchmal sogar ihr Mitverschwörer, der Mensch, der immer zu ihr gehalten und sie in Schutz genommen hatte, egal, was geschehen war … Würde sie ihn vielleicht nie mehr wiedersehen? Bei dem Gedanken kamen ihr die Tränen. Sie konnte sich ihr Leben ohne ihn gar nicht vorstellen, ohne ihn und seine Witze. In seiner Gegenwart schien das Leben immer ein bisschen leichter und weniger ernst, als es in Wirklichkeit war.

»Wirst du dich von Rupert verabschieden?«, fragte sie.

Onkel Georgie wich ihrem Blick aus. »Nein«, sagte er, »dazu habe ich zu viel Taktgefühl. Beziehungsweise zu wenig Mut. – Aber das«, fügte er mit einem Seufzer hinzu, »läuft vermutlich auf dasselbe hinaus.«

56

WIE IMMER, wenn Paul das Bureau des Kanzlers betrat, hatte er das Gefühl, in dem Raum sei eigentlich kein Platz für einen zweiten Menschen. Bismarck konnte eine ganze Kathedrale füllen, allein durch seine Anwesenheit. Das lag weniger an seiner massigen Statur – was die anging, stand Paul dem Kanzler kaum nach –, als vielmehr an seiner Ausstrahlung. Seine ganze Erscheinung war Fleisch gewordene Autorität. Das vom Leben zerfurchte Gesicht wie aus Erz, saß er trotz seines fortgeschrittenen Alters vollkommen aufrecht hinter seinem Eichenschreibtisch, und während seine großen, kraftvollen Hände auf den Armlehnen ruhten, blickten seine Augen, die schon alles Leid und Glück dieser Welt gesehen hatten, sein Gegenüber in einer Weise an, dass niemand in seiner Gegenwart auf die Idee kommen würde, ungefragt das Wort zu ergreifen.

»Ich habe von Ihren Bemühungen um meinen Boulevard gehört«, eröffnete er das Gespräch. »Offenbar haben Sie ein Problem gelöst, das zu lösen Aufgabe der Kurfürstendamm-Gesellschaft gewesen wäre. Ich habe deshalb beschlossen, Sie wieder in Ihr Amt einzusetzen.«

Paul war so überrascht, dass es ihm für einen Moment die Sprache verschlug. »Aber … aber was ist mit dem jetzigen Direktor?«, stotterte er.

»Sie meinen Ihren Schwager Hugo Lebsanft?« Bismarck verzog missmutig das Gesicht. »Der Mann hat versagt, ich werde ihn entlassen. Sie werden seine Nachfolge antreten. Sind Sie dazu bereit?«

Obwohl Paul am liebsten lauthals ja gerufen hätte, beherrschte er sich.

»Ihr Angebot ehrt mich«, erwiderte er. »Allerdings kann ich es nur unter einer Bedingung annehmen.«

Bismarcks Miene verfinsterte sich. »Welche?«

»Die Bebauung des Kurfürstendamms ist ein heilloses Chaos, ein Sammelsurium von Baukörpern unterschiedlichster Nutzung und architektonischer Stile. Um dem Wildwuchs Einhalt zu gebieten, muss ein Bebauungsplan erstellt werden, und Grundstücke dürfen künftig nur noch an Investoren vergeben werden, die sich verpflichten, die festgelegten Vorschriften einzuhalten. Nur so kann ein geschlossenes Straßenbild entstehen.«

»Das ist nur in meinem Sinn«, erklärte Bismarck. »Schließlich wollen wir der Welt zeigen, was wir sind und was wir können. Das Beste wird sein, Sie verständigen sich mit dem neuen Stadtbaurat. Geheimrat Bucher wird ein Treffen arrangieren.«

Paul deutete eine Verbeugung an. »Ich danke für Ihr Vertrauen.«

»Dann wünsche ich Ihnen viel Glück«, erwiderte Bismarck. »Nicht nur in Ihrem Amt, sondern auch in der Familie«, fügte er hinzu. »Ich nehme an, Ihr Schwager Lebsanft wird wenig erfreut sein.«

»›Wir Deutschen fürchten Gott, sonst nichts auf der Welt‹«, erwiderte Paul mit einem Zitat seines Gegenübers.

»›Aber eben wegen dieser Gottesfurcht lieben und pflegen wir den Frieden‹«, ergänzte Bismarck sein Zitat. »Ja, dieser Leitsatz hat mein ganzes politisches Leben bestimmt. Doch je älter ich werde, desto mehr beschleichen mich Zweifel.«

Paul glaubte zu ahnen, worauf der Kanzler anspielte: das komplizierte Bündnissystem, das Bismarck nach den Einigungskriegen geschaffen und im Lauf der Jahre immer wieder erneuert hatte, ein kaum noch durchschaubares Geflecht aus Abkommen mit fast allen europäischen Nationen, das den Frieden in Europa sichern und zugleich Deutschland vor der Gefahr eines Zweifrontenkriegs mit Russland und Frankreich schützen sollte.

»Glauben Sie, dass es wegen Bulgarien zum Krieg kommen kann?«

»Si vis pacem para bellum«, sagte Bismarck. »Wenn du Frieden willst, bereite dich auf den Krieg vor.«

»Sie meinen die Heeresvorlage?«

Der Kanzler nickte. »Sollte es auf dem Balkan zum Knall kommen, müssen wir gerüstet sein. Deshalb werde ich das Parlament bitten, einer Aufstockung des Heeres um zehn Prozent zuzustimmen.«

»Zehn Prozent?«, wiederholte Paul. »Bei allem Respekt, das wird viel Geld kosten. Haben Sie keine Sorge, dass die Abgeordneten Ihnen die Gefolgschaft verweigern?«

»Genau das ist meine Absicht.«

»Wie bitte? Sie wollen die Abstimmung *verlieren*?«

»Allerdings.« Bismarck zögerte einen Moment »Ganz im Vertrauen und unter uns, junger Mann. Bei einer Niederlage kann ich das Parlament auflösen und Neuwahlen ansetzen. Ich habe es satt, mit wechselnden Mehrheiten zu regieren, ich brauche eine stabile eigene Mehrheit. Außerdem müssen wir angesichts des hohen Alters Seiner Majestät über den Tag hinaus denken.«

»Möge dieser Tag noch fern sein.«

»Ihr Wort in Gottes Ohr. Solange unser Kaiser lebt, ist mir um Deutschland nicht bange. Aber Seine Majestät geht auf die neunzig zu, und keiner von uns weiß, was nach ihm wird. – Doch genug geplaudert«, beendete Bismarck das Gespräch. »An die Arbeit. Geheimrat Bucher wird sich bei Ihnen melden.«

Die düstere Stimmung, die Bismarck heraufbeschworen hatte, verfolgte Paul bis hinaus auf den Hof. Doch als er seinen prächtigen Landauer in der Abendsonne glänzen sah, fiel sie von ihm ab. Bismarck hatte Schwager Hugo zum Teufel gejagt und ihn zum Direktor der Kurfürstendamm-Gesellschaft ernannt. Das war mehr, als er zu hoffen gewagt hatte!

Plötzlich fühlte er sich wieder so jung, wie er war. Herrgott, er war noch keine vierzig und vor ihm lag alle Zukunft der Welt!

Er sprang auf den Kutschbock und ergriff die Zügel.

»Hü!«

Im Trab ging es die Wilhelmstraße entlang. Ein Glück, dass er den

Wagen nicht verkauft hatte! Die Federung verschluckte jede Bodenwelle, so dass die Kutsche wie eine Sänfte dahinglitt. Aus Freude am Fahren beschloss er, einen Umweg durch den Tiergarten zu machen. Doch als er in die Schadowstraße einbog, zog er die Leinen an. Auf dem Trottoir hatte er Felix erkannt. Noch bevor die Kutsche zu stehen kam, sah er, wie sein Bruder im Eingang der »Ressource« verschwand, des renommiertesten Klubs der Stadt, in dem der Berliner Geldadel verkehrte.

Was hatte Felix in dieser Gesellschaft zu suchen?

Paul parkte vor dem Gebäude und verließ die Kutsche. Am Eingang trat ihm ein Portier entgegen: »Zutritt nur für Mitglieder!«

Er wollte dem Mann ein Trinkgeld geben, doch nicht mal zehn Mark konnten den Zerberus dazu bewegen, ihn einzulassen. Erst als er den Namen seines Bruders nannte, gab der Portier den Weg frei.

»Das ist natürlich etwas anderes. Herr Biermann ist bekannt. Bitte treten Sie ein.«

Wo war Felix?

Paul schaute sich um. Die Einrichtung der Halle war eine Mischung aus strengem Herrenstil und sybaritischem Schwelgen. Zarte Scheibengardinen wechselten mit kostbaren Stores, Genueser Sammet mit französischen Tapisserien, Polsterfauteuils im Stil Louis XV. mit Veroneser Marmortischen, eine Mischung, die sich im Treppenaufgang in Gestalt venezianischer Lüster und großformartiger Ölgemälde mit Darstellungen ausschweifender Bacchanalien fortsetzte.

Im ersten Stock tat sich eine Flucht prachtvoller Säle auf, in denen Roulette und Baccara gespielt wurden. An den Tischen, in denen ausnahmslos Frackträger und Uniformierte saßen, wechselten Unsummen in Windeseile den Besitzer. In der »Ressource«, hatte Paul gehört, werde ohne Limit gespielt. Bei der Vorstellung wurde ihm heiß und kalt zugleich.

War Felix dem Spiel verfallen?

Ohne sich um das Aufsehen zu kümmern, das er in seinem Straßenanzug hervorrief, eilte Paul durch die Säle, doch konnte er Felix nirgendwo entdecken. Er erkundigte sich bei den Croupiers, bei den Kellnern, bei den Spielern an den Tischen, doch niemand hatte seinen Bruder gesehen.

Über dem Baccara-Tisch hing ein beängstigendes Bild. Es zeigte einen Flöte spielenden Faun im Schilf. Obwohl ihm das Wasser bis zum Hals stand, flötete er weiter sein Lied, während er immer tiefer und tiefer im Sumpf versank.

Wenn Felix nicht hier war, um zu spielen, kam er dann womöglich hierher, um seiner Trunksucht zu frönen?

Auf dem Absatz machte Paul kehrt. Das Gebäude hatte vier Stockwerke, jedes davon hielt mehrere Räumlichkeiten bereit, die wahlweise der Arbeit, der Geselligkeit oder dem Amüsement dienten: Konferenz- und Gesellschaftssäle ebenso wie Luxusrestaurants und Bibliotheken.

Doch nirgendwo eine Spur von Felix.

In der vierten und obersten Etage befand sich die Sportabteilung, und nur um keine Möglichkeit auszulassen, schaute Paul auch dort nach seinem Bruder. In einem Saal, der die die halbe Länge und Breite des Gebäudes einnahm, tummelten sich lauter schwitzende Männer. Hier wurde geturnt und gefochten, dazu gab es Geräte zur Muskelstärkung, Ruder- und Stemm-, Streck- und Beugeapparate, an denen man sich auf unterschiedlichste Weise ertüchtigte.

Plötzlich hörte Paul eine Stimme.

»Was machst du denn hier?«

Als er sich umdrehte, stand sein Bruder vor ihm, in Leibchen und Turnhose und mit zwei Hanteln in den Händen.

»Das frage ich dich«, erwiderte Paul.

Felix stemmte beide Hanteln in die Höhe. »Ich trainiere meinen Rücken. – *Mens sana in corpore sano*«, sagte er, während ihm der Schweiß am Gesicht herunterlief. »Ein gesunder Geist in einem gesunden Körper. – Das beste Mittel, wenn es mich überkommt und ich schwach werden könnte.«

57

GANZ LONDON war im Freudenrausch. Vom Tower wurde Salut geschossen, alle öffentlichen Gebäude waren mit dem Union Jack beflaggt, und von den Türmen der Kirchen und Kathedralen ertönte Glockengeläut. Königin Victoria feierte ihr fünfzigjähriges Thronjubiläum, ein halbes Jahrhundert vor diesem herrlichen Junitag des Jahres 1887 hatte sie den Thron bestiegen, ein Ereignis, zu dem gekrönte Häupter aus ganz Europa in die englische Hauptstadt gekommen waren, um der Queen bei Staatsempfängen und Gottesdiensten zu huldigen. Unter Victorias Herrschaft hatte das Empire eine Epoche des Friedens und wirtschaftlichen Aufschwungs erlebt, zugleich hatte die Königin mit der gewissenhaften Erfüllung ihrer Pflichten und ihrer tugendhaften Lebensführung der Monarchie zu neuem Ansehen und neuer Blüte verholfen, weshalb nicht nur Staatsmänner sie ehrten, sondern auch das Volk, das am Straßenrand Spalier stand und sie mit Begeisterungsrufen hochleben ließ, als sie sich in ihrer goldenen Kutsche bei einer Parade ihren Untertanen zeigte. Doch sogar an diesem Ehrentag, dem Tag ihres fünfzigsten Regierungsjubiläums, trug sie ihr schwarzes Witwenkleid, zum Zeichen, dass sie noch immer um ihren verstorbenen Ehemann trauerte, Prinz Albert, obwohl dieser bereits vor über einem Vierteljahrhundert von ihr gegangen war.

Vicky, die mit der ganzen Familie vom Balkon ihres Hauses aus den Festzug verfolgte, drückte Ruperts Hand. Auch ohne Worte verstand er, was sie ihm damit sagen wollte. Die Queen war die Schutzpatronin ihrer Liebe, seit Rupert auf einem Ball in Anwesenheit der Königin um ihre Hand angehalten hatte.

»Wie konnte Georgie sich dieses wunderbare Schauspiel nur entgehen lassen?«, fragte ihre Mutter. »Statt mit uns die Queen zu feiern, schmort er in der indischen Hitze. Kann ein Mensch das verstehen?«

»Gewöhn dich daran, dass dein Bruder ein anderer Mensch geworden ist«, erwiderte Vicky. »Er hat sein geliebtes London aufgegeben, um sein Leben ganz in den Dienst seines noch geliebteren Vaterlandes zu stellen.«

Ihre Mutter schaute sie durch ihr Lorgnon an. »Willst du dich über mich lustig machen?«

»Wie kommst du denn darauf? Offenbar hast du vergessen, was Onkel Georgie in seinem letzten Brief geschrieben hat. Er repräsentiert in Bombay das Königreich als Delegierter für besondere Aufgaben.«

»Das heißt wohl, Delegierter für gar keine Aufgaben!«

Vicky lachte laut auf. »Du tust ihm unrecht, Mama. Immerhin hat er sich bereits mit einem Maharadscha angefreundet, der ihn in seinen Palast eingeladen hat. Ich glaube, er hat seine wahre Berufung gefunden.«

In dem Festzug rollten nun die Kutschen der ausländischen Majestäten vorbei. Claire hatte alle Hände voll zu tun, um Ramigami zu bändigen, der partout vom Balkon springen wollte. Wahrscheinlich waren es die vielen Pferde, weshalb er so außer sich geriet. Nigel, der zum ersten Mal seinen Eton-Frack trug, obwohl er erst ab kommendem Herbst das College besuchen würde, beobachtete mit einem Fernglas den Vorbeizug der gekrönten Häupter.

»Warum ist der deutsche Kaiser nicht dabei?«, fragte er.

»Vermutlich hat sein Zustand die Reise nicht erlaubt«, antwortete Rupert. »Der Kaiser ist schon sehr alt, sonst wäre er sicher gekommen. Er und die Queen sind ja verwandt. Prinzessin Victoria ist die Frau seines Sohns Friedrich.«

»Und der wird später der neue Kaiser?«, fragte Nigel. »Dann hätte Deutschland ja eine englische Kaiserin!« Bei der Vorstellung leuchteten seine Augen.

Rupert nickte. »Ja, das wäre ein Segen. Nicht nur für Deutschland und England, sondern für ganz Europa. Allerdings heißt es, dass Friedrich ein sehr kranker Mann sei. Manche zweifeln sogar, ob er seinen Vater überleben wird.«

58

WIE JEDEN Morgen riss Paul, bevor er sich auf den Weg ins Kontor machte, das oberste Blatt von dem Abrisskalender, der zwischen Büfett und Esszimmertür hing.

9. MÄRZ 1888

»Suche das Glück nicht weit,
Es liegt in der Häuslichkeit.«

Beim Anblick des Tagesspruchs stieß er einen Seufzer aus. Er hatte in der Nacht an die Schlafzimmertür seiner Frau geklopft, doch Erdmute hatte ihn nicht eingelassen. Jetzt saß sie mit einer Häkelarbeit in ihrem Sessel am Fenster, nicht um zu häkeln, sondern um das Geschehen auf der Straße zu beobachten, seit einiger Zeit ihre Lieblingsbeschäftigung, während das Dienstmädchen Ilse den Frühstückstisch abräumte.

»Und komm bitte ausnahmsweise einmal pünktlich zum Essen«, sagte sie. »Es ist eine Zumutung, mit den Mahlzeiten immer wieder warten zu müssen.«

»Ich werde mich bemühen, meine Liebe. Allerdings kann es sein, dass …«

Paul hatte noch nicht ausgesprochen, da kam seine Mutter Hermine herein.

»Greta hat schon wieder meine Einladung abgesagt«, klagte sie mit Tränen in den alten Augen. »Seit Monaten habe ich meine Tochter und meine Enkelkinder nicht mehr zu Gesicht bekommen. Und nur, weil du ohne Rücksicht auf die Familie …«

»Nein, Mutter«, fiel Paul ihr ins Wort. »Es ist nicht meine Schuld. Umgekehrt wird ein Schuh daraus. Hugo hat meine Absetzung bewusst betrieben, ohne Rücksicht auf die Firma, und wenn ich ihn jetzt abgelöst habe, dann auf ausdrücklichen Wunsch des Kanzlers. Wie oft soll ich dir das noch erklären?«

»Und als ich letzten Sonntag über meinen Schatten gesprungen bin und bei Greta geläutet habe«, fuhr Hermine fort, als hätte er gar nichts gesagt, »hat mein Schwiegersohn mir die Tür gewiesen. Das muss man sich mal vorstellen!«

»Ich kann nichts dafür. Greta und ihre Kinder sind mir jederzeit willkommen. Und von mir aus auch Hugo. Aber dafür erwarte ich, dass er die Entscheidung des Kanzlers endlich akzeptiert. Zeit dazu hatte er mehr als genug.«

»Nein«, widersprach Erdmute. »Es ist an dir, für Frieden zu sorgen. Seit Vaters Tod bist du das Oberhaupt der Familie. Und denk bitte auch an Friwi und Kaspar. Die zwei sind nicht nur Cousins, sondern auch Kameraden in der Kadettenanstalt. Wie sollen die sich denn auf dem Schulhof begegnen, wenn ihre beiden Väter ... «

Erdmute verstummte. Der Grund dafür war das Anschlagen einer Glocke, der Dicken Pauline, der Hauptglocke der Luisenkirche, die nur ganz selten ertönte. Augenblicklich entstand ein Schweigen im Raum, in dem allein das dunkle, langsam schwingende Läuten zu hören war. Auch Ilse, die gerade im Begriff gewesen war, mit ihrem Tablett das Esszimmer zu verlassen, stand wie erstarrt da. Denn jedermann wusste, was das Schlagen der Dicken Pauline am helllichten Tag bedeutete.

»Gott sei seiner Seele gnädig«, flüsterte die Mutter.

Paul schloss die Augen. Unwillkürlich musste er an Bismarcks düstere Worte denken, was werden würde, wenn der alte Kaiser nicht mehr war.

»Jetzt kommt alles auf den Thronfolger an«, sagte er in die Stille hinein. »Hoffentlich kann er die Hoffnungen erfüllen.«

Erdmute ruckte in ihrem Sessel herum. »Wen meinst du mit Thronfolger? Kronprinz Friedrich oder seinen Sohn Wilhelm?«

»Findest du die Frage nicht ein wenig geschmacklos?«

Erdmute zuckte die Schultern. »Es ist doch ein offenes Geheimnis, dass Friedrich Krebs hat. Angeblich kann er nicht mal mehr sprechen. Wie soll so einer denn unser Land regieren? – Aber vielleicht«, fügte sie hinzu, »hat Gott das ja genau so gewollt. Damit Friedrich gar nicht erst zum Zuge kommt und den Thron an seinen Sohn abtritt. Der hätte den nötigen Schneid.«

»Wie kannst du nur so etwas sagen?« Hermine schluchzte laut auf. »Wo Friedrich doch so ein lieber Mensch ist.«

Erdmute zuckte die Schulter. »Mag sein«, sagte sie kalt. »Aber ein deutscher Kaiser braucht andere Tugenden, vor allem in diesen Zeiten.«

59

»DIE GONDOLIERI oder der König von Barataria« hieß die neueste Gilbert-und-Sullivan-Produktion, die an diesem Abend im Savoy Theater zur Premiere gelangen sollte. Seit Wochen fieberte Rupert dem Ereignis entgegen, gleich zweimal hatte er das Libretto zur Einstimmung gelesen, und vor lauter Vorfreude hatte er O'Brien beim Frühstück angewiesen, seinen Frack aufzubügeln, obwohl der Butler das natürlich längst getan hatte.

Vicky war schon in großer Abendgarderobe, als sie das Schlafzimmer ihres Mannes betrat. Seit Rupert im Rollstuhl saß, tat es ihr jedes Mal in der Seele weh, wenn sie ihm beim Ankleiden zusah. Inzwischen war er in seiner Beweglichkeit so sehr eingeschränkt, dass er sich von seinem Butler bei allen Handgriffen helfen lassen musste, um sich für den Theaterbesuch herzurichten.

Um die Peinlichkeit zu überspielen, fragte er O'Brien in gespielter Beiläufigkeit, ob es Neuigkeiten von dem geheimnisvollen Serienmörder gab, der gerade in London sein Unwesen trieb.

»Man hat schon wieder eine Frauenleiche gefunden, diesmal in Soho«, antwortete der Butler. »Im Volk nennt man ihn ›Jack the Ripper‹. Vermutlich, weil er seine Opfer …«

»Ich denke, wir haben verstanden«, unterbrach Rupert ihn. »Hat man irgendeine Spur, die auf den Täter schließen lässt?«

»Leider nein, Sir. Die Polizei tappt wohl völlig im Dunkeln.«

O'Brien nahm eine Kleiderbürste, um ein paar Stäubchen von Ruperts Schultern zu entfernen, dann trat Vicky hinter den Rollstuhl und schob ihren Mann hinaus auf die Galerie.

Bevor sie das Haus verließen, verabschiedeten sie sich von ihrer Tochter, die gerade einen Brief an ihren Bruder in Eton schrieb. Mit Hilfe des hydraulischen Lifts, der zu Ruperts Bequemlichkeit installiert worden war, gelangten sie in die Halle. Harry wartete mit der Kutsche vor dem Portal. Trotz des Sommers wallten draußen dichte Nebelschwaden, fast wie im November.

»Ein Abend wie geschaffen für den Ripper«, sagte Rupert.

Vicky hatte ganz andere Sorgen. Sie sah, wie sehr die mit Rauch und Ruß verpestete Luft ihrem Mann zu schaffen machte. Der Atem war ihm so knapp, dass ihm das Sprechen schwerfiel.

»Sollen wir nicht lieber zu Hause bleiben? Wir können doch auch eine andere Vorführung besuchen. Es muss ja nicht immer die Premiere sein.«

»Du willst dich ja nur drücken!«, erwiderte Rupert. »Aber damit kommst du nicht durch. – Wenn Sie bitte so freundlich sein würden, Harry?«, forderte er den Kutscher auf, ihm in den Wagen zu helfen.

Im schnellen Trab ging es durch die Innenstadt. Vicky bestand darauf, dass Rupert seinen Mundschutz trug und die ätherischen Öle inhalierte, die Dr. Wilson ihm verschrieben hatte. Trotzdem musste er immer wieder husten. Ihr kam die Fahrt deshalb ewig lang vor, und als die Kutsche endlich vor dem strahlend hell erleuchteten Theater hielt, atmete sie auf.

»Siehst du?«, sagte Rupert. »Du hast dir völlig unnötig Sorgen gemacht.«

»Unnötig?«, wiederholte sie. »Es ist ganz und gar unvernünftig, dass du dich solcher Gefahr aussetzt. Du nimmst viel zu wenig Rücksicht auf deine Gesundheit.«

»Ach, Vicky.« Lächelnd drehte er sich zu ihr und gab ihr einen Kuss. »Lass uns jetzt einfach den Abend genießen.«

60

IN BERLIN herrschte an diesem Abend ein Wetter, wie es sich für den Juni gehörte. Auch nach Sonnenuntergang war es noch angenehm warm, und ein laues Lüftchen wehte Paul um die Nase, als er in seinem Landauer zu einem Treffen mit Stadtbaurat Ludwig Hoffmann fuhr. Sie waren in dem unlängst eröffneten Lokal des Delicatessen- und Weinhändlers Borchardt in der Französischen Straße verabredet, wo Eisbein, Königsberger Klopse und Senfeier auf der Speisenkarte standen. Hoffmann hatte das Lokal ausgesucht – obwohl er ein ausgesprochener Schöngeist war, liebte er Berliner Hausmannskost. Paul hatte eine Weile gebraucht, um das Vertrauen von Blankensteins Nachfolger zu gewinnen. Bei ihrem ersten Treffen, das Bismarcks Sekretär arrangiert hatte, war der neue Baurat ihm sehr reserviert begegnet; natürlich war er über Pauls Verhältnis zu seinem Vorgänger im Bilde sowie die vermaledeite Usance, die Blankenstein das Amt und Paul zwischenzeitlich die Sympathie des Kanzlers gekostet hatte. Doch bei einem Abendessen mit Schultheiss Pilsener und Bockwurst war Hoffmann aufgetaut, und danach hatten die beiden bei der Entwicklung des Bebauungsplans für den Kurfürstendamm so gut zusammengearbeitet, dass sie heute nur noch ein paar letzte Einzelheiten zu besprechen hatten, bevor sie das Gesamtkonzept Bismarck vorlegen wollten. Paul machte sich auf einen langen Abend gefasst. Hoffmann war ein lebensfroher Mann und hatte »angedroht«, nach dem Essen noch in einem Amüsierbetrieb den

Abschluss ihrer Arbeit zu feiern. Gerüchten zufolge hatte er Kaiser Friedrich am Abend von dessen Thronbesteigung mit leichtbekleideten Mädchen in der Oranienburger Straße hochleben lassen. Für den Fall, dass er sich heute in ähnlicher Weise zu amüsieren gedachte, würde Paul sich wohl eine Ausrede einfallen lassen müssen.

Doch diese Sorge sollte sich als unbegründet erweisen. Als er das Lokal betrat, empfing Hoffmann ihn mit einer Miene, die Schlimmstes befürchten ließ.

»Der Kaiser ist tot«, sagte er. »Ich habe es eben im Rathaus erfahren.«

»Um Gottes willen!« Paul setzte sich. »Seine Majestät hat doch vorgestern noch den König von Schweden empfangen.«

»Vielleicht hat er sich dabei übernommen.« Hoffmann hob die Arme. »Er hat nicht mal hundert Tage auf dem Thron gesessen. Neunundneunzig, um genau zu sein.«

Es entstand ein bedrücktes Schweigen. Wie alle Liberalen hatte Paul gehofft, dass mit Friedrichs Inthronisierung die Rückkehr zu Freihandel und Vernunft möglich sei, dass statt Abschottung und Protektionismus wieder Offenheit und Vertrauen das Verhältnis Deutschlands zu den anderen Nationen bestimmen würde – zumal Bismarck nach den letzten Wahlen wieder zu seinem alten Kurs in der Kolonialpolitik zurückgekehrt war und die Balgerei um Afrika anderen überließ. Friedrich hatte trotz seines bemitleidenswerten Gesundheitszustands alle Anstrengungen unternommen, diese Hoffnungen zu erfüllen. »Lerne leiden, ohne zu klagen«, hatte er angeblich gesagt, als die Ärzte ihn mit der Schwere seiner Krebserkrankung konfrontiert hatten, und mit dieser Haltung hatte er die Amtsgeschäfte aufgenommen, obwohl man vor seiner Thronbesteigung noch einen Luftröhrenschnitt an ihm hatte vornehmen müssen, damit er überhaupt atmen konnte. Zur Eröffnung seiner Regierung hatte er seiner Gemahlin Victoria den Schwarzen Adlerorden verliehen, zum Zeichen der Verbundenheit mit dem englischen Königshaus. Auch hatte er eine Amnestie für politisch Verfolgte erlassen, die es zahlreichen ins Ausland geflohenen Journalisten und Schriftstellern ermöglichte, nach Deutschland zurückzukehren. Schließlich hatte er sogar den Versuch unternommen, durch die Verheiratung seiner Tochter mit dem entthronten Fürsten von Bulgarien einen Beitrag zur Lösung der Balkankrise zu leisten, wobei er jedoch sowohl am Widerstand des Kanzlers wie auch seines eigenen Sohnes und Kronprinzen Wilhelm gescheitert war, der für den Fall einer solchen Eheschließung die pietätlose Drohung ausgesprochen hatte, den Bulgaren unverzüglich des Landes zu verweisen, sobald er als Friedrichs Nachfolger selbst den Thron besteigen würde.

»Wir können nur hoffen, dass der Tod für Seine Majestät eine Erlösung war«, sagte Paul.

Hoffmann nickte. »Das war er sicher. Aber ich fürchte, noch mehr für den Kanzler. Friedrich wollte die Macht der Regierung stärker an die Verfassung binden. Mit seinem Sohn wird Bismarck solche Probleme kaum haben. Wilhelm ist noch keine dreißig und völlig unerfahren. Er wird Wachs in seinen Händen sein. – Aber so traurig das alles ist, darum sind wir heute nicht hier«, beendete Hoffmann das Thema.

»Richtig«, pflichtete Paul ihm bei. »Unser Bebauungsplan. Ihr Einverständnis vorausgesetzt, habe ich mir erlaubt, ein paar Ergänzungen anzufügen.«

»Sehr schön.« Hoffmann lehnte sich in seinem Stuhl zurück. »Lassen Sie hören.«

61

AN DER französischen Riviera war inzwischen die Hochsaison im vollen Gange. Alle Zimmer und Suiten des Grand Hôtel Monte Carlo waren ausgebucht, und dreimal am Tag mussten rund fünfhundert Logiergäste verköstigt werden, so dass Auguste und seine Brigade von fünf Uhr morgens bis abends um Mitternacht und oft noch darüber hinaus gefordert waren. Trotzdem funktionierte der Betrieb wie ein Uhrwerk, jeder der drei Dutzend Köche und Beiköche und Commis wusste jederzeit, was zu tun war, so dass die Bestellungen der Gäste im Minutentakt die Küche verließen, vom *Hors d'œuvre* über die Haupt- und Zwischengänge bis zum Käse und Dessert, wobei kein einziges Gericht in den Speisesaal gelangte, ohne dass Auguste es nicht zuvor mit kritischem Blick geprüft hätte.

Ja, es war eine gute Entscheidung gewesen, das eigene Restaurant am Atlantik aufzugeben, um Ritz nach Monaco zu folgen, und nicht nur Auguste, auch Delphine war rundum glücklich über den Wechsel, der die Familie jeder Sorge ums Geld enthob. Die Kinder waren gesund und gingen alle drei zur Schule, wobei Daniel als Jüngster mit seinen fünf Jahren der Strebsamste war, während seine um ein Jahr ältere Schwester Germaine lieber durch das Hotel streifte, als sorgfältig ihre Hausaufgaben zu machen, und der achtjährige Paul eine gewisse Flatterhaftigkeit erkennen ließ, verbunden mit einer ausgeprägten Neigung zur Schauspielerei – zum Ergötzen der Geschwister legte er ein erstaunliches Talent an den Tag, Menschen nachzuahmen, vorzugsweise seinen Schulmeister. Kurz, ein jeder wäre glücklich und zufrieden gewesen, wenn alles so weitergegangen wäre, wie es gerade ging.

Doch das Schicksal wollte es anders. Es ereilte Auguste in Gestalt eines Hotelpagen, der an diesem Abend in seiner Küche erschien.

»Der Herr Direktor bittet Sie in sein Bureau.«

Ritz empfing ihn nicht allein. Bei ihm war ein elegant gekleideter Stutzer, ein Mittvierziger mit onduliertem Vollbart, hellen, wachen Augen und einem Kavaliersstöckchen, das er nicht als Stütze brauchte, sondern nur zur Betonung seiner extravaganten Erscheinung.

»Monsieur Richard d'Oyly Carte«, stellte Ritz ihn vor. »Impresario und Direktor des Savoy Theaters in London. Er bringt die Opern von Gilbert und Sullivan auf die Bühne. Mit solchem Erfolg, dass er für auswärtige Zuschauer ein Luxushotel eröffnet hat, damit sie in der Stadt angemessen logieren können.«

»Meinen Glückwunsch«, erwiderte Auguste mit einer angedeuteten Verbeugung in die Richtung des Fremden. »Allerdings weiß ich nicht …«

»… was das mit Ihnen zu tun hat?«, nahm Ritz ihm die Frage aus dem Mund. »Nun, Monsieur d'Oyly hat mir die Leitung seines Hotels angetragen. Der Prince of Wales war so freundlich, mich zu empfehlen. Doch ich werde das Angebot nur annehmen«, fügte er nach einer Kunstpause hinzu, »wenn mich der beste Küchenchef Frankreichs begleitet.«

62

WIE BEI jeder Premiere einer Gilbert-und-Sullivan-Produktion war das Savoy bis auf den letzten Platz gefüllt, und eine freudig aufgeregte Erwartung lag in der Luft, als Vicky ihren Mann in den Theatersaal rollte. Die Herren im Publikum trugen ausnahmslos Frack, und überall blitzte und funkelte es von den Juwelen der Damen, während man einander über die Sitzreihen hinweg und von Loge zu Loge begrüßte. Früher hatte auch Rupert eine eigene Loge gehabt, und es war ihm stets eine Freude gewesen, darin mit Freunden und Verwandten die Aufführungen zu genießen. Doch seit er auf den Rollstuhl angewiesen war, musste er mit dem Parkett vorliebnehmen. Da er die neugierigen und mitleidigen Blicke hasste, mit denen man ihn in der Öffentlichkeit verfolgte, hatten sie bis zum dritten Läuten gewartet, bevor sie sich auf den Weg zu ihren Plätzen in der ersten Reihe gemacht hatten. Trotzdem zog er jetzt im Saal die Aufmerksamkeit auf sich, nicht nur wegen des Rollstuhls, sondern auch wegen seines Hustens. Zum Glück jedoch erloschen die Kronleuchter, kaum dass sie ihre Plätze eingenommen hatten, der Samtvorhang ging auf, und während die garstige Wirklichkeit sich im Dunkel des Zuschauerraums verlor, traten sie ein in die heitere, unbeschwerte, lichte Welt des schönen Scheins.

»Die Gondolieri oder der König von Barataria« war eine Verwechslungskomödie und in Vickys Augen nichts als haarsträubender Unsinn. Es ging um zwei frisch vermählte Gondolieri, von denen einer der einzige Sohn eines vor Zeiten verstorbenen Königs sein sollte. Der Königssohn war als Kind in die Obhut eines Gondoliere gelangt, der ihn zusammen mit seinem eigenen Sohn aufgezogen hatte, mit dem Ergebnis, dass er am Ende selbst nicht mehr wusste, wer von beiden sein leiblicher Sohn und welcher der adoptierte Prinz war … Wie die meisten Zuschauer bog Rupert sich vor Lachen. Vicky konnte kaum fassen, dass ihr sonst so intelligenter und kultivierter Mann sich über diese Narretei amüsierte, doch freute sie sich über seine Freude, auch als die Handlung sich immer mehr überschlug und eine Absurdität auf die andere folgte, und als irgendwann die beiden Ziehbrüder mit drei Frauen auf einmal verheiratet waren, bekam Rupert einen solchen Lachanfall, dass auch sie lauthals lachen musste, während er gar nicht mehr aufhören konnte, er lachte und lachte und lachte, prustend und schnaubend und keuchend, so dass einige Zuschauer sich schon verwundert nach ihm umdrehten, und sogar als die Handlung wieder ernst wurde und es überhaupt nichts mehr zu lachen gab, lachte er weiter, lachte und lachte und lachte, prustete und schnaubte und keuchte er, bis er keine Luft mehr bekam und Vicky voller Entsetzen begriff, dass ihr Mann gar nicht mehr lachte, sondern voller Verzweiflung um sein Leben rang.

»Rupert! Um Himmels willen!«

In fliegender Eile löste sie seinen Binder, um ihm Luft zu verschaffen, knöpfte seinen Kragen auf, riss ihm das Hemd auf der Brust entzwei. Doch seiner Kehle entrang sich nur noch ein Röcheln.

»Ein Arzt!«, rief sie in den Saal. »Ist hier ein Arzt?«

63 IN DER Überzeugung, dass Bilder mehr sagen als alle Paragraphen und Vorschriften, hatte Paul ein Dutzend Zeichnungen angefertigt, um dem Kanzler zu demonstrieren, wie der Bebauungsplan, den er mit Stadtbaurat Hoffmann erarbeitet hatte, sich auf das Erscheinungsbild des Kurfürstendamms auswirken würde.

»Der architektonische Wildwuchs von Baukörpern und Stilen hat damit ein Ende«, sagte er, während er die Zeichnungen eine nach der anderen auf dem Schreibtisch des Kanzlers ausbreitete. »An dessen Stelle tritt eine einheitliche Bebauung mit fünfgeschossigen Wohnhäusern im großbürgerlichen Stil. So wie hier beispielhaft dargestellt.«

In der Erwartung, dass Bismarck Fragen stellen würde, machte er eine Pause, doch der Kanzler stellte keine Fragen. Stattdessen betrachtete er nur wiederholte Male die Zeichnungen. Ohne ein Wort zu sagen, ließ er seinen Blick mit gefurchter Stirn an den Häuserzeilen entlangwandern. Zur Belebung des Eindrucks hatte Paul die Straßenansichten mit Passanten bevölkert, lustwandelnden Flaneuren und spielenden Kindern, während entlang der Trottoirs Fahrräder und Kutschen, Fuhrwerke und Pferdebusse verkehrten, in beiden Richtungen der Chaussee, in deren Mitte eine von Kastanienbäumen gesäumte Reitbahn verlief.

Je länger der Kanzler schwieg, umso mehr beschleunigte sich Pauls Puls. Allein von Bismarcks Urteil hing es ab, ob das Zukunftsbild des Boulevards, das er entworfen hatte, Gestalt annehmen würde.

Es dauerte eine Ewigkeit, bis der Kanzler sich räusperte.

»Ja«, nickte er, »so kann aus unserem Kurfürstendamm tatsächlich der Boulevard werden, der uns vorschwebte. – Gute Arbeit, junger Mann. Respekt.«

Paul hätte dem Kanzler am liebsten die Hände geküsst. »Dürfen wir dann mit Ihrer Zustimmung rechnen, Durchlaucht?«

»Sie dürfen«, bestätigte Bismarck. »Aber nur«, fügte er mit einem

Schmunzeln hinzu, »wenn Sie in Zukunft das Lauchgemüse weglassen.«

»Gewiss, Durchlaucht. Pardon – *Exzellenz*!«

Eilig sammelte Paul die Zeichnungen ein. Doch er war noch nicht entlassen.

»Herrscht in der Familie wieder Friede?«

Die Frage kam so überraschend, dass Paul ins Stammeln geriet. »Falls Sie das Verhältnis zu meinem Schwager meinen – nun, da muss ich leider sagen …«

»Also nein«, gab Bismarck selbst die Antwort. »Das gefällt mir gar nicht. Für den Kurfürstendamm brauchen wir unsere besten Kräfte, und dazu gehört auch die Firma Gumbrecht & Cie. Also beenden Sie diesen Streit!«

»Sehr wohl, Exzellenz!«

»Ich verlasse mich auf Sie. – Doch bevor Sie gehen, noch eine Frage: Was halten Sie von unserem neuen Kaiser? Gehören Sie auch zur Fraktion seiner Bewunderer?«

Paul zögerte. Bei dem Thema konnte er sich nur die Zunge verbrennen. Inzwschen hatte sich herumgesprochen, dass Kaiser Wilhelm II. mit seinen neunundzwanzig Jahren einen eigenen Kopf hatte, und statt Wachs in Bismarcks Händen zu sein, wie allgemein erwartet worden war, hatte sich, kaum dass er den Thron bestiegen hatte, herausgestellt, dass er selbst Politik machen wollte. Zum Beweis hatte er einige Entscheidungen des Kanzlers bereits öffentlich in Frage gestellt.

»Um ehrlich zu sein«, sagte Paul, »ich stehe immer noch unter dem Eindruck des allzu frühen Todes seines Vaters. Was für ein Verlust für unser geliebtes Deutschland.«

»Ja, Friedrich war ein herzensguter Mann«, pflichtete Bismarck bei. »Aber wäre er auch ein guter Kaiser geworden?« Er stieß einen Seufzer aus. »Wir werden es wohl niemals wissen. Aber ganz unter uns«, fuhr er fort, »obwohl Friedrich und ich nicht immer einer Meinung waren, wäre auch mir wohler, säße er noch auf dem Thron. Wilhelm ist ein Brausekopf, er kann nicht schweigen, ist Schmeichlern zugänglich und könnte Deutschland in einen Krieg stürzen, ohne es zu ahnen und zu wollen.«

Paul glaubte zu verstehen. Wilhelms Sprunghaftigkeit bereitete auch seiner Fraktion Sorge; offenbar strebte der junge Kaiser einen anderen als den auf Ausgleich bedachten Kurs Bismarcks und seines Großvaters an, vor allem in der Außen- und Kolonialpolitik, doch ohne zu erkennen zu geben, in welche Richtung ein solcher neuer Kurs gehen sollte.

Ermutigt durch die offenen Worte des Kanzlers, fragte Paul: »Was gedenken Sie zu tun, um Seine Majestät in die richtigen Bahnen zu lenken?«

Bismarck holte so tief Luft, dass sein Rock um den Brustkorb spannte. »Ich werde dem Parlament ein weiteres Gesetz gegen die Sozialisten vorlegen. Sie sind eine solche Gefahr für das Land, dass man ihnen jede politische Tätigkeit verbieten muss.«

»Aber ein solches Gesetz wird das Parlament nicht verabschieden«, erwiderte Paul. »Ich fürchte, auch meine Fraktion wird es nicht unterstützen.«

»Genau darauf spekuliere ich«, erwiderte Bismarck. »Dann muss unser schneidiger Kaiser Farbe bekennen. Ob er für oder gegen seinen Kanzler ist.«

64

ZWEI TAGE waren seit dem Premierenabend im Savoy vergangen. Zwei Tage und zwei Nächte, die Vicky am Bett ihres Mannes verbracht hatte. Mit eingefallenen Wangen lag Rupert da, das von Bartstoppeln übersäte Gesicht so weiß wie das Kissen, auf dem sein Kopf ruhte. Bis in die Morgenstunden hatte er gekämpft, hatte sich gegen den Tod aufgelehnt. Doch dann war sein Widerstand gebrochen und er hatte aufgehört, sich gegen eine Macht zu wehren, die stärker war als er, wie ein Tier, das sich in einer Falle verfangen hat, aus der kein Entkommen möglich ist, und sich irgendwann in sein Schicksal fügt. Jetzt war er eingeschlafen, und nur sein leise pfeifender, kaum hörbarer Atem zeugte davon, dass er noch lebte.

Vicky hielt seine Hand, die so kraftlos vom Bett herabhing, als wäre das Leben bereits aus ihm gewichen. Nur zwei Tage war es her, dass sie im Savoy gewesen waren, und gleichzeitig schien der Abend so unendlich fern wie aus einem anderen Leben. Wären sie doch nur zu Hause geblieben, sie hatte ja gewusst, dass die Luft Gift für ihn war. Aber Rupert hatte es so gewollt, hatte nicht auf ihre Warnung gehört, zu sehr hatte er sich auf die Aufführung gefreut … Und wie hatte er sich vergnügt und gelacht, fast als hätte er geahnt, dass dies sein letzter Theaterbesuch sein würde, er hatte gar nicht mehr aufhören können zu lachen über das unsinnige Spektakel auf der Bühne … Mit überdeutlicher Schärfe sah sie sein amüsiertes Gesicht vor sich. War vielleicht alles nur gekommen, weil er so sehr hatte lachen müssen? Bei der Vorstellung wurde sie fast wahnsinnig. Ein Leben für ein paar billige Theaterscherze – was für ein absurder Gedanke … Auf ihren Hilferuf hatte sich tatsächlich ein Arzt im Publikum gemeldet. Doch der hatte für Rupert nichts mehr tun können, so wenig wie Dr. Wilson, der nun seine Instrumente einpackte.

»Gibt es denn gar keine Hoffnung?«

Mit seiner Tasche in der Hand drehte der Arzt sich zu ihr herum. »Mr. Watkin ist der tapferste Mann, den ich kenne. Aber sein Körper …« Er schüttelte den Kopf. »Ihr Gatte hatte schon immer eine äußerst zarte Konstitution, wie wir alle wissen. Ich erinnere nur an die asthmatischen Anfälle, die einen Menschen mit weniger Willenskraft längst umgebracht hätten. Offen gesagt, grenzt es an ein Wunder, dass er überhaupt so lange durchgehalten hat. Und dann noch eine Apoplexia cerebri … Nein, irgendwann kann ein solcher Körper nicht mehr. Da muss auch der Tapferste sich beugen.«

Mit einem Gesicht, das ihr wohl Trost spenden sollte, nickte Dr. Wilson ihr zu und verabschiedete sich.

Als die Tür sich hinter ihm schloss, fühlte Vicky sich so allein, als wäre Rupert schon von ihr gegangen.

»Warum, mein Liebster? Warum?«

Während die Tränen an ihren Wangen entlangliefen, führte sie seine Hand an ihr Gesicht. Die Hand war schon ganz kalt, mit ihren Lippen versuchte sie, sie zu wärmen. Aber vergebens.

»Bitte, mein Liebster. Lass mich nicht allein.«

Plötzlich hatte sie das Gefühl, dass er sich regte. Tatsächlich, durch den Schleier ihrer Tränen sah sie, dass er die Augen aufgeschlagen hatte, und mit einem Blick wie aus weiter, weiter Ferne schaute er sie an. Jetzt bewegten sich seine Lippen, er wollte etwas sagen.

Sie beugte sich zu ihm, um besser zu hören.

»War … war mein Leben umsonst?«

»Nein, mein Liebster! Wie kannst nur du so etwas sagen?«

»Weil ich … ich … ich habe doch nie etwas Großes geschaffen … und das … das hattest du doch immer gehofft …«

Seine geflüsterten Worte wühlten wie ein Messer in ihrem Herzen. Mein Gott, wie sehr liebte sie ihn! Mit beiden Händen umschloss sie seine kalte Hand, und während sie voller Verzweiflung seinen Blick erwiderte, überkamen die Gefühle sie mit solcher Macht, dass sie darin zu ertrinken glaubte.

»Du hast das Allergrößte geschafft, was ein Mensch schaffen kann. Du hast uns glücklich gemacht. Die Kinder und mich.«

Ein winziges Lächeln spielte um seine Lippen, und für einen Augenblick sah er selbst glücklich aus. Doch das Lächeln zerfiel so schnell, wie es gekommen war, und eine lange Weile atmete er nur leise pfeifend ein und aus.

Dann bewegten sich noch einmal seine Lippen.

»Bitte … ruf die Kinder … Ich … ich möchte sie sehen … ein letztes Mal …«

»Ja, mein Liebster. Sofort.«

Sie verließ sein Bett und betätigte den Glockenzug. Gleich darauf ging die Tür auf, und Nigel und Claire kamen herein, zusammen mit Roberta.

Wieder huschte ein Lächeln über Ruperts Gesicht. »Kommt zu mir«, forderte er die Kinder auf und streckte die Hand nach ihnen aus. »Alle beide …«

Während Claire an sein Bett trat, die ernsten Augen fest auf ihn gerichtet, traute Nigel sich nur wenige Schritte vor, als habe er Angst vor seinem Vater. Er war erst vor wenigen Stunden aus Eton gekommen, Harry hatte ihn vom Bahnhof abgeholt, und trug seinen Internats-Frack. Mit bebenden Wangen kämpfte er gegen die Tränen.

Ruperts Augen wanderte zwischen seinen Kindern hin und her. Als wolle er sie mit seinen Blicken noch einmal streicheln.

»Ich liebe euch … bitte … vergesst das nie … ver… versprecht ihr mir das?«

In diesem Moment war es um Nigel geschehen. Laut schluchzend brach er in Tränen aus, so dass Roberta ihn hinausführen musste.

Claire blieb am Bett ihres Vaters zurück, ruhig und gefasst.

»Ja«, sagte sie. »Das verspreche ich.«

Rupert nickte ihr zu. »Bitte … gib mir einen Kuss …«

Mit ernster Miene trat sie zu ihm. Rupert wollte sie umarmen, doch seine Kraft reichte nicht aus.

»Mein Liebling …«, flüsterte er. »Dir verdanke ich … alles … mein ganzes Glück … Ohne dich wären deine Mutter und ich … wir hätten niemals …«

Seine Stimme versagte. Entsetzt sah Vicky ihn an. Doch er wich ihrem Blick aus.

Mit letzter Kraft erwiderte er den Kuss seiner Tochter.

»Jetzt geh«, sagte er. »Geh zu deinem Bruder … Nigel braucht dich …«

Mit Augen so traurig wie der Tod versuchte Claire zu lächeln.

Für einen Moment gelang es ihr. Dann wandte sie sich ab und ging hinaus.

»Sie liebt dich mehr als irgendeinen anderen Menschen auf der Welt«, sagte Vicky.

Rupert nickte, dann schloss er erschöpft die Augen. War das Ende da? Abermals verging eine lange Weile, in der nur sein pfeifender Atem zu hören war.

Als sie seine Hand nahm, schlug er noch einmal die Augen auf.

»Hast du … hast du wirklich geglaubt, ich hätte es nicht gewusst?« Mit dem Anflug eines Lächelns schaute er sie an. »Für … für wie dumm … hältst du mich?«

Vicky stöhnte leise auf. Es gab keine schlimmeren Worte, die er hätte sagen können. Und doch war es gut, dass er sie gesagt hatte.

»Ach, Rupert …«

Sie spürte den Druck seiner Hand und führte sie an ihre Lippen. Doch als sie seine Hand küssen wollte, wurde sein Blick plötzlich hart, so dass sie innehielt.

»War *er* es?«, fragte er. »Paul … Paul Biermann?«

Stumm schüttelte sie den Kopf.

Im selben Moment entspannte er sich, und sein Blick wurde wieder weich. »Dann … dann ist es gut …«

Sie nahm sein Gesicht zwischen die Hände und küsste ihn, auf die Stirn, auf die Wangen, auf den Mund.

»Ich liebe dich, Rupert. Ich liebe dich so sehr!«

»Ich weiß«, flüsterte er. »Aber … du musst es ihm sagen … Wer immer es ist … du *musst* … Nur sag es Claire nicht, niemals … Das … das ist das Letzte, worum ich … dich bitte …«

65

ZUM ERSTEN Mal seit Pauls Ernennung zum Direktor der Kurfürstendamm-Gesellschaft und Hugo Lebsanfts gleichzeitiger Enthebung aus demselben Amt war die Familie wieder vollzählig im »Salong« der Charlottenburger Villa versammelt, zur großen Erleichterung von Mutter Hermine. Der Anordnung des Kanzlers folgend, hatten die Schwäger ihren Streit beigelegt und beschlossen, fortan ihre Kräfte in einem gemeinsamen, unter dem Namen »Biermann & Gumbrecht« firmierenden Unternehmen zu bündeln, um auf diese Weise die Bebauung von Bismarcks Prachtstraße voranzutreiben.

»Kann ich also dem Kanzler Vollzug melden?«, fragte Paul.

»Worauf du einen lassen kannst!«, bestätigte Hugo.

Während sie mit einem Handschlag den Zusammenschluss besiegelten, schaute Paul sich nach Friwi und Kaspar um. Ihre Söhne sollten an diesem Moment teilhaben, schließlich würden sie die soeben aus der Taufe gehobene Firma später einmal zusammen leiten. Doch die beiden waren beschäftigt. Kaspar hockte in einem Plüschsessel und war in ein Buch vertieft, »Zur Lage der arbeitenden Klasse in England«, während Friwi, der sogar bei dem Familientreffen seine Kadettenuniform trug, zusammen mit seiner Mutter den Reden seines Onkels Fritz lauschte. Fritz, der im Auftrag des Überseekaufmanns Adolph Woermann in Kamerun die Schutztruppe einer Missionsstation befehligte, war gerade auf Stippvisite in Berlin. Jetzt sprach er von seinen Erlebnissen in Afrika, mit so lauter Stimme, dass niemand im Raum ihn überhören konnte.

»Der Vertrag, den Woermann mit den Stammesführern geschlossen hat, ist pures Gold wert. Für ein paar Fässer Branntwein haben die ihm die Hoheitsrechte über ein Gebiet abgetreten, das größer ist als Deutschland. Ihr könnt euch nicht vorstellen, welcher Reichtum in dem Land steckt. Allein an Kautschuk und Palmöl.«

Kaspar blickte von seinem Buch auf. »Findest du so einen Vertrag gerecht?«

»Natürlich«, erwiderte Fritz. »Die Kaffer wissen ja gar nicht, was für Schätze sie bergen könnten, wenn sie nur wollten. Aber die wollen ja nur auf der faulen Haut liegen. Und das«, fügte er lachend hinzu, »geht bekanntlich noch mal so gut, wenn man einen in der Krone hat!«

Kaspar legte sein Buch beiseite und stand auf. »Was ihr in Afrika treibt, ist Ausbeutung.«

»Ausbeutung?«, wiederholte Fritz. »Wir bringen denen bei, wie man Felder pflügt und Häuser statt Lehmhütten baut, und ihre Kinder lernen von unseren Nonnen, was in der Bibel steht und wie man betet. Die Grundlagen der Zivilisation! Aber was verstehst du Rotzlöffel davon?« Er kehrte Kaspar den Rücken zu, um sich wieder Friwi und Erdmute zuzuwenden. »Meine Hoffnungen ruhen ganz auf unserem jungen Kaiser. Der hat im Gegensatz zu Bismarck begriffen, dass wir ohne Kolonien als Weltmacht nicht bestehen können.«

»Bist du dir da so sicher?«, fragte Paul. »Je mehr wir uns in Afrika ausbreiten, desto mehr Konflikte riskieren wir mit England und Frankreich, und das ist die Sache nicht wert. In Europa haben wir ausreichend Möglichkeiten, Geschäfte zu machen. Allein unsere chemische und Elektroindustrie …«

»Wie kannst du nur so vor deinem Sohn reden?«, fiel Erdmute ihm ins Wort. »Deine Haltung ist durch und durch unpatriotisch!«

»Kein Wunder«, lachte Fritz. »So war er schon immer – mein großer Bruder badet gerne lau. Aber mit dem Zögern und Zaudern ist es jetzt vorbei. Seine Majestät hat nicht nur die Zeichen der Zeit erkannt, sondern besitzt auch den Schneid, um die nötigen Konsequenzen zu ziehen. Wenn ihr mich fragt, wird unser herrlicher junger Kaiser Bismarck noch ein paar Monate verschnaufen lassen und dann selbst regieren.«

»Davor bewahre uns Gott!«, sagte Paul.

Fritz etwas wollte erwidern, doch bevor er dazu kam, trat ihre Mutter zwischen sie.

»Heute kein Streit! Wo wir doch endlich wieder Frieden in der Familie haben.« Sie schaute die beiden Brüder scharf an, dann rief sie den übrigen zu: »Ich glaube, wir haben uns jetzt alle ein Eierlikörchen verdient! Anna und Else – würdet ihr euch bitte kümmern?«

Während die Zwillinge der Aufforderung folgten, versuchte Paul den Blick seiner Frau zu fangen. Doch Erdmute war schon wieder in das Gespräch mit Fritz vertieft, und auch Friwi hatte ihm den Rücken gekehrt. Paul nahm ein Glas von Annas Tablett. Er hatte wirklich versucht, in die Ehe mit seiner Frau zu finden. Aber sie hatte ihn immer auf Abstand gehalten. Er konnte nur hoffen, dass er nicht auch noch seinen Sohn verlor.

»Gnädiger Herr?«

Als er sich umdrehte, stand Ilse vor ihm.

»Ein Telegramm für Sie.«

Er nahm den Umschlag, den sie ihm reichte, und riss ihn auf.

Die Nachricht enthielt nur ein Dutzend Wörter. Doch sie traf ihn mitten ins Herz.

66

VICKY HATTE jedes Gefühl für Zeit verloren. Wann war Rupert gestorben? Vor drei Tagen? Drei Wochen? Drei Stunden?

Sie wusste es nicht. Sie wusste nur, er hatte sie verlassen.

In ihren Armen hatte er sein Leben ausgehaucht, kaum dass er sich von seinen Kindern verabschiedet hatte. Seitdem hatte sie keine ruhige Minute gehabt. O'Brien hatte den Bestatter benachrichtigt, und der war gleich darauf erschienen, zusammen mit Reverend Peterson von der Dreifaltigkeitskirche, zu deren Gemeinde sie gehörten. Der Geistliche und der Bestatter hatten sie mit einer Menge sinnloser Fragen überhäuft, die jedoch alle beantwortet werden mussten. Fragen nach der Beschaffenheit des Sarges … Nach dem Blumenschmuck für die Trauerfeier … Nach den Liedern, die in der Friedhofskapelle gesungen werden sollten … Nach besonderen Ereignissen aus Ruperts Leben für die Predigt … Nach dem Text der Todesanzeige, die man in der *Times* einrücken wollte … Zusammen mit ihrer Mutter hatte Vicky die Liste der Angehörigen, Freunde und Bekannten bestimmt, die es zu benachrichtigen galt, mit eigener Hand hatte sie die noch am selben Tag gedruckten Briefe unterschrieben und die Umschläge adressiert. Auch hatte sie mit O'Brien und ihrer Mutter und der Köchin besprochen, wie sie den Empfang der Gäste gestalten wollten, die sich nach der Beisetzung in Paxton House einfinden würden.

Das alles und noch vieles mehr hatte sie getan, um nur nicht zur Besinnung zu kommen und denken zu müssen.

Jetzt stand sie am Grab ihres Mannes, zusammen mit ihren Kindern, während ein kühler Wind über den Friedhof strich, und es gab keine Ausflucht mehr, um der letzten, absoluten Wahrheit zu entrinnen. Rupert war tot … Er lag in dem Sarg, den die Totengräber in das Erdloch hinabließen und gleich zuschaufeln würden, eingeschlossen in ewiger Dunkelheit, als würde er schlafen. Doch er schlief nicht. Er war tot … tot … tot … Nie wieder würde sie sein Gesicht sehen, nie wieder seine Stimme hören, nie wieder seine Berührungen spüren. Nie, nie wieder.

Wie von weiter Ferne wehte die Stimme des Geistlichen an ihr Ohr, Wortfetzen und Phrasen, die sie schon viele Male vernommen hatte, ohne sie je zu begreifen.

»… nein, der Tod ist nicht das Ende, er ist Befreiung und Anfang … *mors porta vitae* … erst mit dem Tod treten wir ein in das wahre, das ewige Leben … denn im Tod erfüllt sich an jedem von uns das Erlösungswerk Jesu Christi, der für uns am Kreuz gestorben ist, um uns von Sünde und Schuld zu befreien …«

Vicky stöhnte leise auf. Von welcher Sünde, von welcher Schuld sollte der Tod Rupert befreit haben? Seit er an den Rollstuhl gefesselt war, war sein Leben nicht mehr sein Leben gewesen. Und doch hatte er es geliebt, bis zum letzten Atemzug … Wenn der Tod ihn erlöst hatte, dann nur von seinem Leiden. Doch dafür hatte er mit seinem Leben bezahlt, seinem Leben hier auf Erden, dem Leben mit seiner

Frau und seinen Kindern, in dem er trotz allem glücklich gewesen war, und niemand wusste, ob es im Jenseits ein neues Leben für ihn geben würde.

Ach, Rupert. Wo bist du?

Ein feiner Nieselregen setzte ein, die Trauergäste spannten ihre Schirme auf. Der Friedhof war schwarz von Menschen, die Rupert die letzte Ehre erwiesen. Nur Onkel Georgie fehlte. Er hatte telegrafisch sein Beileid bekundet, der Weg von Indien war zu weit, als dass er die Reise bis zur Beerdigung hätte schaffen können.

»Asche zu Asche, Staub zu Staub …«

Reverend Peterson segnete den Sarg, dann trat er beiseite, um den Angehörigen Platz zu machen. Vicky warf eine weiße Rose in das Grab. Während ihre Kinder es ihr nachtaten, versuchte sie zu beten. »Vater unser, der du bist im Himmel …« Die tausendmal gesprochenen Worte zerfielen ihr im Mund wie modrige Pilze. Um nicht laut aufzuschreien, wandte sie sich ab und verließ das Grab, dann trat sie unter einen Lebensbaum, um die Beileidsbekundungen der Trauergäste entgegenzunehmen. Wie in einem Nebel zogen die Gesichter an ihr vorbei, ein endloses Defilee schwarzgekleideter Menschen, die sie kannte und die sie nicht kannte und die alle dieselben Worte murmelten, die so leer und sinnlos waren angesichts dessen, was sie empfand.

Plötzlich nahm ein Gesicht Konturen an, trat zwischen all den gesichtslosen Gesichtern hervor, um sich zu materialisieren, wie das Bild auf einer fotografischen Platte, das im Entwicklerbad nach und nach sichtbar wird.

»Paul Biermann?«

Er umfasste ihre Schultern und deutete eine Umarmung an. »Von ganzem Herzen mein Beileid. Was für ein Unglück. Rupert war so ein feiner Mensch.«

Seine Worte waren die ersten Worte, die sie berührten.

»Danke, dass Sie gekommen sind. Das … das bedeutet mir sehr viel.«

»Es war mir ein Bedürfnis. Auch wenn Rupert und ich uns nur wenige Male begegnet sind, war er doch ein Freund für mich.«

Sie sah in sein Gesicht. Dieses aufrichtige, ehrliche Gesicht mit den blauen Augen und der etwas zu breiten Nase über dem ebenfalls etwas zu breiten Mund.

»Rupert hat dasselbe für Sie empfunden«, sagte sie. »Er hat stets mit größter Hochachtung von Ihnen gesprochen. Und voller Wärme. Ich glaube, er würde sich freuen, wenn er jetzt …«

Sie verstummte. Eine kurze Weile blickten sie einander wortlos an, dann trat Paul zu ihren Kindern, um auch ihnen zu kondolieren, erst Nigel, dann Claire, die ihn mit den großen schwarzen Augen ihres Vaters fragend ansah, als er ihre Hand drückte.

Er wandte sich zum Gehen, doch hielt Vicky ihn zurück.

»Bitte kommen Sie noch auf eine Stunde zu uns. Wir möchten im kleinen Kreis gemeinsam an Rupert denken. – Außerdem …« Sie zögerte, dann legte sie den Arm um ihre Tochter und sagte: »Außerdem habe ich eine Bitte an Sie.«

67

EINE BLASSGELBE Wintersonne schien auf Monte Carlo herab, wie ausgestorben lag die Hauptstadt des kleinen Fürstentums da, das im Sommer von so vielen Touristen bevölkert wurde, dass der Ort schier aus den Nähten platzte. Jetzt aber gehörten die Straßen und Plätze wieder allein den Monegassen, die vor ihren alten und schiefen, wie in den Felsen hineingewachsenen Steinhäusern saßen und die Ruhe genossen, in der man vom Hafen, wo die Fischer ihre Netze flickten, das leise Plätschern der Wellen hörte, die träge an die Mole schlugen. Die Badesaison des Jahres 1889 war vorüber, die Hotels waren ebenso geschlossen wie das Spielcasino und die Oper, und überall nutzte man die freie Zeit, um den Betrieb auf die nächste Saison vorzubereiten.

Auch im Grand Hôtel wurde renoviert und gebaut, repariert und erweitert, während Auguste und César Ritz in der verlassenen, kalten Glasveranda, von wo aus man auf die Bucht und den gegenüberliegenden Fürstenpalast blickte, über das Angebot des Londoner Impresarios Richard d'Oyly Carte berieten, die Leitung von dessen neuerrichtetem Luxushotel und -restaurant in der englischen Hauptstadt zu übernehmen.

»London ist der Nabel der Welt«, sagte Ritz. »Keine andere Metropole kann sich mit ihr messen, weder Paris noch Wien oder Berlin. Nirgendwo sonst gibt es so viele Theater, so viele Konzerthallen und vor allem so viel Geld an einem Ort. Doch gastronomisch ist London eine Wüste, wohlhabende Londoner essen entweder zu Hause oder in einem Club. Das ist die Chance Ihres Lebens, Escoffier!«

Auguste schüttelte den Kopf. »Ich kenne London. Ein Albtraum! Ich musste dort Katzenfutter kochen für einen Lord. Und was die Qualität der Lebensmittel betrifft …«

»Ich weiß«, fiel Ritz ihm ins Wort. »Aber was das betrifft, werde ich Abhilfe schaffen. Sie werden alles, was Sie brauchen, aus Frankreich beziehen, Fleisch, Käse, Gemüse – was immer Sie wollen. Von Produzenten, die Sie selbst auswählen können. Mit täglich frischen Lieferungen.«

»Wie wollen Sie das bewerkstelligen?«

»Es gibt Schiffe und Züge! Heutzutage spielen Entfernungen keine Rolle mehr.«

Auguste zögerte. Schon seit einer Stunde redete Ritz auf ihn ein – d'Oyly hatte aus London gekabelt und verlangte eine Entscheidung. Doch Auguste konnte sich nicht entschließen. Die Demütigungen, die er in England erfahren hatte, nicht nur in Shelby House, waren ihm noch in allzu lebhafter Erinnerung.

Nein, keine zehn Pferde würden ihn in diese Stadt zurückbringen.

Um Ritz nicht rundheraus einen Korb zu geben, schraubte er seine Forderungen immer höher, in der Hoffnung, dass er irgendwann den Bogen überspannte.

»Die Küche muss so beschaffen sein, dass man bei Tageslicht arbeiten kann. Außerdem verlange ich eine anständige Unterbringung des Personals. Nicht mehr als zwei Männer in einer Kammer.«

»Selbstverständlich. Sie können sich auf mich verlassen.«

»Und apropos Personal. Ein Wechsel nach London kommt nur in Frage, wenn ich meine eigene Brigade mitbringen kann.«

Ritz zuckte zusammen. »Sie meinen – Franzosen?«

»Allerdings«, bestätigte Auguste. »Englische Köche kann ich in meiner Küche nicht dulden. Allein schon der Sprache wegen. Ist das ein Problem?«

Ritz zögerte. »Nun ja«, sagte er schließlich. »In dem Fall müsste d'Oyly den jetzigen Küchenchef entlassen. Das heißt, es wird Probleme geben, erhebliche Probleme sogar.« Er dachte kurz nach. »Könnten Sie vielleicht eine Übergangszeit in Erwägung ziehen? Bis wir eine allseits verträgliche Lösung gefunden haben?«

Ein Laufbursche enthob Auguste der Antwort.

»Ein Brief für Monsieur Escoffier. Aus England.«

68

DER FRÜHLING war da, die Spatzen zwitscherten es von den Dächern der Wilhelmstraße, als Paul an diesem Märztag des Jahres 1890 die Reichskanzlei betrat. Bismarck hatte ihn zum Rapport bestellt, und er hatte ausnahmslos gute Nachrichten für den Kanzler. Der Zusammenschluss der Firmen Biermann & Söhne und Gumbrecht & Cie. war notariell beglaubigt und im Handelsregister annonciert, der Bebauungsplan für den Kurfürstendamm hatte alle bürokratischen Hürden genommen, und nachdem mehrere Zeitungen Pauls Zeichnungen mit dem Zukunftsbild des Boulevards veröffentlicht hatten, rissen sowohl inländische als auch ausländische Finanzleute der Kurfürstendamm-Gesellschaft die noch freien Grundstücke aus den Händen, zu fast beliebigen Preisen.

Aufmerksam hörte Bismarck dem Bericht zu.

»Wenigstens das haben wir noch ins Werk setzen können«, sagte er schließlich.

Paul runzelte die Stirn. »Wenigstens das? Darf ich fragen, was Sie damit meinen?«

Bismarcks Miene verfinsterte sich. »Ich trete von meinem Amt zurück.«

»Um Gottes willen! Warum?«

»Der Kaiser hat im Kronrat gegen das Sozialistengesetz votiert. Seine Majestät wolle, so die Begründung, ihre Regentschaft nicht mit einer solchen Provokation der Arbeiterschaft beginnen.«

Paul hatte befürchtet, dass der Kanzler mit seinem Versuch, den Kaiser mit seiner Gesetzesvorlage zur Unterstützung seiner Politik zu zwingen, *va banque* gespielt hatte. Aber nie und nimmer hätte er geglaubt, dass Bismarck sein Blatt überreizt hatte und Wilhelm sich tatsächlich gegen ihn stellen würde.

»Sie dürfen nicht zurücktreten«, sagte er. »Der Kaiser ist jung, er braucht Ihre Führung. So wie das Vaterland Sie braucht!«

»So?« Bismarck schaute ihm tief in die Augen. »Glauben Sie wirklich?«

Paul senkte den Blick. Als Reichstagsabgeordneter wusste er nur zu gut, wie sehr der Kanzler in den letzten Jahren an Rückhalt verloren hatte, nicht nur im Parlament, auch in der Öffentlichkeit.

»Trotzdem«, sagte er. »Sie müssen die Stellung halten. Es steht zu viel auf dem Spiel. Ihr Bündnissystem. Die Frage der Kolonien. Der Friede in Europa. Sie haben selbst gesagt, der Kaiser sei imstande, einen Krieg vom Zaun zu brechen.«

»Ich weiß. Aber ich kann einen solchen Affront unmöglich hinnehmen.«

»Natürlich nicht. Aber – wollen Sie es sich nicht wenigstens noch einmal überlegen? Es geht um Deutschlands Zukunft! Bitte! Ich flehe Sie an!«

Bismarck Miene hellte sich für einen Moment auf. »Ich wusste, dass ich mich auf Sie verlassen kann. – Aber nein!« Er schüttelte den Kopf. »*Alea iacta est* – die Würfel sind gefallen. Ich habe meinen Rücktritt bereits eingereicht.«

Die Spatzen zwitscherten immer noch, als Paul die Reichskanzlei wenig später verließ. Doch sein Hochgefühl war dahin. Wie betäubt taumelte er die Wilhelmstraße entlang. Solange er zurückdenken konnte, hatte der eiserne Kanzler regiert. Bismarck hatte das Kaiserreich gegründet und Deutschland in die erste Reihe der Völker geführt; er hatte mit allen europäischen Großmächten Verträge geschlossen, um das Kaiserreich vor feindlichen Koalitionen zu schützen; er hatte als internationaler Makler für Ausgleich zwischen den Kolonialansprüchen Frankreichs und Englands, Russlands und des Osmanischen Reichs, ja selbst der Vereinigten Staaten von Amerika gesorgt; er hatte mehrmals den Schwelbrand auf dem Balkan gelöscht und gleichzeitig Deutschland einen zuvor unbekannten Wohlstand beschert.

Und jetzt hatte er seinen Rücktritt eingereicht?

»Extrablatt! Extrablatt!«

Am Pariser Platz riefen Zeitungsjungen bereits die Nachricht aus. Paul kaufte von allen Blättern ein Exemplar. »Es ist ein Glück«, schrieb der Reiseschriftsteller Fontane in der *Neuen Preußischen*, »dass wir Bismarck los sind. Er war eigentlich nur noch ein Gewohnheitsregent. Seine Größe lag hinter ihm.« Paul hatte ein paar Bücher von Fontane gelesen, die »Wanderungen durch die Mark Brandenburg« hatten ihm sogar so gut gefallen, dass er im Sommer '75 auf ihren Spuren gewandelt war. Doch von heute an würde er kein Werk dieses Autors mehr anrühren … Er schlug die *Vossische* auf. Leo von Caprivi, ein General, von dem kein Mensch je gehört hatte, sollte Bismarck nachfolgen. In einem Gespräch mit der Zeitung kündigte er an, »die Nation nach der vergangenen Epoche großer Männer und Taten in ein Alltagsdasein zurückzuführen und die Gräben zuzuschütten, die Bismarck im Volk aufgerissen hat.«

Sic transit gloria mundi …

Paul ließ die Zeitung sinken. Der Lotse war von Bord. Wie würde es mit Deutschland weitergehen?

69

AUGUSTE LIEBTE seine Frau, auch wenn er ihr nicht immer treu gewesen war. Delphine hatte in ihrer Jugend Gedichte geschrieben, und dafür bewunderte er sie noch immer. Auch sah er darüber hinweg, dass sie mit ihrer fülligen Erscheinung und dem runden Allerweltsgesicht keine Schönheit war, schließlich war sie ihm stets eine gute Frau gewesen und hatte ihm drei Kinder geschenkt. Vor allem aber hatte sie ihm immer den Rücken gestärkt, wenn es darum ging, seine Karriere zu befördern. Nach dem Tod ihres Vaters hatte sie ihm ihr Erbe zur Verfügung gestellt, damit er sich in Boulogne-sur-mer selbständig machen konnte, und war ihm trotz eigener Bedenken wenig später vom Atlantik an die Riviera gefolgt.

Umso größer war seine Verblüffung, wie vehement sie sich jetzt seinem Wunsch widersetzte, das Angebot aus London anzunehmen.

»Nein«, sagte sie, »nur über meine Leiche! Zweimal bin ich dir zuliebe mit Sack und Pack umgezogen. Das reicht! Ich habe das Herumzigeunern satt!«

»Bitte – nur ein allerletztes Mal!«

»Gib dir keine Mühe! Ich werde in keinem Land leben, in dem ich die Sprache nicht verstehe.«

»Aber Sprachen kann man lernen. Es heißt, das Englische sei kinderleicht!«

»Das sagt der Richtige! Nein, wir sind Franzosen und gehören nach Frankreich! Unsere Kinder gehen noch zur Schule. Willst du, dass man sie in die Ecke stellt und auslacht?«

»Ich flehe dich an, das Savoy ist die Chance meines Lebens. Seit ich am Herd stehe, träume ich von einer solchen Gelegenheit. Ich werde Geld wie Heu verdienen, wir werden reich sein!«

»Wozu? Reicher, als wir sind, können wir gar nicht werden!«

Delphine zeigte über die Bucht. Die Sonne schien von einem wolkenlosen Himmel herab, in ihrem Licht funkelte das Meer wie ein Teppich aus Brillanten, und unter dem Felsen, auf dem sich der Fürstenpalast und das Casino und die Oper erhoben, lagen die Dampf- und Segelyachten mit ihren bunten Fahnen vor Anker, während am Kai die Marktbuden von Obst und Gemüse überquollen und an den Hängen Bäume und Blumen in allen erdenklichen Farben blühten.

»Wir leben hier im Paradies. Auf der ganzen Welt gibt es keinen schöneren Ort. Und das willst du aufgeben, um in eine Stadt zu ziehen, in der es entweder regnet oder man vor Nebel nicht die eigene Hand vor Augen sieht?« Sie schaute ihn an. »Warum? Aus welchem Grund kann ein Mensch so etwas wollen?«

Auguste versuchte, ihrem Blick standzuhalten, doch das schaffte er nicht. Es gab einen Grund, weshalb er nach London wollte. Aber den konnte er unmöglich sagen.

»Siehst du? Darauf hast du keine Antwort.« Delphine schüttelte den Kopf. »Nein, nein und nochmals nein! Und wenn die Königin von England dich zu sich zitiert – ich bleibe hier!«

70

DER FRÜHLING hatte inzwischen auch London erreicht, so dass es im Park von Paxton House an allen Bäumen und Büschen zu grünen begann. Wohin man sah, spross und wuchs es aus dem Boden hervor, Krokusse, Narzissen, Märzenbecher – sogar ein paar voreilige Tulpen ließen bereits die Spitzen ihrer Kelche blicken.

Vicky hatte auf der Terrasse ihre Kamera aufgebaut, um eine Aufnahme von ihren Kindern zu machen. Die beiden hatten mit Hilfe des Gärtners in der Mitte des Rasens einen Apfelbaum gepflanzt, zur Erinnerung an ihren Vater. Claire hatte die Idee gehabt, auf diese Weise, hoffte sie, würden sie immer an ihn denken, wenn sie in den Garten kamen.

»Bitte zu mir blicken und nicht bewegen. – *Cheeeese!*«

»*Cheeeese!*«

Kaum hatte Vicky den Auslöser betätigt, sprang Ramigami herbei und versuchte, auf den Baum zu klettern. Doch die jungen Zweige gaben nach und er fiel rücklings zu Boden. Nigel ging in die Hocke, und als er sich mit schlenkernden Armen wie ein Affe über den Rasen bewegte, musste Claire so sehr lachen, dass sie darüber erschrak.

»Du darfst ruhig fröhlich sein«, sagte Vicky. »Papa würde sich freuen.«

Mit ihren ernsten Augen erwiderte Claire ihren Blick. »Glaubst du?«

»Aber natürlich. Er hat sich immer gewünscht, dass du und Nigel glücklich seid. Das war für ihn das Allerwichtigste überhaupt.«

O'Brien kam mit der Nachmittagspost aus dem Wintergarten.

»Ein Brief aus Frankreich, Ma'm.«

»Aus Frankreich?«

Seltsam. Vicky hatte Auguste geschrieben, um ihn, wie Rupert ihr aufgetragen hatte, von seiner Vaterschaft in Kenntnis zu setzen. Doch sie hatte ihn in derselben Post auch gebeten, ihr nicht zu antworten. Für ihren und seinen und vor allem Claires Seelenfrieden.

Warum hatte er sich nicht daran gehalten?

»Danke, O'Brien.«

Sie nahm den Brief und ging ins Haus. Nachdem sie die wenigen Zeilen gelesen hatte, musste sie einmal tief durchatmen. Auguste kündigte an, seine Anstellung in Monte Carlo aufzugeben, um fortan in London das Restaurant des Savoy Hotel zu führen.

… in der Hoffnung, auf diese Weise meine Tochter aufwachsen zu sehen.

TEIL 3

Der Boulevard

1890 – 1899

1

DER SOMMER des Jahres 1890 war da, und Fürst Bismarcks Vermächtnis in der Hauptstadt des Deutschen Kaiserreichs entfaltete allmählich seine Pracht. Mit jeder Woche, mit jedem Monat nahm der Kurfürstendamm mehr Gestalt an, überall wuchsen entlang des Boulevards Gebäude aus dem Boden, Herrschaftshäuser im großbürgerlichen Stil, eines wie das andere fünf Stockwerke hoch, und unter den Wohlhabenden und Reichen Berlins wurde es Mode, hier Quartier zu beziehen, so dass die vierspurige Chaussee zwischen dem Stadtschloss der kaiserlichen Familie und dem Jagdschloss in Charlottenburg sich schon im Zuge ihrer Bebauung zu einer veritablen Millionärsadresse entwickelte.

Um die Bedürfnisse der ebenso anspruchsvollen wie zahlungskräftigen Anwohner zu befriedigen, sah der unlängst in Kraft getretene Bebauungsplan eine Vielzahl von Geschäften und gastronomischen Einrichtungen vor, wobei Letztere nicht nur der bloßen Verköstigung der Gäste dienen sollten, sondern auch deren Zerstreuung. Zu solchem Zweck wurde an diesem Sonntag der sogenannte Kurfürstenpark eröffnet, eine ganz und gar neuartige Vergnügungsstätte auf der Höhe von Halensee, die ein Tanzlokal und eine Gartenwirtschaft, mehrere Kegelbahnen sowie ein Velodrom in sich vereinte und darüber hinaus Wechselausstellungen und Spektakel unterschiedlichster Art.

Paul und Hugo, die mit ihrer Firma Biermann & Gumbrecht die Vergnügungsstätte errichtet hatten, waren als Ehrengäste zur Eröffnungsfeier geladen, zusammen mit ihren Familien sowie Gisbert und Gustav Reichenbach als Vertretern ihrer Hausbank.

»Der Park ist eine Goldgrube«, erklärte Gisbert Reichenbach, nachdem man in der ersten Reihe vor der Festtribüne Platz genommen hatte. »Die Verbindung von Gastronomie und Freizeitvergnügungen birgt kolossale Möglichkeiten.«

»Kolossal ist gar kein Ausdruck«, pflichtete sein Neffe ihm bei. »Daraus könnte sich eine ganz neue Industrie entwickeln. Die Leute müssen ja nur noch zehn Stunden am Tag arbeiten, da haben sie jede Menge Zeit, Geld auszugeben. Und wenn eines Tages auch noch die Samstagsarbeit verkürzt wird oder sogar ganz entfällt …«

»Das wäre ja fast ein Grund, die Sozis zu wählen«, fiel Hugo ihm lachend ins Wort. »Aber Ruhe, es geht los.«

Während die Gespräche verstummten, betrat der Bezirksbürgermeister, angetan mit Frack und Zylinder und einer Schärpe, das Podium, um die Festrede zu halten. Darin pries er die herrlichen Zeiten, in denen man dank der göttlichen Vorsehung lebte und die solche Wunderwerke wie diese Vergnügungsstätte hervorbrachten, und prophezeite dem Deutschen Reich eine so glorreiche Zukunft, dass andere Völker darob vor Neid erblassen würden. Gedichte wurden aufgesagt, Bänder durchgeschnitten, eine Militärkapelle spielte ein paar schmissige Märsche, und zum Abschluss ließ man den jungen Kaiser so lautstark hochleben, dass der ganze Park davon widerhallte.

Im Anschluss an die Feier hatte Paul in die Gartenwirtschaft eingeladen, wo man ausgiebig zu Mittag aß – Eisbein mit Sauerkraut für die Herren und Hühnerfrikassee für die Damen. Bei einem Verdauungsspaziergang nahm man das Velodrom in Augenschein, wo altes und junges Volk sich im Radfahren übte, und während der Familiennachwuchs sich gleichfalls in dieser artistischen Art der Fortbewegung versuchte, schoben die Herren mit großem Hallo und aufgekrempelten Ärmeln unter den Augen der Damen die Kegel, bevor man sich schließlich auf den Weg zu den Ausstellungen machte.

Dort wurde eine sogenannte »Wildwest-Show« aufgeführt – ein langhaariger, ganz in Leder gekleideter Revolvermann, der sich Buffalo Bill nannte, schoss mit Hilfe eines Handspiegels auf verschiedene Ziele in seinem Rücken. Doch da er dieses Kunststück mit solcher Vollkommenheit beherrschte, dass er ein ums andere Mal ins Schwarze traf, begann man sich alsbald zu langweilen, und man schlenderte weiter zu einer Kolonialexposition, wo man furchterregend aussehende Wilde aus Afrika bestaunte, die sich, wie der Budenbesitzer verkündete, »ausschließlich von Heuschrecken und Menschenfleisch ernährten«. Mit Ringen in den Nasen stellten sie ihre halbnackten, schwarzen Leiber ungeniert zur Schau, stießen unverständliche Laute aus und starrten mit Augen so leer wie die afrikanische Steppe auf das an ihnen vorbeiziehende Publikum.

»Das stelle ich mir fürchterlich vor«, sagte Kaspar, »so begafft zu werden. Wie Tiere im Zoo.«

»Die glotzen doch nur deshalb so aus ihrer nicht vorhandenen Wäsche«, erwiderte sein Vater, »weil sie auf ihre gewohnte Hausmannskost verzichten müssen.«

»Hausmannkost?«, fragte Paul.

»Heuschrecken und Menschenfleisch!« Laut prustend stieß Hugo ihn in die Seite.

»Das Thema ist zu ernst für Witze«, erklärte Fritz, der, obwohl er inzwischen seinen Dienst in Kamerun quittiert hatte, um in der Kolonialabteilung des Auswärtigen Amts zu arbeiten, weiterhin seine Khakiuniform trug, weil sie so hervorragend zu seinem Knebelbart passte. »Wie ich in meiner Dissertation ›Unsere Cultur-Mission in Afrika‹ ausgeführt habe, entspricht der Neger in den heutigen Kolonien dem Sklaven in der antiken griechischen Polis. Diesen definiert Aristoteles bekanntlich als ein Tier, das über Sprache verfügt. Weshalb der Philosoph ihn als das nützlichste unter allen Tieren nennt. *Ergo* gilt das gleichfalls für den Neger als solchen.«

Gisbert Reichenbach horchte auf. »Dann ist der Sansibar-Vertrag, den Kanzler Caprivi mit England geschlossen hat, in Ihren Augen also ein Fehler?«

Fritz war jetzt ganz und gar in seinem Element. »Der Verzicht auf unsere Ansprüche in Sansibar ist ein Skandal! Die Abtretung Helgolands ist dafür keine angemessene Entschädigung. Jetzt haben wir nur noch Sambesiland als Kolonie.«

Der Bankier wiegte den Kopf. »Sollte es den Engländern je einfallen, sich gegen uns zu wenden, könnte Helgoland sich als ein strategisch wichtiger Stützpunkt für unser Marine erweisen. – Was meinen Sie, Biermann?«

Paul dachte kurz nach. »Deutschlands Zukunft«, erklärte er dann, »wird eher zu Lande als auf dem Wasser entschieden. Das war die feste Überzeugung unseres alten Kanzlers, und meiner Meinung nach hat sich daran nichts geändert. Viel wichtiger als Sansibar und Helgoland ist deshalb das Neutralitätsabkommen mit Russland, damit der Balkan nicht wie ein Pulverfass explodiert. Kaiser Wilhelm aber will von einer Verlängerung offenbar so wenig wissen wie der Zar, Seine Majestät scheint sich ganz und gar auf unser Bündnis mit Österreich-Ungarn zu verlassen. Auf diese Weise aber droht wieder die alte Gefahr, vor der Bismarck stets gewarnt hat: ein Zweifrontenkrieg mit Russland und Frankreich.«

»Diese Betrachtungsweise ist nicht mehr zeitgemäß«, entgegnete Fritz. »Es geht nicht mehr um Kinkerlitzchen wie den Balkan, es geht um die künftige Weltherrschaft. Deutschland ist nach England die größte Wirtschaftsmacht in Europa, jetzt haben wir die Möglichkeit, uns an die Spitze der Völker zu stellen. Statt deinem ollen Bismarck nachzutrauern, solltest du dich lieber dem Alldeutschen Verband anschließen.«

»Alldeutscher Verband?«, fragte Paul, der die Zurechtweisung nur um des lieben Friedens willen hinnahm – ein Familienstreit vor den Bankiers war das Letzte, was er an diesem herrlichen Tag wünschte. »Davon habe ich noch nie gehört.«

»Kein Wunder«, sagte Gustav Reichenbach. »Der Verband wird ja gerade erst gegründet. Aber es haben bereits einflussreiche Leute ihr Interesse angemeldet, unter anderen Alfred Hugenberg. Als Krupp-Syndikus verkörpert er das schwere Geld aus dem Ruhrgebiet.«

»Und was sind die Ziele?«, fragte Felix, der sich aus der Gruppe der Damen, die hinter den Herren spazierten, gelöst hatte und nun dazutrat.

Fritz betete sie wie das Vaterunser herunter: »Koloniale Expansion, Aufbau der Flotte, Förderung des Deutschtums, Kampf gegen das Judentum und sonstige Minderheiten im Deutschen Reich.«

Während Friwi, der den Reden seines Onkels mit größter Aufmerksamkeit lauschte, die Aufzählung mit eifrigem Kopfnicken begleitete, wollte sein Cousin Kaspar wissen, wer mit »sonstigen Minderheiten« gemeint sei.

»Etwa die Sozialdemokraten?«

»Natürlich«, bestätigte sein Onkel. »Die vor allem!«

»Aber die sind doch keine Minderheit! Die sind die größte politische Bewegung im Reich. Und das werden die kapitalistischen Ausbeuter bald zu spüren bekommen.«

Paul hatte keinen Zweifel, wen Kaspar damit meinte, und warf einen alarmierten Seitenblick auf seinen Schwager. Eine solche Provokation konnte Hugo unmöglich dulden! Doch zum Glück war dem die Bemerkung seines Sohns offenbar entgangen – seelenruhig steckte er sich gerade eine Zigarre an. Nur die zwei Bankiers hoben irritiert die Brauen, wie Paul nicht ohne Sorge registrierte. Vorsichtshalber zückte er sein Portemonnaie und drückte Kaspar ein Fünfmarkstück in die Hand.

»Sei doch so nett und besorge uns etwas Konfekt für die Damen. Das Wechselgeld kannst du behalten.«

Widerwillig nahm Kaspar die Münze und machte sich auf den Weg.

»Es ist immer wieder dasselbe mit ihm«, sagte Friwi, der seit kurzem im Stimmbruch war, mit kieksender Stimme. »Er hat in Lichterfelde schon ein halbes Dutzend Verweise bekommen. Oberleutnant Queist meint, sein Verhalten sei eine Beleidigung unserer Uniform.«

Hugo verschluckte sich fast am Rauch seiner Zigarre. »Was sagst du da?«

Zum Glück rettete Gisbert Reichenbach die Situation. »Zwei Kadetten in einer Familie? Da kann man ja nur gratulieren! Ich nehme an, die jungen Herren können es gar nicht erwarten, zusammen einmal die Firma zu leiten?« Mit einem wohlwollenden Lächeln drehte er sich zu Friwi herum. »Stimmt's oder habe ich recht?«

Aber Friwi ging nicht darauf ein. »Wie alt muss man sein«, fragte er stattdessen seinen Onkel, »um bei euch mitzumachen?«

»Du meinst, im Alldeutschen Verband?« Fritz lachte. »Na, komm erst mal aus dem Stimmbruch raus, dann sehen wir weiter. Aber ich freue mich über deine Gesinnung.«

»Für Kaiser, Volk und Vaterland!«, kiekste Friwi in zwei Oktaven gleichzeitig.

Zu Pauls Erleichterung fielen jetzt alle in das Lachen seines Bruders ein.

Da gellte hinter ihnen ein Schrei. Auf dem Absatz fuhr Paul herum.

Vor der Kolonialausstellung brannte die schwarzweißrote Fahne des Kaisers. Während zwei Wärter versuchten, das Reichsbanner zu löschen, lief Kaspar mit ausgebreiteten Armen auf einen Afrikaner zu, der ihn mit angsterfüllten Augen anstarrte, unfähig, sich vom Fleck zu rühren, weil er an den Beinen angekettet war.

2

SEIT RUPERTS Tod gab es in Paxton House keinen Ort mehr, in dem Vicky sich geborgen fühlte. Jeder Raum, jedes Zimmer erinnerte sie an ihren Mann, bei jedem Schritt, den sie tat, hallten die Wände wider von dem erlittenen Verlust, und die überall herrschende Stille war wie das Echo von Ruperts Fehlen. Nicht mal in der

Bibliothek, in der ihr Großvater ihr als Kind die Wunder der Welt erklärt hatte, wollte das Gefühl der Verlassenheit von ihr weichen, während sie versuchte, sich auf die Aufgaben zu konzentrieren, die nun auf sie warteten.

Am Schreibtisch ihres Großvaters sitzend, blätterte sie in einer Akte mit der neuen Gesellschafterstruktur der Midland Railway Company. Nach Ruperts Tod hielt sie zusammen mit ihrer Mutter die Mehrheit an der Firma und verwaltete darüber hinaus treuhänderisch die Unternehmensanteile ihrer Kinder bis zu deren Volljährigkeit. Das war das Einzige, was sie dem ebenso umfangreichen wie komplizierten Schriftstück entnahm. Die übrigen Ausführungen waren ihr so rätselhaft wie chinesische Schriftzeichen. Sie hatte sich ja nie um die Firma kümmern müssen, das hatten Rupert und ihre Mutter getan. Doch jetzt, mit sechsunddreißig Jahren, fing für sie ein neues Leben an, so, wie für ihre Mutter ein neues Leben angefangen hatte, als ihr Mann gestorben war, und es blieb ihr nichts anderes übrig, als zu lernen, wie man ein Unternehmen führte. Ruperts Vater ging schon auf die achtzig zu, er hatte sich aus den Geschäften zurückgezogen und lebte inzwischen in Schottland, und Nigel war erst fünfzehn. Bis er in die Firma eintreten würde, lag die Zukunft der Midland Railway Company also in ihren und ihrer Mutter Händen. Zum Glück gab es wenigstens noch Mr. Hastings, den ebenso zuverlässigen wie kompetenten technischen Direktor, auf den Rupert stets große Stücke gehalten hatte.

Im Haus ertönte leise Klaviermusik. Vicky kannte die Melodie, sie stammte aus der letzten Gilbert-und-Sullivan-Oper, die sie mit Rupert besucht hatte, an dem Abend, als es geschehen war. Claire spielte das Stück jeden Tag. Sie vermisste ihren Vater so sehr, dass sie fast nie über ihn sprach.

Vicky verließ den Schreibtisch und trat ans Fenster. Der Apfelbaum, den die Kinder gepflanzt hatten, hatte sich prächtig entwickelt. Sie hatte sich vorgenommen, ihn regelmäßig zu fotografieren.

Aber sie konnte sich nicht dazu überwinden – die Vorstellung, die Kamera aufzubauen, erschien ihr wie eine übergroße Aufgabe.

Ach, Rupert …

Beim Frühstück hatte sie eine Anzeige des Savoy Hotels in der *Times* entdeckt, darin kündigte die Direktion ein *»grand spectacle culinaire«* an, zur Vorstellung des neuen Küchenchefs aus Paris. Auguste hatte ihr eine persönliche Einladung geschickt. Sie gedachte nicht, sie anzunehmen. Rupert war doch nicht mal ein halbes Jahr tot, das alles kam viel zu früh.

»Hast du gelesen? Die U-Bahn soll elektrifiziert werden!«

Als sie sich umdrehte, stand ihre Mutter vor ihr, mit der *Times* in der Hand.

»Möglich«, sagte sie. »Ich weiß nicht, kann sein. Weshalb fragst du?«

Ihre Mutter trat auf sie zu. »Erinnerst du dich, was dein Freund Paul Biermann bei einem seiner Besuche erzählt hat? Von deutschen Elektroloks und ihren Vorteilen für die U-Bahn? Sicher kann er uns die nötigen Kontakte vermitteln.«

»Kontakte? Wozu?«

»Um die Ausschreibung zu gewinnen, natürlich! Die Elektrifizierung betrifft das ganze U-Bahnnetz. Das ist ein Riesengeschäft!«

Vicky zuckte die Schultern. »Davon verstehe ich nichts, das weißt du doch.«

»Dann wird es höchste Zeit! Also setz dich hin und schreib deinem Freund, dass wir ihn besuchen kommen.«

»Ich soll mit dir nach Berlin fahren?«, fragte Vicky. »Ich … ich kann nicht glauben, dass du mir das zumuten willst … Ich meine, wo Rupert doch erst …«

Sie schaute ihre Mutter mit großen Augen an. Aber die schüttelte den Kopf.

»Ich weiß, was in dir vorgeht«, sagte sie. »Ich habe das ja genauso durchgemacht wie du. Aber gerade deshalb weiß ich, dass es so nicht weitergehen kann. Du darfst dich nicht in deinem Kummer vergraben.« Aufmunternd nickte sie ihr zu. »Glaub mir, mein Liebes, eine Reise wird dir guttun.«

»Nein. Das … das schaffe ich nicht …«

»Und ob du das schaffst! Denk an deine Kinder, du musst ihnen ein Vorbild sein. Außerdem können wir es uns nicht leisten, uns ein solches Geschäft entgehen zu lassen.«

»Wie kannst du jetzt nur ans Geschäft denken?« Vicky spürte, wie ihr die Tränen kamen. »Hast du vergessen, dass ich in Trauer bin?«

»Ganz und gar nicht«, erwiderte ihre Mutter. »Aber ich bin sicher, Rupert würde dir dasselbe raten. Oder hast du vergessen, wie begeistert er von der Idee eures Freundes war, die Londoner U-Bahn zu elektrifizieren?«

3

OBWOHL DAS *grand spectacle culinaire*, das die Direktion des Savoy in der *Times* angekündigt hatte, erst in einigen Wochen stattfinden würde, war das Restaurant für den kommenden Sonntagabend bis auf den letzten Tisch ausgebucht. Es hatte sich in der Londoner Gesellschaft herumgesprochen, dass der neue Pariser Küchenchef an diesem Abend erstmals seine Kunst unter Beweis stellen würde, und da die englische Hauptstadt tatsächlich eine gastronomische Wüste war, wie César Ritz behauptet hatte, wollte jeder Gourmet in der Stadt, oder wer immer sich für einen solchen hielt, bei dem Ereignis dabei sein.

Auguste hatte sich minutiös vorbereitet. Er wollte sich bei seinem englischen Publikum mit einem Sieben-Gänge-Menü einführen, das mit jedem Gang eine andere Region seiner französischen Heimat kulinarisch repräsentierte. Um nichts dem Zufall zu überlassen, hatte er zwei Tage vor seinem offiziellen Arbeitsbeginn einen Teil der Küche für sich und seine Brigade beansprucht, sehr zum Unwillen des bisherigen Küchenchefs, der sich bis zuletzt gegen die Kündigung gewehrt und seinen Nachfolger nur auf strikte Weisung der Direktion in seinem Reich geduldet hatte. Auguste hatte unbeirrt seine Arbeit getan – je gründlicher die Vorbereitung, so seine Erfahrung, umso perfekter das Ergebnis.

Doch als er am Samstagmorgen die Küche betrat, sah es dort aus wie auf einem Schlachtfeld. Überall lagen Töpfe und Pfannen umher, die Abstellflächen und der Fußboden waren mit Abfällen übersät, die Herde aufgerissen, Küchengeräte zerstört, die Vorräte vernichtet, sämtliche Kammern und Schränke standen sperrangelweit offen, in ihrem Innern nichts als gähnende Leere. Kein Fleisch und kein Fisch, kein Gemüse und kein Obst, kein Mehl und kein Reis, kein Öl und keine Butter – nicht mal ein Päckchen Salz hatte die Verwüstung überstanden.

Fassungslos starrte Auguste auf das Durcheinander. Während er versuchte zu begreifen, was geschehen war, kamen d'Oyly und Ritz in die Küche.

»Das kann nur Ihr Vorgänger gewesen sein«, sagte der Hotelier. »Er hat versucht, gegen seine Kündigung zu klagen, aber ohne Erfolg. Das ist seine Rache.«

»Und was machen wir jetzt?«, fragte d'Oyly. »Können wir überhaupt öffnen?«

»Selbstverständlich!«, erklärte Ritz. »Das sind wir unseren Gästen schuldig!«

»Aber womit wollen Sie sie bewirten? Es ist Sonntag, die Geschäfte sind zu.«

»Wenn etwas unmöglich ist, müssen wir es möglich machen!« Ritz dachte einen Moment nach, dann wandte er sich an Auguste. »Erinnern Sie sich noch an Charles Margot?«

»Natürlich, er war ein Jahr lang mein Sous-Chef in Monte Carlo. Warum?«

»Er leitet jetzt die Küche im Charing Cross Hotel. Hier ganz in der Nähe.«

Auguste fiel ein Stein vom Herzen. »Das ist unsere Rettung!«

D'Oyly schaute sie an, als hätte er zwei Irre vor sich.

»Würden die Herren bitte so liebenswürdig sein, mich aufzuklären?«

4

ALS WÄRE die Hauptstadt des Deutschen Kaiserreichs eine einzige große Sommerfrische, war ganz Berlin an diesem Sommersonntag auf den Beinen. Ob Arbeiter oder Fabrikant, Dienstmädchen oder Bankiersgattin, Friseurgehilfe oder Kaufhausbesitzer, Schuhverkäuferin oder große Dame – sie alle suchten Erholung von den Anstrengungen der Woche, um für ein paar Stunden frei von Sorgen das Leben zu genießen, spazierten durch die Grünanlagen, bevölkerten die Terrassen der Straßencafés oder bummelten über die Trottoirs, wo die Flaneure den hübschen Frolleins hinterherpfiffen.

Die Sonne ging bereits über dem Brandenburger Tor unter, als Paul seinen Landauer nach Hause kutschierte. Nur Erdmute saß noch bei ihm im Wagen. Nach dem unerfreulichen Ende des Familienausflugs hatten sie Friwi in Lichterfelde abgesetzt, damit er sich wie jeden Sonntagabend rechtzeitig zum Zapfenstreich in der Kadettenanstalt einfand, bevor die neue Woche begann.

»Dein Neffe ist ein in der Wolle gefärbter Roter«, sagte Erdmute. »Der geborene Verbrecher, wenn du mich fragst.«

»Das ist zum Glück nicht unsere Sorge«, erwiderte Paul.

»Wenn ein solches Subjekt in der eigenen Familie kein Grund zur Sorge ist – was dann? Der Rotzlöffel hat uns bis auf die Knochen blamiert. Hast du nicht gesehen, wie die Reichenbachs geguckt haben?«

»Ja, das habe ich, und du kannst mir glauben, dass mir das nicht weniger unangenehm war als dir. – Hü!«

Paul ließ die Peitsche knallen. Nach diesem Tag wollte er nur noch so schnell wie möglich nach Hause, um endlich Ruhe zu haben.

Aber Erdmute gab keine Ruhe. »Die Reichenbachs müssen doch denken, dass du mit diesem Revoluzzer unter einer Decke steckst!«

»Wie kommst du denn darauf?«

»Du hast dem Bengel das Geld für die Streichhölzer gegeben. Mein Gott, die Fahne des Kaisers anzuzünden! Eines Tages steckt der uns noch das Haus über dem Kopf an!«

Paul richtete den Blick auf den Verkehr. »Findest du nicht, dass du ein bisschen übertreibst?«

»Und dann hat er auch noch einen Neger umarmt!«

»Mein Gott! Er hat Mitleid mit dem armen Teufel gehabt. Stell dir für eine Sekunde vor, man würde dich in Sambesiland so ausstellen.«

»Der Vergleich ist unerhört! Willst du mich beleidigen?«

Paul hätte hundert Dinge auf einmal erwidern können, aber wozu? Bald hatte er es ja geschafft, vor ihm ragte schon der Turm der Luisenkirche in den Abendhimmel.

»Aber warum rege ich mich eigentlich auf?«, fuhr Erdmute fort. »Deine Einstellung ist ja sattsam bekannt. Du konntest es dir ja auch heute wieder nicht verkneifen, sie unter Beweis zu stellen.«

»Ich weiß nicht, wovon du redest.«

»Tu nicht so unschuldig! Ich rede vom Alldeutschen Verband! Neue Kolonien, Förderung des Deutschtums, Kampf gegen die Juden, das sind doch alles Ziele, bei denen ein anständiger Mensch mittun muss! – Ja, das hätte Eindruck auf die Reichenbachs gemacht, die sind ja offensichtlich schon dabei. Aber du?«

Erdmute verstummte, in Erwartung einer Antwort. Doch darauf konnte sie lange warten. Niemals würde er sich einem Verein anschließen, der sich die Balgerei um Afrika auf die Fahnen geschrieben hatte! Davor hatte Bismarck immer wieder gewarnt! Aber wenn er das sagte, würde der Streit kein Ende nehmen.

Schweigend fuhr er die Berliner Straße entlang.

Doch Erdmute war immer noch nicht fertig. »Ich kann nicht glauben, dass du und Fritz Brüder seid. Fritz hat Prinzipien, wie man sie sich nur wünschen kann. Während man sich für deine Ansichten ja schämen muss! Selbst Friwi hat mit seinen vierzehn Jahren mehr politischen Verstand als du und die Zeichen der Zeit erkannt.«

Obwohl sie fast schon zu Hause waren, platzte Paul doch noch der Kragen. »Hör endlich auf, solchen Unsinn zu reden! Wenn Friwi die Zeichen der Zeit erkannt hätte, würde er sich auf den Hosenboden setzen und lernen! Seine Noten sind eine Katastrophe! Außer in Leibesübungen und Fechten überall mangelhaft. Wenn das so weiter geht, bleibt er Ostern schon wieder sitzen!«

»Als ob es darauf ankäme«, schnaubte Erdmute. »Friwi hat die richtige Gesinnung, und die alleine zählt. Oberleutnant Queist hat im letzten Zeugnis ausdrücklich sein Eintreten für das Deutschtum gelobt und ihm außerordentliche Charakterfestigkeit attestiert. Das ist hundertmal mehr wert als gute Noten in Singen oder Religion. Vor allem, wenn der Junge die Offizierslaufbahn einschlägt.«

»Einen Teufel wird der Junge tun!« Paul bog in die Einfahrt zur Villa ab. »Sobald Friwi das Abitur hat, tritt er in die Firma ein! Etwas anderes kommt nicht in Frage! Oder glaubst du, ich hätte jahrelang in der Kanalisation gewühlt, damit er eines Tages im Casino den starken Max markiert? Nein, Friwi wird meine Nachfolge antreten, so wie ich meinem Vater nachgefolgt bin. Eine Militärlaufbahn kannst du dir aus dem Kopf schlagen. – Und jetzt Schluss mit dem Thema!«, entschied er, als er vor der Freitreppe hielt.

In der Eingangshalle wartete Ilse mit einem Telegramm.

»Aus London, gnädiger Herr.«

Er wollte das Telegramm nehmen. Doch Erdmute schnappte es ihm vor der Nase weg.

»Wie kommt diese impertinente Person dazu, uns immer noch zu belästigen!«, rief sie erbost. »Ich dachte, ihr Mann wäre tot!«

5 IN DER Küche des Savoy herrschte ruhige, konzentrierte Betriebsamkeit. Während Auguste von Herd zu Herd schreitend über die Ausführung seiner Rezepturen wachte, gab er mit leiser Stimme Anweisungen, probierte hier eine Sauce und würzte dort ein Ragout nach. Meist aber reichte ein einziger Blick oder wortloser Fingerzeig, damit sein Wille geschah, so wie in allen Küchen, die er in seiner Karriere geleitet hatte.

Nein, er hatte keinen Grund, seinen Wechsel in die englische Hauptstadt zu bereuen, trotz des Desasters an seinem ersten Arbeitstag. Ritz hatte mit seinem Organisationsgenie sowie der Hilfe des technischen Hotelpersonals das Schlachtfeld, das Augustes Vorgänger hinterlassen hatte, in nur wenigen Stunden wieder in eine taugliche Küche verwandelt, und Charles Margot, der ehemalige Sous-Chef des Grand Hôtel Monte Carlo, der im nahegelegenen Charing Cross Hotel die Küche leitete, hatte Auguste zum Dank für die bei ihm genossene Ausbildung mit allem versorgt, was dieser benötigt hatte, um seine Gäste zu bewirten.

Jetzt aber galten alle Anstrengungen dem nahenden *grand spectacle culinaire*, mit dem d'Oyly den neuen Küchenchef des Savoy bekanntmachen wollte. Um Augustes Namen wie eine Warenmarke einzuführen, hatte d'Oyly das Menü, zu dem die Crème de la crème der Gesellschaft geladen war, »Menü Escoffier« getauft. Damit die Rechnung aufging, hatte er sich der Unterstützung des Prinzen von Wales versichert, und nachdem »Bertie« bei mehreren Gelegenheiten öffentlich erwähnt hatte, dass er an dem Abend im Savoy dabei sein werde, hatte man sich der vielen Anfragen kaum noch erwehren können.

Auch César Ritz hatte sich zu dem Spektakel etwas einfallen lassen. Zur Begleitung des Menüs sollte im Speisesaal Musik gespielt werden, das hatte es noch nie in einem Restaurant gegeben. Um ein Orchester zu finden, dessen Darbietungen dem Niveau der Speisen entsprach, hatte er Kontakt zu Musikimpresarios auf dem ganzen Kontinent aufgenommen – englische Musiker entsprachen Augustes Kochkunst so wenig wie englische Köche. Dabei galt seine besondere Hoffnung Musikern aus Wien, dem Orchester Johann Strauß, das es zu solchem Ruhm gebracht hatte, dass es sogar schon in Amerika auf Tournee gegangen war.

Während Ritz sich um das Rahmenprogramm kümmerte, traf Auguste die für die Küche nötigen Vorbereitungen. Die Beschaffung der Lebensmittel erfolgte wie versprochen täglich per Schiff und Bahn aus Frankreich, so dass ihm Fleisch und Fisch, Gemüse und Obst von derselben Qualität wie in Paris zur Verfügung standen – wobei das Provisionssystem, das die von ihm beauftragten Zulieferer zur Zahlung von fünf Prozent jeder Rechnungssumme an ihn persönlich verpflichtete, für einen willkommenen Nebenverdienst sorgte.

Ja, alles wäre aufs Beste bestellt gewesen, hätte es nicht die Rivalität zwischen den verschiedenen Nationalitäten unter den Angestellten gegeben. In der Küchenbrigade des Savoy arbeiteten ausnahmslos Franzosen, das hatte Auguste zur Bedingung gemacht, doch seine Köche lagen ständig im Streit mit den Kellnern, die aufgrund einer unerklärlichen Tradition des Hauses ebenso ausnahmslos aus Deutschland und Österreich stammten. Die befrackten Schmeißfliegen heimsten nicht nur die ganze Anerkennung der Gäste ein, sondern auch deren Trinkgelder – eine Ungerechtigkeit, gegen die die englische Geschäftsleitung nichts unternahm.

Auguste probierte gerade eine Vinaigrette, als ein Laufbursche die Post brachte.

Hatte Vicky endlich geantwortet?

Er hatte ihr schon ein Dutzend Mal geschrieben, um sie zu seinem großen Abend einzuladen, Doch auch heute war wieder keine Antwort von ihr dabei.

Warum hatte sie ihn überhaupt wissen lassen, dass er eine Tochter hatte, wenn sie ihm keine Chance gab, sie zu sehen?

Enttäuscht kehrte er zurück an den Herd. Da hörte er hinter sich eine Stimme.

»Störe ich?«

Als er sich umdrehte, stand Katinka Oblomowa vor ihm, seine Geliebte für eine Nacht in Monte Carlo. Seit dem Erdbeben hatte er sie nicht mehr gesehen.

»Ist die Überraschung gelungen?«, fragte sie. »Als mir zu Ohren kam, dass Sie Ihre Kunst jetzt hier zelebrieren, habe ich mich sofort auf den Weg gemacht. Weil, wer einmal Ihre Kunst genossen hat, kann nicht mehr davon lassen.«

Sie begleitete ihre Worte mit einem Augenaufschlag, der an ihren Absichten keine Zweifel ließ. Doch Auguste dachte nicht daran! Unter Aufbietung seines ganzen Charmes komplimentierte er sie aus der Küche.

Noch heute würde er nach Berlin schreiben, um Paul um Hilfe bei Vicky zu bitten.

6

DIE BAHNHOFSUHR in der Eingangshalle des Anhalter Bahnhofs rückte eine Minute vor: 12.48 Uhr. Noch neun Minuten bis zur Ankunft des Orientexpress. Während Paul auf das Einlaufen des Zuges wartete, drehte er in der Hand den Glückspenny, den Vicky ihm vor fast zwanzig Jahren geschenkt hatte. Sie hatte geschrieben, dass sie in Paris in den berühmten Expresszug umsteigen würde, der seit einigen Jahren die französische Hauptstadt via Berlin, Wien und Budapest mit Istanbul verband, dem Tor zum Osmanischen Reich.

Mit gemischten Gefühlen betrachtete er die Münze. Es war das erste Mal nach Ruperts Tod, dass er Vicky wiedersehen würde.

Wie würden sie einander begegnen?

»Achtung an Gleis acht!«, rief der Stationsvorsteher. »Es läuft ein der Orientexpress aus Paris!«

Paul steckte den Penny ein und trat von der Bahnsteigkante zurück. Mit kreischenden Rädern kam der Zug zum Stehen.

12.57 Uhr. Pünktlich auf die Minute.

Trotz des Menschengewimmels auf dem Bahnsteig entdeckte er Vicky sofort. In schwarzer Trauerkleidung stieg sie aus einem Coupé erster Klasse, zusammen mit ihrer Mutter Mrs. Paxton-Stokes. Während ein Dienstmann das Gepäck auf einen Karren lud, winkte er ihr zu. Doch ein hochgewachsener Herr mittleren Alters, der offenbar zu ihr gehörte, verstellte die Sicht.

Wer war dieser Mann?

Paul eilte ihr entgegen, doch in dem Gewühl kam er kaum voran. Als ihre Blicke sich trafen, glaubte er, ein flüchtiges Lächeln in ihrem Gesicht zu erkennen, aber vielleicht hatte er sich das auch nur eingebildet. Erst jetzt wurde er gewahr, dass sie einen hauchdünnen schwarzen Gesichtsschleier trug. Sie sah so traurig aus, dass er sie am liebsten umarmt hätte. Mit einem innigen Händedruck bekundete er ihr seine Anteilnahme.

In ernster Gefasstheit erwiderte sie die Begrüßung.

»Das ist Mr. Hastings«, stellte sie den Fremden an ihrer Seite vor. »Unser technischer Direktor.«

Obwohl Paul wusste, dass es keinerlei Grund dafür gab, war er erleichtert. »Wenn ich vorangehen darf?«

Der Landauer wartete vor dem Bahnhof. Der Hausbursche Anton saß auf dem Bock, eingezwängt in eine Livree.

»Ich habe Ihre Unterkunft im Kaiserhof gebucht«, sagte Paul in seinem eingerosteten Englisch. »Ich hoffe, das Hotel entspricht Ihren Wünschen.«

»Da bin ich absolut sicher«, erwiderte Mrs. Paxton-Stokes. »Aber sagen Sie, kommen wir unterwegs am Kurfürstendamm vorbei?«

»Wenn wir einen kleinen Umweg machen …«

»Ach, ja – bitte! Wir haben schon so viel von Ihrem Boulevard gehört.«

Die Pferde zogen an. Paul hatte gehofft, dass Vicky den Wunsch ihrer Mutter teilte, doch sie gab keinerlei Interesse zu erkennen. Auch als er sich nach dem Verlauf der Reise erkundigte, antwortete nur ihre Mutter, sie selbst hingegen schaute schweigend hinaus auf die Straße, und während die Häuser an ihnen vorüberzogen, verlor sich ihr Blick im Grau des verhangenen Himmels. Fast wünschte er, er hätte auf Antons Dienste verzichtet und würde selbst die Leinen führen.

Es dauerte eine Ewigkeit, bis sie den Kurfürstendamm erreichten. Mr. Hastings zeigte sich beeindruckt und wollte alles über den Boulevard wissen. Paul kam der Aufforderung gern nach und erzählte. Von Bismarcks Idee einer Prachtstraße nach dem Vorbild der Pariser Champs-Élysées … Von den Schwierigkeiten der Finanzierung … Von dem architektonischen Wildwuchs, der anfangs geherrscht hatte … Von dem »schwarzen Graben«, den man hatte beseitigen müssen … Von dem Bebauungsplan, dem der Kurfürstendamm sein einheitliches Erscheinungsbild verdankte … Von den unterschiedlichen Gewerken, die er in seiner Genossenschaft …

Mitten im Satz hielt er inne. »Bitte verzeihen Sie, ich rede und rede, ohne Rücksicht zu nehmen. Gewiss langweilen die Damen sich.«

»Aber nicht im Geringsten«, widersprach Mrs. Paxton-Stokes. »Wir hören Ihnen mit größtem Interesse zu. Wie heißt es doch? Je mehr man weiß, je mehr man sieht!« Sie drehte sich zu ihrer Tochter herum. »Zu schade, dass du deine Kamera nicht dabeihast. Du hättest wunderbare Aufnahmen machen können.«

Vicky schüttelte den Kopf. »Wie hätte das denn gehen sollen mit dem großen Apparat?« Dann richtete sie ihren Blick auf Paul, zum ersten Mal seit ihrer Ankunft schaute sie ihm in die Augen. »Erinnern Sie sich noch, was Sie in Karlsbad gesagt haben? Berlin würde sich verändern wie keine andere Stadt in Europa, eine Metropole würde entstehen, die es schon bald mit Paris und London würde aufnehmen können. Schon damals hatten Sie den Traum, daran mitzuwirken.« Ihre Augen ruhten voller Wärme auf ihm, und ein Lächeln stahl sich in ihr Gesicht. »Sie können sehr, sehr stolz auf sich sein.«

Er spürte, wie ihm das Blut ins Gesicht schoss. »Man soll den Tag nicht vor dem Abend loben, es ist ja alles noch im Werden. – Außerdem«, fügte er hinzu, »ohne Sie und Ihren Mann hätte ich es nie geschafft. Rupert hat mich nicht nur mit den Cubitts bekanntgemacht, durch seine Vermittlung konnten wir auch Mr. Booth für unser Vorhaben gewinnen. Ach, ich wollte, er wäre jetzt bei uns, um ihm zu danken.«

»Aber das haben Sie doch schon!« Vicky beugte sich vor und drückte seine Hand. »Sie haben für uns den Termin bei Siemens arrangiert. Damit haben Sie uns einen sehr großen Dienst erwiesen.«

»Das ist doch nicht der Rede wert. Ich freue mich ja, wenn ich ein wenig behilflich sein darf.«

Auch er beugte sich vor, und einen Moment schauten sie sich wortlos an.

Vickys Mutter ließ ein Räuspern vernehmen. »Ich denke, wir sollten allmählich ins Hotel«, sagte sie. »Die Reise war doch recht ermüdend.«

»Natürlich.« Paul klopfte an den Wagenschlag. »Zum Wilhelmplatz!«

Wenige Minuten später hielten sie vor dem Kaiserhof, Berlins einzigem Hotel, das mit den Londoner Luxusherbergen einigermaßen mithalten konnte. Mr. Hastings stieg als Erster aus der Kutsche. Während er zur Rezeption eilte, um die Formalitäten zu erledigen, beaufsichtigte Mrs. Paxton-Stokes die Pagen, die das Gepäck ins Haus trugen.

Paul begleitete Vicky zum Eingang. Zum Abschied reichte er ihr einen braunen Kasten, der aussah wie ein Schuhkarton. »Statt Blumen.«

Verwundert schaute Vicky ihn an. »Darf ich fragen, was das ist?«

»Ein Fotoapparat.«

»Ein Fotoapparat? So klein? Und ohne Stativ?«

»Eine Handkamera, von Kodak, die erste der Welt. Ein Mr. Eastman hat sie erfunden. Er nennt sie fotografisches Notizbuch.«

Vicky schaute auf das Loch an der Vorderseite des Kastens. »Und damit kann man richtige Bilder machen?«

Paul lachte. »Probieren Sie es aus, es ist kinderleicht. Man muss den Apparat nur auf das Motiv richten und auf den Auslöser drücken, den Rest erledigt Kodak, sogar das Entwickeln. Vielleicht können Sie die Kamera ja bei Siemens gebrauchen.«

»Danke.«

Sie nickte ihm zu und wandte sich zum Gehen. Doch bevor sie in der Hotelhalle verschwand, hielt er sie noch einmal zurück.

»Fast hätte ich es vergessen. Ich soll Ihnen Grüße von meiner Frau ausrichten. Sie freut sich schon sehr auf Ihren Besuch.«

7

DIE SIEMENS Werke verteilten sich mit ihren mannigfachen Produktionsstätten über das gesamte Berliner Stadtgebiet und waren angeblich mit einer Belegschaft von mehreren tausend Arbeitern und Angestellten das größte Unternehmen in der Hauptstadt des Deutschen Kaiserreichs. Umso mehr staunte Vicky, an welchem Ort der Firmenchef sie zusammen mit ihrer Mutter und Mr. Hastings empfing. Sie war in Gedanken bei Paul und ihrem anstehenden Besuch gewesen, als die Droschke, die sie vom Wilhelmplatz nach Schöneberg gebracht hatte, vor einem Hinterhofeingang gehalten hatte, in einer abseits gelegenen Straße, in der sich Mietskasernen, Kolonialwarenläden und Werkstätten aneinanderreihten – eine typische »Kleine-Leute-Gegend«, wie ihre Mutter bemerkt hatte, und wo Vicky niemals die Zentrale eines weltumspannenden Konzerns vermutet hätte.

»Hier hat alles angefangen«, erklärte Geheimrat Siemens, ein Mann von gut siebzig Jahren mit grauem, doch immer noch vollem, lockigem Haar und buschigem Kaiser-Wilhelm-Bart, nachdem man einander begrüßt hatte. »In diesem Hinterhof habe ich vor einem halben Jahrhundert meinen Betrieb gegründet und meine ersten Erfindungen gemacht. Nachdem ich das Hauptgeschäft meinen Söhnen übergeben habe, bin ich nun hierher zurückgekehrt. Hier fühle ich mich zu Hause und wohl.«

Vicky war beeindruckt. Mit seiner bescheidenen Art war dieser Mann wohltuend anders als die überkandidelten Snobs, die sie aus der Londoner Upper Class kannte. Mr. Hastings zufolge war Siemens einer der bedeutendsten Unternehmer des Kontinents, Ahnherr der aufstrebenden deutschen Industrie, die mit den Zukunftsbranchen Elektrotechnik und Chemie der englischen Schwerindustrie immer mehr den Rang ablief. Dabei galt er als ein Unternehmer, der nicht auf Kosten seiner Arbeiter Geld scheffeln wollte wie die meisten Fabrikbesitzer in Manchester oder Birmingham, sondern bestrebt war, mit Hilfe seiner technischen Erfindungen und Produkte die Welt zu verbessern. Siemens-Telegrafen übermittelten Nachrichten über alle Grenzen hinweg, Siemens-Kabel verbanden Kontinente miteinander, und Siemens-Elektromaschinen ersetzten Schwerarbeit.

»Sie wollen also eine Lizenz für den Bau von Elektroloks erwerben?«, fragte er in erstaunlich gutem Englisch. »So zumindest lautete die Auskunft von Herrn Biermann.«

»Ja«, bestätigte Vickys Mutter. »Für die Londoner U-Bahn. Die Vorteile des elektrischen Antriebs unter Tage haben uns überzeugt. Wenn Sie erlauben, wird unser technischer Direktor Ihnen die Details erläutern.«

»Ich bitte darum.«

Hastings schlug einen Aktenordner auf. Um für den Termin vorbereitet zu sein, hatte Vicky sich in die Materie eingearbeitet, es ging ja um die Zukunft der Midland Railway Company, also um die Zukunft ihrer Kinder. Doch als sie merkte, mit welcher Sachkunde Hastings und Siemens all die Zahlen und technischen Einzelheiten miteinander diskutierten, erlaubte sie sich, in Gedanken abzuschweifen.

Meine Frau freut sich schon sehr auf Ihren Besuch …

Sie hatte keinerlei Vorstellung, mit was für einer Frau Paul verheiratet war. War sie hübsch? War sie nett? War sie intelligent? Sicher war sie das, sonst hätte er sie nicht geheiratet. Aber seltsam, bei der Vorstellung, dieser Frau zu begegnen, war ihr aus einem ihr selbst unerklärlichen Grund so unwohl, dass sie von dem Besuch am liebsten Abstand genommen hätte. Dabei wusste sie von dieser Frau doch nur, dass sie sich in sehr großzügiger Weise um den Erhalt der Firma Biermann & Söhne verdient gemacht und Paul einen Sohn geboren hatte. Das sprach doch beides für eine glückliche Ehe!

War das etwa der Grund? Weil Paul ein Glück genoss, das ihr genommen worden war?

Sie nahm sich vor, seine Frau zur Freundin zu gewinnen. Schließlich waren Rupert und Paul ja auch Freunde gewesen.

8

IN DER Charlottenburger Villa war alles zu Vickys Empfang bereit. Der »Salong«, der sonst vor allem für Familienfeiern benutzt wurde, war frisch gelüftet, das Mobiliar entstaubt, das Mahagoni auf Hochglanz poliert und der Kaffeetisch mit Blumen und dem »guten Service« aus Meißener Porzellan gedeckt. Paul hatte befürchtet, dass Erdmute sich gegen die Einladung sperren könnte, und um Diskussionen zu vermeiden, hatte er ihr erst am Tag von Vickys Ankunft den Besuch angekündigt. Doch zu seiner Überraschung hatte Erdmute sich geradezu erfreut gezeigt und ihm lediglich den Vorwurf gemacht, ihr zu wenig Zeit für die Vorbereitungen gelassen zu haben, um dann Ilse sogleich Anweisung zu geben, einen Frankfurter Kranz zu backen.

»Das ist wirklich sehr lieb von dir«, sagte er nun, da sie auf den Besuch warteten.

»Aber das ist doch selbstverständlich«, sagte Erdmute, die ein elegantes, gelbgrün gemustertes Seidenkleid trug, das Paul noch nie an ihr gesehen hatte. »Wo wir deiner Freundin doch so viel verdanken. Du wirst ja nicht müde, das zu betonen.«

Die Hausglocke läutete.

Paul hätte am liebsten selbst aufgemacht. Doch es wäre eine allzu familiäre Geste gewesen.

»Übrigens«, sagte er, »wegen der Verständigung musst du dir keine Sorgen machen. Mrs. Watkin spricht ausgezeichnet Deutsch.«

»Wirklich? Nun, daran hatte ich nicht den geringsten Zweifel.«

Da ging auch schon die Tür auf, und begleitet von Ilse betrat Vicky den Raum. Obwohl sie in Schwarz gekleidet war, war es, als würde es plötzlich etwas heller.

Erdmute begrüßte sie mit einem Lächeln. »Wie schön, dass Sie den Weg zu uns gefunden haben.«

Paul fiel ein Stein vom Herzen. »Wenn ich bekanntmachen darf? – Das ist Mrs. Watkin, liebe Erdmute. Mrs. Watkin, meine Frau.«

Erdmute schaute Vicky voller Anteilnahme an. »Sie sind immer noch in Trauer? Ach ja, ich verstehe Sie nur zu gut. Der Tod meines ersten Mannes war ein Verlust, den ich wohl nie verwinden werde. Mein allerherzliches Beileid.« Mit beiden Händen drückte sie ihre Hand. Dann blickte sie sich um. »Aber wo ist Ihre Frau Mutter? Ich hatte gehofft, sie gleichfalls kennenzulernen.«

»Sie bittet um Entschuldigung«, erwiderte Vicky. »Eine Migräne hält sie im Hotel zurück. Wobei ich leider sagen muss, dass sie selbst daran nicht ganz schuldlos ist. Sie weigert sich beharrlich, ihre Augengläser zu benutzen. Wie kann man im Alter nur noch so eitel sein?«

»Dann frage ich wohl besser nicht, wie alt Ihre Frau Mutter ist«, sagte Erdmute, wobei es in ihrem Gesicht kurz zuckte.

»Allerdings«, bestätigte Vicky. »Sie würde mich steinigen, wenn ich das verriete. – Aber wie schön, dass wir uns endlich kennenlernen. Ihr Mann hat ja so viel von Ihnen gesprochen, und immer in den höchsten Tönen.«

»So, hat er das?« Erdmute hob die Brauen. »Offenbar üben Sie einen guten Einfluss auf ihn aus.«

Sie begleitete ihre Worte mit einem Blick, der Paul nervös machte.

»Wie verlief Ihre Unterredung mit Siemens?«, fragte er. »Waren Sie erfolgreich?«

»Es kam zu einer schnellen Einigung«, sagte Vicky. »Die Midland Railway wird die Lizenz bekommen und schon in diesem Herbst die Produktion von Elektroloks aufnehmen. Natürlich sind noch einige Details zu klären, aber darum kümmert sich Mr. Hastings. Ohne Ihre Empfehlung wäre das nicht möglich gewesen. Meine Mutter und ich sind Ihnen zu großem Dank …«

»Ihr Dank«, fiel Erdmute ihr ins Wort, »gebührt wohl eher meinem verstorbenen Gatten. Kommerzienrat Schmaltzried war Teilhaber bei Siemens & Halske. Das ist der Grund, weshalb der Geheimrat Sie empfangen hat.«

»Oh, das wusste ich ja gar nicht.« Vicky warf Paul einen verwunderten Blick zu. »Umso mehr verstehe ich jetzt«, fuhr sie an Erdmute gewandt fort, »warum man uns mit solchem Wohlwollen begegnete. Herr von Siemens gab mir sogar Erlaubnis, in der Fabrik zu fotografieren. Mit der Kamera, die Ihr Mann mir geschenkt hat, konnte ich auf die allerbequemste Weise davon Gebrauch machen.«

Erdmute runzelte die Stirn. »Mein Mann hat Ihnen eine Kamera geschenkt?«

»Ja, eine Handkamera«, sagte Vicky. »Sie ist so handlich, dass man sie auch als Frau mühelos bei sich tragen kann. Der Mechanismus ist mit einem einzigen Druck auf den Auslöser zu bedienen. Schade, dass ich sie nicht dabeihabe, um es Ihnen vorzuführen.«

»Ja, sehr schade«, sagte Erdmute »Aber vielleicht verehrt mein

Mann mir ja bei Gelegenheit auch einen solchen Apparat.« Sie drehte sich zu Paul herum. »Wäre das nicht eine Idee für meinen Geburtstag? Du tust dich mit Geschenken ja sonst recht schwer.«

»Ich … ich hätte nicht gedacht, dass du daran Interesse haben könntest«, sagte er. »Aber natürlich, wenn es dir Freude macht.«

Er hatte das Bedürfnis, den Binder zu lösen, so stickig war es plötzlich. Auch Vicky schien sich unwohl zu fühlen, ihr Gesicht war gerötet, und sie strich sich kurz über die Stirn.

»Warum setzen wir uns nicht?«, fragte er. »Bevor der Kaffee kalt wird.«

Er nahm die Tischglocke, um nach dem Mädchen zu läuten. Während Ilse Kaffee einschenkte und Torte verteilte, deutete Vicky auf die gerahmte Fotografie an der Wand über dem Büfett, die Friwi in seiner Kadettenuniform zeigte.

»Ihr Sohn?«

Erdmutes Augen leuchteten auf. »Ja, Friedrich-Wilhelm, aber wir nennen ihn Friwi.«

»Ein prächtiger junger Mann, Sie haben bestimmt viel Freude an ihm. Darf ich fragen, warum er Uniform trägt? Besucht er denn kein Internat?«

»Nein, Friwi besucht eine Kadettenanstalt. Die Hauptkadettenanstalt in Lichterfelde.«

»Interessant. Darf ich fragen, was das ist – Hauptkadettenanstalt?«

»Eine Eliteschule, die beste im ganzen Reich. Sie dient der Vorbereitung auf die militärische Karriere. Der größte Teil des Generalstabs und fast alle höheren Offiziere waren in ihrer Jugend dort.«

»Aber will Ihr Sohn nicht in die Firma eintreten?«, fragte Vicky.

»Das ist ein weites Feld«, antwortete Paul. »Friwi ist jung, er wird sicher noch einige Male seine Wünsche ändern, bevor er sich endgültig entscheidet.«

»Das glaube ich nicht«, widersprach Erdmute. »Friwi hat einen bereits sehr gefestigten Charakter und weiß, was er will.«

»Gute Noten gehören nicht unbedingt dazu«, versuchte Paul es mit einem Witz.

Seine Frau ignorierte die Bemerkung. »Und zu meiner Freude«, fuhr sie fort, »ist es sein größter Wunsch, dem Vaterland zu dienen. Nichts würde mich glücklicher machen, als wenn er die Offizierslaufbahn einschlägt.«

»Aber will er nicht lieber sein eigener Herr sein?«, fragte Vicky. »Als Unternehmer genießt man doch ein Maß an Freiheit, das nur wenigen Menschen vergönnt ist. Das ist doch viel mehr wert, als sich herumkommandieren zu lassen.«

»Wozu, um mehr Geld zu scheffeln? Gott sei Dank ist mein Sohn anders geartet. Was Sie herumkommandieren lassen nennen, nenne ich Pflichterfüllung, und die bedeutet Friwi alles.«

»Ich fürchte, Sie missverstehen mich. Das meinte ich nicht.«

»Was meinten Sie dann?«

Vicky dachte einen Moment nach. »Ihr Mann war gestern so liebenswürdig, uns den Kurfürstendamm zu zeigen. Was da entsteht, ist wirklich einmalig – eine solche Prachtstraße gibt es in ganz London nicht. Und deshalb dachte ich, dass Ihr Sohn natürlicherweise den Wunsch haben würde, daran mitzuwirken. Der Boulevard Ihres Mannes ist schließlich …«

»Der Boulevard meines Mannes?« Erdmute lachte laut auf. »Hat er das wirklich gesagt?« Mit gespitzten Lippen nahm sie einen Schluck von ihrem Kaffee. »Nein, meine Liebe, der Kurfürstendamm ist der Boulevard des Kaisers, und mein Mann ist nur ein Bauingenieur, also wohl eher ein recht kleines Rädchen in einem sehr, sehr großen Getriebe.« Sie setzte die Tasse ab und blickte Paul an. »Bei aller Liebe, so ist es doch wohl, nicht wahr?«

Obwohl er ihr Benehmen ungeheuerlich fand, zwang er sich zu einem Lächeln. »Natürlich«, sagte er. »Aber wie wär's, wenn wir endlich den Kuchen probieren? Frankfurter Kranz. Wenn nicht jeder von uns drei Stücke isst, wird Ilse beleidigt sein.«

Vicky griff zu ihrer Kuchengabel. »Das sieht wirklich sehr verlockend aus.«

Doch Erdmute war noch nicht fertig. »Ich kann ja verstehen, Frau Watkin, dass es Ihnen schwerfällt, unsere Sichtweise zu teilen. Aber bei uns in Deutschland herrschen nun mal andere Vorstellungen als bei Ihnen auf Ihrer Insel.«

Vicky legte ihre Gabel zurück auf den Teller. »Bitte entschuldigen Sie, wenn ich gerade nicht folgen kann. Aber …«

»Nun, wie soll ich sagen?« Erdmute zupfte an ihrem Ohrläppchen. »Wir Deutschen sind ein Volk, in dem Ideale zählen. England hingegen ist ein Handelsvolk, seit Jahrhunderten schon, bedingt durch die Insellage und die damit verbundene Seefahrt. Da ist natürlicherweise Geld das höchste Gut, Sie haben es ja soeben in ihrem Lobpreis der Freiheit selbst anklingen lassen. – Nein, widersprechen Sie nicht«, fuhr sie mit erhobener Stimme fort, als Vicky etwas einwenden wollte. »Nicht umsonst wird London von Juden regiert, von Rothschilds und Konsorten. Und deshalb begreife ich Ihr Unverständnis, was den Berufswunsch meines Sohnes betrifft, vollkommen und nehme es Ihnen auch nicht übel.« Sie brach mit ihrer Gabel ein Stück von ihrer Torte ab und führte es zum Mund. »Hm, köstlich. Ilse hat sich mal wieder selbst übertroffen.«

Es war so still im Raum, dass außer ihren Kaugeräuschen nur das Summen einer Fliege zu hören war, die einsam und allein über der Kuchentafel kreiste.

Im Hausflur schlug die Standuhr an.

»Ich glaube, ich sollte jetzt gehen«, sagte Vicky.

»Jetzt schon?«, fragte Erdmute. »Aber das dürfen Sie nicht. Sie haben ja noch gar nicht den Kuchen probiert.«

»Vielleicht ein andermal.« Vicky erhob sich von ihrem Platz. »Ich habe meine Mutter schon viel zu lange mit ihrer Migräne alleingelassen.«

Paul stand ebenfalls auf, die Situation war nicht mehr zu retten.

»Dann erlauben Sie mir, Sie ins Hotel zu bringen.«

»Bitte machen Sie sich keine Umstände. Ich werde eine Droschke nehmen. Danke für den freundlichen Empfang.«

Erdmute reichte Vicky die Hand. »Es war mir ein Vergnügen.« Dann drehte sie sich zu Ilse herum. »Sag Anton, er soll eine Droschke rufen.«

Paul begleitete Vicky hinaus. Im Hof winkte der Hausbursche bereits einen Wagen herbei.

»Ich muss mich für das Verhalten meiner Frau entschuldigen«, sagte Paul. »Ich weiß wirklich nicht, was in sie gefahren ist. Es … es ist mir sehr peinlich.«

Vicky berührte seinen Arm. »Es war mein Fehler, in Ihr Haus einzudringen.«

»Nein, wenn jemand einen Fehler gemacht hat, dann ich. Sie sind ja nur meiner Einladung gefolgt. Vielleicht hätten wir uns an einem anderen Ort sehen sollen.«

»Ja, vielleicht wäre das besser gewesen.« Sie zögerte einen Moment und schaute ihn an. »Allerdings – wozu?«

Die Droschke fuhr vor. Paul öffnete den Wagenschlag.

Vicky hatte recht. Wozu?

»Dann wünsche ich Ihnen eine gute Heimreise«, sagte er.

»Danke.« Sie raffte ihre Röcke und stieg in den Wagen.

»Adieu.«

Der Kutscher hob die Peitsche.

»Ach, noch eins!«, sagte Paul, bevor die Droschke losfuhr.

Vicky beugte sich vor. »Ja?«

»Auguste hat mich gebeten, ein gutes Wort für ihn einzulegen.« Er hielt einen Moment inne, bevor er weitersprach. »Die Vorstellung, in derselben Stadt wie seine Tochter zu leben, ohne sie sehen zu dürfen, muss eine Folter für ihn sein.«

9 DER SPEISESAAL des Savoy erstrahlte im Glanz sämtlicher Kronleuchter, und obwohl die Kellner nicht nur im Hauptsaal, sondern auch in den Nebenräumen servierten, reichten die Plätze nicht aus, um dem Andrang zu genügen. Die Ankündigung des »kulinarischen Spektakels«, mit dem Richard d'Oyly Carte seinen neuen Küchenchef bekanntmachen wollte, hatte ein solches Echo hervorgerufen, dass jeder, der in der Londoner Gesellschaft Rang und Namen hatte, an diesem Abend dabei sein wollte.

Wie versprochen gab auch »Bertie« sich die Ehre, der Prinz von Wales, er war in Begleitung Lily Langtrys, einer sogenannten »Berufsschönheit«, von Marlborough House herübergekommen, um mit dem im Exil lebenden Herzog von Orléans zu dinieren, einem eleganten Lebemann, der als erster Anwärter auf den französischen Thron galt für den Fall, dass Frankreich wieder eine Monarchie werden sollte. Gold- und Diamantenmillionäre, die in Afrika zu Reichtum gekommen waren, plauderten mit Abgeordneten des Oberhauses und deren juwelenbehangenen Ehefrauen, der Skandalautor Oscar Wilde unterhielt mit seinen Anekdoten einen Tisch, an dem effeminiert wirkende Gentlemen mit zigarettenrauchenden Damen darin wetteiferten, einander zu schockieren, und Sarah Bernhardt hatte eine Schar vogelbunter Theaterberühmtheiten um sich versammelt, die alle gleichzeitig aufeinander einredeten, darunter Nelli Melba, der aufgehende Stern am Opernhimmel, eine junge australische Sängerin, die in dieser Saison am Royal Opera House gastierte und zwischen Käse und Nachspeise ihre drei Oktaven umfassende Stimme zu Gehör bringen würde – um sie zu dem Auftritt zu bewegen, hatte Ritz ihr versprochen, dass das eigens zu diesem Anlass von dem neuen Küchenchef kreierte Dessert ihren Namen tragen würde.

Doch ob im Hauptsaal oder in den Nebenräumen – überall verwob sich das angeregte Stimmengewirr mit duftig-leichten Walzermelodien. Ja, César Ritz war es tatsächlich gelungen, das weltberühmte Orchester des Wiener Compositeurs Johann Strauß zu gewinnen. Während die Kellner rastlos zwischen Küche und Saal hin und her eilten, dirigierte der Maestro seine beschwingten Kompositionen, deren Titel auf den kunstvoll gestalteten Speisenkarten gleichrangig mit den Namen der Gerichte aufgeführt waren, um hin und wieder sogar selbst zur Geige zu greifen und das Publikum mit leidenschaftlich vorgetragenen Soli zu begeistern.

»Ist das nicht wunderbar?«, fragte der Prinz von Wales einen Journalisten, der den Thronfolger um ein Zitat zur Veröffentlichung gebeten hatte. »Ich habe ja schon viel erlebt, aber Musik in einem Restaurant? Das gab's noch nie. Ach ja, wo Ritz hingeht, da gehe auch ich hin. Gott sei Dank ist der Weg nun nicht mehr so weit.«

Die Veranstaltung war ein so glänzender Erfolg, dass Ritz, der von Tisch zu Tisch ging, um sich nach der Zufriedenheit seiner Gäste zu erkundigen, nur Lob zu hören bekam und d'Oyly sich schon vor dem Ende des Abends auf die Presseberichte am nächsten Morgen freute.

Nur Auguste war nicht glücklich. Denn ein Gast fehlte: Vicky. Sie hatte auf keine seiner Einladungen geantwortet.

Gott sei Dank hatte er so viel zu tun, dass er kaum zur Besinnung kam. Seit dem *Hors d'œuvre*, gebratene Ammern im Weinblatt, ging es in der Küche Schlag auf Schlag: Hühnerconsommée *grande-mère*, Seezunge in Champagner, kalte Krebsmousse, Lendenschnitte *favorite*, Kalbsbries-Timbale, Wachtelbrüstchen in Goldäpfeln, *Salade Monte-Christo*, Poularde Louise d'Orléans, Milchlammrücken Edward VII., Ente *à l'orange*, *Faisan Galitzin* …

Den krönenden Abschluss bildete das Dessert, das Ritz der australischen Sängerin versprochen hatte: *Pèche Melba*, ein halber, in Läuterzucker pochierter Pfirsich auf Bourbon-Vanilleeis, beträufelt mit Himbeerpüree und serviert in einem aus einem Eisblock geschnitzten Schwan – eine Anspielung auf die Oper »Lohengrin«, in der Nelli

Melba brillierte. Dabei war höchste Eile geboten, damit die Schwäne zu den Tischen gelangten, bevor das Eis zu schmelzen anfing.

Auguste gab gerade die erste Partie frei, da brachte ein Page ihm ein Billett.

Als er die Zeilen las, war es, als fiele ein Panzer von ihm ab. Vicky lud ihn nach Paxton House ein – er durfte seine Tochter sehen.

10 ALS PAUL an diesem Morgen das Kontor der Firma Biermann & Gumbrecht betrat, wurde ihm ein überaus merkwürdiger Empfang zuteil. Normalerweise gingen sein Bruder und sein Schwager sich nicht nur privat, sondern auch im Bureau aus dem Weg. Die zwei waren zu wesensfremd, um einander zu mögen – Hugo verachtete Felix' Wehleidigkeit und konnte nicht aufhören, sich über seine »Rückenqual« lustig zu machen, während Pauls jüngstem Bruder die polternde Art des Schwagers so unerträglich war, dass, wenn es in der Firma eine Frage zwischen ihnen zu klären galt, er lieber mit Hugo über den Bureauboten korrespondierte, als die Angelegenheit von Angesicht zu Angesicht mit ihm zu besprechen.

Doch heute empfingen die beiden Paul Seite an Seite. Während Hugo in aufgeräumtester Stimmung eine Zigarre paffte, zog Felix allerdings ein Gesicht wie in schlimmsten Leidenszeiten.

»Was ist passiert?«

»Die Märchenfee war da«, sagte Hugo, »und hat uns ein Glücklos gebracht – die Ausschreibung für etwas Wunderbares, etwas ganz und gar Einmaliges, und wenn wir die gewinnen … Leck mich am Arsch! Dann wird die Firma Biermann & Gumbrecht für alle Zukunft …« Vor lauter Begeisterung verschluckte er sich am Rauch seiner Zigarre.

»Der Kaiser will auf dem Kurfürstendamm eine Kirche bauen«, erklärte Felix. »Zum Andenken an seinen Großvater.«

»Ein absoluter Glücksfall«, hustete Hugo. »Das wäre der größte

Auftrag, den wir je an Land gezogen haben. Als Bausumme wurden 650 000 Goldmark ausgelobt! Sechs-hun-dert-fünf-zig-tau-send«, wiederholte er, jede Silbe einzeln betonend.

»Eine gewaltige Summe, in der Tat«, bestätigte Felix. »Allerdings gibt es ein Problem. Ich habe schon mal überschlägig …«

»Quatsch mit Soße – Problem!«, fiel Hugo ihm ins Wort. »Wir werden Geld wie Heu verdienen!«

Paul spürte, wie sich sein Puls beschleunigte. Der Auftrag wäre der krönende Abschluss all dessen, wofür er so viele Jahre gearbeitet hatte. Die Kirche des Kaisers, als architektonisches Glanzstück des Boulevards … Bei der Vorstellung lief ihm ein Schauer über den Rücken.

»Du sagst, es gibt ein Problem?«, fragte er seinen Bruder. »Welches?«

»Die Kosten«, antwortete Felix. »Die Arbeiter wissen so gut wie wir, dass der Kurfürstendamm ein nationales Prestigeprojekt ist, das, koste es, was es wolle, verwirklicht werden soll. Das macht uns erpressbar. Ich fürchte, wenn wir den Auftrag bekommen, werden sie ein sehr, sehr großes Stück von dem Kuchen abhaben wollen. Und ich habe starke Zweifel, dass die Kalkulation dann noch aufgeht.«

Hugo wedelte mit seiner Zigarre in der Luft. »Der Kaiser hat einen kapitalen Bock geschossen, als er Bismarck im Stich gelassen hat. Mit dem Sozialistengesetz hätten wir solche Sorgen nicht. Die Arbeiter würden die Schnauze halten und parieren! ›Und bist du nicht willig, so brauch' ich Gewalt.‹ Meine Devise!«

Paul schüttelte den Kopf. »Die Leute haben Anspruch auf anständige Bezahlung. Und wenn wir einen Vorteil daraus ziehen, dass der Boulevard von solcher Bedeutung ist, dann sollen sie auch ein ordentliches Stück abbekommen. Geben und nehmen, damit sind wir immer gut gefahren. Unsere Genossenschaft ist der Beweis.«

»Dann bist du also dafür, dass wir uns an der Ausschreibung beteiligen?«, wollte Felix wissen.

»Ja. Vorausgesetzt, wir können den Auftrag so kalkulieren, dass die Kosten nicht den ganzen Gewinn auffressen.«

»Aber wie soll ich das anstellen? Die Bausumme darf nicht überschritten werden, sonst droht eine so hohe Konventionalstrafe, dass wir ruiniert wären.«

»Jetzt scheiß dir mal nicht in die Hose«, sagte Hugo. »Nichts wird so heiß gegessen wie gekocht. Und steigende Kosten sind beim Bau die Regel. Das weiß doch jedes Kind.«

»Aber doch nicht bei Seiner Majestät dem Kaiser!«, erwiderte Felix.

Hugo blies ihm den Rauch seiner Zigarre ins Gesicht. »Geh du mal brav an deinen Schreibtisch und tu, was man dir sagt. Die Entscheidung treffen dein Bruder und ich.« Er streckte Paul seine fleischige Hand entgegen. »Sind wir uns einig?«

11

MIT EINEM Blumenbukett in der Hand verließ Auguste die Droschke, die ihn zum Sloane Square gebracht hatte, doch bevor er am Eingang von Paxton House läutete, hielt er kurz inne. Schon einmal hatte er hier gestanden, siebzehn Jahre war das her. Er war damals ein Niemand gewesen, der Katzenfutterkoch von Lord Shelby, und der einzige Anzug, den er besessen hatte, war vom vielen Tragen am Kragen und Revers speckig gewesen. Aber keine Sekunde hatte er daran gezweifelt, dass man ihn mit offenen Armen empfangen würde. Jetzt war sein Name in ganz London ein Begriff, und seinen Anzug hatte er bei Huntsman in der Savile Row fertigen lassen, in derselben Maßschneiderei, die auch den Prinzen von Wales einkleidete. Aber sein Herz schlug ihm vor Aufregung bis zum Hals, und seine Hände waren feucht.

Denn heute würde er zum ersten Mal seine Tochter sehen.

Er atmete einmal tief durch, dann betätigte er den Klingelzug. Ein Butler öffnete. Auguste war nicht sicher, ob es derselbe war wie früher, er hatte damals ja nur Augen für Vicky gehabt. Die Halle allerdings erschien ihm heute fast noch größer, als er sie in Erinnerung hatte.

Er überließ dem Butler seinen Paletot und trat vor den Garderobenspiegel, um noch einmal sein Äußeres zu überprüfen.

»Mr. Escoffier?«

Als er sich umdrehte, stand Vickys Mutter vor ihm. Wie ein Blitz fuhr die Erinnerung an seine erste Begegnung mit ihr in ihn ein. Nie zuvor und nie danach war er in seinem Leben so gedemütigt worden.

»Mrs. Paxton-Stokes?«, fragte er, sich auf das Schlimmste gefasst machend.

»Bin ich so alt geworden, dass Sie mich nicht mehr erkennen?«, erwiderte sie lachend, und statt ihm die Tür zu weisen, streckte sie ihm den Arm zum Handkuss entgegen. »Seien Sie willkommen!«

»*En … enchanté, madame*«, stammelte er, während er sich über ihre Hand beugte.

»Ich gratuliere Ihnen zu Ihrem Erfolg. Ihr Abend im Savoy hat Furore gemacht wie kaum ein anderes Ereignis seit dem Jubiläum der Queen. Die Zeitungen haben sich ja geradezu überschlagen, sogar der Thronfolger hat sich in der *Times* lobend über Sie geäußert: ›Wo Escoffier hingeht, da gehe auch ich hin.‹«

Das Zitat war zwar nicht ganz korrekt, doch Auguste sah keinen Anlass zu einer Korrektur. Erleichtert über den Empfang, verehrte er ihr sein Bukett.

»Wie aufmerksam«, sagte sie und reichte die Blumen an den Butler weiter. »Ich habe gehört, Sie wollen unsere Sprache erlernen?«

»Sie meinen – Englisch?« Er hatte keine Ahnung, was sie mit ihrer seltsamen Frage meinte.

»Leugnen Sie nicht«, lachte sie. »Es gibt nichts in diesem Haus, worüber ich nicht im Bilde bin.«

Auguste schaute zur Treppe hinauf. Wo zum Himmel blieb Vicky?

»Ah, da ist sie ja«, sagte Mrs. Paxton-Stokes, als könnte sie Gedanken lesen.

Als er Vicky sah, stockte ihm der Atem. Ganz in Schwarz gekleidet, trat sie ihm aus demselben Salon entgegen, in dem sie ihn damals empfangen hatten.

Für einen Moment war es, als wäre die Zeit stehengeblieben …

Aber nur für einen Moment. Denn zusammen mit ihr kam eine junge Frau in die Halle, bei deren Anblick er glaubte, in einen Spiegel zu schauen.

»Darf ich vorstellen?«, fragte Vicky. »Meine Tochter Claire.«

12

DER TEE wurde im Wintergarten serviert. Während man an einem Korbtisch im Kolonialstil Platz nahm, warf Vicky einen besorgten Blick auf ihre Mutter. Hatte sie die Ähnlichkeit zwischen ihrer Enkeltochter und dem Gast bemerkt? Allein die schwarzen Augen, und dazu der helle Teint … Aber nein, ihre Mutter plauderte vollkommen arglos und unbefangen mit Auguste – wie immer, wenn Besuch im Haus war, hatte sie auf den Gebrauch ihrer Augengläser verzichtet, auch wenn sie dafür neuerliche Kopfschmerzen riskierte. Gott segne die weibliche Eitelkeit!

»Bitte, O'Brien.«

Vicky wartete, bis der Butler den Tee eingeschenkt hatte. Tagelang hatte sie sich den Kopf zerbrochen, mit welchem Arrangement sie Auguste in Paxton House einführen könnte – schließlich war es alles andere als selbstverständlich, einen französischen Koch zu sich zu laden. Dann aber hatte sie einen Grund gefunden, der sogar ihre Mutter überzeugt hatte. Die Idee war ihr gekommen, als diese ihr den *Times*-Artikel über Augustes Erfolg vorgelesen hatte – »aber den kennen wir doch, nicht wahr? Wer hätte das gedacht!« Jetzt konnte Vicky nur hoffen, dass ihr Arrangement aufging.

»Monsieur Escoffier ist der neue Küchenchef des Savoy«, erklärte sie ihrer Tochter auf Französisch. »Vermutlich hast du von seinem glanzvollen Debüt gehört. Deine Großmutter und ich haben auf einer Europareise seine Bekanntschaft gemacht, vor vielen Jahren, da war ich kaum älter als du. Heute haben wir ihn eingeladen, weil du ihm vielleicht bei der Lösung eines Problems behilflich sein kannst, mit dem er sich an uns gewandt hat.«

»Gern, wenn ich kann«, antwortete Claire in ihrer ruhigen und ernsten Art. »Worum handelt es sich?«

»Monsieur Escoffier hat sich entschieden, dauerhaft in London zu bleiben. Aus diesem Grund ist er zu dem Schluss gekommen, dass es wohl ratsam wäre, unsere Sprache zu erlernen.«

»Wie bitte?« Auguste schaute sie an, als hätte sie den Verstand verloren.

Vicky lachte. »Siehst du, wie sehr die Vorstellung ihn ängstigt, mein Kind? Du musst wissen, Monsieur Escoffier hat sich lange Zeit gegen den Erwerb unserer Sprache gesperrt, aus Sorge, dass er, wenn er Englisch spricht, womöglich auch wie ein Engländer kocht. Aber inzwischen«, sie drehte sich zu Auguste um und blickte ihm fest in die Augen, »hat er eingesehen, dass dies ein Fehler war. Verschiedene Notwendigkeiten, nicht nur beruflicher, sondern auch privater Natur, haben ihn bewogen, von dieser Auffassung Abstand zu nehmen. Nicht wahr?«

Auguste erwiderte mit offenem Mund ihren Blick.

Himmel – wie konnte ein Mensch nur so begriffsstutzig sein?

Vicky beschloss, alles auf eine Karte zu setzen.

»Kurz und gut, er möchte Englisch lernen, und da dachten wir, dass er vielleicht bei dir Unterricht nehmen könnte.«

Endlich – Augustes Mund klappte zu. Der Groschen war gefallen!

»Quelle ravissante idée«, rief er, plötzlich wie entflammt. *»Je … je serais très happy d'apprendre English avec vous.«*

Claire runzelte verwundert die Stirn. »Ich soll unterrichten? Aber dazu fehlt mir doch jede Erfahrung.«

Vicky hob ihre Tasse in die Höhe, doch ohne sie an den Mund zu führen. »Deine Bescheidenheit in Ehren, aber stell dein Licht nicht so unter den Scheffel. Oder hast du vergessen, wie du letztes Frühjahr deine Freundin Laura Paddington im Französischen unterstützt hast? Ohne deine Hilfe hätte sie die Versetzung nicht geschafft.«

»Aber …«

»Kein Aber! Ich bin fest überzeugt, dass du für die Aufgabe perfekt geeignet bist. Meinen Sie nicht auch, Monsieur Escoffier?«

»Absolument!«

»Dann ist es also abgemacht?«

»Avec le plus grand plaisir!«

Vicky schaute ihre Tochter an. »Nun, mein Kind?«

Ein wenig ratlos zuckte Claire die Schultern. »Nun gut, wenn es der allgemeine Wunsch ist, will ich es versuchen.«

»Sehr schön. Dann haben wir ja die Lösung Ihres Problems gefunden, Monsieur Escoffier.« Vicky nahm einen Schluck von ihrem Tee und stellte die Tasse zurück auf den Tisch. »Sie werden in Kürze von uns hören.«

Auguste verstand den Wink und erhob sich von seinem Platz. »*Je me remercie – very, very much*. Ich weiß Ihre Freundlichkeit zu schätzen und werde mir Mühe geben, ein guter Schüler zu sein. – Wenn ich mich nun empfehlen darf?« Er nickte einmal in die Runde und wandte sich zur Tür.

Vicky atmete auf.

Doch ihre Mutter hatte noch eine Idee. »Wollen wir nicht eine Fotografie machen?«

»Eine Fotografie?« Vicky hatte Mühe, ihren Schrecken zu verbergen.

»Ja, wozu hast du deine Kamera?« Ihre Mutter nahm die Kodak, die auf einem Beistelltisch lag, um sie Auguste zu zeigen. »Die erste Handkamera der Welt. Eine unglaubliche Erfindung. Die Bedienung ist so einfach, dass sogar ich damit fotografieren kann. Warten Sie, ich hole nur schnell meine Augengläser.«

»Nicht nötig«, sagte Vicky eilig. »O'Brien wird bestimmt so freundlich sein.« Sie nahm ihrer Mutter die Kamera aus der Hand und reichte sie dem Butler. »Sie wissen ja, wie es geht.«

»Sehr wohl, Ma'm.«

Während O'Brien die Linse auf sie richtete, postierte Vicky sich und ihre Mutter zwischen Auguste und Claire, damit ein möglichst großer Abstand zwischen den beiden lag. Man konnte ja nie wissen, wer alles die Aufnahme eines Tages zu sehen bekommen würde.

»Cheeeese ...«

O'Brien betätigte den Auslöser, dann war auch das erledigt, und Vicky begleitete Auguste hinaus.

»Danke«, sagte er in der Halle. »Das werde ich Ihnen nie vergessen.«

»Ich bin froh, dass wir eine Regelung gefunden haben«, erwiderte Vicky. »Nicht nur Ihnen zuliebe, auch wegen Claire. Ich weiß zwar selbst nicht, warum, aber ich glaube, es ist gut, wenn sie Sie kennenlernt. Auch wenn sie natürlich niemals wissen darf, wer Sie sind. Versprechen Sie mir das?«

»Ich werde Ihr Vertrauen nicht missbrauchen.«

Auguste beugte sich über ihre Hand, und für einen flüchtigen Moment berührten seine Lippen ihre Haut. »Wollen Sie mich vielleicht einmal in meinem Restaurant besuchen?«, fragte er, die schwarzen Augen auf sie gerichtet. »Ich meine, nur Sie und ich, zu einem Diner.« Er zögerte einen Moment. »Ich ... ich würde auch Ihr Dessert zubereiten, *Fraises Victoria*.«

Noch immer blickte er sie an, und noch immer hielt er ihre Hand. Für eine Sekunde verstand sie, warum sie sich vor Jahren in ihn verliebt hatte. Aber das war in einem anderen Leben gewesen.

»Nein«, sagte sie und entzog ihm ihre Hand.

»Aber warum nicht, *ma chère*?«

»Das wissen Sie so gut wie ich.«

13

KAISERWETTER IN Berlin! Nachdem es am Vortag noch geregnet hatte, hatten die Wolken sich über Nacht verzogen, und seit dem frühen Morgen schien die Sonne von einem blitzblanken Himmel auf die Reichshauptstadt herab, die sich zur Feier dieses Tages besonders herausgeputzt hatte. An allen öffentlichen Gebäuden war die schwarzweißrote Flagge mit dem Preußenadler gehisst, und die Straßen und Plätze hallten wider vom Jubel der Fähnchen schwenkenden Untertanen, die auf den Trottoirs Spalier standen, um ihren jungen Kaiser hochleben zu lassen, der, von seiner Leibgarde zu Pferde eskortiert, im Sattel eines großrahmigen Schimmels im scharfen Trab zum Kurfürstendamm ritt. Dort sollte an diesem 22. März des Jahres 1891, dem Geburtstag des vor drei Jahren heimgegangenen Wilhelms I., der Grundstein der Kirche gelegt werden, die nach dem Willen seines Sohns und Nachfolgers Wilhelm II. dereinst nicht nur als Gotteshaus der Glorie des himmlischen Herrschers dienen würde, sondern zugleich als Sinnbild irdischen Gottesgnadentums dem ewigen Andenken des Heldenkaisers.

»Hoffentlich kommen wir nicht zu spät«, sagte Erdmute, als sie den Festplatz an der Kreuzung zur Hardenbergstraße erreichten und Anton auf dem Kutschbock des Landauers die Pferde parierte.

»Keine Sorge«, erwiderte Paul, der, angetan mit Frack und Zylinder, bereits schwitzte. »Wir haben noch reichlich Zeit.«

Erdmute hielt es vor lauter Ungeduld kaum noch auf ihrem Sitz. Seit Tagen sprach sie von nichts anderem als von diesem Ereignis, zum einen, weil Friwi zu der Abordnung gehörte, die die Hauptkadettenanstalt Lichterfelde zu der Feier entsenden würde, zum anderen, weil sie sich von diesem Tag endlich die gesellschaftliche Anerkennung erhoffte, die sie seit dem Tod ihres ersten Mannes so schmerzlich vermisste. Entgegen ihrer Gewohnheit hatte sie deshalb mehrere Stunden für ihre Toilette gebraucht, und Paul musste zugeben, dass der Aufwand sich gelohnt hatte – mit ihrem eng geschnittenen, dunkelroten Rüschenkleid und dem wagenradgroßen, blumengeschmückten Hut war sie eine beeindruckende Erscheinung.

Kaum war der Wagen zum Stillstand gelangt, erhob sie sich von ihrem Sitz. »Ich weiß nicht, woher du diese Ruhe nimmst.« Sie reichte ihm die Hand, damit er ihr aus dem Wagen half. »Glaubst du, Seine Majestät wartet auf uns? Und denk bitte auch an Friwi. Wie steht er denn vor seinen Kameraden da, wenn wir uns verspäten? – Aber was um Himmels willen ist das? Haben die denn vor gar nichts Respekt?«

Paul drehte sich um. In der Hardenbergstraße demonstrierten ein paar Dutzend Arbeiter. Ein dreifacher Militärkordon sicherte den geschmückten Festplatz, auf dem die Stadt Charlottenburg zu Ehren des Kaisers einen Triumphbau errichtet hatte, bestehend aus vier Obelisken, die mit Laubgewinden verbunden waren und Blumenschalen trugen – Letztere ein Beitrag der Firma Biermann & Gumbrecht zu dem Festakt.

Ja, Paul hatte in die Hand seines Schwagers eingeschlagen, und zusammen hatten sie die Ausschreibung zum Bau der Kaiser-Wilhelm-Gedächtniskirche gewonnen – der größte Auftrag in der Geschichte des Unternehmens.

»Siehst du, die anderen sind schon alle da«, sagte Erdmute, als sie wenig später die Stufen der Ehrentribüne bestiegen, auf der Schwager Hugo und Greta ihre Plätze bereits eingenommen hatten, zusammen mit Fritz, der statt Frack und Zylinder seine Afrika-Uniform trug. Er war auf Vorschlag seines früheren Dienstherrn, des Überseekaufmanns und Kolonialrats Paul Woermann, inzwischen zum Vortragenden Legationsrat ernannt worden und vertrat in dieser Eigenschaft das Außenministerium. Friwi hatte inmitten seiner Kameraden im hinteren Teil des mit Laubgehängen geschmückten Zeltes Aufstellung genommen und erwiderte voller Stolz den Gruß seiner Mutter, die natürlich sofort nach ihm Ausschau gehalten hatte.

»Wo ist Kaspar?«, fragte sie, während sie ihre Augen an den Reihen der Kadetten entlangwandern ließ. »Ich kann ihn nirgendwo entdecken.«

Hugo ignorierte ihre Frage. »Habt ihr die Roten gesehen?«, schnaubte er. »Verdammte Saubande! Totschlagen sollte man das Pack …«

Ein Raunen unterbrach ihn, und im nächsten Moment erhob sich die Festgesellschaft wie ein Mann. Durch eine mit goldenen Quasten gehaltene Portiere betrat der Kaiser das Festzelt und stieg auf das zu beiden Seiten von Gardesoldaten flankierte Podium, zu dessen Füßen die Zeremonie stattfinden würde.

»Um diesen Mann beneidet uns die Welt«, flüsterte Fritz. »Allein dieser Blick.«

In weißer Galauniform und bis über die Knie reichenden, auf Hochglanz polierten Stulpenstiefeln präsentierte der Kaiser sich dem Publikum. Beide Hände auf seinen Langsäbel gestützt, die ausgezogenen Bartspitzen senkrecht in die Höhe aufgewichst, auf dem Kopf der mit dem Preußenadler bekrönte Helm, ließ er mit herrischer Miene seine kleinen Augen über die Festgesellschaft wandern. Paul war der alte Kaiser lieber gewesen, Wilhelm I. hatte stets eine Mischung von Strenge und Güte ausgestrahlt. Sein Enkel hingegen war der verkörperte Wille zur Macht.

»Rühren«, befahl der Kommandeur des Garderegiments, nachdem der Kaiser Platz genommen hatte,

Eine Orgel brauste auf, und ein Soldatenchor sang »Lobe den Herrn«. Als der Schlussakkord verklungen war, trat Oberhofmeister Freiherr Ernst von Mirbach, ein Endvierziger mit Stirnglatze und ergrautem Vollbart, vor die Mauer unterhalb des Podiums, um die Stiftungsurkunde zu verlesen. Paul fasste sich an die Brusttasche, um sich zu vergewissern, dass der Brief, der am Morgen aus London eingetroffen war, sich noch darin befand. Vicky hatte ihm für seine Vermittlung gedankt – sie sei froh, dass Claire und Auguste nun Gelegenheit haben würden, einander regelmäßig zu sehen und sich kennenzulernen. Sosehr Paul die Nachricht freute, noch mehr freute ihn, dass Vicky sich überhaupt gemeldet hatte. Nach ihrem Abschied in Berlin hatte er befürchtet, dass sie keinen weiteren Austausch mehr wünschte, und ohne ein Zeichen von ihr hätte er nicht gewagt, ihr von sich aus zu schreiben. Jetzt aber wusste er, dass er weiter mit ihr in Freundschaft verbunden bleiben durfte, auch über Ruperts Tod hinaus.

»Aufgepasst«, zischte Hugo. »Es ist so weit.«

Paul straffte sich, und Erdmute, die zu seiner Rechten saß, kratzte sich vor lauter Aufregung am Unterarm. Ja, es war so weit! Seine Majestät hatte die Erwartung geäußert, dass das Volk aus eigenem freien Wunsch heraus die Mittel für den Bau des Gotteshauses bereitstellte, ohne den Staatshaushalt oder die kaiserliche Schatulle zu belasten – zum Dank, so hatte es in einer Verlautbarung des Oberhofamtes geheißen, würden bei der Grundsteinlegung die Namen aller Personen und Institutionen verkündet, die durch Zeichnung eines Betrags von mindestens zehntausend Goldmark ihre vaterländische Gesinnung unter Beweis gestellt hatten. Dass auch die Firma Biermann & Gumbrecht dem Spendenaufruf gefolgt war, hatte Fritz als verlogene Verfolgung geschäftlicher Interessen unter dem Deckmantel eines nur zur Schau gestellten Patriotismus kritisiert, doch diesmal hatte Erdmute sich auf Pauls Seite geschlagen. Sie hoffte auf eine Einladung bei Hofe, und als nun der Kaiser die Nennung der Firma Biermann & Gumbrecht durch Oberhofmeister von Mirbach mit einem allergnädigsten Nicken seines behelmten Hauptes quittierte, ergriff sie Pauls Hand.

»Danke.«

Die intime Geste, den sie mit einem ebenso ungewohnt innigen Blick begleitete, irritierte Paul so sehr, dass er sie fast geküsst hätte. Während er seinen Binder geraderückte, versenkte der Oberhofmeister die Stiftungsurkunde in einer Kapsel. Paul und Hugo wechselten einen Blick – das war der Moment, dass sie die Tribüne verlassen mussten. Laut Protokoll war es ihre Aufgabe, den Grundstein zu vermauern, assistiert von ihren Söhnen.

Friwi stand schon mit der Mörtelwanne bereit. Doch wo war Kaspar? An dessen Stelle reichte ein Kadett, den Paul noch nie gesehen hatte, seinem Schwager die Kelle. Er schaute Hugo fragend an, doch der forderte ihn nur mit einem ungeduldigen Kopfnicken auf, die Arbeit zu beginnen. Also schloss Paul wie verabredet mit zwei Backsteinen die Mauerlücke, Hugo verstrich den Mörtel zur Schließung der Fugen, und nachdem sie beiseitegetreten waren, stieg der Kaiser vom Podium herab, um das Werk mit drei symbolischen Hammerschlägen zu vollenden.

»Hurra! Hurra! Hurra!«

Auf dem Platz wurde Salut geschossen, der Propst des künftigen Gotteshauses sprach ein Gebet, dann ertönte noch einmal der Chor, um mit zwei Strophen des Chorals »Nun danket alle Gott« die Feier zu beenden.

Kaum hatte der Kaiser den Ort verlassen hatte, löste die Gesellschaft sich auf. Erdmute winkte Friwi herbei, um ihn für seinen Beitrag zu loben.

»Ich bin ja so stolz auf dich. Das hast du großartig gemacht!«

»In der Tat«, pflichtete Fritz ihr bei. »Der Junge ist eine Zierde seiner Uniform. Aber wo steckt dein Vetter? Ich dachte, der wäre mit von der Partie.«

Friwi schaute seinen Onkel und seine Mutter mit großen Augen an. »Aber wisst ihr das denn nicht? Kaspar wurde von der Anstaltsleitung relegiert!«

Paul drehte sich nach seinem Schwager um. Aber der war schon mit Greta verschwunden.

14

AUGUSTE STIEG so eilig in seine Hose, dass er ins Straucheln geriet, und um ein Haar wäre er gestürzt, hätte der Bettpfosten ihn nicht gerettet. Hoffentlich hatte Katinka nichts gemerkt, die Situation war ohnehin peinlich genug. Während er die Hosenträger überstreifte, riskierte er einen Blick über die Schulter. Nein, sie war so sehr damit beschäftigt, ihre Süßspeise zu genießen, dass sie nichts um sich herum wahrnahm. Nackt, wie der liebe Gott sie erschaffen hatte, hockte sie mit untergeschlagenen Beinen auf ihrem Bett und löffelte das Dessert, das er für sie herbeigezaubert hatte: *Pèche Oblomowa* – ein halber pochierter Pfirsich auf Vanilleeis, beträufelt mit Himbeerpüree.

Seit sie ihm von der Riviera nach London gefolgt war, hatte sie ihn umgarnt, doch wochenlang hatte er ihren Gunstbezeigungen widerstanden. Das Erdbeben, das ihn in Monte Carlo aus ihrem Bett geworfen hatte, war ihm eine Warnung fürs Leben gewesen! Doch als sie ihn nach seinem Besuch in Paxton House unter einem Vorwand in ihr Gemach gelockt und ihn dort mit einem Nichts von Négligé empfangen hatte, war er schwach geworden.

In Katinkas Armen, so hatte er gehofft, würde er Vergessen finden. Vergessen, dass Vicky ihn zurückgewiesen hatte. Doch sein Jean-Jacques hatte ihn im Stich gelassen.

Wie hatte das passieren können?

Katinka hatte seine Unpässlichkeit als Affront aufgefasst und gedroht, ihn bloßzustellen. Um sie zu besänftigen, hatte er den Etagenkellner beauftragt, eine Portion der Nachspeise herbeizuschaffen, mit der er bei seinem Premierenmenü so spektakulär reüssiert hatte. Und tatsächlich, kaum hatte Katinka den ersten Löffel probiert, war ihre Empörung hellem Entzücken gewichen, und nachdem er ihr versichert hatte, er habe das Dessert eigens für sie kreiert, schwelgte sie in solcher Seligkeit, dass er beinahe auf seine eigene Süßspeise eifersüchtig war.

Als er vor den Spiegel trat, um seinen Plastron zu binden, sah er wieder das Gesicht seiner Tochter vor sich.

Was für ein wunderbares Menschenkind …

Er konnte es gar nicht erwarten, endlich Englisch zu lernen!

15

ES WAR am Morgen nach der Grundsteinlegung. Auf den Gängen und Fluren der Firma Biermann & Gumbrecht war es so mucksmäuschenstill, dass man die Luft knistern hörte. Mit übertriebener Hingabe widmeten die Architekten, Ingenieure und Bauzeichner sich den Auf- und Grundrissen an ihren Zeichenbrettern, die Kanzleischreiber kratzten an ihren Stehpulten in lautlos konzentriertem Schweigen ihre Zahlen aufs Papier, und sogar der Bureaubote, der sonst beim Verteilen der Hauspost immer irgendwelche Bemerkungen machte, verrichtete heute wortlos seine Arbeit. Nur wenn ein Laut aus dem Hauptkontor drang, in das die zwei Firmenchefs sich zurückgezogen hatten, blickte man verstohlen von seiner Tätigkeit auf und fragte sich, was hinter der Eichenholztür so Wichtiges besprochen wurde, dass niemand davon wissen durfte.

»Kaspar wurde von der Anstalt relegiert?«, fragte Paul. »Was um Himmels willen hat er verbrochen?«

Hugo stieß einen Seufzer aus. »Ich weiß gar nicht, wo ich anfangen soll, sein Sündenregister reicht weiter zurück als das Alte Testament. Schon in der Sexta fing das an, da hat er den Rohrstock des Stubenältesten angesägt, damit er auf seinem Hosenboden zerbrach, und in der Tertia hat er bei einem Experiment den halben Chemiesaal in die Luft gejagt. Da stand er schon mal auf der Abschussliste, und ich konnte seinen Rauswurf nur mit einer Spende verhindern. Eine Woche Karzer haben sie ihm aufgebrummt, und wir hatten gehofft, er würde endlich parieren. Aber von wegen! Seitdem ist kaum ein Monat vergangen, ohne dass ich nach Lichterfelde zitiert wurde, weil er wieder etwas ausgefressen hat. Dabei geht es nicht mehr nur um Dummejungenstreiche, nein, mein Herr Sohn hat sich inzwischen zu einem regelrechten Agitator entwickelt. Als er bei einer Geländeübung schlappgemacht hat, hat er die Kadettenanstalt als ein System bezeichnet, das wie das ganze Militärwesen auf Kadavergehorsam beruhe, und ihre Abschaffung gefordert – vor seinen Ausbildern! Wo zum Teufel kommt diese Aufsässigkeit her? Ich weiß mir keinen Rat mehr.«

Paul hatte seinen Schwager noch nie in einem solchen Zustand gesehen. Hugo, der sonst vor Selbstbewusstsein strotzte, war die Hilflosigkeit in Person. Er hatte sogar vergessen zu rauchen, erkaltet steckte seine Zigarre zwischen den Fingern, und die graue Asche neigte sich wie ein dicker Wurm zu Boden.

Zum ersten Mal empfand Paul für seine Schwager so etwas wie Sympathie.

»Wofür hat Kaspar den Verweis kassiert?«, fragte er.

»Er hat eine Karikatur an die Tafel geschmiert«, antwortete Hugo so leise, als fürchte er, dass man ihn draußen auf dem Gang hören könnte.

»Eine Karikatur?«

»Ja, wie im *Kladderadatsch*. Eine Darstellung Seiner Majestät. Ich weiß gar nicht, wie ich es sagen soll. Ohne Uniform – und auch sonst ohne alles.«

Paul brauchte einen Moment, um zu begreifen. »Du meinst – nackt?«

»Splitterfasernackt«, bestätigte sein Schwager. »Und an der nämlichen Stelle hat er unserem allerhöchsten Herrn eine Kanone aufgepflanzt!‹«

Paul musste lachen. »Immerhin hat der Junge Phantasie!«

»Von wegen Phantasie«, sagte Hugo bitter. »Das ist Majestätsbeleidigung, darauf steht Zuchthaus, und hätte man nicht Gnade vor Recht ergehen lassen, säße Kaspar jetzt hinter Gittern. – Ach, ich kann dir gar nicht sagen, wie ich dich um Friwi beneide. Ich wollte, Kaspar würde sich eine Scheibe von ihm abschneiden.«

Paul schüttelte den Kopf. »Friwi ist ein hundsmiserabler Schüler, außer in Leibesübungen und Fechten hat er lauter schlechte Noten, und seine Versetzung zu Ostern ist mehr als gefährdet. – Aber was hast du jetzt mit Kaspar vor? Soll er aufs Gymnasium?«

»Das würde ihm so passen!« Hugo klemmte sich seine erkaltete Zigarre zwischen die Lippen und riss ein Streichholz an. »Aber das kommt nicht in die Tüte! Ich hole ihn in die Firma, da habe ich ihn unter meiner Kuratel.«

Paul runzelte die Stirn. »Du willst, dass er die Schule abbricht? Das würde ich mir zweimal überlegen. Bildung ist alles, und der Weg zum Studium führt nun mal über das Abitur, und wenn Kaspar eines Tages … – Nun ja«, brach er ab, als er die Miene seines Schwagers sah, »eine solide kaufmännische Ausbildung hat noch keinem geschadet, der später mal eine Firma leiten soll. Felix kann ihn ja unter seine Fittiche nehmen.«

»Felix?« Hugo stieß hustend den Rauch aus. »Meinst du, ich will, dass der Junge auch noch das Saufen anfängt?«

»Das ist ungerecht! Du weißt so gut wie ich, dass Felix …«

»Nein, Kaspar kommt auf den Bau! Basta! Damit er lernt, was arbeiten heißt!«

Es klopfte an der Tür, und im nächsten Moment trat Felix herein.

»Wir haben gesagt, wir wollen nicht gestört werden!«, bellte Hugo.

»Ich weiß«, sagte Felix und schloss die Tür hinter sich. »Aber die Arbeiter wollen mehr Geld. Ich habe mir deshalb noch mal die Kalkulation für die Gedächtniskirche vorgenommen.«

»Und was ist dabei herausgekommen?«, fragte Paul, obwohl er die Antwort ahnte.

»Schon fünf Prozent mehr Lohn würden uns das Genick brechen«, sagte Felix.

»Wie zum Teufel ist das möglich?«, wollte Hugo wissen.

»Ich habe es von Anfang an gesagt. Aufgrund der fixen Bausumme geht jede Kostensteigerung auf unsere Kappe, bis kein Gewinn mehr übrigbleibt. Und das wird bereits der Fall sein, wenn wir den Leuten fünf Prozent mehr zahlen müssen. Dann wird die Kirche zum Grab der Firma. Es sei denn …« Er stockte.

»… es sei denn was?«

»Wir bekommen neue Mittel«, antwortete Paul an Felix' Stelle.

»Richtig«, pflichtete sein Bruder ihm bei. »Neue Mittel aber heißt, wir brauchen weitere Spender. Es ist ja der Wunsch Seiner Majestät, dass weder der Staatshaushalt noch die kaiserliche Privatschatulle belastet werden dürfen.«

Hugo zuckte die Schultern. »Worauf wartest du? Du bist der Prokurist! Also beweg deinen Hintern!«

»Gern«, erwiderte Felix. »Wenn du mir ein paar Namen nennst? Damit ich weiß, an wen ich mich wenden soll?«

Hugo kehrte ihm den Rücken zu und paffte blaue Wolken in die Luft.

Eine Weile herrschte ratloses Schweigen.

Dann hatte Paul eine Idee.

»Du bist doch Mitglied in der Ressource, Felix.«

»Das ist ja das Allerneuste!« Auf dem Absatz fuhr Hugo herum. »Spielst du etwa Roulette?«

»Nein«, erwiderte Paul. »Felix treibt dort Sport.«

»Sport?«, wiederholte Hugo. »Was hat das mit unserem Problem zu tun?«

»Ich denke, Felix weiß, was ich meine.« Paul trat auf seinen Bruder zu und schaute ihm in die Augen. »Glaubst du, du schaffst das?«

16 »I GO, *you go, he she it goes …*«

Pünktlich auf die Minute war Auguste zu seiner ersten Englischstunde in Paxton House erschienen. O'Brien hatte ihn in den Wintergarten geführt, wo nun unter Vickys Aufsicht der Unterricht stattfand. Während Claire und Auguste Konjugationen paukten, blätterte sie in dem Bericht, den Mr. Hastings für sie verfasst hatte – eine Dokumentation, wie es mit der Produktion der Elektroloks in den Werken der Midland Railway Company voranging. Doch während sie las, spitzte sie gleichzeitig die Ohren, damit ihr kein Wort entging, das Auguste und Claire tauschten.

»I went, you went, he she it went …«

Ein bisschen war sie gerührt, sie wusste ja, wie verhasst Auguste das Englische war, und dass er Claire zuliebe über seinen Schatten sprang, zeugte von ernsthaften Vatergefühlen, die sie ihm nicht unbedingt zugetraut hätte. Doch auch stammelnd entfaltete er immer noch seinen Charme, mit Witz und Esprit parodierte er seine eigene Unzulänglichkeit, um seiner Lehrerin dann umso überschwänglicher in einem Kauderwelsch aus Französisch und Englisch für ihre Korrekturen zu danken. Claire schien seine Art zu mögen, sie quittierte seine kleinen Albernheiten und Koketterien immer wieder mit einem Lächeln und manchmal sogar mit einem Lachen, obwohl das gar nicht ihre Art war.

Vicky fühlte sich an Karlsbad erinnert, ganz ähnlich hatte Auguste damals auch sie mit seinem Charme erobert. Aber was würde passieren, wenn Claire erfuhr, dass er ihr Vater war? So sehr, wie sie an Rupert hing, musste eine solche Entdeckung in eine Katastrophe führen. Womöglich würde Claire mit derselben kopflosen Heftigkeit wie sie selbst reagieren, als sie in den Briefen ihrer Mutter von deren Affäre mit Victor Savage erfahren und für einen fürchterlichen Augenblick geglaubt hatte, ihr Vater wäre gar nicht ihr Vater.

Um den Gedanken zu verscheuchen, nahm sie wieder den Bericht zur Hand. Hastings würdigte darin noch einmal Pauls Vermittlung. Dank der präzisen Pläne der deutschen Ingenieure gingen die Arbeiten mit Riesenschritten voran, eine beigefügte Fotografie zeigte bereits die erste fertiggestellte Elektrolok, es gab sogar schon einen Termin für die offizielle Feier zur Inbetriebnahme in der Londoner U-Bahn. Unauffällig wischte Vicky sich über die Augen. Wie sehr hätte Rupert sich darüber gefreut.

»I will go, you will go, he she it will go …«

Claire sprach ihrem Schüler ein Lob aus, und die erste Englischstunde war vorbei. Doch bevor Auguste sich verabschiedete, hatte er noch eine Überraschung für sie.

»Zum Dank für Ihre Mühe.« Er zog aus seiner Aktentasche einen Schmuckkarton hervor. Als er den Deckel öffnete, kamen darunter lauter Pralinés zum Vorschein. »Wenn Sie vielleicht probieren mögen?«

Zögernd kam Claire der Aufforderung nach. Doch kaum hatte sie eine Kostprobe genommen, ging ein Leuchten über ihr Gesicht.

»Köstlich. Was ist das?«

»Versuchen Sie, es selbst herauszufinden.«

»Wie soll das gehen?«

»Beschreiben Sie einfach, was Sie schmecken.«

Claire schloss die Augen. »Nun, Mandeln sind auf jeden Fall dabei.«

»Bravo. Das ist das Marzipan. Was schmecken Sie noch?«

»Etwas Scharfes. Aber nicht wie Pfeffer, eher wie Zitrone, nur ohne Säure. Und die Süße ist auch irgendwie anders, fruchtiger und aromatischer als normaler Zucker. Ein bisschen wie Honig, obwohl es kein Honig ist.« Sie schlug die Augen auf und sah Auguste an.

Der war ganz aus dem Häuschen. »Bravo, bravissimo! Die Schärfe stammt von dem Ingwer, den ich unter die Masse gemischt habe, und die Fruchtsüße, das sind die Datteln, die den Zucker ersetzen. Was für eine außergewöhnliche Begabung!«

Claire runzelte die Stirn. »Kann das nicht jeder?«

»Ganz und gar nicht! Nur sehr wenige Menschen haben ein so feines Geschmacksempfinden. Wenn Sie Ihr Talent ausprobieren möchten, zeige ich Ihnen gern, wie man Pralinés herstellt – es wäre mir eine Freude.«

Vicky wollte einschreiten – sie wusste zu gut, woher Augustes Begeisterung rührte.

Aber zu spät!

»Gern«, sagte Claire in ihrer ruhigen, ernsten Art. »Ja, ich glaube, das möchte ich einmal versuchen.«

»Wunderbar! Dann sehen wir uns also demnächst im Savoy?« Auguste nahm ihre beiden Hände, und während er sie an seine Brust drückte, warf er Vicky einen flehentlichen Blick zu. »Geben Sie Ihre Erlaubnis, Mrs. Watkin? – *Bitte!*«

17

ES WAR noch kein Monat vergangen, seit Kaiser Wilhelm den Grundstein für die Gedächtniskirche gelegt hatte, doch der Platz an der Kreuzung Kurfürstendamm / Hardenbergstraße war nicht mehr wiederzuerkennen. Eine Baugrube in den Abmessungen des künftigen Gotteshauses klaffte im Boden, eine Armee von Arbeitern war von Sonnenaufgang bis -untergang im Einsatz, um sie auszuschachten, und während im Minutentakt die mit bis zu acht Kaltblütern bespannten Fuhrwerke den Abraum fortschafften, vernagelten die Zimmerleute bereits die ersten Verschalungen für das Fundament.

Die Arbeit ruhte zur Mittagspause, als Paul die Bauhütte betrat, wo er mit seinem Schwager Hugo verabredet war.

»Gute Nachrichten!«, verkündete er. »Hunderttausend Goldmark sind geschafft!«

»Donnerwetter!« Hugo vergaß vor lauter Verblüffung, in die Bockwurst zu beißen, die er gerade zum Munde führte. »Das hätte ich dem Jammerlappen nicht zugetraut!«

»Von wegen Jammerlappen! Felix hat eine Vollversammlung der Ressource einberufen, ich war dabei und kann dir was sagen. Himmel und Hölle hat er beschworen, um die Mitglieder zum Spenden aufzufordern. Nicht einer hat sein Chequebuch stecken lassen.«

»Na, dann muss ich wohl bei deinem Bruder Abbitte leisten und ihm bei Gelegenheit einen ordentlichen Schnaps ausgeben.« Lachend biss Hugo in seine Wurst. »Hunderttausend Mark – leck mich am Arsch!«

Er schmatzte, dass ihm der Saft vom Mund troff. Doch er war noch nicht mit Kauen fertig, da kam der alte Busicke in die Hütte gehumpelt.

»Es gibt Ärger!«

»Herrgott!«, sagte Paul. »Was ist denn jetzt schon wieder?«

Der Polier zeigte mit seiner Pfeife aus dem Fenster. Nur einen Steinwurf entfernt war Kaspar zu sehen. Er hatte sich auf eine Kiste gestellt und redete wild gestikulierend auf Dutzende von Arbeitern ein, die sich um ihn geschart hatten.

Was in aller Welt hatte das zu bedeuten?

Hugo stopfte sich den Rest der Wurst in den Mund und eilte hinaus. Paul folgte ihm nach. Schon von weitem wehten ihnen die Wortfetzen entgegen.

»… Ausbeutung …«

»… Kapitalisten …«

»… Streik …«

Unter Einsatz seiner Ellbogen bahnte Hugo sich seinen Weg durch die Menge. »Aufhören! Schluss mit dem Theater!«

Doch Kaspar dachte gar nicht daran. »Männer«, rief er. »Jeden Tag schuften wir hier im Akkord – zwölf, dreizehn, vierzehn Stunden! Wie lange soll das gehen? Bis wir verrecken? Nein! Wir fordern die Fünfzig-Stunden-Woche, oder wir legen die Arbeit nieder.« Er reckte seine Faust zum Himmel und begann zu skandieren: »Alle Räder stehen still, wenn unser starker Arm es will!«

Beifall brandete auf, die Männer fielen in den Schlachtruf ein. »Alle Räder stehen still, wenn unser starker Arm es will!«

Das war zu viel! Hugo zerrte Kaspar von der Kiste und verpasste ihm eine Ohrfeige. Der wollte sich auf ihn werfen, doch Paul drängte sich zwischen die beiden und brachte sie auseinander.

Während Vater und Sohn sich wutentbrannt anfunkelten, rotteten sich die Arbeiter zusammen. Paul wusste, ein Funke genügte, und das Pulverfass würde explodieren.

»Zurück an die Arbeit!«, rief er. »Die Mittagspause ist vorbei!«

Niemand kam seiner Aufforderung nach. Feindselig blickten die Männer ihn an. Paul spürte, wie es in ihnen brodelte, und machte sich darauf gefasst, dass es gleich losgehen würde. Doch er hatte keine Idee, wie er das verhindern konnte.

Da trat der alte Busicke vor und kletterte auf die Kiste.

»Jetzt mal alle mit der Ruhe!«

Kein anderer Arbeiter genoss unter den Männern so viel Respekt wie der alte Polier, der vor fast einem Menschenleben als Stift in der Firma Biermann & Söhne angefangen hatte. Obwohl er längst nicht mehr arbeitete, kam er immer noch fast jeden Tag auf die Baustelle, um nach dem Rechten zu schauen und sich um die Sorgen der Kollegen zu kümmern.

»Ich weiß, kein Mensch kann auf Dauer sechzig oder siebzig Stunden pro Woche auf dem Bau kloppen, seht euch nur meinen Buckel an und mein Bein! Aber alles zu seiner Zeit, und nicht alles auf einmal! Ihr habt gerade fünf Prozent Lohnerhöhung bekommen, eure Frauen und Kinder freuen sich. Wollt ihr riskieren, das zu verlieren? Also tut, was man euch sagt, und geht wieder an die Arbeit.«

Unschlüssig schauten die Männer sich an. Doch als der alte Busicke von der Kiste stieg und zurück zur Baustelle humpelte, folgten ihm alle einer nach dem anderen nach. Auch Kaspar.

Paul atmete auf. Das war noch einmal gutgegangen.

18

DER ERSTE elektrifizierte Streckenabschnitt der Londoner Untergrundbahn verlief zwischen Stockwell und King William Street und wurde in der Station London Bridge eingeweiht. Vicky besuchte die Feier zusammen mit Mr. Hastings sowie ihrer Mutter und Claire. Im Andenken an ihren Vater Joseph Paxton, der vor fast einem halben Jahrhundert den Einstieg in das Eisenbahngeschäft gewagt hatte, trug Emily den Hut, den er so sehr an ihr gemocht hatte – ein für ihr

Alter sehr jugendliches Modell aus bunten Schleifen und künstlichen Blumen. Doch nicht deshalb, wie sie glaubte, drehten sich manche Köpfe nach ihr um, sondern weil sie als Frau eine Zigarette nach der anderen rauchte – in aller Öffentlichkeit!

Die Festrede hielt der Direktor des Handelsamts Cecil Baxter, derselbe Mann, der noch vor wenigen Jahren mit aller Macht die Untertunnelung des Ärmelkanals aus Sorge um die Souveränität des Inselreichs verhindert hatte. Jetzt sang er das Hohelied des Wettbewerbs zwischen den Völkern – »zum Wohle des Fortschritts sowie des friedlichen Handels, von dem alle Nationen profitieren«.

Vickys Gedanken schweiften ab. Im Anschluss an die Feier würde sie mit Claire zum Savoy fahren. Sie hatte den Besuch dort mehrere Male hinausgeschoben und immer wieder neue Gründe gefunden, warum Claire Auguste besser in Paxton House statt im Savoy unterrichten sollte. Doch mit derselben Beharrlichkeit hatte Claire sie immer wieder an ihr Versprechen erinnert, sie einmal ins Savoy zu begleiten, wo Auguste ihr die Kunst der Pralinenherstellung zeigen wollte, so dass ihr schließlich nichts anderes übriggeblieben war, als nachzugeben. Der Gedanke an die Begegnung ihrer Tochter mit deren Vater außerhalb ihres eigenen Hauses machte sie so nervös, dass sie kaum imstande war, Cecil Baxters Rede zu folgen.

»Aber der Handel zwischen den Völkern birgt auch Gefahren. Wenn wir von der deutschen Ingenieurskunst profitieren, wie bei der Elektrifizierung unserer Untergrundbahn, riskieren wir dafür einen hohen Preis. Das Kaiserreich wächst immer mehr zu einem bedrohlichen Rivalen im internationalen Wettbewerb heran. Die Geschichte der Warenkennzeichnung *Made in Germany* sollte uns eine Lehre sein. Wir haben die deutschen Hersteller zu dieser Deklaration ihrer Produkte gezwungen, um unsere Waren vor Konkurrenz zu schützen. Inzwischen aber hat die Kennzeichnung sich in ein Qualitätssiegel verwandelt, das unseren Produkten in ganz Europa Schaden zufügt. Darum lassen Sie uns unsere Anstrengungen doppelt und dreifach erhöhen, damit keine Macht der Welt unserer Volkswirtschaft den Rang abläuft und England weiter seine Vormachtstellung auf dem Gebiet der Industrie ebenso behauptet wie in den Kolonien. *Made in England* muss *Made in Germany* schlagen, jetzt und in Ewigkeit amen! *God save the Queen!*«

Eine Militärkapelle setzte ein, die Festgesellschaft erhob sich, um die Hymne zu singen, dann war die Feier zu Ende und die Ehrengäste bestiegen den mit Girlanden geschmückten Zug zur Jungfernfahrt. Während Emily und Mr. Hastings sich an der ersten Station verabschiedeten, wechselten Vicky und Claire in einen anderen, noch von einer Dampflok gezogenen Zug, um weiter bis zum Strand zu fahren.

Auguste empfing sie vor dem Eingang des Savoy, um ihnen voller Stolz sein Reich zu zeigen: das von Kristall und Messing blitzende Foyer, das Restaurant mit dem prachtvollen Speisesaal, die kaum weniger prachtvollen Nebenräume und Séparées, den herrschaftlichen Aufgang zum Hotel … Vicky musste an ihre Kutschfahrt mit Paul in Berlin denken. Paul und Auguste – sie beide hatten die Träume verwirklicht, von denen sie schon in Karlsbad beseelt gewesen waren. Was hatte sie im Vergleich dazu erreicht?

Für einen Moment verspürte sie Neid. Doch die Anwandlung verschwand, kaum dass sie gekommen war. Nein, sie hatte keinen Grund, neidisch zu sein. Ihr war in ihrem Leben das Schönste zuteilgeworden, was einem Menschen überhaupt zuteilwerden kann.

»Und wo findet die Fabrikation der Pralinés statt?«, fragte Claire.

»Wenn Sie mir bitte folgen.«

Auguste führte sie in einen Küchenraum, den er Patisserie nannte und in dem es nach allen Wohlgerüchen des Orients duftete, nach Schokolade und Vanille und Zimt und anderen Aromen, deren Namen Vicky nicht kannte. Weiß uniformierte Männer arbeiteten hier Seite an Seite in ruhiger, konzentrierter Geschäftigkeit, rührten Pudding und Kuchenteig an, schlugen Sahne oder verzierten kunstvoll gestaltete Eisbecher, und obwohl der Raum keine zehn mal zehn Fuß maß, kam niemand dem anderen in die Quere.

Auguste gab Claire eine Schürze, dann trat er an einen Tisch, auf dem lauter Schokoladenkugeln aufgereiht waren.

»Aber die sind ja schon fertig«, sagte Claire enttäuscht.

»Nein«, lachte Auguste. »Das sind nur die Hohlformen. Sehen Sie oben die kleinen Öffnungen? Da hinein kommt die Ganache.«

»Was ist das – Ganache?«

»Die Füllung. Auf ihre Komposition kommt es bei der Pralinenherstellung vor allem an, das ist die eigentliche Kunst. Wollen wir es zusammen versuchen?«

Auguste stellte eine Reihe Tiegel und Töpfchen vor Claire auf und ließ sie daraus allerlei Zutaten und Gewürze probieren. Dann fragte er sie, welche Aromen ihrer Meinung nach zusammenpassten und welche nicht. Jede ihrer Antworten kommentierte er, nannte die Namen der Zutaten und Gewürze, ließ Claire noch einmal probieren, um sich mit ihr Schritt für Schritt an eine Komposition heranzutasten. Nachdem sie sich für eine Mischung entschieden hatte, ließ er sie die Ganache aufschlagen, um ihr am Ende zu zeigen, wie man die Füllung mit Hilfe einer Spritztülle in die Hohlkörper gibt, bevor man diese mit einer Kuvertüre verschließt.

Mit wachsendem Unbehagen sah Vicky, wie gut die beiden miteinander harmonierten.

»*Et voilà*«, sagt Auguste. »Ihre erste Praline.«

Mit einem Messerchen zerteilte er die Kugel in zwei Hälften, von denen er eine Claire zu kosten gab und sich die andere selbst in den Mund steckte.

»Hmmmm …« Vor lauter Verzückung verdrehte er die Augen. »Sie sind ja ein Naturtalent! Als wären Sie dazu geboren!«

Jetzt war es aber genug! Vicky beschloss, der Sache ein Ende zu machen.

»Ich fürchte, die eigentliche Begabung meiner Tochter liegt auf dem Gebiet der Naturkunde«, erklärte sie, »ein Erbe ihres Urgroßvaters Joseph Paxton – vielleicht haben Sie den Namen schon mal gehört? Schon als Kind musste man ihr immer aus seinen Büchern vorlesen. – Aber apropos Familie«, wechselte sie das Thema, »warum sind Ihre Frau und Ihre Kinder eigentlich in Frankreich zurückgeblieben? Sie müssen sie doch ganz fürchterlich vermissen.«

»Ja, das tue ich«, bestätigte Auguste. »Besonders fehlt mir mein Ältester, Popol. Ich könnte mir nichts Schöneres wünschen, als ihn hier bei mir zu haben und ihn in die Lehre zu nehmen. Aber davon will meine Frau nichts wissen. Sie besteht darauf, dass unsere Kinder erst in Frankreich die Schule beenden. – Aber was meinen Sie«, wandte er sich wieder an Claire, »möchten Sie vielleicht zu Hause ein wenig weiter experimentieren?«

»Sehr gern«, sagte sie, und ihre Augen leuchteten. »Aber ist denn das möglich?«

»*Sans aucun problème*. Ich werde Ihnen alle nötigen Gerätschaften und Zutaten durch einen Boten zukommen lassen. – Allerdings nur unter einer Bedingung.«

»Welcher?«, wollte Claire wissen.

»Dass ich als Erster das Ergebnis probieren darf!«, lachte er und seine Augen leuchteten wie die seiner Tochter.

19

ES WAR ein Montagmorgen im Februar des Jahres 1892, als Paul mit seiner Frau beim Frühstück saß. Selten war er so zufrieden mit seinem Leben gewesen wie in den vergangenen Monaten. Der Winter hatte sich sehr milde gezeigt, so dass die Arbeiten an der Gedächtniskirche nicht einen Tag wegen Frost hatten ruhen müssen, Weihnachten und Silvester hatte man in ungewohnter Eintracht verbracht, weder in seiner Ehe noch in der Familie war es zu Streit gekommen, und gestern hatte Friwi ihn mit der Nachricht überrascht, dass er zu Ostern wider Erwarten wohl doch in die Prima versetzt wüde – dank seiner herausragenden charakterlichen Beurteilung sowie seiner guten Noten in Leibesübungen und Fechten.

»Ich habe es ja immer gesagt«, sagte Erdmute, »der Charakter eines Menschen ist wichtiger als alles andere. Das sieht man ja an Hugos Sohn.«

»Kaspar ist kein schlechter Kerl«, verteidigte Paul seinen Neffen. »Ihn sticht nur ab und zu der Hafer. Das ist die Jugend und legt sich mit der Zeit.«

Erdmute verzog das Gesicht. Kaspar war ihr ein steter Dorn im Auge, und sie konnte sich gar nicht genug über ihn aufregen. Doch heute verzichtete sie zu Pauls Erleichterung auf ihre üblichen Tiraden und schenkte ihm stattdessen Kaffee nach.

»Wie immer zwei Würfel?«, fragte sie, die Zuckerzange schon in der Hand.

»Gern, meine Liebe. Danke.«

»Ich weiß doch, dass du ihn gern süß magst.« Sie ließ zwei Stücke in seine Tasse fallen. »Übrigens, wie sieht es eigentlich mit den Spenden aus?«

»Die sprudeln munter weiter. Felix sei Dank.«

»Dann glaubst du also, wir dürfen mit einer Einladung rechnen?«

»Du meinst, bei Hofe?« Er rührte seinen Kaffee um und nahm einen Schluck. »Ich denke schon. Mit etwas Glück vielleicht sogar noch in dieser Saison.«

Erdmute gluckste vor Freude. »Du weißt ja gar nicht, wie glücklich mich das machen würde.«

Er tätschelte ihre Hand. Mit einem Lächeln erwiderte sie seinen Blick, als sich plötzlich im Flur Schritte näherten.

Erdmute zog ihre Hand zurück. Im selben Moment flog die Tür auf, und Felix kam herein.

»Die Arbeiter streiken!«

»Scheiße im Trompetenrohr!« Paul warf die Serviette auf den Tisch und stand auf. »Weiß Hugo Bescheid?«

»Er ist schon auf dem Weg.«

Zum Glück hatte Anton bereits angespannt, und der Landauer stand im Hof bereit. Paul sprang auf den Bock und nahm die Leinen.

»Hü!«

Keine zehn Minuten später kam er auf der Baustelle an. Dort herrschte gespenstische Stille, einsam und verlassen ragten die unfertigen Kirchenmauern in den Winterhimmel empor. Nirgendwo war ein Arbeiter zu sehen, weder auf dem Baugerüst noch am Boden. Und dieselbe gespenstische Stille auch auf allen anderen Baustellen entlang des Boulevards, so weit das Auge reichte.

An der Bauhütte wartete Hugo zusammen mit dem alten Busicke.

»Was ist los?«, fragte Paul und stieg vom Wagen.

»Die Arschlöcher wollen samstags nur noch fünf Stunden arbeiten. Die glauben, wir könnten Geld kacken!«

Während Hugo sprach, hörte Paul ein Grummeln, wie von einem aufziehenden Gewitter.

Was war das?

Als er sich umdrehte, trocknete ihm der Mund aus. Ein Demonstrationszug, wie er noch keinen gesehen hatte, kam vom oberen Ende des Kurfürstendamms im Laufschritt auf sie zu. Tausende Arbeiter, die näher und näher rückten, eine riesige Menschenwalze, über der rote Fahnen wehten und die die ganze Breite der Chaussee einnahm.

»Was machen wir jetzt?«

»Am besten gar nichts«, sagte der alte Busicke. »Die müssen nur mal Dampf ablassen, dann geben sie von allein wieder Ruhe.«

»Wir sollen den Schwanz einziehen?« Hugo zog den Mantel und sein Jackett aus. »Na, die sollen mich kennenlernen!«

»Bist du verrückt?«, rief Paul. »Die schlagen dich tot!«

»Mir scheißegal!«

Während Hugo die Ärmel hochkrempelte, marschierte der Demonstrationszug wie eine Armee auf sie zu, und der Lärm schwoll zu einem solchen Getöse an, dass die Kutschpferde im Geschirr wiehernd und schnaubend auf der Stelle trappelten.

Jetzt hörte man sogar die Parole, die die Streikenden skandierten.

Alle Räder stehen still,

Wenn unser starker Arm es will …

Paul spürte, wie sein Puls raste. Die Menschenwalze war nur noch einen Steinwurf entfernt.

»Kommt«, sagte er. »Wir verschwinden.«

Der alte Busicke kletterte auf den Wagen. Doch Hugo rührte sich nicht. Wie angewurzelt stand er da und starrte ungläubig auf die Demonstranten.

»Los! Worauf wartest du?«

Noch während er sprach, sah Paul, was sein Schwager sah.

Kaspar! Untergehakt zwischen den Arbeitern marschierte er auf sie zu, in der allerersten Reihe.

Alle Räder stehen still,

wenn unser starker Arm es will …

Hugo erwachte aus seiner Erstarrung. »Der kann was erleben!«

»Nein!«

Paul packte seinen Arm. Aber Hugo stieß ihn zurück und riss sich los. Blind vor Wut warf er sich den Arbeitern entgegen.

Er hatte sie fast erreicht, da flog ein Stein durch die Luft.

Wie vom Blitz getroffen, hielt er inne. Sein massiger Körper schwankte, er riss die Arme hoch, wie um Halt zu suchen, doch er griff ins Leere und sank zu Boden.

Eine Trillerpfeife ertönte.

»Polizei!«

Pistolenschüsse krachten, und aus der Hardenbergstraße sprengte ein Trupp Berittener herbei. Im selben Moment brach der Demonstrationszug auseinander. Hals über Kopf nahmen die Arbeiter Reißaus und verschwanden in den anliegenden Straßen und Gassen.

Gott sei Dank!

Von den Streikenden war nur Kaspar zurückgeblieben. In seinem Maurerkittel hockte er bei seinem am Boden liegenden Vater.

»Ist er verletzt?«, rief Paul und eilte hinzu.

Sein Neffe blickte über die Schulter zu ihm auf – das Gesicht kreidebleich, unfähig, ein Wort zu sagen. Paul hielt den Atem an. Der Stein hatte Hugo an der Stirn getroffen. Ungläubig blickten seine Augen zum Himmel empor, und aus seinem Mund rann ein feiner, dünner Streifen Blut.

20

NORMALERWEISE LIESS der Frühling in London lang auf sich warten, und nicht selten musste man in Paxton House noch im Juni heizen. Doch dieses Jahr war es bereits im März so sonnig und warm, dass Vicky und Claire, die das schöne Wetter am Nachmittag genutzt hatten, um im Garten ein Foto von Ruperts Apfelbaum zu machen, spontan beschlossen, ihren Tee auf der Terrasse zu nehmen.

»Die Mittagspost, Ma'm.«

O'Brien brachte zwei Briefe – einen aus Indien und einen aus Eton.

»Welchen zuerst?«, fragte Vicky.

»Den von Nigel«, sagte Claire.

Vicky öffnete das Kuvert. »Er lädt uns zu seiner Abschlussfeier ein. Mein Gott, wie die Zeit vergeht ...«

Sie schüttelte den Kopf. Als wäre es gestern gewesen, erinnerte sie sich an den Tag, als sie ihren Sohn geboren hatte. Ein winzig kleines Bündel Leben. Er hatte mit seinem Mündchen gleich nach ihrer Brust gesucht, kaum dass er auf der Welt war. Und als Rupert ihn auf den Arm genommen hatte, hatte er dem stolzen Vater die Hemdbrust eingenässt – was hatten sie gelacht ... Und jetzt machte Nigel seinen Abschluss in Eton und war ein erwachsener Mann.

»Und was gibt's Neues aus Indien?«, wollte Claire wissen.

Vicky legte den Brief ihres Sohnes beiseite und öffnete das zweite Kuvert.

»Na, das ist ja eine Überraschung!«, sagte sie, nachdem sie die ersten Zeilen überflogen hatte. »Onkel Georgie hat sich verliebt.«

»Unmöglich! Das muss einer von seinen Witzen sein.«

»Nein, hör zu, was er schreibt. ›Ich weiß, es klingt wie aus einem jener Schundromane, die ich immer verachtet habe, aber der Mensch ist eine Wundertüte, und es ist, wie es ist: Ich habe die Liebe meines Lebens gefunden!‹« Vicky ließ den Brief sinken. »Die armen Damen vom Ballett. Sie werden untröstlich sein.«

Claire fiel nicht in ihr Lachen ein. »Statt uns über ihn lustig zu machen, sollten wir uns für ihn freuen«, sagte sie in ihrer ruhigen und bestimmten Art. »Er war sein Leben lang allein, ich könnte mir vorstellen, dass er sehr darunter gelitten hat. Auch wenn er sich das nie hat anmerken lassen. – Schreibt er, wer die Glückliche ist?«

»Du meinst wohl eher die Unglückliche?«

»Nein, Mama, im Ernst. Wer ist sie? Kennen wir ihre Familie?« Claire hielt inne. »Aber vielleicht ist sie ja eine Maharani! Stell dir nur vor! Das würde zu ihm passen.«

»Gott bewahre«, sagte Vicky. »Das wäre dann wirklich ein Schundroman. Aber wie auch immer, du hast recht, gönnen wir ihm sein spätes Glück, er hat lange genug darauf warten müssen.« Sie steckte den Bogen zurück ins Kuvert. »Apropos, bald beginnt die Ballsaison. Ich denke, da wird es Zeit, dass du die Trauerkleider ablegst.«

»Weshalb sollte ich?«, fragte Claire. »Du trägst doch auch noch Schwarz.«

»Das ist etwas anderes, ich bin schließlich die Witwe. Aber du bist jetzt in einem Alter, dass du allmählich ans Heiraten denken solltest. Oder willst du den Rest deines Lebens als unverheiratete Jungfer verbringen, mit Bücherlesen und Klavierspielen?«

»Unverheiratete Jungfer? Mama – ich bin noch nicht mal zwanzig!«

»Zwanzig ist ein sehr gefährliches Alter für eine Frau, und deshalb …«

Mitten im Satz brach sie ab. Was sagte sie da? Mit genau denselben Worten hatte ihre Mutter sie vor Jahren zur Heirat gedrängt, als sie von Heirat noch nichts hatte wissen wollen. Damals hätte sie sich nicht im Traum vorstellen können, dass sie einmal selbst so reden würde.

»Keine Sorge«, sagte Claire. »Ich werde sowieso nicht heiraten.«

»Machst du Witze?«

»Nein, das ist mein fester Entschluss.«

Vicky nahm ihre Hand. »Ich weiß, was du meinst, mein Schatz. Du glaubst, kein Mann könnte je so sein wie dein Vater, nicht wahr?«

»Ja, das auch. Aber das ist nicht der einzige Grund.« Claire zögerte. Dann sagte sie: »Ich … ich denke, jemand wie ich sollte keine Kinder kriegen.«

»Wie kommst du denn auf eine so seltsame Idee?«

»Seltsam? Seit ich zurückdenken kann, bin ich immer irgendwie krank gewesen. Mal war es Grippe, mal Fieber, mal war ich einfach nur müde und erschöpft, ohne dass es einen Grund dafür gab. Aber nie war ich wirklich gesund. Genauso wie Papa. Deshalb musste er so früh sterben.«

»Unsinn! Dein Vater litt an Asthma. Und außerdem hatte er einen Schlaganfall. "

»Siehst du? Das meine ich ja. Er hatte einfach eine zu schwache Konstitution. Genauso wie ich.« Claires Miene verfinsterte sich, und so leise, als spräche sie zu sich selbst, sagte sie: »Das Starke überwindet das Schwache. Das ist das Geheimnis des Lebens …«

Entsetzt ließ Vicky ihre Hand los. »Wer um Himmels willen hat dir das denn beigebracht?«

Mit ernster Miene erwiderte Claire ihren Blick. »Dein Großvater. Ich habe es in einem seiner Bücher gelesen.«

»Mag sein«, sagte Vicky. »Aber mein Großvater meinte damit weder dich noch deinen Vater.«

Claire schüttelte den Kopf. »Mein Urgroßvater war Naturkundler, und mit Geheimnis des Lebens meinte er ein Naturgesetz, das für alles Leben gilt, sowohl für Pflanzen und Tiere als auch für Menschen, also auch für Papa und mich. Nur das Starke kann überleben, das Schwache geht unter. Das schreibt er immer wieder, in allen möglichen Formulierungen. Und das will ich niemandem weitervererben.«

Vicky wusste nicht, was sie erwidern sollte. Sie selbst hatte in ihrer Jugend ja auch rebelliert, aber das war etwas anderes gewesen. Sie hatte rebelliert, weil sie etwas gewollt hatte, sie hatte für Dinge gekämpft, die man ihr vorenthielt. Ihre Tochter hingegen rebellierte gegen ihr eigenes Leben.

»Siehst du«, sagte Claire. »Darauf hast du keine Antwort.«

Vicky stieß einen Seufzer aus. »Vielleicht stimmt es ja, dass du immer ein wenig zum Kränkeln geneigt hast«, sagte sie. »Aber das ist doch viel besser geworden. Und außerdem hast du einen starken Willen. Und mit dem hast du jede Schwäche wettgemacht, wenn dein Körper dich mal im Stich gelassen hat.«

»Soll ich mich darauf verlassen, wenn es um meine Kinder geht?«, fragte Claire. »Nein, man kann nur seine Natur vererben, nicht seinen Willen. Und deshalb werde ich niemals heiraten. Das … das wäre unverantwortlich.«

Sie stand auf und ging zur Terrassentür.

»Wohin willst du hin?«

»In die Küche, Pralinen machen.«

»Das ist doch jetzt wohl nicht dein Ernst!«

Mit dem Türgriff schon in der Hand drehte Claire sich noch einmal um. »Doch, Mama. Damit du siehst, dass ich nicht nur Bücher lesen und Klavier spielen kann. Außerdem möchte ich Monsieur Escoffier nicht enttäuschen.«

21 IN DER Charlottenburger Villa herrschte Trauer. Hugo Lebsanft, Teilhaber und Geschäftsführer der Firma Biermann & Gumbrecht, war tot. Ein Steinwurf hatte ihn aus dem Leben gerissen, in der Blüte seiner Jahre. Die Beisetzung in der Familiengruft auf dem Friedhof der Luisengemeinde war eine beeindruckende Demonstration gewesen, zu welcher Bedeutung das Bauunternehmen Biermann & Gumbrecht inzwischen gelangt war. Der Magistrat hatte ein halbes Dutzend Stadträte zu der Trauerfeier entsandt, an ihrer Spitze Baurat Hoffmann, der in der übervollen Kirche eine ergreifende Rede zur Würdigung des Verstorbenen gehalten hatte; die Reichenbachs hatten sich eigens aus Dresden herbeibemüht und am Sarg einen Kranz niedergelegt, der so groß war wie ein Wagenrad, und ein ungemein vornehm aussehender Sekretär des Hofamts hatte ein Beileidstelegramm von Oberhofmeister Mirbach verlesen. Hugo wäre von dem pompösen Abschied zu Ehren seiner sterblichen Überreste begeistert gewesen. Fünf Dutzend Kränze und der ganze Friedhof schwarz von Menschen – »leck mich am Arsch!«

Jetzt hatte sich die Verwandtschaft in Mutter Hermines »Salong« versammelt, um über die Zukunft der Firma und der Familie zu beraten. Durch das Ableben seines Schwagers war Paul nunmehr alleiniger Geschäftsführer der Firma; die übrigen Familienmitglieder waren, ebenso wie die Erben des vor zwei Jahren verstorbenen Jakob Gumbrecht, stimmrechtslose stille Teilhaber. Damit ruhte von nun an die ganze Verantwortung für das Unternehmen auf seinen Schultern.

Anders als Hugos Nachfolge in der Firma war die Zukunft seiner Kinder ungewiss. Die Tochter Johanna, ein bildhübsches Mädchen mit braunen Locken und leuchtend blauen Augen, würde zu Ostern die Höhere Töchterschule abschließen. Mit ihren siebzehn Jahren wäre sie dann eigentlich alt genug, um ihre Verheiratung ins Auge zu fassen, aber da sie nach dem Tod des Vaters ein Jahr lang keine Bälle besuchen noch sich sonst in der Gesellschaft zeigen konnte, kam diese Möglichkeit nicht in Betracht. Nach ihren eigenen Vorstellungen befragt, äußerte sie den überraschenden Wunsch, nach Abschluss der Töchterschule einen Gymnasialkurs zu besuchen.

»Gymnasialkurse für Mädchen?«, fragte Paul. »Ich wusste gar nicht, dass es so etwas gibt.«

»Die sind auch ganz neu«, erwiderte seine Nichte. »Zuerst muss man eine Eignungsprüfung bestehen, der Unterricht erfolgt dann in einer Privatschule. Die Prüfung nehmen nach drei Jahren Professoren eines Jungengymnasiums ab.«

»Neumodischer Unsinn!«, sagte ihre Mutter. »Wozu braucht ein Mädchen Abitur?«

»Um Lehrerin zu werden!«, antwortete Johanna wie aus der Pistole geschossen.

Paul nickte. »Lehrerin ist ein sehr schöner Beruf. Schließlich gibt es nichts Wichtigeres als Bildung.«

»Du und dein Bildungstick.« Greta schüttelte den Kopf. »Nein, das kommt nicht in Frage. Wie jedermann weiß, ist es Lehrerinnen verboten zu heiraten. Willst du, dass meine Tochter am Ende noch eine von diesen Blaustrümpfen wird?«

»Müssen Lehrerinnen jetzt blaue Strümpfe tragen?«, fragte Mutter Hermine, die gerade die Zwillinge angewiesen hatte, Eierlikör auszuschenken. »Ach, ich verstehe diese Welt nicht mehr.«

»Liest du keine Zeitung?«, erwiderte Greta. »Blaustrümpfe sind Weiber, die keinen Mann abbekommen und sich dafür an uns normalen Frauen rächen. Jetzt haben sie sogar einen eigenen Verein gegründet – ›Verein für Frauenrechte‹. Wahrscheinlich bringen sie sich da gegenseitig bei, wie man Männer vergiftet.«

Paul sah, wie seine Nichte die Augen verdrehte.

»Warum sollten wir Johanna verweigern, zu studieren und einen Beruf zu erlernen?«, fragte er. »Nur weil sie ein Mädchen ist? Bei einem Jungen ist es doch ganz selbstverständlich, dass er …«

»Fragst du das im Ernst?«, fiel seine Schwester ihm ins Wort. »Ein Mädchen aus guter Familie braucht keinen Beruf. Das sieht ja sonst aus, als hätte man es nötig.«

»Und was soll Johanna deiner Meinung nach tun, wenn sie mit der Töchterschule fertig ist?«

»Sich um ihre Aussteuer kümmern, bis die Trauerzeit herum ist. Dann ist sie im perfekten Alter, um zu heiraten. Und bis dahin übt sie sich in Geduld. Das hat noch keinem geschadet.«

Paul schaute seine Schwester an. Drei Tage lang hatte Greta über den Verlust ihres Mannes geweint, bis ihre Tränen irgendwann versiegt waren. Seitdem trug sie ihre Ansichten in einer Weise vor, die sie früher nie an den Tag gelegt hatte und die ihn auf unangenehme Weise an seinen Schwager erinnerte. Angeblich, so hatte er in der *Gartenlaube* gelesen, kam das bei verwitweten Frauen gar nicht so selten vor, dass sie sich plötzlich wie Männer verhielten.

»Nein«, sagte er. »Es wäre eine Sünde, Johanna ein Jahr lang Däumchen drehen zu lassen. Statt unnütz die Zeit zu vertrödeln, soll sie lieber Abitur machen und studieren. Und wenn sie später Lehrerin ist und irgendwann heiraten will, hört sie eben damit wieder auf.«

»Aber wie stellst du dir das vor?«, fragte Greta. »Jemand müsste sie täglich zu so einer Schule bringen und auch wieder abholen. Dafür habe ich keine Zeit.«

»Vielleicht erklären sich ja die Zwillinge dazu bereit«, erwiderte Paul.

»Herzlich gern!«, sagte Else, noch bevor er sie gefragt hatte. »Nicht wahr, Anna?«

»Aber natürlich, meine Liebe.« Die zwei Schwestern strahlten um die Wette. »Dann kommen wir wenigstens an die frische Luft!«

»Schön, das wäre also entschieden.« Paul nahm das Glas, das Else ihm reichte, und kippte den Eierlikör hinunter. »Und nun zu Kaspar«, sagte er dann. »Hast du schon Pläne für ihn, Schwesterherz?«

Gretas Miene verfinsterte sich. Ohne zu antworten, warf sie einen

Blick auf ihren Sohn, der bislang bleich und stumm auf seinem Platz gesessen hatte. Dann wandte sie sich mit einem Ruck ab und trat ans Fenster, um in den Hof hinunterzuschauen.

Jeder wusste, was das bedeutete

»Ich habe das nicht gewollt«, flüsterte Kaspar, und seine Stimme, klang, als würde er jeden Moment in Tränen ausbrechen. »Bitte, Mutter, das musst du mir glauben.«

»Aber du bist dabei gewesen!«

»Es war auch unser Fehler«, sagte Paul. »Hugo und ich hätten versuchen sollen, mit den Arbeitern zu reden. Stattdessen haben wir ...«

Greta fuhr herum. »Willst du ihn auch noch in Schutz nehmen?«

»Was heißt in Schutz nehmen? Kaspar hat den Stein nicht geworfen. Und du kannst ihn doch nicht für etwas verantwortlich machen, was er nicht getan hat.«

Sie zog ein verächtliches Gesicht. »Mitgehangen, mitgefangen!«

Während sie allen wieder den Rücken zukehrte, schluchzte Kaspar laut auf und schlug die Hände vors Gesicht.

»Möchte vielleicht noch jemand ein Eierlikörchen?«, fragte Mutter Hermine.

»Jetzt lass uns doch mit deinem Eierlikör in Ruhe!«

Paul überlegte, wie er zwischen seiner Schwester und ihrem Sohn vermitteln konnte, aber es fiel ihm nichts ein. Auch wenn Kaspar keine Schuld an Hugos Tod trug, konnte er Greta verstehen.

Wie sollten die zwei weiter unter einem Dach leben?

Plötzlich hatte er eine Idee.

»Vielleicht wäre es das Beste, Kaspar wechselt in ein Internat, um das Abitur nachzuholen. Er braucht ja nur noch ein Jahr, und danach kann er studieren.«

Greta zuckte die Schulter. Paul wertete das als gutes Zeichen. Mit ein bisschen Zureden würde sie hoffentlich einwilligen, und wenn erst genügend Zeit verstrichen war ... Die Zeit heilte bekanntlich alle Wunden.

Er drehte sich zu Kaspar herum. »Was meinst du, mein Junge?«

Sein Neffe nahm die Hände vom Gesicht. »Du willst mich in ein Internat stecken?«, fragte er. »Dann könnt ihr mich auch gleich wieder in die Kadettenanstalt sperren. – Nein, das halte ich kein zweites Mal aus. Lieber bringe ich mich um!«

22

DANK AUGUSTES Kochkunst hatten sich seit der Eröffnung des Savoy die Speisegewohnheiten der Londoner Oberschicht von Grund auf verwandelt. Hatte man früher bei festlichen Anlässen zu sich nach Hause oder in einen Club geladen, empfing man seine Gäste nun im Savoy. In nur wenigen Monaten war Augustes Restaurant darum der bevorzugte Treffpunkt von Adel und Geldaristokratie, von Künstlern und Gourmets geworden.

Er überprüfte gerade den Blumenschmuck für ein Bankett, zu dem die Countess of Denbigh anlässlich der Verlobung ihrer jüngsten Tochter geladen hatte, als er unerwarteten Besuch bekam.

»Mademoiselle Claire – was für eine schöne Überraschung!« Sofort ließ er alles stehen und liegen. »Ich wusste gar nicht, dass wir heute verabredet sind.«

»Das sind wir auch nicht«, sagte sie. »Aber Roberta und ich waren zufällig in der Gegend, und da wollte ich …«

»Oh, dürfen junge Damen immer noch nicht allein aus dem Haus?«, fragte er mit einem Blick auf die Gouvernante. »In Paris sind diese Zeiten Gott sei Dank vorbei.«

»Offenbar ist man in Frankreich fortschrittlicher als hier. Was gesellschaftliche Konventionen angeht, leben wir Engländer leider immer noch wie zu Beginn des Jahrhunderts. – Aber ich hatte ihnen etwas versprochen.« Sie reichte ihm ein Tütchen, das mit einer rotgrünen Schleife verschnürt war.

»Ich glaube, ich weiß, was es ist.« Freudig zupfte er an der Schleife. »Darf ich?«

»Nur auf eigene Gefahr!«

Er nahm eine Praline aus dem Tütchen, dann schloss er die Augen, um zu schmecken. »Zartbittere Schokolode, Marzipan, Orange … *Oh, là, là* – was ist das? Ein Hauch von Lavendel, *n'est-ce-pas*? *Quel raffinement!*«

Als er die Augen aufschlug, sah er in Claires Gesicht. Leicht verlegen lächelte sie ihn an.

»Wie lautet Ihr Urteil?«

»Dé-li-cieux!«

»Wirklich?«

»Wollen Sie mich beleidigen! In Geschmacksdingen bin ich absolut unbestechlich!« Er schmeckte noch einmal nach. »Eine überaus interessante Komposition unterschiedlicher Aromen. Von sehr origineller Charakteristik und doch harmonisch und dezent in der Abstimmung. Einfach delikat.«

Die Verlegenheit schwand aus ihrem Gesicht, und übrig blieb ein so reizendes Lächeln, dass Auguste ganz warm ums Herz wurde. Vor lauter Freude begann er Englisch zu reden: *»I had gone, you had gone, he she it had gone …* Nur damit Sie sehen, dass auch ich meine Hausaufgaben gemacht habe!«

»Ich bin beeindruckt!« Claire lachte. »Dann machen wir am besten gleich mit dem Futur weiter. Das haben Sie das sicher auch geübt, nicht wahr?«

Natürlich hatte er das nicht. Doch er hatte Glück, ein Hotelpage rettete ihn.

»Ein Brief für Sie. Aus Berlin. Per Eilboten.«

Auguste hob die Arme. »Ich fürchte, dann wird es heute wohl nichts mehr mit dem Unterricht.«

»Als ob Sie das bedauern würden!«

»Wie gut Sie mich kennen. Aber sagen Sie bitte nichts Ihrer Frau Mutter.«

Mit dem Brief in der Hand begleitete er Claire hinaus und half ihr in die Kutsche, in der die Gouvernante schon wartete. Der Kutscher knallte mit der Peitsche, und die Pferde zogen an.

Mit einem Anflug von Melancholie blickte Auguste dem davonrollenden Wagen nach. Wie gern hätte er Claire in den Arm genommen. Würde er das jemals dürfen?

Mit einem Seufzer kehrte er in das Hotel zurück. Auf dem Weg zur Küche öffnete er den Brief. Nachdem er die ersten Zeilen überflogen hatte, hob er die Brauen. Paul berichtete von einem Neffen, der dringend eine Luftveränderung nötig habe – ob das Savoy vielleicht einen aufgeweckten jungen Mann brauchen könne?

23

NIGELS GROSSER Tag war da. Nach fünf Jahren Eton wurde er ins Leben entlassen.

Vicky musste mit ihren Gefühlen kämpfen, als sie in der ehrfurchtgebietenden College Hall Platz nahm, um an der Abschlussfeier ihres Sohnes teilzunehmen, zusammen mit Claire und ihrer Mutter sowie ihrem Schwiegervater Edward Watkin, der trotz seines hohen Alters die Reise aus Schottland auf sich genommen hatte. Nigel saß mit seinen Jahrgangskameraden bereits auf der Tribüne, die an der Stirnseite der säulengeschmückten Aula aufgeschlagen war, zu Füßen der Kathedra, von der aus der Rektor die Zeugnisse verteilen würde.

Doch noch war es nicht so weit, erst spielte das Schulorchester eine Haydn-Symphonie, und der Rektor hielt eine so lange und ermüdende Rede, dass Edward Watkin immer wieder die Augen zufielen. Es dauerte darum fast eine Stunde, bis Nigels Name aufgerufen wurde und er sein Zeugnis empfing, verbunden mit einer Extrabelobigung für seine sportlichen Leistungen im Ruder-Achter und als Kapitän der Rugby-Mannschaft.

»Siehst du?«, flüsterte Vicky ihrer Tochter zu. »Dein Kränkeln hat nichts mit der Konstitution eures Vaters zu tun.«

»Das hat nichts zu bedeuten«, erwiderte Claire. »Die Natur stellt sich manchmal schlafend, aber am Ende …«

Das Orchester setzte ein, und der ganze Saal erhob sich, um *God save the Queen* zu singen. Dann löste sich die Versammlung auf, und die Absolventen trafen sich im Hof mit ihren Angehörigen, die sie voller Stolz beglückwünschten.

Emily brauchte ihr Lorgnon, um ihren Enkel zu erkennen. Unter dem Eton-Frack trug Nigel zur Feier des heutigen Tages eine Weste in den Farben des Union Jack.

Als Vicky ihren Sohn umarmte, kamen ihr die Tränen. »Mein kleiner Junge …«

»Von wegen – kleiner Junge!«, knurrte Edward Watkin. »Ab heute ist er ein erwachsener Mann.«

»Danke, Großvater«, sagte Nigel. »Auch dafür, dass du extra …«

»Ich bin nicht dir zuliebe hier«, fiel Edward Watkin ihm ins Wort. »Ich bin hier, weil ich mit deiner Mutter und Großmutter etwas zu besprechen habe. Wegen der Firma!«

Vicky und Emily schauten sich verwundert an. »Wegen der Firma?«

24

HIRONDELLE HIESS die Fähre, die Paul zusammen mit seinem Neffen in Calais bestiegen hatte, um nach Dover überzusetzen. Jetzt standen sie bei herrlichem Sonnenschein an Deck, wo ihnen eine frische Brise entgegenwehte. Auguste hatte postwendend auf Pauls Anfrage geantwortet: Ja, einen aufgeweckten jungen Mann könne man im Savoy immer brauchen und er freue sich darauf, Kaspar kennenzulernen. Die Einladung hatte er mit der Empfehlung verbunden, die Hirondelle für die Überfahrt zu wählen – die meisten anderen Fähren seien ehemalige Fischerboote, auf denen der Gestank kaum auszuhalten sei. Paul, dem es in Erinnerung an frühere Überfahrten vor der Reise schon gegraut hatte, hatte den Rat dankbar aufgegriffen. Die Hirondelle war in der Tat ein eigens zu ihrem jetzigen Zweck gebauter Segler, und wie um ihrem Namen Ehre zu machen, bewegte sie sich mit der Leichtigkeit und Eleganz einer Schwalbe über die Wellen hinweg.

Kaspar jedoch zog ein Gesicht, als führe man ihn zur Schlachtbank. Stumm und in sich gekehrt, stand er an der Reling und starrte mit leeren Augen aufs Wasser. Auch während der Bahnreise hatte er kaum ein Wort gesprochen. Paul konnte sich denken, warum. Noch beim Abschied hatte seine Mutter ihm Vorwürfe gemacht, nicht mal zum Bahnhof hatte sie ihren Sohn begleitet.

Um ihn abzulenken, erzählte Paul von den gescheiterten Plänen, den Ärmelkanal zu untertunneln. »Meine englischen Freunde hatten dazu schon ein Unternehmen gegründet, und auch die Firma Biermann & Söhne sollte daran beteiligt werden. Stell dir nur vor, dann würden wir jetzt in einem Zug unter dem Meer hindurchfahren. Wäre das nicht großartig? Leider ist es wegen der Engstirnigkeit der Politiker nie dazu gekommen.«

Kaspar zuckte nur teilnahmslos die Schulter. Der Junge war ebenso hübsch wie seine Schwester, auch er hatte braune Locken und leuchtend blaue Augen, dazu besaß er eine kräftige Figur, und mit dem im Wind wehenden Haar strahlte er trotz seiner Jugend etwas sehr Männliches aus. Umso bedrückender war es, ihn so leiden zu sehen.

»Es war nicht deine Schuld«, sagte Paul. »Es war ein Unfall. Ich war doch dabei und habe es mit eigenen Augen gesehen.«

»Ich weiß nicht. Vielleicht hat Mutter ja recht.«

»Womit?«

»Mitgehangen, mitgefangen.«

Am Horizont tauchte die englische Küste auf, wie eine weiße Wand ragten die Felsen von Dover aus dem Meer. Doch Kaspar hob nicht mal den Blick.

»Bedauerst du deine Entscheidung?«, fragte Paul.

»Welche Entscheidung?«

»Dass du nicht ins Internat wolltest.«

Kaspar sah ihn von der Seite an. »Wozu? Um wieder relegiert zu werden?«

Paul musste lachen. »Immerhin besser als sich umzubringen!«

»Das hätte sich kaum vermeiden lassen«, antwortete Kaspar, und mit dem Anflug eines Lächelns fügte er hinzu: »Das Relegiertwerden meine ich natürlich, nicht das Sich-Umbringen.«

»Na, Gott sei Dank!«

Paul war froh, ihm endlich eine Reaktion entlockt zu haben. Der Junge hatte eine so gewinnende Art, wenn er lächelte.

»Du hast die richtige Entscheidung getroffen, Kaspar, glaub mir. In London hast du die Chance auf einen Neuanfang.«

»In einem Restaurant?«

»Warum nicht?«

»Es war nie mein Wunsch, Koch zu werden.«

»Ich weiß, du hattest andere Pläne. Aber vielleicht ist das jetzt gar nicht so wichtig. Manchmal kommt es nur darauf an, irgendetwas Neues anzufangen, um wieder Tritt zu fassen – ganz egal, was es ist. Dazu hast du jetzt die Möglichkeit. Du wirst sehen, mein Freund Escoffier ist ein außergewöhnlicher Mann. Als er so alt war wie du, hat er auch geglaubt, er hätte keine Zukunft. Und jetzt kennt man ihn in ganz Europa.«

»Glaubst du, ich will berühmt werden?«

Paul überhörte die Frage. »Außerdem ist London eine großartige Stadt, kein Vergleich zu Berlin. Eine wirkliche Metropole, die Hauptstadt der ganzen Welt – der wunderbarste Ort, den es für einen jungen Mann überhaupt geben kann. Bist du darauf nicht neugierig?«

»Doch«, sagte Kaspar. »Auf die Stadt schon …«

»Gibt es dafür einen besonderen Grund?«

»Ja. Wegen Karl Marx.«

»Wegen Karl Marx?«, wiederholte Paul irritiert.

Kaspar nickte. »Er hat in London ›Das Kapital‹ geschrieben. Und er hat dort die sozialistische Internationale gegründet.«

»Hm. Ich weiß nicht, ob das der ideale Ausgangspunkt für einen Neuanfang ist.«

»Weil Marx Kommunist war? Die Genossen hätten euren Tunnel jedenfalls nicht verhindert!«

Paul musste lachen. »Da hast du wahrscheinlich sogar recht. Es lebe die sozialistische Internationale!«

Kaspar fiel in sein Lachen ein, und seine blauen Augen leuchteten so hell auf, dass Paul aus einem Impuls heraus seinen Arm um ihn legte.

Bei der Berührung zuckte Kaspar kurz zusammen. Doch dann ließ er sie zu.

Eine Weile standen sie schweigend an der Reling und schauten auf die Küste.

»Danke«, sagte er irgendwann.

Statt einer Antwort drückte Paul ihn an sich. Während er spürte, wie Kaspar sich an ihn schmiegte, wurde ihm bewusst, dass er mit Friwi noch nie einen so innigen Augenblick geteilt hatte.

25

DIE MENSA, in die der Rektor die Angehörigen der Abschlussklasse zum Essen geladen hatte, war nach Vickys Empfinden noch ehrfurchtgebietender als die Aula, in der die Zeugnisverleihung stattgefunden hatte. Während man an den Holztischen Hammelkeule mit Minzsoße aß, erinnerten an den Wänden Ölgemälde und Wappenschilder daran, was für berühmte Männer Eton schon hervorgebracht hatte: Minister und Ministerpräsidenten, Schriftsteller und Wissenschaftler, Offiziere und Generäle, ganz zu schweigen von all den Lords und Earls und Dukes, die in ihrer Jugend in diesem Saal gespeist hatten, darunter sogar spätere Könige des britischen Empires.

»Was hast du jetzt vor?«, fragte Emily ihren Enkel. »Oxford oder Cambridge?«

»Oxford«, sagte Nigel, ohne auch nur einen Moment zu überlegen.

»Und welche Fächer willst du belegen?«

»Ökonomie, Geschichte und Philosophie. Ich denke, das ist eine gute Basis, um später die Firma zu leiten. Aber vor dem Studium werde ich auf Weltreise gehen.«

»Fabelhafte Sache!«, brummte Edward Watkin. »Das habe ich in meiner Jugend auch gemacht, ich habe alle unsere Kolonien bereist.«

»Dann wird es dich sicher freuen«, sagte Claire, »dass ich Nigel begleiten werde.«

Ihr Großvater legte eine Hand an seine große, behaarte Ohrmuschel. »Habe ich richtig gehört?«

»Ja. Mein Bruder und ich werden die Reise zusammen unternehmen.«

»Claire ist Naturkundlerin«, ergänzte Nigel. »Sie möchte die Tiere und Pflanzen in den verschiedenen Ländern studieren. Unser Urgroßvater hat in unserer Familie auf niemanden so abgefärbt wie auf meine Schwester. Schon als Kind wollte sie immer, dass man ihr aus seinen Büchern vorlas.«

»Ein Mädchen auf Weltreise?« Edward Watkin schüttelte den Kopf. »Was für ein Unfug!« Er warf sein Messer auf den Tisch und wandte sich an Vicky. »Ich hoffe, das wirst du deiner Tochter verbieten.«

Vicky war nicht weniger überrascht als ihr Schwiegervater, Claire und Nigel hatten sie nicht in ihre Pläne eingeweiht. Um Streit zu vermeiden, wechselte sie das Thema. »Du wolltest mit uns über die Firma sprechen, Schwiegervater?«

»Allerdings«, bestätigte Edward Watkin. »Du weißt, dass die Franzosen in Paris den höchsten Turm der Welt gebaut haben? Um der Welt zu beweisen, dass sie wieder wer sind, nachdem die Deutschen ihnen den Hosenboden versohlt haben?«

»Du meinst den Eiffelturm? Natürlich, das Wahrzeichen der Weltausstellung vor zwei Jahren, die Zeitungen waren ja voll davon. Aber was hat das mit der Firma zu tun?«

»Ich will auch einen solchen Turm, und zwar einen noch höheren.«

»Aber der Eiffelturm ist dreihundert Meter hoch.«

»Na und? Wir können uns nicht bieten lassen, dass die Franzosen uns so in den Schatten stellen. Die ganze Welt reist nach Paris, um auf das verfluchte Ding zu steigen, und die Froschschenkelfresser lachen sich ins Fäustchen. Es ist Zeit, dass wir ihnen eine Lektion erteilen!«

»So ein Turm verschlingt Unsummen. Woher willst du das Geld nehmen?«

»Indem wir endlich unseren Tunnel graben. Damit verdienen wir mehr als genug.«

»Welchen Tunnel?«, fragte Vicky irritiert.

»Welchen wohl? Natürlich den unter dem Ärmelkanal!«

»Aber die Verfügung des Handelsamts …«

»Die ist nicht mehr wert als das Papier, auf dem sie steht.« Edward Watkin grinste so verschlagen wie ein Hühnerdieb. »Mein Freund Edward Reed pfeift auf die Sesselfurzer im Ministerium und hat eine neue Tunnelgesellschaft gegründet, mit einem Stammkapital von vierzigtausend Pfund. Und er hat mir versprochen, dass die Midland Railway den Auftrag bekommt, wenn es so weit ist. Das Geld wartet also nur darauf, dass wir es kassieren. Und dann werden wir den Franzmännern zeigen, was ein englischer Turm ist!«

»Aber das sind ja ganz wunderbare Nachrichten!«, rief Emily. »Der Tunnel wird also doch noch gebaut?« Obwohl auf ihrem Teller noch die halbe Hammelkeule und fast alle Erbsen übrig waren, steckte sie sich vor lauter Aufregung eine Zigarette an.

Auch Nigel war ganz aus dem Häuschen. »Dafür würde ich sogar auf unsere Reise verzichten. Papa hat so lange für den Tunnel gekämpft. Ich kann mir nichts Schöneres vorstellen, als dass sein Traum in Erfüllung geht.«

»Gut gesprochen, meine Junge!« Sein Großvater klopfte ihm auf die Schulter. Dann drehte er sich zu Vicky herum. »Aber was ist mit dir? Warum sagst du nichts? Um eine Entscheidung zu treffen, brauchen deine Mutter und ich deine Stimme.«

Vicky zögerte, obwohl sie selbst nicht wusste, warum. Nigel hatte ja recht, Rupert hatte sich für keine andere Sache je so eingesetzt wie für den Tunnel – er hatte buchstäblich sein Leben dafür gelassen …

Ihre Mutter sah ihr Zögern und legte ihr die Hand auf den Arm. »Hast du nicht gesagt, dass unser Freund Paul Biermann nach London kommt? Der wollte sich damals doch an dem Tunnel beteiligen. Vielleicht sprichst du mit ihm mal darüber.«

26

ES WAR schon spät am Abend, als Paul und sein Neffe in Victoria Station aus dem Zug stiegen, der sie von Dover nach London gebracht hatte. Vor dem Bahnhof nahmen sie eine Droschke, um den kurzen Weg zum Strand zu fahren. Das Savoy erstrahlte im vollen Lichterglanz, als die Droschke vor dem Eingang hielt. Offenbar war soeben eine Theatervorstellung zu Ende gegangen, elegante Herren im Frack und Damen in Abendrobe strömten in das Foyer, Portiers öffneten Türen, Pagen schleppten Kisten und Koffer.

»Hier soll ich arbeiten?«, fragte Kaspar. »Um Gottes willen, ich bin doch kein Lakai!«

»Um ehrlich zu sein«, sagte Paul, »bin ich auch überrascht. Einen solchen Palast hatte ich nicht erwartet.«

Als sie sich nach Auguste erkundigten, verwies ein Türsteher sie an den Hinterausgang, wo Paul seinen Freund sogleich entdeckte. In einer weißen Kochuniform und mit einer turmhohen Mütze auf dem Kopf war Auguste gerade damit beschäftigt, hereinkommende Waren in Empfang zu nehmen.

Als er Paul sah, ließ er seine Lieferanten stehen, um ihn mit einer Umarmung zu begrüßen.

»Und das ist also unser junger Freund?«, fragte er dann in seinem Kauderwelsch aus Deutsch und Französisch und reichte Kaspar die Hand. »Herzlich willkommen!«

»Oh, hier gibt man Lakaien die Hand?«, fragte Kaspar überrascht.

Bevor Auguste antworten konnte, trat einer der Lieferanten zu ihm, um zu kassieren. Paul fiel auf, dass der Mann Auguste einige Scheine zurückgab, nachdem er sein Geld bekommen hatte.

»Nimmst du Provisionen für deine Bestellungen?«, fragte er, als der andere fort war. »Das ist mir mal sauer aufgestoßen.«

»Keine Sorge«, sagte Auguste. »Provisionen sind in meinem Metier üblich, in allen Ländern der Welt. – Und du willst also Koch werden?«, wandte er sich an Kaspar.

Der zuckte die Schulter.

»Also wohl eher nicht.« Auguste lachte. »Nun, das trifft sich gut! In unserem Haus herrscht eine nach Nationalitäten getrennte Arbeitsteilung. In der Küche arbeiten ausschließlich Franzosen, die Verwaltung besorgen Engländer, und um den Service kümmern sich Deutsche und Österreicher.«

»Das heißt, ich soll als Kellner arbeiten?«, fragte Kaspar.

»Ich bin sicher, du eignest dich dafür ganz hervorragend«, erwiderte Auguste. »Vor allem die Damen werden dich mögen. Vorausgesetzt, du ziehst kein so grimmiges Gesicht wie jetzt. – Wie gut ist dein Englisch?«

Kaspar zuckte die Achseln. »Englisch war meine dritte Fremdsprache, nach Französisch und Latein.«

Auguste nickte. »*I go, you go, he she it goes* – so etwa? Dann sollten wir das schleunigst ändern. Im Service muss man arbeiten wie ein Deutscher, aber reden wie ein Engländer. Und das heißt fließend!«

»Wie soll ich das so schnell lernen?«

»*Pas de problème*. Ich kenne eine hervorragende Lehrerin, die hat einen Zaubertrichter. Mit dem füllt sie englische Wörter oben in deinen Kopf hinein, die dann unten aus deinem Mund wieder hervorsprudeln, ganz wie von selbst.«

27

ZWEI TAGE später fand Paul sich in Paxton House ein. Bei ihrer Rückkehr aus Eton hatte Vicky in der Post ein Billett von Auguste vorgefunden, in dem dieser ihr den Besuch avisiert hatte. Da ihre Mutter die Gelegenheit nutzen wollte, um Paul nach seiner Meinung zu der neuen Tunnelgesellschaft zu fragen, hatte sie außer Claire auch Emily und Nigel dazu geladen. Jetzt saßen sie zusammen beim Tee, den sie aufgrund des Wetters im Wintergarten statt auf der Terrasse einnehmen mussten. Doch das konnte Vickys Freude nicht trüben. Obwohl sie Paul seit ihrem Besuch in Berlin nicht mehr gesehen hatte, herrschte zwischen ihnen vom ersten Augenblick an wieder jenes besondere Gefühl von Vertrautheit, dessentwegen sie sich in seiner Gegenwart so wohl fühlte wie bei keinem anderen Menschen seit Ruperts Tod.

Sie wartete, bis O'Brien den Tee eingeschenkt hatte, dann erklärte sie den anderen den Grund für Pauls Besuch.

»Mr. Biermanns Neffe arbeitet im Savoy und benötigt Sprachunterricht.«

»Oh«, sagte Claire. »Ich bekomme einen neuen Schüler?«

Die Frage machte Paul sichtlich verlegen. »Bitte machen Sie nicht mich dafür verantwortlich«, sagte er. »Die Idee hatte unser Freund Escoffier. Er sprach in den höchsten Tönen von Ihnen, er hat wohl sehr von Ihrem Unterricht profitiert. Aber wir wollen Sie keinesfalls bedrängen.«

»Vielleicht sollte meine Schwester Ihren Neffen erst mal kennenlernen, bevor sie ihn unterrichtet«, schlug Nigel vor.

Noch während er sprach, kam Ramigami hereingehüpft, und wie immer gesellte er sich gleich zu Claire.

»Ist das noch derselbe Affe wie früher?«, fragte Paul. »Wenn ich mich recht erinnere, hatte Rupert ihn von der Proklamationsfeier aus Indien mitgebracht, und das ist doch eine Ewigkeit her.«

»Sie haben ein gutes Gedächtnis«, sagte Vicky. »Ja, das ist immer noch Prinz Ramigami. Allerdings nennen wir ihn inzwischen auch Prinz Remmidemmi!«

»Verstehe!« Paul lachte. »Bei meinem ersten Besuch ist er mir auf die Schulter gesprungen ist, um mit meinem Hut zu verschwinden.«

»Ramigami ist ein Bonobo«, sagte Nigel. »Die werden vierzig Jahre alt, manchmal sogar noch älter, fast so alt wie ein Mensch. Nicht wahr, Claire?«, wandte er sich an seine Schwester. »Du kennst dich in solchen Fragen ja besser aus als ich.«

Statt ihrem Bruder zu antworten, stand Claire auf und verließ den Raum, gefolgt von ihrem Affen. Irritiert blickte Paul den beiden nach.

»Rupert war zweiundvierzig Jahre alt, als er starb«, sagte Vicky. »Sie hat den Tod ihres Vaters noch nicht verwunden.«

»Das tut mir leid«, sagte Paul. »Wie gedankenlos von mir.«

Im Haus ertönte leises Klavierspiel. Gilbert und Sullivan. Wie immer.

»Es gibt einen neuen Anlauf für unseren Tunnel«, sagte Vickys Mutter.

»Tatsächlich?«, fragte Paul. »Damit hätte ich nicht mehr gerechnet.«

»Ich auch nicht.« Emily zündete sich eine Zigarette an. »Aber Mr. Watkin, der Schwiegervater meiner Tochter, ist zuversichtlich, dass es diesmal klappt.«

»Das würde mich freuen. Der Tunnel war Rupert ja eine Herzenssache.«

»Siehst du, Mutter?«, sagte Nigel. »Mr. Biermann ist derselben Meinung wie ich!«

»Dann wären Sie also wieder mit von der Partie?«, wollte Vickys Mutter wissen.

Paul runzelte die Stirn. »So habe ich das nicht unbedingt gemeint.«

»Warum nicht?«, fragte Vicky. »Haben Sie Bedenken?«

Aus irgendeinem Grund schien ihm die Frage unangenehm zu sein. »Nun ja«, sagte er nach einigem Zögern. »Die Zeiten sind nicht gerade günstig für ein solches Unternehmen. Ob in England oder auf dem Kontinent, überall hört man fast nur noch nationale Töne. Und der Tunnel ist schon einmal an den unterschiedlichen Interessen der Regierungen gescheitert.«

»Ich bin sicher, die lassen sich überwinden«, sagte Emily. »Die Königshäuser in Europa sind doch allesamt miteinander verheiratet und verschwägert. Nehmen Sie nur Deutschland und England.«

»Leider heißt das nicht, dass sie deshalb einander wohlgesonnen sind«, erwiderte Paul. »Queen Victorias Tochter, die Witwe unseres allzu früh verstorbenen Kaisers Friedrich, wurde gerade wegen ihrer Herkunft aus dem britischen Königshaus aus Berlin verbannt und lebt nun auf Wunsch ihres Sohns Wilhelm II. in Kronberg, einem kleinen Ort bei Frankfurt, wo sich Fuchs und Hase gute Nacht sagen.«

Vicky musste an die Pläne ihres Schwiegervaters denken. Edward Watkins Idee, den Pariser Eiffelturm mit einem englischen Turm zu übertrumpfen, war ja auch nur Ausdruck nationaler Großmannssucht und somit das genaue Gegenteil dessen, wozu der Tunnel dienen sollte. Allerdings hatte sie das Gefühl, dass die Politik nicht der wahre Grund für Pauls Bedenken war.

»Ich glaube«, sagte Nigel, »in den Beziehungen zwischen den Nationen gibt es zur Zeit zwei sehr unterschiedliche Strömungen. Und die Politik ist dabei nur die halbe Wahrheit.«

Paul hob überrascht die Brauen. »Das müssen Sie mir erklären.«

Nigel sah plötzlich so erwachsen aus, dass Vicky kaum glauben konnte, dass er ihr Sohn war. »Auf der einen Seite«, sagte er, »ist es so, wie Sie sagen, Mr. Biermann. Die Großmächte bekriegen sich, wo sie nur können, vor allem in Afrika, weil sie sich von den Kolonien

Rohstoffe, billige Arbeitskräfte und zusätzliche Absatzmärkte erhoffen. Außerdem überziehen sie sich gegenseitig mit immer höheren Zöllen, um ihre Produkte vor ausländischer Konkurrenz zu schützen. Dadurch haben überall die Säbelrassler und Kriegstreiber Auftrieb, die notfalls auch bereit sind, ihre nationalen Interessen mit Gewalt durchzusetzen.«

»Darin sind wir uns leider einig«, sagte Paul. »Aber Sie sprachen von zwei Strömungen.«

»Allerdings«, bestätigte Nigel. »Der Nationalismus, den die Politiker in fast allen Ländern schüren, ist nur eine Seite der Medaille. Auf der anderen Seite wachsen die Völker dank Eisenbahn und Telegrafie immer mehr zusammen. In ganz Europa gibt es Austausch von Waren und Ideen und Erfindungen, über alle Grenzen hinweg, damit die Menschen, egal, wo sie leben, von den Errungenschaften ihrer Nachbarn profitieren.«

Paul stieß einen Seufzer aus. »Ich fürchte, da ist wohl eher der Wunsch der Vater des Gedankens.«

Nigel schüttelte den Kopf. »Bitte verzeihen Sie, wenn ich widerspreche, aber sind nicht wir selbst, so wie wir hier sitzen, der beste Beweis? Sie, Mr. Biermann, sind ein deutscher Unternehmer, die Midland Railway Company ist eine englische Firma, und zusammen reden wir über einen Tunnel, der Großbritannien mit Frankreich und dem europäischen Festland verbinden soll. Oder nehmen Sie Ihren Neffen. Er kommt aus Berlin und möchte in London arbeiten, in einem Restaurant, das von einem Pariser Küchenchef geleitet wird. Das ist doch das vollkommene Gegenteil von Nationalismus und Kriegstreiberei.«

Paul strich sich über sein Kinn. »Respekt, junger Mann. Sie haben recht, dieses Europa gibt es auch – auch wenn man das in diesen Zeiten leicht vergisst.«

Pauls Lob für ihren Sohn erfüllte Vicky mit Stolz. Sie war selbst überrascht, wie klar Nigel trotz seiner Jugend die Dinge sah und

Schlüsse zu ziehen vermochte, die sogar einen Mann wie Paul beeindruckten. Offenbar waren die fünf Jahre in Eton sehr nützlich gewesen.

»Dann können wir vielleicht doch auf Ihre Unterstützung hoffen?«, fragte Nigel.

»Bei dem Tunnel?« Paul dachte nach, dann schüttelte er den Kopf. »Ich fürchte, ich muss Sie enttäuschen. Nicht, weil ich an Ihren Argumenten zweifle – ich bin von dem völkerverbindenden Nutzen des Tunnels ebenso überzeugt wie Sie.«

»Sondern?«

»Es … es ist wegen Ihres Vaters«, sagte Paul. »Ich kann mir einfach nicht vorstellen, dass wir ohne ihn … Ich meine, der Tunnel war *sein* großer Traum.«

»Ja, und es war sein Wunsch, dass Sie ihm zur Seite stehen.«

»Ich weiß. Aber gerade weil Ihr Vater und Ihre Mutter und ich zusammen in der Sache so sehr engagiert waren, bereitet mir die Vorstellung, ohne ihn den Tunnel noch einmal in Angriff zu nehmen, ein so starkes Befremden, dass ich zweifle, ob es dann überhaupt noch dasselbe Projekt wäre. Bitte entschuldigen Sie, wenn ich vielleicht etwas unverständlich oder gar verworren klinge, aber anders kann ich es nicht ausdrücken. Es … es käme mir einfach falsch vor.«

Es entstand ein Schweigen, in dem nur Claires Klavierspiel zu hören war. Während Nigel einen Schluck Tee trank und Emily ihre Zigarette rauchte, dachte Vicky über Pauls Worte nach. Nein, er hatte sich nicht unverständlich ausgedrückt und erst recht nicht verworren. Durch seine Rede war ihr vielmehr bewusst geworden, warum sie in Eton dieses ungute Gefühl beschlichen hatte, als ihr Schwiegervater von dem neuen Tunnelkonsortium erzählt hatte … Sie strich sich eine Strähne aus der Stirn und warf ihm einen dankbaren Blick zu.

Die Standuhr in der Halle läutete sechs Uhr.

»Schon so spät?« Paul erhob sich von seinem Platz. »Dann muss ich mich jetzt leider verabschieden. Ich bin mit unserem Freund Escoffier verabredet.«

Vicky begleitete ihn hinaus in die Halle.

»Soll ich Kaspar ausrichten, dass er sich Claire vorstellen darf?«, fragte Paul, während er von O'Brien Hut und Stock entgegennahm.

»Natürlich«, sagte Vicky. »Vielleicht können wir uns ja alle im Zoo treffen? Das ist Claires Lieblingsort, da hätten die zwei Gelegenheit, sich ungezwungener als beim Tee kennenzulernen. Wie wär's mit nächstem Sonntag?«

»Sehr gern. Kaspar wird sich freuen.«

Paul wandte sich zur Tür. Doch als O'Brien für ihn öffnete, drehte er sich noch einmal zu ihr herum.

»Ich … ich möchte Ihnen nicht zu nahetreten. Aber darf ich fragen, warum Sie immer noch Schwarz tragen? Ich meine – nach so langer Zeit?«

»Ach, Paul.« Sie nahm seine Hand und schaute ihn an. »Queen Victoria trägt bis heute ihr Witwenkleid.«

Sie sah, wie sein Adamsapfel ruckte. Doch statt etwas zu sagen, drückte er nur ihre Hand.

Er hatte verstanden. Natürlich hatte er das.

28

DIE KLEIDERKAMMER des Savoy Hotels war so reichhaltig bestückt, dass man aus ihren Beständen auch die Dienerschaft des Buckingham-Palasts hätte ausrüsten können. Ob Kochmütze oder Pagenkäppi, Portierslivree oder Kellnerfrack – hier gab es alles, was zur Ausstattung der im Hause tätigen Bediensteten vonnöten war, nach Berufsgruppen und Kleidergrößen sortiert.

»Muss das wirklich sein?«, fragte Kaspar.

»Ja, das muss es«, sagte Auguste, während er die Kleiderständer und Regale durchsuchte. Normalerweise kümmerte er sich nicht um die Einkleidung eines Kellnerlehrlings, doch Pauls Neffe war sein Schützling, da machte er eine Ausnahme. »Der Tischservice gehorcht einer einstudierten Choreographie, wie bei einem Ballett. Darin hat jeder seine bestimme Rolle, vom Maître d'hôte bis zum Commis de rang, und dazu gehört nun mal die richtige Kleidung. – Hier, das müsste passen.« Auguste reichte ihm einen Bügel, auf dem er eine Pikkolo-Uniform zusammengestellt hatte: schwarze Weste und Hose sowie eine weiße Hemdbrust mit Manschetten und Stehkragen.

»Aber darin sehe ich aus wie ein Lakai!«

»Das ist mal was Neues. Die meisten sagen wie ein Pinguin.«

Kaspar konnte nicht darüber lachen. »Mein Onkel hat gesagt, Sie würden Ihre Untergebenen respektieren. Warum stecken Sie sie dann in Uniformen? Ich war in einer Kadettenanstalt. Da haben sie uns auch in Uniform gesteckt. Nur damit sie uns noch besser kujonieren konnten.«

»Ich habe keine Ahnung, wie es in einer Kadettenanstalt zugeht. Aber hier tragen wir unsere Uniformen mit Stolz. Weil es für uns eine Ehre ist.«

»Für Sie vielleicht. Sie sind ja auch der Chef!«

Auguste wollte Kaspar zurechtweisen, doch dann sah er sein Gesicht. »Ich glaube, ich weiß, was du meinst. Aber ich bin nicht immer Chef gewesen, im Gegenteil, ich habe so weit unten angefangen, wie es weiter unten gar nicht geht. Ich erinnere mich noch heute, wie verzweifelt ich damals oft war, weil ich glaubte, nie da herauszukommen. Willst du wissen, wie das war?«

Kaspar nickte.

Auguste legte den Kleiderbügel ab, und während er nach einem passenden Binder suchte, erzählte er, wie er als Küchenjunge bei seinem Onkel in die Lehre gegangen war. Wie die Köche ihn bei der Arbeit von morgens bis abends schikaniert und gedemütigt und geschlagen hatten, in einem stinkenden und dreckigen Höllenloch, das sein einziges Zuhause gewesen war und in dem er nachts auf einer Strohmatratze hatte schlafen müssen, weil er kein eigenes Bett gehabt hatte.

»Das werde ich nie vergessen. Und deshalb gibt es bei mir keine Lakaien, weder in der Küche noch im Service. Wer immer in meinem Restaurant eine Uniform trägt, der verdient denselben Respekt wie ich selbst. Und wem das nicht gefällt, der hat bei mir nichts verloren. Das gilt auch für die Gäste, egal, wie reich oder vornehm oder wichtig sie sind.« Er reichte Kaspar den Bügel mit den Sachen.

Der nahm sie zögernd entgegen. »Na gut. Ich kann ja mal probieren, ob sie passen.«

»Ich bin sicher, du wirst blendend darin aussehen«, sagte Auguste. »Und was die Arbeitszeiten angeht, sollst du jeden Tag ein paar Stunden frei haben, das gehört auch dazu. Sicher bist du neugierig auf die Stadt. Weißt du schon, was du dir als Erstes anschauen wirst?«

»Die Maitland Park Road«, antwortete Kaspar, der ihm den Rücken zugekehrt hatte, um sich umzuziehen.

»Warum nicht die Westminster-Kathedrale? Big Ben oder das Parlament? Oder Trafalgar Square? Es gibt so viele großartige Sehenswürdigkeiten. Die solltest du besichtigen statt eine Straße in einer so hässlichen Gegend!«

»In der Maitland Park Road hat Karl Marx gelebt.«

»Um Gottes willen – bist du ein Revoluzzer?«

»Das fragen ausgerechnet Sie?« Kaspar blickte über die Schulter. »Sie sind doch Franzose!«

»Ja, und?«

»Die Französische Revolution war das bedeutendste Ereignis der Menschheitsgeschichte! Freiheit, Gleichheit, Brüderlichkeit! Und dann die Pariser Kommune. ›An die Laternen, die Aristokraten. / Raus aus den Kirchen, mit den Prälaten …‹« Kaspars Augen leuchteten vor Begeisterung.

»Du meinst den Aufstand von 1871? Um Gottes willen! Ich kam

damals gerade aus der deutschen Gefangenschaft zurück nach Paris, und der erste Mensch, dem ich begegnete, tauchte aus der Kanalisation vor mir auf, ein Gespenst im Gehrock, von Kopf bis Fuß voller Jauche – Auguste Blanqui, der Anführer der Kommune!«

Kaspar lachte laut auf.

»Ein Revoluzzer mit Humor?«, fragte Auguste. »Ich wusste gar nicht, dass es das gibt. – Na, dreh dich mal um, damit ich dich anschauen kann.«

Während Kaspar der Aufforderung folgte, trat er einen Schritt zurück, um ihn zu begutachten. Nein, er hatte sich nicht geirrt. Die Pikkolouniform stand Pauls Neffen so gut, als wäre sie für ihn erfunden worden. Die Damen würden entzückt sein!

»Fehlt nur noch eins.« Er nahm die Schleife und schlang sie um Kaspars Kragen. »Bist du bereit?«

29

WENN PAUL durch London fuhr, konnte er sich normalerweise gar nicht sattsehen an den vielen Eindrücken, die diese Stadt dem Besucher bot. Doch als er sich an diesem regnerischen Sommerabend von Paxton House zurück ins Hotel bringen ließ, nahm er nichts davon wahr. Die Kathedralen und Museen, die Herrensitze und Residenzen zogen ebenso unbemerkt an ihm vorbei wie die Fabriken und Arbeitersiedlungen, die Elendsviertel und dreckigen Gassen, und der Verkehr auf den Straßen mit seinen Pferdebahnen und Kutschen und Fuhrwerken verschwamm vor seinen Augen zu einem ununterscheidbaren Grau in Grau genauso wie das Menschengewimmel auf den Gehsteigen.

Das Wiedersehen mit Vicky hatte ihn zutiefst aufgewühlt. Solange er zurückdenken konnte, hatte er immer geglaubt, die Arbeit sei das Wichtigste in seinem Leben, und tatsächlich hatte er durch Arbeit in zwei Jahrzehnten alles erreicht, wovon er in seiner Jugend geträumt hatte. Er hatte die Firma Biermann & Söhne nicht nur vor dem

Bankrott gerettet, sondern sie zu einer kaum für möglich gehaltenen Größe geführt, das Familienunternehmen stand so gesund da wie nie zuvor und konnte sich vor Aufträgen kaum retten, und er selbst war Direktor der Kurfürstendammgesellschaft und damit Sachwalter von Bismarcks architektonischem Vermächtnis in der Hauptstadt des Deutschen Kaiserreichs.

Das alles war mehr, als er je für möglich gehalten hatte. Und trotzdem war er nicht glücklich.

Die Begegnung mit Vicky hatte ihm die Augen geöffnet. Nicht Bismarcks Prachtboulevard, nicht die Erhaltung des Lebenswerks seines Vaters, nicht finanzielle Sicherheit und Wohlstand waren die Dinge, wofür er gelebt hatte. Erst jetzt, da er mehr Geld besaß, als er ausgeben konnte, und der Kurfürstendamm vor seiner Vollendung stand, begriff er, dass er sich im Grunde seines Herzens in all den Jahren nach etwas ganz anderem gesehnt hatte – nach Vicky und ihrer Liebe. Ja, seit ihrer ersten Begegnung in Karlsbad hatte er Vicky geliebt, auch wenn er diese Liebe wieder und wieder unterdrückt und verdrängt und sich verboten hatte, hatte er sie immerfort in sich gespürt, ein schwelendes Glimmen, das nie erloschen war. Nur ein einziges Mal hatte er diese Liebe gekostet, beim Tanz unter dem Dianaturm in Karlsbad, vor nunmehr zwanzig Jahren. Sie hatten sich im Kreis gedreht, bis ihnen schwindlig geworden war und sie lachend ins Gras gesunken waren. Das waren die glücklichsten Minuten seines Lebens gewesen, ein Rausch, den er seitdem kein zweites Mal hatte erleben dürfen und den er auch in Zukunft nie wieder erleben würde. Weil er ein verheirateter Mann und Familienvater war und Vicky immer noch Rupert liebte, über den Tod hinaus …

Als die Droschke vor dem Savoy hielt, erwachte er aus seinen Gedanken. Eine Weile blieb er noch wie benommen in der Kutsche sitzen, dann gab er sich einen Ruck und stieg aus. Bevor er Auguste und Kaspar von seinem Besuch in Paxton House berichtete, wollte er sich in seinem Zimmer frisch machen.

Als er an der Rezeption um seinen Schlüssel bat, händigte man ihm ein Telegramm aus.

++ ERWARTE SIE ZUM RAPPORT IN BERLIN STOP ++
SOFORTIGE RÜCKKEHR ERFORDERLICH STOP ++
MIRBACH ++

30

MANCHMAL ÜBERKAMEN Auguste Zweifel, ob seine Bemühungen um die Londoner Kulinarik nicht vergebliche Liebesmüh waren. Ob Vorspeisen oder Desserts, Suppen oder Salate, Fleisch-, Fisch- oder Geflügelgerichte: Tag für Tag ersann er neue Kreationen, um seine Gäste mit immer wieder anderen Gaumenfreuden zu verwöhnen, doch was er sich auch einfallen ließ – das Gericht, das sich am Mittag wie am Abend, im Sommer wie im Winter der allgrößten Beliebtheit erfreute, war und blieb das Gericht, das vermutlich seit der Zeit Alfreds des Großen die Leibspeise aller Engländer war: Roastbeef mit Stampfkartoffeln und grünen Erbsen.

Während er dem Servierwagen mit dem Grillfleisch folgte, beobachtete er, wie Kaspar, der heute zum ersten Mal im Speisesaal Dienst tat, sich bewährte. Er hatte ihn in die Obhut eines erfahrenen Stationskellners gegeben, Franz Lechler, ein etwas pomadiger, aber bei den Gästen beliebter Österreicher, der ihn für erste Aufgaben wie das Abräumen von Geschirr oder die Säuberung der Tischdecken von Brotkrümeln angelernt hatte, Tätigkeiten also, für deren Ausführung keine sonderlichen Sprachkenntnisse erforderlich waren.

Zu Augustes Freude zeigte Pauls Neffe sich überaus anstellig und kam seinen Aufgaben nach, wie man es sich nur wünschen konnte: höflich und zuvorkommend, ohne unterwürfig zu sein, und stets mit einem freundlichen Lächeln – keine Selbstverständlichkeit für einen Jünger von Karl Marx an einem Ort, wo lauter Ausbeuter speisten! Hatte er aus der Geschichte gelernt, die Auguste ihm erzählt hatte?

Oder entsprach seine elegante und zugewandte Art einfach seinem Naturell? Entscheidend war, dass die Gäste ihn mochten, und das war sichtlich der Fall. An allen Tischen begegnete man ihm mit Wohlwollen, vor allem die Damen, und obwohl er gar nicht kassierte, steckte man ihm hier und da ein Trinkgeld zu, zum sichtlichen Unwillen seines Vorgesetzten.

Dann aber, Auguste wollte gerade den Speisesaal verlassen, beschwerte sich Lord Somersby, der regelmäßig mit seiner Gattin im Savoy dinierte, bei Stationskellner Franz über den neuen Pikkolo.

Was war der Grund?

Auguste winkte die beiden herbei.

»Er hat zu ihrer Ladyschaft ›*I enjoy it with you*‹ gesagt«, berichtete Franz.

So viel Englisch verstand auch Auguste. »Was hast du dir um Himmels willen dabei gedacht?«, fragte er Kaspar.

»Ich wollte doch nur sagen ›für Sie mit Vergnügen‹«, erwiderte Pauls Neffe.

Auguste verdrehte die Augen. Höchste Zeit für den Englischunterricht!

31

OBERHOFMEISTER ERNST von Mirbach war die Würde in Person. Doch heute hatte er sichtlich Mühe, diese zu wahren, um vor den Augen seiner obersten Dienstherrin Auguste Viktoria zu bestehen, die in Gestalt eines Ölgemäldes an der Wand hinter seinem Schreibtisch hing und in deren Auftrag er sich um die karitativen Anliegen der Kaiserin kümmerte, insbesondere aber um die Errichtung der Kaiser-Wilhelm-Gedächtniskirche. Sein weißer, bis auf die Brust wallender Vollbart zitterte vor Erregung, als er Paul an seinem Schreibtisch empfing.

»Haben Sie das gelesen?«, fragte er und fuchtelte mit einer Ausgabe des *Generalanzeigers* in der Luft. »Die Liste der Großspender für unseren Kirchenbau. Allein die Überschrift ist eine Beleidigung Seiner Majestät – ›Die Judengeldsammler‹!«

»Ich verstehe nicht ganz«, sagte Paul wahrheitsgemäß.

»Was gibt es da nicht zu verstehen? Die Liste enthält Dutzende jüdischer Namen, an ihrer Spitze die Familien Mendelssohn und Mendelssohn-Bartholdy. Ein Skandal!«

»Ich bitte untertänigst um Verzeihung, aber ich sehe keinen Grund, daran Anstoß zu nehmen. *Pecunia non olet* – wie die alten Römer sagten. Geld stinkt nicht.«

Die Augen des Oberhofmeisters blitzten gefährlich auf. »Wollen Sie unser Gotteshaus zum Andenken des verstorbenen Kaisers mit einer Bedürfnisanstalt vergleichen?«

Paul hob die Hände. »Um Gottes willen, nichts könnte mir ferner liegen! Aber die zwei in Frage stehenden Familien genießen größtes Ansehen, selbst in allerhöchsten Kreisen. Sie wurden in den Adelsstand erhoben.«

»Beide Familien sind durch und durch jüdisch! Und ich kann nicht dulden, dass man mich als Judengeldsammler tituliert. Wie stehe ich denn vor der Kaiserin da?«

»Ich bitte abermals um Verzeihung, Exzellenz. Doch wenn es um Geldgeschäfte geht – ich meine, da hat sich die Zusammenarbeit doch stets bewährt. Gerson Bleichröder war Bismarcks Bankier, und Seine Majestät der Kaiser zählt nicht wenige Israeliten zu seinen persönlichen Freunden, den Reeder Alfred Ballin ebenso wie den Industriellen Walther Rathenau …«

»*Quod licet Jovi, non licet bovi.* Was dem Kaiser zusteht, gilt nicht für das gemeine Volk. Außerdem muss man hier unterscheiden – zwischen der Freundschaft zu einzelnen Israeliten und einer grundsätzlichen Haltung zu dem Juden *an sich*. Und da ist die Haltung Seiner Majestät eine ganz und gar eindeutige und unmissverständliche.«

»Gewiss«, pflichtete Paul bei, »allerdings möchte ich zu bedenken geben, dass …«

»Ach was«, fiel Mirbach ihm ins Wort. »Selbst die Sozis äußern Kritik. Und damit nicht genug, nehmen sie die Sache freudig zum Anlass, einen ihrer Giftpfeile abzuschießen.« Er schlug ein Exemplar der *Volks-Zeitung* auf. »Ich zitiere: ›Solange man unseren jüdischen Mitbürgern nicht verwehrt, christliche Kirchen bauen zu helfen, ist in Deutschland die Toleranz noch kein Wahn.‹« Angewidert warf er das Blatt auf den Tisch.

Paul begriff, dass er auf verlorenem Posten stand. »Was soll ich denn tun, Exzellenz?«, fragte er. »Wir brauchen jede Mark, die Kosten steigen und steigen.«

»Wenn Sie nicht imstande sind, den Kostenvoranschlag einzuhalten, ist das Ihr Problem. In unserem Vertrag haben wir eine fixe Bausumme festgeschrieben – sechshundertfünfzigtausend Goldmark, und keinen Pfennig mehr!«

»Aber wenn die Arbeiter die Arbeit niederlegen …«

»Kein Aber!«, entschied der Oberhofmeister. »Ich will keine jüdischen Namen auf der Liste sehen. Wie Sie das machen, ist mir egal!«

32

VICKY HATTE für die erste Zusammenkunft von Pauls Neffen mit Claire den Zoologischen Garten vorgeschlagen, damit die zwei sich dort ungezwungener kennenlernen konnten als beim Tee in Paxton House. Doch nachdem Paul Hals über Kopf nach Berlin zurückgekehrt war und nun an seiner Stelle Auguste an diesem herrlichen Sommersonntag zu der Verabredung erschien, wäre es ihr lieber gewesen, sie hätte es beim Tee belassen.

Umso angenehmer war sie jedoch überrascht, als Auguste sie mit Pauls Neffen bekanntmachte. Was für ein sympathischer junger Mann! Kaspar war mit seinen braunen Locken und den strahlend blauen Augen nicht nur ein bildhübscher Kerl, sondern hatte auch ein ähnlich gewinnendes Lächeln wie sein Onkel.

»Delicious to meet you«, begrüßte er sie.

Vicky musste laut lachen. »Sie finden es *›lecker‹*, mich kennenzulernen?«, fragte sie auf Deutsch.

Kaspar lief rot an. Claire sah seine Verlegenheit und reichte ihm die Hand. *»Delighted to meet you«*, korrigierte sie ihn.

»Oh, ich verstehe.« Er wurde noch ein bisschen röter. »Wie peinlich.«

»Aber warum denn? Das konnten Sie doch nicht wissen. Meine Mutter sollte sich schämen, Sie auszulachen.«

»Du hast recht«, sagte Vicky. »Das war nicht nett von mir.« Sie nahm den Tadel ihrer Tochter gern in Kauf, Hauptsache, das Eis war gebrochen. »Übernimmst du die Führung?«, fragte sie. »Du bist ja hier so gut wie zu Hause. Unterwegs kannst du unserem jungen Freund ja schon ein paar englische Tiernamen beibringen.«

Claire und Kaspar gingen voran, Vicky und Auguste folgten ihnen in einigem Abstand nach. Wie ein Ehepaar mit seinen Kindern, musste Vicky unwillkürlich denken. Oder wie ein Ehepaar mit der gemeinsamen Tochter und einem Verehrer … Sie warf Auguste einen Blick zu. Der schien ähnliche Gedanken zu haben wie sie, mit einem Lächeln bedachte er Kaspar und Claire, die munter plaudernd vor ihnen an den Gehegen entlangspazierten, vorbei an *giraffes* und *zebras*, *lions* und *elephants*, *hippopotamuses* und *bears*.

»Sie müssen sehr stolz auf Ihre Tochter sein«, sagte Auguste.

»Ja, das bin ich«, bestätigte Vicky, dankbar, dass er nicht »unsere« gesagt hatte. »Meine Kinder sind mein ganzes Glück.«

Claire und Kaspar waren inzwischen am Affengehege angelangt. Kaspar zeigte auf einen Schimpansen, der gerade einen Purzelbaum schlug. Claire lachte laut auf. Vicky wunderte sich. Claire tat sich sonst eher schwer mit fremden Menschen. Das musste an Pauls Neffen liegen. Offenbar war er so sympathisch, wie er aussah.

»Tatsächlich?«, hörte Vicky ihn sagen, als sie und Auguste zu den beiden aufschlossen. »Sie haben einen echten Affen zu Hause?«

»Ja«, sagte Claire. »Einen Bonobo. Vielleicht besuchen Sie uns ja demnächst, dann lernen Sie ihn kennen.«

»*I would be delighted to meet him*«, erwiderte Kaspar. »War das so korrekt?«

»Warum fragen Sie mich? Probieren Sie es doch einfach aus!«

Er trat an das Gehege heran, um sich vor dem Schimpansen zu verbeugen. »*Delighted to meet you, Sir.*«

Als hätte der Affe ihn verstanden, hielt er in seinen Turnübungen inne. Dann kratzte er sich am Kopf und grunzte.

»*What a delicious idea*«, lachte Claire.

Vicky konnte nicht aufhören, sich zu wundern. So fröhlich hatte sie ihre Tochter schon lange nicht mehr erlebt. Seit Ruperts Tod nicht mehr, um genau zu sein.

»Dann ist es also abgemacht?«, fragte Auguste. »Der Unterricht kann beginnen?«

»Von mir aus gern«, sagte Claire. »Am einfachsten wird es sein, wenn Kaspar und Sie zusammen …«

»Nein, nein«, fiel Auguste ihr ins Wort. »Kaspar sollte allein unterrichtet werden, damit er möglichst rasch Fortschritte macht. Ich komme in der Küche ja auch auf Französisch zurecht.«

»Glauben Sie ja nicht, dass wir Sie nicht durchschauen«, sagte Vicky.

Mit gespielter Zerknirschung erwiderte Auguste ihren Blick. »Wie können Sie nur so von mir denken? Oder wollen Sie die Verantwortung dafür übernehmen, wenn ich eines Tages wie ein Engländer koche?«

33

DIE NACHRICHTEN, die Paul aus dem Hofamt mit nach Hause brachte, waren nicht dazu angetan, die Stimmung in der Charlottenburger Villa zu heben. Im Gegenteil. Der Haussegen hing so schief wie schon seit Monaten nicht mehr.

»Wie konntest du mir das nur antun?«, fragte Erdmute mit tränenerstickter Stimme. »Freiherr von Mirbachs Empörung ist nur zu verständlich. Eine Spendenliste voller Itzigs, und zwei sogar an der Spitze! Was für ein Affront gegenüber Seiner Majestät!«

»Wir brauchten das Geld«, sagte Felix. »Und woher nehmen, wenn nicht stehlen?«

»Ich hatte mich so auf den Empfang bei Hofe gefreut«, schluchzte Erdmute. »Jetzt ist alle Hoffnung perdu. Ach, nichts ist mir in diesem Hause vergönnt.«

»Jammern hilft nicht«, sagte Paul. »Wir müssen jetzt dafür sorgen, dass die jüdischen Namen aus der Liste verschwinden. Das hat Mirbach klipp und klar verlangt. Also brauchen wir neue Spender, um die Mendelssohns zu ersetzen. Und zwar schnell! Die Frage ist nur, wie?«

Er blickte seinen Bruder an. Nachdem er sich selbst erfolglos den Kopf zerbrochen hatte, ruhte seine letzte Hoffnung auf Felix. Würde auch der keine Antwort wissen, stand die Existenz der Firma Biermann & Gumbrecht auf dem Spiel. Ach, hätte er nur nicht auf Hugo gehört! Sie hatten *va banque* gespielt, als sie den Vertrag unterschrieben hatten. Wenn die ausgelobten sechshundertfünfzigtausend Goldmark nicht reichten, mussten sie auf eigene Kosten den Bau zu Ende führen. Angesichts der Summen, die dabei auflaufen würden, war es dann nur eine Frage der Zeit, bis sie Bankrott anmelden mussten.

Doch Felix hob ohnmächtig die Arme. »Ich habe versucht, was ich konnte, und in der Ressource noch einmal die Trommel gerührt. Aber die einzigen Mitglieder, die zu weiteren Spenden bereit gewesen wären, waren ausnahmslos Israeliten.«

»Fritz hat es gewusst«, sagte Erdmute. »Die Vermischung von privaten und politischen Interessen – so etwas kann nicht gutgehen! Aber ihr habt die Warnung ja in den Wind geschlagen. Und jetzt ist die Katastrophe da.«

»Komm mir ja nicht mit Fritz!«, erwiderte Paul. »Der kann nur Reden führen. Zum Wohl der Firma hat er noch nie etwas beigetragen.«

»Wie kannst du nur so über deinen Bruder sprechen? *Du* hast den Karren in den Dreck gefahren.« Sie zog ein Schnupftuch aus dem Ärmel ihrer Bluse und schnäuzte sich.

Paul musste ihr innerlich recht geben. Er war der Chef, also trug er die Verantwortung, wenn ihnen die Zahlungsunfähigkeit drohte. Die Vorstellung trieb ihm den Schweiß auf die Stirn. Gab es wirklich keinen Ausweg aus dem Schlamassel? – Doch, eine Möglichkeit gab es, auch wenn er sich vor Jahren geschworen hatte, sie nie wieder in Betracht zu ziehen. Der Wert der Aktien, die Alexius Schmaltzried Erdmute hinterlassen hatte, hatten sich dank der glänzenden Geschäfte von Siemens & Halske im Laufe der Jahre mehr als verdoppelt. Doch als er Erdmutes Gesicht sah, wusste er, dass er sie erst gar nicht zu fragen brauchte.

»Du hast mein Leben ruiniert«, sagte sie. »Nichts als Schimpf und Schande hast du über mich gebracht.« Sie steckte ihr Schnupftuch zurück in den Ärmel. »Trotzdem habe ich beschlossen, dir zu helfen. Was anderes bleibt mir ja nicht übrig, wenn ich mich noch erhobenen Hauptes in der Öffentlichkeit zeigen will.«

»Das willst du wirklich tun?« Paul war so überrascht, dass er ins Stammeln geriet. »Ich … ich weiß gar nicht, wie ich dir danken soll.«

Er wollte ihre Hand nehmen, um sie zu küssen, doch sie ließ es nicht zu.

»Wenn du auf mein Erbe spekuliert hast, muss ich dich enttäuschen«, sagte sie. »Das gehört Friwi, und ich werde einen Teufel tun, es ein zweites Mal für die Firma aufs Spiel zu setzen. Aber ich habe mit Fritz gesprochen, und er hat sich bereit erklärt, euch aus der Patsche zu helfen.«

»Fritz?«, wiederholten Paul und Felix wie aus einem Munde.

»Ja, Fritz.« Voller Verachtung schaute Erdmute sie an. »Und wenn ihr nur einen Funken Verstand hättet, würdet ihr auch wissen, warum.«

34

DAS LONDONER Wetter war immer noch ungewohnt sonnig, nur ein paar Schleierwolken bedeckten den Himmel, als Kaspar zum Unterricht in Paxton House erschien. Claire hatte sich im British Museum ein Lehrbuch ausgeliehen, und nachdem Kaspar Prinz Ramigami nahezu akzentfrei begrüßt hatte – *»I am delighted to meet you, Sir«* –, hatte sie ihn hinaus auf die Terrasse geführt.

Um die beiden nicht zu stören, zog Vicky sich in die Bibliothek zurück, wo ihre Mutter die Mittagspost las.

»Onkel Georgie hat geschrieben.«

»Und? Gibt es was Neues?«

»Allerdings, sonst hätte er sich wohl kaum die Mühe gemacht. Aber ich habe noch nicht zu Ende gelesen.«

Vicky trat ans Fenster und schaute hinaus in den Garten. Claire und Kaspar hatten den kleinen, offenen Pavillon unweit der Terrasse für den Unterricht gewählt. Claire hatte ihr Buch aufgeschlagen und fragte Kaspar daraus ab. Bei den meisten seiner Antworten nickte sie. Nach einer Weile klappte sie das Buch zu und stand auf. Sie verließ den Pavillon und ging zu dem Apfelbaum, den sie und Nigel mit Hilfe des Gärtners zum Andenken an ihren Vater gepflanzt hatten. Kaspar folgte ihr nach. Mit ernsten Mienen unterhielten die zwei sich eine Weile im Schatten des Baums.

Worüber redeten sie? Vielleicht über ihre Väter, die sie beide so früh verloren hatten?

Plötzlich unterbrachen sie das Gespräch, Ramigami, der in weiten Sätzen in den Garten gehüpft kam, war der Grund. Kaspar pflückte einen Apfel und versuchte, ihn damit anzulocken. Normalerweise ließ Ramigami sich nur von Claire aus der Hand füttern, doch zu Vickys Überraschung schnappte er sich den Apfel, um sich damit aus dem Staub zu machen.

Lachend schauten Claire und Kaspar ihm zu. Vicky konnte kaum glauben, wie Claire auftaute. Sie und Pauls Neffe waren wirklich ein nettes Paar. Vielleicht würde es Kaspar ja sogar gelingen, Claire von ihrer absurden Abneigung gegen die Ehe zu kurieren. Doch kaum war ihr der Gedanke gekommen, verwarf sie ihn. Nein, Kaspar war kein passender Kandidat. Zwar kam er aus akzeptablem Haus, doch er arbeitete als Kellner und verehrte Karl Marx, und der Tod seines Vaters warf durchaus Fragen auf. Außerdem war er kein Engländer, das ließ sich auch nicht völlig ignorieren.

»Onkel Georgie lässt sich nach Südafrika versetzen«, sagte Emily.

»Wie bitte?« Überrascht drehte Vicky sich zu ihrer Mutter herum. »Was will er denn bei den Buren?«

Emily hob ihr Lorgnon vor die Augen und schaute auf den Brief. »Er schreibt, dass besondere Umstände, mit denen er uns nicht langweilen möchte, ihm keine andere Wahl gelassen hätten.«

»Aber was ist mit seiner großen Liebe?«

»Die hat er wohl aufgegeben. Und da wir von einer Heirat bis jetzt nichts gehört haben, gehe ich davon aus, dass er allein nach Afrika gehen wird.«

»Wie kann das sein? Er war doch angeblich so glücklich.«

»Über die Gründe hüllt er sich in Schweigen. Ich vermute, dass er mit besonderen Umständen wohl enttäuschte Liebe meint. Die ist ja fast immer der Grund, wenn jemand von heute auf morgen sein Leben auf den Kopf stellt.«

»Armer Onkel Georgie, ich hatte mich so für ihn gefreut.«

»Nun ja, das kommt davon, wenn man sich nicht binden will. Hätte er geheiratet, wäre das nicht passiert. Aber so war mein Bruder schon immer. Sich die Rosinen aus dem Kuchen picken, ohne Verpflichtungen einzugehen.« Emily blickte noch einmal in den Brief, dann ließ sie ihr Lorgnon sinken. »Wenn er auf seiner Reise wenigstens hier Station machen würde, dann könnte man ihn fragen. Aber sein Schiff fährt von Bombay direkt nach Kapstadt.«

Vicky schaute wieder in den Garten. Dort ahmte Kaspar gerade Prinz Ramigami nach. Wie ein Affe kratzte er sich am Kopf und zog dabei solche Grimassen, dass Claire über das ganze Gesicht lachte.

»Glaubst du, da tut sich was?«, fragte Emily. »Der junge Mann scheint ihr gutzutun. Ein wenig erinnert er mich an einen Freund aus meiner Kindheit. Als die Königin uns in Chatsworth besuchte, um die Riesenseerose meines Vaters zu besichtigen, ist er auf das Gewächshaus geklettert und hat Rosenblüten auf mich herabgestreut. Ich bin vor Schreck ausgerutscht und in den Teich gefallen.«

Vicky fragte sich, ob dieser Freund wohl der ominöse Victor war, von dem die Briefe stammten, die sie vor Jahren in der Kommode ihrer Mutter entdeckt hatte. Wenn ja, war das nicht gerade ein Grund zur Beruhigung …

Claire und Kaspar verließen jetzt den Garten und kehrten ins Haus zurück. Vicky ging in die Halle, um Kaspar zu verabschieden. Dort verabredeten die zwei sich gerade für die nächste Unterrichtsstunde – diesmal im Savoy.

»Aber warum nicht hier?«, fragte Vicky.

»Weil es praktischer ist«, erwiderte Claire. »An seinem Arbeitsplatz finden wir am besten heraus, welche Begriffe und Wendungen Kaspar braucht.«

»Na, gut«, willigte Vicky ein. »Aber nur in Begleitung!«

35

DIE KOLONIALABTEILUNG war ein Referat des Auswärtigen Amts und befand sich wie dieses in der Wilhelmstraße. Obwohl Paul nicht die leiseste Ahnung hatte, in welcher Weise Fritz ihm aus der Patsche helfen könnte, hatte er keinen Zweifel, warum sein Bruder ihn hierher zitiert hatte. Für den Fall, dass Fritz tatsächlich in der Lage sein sollte, zusätzliche Spender für den Bau der Gedächtniskirche zu mobilisieren, sollte er dafür bei ihm zu Kreuze kriechen.

Erdmute war bereits im Bureau seines Bruders, als Fritz ihn empfing.

»Da hast du ja eine schöne Bescherung angerichtet«, eröffnete Fritz das Gespräch. »Nur gut, dass Vater das nicht mehr erleben muss.«

»Ich schlage vor, wir kommen gleich zur Sache«, erwiderte Paul.

»Natürlich.« Fritz, der auch im Amt seine Kolonistenuniform trug, ließ sich auf der Kante seines Schreibtischs nieder. »Du erinnerst dich an den Alldeutschen Verband? Wir sprachen bei der Eröffnung des Kurfürstenparks davon, die Reichenbachs wollten dich für eine Mitgliedschaft keilen. Aber du hast dich geziert.«

»Ja, ich erinnere mich«, antwortete Paul. »Weshalb fragst du?«

»Nun, in den Reihen des Verbands gibt es eine Menge wohlhabender Leute, allen voran Alfred Hugenberg, der Syndikus der Krupp-Dynastie. Ich könnte mir vorstellen, dass einige der Herren bereit wären, für einen Zweck von wirklich vaterländischer Bedeutung …«

Er sprach den Satz nicht zu Ende. Doch Paul verstand die Botschaft auch so.

»Könnte es in irgendeiner Weise förderlich sein, wenn ich mich entschließen würde, dem Verband beizutreten?«

»Das würde es gewiss«, entgegnete Fritz. »Allerdings wird die Sache nicht so einfach sein, wie du vielleicht denkst. Du kennst ja meine Meinung, was die Vermischung privater und politischer Interessen betrifft. Deshalb fällt es mir nicht ganz leicht, dich zur Aufnahme zu empfehlen. Der Grund für deinen Gesinnungswandel liegt ja allzu offensichtlich auf der Hand, und Opportunisten dulden wir nicht in unseren Reihen.«

»Ich gehe davon aus, dass du als Gründungsmitglied über genügend Einfluss verfügst, um mir die Aufnahme trotzdem zu ermöglichen.«

»Das kann wohl sein. Aber gerade aufgrund meiner exponierten Stellung bin ich den Verbandsprinzipien in ganz besonderer Weise verpflichtet. Und da stellt sich mir natürlich die Gewissensfrage.«

Paul musste an sich halten, um ihm nicht an die Gurgel zu springen. »Und wenn ich dich im Namen unseres Vaters bitte? Es geht um die Existenz der Firma!«

»Lass bitte Vater aus dem Spiel, er würde sich im Grab umdrehen.« Fritz strich sich über seinen Knebelbart. »Nein, sollte ich je in Erwägung ziehen, dir zu helfen, dann nur deiner Frau zuliebe. Erdmute hat sich so sehr auf den Hofball gefreut, und wir beide wissen, wie rar Vergnügungen in ihrem Leben sind.«

Paul schaute Erdmute an, aber die wich seinem Blick aus. Es war so klar wie Kloßbrühe, dass die beiden sich abgesprochen hatten, Erdmute hatte ihn ja schon damals gedrängt, Mitglied bei den Alldeutschen zu werden. Jetzt blieb ihm nichts anderes übrig, als sich auf den Kuhhandel einzulassen.

»Na gut, Bruderherz«, sagte er. »Könnte ich dich aus deiner Gewissensnot befreien, wenn ich mich bereit erkläre, im Fall meiner Aufnahme den Verband finanziell zu unterstützen?«

»Das wäre immerhin ein Zeichen«, erwiderte Fritz. »Eine gewisse Großzügigkeit vorausgesetzt, würde das deinen Gesinnungswandel vielleicht sogar glaubwürdig erscheinen lassen. Aber ich bin mir nicht sicher, ob das genügt.«

»Was zum Teufel willst du noch?«

Paul sah, wie sein Bruder und seine Frau einen Blick tauschten. Dann sagte Erdmute: »Wir verlangen, dass Friwi Offizier werden darf.«

»Auf gar keinen Fall! Friwis Platz ist in der Firma!«

Angewidert verzog Erdmute das Gesicht. »Was bist du nur für eine erbärmliche Krämerseele. Der Kaiser braucht in diesen Zeiten die besten Männer unseres Volkes, doch du willst ihm deinen Sohn vorenthalten, nur damit …«

»Nicht, Erdmute.« Fritz bedeutete ihr mit einer Geste zu schweigen. »Das bringt uns nicht weiter.« Er wandte sich wieder an Paul. »Deine Frau möchte ja nur, dass Friwi selbst über sein Leben entscheiden darf. Das ist doch nicht zu viel verlangt, oder?«

»Ich habe euch meine Antwort gegeben«, erklärte Paul. »Und dabei bleibt es.«

»Und ich habe immer gedacht«, sagte sein Bruder, »die Firma geht dir über alles. Aber offenbar habe ich mich getäuscht.« Er zuckte die Achseln. »Nun gut, wenn das deine Entscheidung ist, warum nicht? Du bist ein freier Mann. Allerdings musst du dann allein zusehen, wie du den Karren aus dem Dreck ziehst. – Oder bist du anderer Meinung, Erdmute?«

Sie schüttelte den Kopf.

Fassungslos blickte Paul die beiden an. »Soll das heißen, ich muss mich zwischen der Firma und meinem Sohn entscheiden? Das ist nicht euer Ernst!«

»Doch«, erklärte Fritz. Mit beiden Händen straffte er seinen Uniformrock und erhob sich von der Schreibtischkante. »Friwi wird Offizier, und du wirst ihn nicht daran hindern. *Conditio sine qua non.*«

36

IM CORNISH Club, einem Nebenraum des Savoy, tagte ein Kreis von Politikern und Militärs, die Tory-Fraktion hatte zu einem Bankett mit anschließender Aussprache zur Zukunft des Transvaal geladen. Im Hauptgang hatte es auf der Haut gebratenen Zander mit geschäumter Kressesoße und als Fleischgang rosa Rehrücken im eigenen Jus gegeben – nur mit Mühe war es Auguste gelungen, den Gastgeber Lord Salisbury von seinem ursprünglichen Menüwunsch, Roastbeef mit Stampfkartoffeln und Erbsen, abzubringen. Jetzt saßen die Herren bei Cognac und Zigarre und diskutierten ihr politisches Thema.

»Transvaal?«, fragte Kaspar. »Wo ist das denn? Ich habe den Namen noch nie gehört.«

»So heißt die Burenrepublik in Südafrika«, erwiderte Auguste, der aus der Küche gekommen war, um sich nach der Zufriedenheit seiner Gäste zu erkundigen.

»Und was ist an dem Land so wichtig?«

»Man hat dort Gold gefunden, sehr viel Gold sogar. Aber das hat uns nicht zu interessieren. – Ich glaube, es fehlen noch ein paar Aschenbecher.«

»Delighted to be of service.«

Kaspar eilte fort, um den Auftrag aufzuführen. Einmal mehr stellte Auguste fest, dass er sich in Pauls Neffen nicht geirrt hatte. Es war eine Freude, wie Kaspar sich von Tag zu Tag weiterentwickelte. Er versah seinen Dienst mit einer Sicherheit und Eleganz, als habe er sein Leben lang nichts anderes gemacht. Dabei gestaltete er jede Handreichung mit einer Zuvorkommenheit, als handle es sich um eine persönliche Gefälligkeit. Nicht nur die Damen, auch die männlichen Gäste des Savoy waren von ihm angetan – sogar Lord Somersby, der ihm unbotmäßiges Verhalten vorgeworfen hatte, hatte ihn nach Auflösung des Missverständnisses als einen Gewinn für das Haus bezeichnet.

Auguste wollte gerade in die Küche zurückkehren, als Stationskellner Franz Lechler mit besorgter Miene auf ihn zutrat.

»Ein Gast hat sich beschwert, der Colonel am oberen Ende des Tisches.« Er deutete auf einen Offizier, der gerade seinem Nachbarn, einem hochdekorierten General, etwas ins Ohr flüsterte.

»Was wurde beanstandet?«

»Der Colonel möchte nicht von einem Deutschen bedient werden. Damit meinte er den neuen Pikkolo. Er verdächtigt ihn, ein Spion zu sein.«

»Kaspar? Ein Spion? Warum denn das in aller Welt?«

»Nun, ich nehme an, weil er Deutscher ist.«

»Aber ihr Kellner seid doch alle Deutsche!«

Franz zuckte die Achseln. »Ja, aber wir sprechen Englisch wie Engländer. Im Gegensatz zu …«

»Dann brauche ich wohl dringend mehr Unterricht«, fiel Kaspar ihm ins Wort, der gerade mit einem vollen Aschenbecher zurückkehrte.

»Du meinst, bei Miss Watkin?« Auguste musterte ihn mit gehobenen Brauen. »So, so – ›Unterricht‹ nennt man das also heutzutage?«

Kaspar antwortete auf die Frage mit einem so freimütigen Grinsen, dass Auguste lachen musste.

»Na, gut«, sagte er. »Ich war auch mal jung. Verschwinde!«

37

PAUL HATTE einige Zeit mit sich gerungen, dann hatte er seinen Bruder gebeten, ihn dem Vorstand des Alldeutschen Verbands zur Aufnahme vorzuschlagen. Nach reiflicher Überlegung war er zu dem Schluss gelangt, dass die Alternative »Friwi oder die Firma« nur scheinbar eine Alternative war, tatsächlich waren beider Schicksale unauflösbar miteinander verknüpft. Friwis Zukunft war die Firma, und die Zukunft der Firma war Friwi, und wenn es zum Erhalt der Firma unabdingbar war, dass Friwi die Offizierslaufbahn einschlug, dann musste man eben in den sauren Apfel beißen. Schließlich war das keine Entscheidung fürs Leben – wenn Friwi eines Tages in der Firma gebraucht wurde, konnte er jederzeit den Dienst quittieren.

Paul hatte dem Antrag einen Cheque in Höhe von zehntausend Mark beigefügt. Der hatte seine Wirkung nicht verfehlt. Bereits nach zwei Wochen erfolgte der schriftliche Bescheid, dass Paul Biermann, Inhaber der Firma Biermann & Gumbrecht sowie Direktor der Kurfürstendamm-Gesellschaft, als ordentliches Mitglied in die Reihen des Alldeutschen Verbands aufgenommen worden war. Noch am selben Tag hatte Fritz im Gegenzug in seiner Eigenschaft als Sekretär des Vorstands dafür gesorgt, dass sein Bruder bei der für heute anberaumten Mitgliederversammlung in der Turnhalle des Vereins für Leibesertüchtigung »Germania« Gelegenheit bekommen würde, für sein Anliegen zu werben.

Die Halle war mit über dreihundert Mitgliedern gefüllt, als Paul eintraf. Während der Geruch von Bohnerwachs und abgestandenem Schweiß ihn unangenehm an seine Schulzeit erinnerte, schaute er sich nach seinem Bruder um. Fritz, angetan mit Uniform und Pickelhaube, saß bereits am Vorstandstisch auf dem Podium. Bevor Paul einen Blick mit ihm tauschen konnte, kamen Gisbert und Gustav Reichenbach auf ihn zu, die ihm sichtlich erfreut zu seiner Mitgliedschaft gratulierten. Die Bankiers machten ihn sogleich mit Alfred Hugenberg bekannt, dem Syndikus der Krupp-Dynastie, von dem sie schon bei der Eröffnung des Kurfürstenparks in den höchsten Tönen gesprochen hatten. Paul stutzte. Er hatte einen ehrfurchtgebietenden, stattlichen Mann in den besten Jahren erwartet, doch Hugenberg war ein eher kleinwüchsiger, für seine Position erstaunlich junger Mann von Anfang dreißig mit aufgewichster Stehhaarfrisur und runder Nickelbrille, der sich überaus zuvorkommend zeigte. Kaum hatte er ein paar Worte mit Paul gewechselt, versprach er, dessen Anliegen im Plenum zu unterstützen.

Zusammen mit den Bankiers nahmen sie in einer der vorderen Reihen Platz. Paul verspürte eine gewisse Anspannung, als der Vorsitzende Friedrich Ratzel, ein Sechzigjähriger mit grauem, in der Mitte gescheiteltem Haar und wallendem Kinnbart, die Versammlung eröffnete. Hatte er die richtige Entscheidung getroffen? Als ersten Tagungsordnungspunkt verkündete Ratzel die Nachricht, dass der Verband Fürst Bismarck die Ehrenmitgliedschaft angetragen und dieser die Ehrung allergnädigst angenommen habe. Mit Erleichterung fiel Paul in den Beifall ein. Wenn es Bismarck zur Ehre gereichte, dem Verband anzugehören, musste er sich aus seiner Mitgliedschaft kein Gewissen machen.

Doch die Erleichterung war nur von kurzer Dauer. Als die Versammlung den zweiten Punkt der Tagesordnung diskutierte, keimten all die Zweifel, die Paul von Anfang an gehegt hatte, wieder in ihm auf. Die Debatte entzündete sich an der Frage, ob man aus dem Verband heraus eine eigenständige Partei gründen sollte. Die meisten Mitglieder sprachen sich dagegen aus, sie wollten sich nicht in Fundamentalopposition gegen die Regierung üben, vielmehr wollten sie als Stachel in deren Fleische wirken. Am Ende verkündete der Vorsitzende eine zweifache Strategie: Zum einen sollte der Verband in Gestalt seiner Mitglieder auf breiter Front die staatlichen Institutionen infiltrieren – als gelungenes Beispiel nannte er den Verbandssekretär Fritz Biermann, der als Vortragender Legationsrat im Auswärtigen Amt dieses Ziel bereits erreicht hatte. Zum andern würde man das Volk durch Propaganda auf die Ziele des Verbands einschwören, namentlich die Belebung des vaterländischen Bewusstseins, die Pflege und Unterstützung der deutschen Interessen im Ausland sowie das Bekenntnis zum Krieg als schöpferischer Lebenskraft.

»Der Krieg ist der Erneuerer und Erhalter, der große Arzt und Gärtner, der die Menschheit auf ihrem Wege zur Höherentwicklung begleitet!«

Tosender Applaus war die Antwort auf die Rede. Paul saß da wie vom Donner gerührt. Hatte er richtig gehört? Krieg als der Erneuerer und Erhalter? Als der große Arzt und Gärtner? Als schöpferische Lebenskraft?

»Ich denke, die gute Stimmung sollten wir nutzen«, sagte Hugenberg.

Der Krupp-Syndikus bat ums Wort. Paul spürte, wie sich sein Puls beschleunigte. Im selben Augenblick war seine Irritation vergessen. Felix hatte ermittelt, dass schon jetzt ein Betrag von dreihunderttausend Goldmark nötig war, um allein den Ausfall der jüdischen Spenden für die Fertigstellung der Kaiser-Wilhelm-Gedächtniskirche zu kompensieren. Hinzu kamen die stetig steigenden Kosten für Baumaterial, Löhne und vor allem die sündhaft teuren Änderungswünsche, die das Oberhofamt immer wieder anmeldete, so dass kaum abzusehen war, welche Summen bei einer geplanten Bauzeit von vier Jahren am Ende auflaufen würden.

»Herr Hugenberg hat das Wort!«

Der Krupp-Syndikus rückte an seiner Nickelbrille, dann fing er an zu reden. Paul hatte Mühe, ihm zu folgen. Auf den Fußballen wippend, sprach Hugenberg so schnell wie ein Maschinengewehr, in abgehackten, stakkatohaften Sätzen ratterte er die Gründe herunter, warum jeder Patriot verpflichtet sei, die vaterländische Sache zu unterstützen.

»… und um mit gutem Beispiel voranzugehen, zeichne ich im Namen und Auftrag der Friedrich Krupp AG dreißigtausend Goldmark!«

Mit hinter den Brillengläsern blitzenden Äuglein blickte Hugenberg einmal nach rechts, einmal nach links in die Runde, dann nahm er wieder Platz. Paul war entgeistert. Dreißigtausend Mark? Von einem Unternehmen wie der Friedrich Krupp AG hatte er sich mindestens hunderttausend erhofft! Noch enttäuschender aber war die Reaktion des Publikums. Die Rede hatte den Zuhörern nur einen dünnen Höflichkeitsapplaus entlockt, und niemand im Saal stand auf, um weitere Spenden anzukündigen. Lag es an Hugenbergs Vortragsweise, dass der Funke nicht übergesprungen war? Oder lag es an der Sache selbst? Paul wusste es nicht, er wusste nur, dass dreißigtausend Mark nicht mehr als ein Tropfen auf dem heißen Stein waren.

Über alle Maßen enttäuscht, sackte er in sich zu zusammen. Und dafür hatte er seinen Sohn wie ein Judas verraten …

Er wollte sich bereits verabschieden, da trat auf dem Podium sein Bruder Fritz ans Rednerpult. »Ich danke unserem Kameraden Hugenberg für sein Engagement«, sagte er. »Das ist der vaterländische Geist, der uns verbindet. Doch möchte ich seinen Worten noch einen weiteren, ganz wesentlichen Grund hinzufügen, warum unsere Unterstützung für den Bau des Gotteshauses von zwingender Dringlichkeit ist. Dieser Grund ist die aktuelle Spendenliste, die man nur als Skandal bezeichnen kann! Denn ganz oben auf dieser Liste stehen die Namen Mendelssohn und Mendelssohn-Bartholdy!«

Er spuckte die Namen aus, als habe er in ein verdorbenes Stück Fleisch gebissen. Buhrufe und Pfiffe ertönten.

»Kameraden«, fuhr er mit erhobener Stimme fort, »wollen wir unserem Kaiser zumuten, dass Juden die Kirche zum Gedächtnis seines Großvaters finanzieren?«

»Nein!«, erscholl es wie aus einem Munde.

»Ist es nicht vielmehr als Untertanen Seiner Majestät unsere heilige Pflicht, diese Kirche aus eigener deutscher Kraft zu errichten?«

»Ja! Ja! Ja!«

»Dann lassen Sie uns die Namen der Mosesjünger von der Liste entfernen. Kein jüdisches Geld für das Gotteshaus des Kaisers! Auf dass nur deutsche Namen die Spenderliste zieren! Darum bitte ich Sie, Ihre Herzen und Portemonnaies zu öffnen! Für Kaiser, Volk und Vaterland!«

Fritz drehte sich zu dem Vorsitzenden herum, auf dessen Zeichen erhob sich der gesamte Vorstand, und man stimmte die Kaiserhymne an.

Heil dir im Siegerkranz,
Herrscher des Vaterlands!
Heil, Kaiser, dir!

Der ganze Saal fiel in die Hymne ein. Während diese wie ein Sturm durch die Halle brauste, nahm Fritz seine Pickelhaube vom Kopf, um sie unter den Teilnehmern der Versammlung herumgehen zu lassen. Paul traute seinen Augen nicht – wohin er sah, überall wurden Chequehefte gezückt.

Fühl in des Thrones Glanz
Die hohe Wonne ganz,
Liebling des Volks zu sein!
Heil, Kaiser, dir!

Die letzte Strophe war noch nicht verklungen, als Fritz vom Podium stieg, um Paul den bis zum Rand gefüllten Helm zu überreichen.

»Worauf wartest du?«, zischte er, als Paul zögerte. »Die Kameraden erwarten ein Zeichen des Dankes!«

Paul holte einmal tief Luft und schloss die Augen.

Non olet …

Dann nahm er den von Cheques schier überquellenden Helm und hob ihn in die Höhe, und während er ihn dem Publikum in allen Richtungen präsentierte, schwoll der Beifall zu einem solchen Tosen an, dass der Bretterboden der Halle davon bebte.

38

VICKY STAND vor dem Spiegel ihres Ankleidezimmers und machte sich ausgehfertig. Sie hatte Claire versprochen, sie zum Savoy zu begleiten – Kaspars Unterricht sollte heute an Ort und Stelle stattfinden, um die Begriffe und Redewendungen zu üben, die er bei der Arbeit brauchte.

Welchen Hut sollte sie aufsetzen? Da sie immer noch in Trauer war, kam nur ein schwarzer in Frage. Sie entschied sich für ein Modell mit Schleier; trotz der langen Zeit, die inzwischen seit Ruperts Tod vergangen war, empfand sie es immer noch als unpassend, ihr Gesicht in der Öffentlichkeit unbedeckt zu zeigen. Mit tausendfach geübtem Griff befestigte sie den Hut mit einer perlengeschmückten Nadel, ein letzter Blick in den Spiegel, dann verließ sie den Raum, um ihre Tochter abzuholen.

Doch als sie deren Zimmer betrat, fand sie dort nur Ramigami vor. Das Äffchen begrüßte sie mit einem Freudentanz. Wo aber steckte Claire?

Auf dem Schreibtisch lag eine Nachricht in ihrer Handschrift.

Ich bin schon vorausgegangen, weil ich noch etwas erledigen muss.
Wir sehen uns im Savoy.
C

Verärgert schüttelte Vicky den Kopf. Was fiel Claire ein, ohne Begleitung das Haus zu verlassen! … Doch dann musste sie über sich selbst lächeln. Sie reagierte ja fast so hysterisch wie früher ihre Mutter. Claire hatte sicher einfach nur Lust auf einen Spaziergang gehabt.

Harry wartete bereits mit der Kutsche vor dem Haus. Zum Glück dauerte es bis zum Savoy nur wenige Minuten. Doch als sie dort ankam, war in dem Restaurant keine Spur von ihrer Tochter.

Auguste war nicht weniger irritiert als sie. »Kaspar hat sich vor einer halben Stunde zum Unterricht abgemeldet«, sagte er. »Ich dachte, er wäre in Paxton House.«

Vicky wurde heiß und kalt zugleich. Wie hatte sie nur so naiv sein können? Ganz ähnlich hatte sie in Claires Alter ihre Mutter hintergangen, um sich mit Auguste zu treffen …

»Ich glaube, ich weiß, wo die zwei stecken«, sagte Auguste. »Können wir Ihre Kutsche nehmen?«

39

HARRY LIESS die Peitsche knallen, und im Stechtrab ging es den Strand entlang in Richtung Regent's Park, an dessen nördlichem Ende sich der Zoologische Garten befand. Während sie links und rechts die Wagen vor ihnen überholten, war Vicky so aufgeregt, dass Auguste ihre Hand nahm, um sie zu beruhigen. Obwohl dies gegen jede Etikette verstieß, ließ sie es geschehen.

»Keine Sorge«, sagte er, »wir werden die zwei schon finden. Bestimmt sind sie am Affengehege.«

Aber da waren sie nicht. Statt Claire und Kaspar amüsierte sich nur eine Horde Kinder über die Faxenmacher hinter dem Gitter.

Vicky war vor Aufregung inzwischen ganz blass. »Was jetzt?«

Zum Glück hatte Auguste noch eine zweite Idee. »*Vous connaissez* Maitland Park Road?«, fragte er Harry, als sie wieder in die Kutsche stiegen.

Verwundert drehte der Kutscher sich zu ihm um. »Ja, die ist ganz hier in der Nähe. Eine ziemlich üble Gegend.«

Auguste verstand nur das Wörtchen »ja«, aber das reichte.

»Très bien. Allez-y! – Go, go, go!«

Der Weg dauerte nur wenige Minuten, doch führte er in eine völlig andere Welt. Nachdem sie eine Eisenbahnbrücke überquert hatten, ging die Straße einen steilen Hügel hinauf, auf dessen Rückseite nichts mehr von der Pracht und Herrlichkeit rund um den Regent's Park zu sehen war. Triste Mietskasernen reihten sich hier in endloser Ödnis aneinander, statt Luxusgeschäften gab es Kolonialwarenläden, Kohlehandlungen und kleine Handwerksbetriebe, und manche Straßenpassanten waren fast so ärmlich gekleidet wie die Bettler, die auf den Gehwegen lungerten.

Verwundert schaute Vicky sich um. »Was haben wir hier zu suchen?«

»Kaspar wollte hier ein Haus besichtigen«, erwiderte Auguste. »In dieser Straße.«

»Was für ein Haus?«

»Das Haus, in dem Karl Marx gelebt hat.«

Vicky schickte ein Stoßgebet zum Himmel. Zweimal fuhr Harry die Straße hinauf und hinunter. Doch ohne Erfolg.

»Sollen wir die Polizei verständigen?«, fragte Vicky, nachdem sie ein drittes Mal vergebens die Maitland Park Road abgefahren waren.

Auguste schüttelte den Kopf. »Warten wir bis zum Abend – Sie in Paxton House, ich im Savoy. Ich bin sicher, dass sie entweder da oder dort auftauchen werden.«

»Ihr Wort in Gottes Ohr!«

Vicky wies Harry an, als Erstes zum Hotel zu fahren. Noch bevor die Kutsche vor dem Eingang zum Stehen kam, sprang Auguste auf die Straße und eilte auf den Eingang zu. Vicky folgte ihm nach.

Als sie die Halle betrat, atmete sie auf. In unschuldiger Eintracht warteten Claire und Kaspar dort auf sie, beide mit Büchern beladen.

»Wo in aller Welt seid ihr gewesen?«

»Das frage ich dich«, erwiderte Claire. »Wir waren doch hier verabredet!«

40

UM CLAIRE nicht im Beisein des Kutschers eine Szene zu machen, hatte Vicky bis zur Rückkehr nach Hause gewartet, bevor sie sie zur Rede stellte.

»Was hast du dir dabei gedacht?«, fragte sie, kaum, dass O'Brien die Tür der Bibliothek hinter ihnen geschlossen hatte.

»Wir waren im British Museum«, sagte Claire. »Bücher ausleihen. Damit Kaspar zwischen den Unterrichtsstunden auch allein lernen kann.«

»Tu das nie wieder!«

»Aber ich habe dir doch eine Nachricht geschrieben!«

»Das spielt keine Rolle! Nicht ohne Begleitung – habe ich gesagt!«

Claire wollte etwas erwidern, doch ihre Großmutter, die, angelockt durch die lauten Stimmen, gerade die Bibliothek betrat, kam ihr zuvor.

»Ich kann wirklich nicht verstehen, warum du dich so echauffierst, meine Liebe!«, sagte sie. »Vielleicht erinnerst du dich mal deine eigene Jugend.«

»Das ist es ja gerade!«, platzte Vicky heraus. Am liebsten hätte sie sich die Zunge abgebissen.

Doch zum Glück maß Claire ihrer Bemerkung keine Bedeutung bei. »Wir haben in der Bibliothek den Platz gefunden, an dem Karl Marx das ›Kapital‹ geschrieben hat. Ein Bibliothekar hat uns den Platz gezeigt. Kaspar war so begeistert, dass ich ihn dort kaum mehr wegkriegen konnte. Nur deshalb hat es so lange gedauert.«

»Na also«, sagte ihre Großmutter. »Dann ist doch alles ganz harmlos.«

Vicky schaute ihre Tochter prüfend an, doch als sie in deren Miene auch nicht den Anflug eines schlechten Gewissens erkennen konnte, beruhigte sie sich. Offenbar hatte sie sich tatsächlich umsonst gesorgt.

»Vielleicht«, sagte ihre Mutter, »kannst du dich dazu entschließen, in Zukunft bei deiner Tochter die Zügel ein wenig länger zu lassen.«

»Willst du damit sagen, ich soll ihr erlauben, Kaspar auch ohne Begleitung zu treffen?«

»Ja, genau das will ich damit sagen. Claire hat ein bisschen Vertrauen verdient. Ohne das geht es nun mal nicht.«

Vicky konnte es kaum glauben. »Ich bin erstaunt, das aus deinem Munde zu hören. Wenn ich daran denke, wie streng du mit mir früher warst.«

»Großzügigkeit ist das Vorrecht der Großeltern«, erwiderte ihre Mutter mit einem Lächeln. »Außerdem muss man mit der Zeit gehen. Schließlich haben wir bald das 20. Jahrhundert.«

41

IM SAVOY standen für den Dezember drei große Bankette an: ein erneutes Treffen der Tory-Fraktion, eine Gentleman-Gesellschaft für den Prinzen von Wales und eine Hochzeitsfeier anlässlich der Verheiratung des Herzogs von Aosta, Spross des Königshauses von Savoyen und Neffe des italienischen Königs, mit Hélène d'Orléans, der Schwester des Herzogs Philippe d'Orléans, ein Ereignis, zu dem zweiundvierzig Mitglieder des europäischen Hochadels geladen waren. Sosehr diese Häufung glanzvoller Festivitäten dazu beitragen würde, den Ruf des Savoy als erste Restaurantadresse in London zu festigen, gab es ein Problem, das schon Monate vor dem Ereignis für Kopfzerbrechen sorgte: Alle drei Bankette waren für ein und denselben Tag gebucht, und es gab nur zwei geeignete Nebenräume. Einem der Veranstalter abzusagen kam nicht in Frage. Schließlich lautete das Credo des Hauses, dass der Wunsch des Gastes unter allen

Umständen heilig war, selbst wenn dieser den Wunsch äußerte, man möge ihm den Mond vom Himmel holen …

Was also sollte man tun?

»Es wird uns nichts anderes übrigbleiben, als an dem Tag das Restaurant zu schließen«, sagte Auguste. »Dann stünde uns der Hauptsaal für die Hochzeitsfeier zur Verfügung.«

»Das würde ich nur im äußersten Notfall tun«, erwiderte d'Oyly Carte. »Ganz abgesehen von dem finanziellen Verlust könnte unser Stammpublikum einen solchen Ausschluss als Affront auffassen. – Ich bitte um andere Vorschläge.«

Oberkellner Franz Lechler meldete sich zu Wort. »Wie wäre es mit dem Gewölbekeller? Er ist ungefähr so groß wie der Cornish Club. Für eines der zwei kleineren Bankette wäre darin auseichend Platz.«

»Wollen Sie unsere Gäste beleidigen?«, fragte Ritz. »Der Raum ist vollkommen schmucklos und ohne natürliches Licht. Nein, es muss uns etwas Besseres einfallen.«

Erwartungsvoll blickte er in die Runde. Doch alle schlugen die Augen nieder. Auch Auguste zermarterte sich vergeblich das Gehirn. Weder dem Prinzen von Wales noch dem Herzog von Aosta konnte man eine Verschiebung des Termins zumuten – undenkbar!

Da hob Kaspar die Hand. »Vielleicht habe ich eine Idee.«

Verwundert drehte César Ritz sich zu ihm herum. »Und die wäre?«

42

MAN SCHRIEB den 1. September des Jahres 1895. Ganz Berlin war auf den Beinen, um an diesem warmen und sonnigen Herbsttag ein Ereignis zu feiern, das wie kein zweites vom Aufstieg des Deutschen Reiches und seiner inzwischen über eine Million Einwohner zählenden Hauptstadt zeugte. Obwohl nur viereinhalb Jahre seit der Grundsteinlegung der Kaiser-Wilhelm-Gedächtniskirche vergangen waren, wurde heute das Gotteshaus zum ewigen Ruhm des Heldenkaisers mit einem feierlichen Gottesdienst eingeweiht.

Auf die Einhaltung des Datums hatte man allergrößten Wert gelegt, der 2. September war der bedeutendste Nationalfeiertag im Kalender des deutschen Volkes, der »Sedantag«, an dem alljährlich der siegbringenden Schlacht im deutsch-französischen Krieg 1871 gedacht wurde. Das Weihefest sollte in diesem Jahr die glanzvolle Eröffnung der Jubelfeierlichkeiten bilden.

Ja, das große Werk, es war vollbracht – im germanisch-romanischen Stil ragte das Gotteshaus mit seinen fünf Türmen in den herbstblauen Himmel empor, majestätisches Inbild des aufstrebenden deutschen Volkes. Der Bau hatte fast das Zehnfache dessen verschlungen, was der Kostenvoranschlag ausgewiesen hatte. Die Endsumme belief sich statt wie geplant auf sechshundertfünfzigtausend auf schwindelerregende sechseinhalb Millionen Goldmark – ein Betrag, der, wäre er bei der Planung erahnbar gewesen, das ganze Unternehmen verhindert hätte. Doch da die Gedächtnis-Kirche nicht nur ein Gotteshaus, sondern mehr noch ein nationales Denkmal war, hatte die Regierung ein Einsehen gehabt und für die Bereitstellung der nötigen Gelder über die Spendenmittel hinaus gesorgt – nicht zuletzt zum Wohl und Segen der Firma Biermann & Gumbrecht, deren Inhaber Paul Biermann inzwischen in die erste Reihe der Berliner Unternehmerpersönlichkeiten aufgestiegen und nebst Gattin und seinem Bruder Fritz als Ehrengast zu dem Festakt geladen war.

Als der schwarz lackierte, von Hausdiener Anton auf Hochglanz polierte Landauer der Familie eintraf, saßen bereits zehntausend Menschen voller Erwartung auf den Tribünen, die den fahnengeschmückten Festplatz vor der Kirche säumten. Leider war es nicht möglich gewesen, das Bauwerk in der Kürze der Zeit vollständig fertigzustellen. Um den Weiheakt trotzdem mit der fünfundzwanzigsten Wiederkehr des Tages zu verbinden, aus dem das Deutsche Reich hervorgegangen war, hatte man ein Provisorium geschaffen, so dass der Großteil der Gäste nur außerhalb der Kirche Platz fand. Dabei deuteten die vielen Uniformen im Publikum darauf hin, dass die

Veranstaltung eher eine militärische als sakrale Feier werden würde – Zeitungsberichten zufolge nahmen fünftausend Kriegsveteranen und tausend aktive Soldaten an dem Ereignis teil.

Paul und die Seinen gehörten zu den wenigen hundert Auserwählten, die Zutritt zum Inneren des Gotteshauses hatten. Während er zur Feier des Tages Frack und Zylinder trug, war sein Bruder Fritz, inzwischen zum Vortragenden Legationsrat I. Klasse ernannt, in Uniform erschienen, um die Kolonialabteilung des Auswärtigen Amtes zu vertreten. Uniform trug auch Friwi. Er hatte zu Ostern mehr schlecht als recht das Abitur geschafft und stand nun als Offiziersanwärter mit seinen Kameraden vom Garderegiment zu Fuß Spalier am Eingang der Kirche, vor der eine nicht enden wollende Schlange von Ehrengästen auf Einlass wartete.

Es dauerte über eine Viertelstunde, bis ein Zeremonienmeister Paul und seine Angehörigen herbeiwinkte. Obwohl die Schmiede-, Bildhauer- und Glasarbeiten noch ihrer Vollendung harrten, war bereits ersichtlich, mit welcher Eindringlichkeit die künstlerische Ausgestaltung der Kirche die Verbindung von Thron und Altar zum Ausdruck brachte. So zeigte in der Vorhalle ein Mosaik den verstorbenen Kaiser, wie er in das Reich Gottes einzog, in einer Darstellung, die das neue Deutsche Kaiserreich als Fortführung und Vollendung des Heiligen Römischen Reichs Deutscher Nation erkennen ließ.

Die Plätze, die der Zeremonienmeister ihnen zuwies, befanden sich in der drittletzten Reihe des Mittelschiffs. Während Paul mit einer Mischung aus Ehrfurcht und Befremden die Gemälde und Skulpturen betrachtete, die in immer neuen Variationen die Verbindung des Hauses Hohenzollern mit der christlichen Heilsgeschichte wiederholten, verrenkte Erdmute sich an seiner Seite den Hals, um einen Blick auf das Kaiserpaar zu erhaschen, das, verborgen hinter einem Wald von Damenhüten und mit Federbüschen gezierten Helmen, im Altarraum thronte.

»Ob es mit der Einladung bei Hofe jetzt wohl endlich klappt?«, fragte sie leise.

»Mach dir lieber keine allzu großen Hoffnungen«, erwiderte Paul. »Wir sind weder Militär noch Adel.«

»Ach was«, zischte Fritz, der Erdmute zur Rechten saß. »Es müsste doch mit dem Teufel zugehen, wenn der Kaiser sich nicht erkenntlich zeigen würde.«

Das allgemeine Gemurmel verstummte. Angeführt vom Bischof des Berliner Doms zogen die Liturgen in die Kirche ein, die außer einer großformatigen Bibel und dem Altarkreuz auch die Abendmahls- und Taufgeräte für das neue Gotteshaus mit sich führten. Die Predigt hielt Hofprediger Adolf Stoecker, den Paul als Verfasser von ebenso nationalistischen wie antisemitischen Artikeln in der »Neuen Evangelischen Kirchenzeitung« kannte und der unter Liberalen als gefährlicher Hetzer und Hassprediger gefürchtet war. Mit donnernden Worten verkündete er ein fröhliches Christentum, das dank des herrlichen Kaisers nicht nur das ganze Reich beseele, sondern bald auch immer mehr deutsche Gemeinden in Übersee und aller Welt.

»Gestern Sedan – morgen Afrika«, raunte Fritz und strich sich über den Bart.

Paul ahnte, was sein Bruder meinte. Die Regierung hatte vor einem Jahr Südwestafrika zum deutschen Schutzgebiet erklärt, und das sollte nach dem Willen des Kolonialvereins und seiner an Geld wie Einfluss reichen Vertreter nicht das Ende sein. Auf die Gefahr hin, so einen Konflikt mit den Briten heraufzubeschwören, die mit ihrem Kap-Kairo-Plan gerade versuchten, eine durchgehende Landverbindung zwischen Nord- und Südafrika herzustellen, um ihre Dominanz auf dem Kontinent zu festigen.

Großer Go-hott, wir lo-hoben dich …

Die Festgemeinde erhob sich, und während das nunmehr geweihte Gotteshaus vom Lobpreis des himmlischen Herrschers widerhallte, erfolgte der Auszug des Kaiserpaars und seines Hofstaats, darunter Oberhofmeister Mirbach. Als die Prozession Paul passierte, nickte der Baron ihm bedeutungsvoll zu.

Das konnte nur eines heißen: Die von Erdmute so sehr ersehnte Einladung – sie würde erfolgen!

Erfreut drehte Paul sich zu seiner Frau herum. Doch Erdmute schaute nicht ihn an, sondern seinen Bruder. Dabei füllte ein seltsam inniges Lächeln ihr Gesicht, das er noch nie an ihr gesehen hatte, und für eine Sekunde strich sie über Fritz' Hand, als wolle sie sich bei ihm bedanken.

Hatte er richtig gesehen?

Die Irritation dauerte nur eine Sekunde, und schon zog Erdmute wieder ihr altvertrautes, undurchdringliches Gesicht.

»Willst du mir nicht deinen Arm reichen?«, fragte sie.

Erleichtert kam Paul der Aufforderung nach, und zusammen schlossen sie sich der Prozession an. Als sie ins Freie traten, scholl ihnen ein Chor aus zehntausend Kehlen entgegen, ein im ganzen Volk so beliebtes Lied, dass es als heimliche Hymne der Deutschen galt und das Paul schon in seiner Jugend gesungen hatte, vor fünfundzwanzig Jahren, als er in den Krieg gegen die Franzosen gezogen war.

Es braust ein Ruf wie Donnerhall,
Wie Schwertgeklirr und Wogenprall:
Zum Rhein, zum Rhein, zum deutschen Rhein!
Wer will des Stromes Hüter sein?
Lieb' Vaterland, magst ruhig sein,
Fest steht und treu die Wacht, die Wacht am Rhein!

43 GROSSKAMPFTAG IM Savoy!

Was niemand für möglich gehalten hatte, war durch Kaspar möglich geworden: An diesem Abend, drei Tage vor dem Weihnachtsfest, fanden die drei Großbankette gleichzeitig statt, ohne dass der Hauptspeisesaal für das öffentliche Publikum hatte geschlossen werden müssen. Während in dem auch für größere Festivitäten geeigneten Ersten Séparée der Herzog von Aosta seine Vermählung mit Hélène d'Orléans feierte und im Cornish Club der Prinz von Wales eine Gentleman-Gesellschaft gab, tagten im Souterrain die Tories. Kaspars rettender Einfall war es gewesen, die Kellerwände und -decke mit Vorhängen und Spiegeln zu drapieren und das ganze Gewölbe mit einer solchen Vielzahl von Kronleuchtern und Lüstern zu illuminieren, dass dank des dutzendfachen Widerscheins der unterirdische Raum hell wie ein Festsaal erstrahlte und niemand ein Fenster vermisste.

Die Schlacht an drei Fronten bedeutete die größte gastronomische Herausforderung, der Auguste sich je gestellt hatte. Allein das Hochzeitsmenü bestand aus zehn Gängen mit neunzehn verschiedenen Gerichten, darunter so anspruchsvolle Kompositionen wie Seezungenröllchen *à la Montpensier* oder gebratene Wachteln in Weinblättern, und die übrigen Bankette erforderten kaum weniger Aufwand. Kein Gericht durfte zu früh oder zu spät aus dem Ofen, und auch die Weine mussten zum richtigen Zeitpunkt temperiert und dekantiert werden – ganz zu schweigen vom ständigen Wechsel der Gedecke, der ein Dutzend Pikkolos auf Trab hielt. Während die Kellner im Minutentakt servierten, kontrollierte Auguste mit der Uhr in der Hand die Lieferungen aus Küche und Keller, um die exakte Abfolge der Speisen und Getränke sicherzustellen.

Im Kellergewölbe wurde inzwischen das Dessert aufgetragen. Schon während des Menüs war unter den Politikern eine hitzige Diskussion entbrannt. Sollte man die Buren in Afrika mit Militärgewalt zur Räson bringen, um den Transvaal unter die Kontrolle der britischen Krone zu zwingen? Seit man auf dem Gebiet der Burenrepublik Gold gefunden hatte, strömten Siedler aus allen Enden und Ecken Europas, vor allem aber aus dem englischen Königreich dorthin, um, getrieben von der Hoffnung auf schnellen Reichtum, das ganze Land umzugraben. Doch Burenpräsident Paul Krüger beanspruchte die Bodenschätze für sein eigenes Volk, weshalb er die ausländischen Goldgräber in ihrer Arbeit behinderte, wie er nur konnte.

»Sollen wir uns das gefallen lassen?«, fragte Lord Salisbury. »Nein, nein und abermals nein! Wo immer auf der Welt Untertanen Ihrer Majestät bedroht werden, ist es unsere Pflicht, sie zu beschützen!«

»Hört, hört!«

»Zum Glück gibt es bereits einen Plan«, fuhr der Parteivorsitzende fort. »Cecil Rhodes, unser Gouverneur am Kap, schlägt einen Überfall auf den Transvaal vor, um das Land wie früher zu unserem Schutzgebiet zu erklären.«

Ein Abgeordneter meldete Widerspruch an. »Sosehr ich ein entschlossenes Vorgehen begrüße – aber laufen wir nicht Gefahr, uns ganz Europa zum Feind machen? Vor allem das Deutsche Reich? Der Kaiser könnte auf die Idee kommen, den Buren beizustehen, um sich selbst das Gold unter den Nagel zu reißen.«

»Keine Sorge«, erwiderte Salisbury, »es wird keinen Krieg geben.« Und mit einem verschlagenen Grinsen fügte er hinzu: »Schließlich hat niemand gesagt, dass es reguläre Truppen sein müssen, mit denen wir die Buren attackieren …«

Während sich beifälliges Gemurmel erhob, winkte einer der Tories den Stationskellner Franz Lechler zu sich. Irritiert runzelte Auguste, der gerade im Keller nach dem Rechten sah, die Brauen. Der Abgeordnete zog ein Gesicht, das nichts Gutes verhieß, und während er Franz etwas ins Ohr flüsterte, deutete er auf Kaspar, der zum Zeichen seiner Beförderung zum Kellner inzwischen im Frack bediente.

»Gab es eine Beschwerde?«, fragte Auguste, als das Getuschel beendet war und Franz sich wieder auf den Weg zur Küche machte.

»Nichts, worum Sie sich kümmern müssten, Monsieur. Die Sache ist erledigt.«

Erleichtert über die Auskunft setzte Auguste seinen Gang fort. Eine Reklamation war das Letzte, was er an diesem Tag brauchte. Doch es gab keine Reklamation, den ganzen Abend nicht, weder von den Politikern noch von dem Prinzen von Wales oder dem Herzog von Aosta. Als die Schlacht geschlagen war, sprachen vielmehr alle drei Gastgeber der Führung des Haues größtes Lob aus. Richard d'Oyly Carte lud darum nach getaner Arbeit alle Beteiligten aus Küche und Service in sein Bureau, um der Belegschaft für den Einsatz zu danken.

»Dieser Tag war eine Bewährungsprobe, und ich kann verkünden, dass wir sie mit Bravour bestanden haben. Zu diesem Erfolg hat jeder Einzelne von Ihnen beigetragen. Trotzdem ist es mir ein Bedürfnis, einen jungen Mann besonders hervorzuheben, den Commis de rang Kaspar Biermann. Ohne seine Idee zur Umgestaltung des Kellers hätte der heutige Tag nicht mit diesem triumphalen Sieg geendet. Ich denke, eine solche Leistung verdient eine Sondergratifikation.«

Mit gezückter Geldbörse trat er auf Kaspar zu. Auguste freute sich über die Anerkennung nicht weniger als sein Schützling. Nein, er hatte Pauls Neffen keine falschen Hoffnungen gemacht, der Junge würde seinen Weg gehen, und wenn er in seinen Leistungen nicht nachließ, würde ihm vielleicht eines Tages ein ähnlicher Aufstieg gelingen, wie er Auguste selbst gelungen war.

D'Oyly nahm gerade einen Geldschein aus der Börse, da flog die Tür auf.

»Halt! Keine Bewegung – Polizei! Niemand rührt sich vom Fleck.« Ein Zivilbeamter marschierte herein, flankiert von zwei uniformierten Schutzmännern. In der Mitte des Bureaus baute er sich in seinem schneenassen Mantel vor der Belegschaft auf und schaute in die Runde. »Wer von Ihnen ist der deutsche Kellner *Beerman*?«

Kaspar machte zögernd einen Schritt vor. »Meinen … meinen Sie mich?«

»Wie lautet Ihr Name?«

»Biermann, Kaspar Biermann. Aus Berlin.«

Er hatte noch nicht ausgesprochen, da trat der Kommissar auf ihn zu und legte ihm die Hand auf die Schulter. »Im Namen der Königin, Sie sind verhaftet!«

»Um Himmels willen! Weshalb?«

»Verdacht auf Spionage!«

Das verstand sogar Auguste.

»Vous le prenez pour un espion?«, rief er. *»No, no, Mister, c'est absurde! You are wrong – very, verry, very wrong! Je vous assure!«*

Der Kommissar zog ein mit Stempeln und Unterschriften versehenes Schreiben aus der Brusttasche. »Der Ehrenwerte Abgeordnete Benning hat die Anzeige erstattet. Der Mann steht unter dringendem Tatverdacht.« Er drehte sich zu seinen Begleitern herum und zeigte mit dem Finger auf Kaspar. »Abführen!«

»Mais vous arrêtez un innocent!«

Ohne Augustes Protest zu beachten, legten die Polizisten Kaspar Handschellen an und zerrten ihn davon.

»Je m'occupe d'un avocat!«

Das war alles, was Auguste seinem Schützling noch zurufen konnte, bevor die Tür sich hinter ihm schloss.

Entgeistert drehte er sich zu Franz Lechler herum. *»Pourquoi avez-vous menti?«*, fragte er den Österreicher, der wie alle Kellner Französisch verstand. »Sie hatten gesagt, ich bräuchte mich nicht zu kümmern, die Sache sei erledigt.«

»Das war sie ja auch«, erwiderte Franz. »Schließlich konnte das Bankett trotz des Vorfalls zur Zufriedenheit unserer Gäste beendet werden.«

»Bravo!«, lobte César Ritz. »Das Wohl der Gäste kommt immer zuerst.«

Richard d'Oyly Carte war vor Schreck bleich im Gesicht. »Trotzdem hätten Sie den Fall melden müssen. Was, wenn der Spion entwischt wäre? Nicht auszudenken! Die Presse hätte uns in der Luft zerrissen.«

Der Stationskellner schüttelte den Kopf. »Die Gefahr bestand keine Sekunde. Ich hatte den Verdächtigen im Auge. Er konnte unmöglich entkommen.«

Ritz nahm den Geldschein, den d'Oyly in seinen zitternden Händen hielt, und steckte ihn Franz in die Tasche. »Danke, dass Sie die Situation gerettet haben!« Dann drehte er sich zu der übrigen Belegschaft herum und klatschte in die Hände. »Schlafenszeit, meine Herren! Um sechs erwarten die ersten Gäste ihr Frühstück!«

44

ERDMUTES GROSSER Traum – endlich wurde er wahr! Auf Büttenpapier und in Prägeschrift hatte Oberhofmeister Ernst von Mirbach nach einer schier unendlichen Zeit des Hoffens und Bangens den Bauunternehmer sowie Reichstagabgeordneten und Direktor der Kurfürstendamm-Gesellschaft Paul Biermann zum Hofball geladen – »in Begleitung seiner hochverehrten Frau Gemahlin«.

Nachdem die mit dem Kaiseradler geadelte Post eingetroffen war, gab es in der Charlottenburger Villa keine ruhige Minute mehr. Erdmute, die sonst jeden Groschen dreimal umdrehte, hatte alle Sparsamkeit abgelegt. Keine Ausgabe war ihr zu viel für die Feier des so lang herbeigesehnten Ereignisses. Ein halbes Dutzend Kleider ließ sie schneidern, um bis zum letzten Moment die Wahl zu haben, täglich kamen Modistinnen und Putzmacherinnen ins Haus, Juweliere und Goldschmiede präsentierten ihre Preziosen, und ganze Scharen von Coiffeuren wurden in die Villa bestellt, um ihre Kunst zu erproben.

Jetzt war der Tag da. Während Paul in Frack und Zylinder vor dem

Ankleidezimmer wartete, schaute er alle paar Minuten auf die Uhr. Noch immer hatte Erdmute eine Modistin und einen Coiffeur bei sich. Dabei drängte die Zeit, der Einlass ins Schloss erfolgte nach einem festgefügten Protokoll, das pünktlichstes Erscheinen erforderte, so dass die Sache allmählich ärgerlich wurde. Herrgott, der Kaiser war kein Gastgeber, den man warten lassen konnte!

Obwohl eine harsche Reaktion seiner Frau zu befürchten stand, trat er an ihr Zimmer, um sie um Beeilung zu bitten. Doch er hatte noch nicht geklopft, da ging die Tür auf und Erdmute stand vor ihm. Im selben Moment fiel alle Verärgerung von ihm ab. War sie das wirklich? Es war, als hätte ein Zauberstab seine Frau berührt. Die sonst so stumpfen Augen funkelten wie die Diamanten ihres Colliers, die sonst so grauen Wangen schienen von mädchenhaft rosiger Frische, der sonst so verkniffene Mund war karmesinrot erblüht, das sonst so schmucklos zu einem Knoten im Nacken gebundene Haar türmte sich zu einer diadembekrönten Hochfrisur, von der allerliebste Korkenzieherlocken an ihren Schläfen herunterrieselten, und das dekolletierte, bodenlange Kleid aus goldschimmernder, paspelierter Seide umschmeichelte ihren Leib in einer Weise, dass unter den fließenden Wellen alle sonst ihre Erscheinung prägende Grobknochigkeit verschwunden war.

»Du siehst einfach hinreißend aus«, sagte Paul.

»Findest du?«, fragte Erdmute mit einem Lächeln, das den sie so ungewohnt umfangenden Zauber noch vermehrte.

»Wie eine Herzogin! Ich werde heute auf dich aufpassen müssen. Sonst entführt dich noch unser allerhöchster Kaiser.«

Jetzt freute auch er sich auf den Abend, der ihm bisher nur als Pflicht erschienen war, und er reichte Erdmute den Arm, um mit ihr das Haus zu verlassen. Im Hof stand der Landauer zur Abfahrt bereit. Erdmute war so aufgeregt, dass ihr Mund unterwegs keine Sekunde stillstand. Sie hatte sich mit den Vorschriften bei Hof vertraut gemacht und spulte nun all die Commentparagraphen herunter, die auf das Genaueste regelten, welche Tänze nur von gekrönten Herrschaften und welche auch von bürgerlichen Gästen getanzt werden durften und an welchen Durchlauchtigkeiten unter keinen Umständen vorbeizutanzen war. Während die Worte nur so aus ihr hervorsprudelten, schnupperte Paul in der Luft.

Hatte sie sich Mut angetrunken? Ihr Atem roch verdächtig nach Champagner.

Es schlug zur vollen Stunde, als der Landauer sich dem Schloss näherte. Dieses sah in der Dunkelheit aus, als stünde es in Flammen. Der Grund waren meterhoch lodernde Fackeln, die, eingepflanzt in riesige irdene Schalen, die Auffahrtsrampe zu dem im Einladungsschreiben angewiesenen Portal säumten. Zu beiden Seiten des Eingangs postierte Gardisten präsentierten ihre Gewehre, als Paul und Erdmute den Wagen verließen, und auf jedem Absatz der nur spärlich beleuchteten Treppe standen livrierte Lakaien, reglos wie Marmorstatuen.

In der Halle eilten Diener herbei, um sie ihrer Oberkleider zu entledigen, dann trat ein Kammerherr auf sie zu, ein ergrauter Siebziger in weißer Dreiviertelhose und nachtblauem Rock, von dessen Gürtel ein Zierdegen in brüchiger Lackscheide herunterhing, und nachdem Paul seine Einladung vorgezeigt hatte, führte er sie durch eine endlose Flucht von Korridoren und Vorräumen und Sälen, in denen wie Festungen bewachte Büfetts, überbordend von Speisen und Getränken, aufgeschlagen waren.

»Endlich«, flüsterte Erdmute, als sie ans Ziel gelangten.

Der von flirrendem Stimmengewirr erfüllte Ballsaal war ein schimmerndes Meer von Lichtkatarakten aus Kronleuchtern und geschliffenem Glas, Brillanten und Diamanten, darin wie Göttinnen schwebend in Seide und Brokat gewandete Frauen mit ehrfurchtgebietenden Männern in goldbestickten Galauniformen an ihrer Seite. Ein Doppelspalier von Hofpagen trennte das wogende, nach Puder und Parfüm und weiblicher Schönheit duftende Gewoge und führte zum anderen Ende des Saales, wo Paul den Thron vermutete und wohin Erdmute bereits in verzückter Erwartung ihren Blick gerichtet hatte. Auf Anweisung des Kammerherrn reihten sie sich in den endlos langen Zug der Wartenden ein, den Grand Cortège, an dessen Spitze, wie ihnen im Flüsterton erläutert wurde, zuerst die obersten und oberen Hofchargen den allerhöchsten Herrschaften huldigten, gefolgt von den Chargen des Marstalls sowie den Chargen des Hof- und Jagd-Departments. Paul spürte, wie er in der Hitze zu schwitzen anfing, und fasste sich an den Kragen. Während Erdmute neben ihm in einer Frische strahlte, als wäre sie gerade dem Bad entstiegen, ging es in schlurfendem, quälend langsamem Schritt voran, eine peinvolle Ewigkeit zwischen Spitzenjabots und Silbertressen, Diplomatenfräcken und Husarenröcken. Irgendjemand in ihrem Rücken, der es wissen musste, behauptete, der Kaiser sei bester Laune, weil sein Bankier ihm seit einer Stunde jüdische Witze erzählte.

Dann plötzlich erhob sich vor ihnen wie aus dem Nichts ein Zeremonienmeister, der mit einem goldenen Stab, auf dessen Spitze eine ebenfalls goldene Krone blinkte, dreimal den Marmorboden traktierte und dann ihren Namen rief.

»Der Reichstagsabgeordnete Direktor Biermann und Gemahlin.«

Paul knickte in der Mitte seines Leibes zu einer fast bis zum Boden reichenden Verbeugung zusammen, während Erdmute in einem seit Wochen eingeübten Hofknicks niedersank. Als er sich wieder aufrichtete, blickte er in das Gesicht des Kaisers, der zu seiner grenzenlosen Verwunderung ohne Krone oder Helm, sondern ganz und gar barhäuptig auf dem Thron saß.

»Ewige Majestät …«

Leider war das Stimmengewirr im Saal so laut, dass Paul die Worte, die Wilhelm an ihn richtete, unmöglich verstehen konnte. Er sah nur, wie die in zwei geschwungenen Bögen aufwärts gerichteten Bartspitzen Seiner Majestät sich beim Sprechen so zackig wie exerzierende Soldaten auf- und abbewegten, während die Kaiserin huldvoll

Erdmute die Hand zum Handkuss reichte. Nur einmal glaubte er das Wort »Kurfürstendamm« zu verstehen. Dann waren er und seine Frau entlassen, wie ein Blick des Zeremonienmeisters ihnen unmissverständlich bedeutete.

»Jetzt brauche ich Champagner«, sagte Erdmute, nachdem sie sich vom Thron entfernt hatten und in einer ruhigen Ecke des Saals wiederfanden.

Paul schaute seine Frau an. Noch nie hatte er sie so glücklich gesehen. Als sie seinen Blick mit einem fast mädchenhaften Lächeln erwiderte, lösten sich all die Zweifel an seiner Ehe, die ihn so oft geplagt hatten, all die quälenden nächtlichen Gedanken im Glück dieses Augenblicks auf. Wie bestellt kam ein Lakai mit einem Tablett gefüllter Spitzkelche vorbei. Voller Übermut schnappte Paul sich zwei Gläser, um mit seiner Frau anzustoßen.

»Auf dich, meine Liebe«, sagte er.

»Auf diesen wundervollen Abend«, hauchte sie.

War es die Hitze im Saal? War es die Erregung, die auch von ihm Besitz ergriffen hatte? Paul spürte, wie wunderbar der Champagner in ihm seine Wirkung tat. Es war nicht das erste Mal, dass er die Magie verspürte, mit der das Klingen der Gläser die Welt verzauberte. Aus Zweifeln wurde frohe Gewissheit, aus Fragen hoffnungsvolle Bejahung, und Enttäuschungen wandelten sich zu beglückender Erfüllung.

Wie aus himmlischen Sphären setzte Musik ein. Der Ball war eröffnet.

Sofort juckte es Paul in den Beinen. »Wollen wir tanzen?«

Ohne ihre Antwort abzuwarten, nahm er Erdmute das Glas ab, um es mit seinem auf einer Fensterbank abzustellen. Er tanzte für sein Leben gern, und er hatte eine Ewigkeit nicht mehr getanzt, genau genommen, seit er verheiratet war.

Doch als er sich umdrehte, war Erdmute verschwunden. Hatte sie ein Bedürfnis verspürt? Er stellte sich auf die Zehenspitzen, doch sosehr er sich auch den Hals verrenkte, in der Menge konnte er seine Frau nirgendwo entdecken. Um sie zu suchen, folgte er den Klängen der Musik. Dabei wurde er gewahr, dass diese keineswegs himmlischen Sphären entstammte, sondern einer gewöhnlichen Militärkapelle, die dasselbe Rumtata Rumtata produzierte, das sonntags bei allen Berliner Volksvergnügungen zu hören war.

Als er die Tanzfläche erreichte, sah er zu seiner Überraschung, dass die Paare vollkommen ungeniert über den riesigen Kaiser-Adler hinwegtanzten, der vor der Thron-Estrade in den Parkettboden eingelassen war. Entsprach das den strengen Commentvorschriften, die Erdmute zitiert hatte?

Während er sich noch wunderte, erblickte er plötzlich seine Frau. Nur wenige Meter entfernt, tanzte sie in den Armen seines Bruders Fritz.

»Biermann«, hörte er hinter sich seinen Namen rufen. »Kommen Sie doch zu uns!«

Als er sich umdrehte, sah er die zwei Reichenbachs, die etwas abseits der Tanzfläche mit anderen Frackträgern zusammenstanden, darunter Alfred Hugenberg. Mit ihren Gläsern in den Händen winkten die Bankiers ihn zu sich. Da nichts peinlicher ist, als in einer Festgesellschaft irgendwo allein herumzustehen, gesellte Paul sich nur zu gern zu ihnen.

Das Thema in der Runde waren die jüngsten Ereignisse im Transvaal. Dort hatten Goldgräber einen Aufstand gegen die Buren angezettelt, und um die Revolte zu unterstützen, waren die Briten, angeführt von einem Verwaltungsbeamten der Krone in Südafrika namens Jameson, mit irregulären Truppen in das Land eingefallen.

»Irreguläre Truppen«, schnaubte Hugenberg, der in der Runde das Wort führte, voller Verachtung. »Was für verlogene Feiglinge. Aber die Buren haben ihnen die richtige Antwort gegeben.«

»Nämlich?«, fragte der junge Gustav Reichenbach, der mit seinem herabhängenden Zottelbart immer ein bisschen traurig aussah.

»Ja, haben Sie das noch nicht gehört?«, staunte Hugenberg. »Die Engländer haben eins auf die Mütze gekriegt – die Buren haben sie zum Teufel gejagt. Keine fünf Tage, und der Fall war erledigt. Unser Kaiser hat Burenpräsident Paul Krüger zu diesem historischen Sieg eine Glückwunschdepesche geschickt. Das wird die Engländer womöglich noch mehr ärgern als die Niederlage.«

»Das sind ja großartige Nachrichten!« Gustav Reichenbach strahlte über sein ganzes Seehundsgesicht. »Es lebe unser herrlicher Kaiser!«

»Es lebe der Kaiser!«, echote die Runde.

Man hob die Gläser, um anzustoßen. Doch die Gläser waren leer, und nirgendwo war ein Kellner in Sicht. Paul bot sich an, für Nachschub zu sorgen.

»Ich bin gleich wieder da.«

In Erinnerung an eine Sektbar, die ihm in einem der Büfetträume aufgefallen war, ging er den Weg zurück, den er und Erdmute gekommen waren. Inzwischen wurde auch auf den Gängen und Fluren getanzt, die Paare hier waren jünger als im großen Saal und hatten sichtlich mehr Spaß als die Durchlauchtigkeiten, die sich unter den Blicken des Kaiserpaars zu vergnügen suchten. Paul beschloss, Erdmute hierher zu entführen, sobald er mit der Herrenrunde auf das Wohl Seiner Majestät angestoßen hatte. Aber zuvor wollte er die Gelegenheit nutzen und die Toilette aufsuchen.

Ein diskreter Pfeil wies ihm den Weg, der in einen menschenleeren Nebenkorridor führte. Kaum hatte er den Gang betreten, sah er auch schon die Tür mit dem Erlösung verheißenden Zeichen. Erleichtert beschleunigte er seinen Schritt.

Doch plötzlich erstarrte er.

In einer Mauernische, halb verborgen hinter einem nicht ganz geschlossenen Vorhang, erblickte er seine Frau.

Versunken im Kuss mit seinem Bruder Fritz.

45

DAS HAUPTQUARTIER der Londoner Polizei am Victoria Embankment erhob sich fünf Stockwerke hoch in den grauen Winterhimmel – weithin sichtbares Mahnmal staatlicher Macht. In dem Gebäude, das sich stolz »New Scotland Yard« nannte, war nicht nur das größte Polizeirevier der Hauptstadt untergebracht, sondern auch das zentrale Untersuchungsgefängnis. Da Kaspars Verhaftung unmittelbar vor dem Weihnachtsfest erfolgt war, hatte er sowohl die Feiertage als auch den Jahreswechsel dort verbracht.

Auguste klopfte sich den Schnee von Hut und Mantel, bevor er zusammen mit dem Anwalt Sir Edgar Trevor-Roper das Gebäude betrat. Da zwischen den Jahren die Gerichtsbarkeit ruhte, hatte es einige Mühe gekostet, einen geeigneten Anwalt zur Verteidigung seines Schützlings zu finden. Dieser musste ja nicht nur in der englischen Rechtsprechung kundig sein, sondern zum Zwecke der Verständigung auch in der französischen und deutschen Sprache. Zum Glück war César Ritz mit seinen Kontakten behilflich gewesen und hatte die Verbindung zu Sir Edgar hergestellt, der alle erforderlichen Qualifikationen in seiner Person vereinte.

Der Anwalt hatte erwirkt, dass sie Kaspar in einem Besucherraum ohne Gitterfenster und Polizeiaufsicht sprechen konnten. Umso erbarmungswürdiger war der Zustand, in dem Pauls Neffe sich befand. Zwar trug er noch den Kellnerfrack, in dem man ihn verhaftet hatte, doch das vormals weiße Hemd war verdreckt, und sein unrasiertes Gesicht wirkte eingefallen und verhärmt.

»Wann kann ich hier wieder raus?«, fragte er. »Ich habe doch nichts getan!«

»Daran haben wir keinen Zweifel«, erwiderte der Anwalt. »Aber leider kommt es darauf nicht an. Die Anzeige eines Abgeordneten wiegt schwer, und Spionage ist ein Staatsverbrechen. Hinzu kommt die politische Lage. In diesem Fall ist sie womöglich sogar entscheidend.«

»Aber was hat Kaspar mit Politik zu tun?«, fragte Auguste.

Sir Edgar hob die Arme. »Bedanken Sie sich bei Kaiser Wilhelm«, sagte er. »Mit seiner Depesche an den Burenpräsidenten hat er ganz England gegen sich aufgebracht. Das heißt, bei einem Prozess werden wir nicht nur den Kronanwalt gegen uns haben, sondern auch die Presse.«

Kaspar kämpfte mit den Tränen. »Soll das heißen, ich muss im Gefängnis bleiben?«

»Wenn es zum Prozess kommt, ja. – Aber aus diesem Grund«, fügte der Anwalt hinzu, »werde ich alles versuchen, damit es keine Verhandlung gibt.«

»Wie wollen Sie das erreichen?«, fragte Auguste.

»Wo es Gesetze gibt, gibt es auch Lücken«, erwiderte Sir Edgar. »Das Wichtigste wird sein, dass wir jemanden finden, der sich für unseren jungen Freund verbürgt.«

»Dazu bin ich jederzeit bereit!«

»Das ehrt Sie, Mr. Escoffier, aber ich fürchte, das hilft uns nicht weiter.« Der Anwalt zögerte, bevor er weitersprach. »Ich weiß, Sie sind der berühmteste Koch in London, vielleicht sogar in der ganzen Welt, aber …«

»… aber eben nur ein Koch«, führte Auguste den Satz zu Ende. »Natürlich, gewiss.« Er brauchte einen Moment, um die Demütigung hinunterzuschlucken. »Und wenn ich Monsieur Ritz um Hilfe bitte?«, fragte er dann. »Ich bin sicher, er wird alles tun, um Kaspar freizubekommen.«

Sir Edgar schüttelte den Kopf. »Mr. Ritz ist Schweizer. Als Bürgen kommen jedoch nur britische Staatsbürger in Betracht. Und zwar mit allerbester Reputation, wenn wir Aussicht auf Erfolg haben wollen.«

»Dann werde ich Mrs. Victoria Watkin fragen«, erklärte Auguste. »Sie ist die Enkeltochter des berühmten Joseph Paxton.«

Der Anwalt hob beeindruckt die Brauen. »Der den Kristallpalast erbaut hat?«

»Ja, derselbe. Mrs. Watkin führt zusammen mit ihrer Mutter die Geschäfte ihres Großvaters fort und ist eine hochangesehene Dame der Gesellschaft. Außerdem kennt sie unseren Schützling persönlich, und ich habe nicht den geringsten Zweifel, dass sie …«

Auguste verstummte mitten im Satz. Denn abermals schüttelte der Anwalt den Kopf.

»Leider kann Mrs. Watkin uns nicht helfen.«

»Aber warum nicht?«

»Weil sie eine Frau ist«, erklärte Sir Edgar. »Aber vielleicht habe ich ja eine Idee«, fügte er hinzu, als er Augustes Enttäuschung sah. »Vorausgesetzt natürlich, die betreffende Person findet sich für eine Bürgschaft bereit.«

46

PAUL KLOPFTE an die Tür seiner Frau.

»Erdmute?«

Auf der anderen Seite rührte sich nichts.

»Ich muss mit dir sprechen.«

Wieder keine Reaktion.

»Erdmute!«

Abermals Schweigen.

Es war jetzt einen Tag her, fast auf die Stunde genau, dass Paul vor dieser Tür gestanden hatte, um seine Frau zum Hofball abzuholen. Wie verzaubert war er an dem Abend gewesen. Umso größer dann der Schock, als er Erdmute in den Armen seines Bruders entdeckt hatte. Es war, als hätte jemand sein Leben von rechts auf links gedreht. Seit er verheiratet war, war er es immer gewesen, der mit dieser Ehe gehadert hatte, verbunden mit der quälenden Vorstellung, für die Erfüllung seines großen Lebenstraums sein eigentliches und wahres Lebensglück verraten zu haben, und nur aus Vernunft und schlechtem Gewissen sowie Verantwortung für die Firma und die Familie und vor allem für seinen Sohn hatte er an dieser Ehe festgehalten. Doch nie und nimmer hätte er sich träumen lassen, dass Erdmute es eines Tages sein würde, die diese Ehe brach.

Auf dem Absatz hatte er nach der Entdeckung kehrtgemacht und sich in den Landauer geworfen. Doch schon während der Fahrt hatte der Schock nachgelassen, und zu Hause angekommen, hatte er sich so weit gelegt, dass er wieder Herr seiner Sinne und seines Verstandes gewesen war. Mit einer Flasche Bordeaux hatte er sich im Herrenzimmer eingeschlossen, um in Ruhe seine Gedanken zu klären, seine Gedanken und seine Gefühle, bevor er eine Entscheidung traf, die er womöglich später bereuen würde.

Erdmute betrog ihn, mit seinem eigenen Bruder. Doch seltsam, so klar und deutlich der Gedanke vor ihm stand, so blass und kraftlos waren die Gefühle, die er in ihm auslöste. Er empfand weder Eifersucht noch Schmerz oder Trauer, nicht mal verletzte Eitelkeit oder Wut, er fühlte sich nur entsetzlich müde und leer, als hätte er seit Tagen nicht geschlafen. Wie konnte das sein? Erdmute hatte ihm die größte Schande angetan, die eine Frau einem Mann nur antun konnte … Ja, das hatte sie. Aber – hatte sie ihm nicht zugleich einen Gefallen getan? In einer Weise, die ihn selbst befremdete, empfand er ihre Untreue geradezu wie eine Befreiung. Bei seinem letzten Besuch in London war ihm ja nur allzu bewusst geworden, dass seine Ehe das eigentliche Unglück in seinem Leben war, und obwohl es keine Hoffnung gab, je das Leben führen zu können, das ihn glücklich machen würde, mit Vicky als Frau an seiner Seite, hatte er jetzt immerhin einen Grund, die Farce seiner Ehe zu beenden, um nicht weiter in einer Lüge leben zu müssen.

Er klopfte erneut an die Tür.

»Wenn du jetzt nicht aufmachst, dann …«

Noch während er sprach, hörte er Schritte, ein Schlüssel wurde herumgedreht und die Tür ging auf.

»Was willst du?«

Von dem betörenden Wesen, das gestern aus diesem Zimmer getreten war, war nichts mehr zu sehen. Erdmute hatte sich wieder in die Frau zurückverwandelt, die er nur allzu gut kannte, die hochgewachsene, grobknochige Witwe des Kommerzienrats Alexius Schmaltzried, eine Frau mit stumpfem Blick und verkniffenem Mund, mit der Dora Blankenstein ihn für seine Karriere verkuppelt hatte, und kein Champagner der Welt hätte vermocht, ihr den Liebreiz zurückzugeben, mit dem sie ihn am Vorabend verzaubert hatte.

Ohne auf ihre Frage zu antworten, trat er ein und schloss die Tür hinter sich.

»Ich nehme an, du willst die Scheidung«, sagte sie.

Paul ignorierte ihren aggressiven Ton. Er hatte ein klares Ziel vor Augen, und das wollte er nicht gefährden.

»Eine Scheidung kommt aus verschiedenen Gründen nicht in Frage. Ich verlange nur die Trennung von Tisch und Bett. So hast du alle Freiheit, zu tun und zu lassen, was du willst.«

»Wie großzügig. Aber die Gründe kann ich mir denken, ich bin ja nicht aus Dummsdorf. Du willst nicht auf mein Geld verzichten und mich beerben, wenn ich vor dir sterbe. Und da du jünger bist als ich …«

»Du weißt, dass das Unsinn ist«, fiel Paul ihr ins Wort. »Und deshalb gehe ich nicht darauf ein. Wenn du es wünschst, können wir gern einen neuen Ehevertrag aufsetzen, in dem ich auf mein Erbe zugunsten von Friwi verzichte.«

»Das soll ich dir glauben?«, fragte Erdmute voller Misstrauen.

»Glaub, was du willst.« Gleichgültig zuckte er die Schulter. »Das Einzige, worauf ich bestehe, ist Diskretion. Sorge dafür, dass deine Beziehung nicht ruchbar wird – wenn nicht mit Rücksicht auf mich, dann mit Rücksicht auf die Firma und auf unseren Sohn. Ich denke«, fügte er mit erhobener Stimme hinzu, als sie etwas einwenden wollte, »das ist im allgemeinen Interesse und auch für dich akzeptabel.«

In Erdmutes Gesicht vollzog sich eine Wandlung. Das Misstrauen darin wich lauernder Hoffnungsfreude.

»Das ist alles?«, fragte sie.

»Das ist alles«, bestätigte er.

Und damit verließ er den Raum.

47

DIE HAFTPRÜFUNG, die Sir Edgar vor Eröffnung eines Hauptverfahrens erwirkt hatte, fand im kleinsten Gerichtssaal von Old Bailey statt. Die Verhandlung führte ein Untersuchungsrichter namens Parkinson, ein Greis mit einer schiefsitzenden Perücke auf dem kahlen Schädel, die ebenso alt war wie er selbst. Er würde entscheiden, ob man ein Hauptverfahren eröffnete oder ob ein Prozess, der aller Wahrscheinlichkeit mit einer mehrjährigen Gefängnisstrafe für Kaspar enden würde, verhindert werden konnte.

Obwohl die Verhandlung in öffentlicher Anhörung stattfand, war sie für die Allgemeinheit von so geringem Interesse, dass nur Auguste auf der Zuschauerbank saß – abgesehen von einem Obdachlosen, der den Gerichtssaal als Wärmestube nutzte und bereits eingeschlafen war. Ein Wachmann führte Kaspar herein. Als Auguste seinen Schützling sah, musste er schlucken. Zwar war Pauls Neffe gewaschen und rasiert, auch trug er den Straßenanzug, den Auguste ihm ins Gefängnis geschickt hatte, doch er war ganz bleich im Gesicht, und aus seinen Augen sprach Angst.

Nach Eröffnung der Verhandlung sowie der Feststellung von Kaspars Personalien erteilte der Richter dem Anwalt das Wort.

Sir Edgar erhob sich von seinem Platz. »Es hat sich eine Persönlichkeit von hoher Reputation gefunden, die bereit ist, sich mit ihrem Namen und Vermögen für das Wohlverhalten des Angeklagten zu verbürgen.«

»Wie lautet der Name?«

»Richard d'Oyly Carte, Euer Ehren – von Beruf Impresario. Als Inhaber des Savoy Theaters und Hotels ist er der Arbeitgeber meines Mandanten.«

»So so. Nun ja, das wäre in der Tat ein akzeptabler Bürge. Aber was ist mit der Staatszugehörigkeit? Der Name klingt nach einem verdammten Froschschenkelfresser.«

»Der Name geht auf die Vorfahren des Bürgen zurück«, erklärte Sir Edgar. »Mr. d'Oyly Carte selbst ist britischer Staatsbürger in dritter Generation. Wenn ich vielleicht vortreten darf?«

Mit einer Handbewegung forderte Parkinson ihn auf, zu ihm zu kommen.

»Hier der Nachweis der Staatbürgerschaft.« Der Anwalt legte ein Dokument auf den Richtertisch, dann fügte er ein zweites Schriftstück hinzu. »Und hier haben wir die eidesstattliche und notariell beglaubigte Erklärung Mr. d'Oyly Cartes, in der er sich zur Übernahme der Bürgschaft zugunsten meines Mandanten verpflichtet.«

Der Richter nahm die Unterlagen, und während er mit seinen gichtigen Händen darin blätterte, stieß er leise schmatzende Laute aus.

Auguste wechselte einen bangen Blick mit Kaspar. Würde es zu einem Prozess kommen oder nicht?

Es dauerte eine Ewigkeit, bis der Richter die Prüfung beendet hatte. »Es sieht so aus, dass alles seine Richtigkeit hat«, sagte er schließlich. »Ich denke, dass wir unter diesen Umständen auf die Eröffnung eines Hauptverfahren verzichten können.«

»Gott sei Dank!«, entfuhr es Auguste.

»Ruhe«, knurrte der Richter. »Ich bin noch nicht fertig.« Unwillig fasste er an seine verrutschte Perücke, um sie auf seinem Schädel geradezurücken. »Der Beschluss gilt nur unter Einhaltung einer Bedingung. Und diese lautet wie folgt ...«

48

IN PAXTON House herrschte Trauer. Ruperts Vater, Edward William Watkin, war tot. Vicky glaubte, dass er an gebrochenem Herzen gestorben war – Opfer seines letzten großen Traums.

Obwohl die neuen Tunnelpläne, mit denen er diesen Traum hatte finanzieren wollen, schon nach kurzer Zeit im Sande verlaufen waren, hatte er sein ganzes Vermögen darauf verwandt, in der Nähe von Wembley Park einen Turm zu errichten, der mit dreihundertdreiundfünfzig Metern das Pariser Vorbild um fast dreißig Meter überragen sollte. Doch kaum war der erste Bauabschnitt fertiggestellt, hatten Berechnungen ergeben, dass die gigantische Stahlkonstruktion einstürzen würde, noch bevor die volle Höhe erreicht war. Die Arbeiten hatten darum eingestellt werden müssen, und übrig geblieben war ein unvollendeter, kaum fünfzig Meter hoher Turmstumpf, im Volk »Watkin's Folly« genannt, in dessen Schatten Vickys Schwiegervater an diesem grauen Wintertag beigesetzt worden war.

Nach der Beerdigung saß die Familie in der Bibliothek beim Tee. Nigel war von seinem Großvater mit einem besonderen Legat für seine Weltreise bedacht worden, die er in einem Jahr antreten wollte. Er war in Oxford nicht nur Mitglied der Ruder- und Rugbymannschaft, sondern auch ein überaus fleißiger Student, der den meisten seiner Kommilitonen zwei bis drei Semester voraus war und bereits mit Riesenschritten auf sein Examen zustrebte. Während Vicky noch der Frage nachhing, ob Edward Watkins Lebensabend ohne seinen letzten großen Traum vielleicht glücklicher verlaufen wäre, schwärmte Nigel von dem ersten großen Abenteuer seines Lebens.

»Vergiss nicht, eine Station in Kapstadt einzuplanen«, sagte seine Großmutter. »Jemand muss dort nach Onkel Georgie schauen. Man weiß ja nicht, wohin die Streitigkeiten mit den Buren noch führen.«

»Du kannst dich auf uns verlassen«, erwiderte Claire für ihren Bruder. »Wir machen uns um Onkel Georgie ja nicht weniger Sorgen als Mutter und du.«

»Fängst du schon wieder damit an?«, fragte Vicky.

»Ich habe nie damit aufgehört«, entgegnete Claire. »Oder glaubst du, ich bleibe zu Hause und drehe Däumchen, wenn mein Bruder auf Weltreise geht? Ich bin es leid, nur höhere Tochter zu sein.«

»Aber wie stellst du dir das vor? Du bist schließlich eine Frau!«

»Ja, und? Großmutter und du, ihr seid auch Frauen, und trotzdem führt ihr die Firma. Ohne einen Mann.«

»Hätten wir nicht Mr. Hastings an unserer Seite, der sich um alles Technische kümmert, würden wir das nie und nimmer schaffen.«

»Natürlich würdet ihr das! Und deshalb lasse ich mir die Reise nicht ausreden. Nigel zu begleiten ist für mich die einzige Möglichkeit, die Welt zu sehen, und ich würde es bis an mein Lebensende bereuen, wenn ich mir das entgehen ließe!«

Claire hatte so entschieden gesprochen, dass es Vicky schwerfiel, ihr zu widersprechen. Solange sie zurückdenken konnte, war ihre Tochter neugierig auf alles gewesen, was irgendwie kreuchte oder fleuchte. Dafür hatte sie sich schon in einem Alter interessiert, in dem andere Mädchen noch mit Puppen spielten, und sämtliche Naturkundebücher ihres Urgroßvaters gelesen. Die Vorstellung, mit eigenen Augen all die exotischen Tiere und Pflanzen zu sehen, mit deren Abbildungen ihre Großmutter die Bücher ihres Vaters Joseph Paxton illustriert hatte, musste für sie eine unwiderstehliche Verlockung sein.

»Aber deine Konstitution«, sagte Vicky. »Du bist für eine so strapaziöse Reise nicht geschaffen.«

»Ach, Mama«, erwiderte Claire fast mitleidig. »Man reist heute doch nicht mehr auf Eseln oder Dromedaren wie vor hundert Jahren, sondern mit Dampfschiffen und Eisenbahnen. Das ist so bequem wie Urlaubmachen in einem Hotel.«

»Und was ist mit deiner Sicherheit? In den Kolonien begehren die Eingeborenen immer wieder gegen unsere Beamten auf, die *Times* hat schon von regelrechten Massakern berichtet. Und vergiss nicht die Kämpfe, die unsere Truppen in manchen Schutzgebieten mit Soldaten anderer Länder führen. Da wird mir schon um deinen Bruder angst und bange. Nicht vorzustellen, wenn du als Frau in so etwas hineingerätst.«

»Mach dir darum keine Sorge«, sprang Nigel seiner Schwester bei. »Mag sein, dass Claire körperlich nicht die Robusteste ist, aber wie du ja selber sagst, hat sie einen eisernen Willen. Und was den betrifft, kann sie es mit jedem Mann aufnehmen. Außerdem bin ich auch noch da und passe auf sie auf!«

Vicky gingen allmählich die Argumente aus. »Wenn ihr mir nicht glaubt«, sagte sie, »fragt eure Großmutter. Die wollte früher auch hinaus in die Welt. Aber schließlich hat sie eingesehen, dass eine junge Frau dort nichts verloren hat. Nicht wahr?«

In der Hoffnung auf Unterstützung drehte sie sich zu ihrer Mutter herum. Doch die zuckte die Schulter.

»Wer weiß?«, erwiderte sie mit einem Seufzer. »Vielleicht war es ja ein Fehler, dass ich damals hiergeblieben bin. Vielleicht sogar der größte Fehler meines Lebens.«

Vicky glaubte zu ahnen, was ihre Mutter meinte. In dem Fall war es besser, das Thema zu wechseln.

»Und was ist mit Kaspar?«, fragte sie, weil ihr gerade nichts Besseres einfiel. »Der würde dich bestimmt vermissen. Und du ihn vielleicht ja auch.«

Noch während sie sprach, ging die Tür auf, und O'Brien kam herein, zusammen mit einem Gast.

Emily griff zu ihrem Lorgnon. »Wenn man vom Teufel spricht …«

Tatsächlich, vor ihnen stand Pauls Neffe, verlegen seinen Hut in den Händen drehend. »Ich hoffe, ich störe nicht.«

»Keineswegs!«, sagte Vicky. »Wir hatten Sie über die Feiertage schon vermisst. – O'Brien, noch ein Gedeck!«

»Bitte keine Umstände«, sagte Kaspar. »Ich bin nur gekommen, um mich zu verabschieden. Mein Zug geht in einer Stunde. Ich kehre zurück nach Berlin.«

»So plötzlich?«, fragte Vicky. »Warum? Hat es Ihnen bei uns nicht gefallen?«

»Im Gegenteil. London ist eine wunderbare Stadt, und die Arbeit hat mir Freude gemacht.« Er stockte. »Darum fällt mir der Abschied auch sehr schwer.«

Emily musterte ihn durch ihr Lorgnon. »Nur wegen der Arbeit?«

»Nein, nicht nur«, erwiderte er bedrückt. »Aber es ist nicht meine Entscheidung. Ich muss auf Gerichtsbeschluss das Land verlassen. Andernfalls komme ich ins Gefängnis …«

»Gerichtsbeschluss? Gefängnis?«, wiederholte Vicky. »Ich verstehe kein Wort.«

»Eine ebenso peinliche wie unangenehme Geschichte«, sagte Kaspar. »Mr. Escoffier wird Ihnen alles erklären. – Aber vielleicht«, fügte er an Claire gewandt hinzu, »darf ich Ihnen aus Berlin schreiben, um mich für die Mühen zu bedanken, die ich Ihnen bereitet habe?«

»Natürlich dürfen Sie das«, sagte Claire, nicht weniger überrascht als ihre Mutter. »Ich sehe Ihrer Post gern entgegen. Und seien Sie versichert, dass es mir eine Freude war, Sie zu unterrichten.«

»Dann erlauben Sie mir, mich zu empfehlen. *It was delightful to meet you.*«

Ohne eine Antwort abzuwarten, machte er auf dem Absatz kehrt und verließ den Raum.

49

NACH WIE vor kamen Auguste die besten Ideen beim Billard, wenn die Kugeln mit leisem Klackern aneinanderstießen. Aus diesem Grund hatte er auch in seinem Bureau im Savoy ein Karambolagebrett aufstellen lassen. Meistens spielte er für sich allein, doch manchmal kam es vor, dass César Ritz ihn aufsuchte und zu einer Partie herausforderte, obwohl er ein miserabler Billardspieler war. Dann allerdings war Vorsicht geboten, denn wann immer es den Schweizer Hotelier nach einer Karambolage gelüstete, führte er etwas im Schilde. So auch am Morgen dieses ersten Sonntags, nachdem Kaspar nach Berlin zurückgekehrt war.

»Sie und ich«, eröffnete er das Gespräch, »wir haben das Gastgewerbe in Europa revolutioniert. Sind wir uns darin einig?«

»Ich freue mich, dass ich Ihre Erwartungen erfüllen konnte«, erwiderte Auguste ausweichend, während er die Kugeln für die Anstoßaufstellung platzierte.

»Stellen Sie Ihr Licht nicht unter den Scheffel, Escoffier. Sie wissen so gut wie ich, dass uns zusammen niemand das Wasser reichen kann. Und deshalb frage ich mich, warum wir unser Können eigentlich in den Dienst anderer stellen sollen?«

»Was meinen Sie damit?« Aus Unkonzentriertheit missglückte Auguste sein Stoß.

»Muss ich das wirklich erklären.« Mit einem Stück Kreide rieb Ritz die Spitze seines Queues ein. »Wir sollten uns selbständig machen. Mit einem eigenen Hotel-Restaurant.«

»Wozu?« Auguste trat beiseite, um am Tisch Platz zu machen. »Das Savoy ist die Krönung meiner Karriere.«

»Glauben Sie? Natürlich ist kein Hotel-Restaurant in Europa so gut. Aber das Bessere ist des Guten Feind.« Ritz beugte sich über den Tisch und nahm Maß. »Nein, Monsieur, Sie haben keine Ahnung, wozu Sie fähig sind. Den Gipfel Ihrer Kunst werden Sie erst erreichen, wenn Sie Ihr eigener Herr sind.« Ohne zu probieren, gelang ihm ein Kunststoß über vier Banden.

Auguste biss sich auf die Lippe. Seit er am Herd stand, war es sein Bestreben gewesen, sich immer weiter zu vervollkommnen.

»Ich habe mit ein paar Finanzinvestoren eine Hotelgesellschaft gegründet«, fuhr Ritz fort. »Unser erstes Haus befindet sich bereits im Bau.«

»Hier in London?«

»Nein, in Paris!«

Während Ritz seinen nächsten Stoß vorbereitete, musste Auguste an seine Familie denken, an Delphine und die Kinder. Nur alle paar Monate konnte er sie sehen, wenn er in Monte Carlo zu Besuch war.

Jetzt spürte er, wie sehr er sie vermisste, die Kinder noch mehr als Delphine. Als sie klein gewesen waren, hatten sie auf seinem Schoß gesessen und manchmal hatte er sie sogar gefüttert oder ihnen eine Gutenachtgeschichte vorgelesen. Wenn er nach Paris zurückkehrte, konnten sie aus Monte Carlo nachkommen und sie würden wieder wie früher zusammenleben … Gleichzeitig musste er an Claire denken. Als einziges seiner Kinder hatte sie seinen Geschmackssinn geerbt, aber nie hatte er sie gefüttert, nie hatte sie auf seinem Schoß gesessen, nie hatte er ihr eine Gutenachtgeschichte vorgelesen. Und sie war schon vierzehn Jahre alt gewesen, als er erfahren hatte, dass es sie überhaupt gab und sie seine Tochter war.

»Nein«, sagte er, »ich kann das Savoy nicht aufgeben.«

»Wer hat gesagt, dass Sie das müssen?«, fragte Ritz. »Das eine tun heißt nicht, das andere lassen. Um die Alltagsaufgaben brauchen wir uns beide nicht mehr zu kümmern, weder Sie noch ich, unser Personal ist so perfekt geschult, dass der normale Betrieb auch ohne uns auskommt. Unsere Aufgabe ist es, für das *nicht* Normale zu sorgen, Neues zu erfinden, noch nie Dagewesenes – Sie in der Küche, ich im Hotel. Wenn wir uns darauf konzentrieren, können wir weiter für das Savoy arbeiten und gleichzeitig in Paris etwas Eigenes anfangen.«

Auguste spürte, wie sein Herz zu klopfen begann. Wäre das wirklich möglich? Nach Paris zurückkehren? Ohne aus London fortzuziehen?

»Weiß Monsieur d'Oyly Carte von Ihren Plänen?«, fragte Auguste.

»Nein«, antwortete Ritz. »Aber wenn Sie Verträge lesen würden, wüssten Sie, dass wir beide die Freiheit haben, sechs Monate im Jahr uns nach Belieben zu betätigen, auch außerhalb des Savoy. Wie wir diese Freiheit nutzen, ist allein unsere Sache.« Er streckte die Hand aus. »Sind Sie dabei, Escoffier?«

50

KASPARS HEIMKEHR hatte nicht nur für Freude in der Charlottenburger Villa gesorgt. Denn damit stand man wieder vor der Frage, wie es mit ihm weitergehen sollte.

»Am liebsten würde ich studieren«, sagte er, als Paul und seine Mutter ihn nach seinen Plänen fragten. »Nationalökonomie und Philosophie. So wie Karl Marx …«

»Studieren?«, fiel Greta ihm ins Wort. »Das hast du dir verbaut. Oder hast du vergessen, dass du kein Abitur hast?«

»Nein, das habe ich nicht. Aber das kann ich nachholen. Es besteht die Möglichkeit, sich auch als Externer zur Prüfung anzumelden.«

Seine Mutter schüttelte den Kopf. »Das kommt nicht in Frage. Dein Vater wollte, dass du arbeitest. Damit du zu Verstand kommst.«

»Was meinst du, was ich in London getan habe? Jeden Tag – vierzehn, fünfzehn Stunden lang. Mehr als du in deinem ganzen Leben.«

»Willst du auch noch frech werden? Nimm dich in Acht, Freundchen!« Drohend hob sie die Hand.

»Bitte beruhigt euch«, sagte Paul. »Streit bringt uns nicht weiter. – Wie wär's«, wandte er sich an seinen Neffen, »wenn du wieder in die Firma kommst?«

»Als Hilfsarbeiter?«

»Nein. Du hast in London Erfahrungen gemacht, die der Firma von Nutzen sein können. Auf dem Kurfürstendamm entstehen überall gastronomische Betriebe. Und über Hotels und Restaurants weißt du mehr als Onkel Felix und ich zusammen.«

Er hatte gehofft, dass der Vorschlag seinem Neffen gefallen würde. Doch Kaspars Miene verdüsterte sich nur noch mehr.

»Ich habe erlebt, wie die Firma Biermann & Gumbrecht ihre Leute ausbeutet. Damit will ich nichts zu tun haben!«

»Fängst du schon wieder an?«, fragte seine Mutter gereizt. »Hast du denn gar nichts aus dem Tod deines Vaters gelernt?«

»Ich bin sicher, dass er das hat«, versuchte Paul sie zu beschwichtigen. »Aber ...«

»Aber was?«, wollte Kaspar wissen.

»Die Firma hat sich verändert. Und du kannst dazu beitragen, dass sie das in Zukunft noch mehr tut. Es wird immer wieder Situationen geben, in denen es gilt, zwischen den Interessen der Arbeiter und denen der Firma zu vermitteln. Du kennst beide Seiten. Das ist wichtig, um einen gerechten Ausgleich zu schaffen.«

»Ausgleich? Daran glaube ich nicht. Das Wesen des Kapitalismus ist Ausbeutung. Das war so, das ist so, das wird immer so bleiben.«

Paul blickte seinen Neffen an. »Hattest du in London das Gefühl, dass man dich ausbeutet? Ganz ehrlich!«

Kaspar zögerte, dann schüttelte er den Kopf. »Nein, Monsieur Escoffier hat mich immer anständig behandelt. Und nicht nur mich.«

»Dann hast du also gesehen, dass es auch anders geht«, sagte Paul. »Aber wenn das in einem Restaurant möglich ist, warum nicht auch auf der Baustelle? Wäre das nicht einen Versuch wert?« Aufmunternd nickte er seinem Neffen zu.

Wieder zögerte Kaspar, und man konnte seinem Gesicht ansehen, wie es in ihm arbeitete.

»Na, gut«, sagte er schließlich. »Probieren können wir es ja.«

»Das wollte ich hören!«

Erleichtert trat Paul auf ihn zu, um mit einem Handschlag die Sache zu besiegeln. Da ging die Tür auf, und Friwi kam herein, in seiner neuen Uniform als Leutnant.

»Oh, der verlorene Sohn ist zurück? Dann war das in London wohl mal wieder ein Reinfall. Stimmt's oder habe ich recht?«

Paul überhörte die Bemerkung. »Ja, Kaspar ist wieder bei uns. Und ich hoffe, du freust dich über seine Rückkehr genauso wie seine Mutter und ich.«

Das hoffte er tatsächlich. Aber ein Blick auf seinen Sohn genügte, um zu wissen, dass seine Hoffnung wohl vergeblich war.

51 AUGUSTE WAR glücklich. Er konnte wieder Pläne machen – Pläne für Paris!

Zwei Jahre waren vergangen, seit er sich auf das Abenteuer eingelassen hatte, doch Ritz hatte mit seinem Organisationstalent und seiner unerschöpflichen Energie in dieser kurzen Zeit neben der Arbeit im Savoy die Dinge inzwischen so weit vorangetrieben, dass die Eröffnung ihres gemeinsamen Hauses schon zu Beginn des nächsten Jahres stattfinden sollte. »Ritz« sollte das Hotel heißen, wie sein Erfinder, dessen Name auf diese Weise zum Inbegriff einer völlig neuen Art von Gastlichkeit werden sollte.

Mit der Selbständigkeit vor Augen wurde Auguste erst bewusst, wie eingeschränkt er als Angestellter gewesen war. Als er d'Oyly vorgeschlagen hatte, im Savoy Menüs zum Festpreis anzubieten, hatte der Impresario sich mit Klauen und Zähnen dagegen gewehrt, weil es so etwas noch nie gegeben hatte. Doch als Auguste sich mit seiner Idee durchgesetzt hatte, war der Erfolg so groß gewesen, dass inzwischen Dutzende Restaurants in London seine Idee kopierten. In Paris würde er endlich die Freiheit haben, Neues auszuprobieren, ohne jemanden um Erlaubnis fragen zu müssen.

Doch dann erfolgte wie aus heiterem Himmel ein Rückschlag, der alles in Frage stellte. Auguste war gerade auf dem Weg vom Bureau in die Küche, als Ritz ihm die Hiobsbotschaft überbrachte.

»Drei Geldgeber sind abgesprungen! In einer einzigen Woche.«

»Haben Sie dafür eine Erklärung?«, fragte Auguste.

Ritz wiegte den Kopf. »Eine Erklärung nicht. Aber einen Verdacht. Jedenfalls ist das Ganze kein Zufall. Dahinter steckt eine Verschwörung.«

»Eine Verschwörung? Wer könnte daran ein Interesse haben?«

»Dreimal dürfen Sie raten!« Ritz schaute sich um, und nachdem er sich vergewissert hatte, dass niemand ihn hören konnte, sagte er: »Einer der Geldgeber hat mir unter dem Siegel der Verschwiegenheit verraten, dass d'Oyly ihn unter Druck gesetzt hat. Offenbar will unser Freund uns in die Pleite zwingen, um sich unser Hotel selbst unter den Nagel zu reißen.«

Auguste holte tief Luft. »Trauen Sie ihm eine solche Niedertracht zu?«

Ritz hob die Arme. »Ich weiß es nicht«, sagte er, »ich weiß nur, dass wir neue Geldgeber brauchen, und zwar besser heute als morgen. – Kennen Sie vielleicht jemanden, der in Frage kommt?«

52

EDWARD WATKIN hatte das Legat für seinen Enkel Nigel bei der Baring's Bank deponiert. Vicky wäre eine andere Bank lieber gewesen, die Baring Brothers & Co. Ltd hatte vor einem Jahr neu gegründet werden müssen, nachdem die Muttergesellschaft aufgrund einer katastrophalen Fehlspekulation in Südamerika in Konkurs gegangen war. Da Edward Watkin jedoch zeit seines Lebens eine enge Freundschaft mit William Baring gepflegt hatte, hatte er nie mit einem anderen Bankhaus Geschäfte gemacht.

Immerhin war es jetzt William Barings Sohn Francis persönlich, der sich nun um Vickys Anliegen kümmerte. In seiner akkuraten Bankiersschrift stellte er sogenannte Traveller Cheques aus, ein ganz neues, erst vor wenigen Jahren patentiertes Verfahren, das Reisenden in der ganzen Welt ermöglichte, Bargeld zu beziehen. Nachdem er die Cheques mit seinem Namenszug beglaubigt hatte, forderte er Nigel und Claire auf, sie gegenzuzeichnen. Die Unterschrift würde später als Muster dienen. Wenn sie bei der Auszahlung der gezeichneten Beträge diese mit einer neuerlichen Unterschrift quittierten, konnte jeder Bankbeamte, ob in Bombay oder Kapstadt oder Kairo, sich durch Vergleich der Unterschriften vergewissern, dass die auf den Cheques genannten Namensträger tatsächlich empfangsberechtigt waren.

»Wann soll es denn auf die große Reise gehen?«, fragte Baring, nachdem die Formalitäten erledigt waren.

»Gleich Anfang des Jahres«, antwortete Nigel.

»Als Belohnung für sein erfolgreich abgeschlossenes Studium«, fügte Vicky hinzu. »Mein Sohn hat vor drei Wochen sein Examen in Oxford bestanden – als Jahrgangsjüngster.«

»Respekt!«, sagte Baring. »Und das Fräulein Schwester wird den jungen Gentleman begleiten?«

Ja, Vicky hatte Claires Drängen schließlich nachgegeben und in die Reise eingewilligt. Allerdings unter einer Bedingung. Claire hatte versprechen müssen, nach ihrer Rückkehr den albernen Widerstand gegen ihre Verheiratung aufzugeben und sich auf allen Bällen zu präsentieren, die Vicky zur Anbahnung einer standesgemäßen Ehe für sie als geeignet erachtete.

»Dann wünsche ich den jungen Herrschaften eine gute Reise!«

Zum Abschied begleitete Baring sie hinaus auf die Straße. Harry wartete mit der Kutsche vor der Tür. Während der Fahrt redeten Nigel und Claire wie aufgedreht von ihrem anstehenden Abenteuer. Sie wollten das ganze Empire erkunden, Ägypten, Afrika, Indien – all die unbekannten Länder und Kulturen, die unter britischer Flagge standen.

»Aber vergesst nicht Onkel Georgie«, sagte Vicky. »Ihn müsst ihr als Erstes besuchen. Vielleicht könnt ihr ihn ja überreden, wieder nach Hause zu kommen.«

Sie hatte Sehnsucht nach ihrem alten Lieblingsonkel, er war doch in ihrer Jugend gleich nach ihren Eltern der wichtigste Mensch in ihrem Leben gewesen. Jetzt wusste sie kaum noch, wie er aussah, und hatte nur sehr undeutliche Vorstellungen, was für ein Leben er in den Kolonien führte. In seinen seltenen Briefen machte er ja nur Witze.

Zu Hause angekommen, erwartete sie in der Halle ein Page aus dem Savoy, mit einer Nachricht von Auguste. Darin bat er sie um ein Treffen – *dringend*, dreimal unterstrichen!

53 DIE FIRMA Biermann & Gumbrecht war im Laufe der Jahre zu solcher Größe angewachsen, dass Paul kaum noch Zeit fand, sein politisches Mandat auszuüben, weshalb seine Teilnahme an den Plenarsitzungen des Reichstags inzwischen eher die Ausnahme als die Regel war. Doch an diesem Nachmittag des 6. Dezember 1897 hatte er sich von allen Aufgaben freigemacht, um eine Rede des Außenministers Bernhard von Bülow zu hören, die Grundsätzliches für die Zukunft der deutschen Kolonialpolitik versprach. Anlass der Rede war ein Überfall auf eine unter dem Schutz des Deutschen Reichs stehende Missionsstation im fernen China, in der Bucht von Kiaotschau. Dabei waren zwei Glaubensboten der Steyler Mission von aufständischen Eingeborenen ermordet worden. Um die Gräueltat zu sühnen, hatte Kaiser Wilhelm dem Chef der Ostasiatischen Kreuzerdivision, Konteradmiral Otto von Diederichs, Befehl gegeben, die Bucht zu besetzen. Die Operation hatte bei den anderen Großmächten einen Sturm der Entrüstung hervorgerufen, vor allem in England. In seiner Rede wies Bülow nun die Proteste zurück und verteidigte die Besetzung der chinesischen Bucht als eine unausweichliche Reaktion Deutschlands zur Wahrung seiner Interessen in Übersee.

»Die Zeiten, wo der Deutsche dem einen seiner Nachbarn die Erde überließ, dem anderen das Meer und sich selbst den Himmel reservierte, wo die reine Doktrin thront – diese Zeiten sind vorüber. Wir betrachten es als eine unserer vornehmsten Aufgaben, gerade in Ostasien die Interessen unserer Schifffahrt, unseres Handels und unserer Industrie zu fördern und zu pflegen. Wir wollen China weder brüskieren noch provozieren, wir wünschen die Fortdauer der Freundschaft, welche Deutschland seit langem mit China verbindet. Aber die Voraussetzung dafür ist die gegenseitige Achtung der beiderseitigen Rechte. Die Niedermetzelung unserer Missionare war ein zwingender Grund für unser Einschreiten. Und abgesehen von diesem traurigen Vorfall, bei dem fromme Gottesmänner, welche friedlich ihrem heiligen Berufe nachgingen, wie Vogelfreie massakriert wurden, konnten wir nicht zugeben, dass sich in China die Ansicht festsetze, uns gegenüber sei erlaubt, was man sich Anderen gegenüber nicht herausnehmen würde.«

Bülow wurde in seinem Vortrag immer wieder von Bravo-Rufen und Applaus unterbrochen. Mit Wehmut erinnerte Paul sich an die vorsichtige, stets zum Kompromiss bereite Politik Bismarcks. Der frühere Kanzler hätte den Konflikt mit viel mehr Fingerspitzengefühl gehandhabt. Aber von Bismarck war schon lange nichts mehr zu hören. Er hatte sich auf seinem Alterssitz in Friedrichsruh verschanzt und wollte niemanden mehr sehen. Angeblich war er so krank, dass es wohl nur noch eine Frage der Zeit war, dass er das Zeitliche segnete.

»Mit einem Wort«, beendete Bülow seine Rede, »wir wollen niemand in den Schatten stellen, aber wir verlangen auch einen Platz an der Sonne!«

Während die Abgeordneten aller Parteien mit Ausnahme der Sozialdemokraten sich von ihren Plätzen erhoben, um dem Außenminister ihren Beifall zu bekunden, verließ Paul den Plenarsaal. Er hatte genug gehört, es war Zeit, sich wieder um die Firma zu kümmern. Nachdem der erste Frost dieses Winters eingesetzt hatte, wollten die Maurer die Arbeit niederlegen. Paul hatte Kaspar freie Hand gegeben, den Streik zu verhindern, sonst drohte ein Dutzend Fertigstellungstermine zu platzen, und das würde teuer zu stehen kommen.

Auf dem Weg zum Kurfürstendamm hatte er alle Hände voll damit zu tun, seine Pferde zügeln, die in der Kälte vor Bewegungsdrang platzten. Damit der Landauer auf dem gefrorenen Boden nicht ins Schlingern geriet, durfte er sie nur im Schritt gehen lassen, so dass es doppelt so lange wie sonst dauerte, bis er am Ziel war.

Dort erwartete ihn eine freudige Überraschung. Die Arbeiter arbeiteten!

»Wie hast du das geschafft?«, fragte er seinen Neffen, der in der Bauhütte damit beschäftigt war, Lohntüten zu füllen.

»Durch eine Sonderzulage«, erklärte Kaspar.

»Ohne mich zu fragen?«

»Hattest du mir nicht freie Hand gegeben? Bald ist Weihnachten. Da möchten die Männer ihren Frauen und Kindern etwas schenken.«

»Aber wir zahlen sowieso schon die besten Löhne in der Stadt!«

»Ja, und? Wir machen auch die besten Profite« Mit einem Grinsen blickte Kaspar auf. »Ist es da nicht eine Frage des Respekts, die Arbeiter am Erfolg zu beteiligen?«

Paul schüttelte lachend den Kopf. »Ich hätte dich nicht nach London schicken sollen. Mein Freund Auguste hat dich fürs Geschäft verdorben. – Und jetzt rück zur Seite, damit ich dir helfen kann.«

Bis zum Feierabend füllten sie die Lohntüten, und nachdem sie diese an die Arbeiter ausgegeben hatten, fuhren sie zur Ressource, wo sie mit Felix zum Sport verabredet waren.

Als sie das Foyer betraten, war Pauls Bruder schon da, vertieft in ein *Tête-à-tête* mit einer auffallend hübschen Garderobiere.

Paul hob überrascht die Brauen: Trau schau wem …

Kaum hatte Felix sie entdeckt, lief er puterrot an und verabschiedete sich mit übertriebener Eile von dem Garderobenfräulein.

»Gratuliere«, raunte Paul ihm zu, als sie den Treppenaufgang mit den Bacchanalien-Darstellungen hinaufstiegen. »Ich kann dir gar nicht sagen, wie sehr ich mich für dich freue.«

Das war nicht übertrieben. In Felix' Leben hatte es nie eine Frau gegeben, zumindest keine, von der Paul gewusst hätte. Manchmal hatte er sich deshalb schon gefragt, ob sein Bruder womöglich vom anderen Ufer war. Doch die Sorge hatte sich jetzt erübrigt. Felix sah so glücklich aus wie der nackte Faun, der von der Wand auf sie herablächelte.

Plötzlich kam Paul ein Gedanke. Sollte er sich vielleicht an seinem kleinen Bruder ein Beispiel nehmen? Seine Ehe bestand ja nur noch auf dem Papier. Und Vicky …

»Ist das nicht Friwi?«, fragte Felix plötzlich.

Durch die offene Flügeltür blickte Paul in den großen, hell erleuchteten Spielsaal, wo Hasardeure in Frack und Uniform sich bei Roulette und Baccara vergnügten. Und tatsächlich, mitten unter ihnen saß, die Offiziersmütze schräg auf dem Kopf, eine Zigarette im Mundwinkel, sein Sohn, mit einem Blatt Karten in der Hand und einem großen Haufen Geldscheine vor sich auf dem Tisch.

54

IN DIESEM Winter war in London so viel Schnee gefallen wie schon lange nicht mehr. Kutscher Harry hatte darum den Schlitten angespannt, der jahrelang unbenutzt in der Remise gestanden hatte, um Vicky zum Savoy zu bringen, wo sie an diesem Dezemberabend mit Auguste verabredet war.

Der Schnee, der immer noch in dicken Flocken vom Himmel fiel, hatte die Stadt in eine Märchenlandschaft verwandelt. Die Gebäude entlang der Straßen duckten sich unter einer weißen, flauschigen Watteschicht, warm und gelb leuchteten die Lichter hinter den Fenstern in der Dunkelheit, und der Lärm, der sonst die Straßen erfüllte, war einer so unwirklichen Stille gewichen, dass Vicky während der Fahrt das Gleiten der Schlittenkufen hören konnte.

Fröstelnd steckte sie ihre Hände in den Hermelinmuff auf ihrem Schoß. Weshalb hatte Auguste um das Treffen gebeten? Wollte er versuchen, an etwas anzuknüpfen, was es schon lange nicht mehr gab?

Zu ihrer Verwunderung empfing Auguste sie nicht allein, sondern zusammen mit dem Hoteldirektor des Savoy, César Ritz. Die zwei wollten sie für ein Geschäft gewinnen – ein Pariser Hotel, das am Place Vendôme hinter seiner klassizistischen Fassade vollständig umgebaut wurde und kurz vor der Fertigstellung stand.

»Ein eher kleines, doch umso luxuriöseres Haus«, erklärte Ritz. »Ein neuer Treffpunkt für die Pariser Gesellschaft, der mit seinem Glanz alles andere in den Schatten stellen wird.«

In einem Französisch, das seine Schweizer Herkunft verriet, entwarf er die Pläne, hin und wieder unterbrochen von Auguste, der das Restaurant leiten würde, während der Hotelbetrieb in Ritz' Verantwortung lag. Je länger die zwei sprachen, umso deutlicher traten Vicky die Möglichkeiten vor Augen, die das Unternehmen versprach. Im Namen eines internationalen Investorenkonsortiums garantierte Ritz eine Mindestrendite von zweieinhalb Prozent *per annum* sowie eine gestaffelte Gewinnbeteiligung am überschüssigen Erfolg. Doch das war nicht der einzige Grund, warum ihr eine Investition von Vorteil erschien. Durch ein solches Engagement würde ihre Beziehung zu Auguste ganz von allein in neutrale Bahnen gelenkt, und wenn er sechs Monate des Jahres in Paris verbrachte, halbierte sich zugleich die Gefahr, dass Claire von seiner Vaterschaft erfuhr. Und das war nach wie vor ihre größte Angst.

»Dann ist es also abgemacht?«, fragte Ritz.

»Ich denke schon«, sagte Vicky. »Zumindest, was das Grundsätzliche betrifft. Die Einzelheiten werden noch unsere Anwälte prüfen. Aber ich bin zuversichtlich.«

Nachdem man mit einem Glas Champagner auf die Vereinbarung angestoßen hatte, begleitete Auguste Vicky hinunter in die Halle.

Als er ihr in den Mantel half, erkundigte er sich nach Claire.

»Sie wird demnächst mit ihrem Bruder auf Weltreise gehen«, sagte Vicky.

»Was für wunderbare Neuigkeiten«, erwiderte er, obwohl sein Gesicht das Gegenteil besagte. »Darf ich … darf ich sie vor der Abreise noch einmal besuchen?«

Er sah so bedrückt aus, dass sie schlucken musste. »Natürlich dürfen Sie das«, sagte sie. »Sie sind in Paxton House jederzeit willkommen. Und ich bin sicher, Claire wird sich ebenso freuen wie ich.«

55

ES WEIHNACHTETE in Berlin. Pünktlich zum vierten Advent hatte es zu schneien begonnen. Im Schein der Gaslaternen spielten Drehorgelmänner die vertrauten Lieder, Maroniverkäufer boten ihr dampfendes Naschwerk feil, und an den Fensterscheiben der Spielwarengeschäfte, in deren Lichterglanz die herrlichsten Erzeugnisse der Himmelswerkstatt erstrahlten, drückten Kinder, eingemummt in Mützen und Schals, sich in seliger Erwartung die Nasen platt, während die Erwachsenen eilig durch den Schnee stapften, um letzte Besorgungen zu machen.

Alles kündete vom Frieden der heiligen Zeit. Doch in der Charlottenburger Villa herrschte Streit. Um Spielschulden zu begleichen, hatte Friwi auf den Namen seines Vaters Schuldscheine ausgestellt – in schwindelerregenden Höhen.

»Ich werde dir den Wechsel kündigen«, erklärte Paul. »Damit du zu Verstand kommst, bevor es zu spät ist.«

»Alles, nur nicht das!«, protestierte Friwi, den Tränen nahe. »Du hältst mich sowieso schon so kurz, dass ich kaum weiß, wie ich meinen Verpflichtungen im Regiment nachkommen soll. Ich kann weder auf ein eigenes Pferd noch auf einen Burschen verzichten. Und beides kostet Geld.«

»Geld, das ich in der Firma sauer verdiene!«

»Du und sauer verdienen?«, fragte Erdmute. »Dass ich nicht lache! Ohne mich würde es die Firma längst nicht mehr geben.«

Paul brauchte einen Moment, um die Kröte hinunterwürgen. »Ich will nur«, sagte er mit vor Beherrschung bebender Stimme, »dass Friwi den Wert des Geldes zu schätzen weiß! Wie soll er sonst später die Firma leiten?«

»Was später ist, werden wir später sehen«, erwiderte Erdmute. »Jetzt geht es um die Gegenwart! Und da hat Friwi alles Recht der Welt, dir Knauserigkeit vorzuwerfen. Er ist Offizier eines Garderegiments! Das erfordert einen gewissen Comment!«

»Außerdem ist dein Verhalten absolut ungerecht!«, fügte Friwi hinzu.

»Ungerecht?«, wiederholte Paul.

»Ja, ungerecht«, bestätigte Friwi, mit einer Mischung aus Dummheit und Trotz im Gesicht. »Deinen Neffen behandelst du wie einen Sohn, und mich wie einen Aussätzigen!«

»Wie kannst du nur so einen Unsinn behaupten?«

»Von wegen Unsinn! Wenn dein Liebling Kaspar das Geld der Firma mit beiden Händen zum Fenster rausschmeißt, nur weil die Arbeiter mit Streik drohen, sagst du keinen Pieps – du klopfst ihm sogar noch auf die Schulter. Mich aber machst du zur Schnecke wegen ein paar lumpiger Märker in der Ressource. Du misst mit zweierlei Maß!«

»Das kann ich nur unterschreiben!«, sagte Erdmute mit derselben trotzig-dummen Miene wie ihr Sohn. »Die ständige Bevorzugung deines Neffen ist unerträglich. Der Meinung ist übrigens auch dein Bruder.«

»Die Meinung Dritter verbitte ich mir!«, sagte Paul. »Was wir hier besprechen, betrifft nur den allerengsten Kreis der Familie!«

»Eben!«, pflichtete sein Sohn ihm mit dreistem Grinsen bei.

Paul biss sich auf die Lippe. Wusste Friwi, wie seine Mutter und sein Onkel zueinander standen? Während Erdmute seinen fragenden Blick erwiderte, ohne mit der Wimper zu zucken, und Friwi wie ein Idiot an seinem Daumennagel knabberte, überkam ihn einmal mehr dieses entsetzliche Gefühl der Einsamkeit und Leere, das ihn immer wieder wie aus dem Nichts befiel, seit seine Ehe nur noch auf dem Papier bestand.

Plötzlich wurden draußen Schritte laut, und gleich darauf ertönte die Stimme seiner Schwester.

»Um Himmels willen!«, rief Greta. »Wie siehst du aus?«

Paul eilte hinaus auf den Flur. Dort stand seine Schwester auf halber Treppe, wie zur Salzsäule erstarrt, und blickte voller Entsetzen auf ihre Tochter, die aussah, als wäre sie einer Schlacht entronnen. Johannas hübsches, von der Kälte gerötetes Gesicht war durch ein blaues Auge entstellt, das schneenasse Haar hing ihr in wirren Strähnen vom hutlosen Kopf, und ihr Pelzmantel war auf der Brust eingerissen.

»Was in aller Welt ist passiert?«

Obwohl Johanna Tränen in den Augen standen, schnaubte sie vor Wut. »So geht die Polizei mit Frauen um, die für ihre Rechte eintreten.«

56

ALS AUGUSTE in sein Bureau zurückkehrte, saß Ritz zu seiner Verwunderung immer noch auf seinem Platz. Seltsam, normalerweise ließ der Hotelier keine Minute des Tags ungenutzt verstreichen. Irgendetwas gab es schließlich immer zu erledigen, wenn man seinen Gästen den Mond vom Himmel versprach.

»Haben wir noch etwas zu besprechen?«, fragte Auguste.

»Allerdings«, bestätigte Ritz. »Aber zuvor möchte ich noch einen Schluck mit Ihnen trinken. Es wäre doch eine Schande, den Rest verkommen zu lassen.« Er nahm die angebrochene Flasche Champagner und füllte ihre Gläser nach.

Auguste wunderte sich immer mehr. »So kenne ich Sie ja gar nicht.«

»Ich mich auch nicht«, erwiderte Ritz mit einem Lächeln. »Aber an einem solchen Tag darf man auch mal innehalten. Sie haben heute Großartiges geleistet, Escoffier. Wäre es Ihnen nicht gelungen, Mrs. Watkin für unser Unternehmen zu gewinnen – ich weiß nicht, wie die Dinge sich entwickelt hätten. – Auf Ihr Wohl!«

»Darf ich fragen, was Sie noch besprechen wollten?«, erkundigte sich Auguste, nachdem sie angestoßen und getrunken hatten.

»Natürlich. Wobei besprechen nicht ganz der richtige Ausdruck ist.« Er zupfte an seinem Plastron, dann erhob er sich feierlich von seinem Stuhl und sagte: »Auf einstimmigen Beschluss des Vorstandes darf ich Ihnen mitteilen, dass die Ritz-Hotel-Gesellschaft Sie als Direktor für den Restaurant-Bereich in die Geschäftsführung berufen möchte. Ich hoffe, Sie nehmen die Ernennung an.«

Auguste musste an seine Anfänge denken, als Küchenjunge im Restaurant seines Onkels, an seine Verzweiflung und Angst, aus dem Höllenloch nie wieder herauszukommen, und seine Augen füllten sich mit Tränen.

War dieser Augenblick der Lohn für all die Demütigungen und Schikanen, die er im Laufe seines Lebens erlitten hatte?

Er stand ebenfalls auf, um Ritz zu danken. Doch während er noch nach Worten suchte, ging die Tür auf und ein Hotelpage trat in das Bureau.

»Mister d'Oyly Carte bittet die Herren zu sich! Sofort!«

57

IN DER Charlottenburger Villa tagte der Familienrat. Der Grund dafür war Johanna. Pauls Nichte, Gretas Tochter und Hermines Enkelkind hatte an einer Demonstration von Blaustrümpfen teilgenommen! Bei der Kundgebung der Frauenrechtlerinnen am Potsdamer Platz war eine Schaufensterscheibe zu Bruch gegangen, woraufhin die Polizei die Versammlung gewaltsam aufgelöst hatte.

»Warum habt ihr nicht aufgepasst?«, fragte Paul die Zwillinge. »Das war die Bedingung, dass Johanna den Gymnasialkurs besuchen durfte!«

Anne und Elsa versteckten sich eine hinter der anderen, als wäre ihnen der Eierlikör ausgegangen.

»Sie können nichts dafür«, sagte Johanna. »Ich bin ihnen davongelaufen.«

Während die Zwillinge sich in die hinterste Ecke des Raums verdrückten, zückte Greta eine Zeitschrift. »Das habe ich in deinem Zimmer gefunden – ›Die Frau‹, herausgegeben von dieser Helene Lange, vor der alle Politiker warnen.« Sie hielt das Fundstück Paul unter die Nase. »Ich habe es ja immer gesagt – von wegen Bildung ist alles. Das kommt dabei heraus! Aber damit ist jetzt Schluss!«

»Was soll das heißen? Willst du deine Tochter von der Schule nehmen?«

»Allerdings!«

»Nein!«, rief Johanna. »Ostern mache ich Abitur. Ich bin schon zur Prüfung angemeldet!«

»Ja, und? Dann meldest du dich eben wieder ab!«

»Keine voreiligen Schlüsse«, sagte Paul. »Wie soll Johanna ohne Abitur Lehrerin werden?«

»Papperlapapp!«, sagte Greta. »Ich habe mich einmal von dir überreden lassen und wider besseres Wissen nachgegeben. Ein zweites Mal passiert mir das nicht. Schließlich bin ich die Mutter und damit der Vormund.«

»Und was soll dann aus Johanna werden?«

»Ehefrau und Mutter – was sonst? Und deshalb kommt sie jetzt in die Frauenarbeitsschule.«

»Frauenarbeitsschule?« Großmutter Hermine, die bislang geschwiegen hatte, schüttelte den Kopf. »Um Gottes willen! Das ist doch unter unserem Stand.«

»Umso besser! Dann wird deine Enkeltochter begreifen, wie die Welt sich dreht.«

Johanna warf Paul einen verzweifelten Blick zu. Doch er stand auf verlorenem Posten. Greta war so in Rage, dass jeder Versuch vergeblich sein würde. Er konnte nur hoffen, dass die Gemüter sich wieder beruhigten.

In drei Tagen war Weihnachten, vielleicht sah dann die Welt wieder anders aus.

58

»WIE KONNTEN Sie mich nur so hintergehen?«, fragte d'Oyly. »Nach allem, was ich für Sie getan habe! Das ist ungeheuerlich!«

»Das sagen ausgerechnet Sie?«, erwiderte Ritz. »Während Sie versuchen, uns zu ruinieren?«

»So ist der Wettbewerb! Aber wenn Sie mir auf die moralische Tour kommen – darf ich Sie daran erinnern, dass ich mich Ihnen zuliebe für einen Spion verbürgt habe? Das hätte mich Kopf und Kragen kosten können.«

»Meinen Sie Kaspar Biermann?«, fragte Auguste. »Der ist nie ein Spion gewesen! Dafür lege ich meine Hand ins Feuer!«

»Dann hoffe ich, dass Sie sich nicht verbrennen! Nein, meine Herren. Entweder Sie geben Ihre Pläne auf und treten mir Ihr Hotel ab …«

»Das kommt nicht in Frage!«, fiel Ritz im ins Wort. »In einem halben Jahr ist Eröffnung. Nie und nimmer werden wir so kurz vor dem Ziel …« Vor lauter Empörung brachte er den Satz nicht zu Ende.

D'Oyly hob die Arme. »Dann sehe ich mich leider gezwungen, Ihnen zu kündigen, Messieurs!«

Auguste fühlte sich, als würde man ihm den Boden unter den Füßen wegziehen. »Dazu … dazu haben Sie kein Recht! Laut Vertrag …«

»Der Vertrag ist ungültig«, erklärte d'Oyly.

»Wie bitte?«

»Paragraph 5, Absatz 7. Ich zitiere: ›Alle Vereinbarungen verlieren ihre Wirkung im Fall eines strafrechtlich relevanten Vergehens einer der beteiligten Parteien.‹«

Auguste schaute Ritz an, doch der schien genauso ahnungslos zu sein wie er selbst.

»Ich weiß nicht, welches Vergehen Sie meinen«, sagte er. »Ich verlange eine Erklärung.«

»Sehr gerne.« D'Oyly griff nach der Glocke auf seinem Schreibtisch. Im nächsten Moment kam Stationskellner Franz Lechler herein. »Wenn Sie den Herren Ihre Beobachtungen mitteilen würden?«, forderte d'Oyly ihn auf.

»Selbstverständlich.«

Franz schlug die Hacken zusammen, um dann von den Vergehen zu berichten, die d'Oyly meinte. Die Warenlieferungen für das Restaurant und das Hotel. Die Abmachungen und Konditionen, die Ritz und Auguste mit den Lieferanten ausgehandelt hatten. Die Provisionszahlungen, die nach Begleichung jeder Rechnung durch das Savoy gezahlt worden waren. An den Küchenchef und den Hoteldirektor. Fünf Prozent, auf jede Bestellung.

»Verstehen Sie jetzt, warum unser Vertrag ungültig ist?«, fragte d'Oyly. »Sie haben vergessen, dass Sie Angestellte sind, und sich Dinge angemaßt, die nur Chefs und Eigentümern zustehen.« Er zog ein Gesicht, als würde er sich gerade einen leckeren Bissen im Munde zergehen lassen. »Es wird mir eine Freude sein, den Prozess gegen Sie zu führen. Verstoß gegen das Berufsethos, Aneignung fremden Eigentums, unerlaubte Vorteilsnahme …«

Während d'Oyly das halbe Strafgesetzbuch aufzählte, schloss Auguste die Augen. Paul hatte ihn gewarnt. Warum hatte er nicht auf ihn gehört?

59

DIE HAUPT- und Seitenschiffe der bis auf den letzten Platz gefüllten Luisenkirche waren in völliges Dunkel gehüllt, doch der Altarraum erstrahlte im Glanz eines bis zur Decke reichenden, über und über mit Kerzen geschmückten Tannenbaums, auf dessen Spitze ein goldener Engel seine Flügel über die zur Christmette versammelte Gemeinde ausbreitete, die sich nun, als die Orgel einsetzte und Pastor Bläulich mit seinem schönen Tenor das Lied anstimmte, auf das alle seit Beginn des Gottesdienstes gewartet hatten, von den Plätzen erhob, um jubelnd in den Schlusschoral einzufallen,

O du fröhliche, o du selige
Gnadenbringende Weihnachtszeit …

Wie in den Zeiten, als Pauls Vater noch lebte, hatte Küster Prätorius eine Bankreihe für die Familie Biermann reserviert, gegen ein kleines Trinkgeld von Mutter Hermine, für die der Besuch der Christmette im Kreis ihrer Lieben der Höhepunkt des Jahres war. Während sie nun mit brüchiger Stimme, doch immer noch aus vollem Herzen sang, verlor Paul sich im Anblick des Christbaums. Als Kind hatte er sich gefragt, wie der Kirchendiener, dem doch der rechte Arm fehlte und der außerdem ein steifes Bein hatte, es schaffte, den Engel in solch schwindelnder Höhe auf der Tannenspitze anzubringen. Weil er dazu nie eine befriedigende Auskunft bekommen hatte, gehörte die Frage für ihn bis heute, da der alte Prätorius auf die achtzig und er selbst auch schon auf die fünfzig zuging, zu den wunderbaren Geheimnissen des Glaubens, die man in kindlicher Freude ein Leben lang bestaunen durfte, ohne sie verstehen zu müssen. Als würde seine Mutter ahnen, welcher Art Gedanken er nachhing, nahm sie seine Hand, und während sie diese mit mütterlicher Inbrunst an ihre Brust drückte, erfüllte ein so glückliches Lächeln ihr von nunmehr über siebzig Jahren gezeichnetes Gesicht, dass es Paul ganz warm ums Herz wurde, und auch er fiel in den Choral ein, um zusammen mit ihr, nur eine brummende Oktave tiefer, aus ebenso vollem Herzen die dritte Strophe zu singen, von der ersten bis zur letzten Zeile.

O du fröhliche, o du selige
Gnadenbringende Weihnachtszeit!
Himmlische Heere
Jauchzen dir Ehre
Freue, freue dich, o Christenheit!

Während die Jubeltöne in dem hohen Kirchenraum verhallten, schlugen auf dem Turm die Glocken an, und unter großem Geläut verließ man das Gotteshaus. Pastor Bläulich stand schon am Ausgang bereit, um seinen Glaubenskindern mit innigem Händedruck und noch innigerem Augenaufschlag ein frohes und gesegnetes Fest zu wünschen und sie nach Hause zu verabschieden, wo auf sie die Bescherung wartete. Eine kleine Weile stand man noch in der Kälte beieinander, begrüßte Nachbarn und Bekannte und tauschte mit ihnen gute Wünsche, dann machte man sich durch den Schnee auf den Heimweg, erfüllt vom Hochgefühl der vergangenen Stunde.

»Ich glaube, jetzt haben wir uns alle einen Eierlikör verdient«, sagte Mutter Hermine, als sie wenig später in ihrem wie immer überheizten Esszimmer, wo unter dem Tannenbaum die liebevoll von ihr persönlich verpackten Geschenke bereitlagen, all ihre Kinder und Kindeskinder um sich versammelt hatte. »Anne, Elsa – seid ihr so gut und kümmert euch?«

Während die Zwillinge der Aufforderung nachkamen, nahm man an der festlich gedeckten Tafel Platz. Obwohl Eierlikör als Aperitif ganz und gar ungeeignet war, trank jeder der Mutter zuliebe ein Glas. Dann trug Anton, der zur Feier des Tages eine frisch gestärkte Livree trug, in der er ein wenig wie ein Zinnsoldat wirkte, die traditionelle Schildkrötensuppe auf, mit der Jahr für Jahr das Weihnachtsmenü begann. Während Paul seine Serviette im Schoß ausbreitete, schaute er in die Runde. Am Kopfende des Tisches, flankiert von den Zwillingen, präsidierte die Mutter, die seit dem Tod ihres Mannes bei allen Zusammenkünften der Familie den Vorsitz innehatte. Pauls und Erdmutes Plätze befanden sich zu ihrer Rechten, *vis-à-vis* von Friwi und Fritz, die wie fast immer nebeneinandersaßen, während Felix sowie Greta und deren Kinder das untere Ende des Tisches einnahmen. Der Raum war erfüllt vom friedlichen Duft brennender Kerzen und verbrannter Tannenzweige und zugleich von einer nicht greifbaren, doch für jedermann spürbaren, hochexplosiven Spannung. Ein falsches Wort, und sie würde sich entladen.

»Und Friede auf Erden den Menschen, die guten Willens sind.«

Mit den Worten des Lukasevangeliums beendete Hermine das Tischgebet, dann tauchte sie ihren Löffel in die Suppe, und die Mahlzeit nahm ihren Verlauf. Zu Pauls Erleichterung schien jeder gewillt, den Friedenswunsch der Mutter zu respektieren. Statt zu streiten, sprach man unverfänglich über die Christmette, die in diesem Jahr nach übereinstimmender Meinung noch größeren Zulauf gefunden hatte als in den Jahren zuvor, Felix äußerte zur allgemeinen Belustigung den Verdacht, dass Pastor Bläulich wohl zu jedem Weihnachtsfest ein und dieselbe Predigt hielt, und ausgerechnet die Zwillinge, denen doch niemand so recht etwas zutraute, klärten Paul nach all den langen Jahren seiner Unwissenheit darüber auf, wie der alte Prätorius mit nur einen Arm und dem steifen Bein es schaffte, den Engel in so schwindelnder Höhe auf den Christbaum zu praktizieren.

»Ganz einfach«, sagte Elsa, »er steckt ihn auf die Spitze, wenn die Tanne noch am Boden liegt.«

»Bevor sie aufgerichtet wird«, fügte ihre Schwester Anne hinzu.

»Aber natürlich«, lachte Paul. »Wie dumm von mir, dass ich nicht selbst darauf gekommen bin. Und das als Ingenieur!«

Die Zwillinge glucksten vor Freude über ihren kleinen Triumph, erneut stieß man miteinander an, um sich sodann mit der gebotenen Aufmerksamkeit dem Gänsebraten zu widmen, der mal wieder ganz vorzüglich gelungen war und der im Verbund mit dem schweren Burgunder für eine angenehm schläfrige Gemütsverfassung sorgte, während die Gespräche weiterhin in Belanglosigkeiten vor sich hinplätscherten.

Ja, der Weihnachtsabend hätte so friedlich verlaufen können, hätte Fritz nicht die Politik aufs Tapet gebracht.

»Kaiser Wilhelm hat bei Admiral Tirpitz ein Memorandum zum Ausbau der Flotte in Auftrag gegeben.«

Paul sah, wie die Augen seines Sohnes aufleuchteten. »Das sind ja großartige Nachrichten! Kolossal!«

»In der Tat«, bestätigte Fritz. »Deutschland ist eine Kolonialmacht und darf sich auf See nicht länger verstecken. – Was sagen eigentlich deine Liberalen dazu?«, wandte er sich an Paul. »Ich habe den

Eindruck, eure Fraktion ist in der Frage noch weniger auf Linie als die Sozis.«

Paul lag eine Antwort auf der Zunge, doch seiner Mutter zuliebe behielt er sie für sich. »Wollen wir heute die Politik nicht einfach beiseitelassen?«, fragte er.

Seine Frau bedachte ihn mit einem verächtlichen Blick, doch er war entschlossen, diesen ebenso zu ignorieren wie die Frage seines Bruders. Während er schweigend seinen Braten aß, führten Fritz und sein Sohn die Diskussion unter sich weiter.

»Kein noch so großer Schafskopf kann bezweifeln, dass unsere Marine aufrüsten muss«, sagte Friwi in der unangenehm schneidigen Art, die er sich beim Militär angewöhnt hatte. »Die Frage ist allerdings, was wir dringender brauchen: eine Kreuzerflotte für die Weltmeere oder eine Schlachtschiffflotte vor der eigenen Küste?«

»Ich rate unbedingt zu Ersterem«, erklärte Fritz. »Eine Weltmeerflotte ist zur Sicherung unserer Kolonien *conditio sine qua non*. Vor allem dann, wenn zu den bereits bestehenden Kolonien weitere hinzukommen. Was ich doch stark hoffe!«

»Verzeih, wenn ich widerspreche, geschätzter Onkel«, entgegnete Friwi. »Aber die größte Gefahr für uns geht doch wohl von England aus! Spätestens seit dem Burenaufstand sind die Briten unsere erklärten Feinde. Ist es da nicht zwingend, zuallererst unsere Küsten an der Ost- und Nordsee zu schützen?«

Lag es an der Erwähnung Englands? Paul musste auf einmal an Vicky denken, und während ihr Gesicht vor sein inneres Auge trat, verschmolzen die Gespräche seiner Angehörigen am Tisch zu einem bedeutungslosen Rauschen. Was tat sie wohl gerade? Sie hatte geschrieben, dass ihre Tochter und ihr Sohn auf Weltreise gehen wollten. Vielleicht hatten die zwei sich schon auf den Weg gemacht, und sie musste den Weihnachtsabend allein mit ihrer Mutter in Paxton House verbringen. So allein wie er inmitten seiner Familie.

»Es ist ein Fehler«, hörte er sich plötzlich sagen, »England als Feind zu betrachten. Die Briten sind unsere natürlichen Verbündeten. Die beiden Königshäuser sind ja verwandtschaftlich aufs engste miteinander verflochten. – Ach, würde Kaiser Friedrich nur noch leben.«

»Dem kann ich nur beipflichten«, sagte Kaspar. »England und der Kontinent gehören zusammen. Es ist wirklich eine Schande, dass nichts aus dem Tunnel geworden ist, von dem du erzählt hast, Onkel Paul.«

»Das bedauerst ausgerechnet du?«, erwiderte Friwi. »Du hast wohl vergessen, dass die Engländer dich zum Teufel gejagt haben, weil du keiner von ihnen bist.« Er lachte einmal kurz auf. »Aber logisches Denken war ja noch nie deine Stärke.«

Fritz legte ihm eine Hand auf den Arm. »Ruhig mit den jungen Pferden. Heute ist Weihnachten.« Dann wandte er sich in jovial-belehrendem Ton an Kaspar. »Was glaubst du wohl, warum die Engländer den Tunnel abgeblasen haben? Doch nur, um sich auf ihrer Insel wie auf einer Festung zu verschanzen, um von dort aus die ganze Welt zu kujonieren! Da können sie nicht riskieren, dass der Feind unter dem Meer hindurch zu ihnen gekrabbelt kommt, um sie zu überfallen.«

»Aber die Franzosen und Engländer …«

»… sind sich spinnefeind! Schau nur nach Afrika, wo die Franzosen gerade in Richtung Nil marschieren, um den Engländern mit einem Ost-West-Gürtel von Dakar bis Dschibuti in die Quere zu kommen. Warum? Weil sie sich den Kap-Kairo-Plan nicht gefallen lassen wollen. Den haben die Briten ja nur ausgeheckt, um sich die Hoheit über ganz Afrika zu sichern. Das stinkt den Franzosen gewaltig.«

Paul wäre Kaspar gern beigesprungen, doch Fritz und Friwi waren so in ihrem Element, dass ein solcher Versuch unweigerlich zu Streit geführt hätte. Während die anderen weiter darüber spekulierten, an welchen Enden und Ecken der Welt die europäischen Kolonialmächte sonst noch aneinandergeraten könnten, fragte er sich stattdessen, warum die Menschen überall in Unfrieden lebten, im fernen Afrika ebenso wie hier an diesem Tisch. War das ein Fehler der heutigen Zeit, eine ungewollte Folge des Fortschritts? Dieser hatte für so viel Wohlstand gesorgt, dass es im Prinzip von allem genug für jeden geben könnte, wenn man nur bereit war, sich zu einigen – so wie er selbst sich ja auch immer wieder mit seinen Arbeitern einigte, wenn sie mehr vom Kuchen haben wollten. Doch vielleicht war gerade die ungeheure Fülle an Möglichkeiten der Grund, warum die Gier der Menschen zunahm – »je mehr er hat, je mehr er will!« Inzwischen wurde den Kindern ja schon in der Schule beigebracht, dass alles Leben ein Kampf ums Dasein war, in dem das Recht des Stärkeren galt – eine Theorie, die Pauls natürlicher Wesensart ebenso zuwider war wie seinem pragmatischen Ingenieursverstand.

Ein leises Klingeln weckte ihn aus seinen Gedanken. Als er aufsah, erhob sich am Tischende Felix von seinem Platz. »Ich möchte eine Ankündigung machen.«

Die Gespräche verstummten, und alle Augen richteten sich auf den jüngsten der drei Brüder.

Felix zögerte, in seinem zarten Gesicht, das ihm trotz seines fortgeschrittenen Alters immer noch das Aussehen eines Jünglings verlieh, zuckte es nervös, offenbar musste er seinen ganzen Mut für seine Ankündigung zusammennehmen.

»Ich … ich werde heiraten!«, brachte er schließlich hervor.

Für einen Moment herrschte verblüfftes Schweigen. Dann überschlugen sich die Gratulationen und Beifallsbekundungen.

»Wie wunderbar, mein lieber, lieber Junge!«, sagte Mutter Hermine. »Du weißt ja nicht, wie glücklich du mich damit machst.«

Sie zog ein Batisttuch aus dem Ärmel und betupfte ihre Augen. Paul hatte den Eindruck, dass Felix' Ankündigung sie von derselben Sorge befreite, die auch ihm aufgrund der überlangen Ehelosigkeit seines Bruders manches Mal gekommen war.

»Wer ist denn die Auserwählte?«, fragte Elsa.

»Kennt man sie vielleicht?«, wollte ihre Schwester Anna wissen.

»Nein«, antwortete Felix. »Sie … sie verkehrt nicht in unseren Kreisen. – Aber Paul und Kaspar«, fügte er hinzu, »haben sie schon einmal gesehen.«

Paul brauchte einen Moment, bis er begriff. »Meinst du … meinst du das Garderobenfräulein in der Ressource?«

Felix wurde über und über rot. »Ja, sie ist die Frau, die ich liebe.«

Die Zwillinge hielten sich vor Schreck die Hände vor den Mund, und Mutter Hermine schaute ihren Sohn verständnislos an, als hätte dieser in Zungen geredet.

»Soll das ein Witz sein?«, schnarrte Fritz.

Felix schüttelte den Kopf. »Nein«, erwiderte er. »Nichts ist mir je ernster gewesen.«

»Aber warum zum Teufel eine Garderobiere?«

»Weil … weil …« Mit zitternder Hand nahm er sein Glas und trank es in einem Zug leer. »Weil – sie bekommt ein Kind von mir.«

Entsetztes Schweigen war die Antwort. Während Felix sich den Mund abwischte, schaute man einander peinlich berührt an. Auch Paul wusste nicht, was er sagen sollte.

Kaspar war der Erste, der die Sprache wiederfand. »Bravo! Wahre Liebe kennt keine Klassenschranken! Auf dein Wohl, Onkel Felix!!«

Er prostete Felix zu. Doch bevor der den Toast erwidern konnte, ertönte plötzlich ein Röcheln, wie von einem Tier.

Paul fuhr herum. Als er seine Mutter sah, schrak er zusammen. Um Atem ringend, das Gesicht leichenblass, Mund und Augen weit aufgerissen, fasste Hermine nach dem Kragen ihrer Bluse, mit fliegenden Händen und zitternd am ganzen Leib, und während ihr Oberkörper sich in konvulsivisch krampfender Not hin- und herwand, kippte sie vornüber, und bevor die Zwillinge oder sonst jemand ihr zu Hilfe kommen konnten, schlug ihr Gesicht auf den Teller und versank in den Resten ihrer Weihnachtsmahlzeit.

60

NEIN, VICKYS Kinder hatten sich noch nicht auf den Weg gemacht, Nigel und Claire wollten erst zu Beginn des neuen Jahres zu ihrer großen Reise aufbrechen, so dass die beiden am Morgen des ersten Weihnachtstags wie in jedem Jahr zusammen mit ihrer Mutter und Großmutter in Paxton House Bescherung feierten. Vicky hatte sich für die Geschenke bei Harrods beraten lassen und ausnahmslos Dinge ausgesucht, die Nigel und Claire unterwegs von Nutzen sein würden: Landkarten und Atlanten, Reiseführer und Tropenanzüge, Stiefel und Sonnenbrillen ... Beim Auspacken bekundeten die zwei eine so ansteckende Vorfreude, dass Vicky fast Lust bekam, mit ihnen auf Weltreise zu gehen. Doch das behielt sie lieber für sich, sonst würde ihre Mutter noch auf dumme Gedanken kommen.

Claire führte gerade ihren Tropenhelm vor, als die Tür aufging und O'Brien mit einem Gast den Raum betrat – Auguste Escoffier.

»Oh, störe ich?«, fragte er und blieb in der Tür stehen.

»Aber davon kann doch keine Rede sein.« Vicky stand auf, um ihn zu begrüßen. »Sie konnten ja nicht wissen, dass man sich in England erst am ersten Weihnachtstag beschenkt. Verraten Sie uns lieber, welchem Umstand wir die freudige Überraschung Ihres Besuchs verdanken.«

Augustes Mine verfinsterte sich. »Leider ist der Anlass kein erfreulicher«, sagte er. »Ich bin gekommen, um mich von Ihnen zu verabschieden. Weil – ich ... ich kehre nach Paris zurück. Für immer.«

»Aber warum in aller Welt? Was ist passiert?«

»Es kam zu Differenzen mit Monsieur d'Oyly. Nicht nur mich betreffend, sondern auch Monsieur Ritz. Differenzen unüberwindbarer Art, so dass es uns leider unmöglich ist, unsere Arbeit im Savoy fortzusetzen.«

Vicky war so überrascht, dass ihr für einen Moment die Worte fehlten.

»Das bedauern wir natürlich sehr«, antwortete Emily an ihrer

Stelle. »Aber was wird aus dem Geld, das wir Ihnen anvertraut haben? Müssen wir uns Sorgen machen?«

Vor Scham über die Taktlosigkeit ihrer Mutter wäre Vicky am liebsten im Boden versunken. Doch zum Glück ließ Auguste sich nichts anmerken.

»Keineswegs, Madame«, erwiderte er. »Ihr Geld ist bei uns so sicher aufgehoben wie in der Bank von England. Im Sommer findet wie geplant die Eröffnung statt. Und natürlich garantieren wir Ihnen weiterhin die vereinbarte Verzinsung Ihres Kapitals. – Aber jetzt will ich nicht länger inkommodieren. Wenn ich mich empfehlen darf?« Er reichte Emily zum Abschied die Hand.

»Wollen Sie etwa schon wieder gehen?«

»Zu meinem Bedauern. Aber es geht nicht anders, weil …« Er zögerte einen Moment, dann fügte er hinzu: »Ich denke, Sie verstehen, warum.«

Vicky schluckte. Ja, sie verstand. Mit ernster Miene trat Auguste auf Claire zu, um sich auch von ihr zu verabschieden.

»Ich hoffe, Sie vergessen mich nicht – ich … ich meine, unsere kleinen kulinarischen Explorationen. Sie haben so viel Talent. Es wäre schade darum.«

»Aber wie könnte ich Sie und unsere Experimente vergessen?«, fragte Claire. »Sie haben mir so viel beigebracht. Viel mehr, als Sie umgekehrt mir erlaubt haben.«

Mit einem Lächeln reichte sie ihm die Hand. Täuschte Vicky sich oder schimmerten Tränen in seinen Augen, als er ihre Hand mit beiden Händen umfing?

»Ich begleite Sie noch zur Tür«, sagte sie, um den Abschied zu beenden.

Auguste beugte sich über Claires Hand und deutete einen Handkuss an, dann nickte er noch einmal in die Runde und folgte Vicky hinaus in die Halle. Es zerriss ihr fast das Herz, wie er litt. Doch so sehr sie mit ihm fühlte, war sie gleichzeitig erleichtert. Die Gefahr, dass Claire die Wahrheit über ihren Vater erfuhr, hatte wie ein Damoklesschwert über ihnen geschwebt, seit Auguste nach London gekommen war. Diese Gefahr war nun gebannt.

»Wahrscheinlich ist es besser so«, sagte sie, als er auch ihr die Hand zum Abschied küsste.

»Ja, vielleicht«, pflichtete er tapfer bei. Sein Adamsapfel ruckte, offenbar gelang es ihm nur mit Mühe, Haltung zu wahren.

»Bitte warten Sie einen Augenblick.«

Sie eilte fort, um etwas aus der Bibliothek zu holen.

»Das ist für Sie. Als Andenken. Wenn Sie wieder in Paris sind.« Sie reichte ihm eine gerahmte Fotografie, die Claire in einer Großaufnahme unter dem Apfelbaum im Garten zeigte.

Als Auguste das Bild sah, leuchtete sein Gesicht auf. »Danke.« Mit beiden Händen nahm er die Fotografie und führte sie an die Lippen.

»Sie müssen nicht traurig sein«, sagte Vicky. »Sie werden Claire wiedersehen.«

»Meinen Sie?« Mit seinen schwarzen Augen schaute er sie an.

Vicky senkte den Blick. »Ich … ich weiß es nicht.«

61

»HERZVERSAGEN« – SO hatte die Diagnose von Dr. Grabowski gelautet, der nach Mutter Hermines Anfall am Heiligen Abend sofort herbeigerufen worden war. Obwohl der Arzt ebenfalls mit seiner Familie Weihnachten gefeiert hatte, hatte er alles stehen und liegen gelassen, um sich von Anton in die Villa bringen zu lassen. Doch bei seiner Ankunft war bereits alle ärztliche Kunst vergebens gewesen, Dr. Grabowski hatte nur noch den Tod der Patientin feststellen können. – Ja, Mutter Hermines Herz, das fünfundsiebzig Jahre lang so tapfer für ihre Lieben geschlagen hatte, es hatte das Entsetzen nicht verkraftet, in das die ungeheuerliche Nachricht von Felix' Heiratsabsichten die Familie versetzt hatte. Ausgerechnet ihr Jüngster, dem ihre mütterliche Fürsorge stets noch mehr gegolten hatte als jedem anderen ihrer Kinder, hatte ihrem Leben ein Ende gesetzt. Jetzt wurde sie auf dem Luisenfriedhof zur ewigen Ruhe gebettet, an der Seite ihres Mannes Theodor, der ihr schon vor einem Vierteljahrhundert in den Tod vorausgegangen war.

Auch diesmal fand die Beisetzung im allerengsten Kreis statt. Nur die Familie hatte sich am Grab versammelt, wo Pastor Bläulich die Verstorbene mit einfühlsamen, herzensguten Worten ins Jenseits verabschiedete. Als Vorstand der Familie bildete Paul das Zentrum der kleinen Trauergemeinde, zusammen mit seiner Frau Erdmute. Die Zwillinge schluchzten so laut in ihre Taschentücher, dass Fritz, der nicht mal aus Anlass des traurigen Tages die Uniform abgelegt hatte, sie zurechtweisen musste. Anders als ihre Schwestern ertrug Greta, flankiert von ihren Kindern Kaspar und Johanna, ihren Kummer in ernster Gefasstheit, während Friwi nervös an seinem Daumennagel nagte und Blicke mit seiner Mutter und seinem Onkel tauschte, in Gedanken offenbar ganz woanders als bei der Verstorbenen.

Felix allerdings fehlte. Schon während der Trauerfeier hatte Paul immer wieder zum Eingang der Kapelle geschaut in der Hoffnung, dass sein Bruder doch noch erscheinen würde, und auch jetzt am Grab blickte er ein ums andere Mal über die Schulter, um den Friedhof nach Felix abzusuchen. Aber vergebens.

»Dieser jämmerliche Feigling!«, zischte Erdmute, die natürlich wusste, nach wem er Ausschau hielt. »Schämen muss man sich. Was für eine Familie!«

Paul überhörte ihre Bemerkung und versuchte sich auf die Rede von Pastor Bläulich zu konzentrieren, der gerade die Bibelverse zitierte, die er bei jeder Beerdigung zitierte: »Unser Leben währet siebzig Jahre, und wenn's hoch kommt, so sind's achtzig Jahre, und wenn's köstlich gewesen ist, so ist es Mühe und Arbeit gewesen; denn es fährt schnell dahin, als flögen wir davon.«

Nachdem der Schlusssegen gesprochen war, trat Paul als Erster ans Grab. Mit einer kleinen Handschaufel stach er in den mit Erde gefüllten Eimer, den der Kirchendiener bereitgestellt hatte, und warf ein paar Krumen auf den Sarg. Mit hohlem Klang trafen sie auf den hölzernen Deckel. Dann faltete er die Hände, um ein Vaterunser zu beten. »Bitte tut mir die Liebe und streitet euch nicht …« Das waren die letzten Worte seiner Mutter gewesen, bevor sie ihr Leben ausgehaucht hatte.

»Va … va … Vader unser … der … der … der du biss im Himmel …«

Auf dem Absatz fuhr Paul herum. Das war Felix' Stimme! Tatsächlich, sein Bruder war endlich da! Aber wie um Gottes willen sah er aus? Mit glasigen Augen, das Haar zerzaust, stolperte er auf das Grab seiner Mutter zu, schwankend und taumelnd und so betrunken, dass er sich kaum auf den Beinen halten konnte.

»Es … is … meine Schuhuld«, lallte er. »Ich hahabbe … sie ummebracht …«

Er geriet ins Straucheln. Paul wollte ihn auffangen, doch Fritz kam ihm zuvor und packte Felix am Kragen.

»Bist du wahnsinnig, so hier aufzukreuzen?«

Fritz versetzte seinem Bruder eine so heftige Ohrfeige, dass die Zwillinge laut aufschrien. Vor den Augen der entsetzten Trauergemeinde eilte jetzt auch noch Friwi herbei, um sich auf Felix zu stürzen, während Fritz bereits zu einem weiteren Schlag ausholte.

Mit erhobenen Armen stellte Paul sich beiden in den Weg. »Wollt ihr euch an Mutters Grab prügeln? Überlasst Felix mir, ich kümmere mich.«

Fritz erwiderte mit zusammengekniffenen Augen seinen Blick, dann ließ er Felix los. »Na gut. Aber nur, wenn du dafür sorgst, dass der Scheißkerl hier verschwindet.« Er stieß seinen Bruder von sich und kehrte mit Friwi ans Grab zurück.

Pastor Bläulich stimmte ein Lied an.

Wenn ich einmal soll scheiden,
dann scheide nicht von mir …

Während die anderen nach und nach in das Lied einfielen, führte Paul seinen Bruder fort. Felix war so unsicher auf den Beinen, dass er eine Stütze brauchte. Doch als Paul versuchte, ihn fester unterzufassen, stieß er ihn weg.

»Ich … ich werde sie heiraten«, sagte er. »Das bin ich … ihr schuldig, ihr und dem Kind.«

»Nicht jetzt.«

»Doch jetzt! Jetzt ist genau der richtige Zeitpunkt! Ich … ich kann sie nicht sitzenlassen. Und ich werde sie nicht sitzenlassen. Weil – ich … ich liebe sie!«

Paul holte tief Luft. »Das ehrt dich. Wo die Liebe hinfällt, fällt sie bekanntlich nun mal hin. Daran kann man nichts ändern, und es ist sehr anständig von dir, dass du zu deinen Pflichten stehen willst. Aber natürlich will so etwas gründlich bedacht sein.«

»Keine Angst«, sagte Felix, der trotz seines Zustands offenbar begriff, was Paul meinte. »Ich werde euch nicht kompro … kompromittieren. Ich werde Berlin verlassen, zusammen mit meiner Frau, noch bevor das Kind da ist.«

»Aber das ist doch Unsinn! Ich meine ja nur, dass es womöglich inopportun sein könnte, wenn … wenn du … wenn du und diese Frau … und dazu ein Kind …« Paul wusste nicht weiter. »Herrgott nochmal, es gibt doch für alles eine Lösung! Nur nicht jetzt! Jetzt musst du erst mal deinen Rausch ausschlafen. Dann sehen wir weiter.«

»Nein.« Mit einem Ruck blieb Felix stehen. »Es gibt kein Weiter, und es gibt keine Lösung, diesmal nicht. Und der Grund dafür ist meine gottverdammte erbärmliche Natur.« Er stockte, und seine Augen füllten sich mit Tränen. »Ich … ich tauge einfach nichts, ich habe noch nie etwas getaugt. Alles, was ich anfange, verwandelt sich in etwas Schlechtes, seit ich zurückdenken kann. Und du … du weißt das auch, ihr alle wisst das. Ihr habt ja nie ein Geheimnis daraus gemacht, was ihr von mir haltet.« Er straffte sich, und plötzlich wieder wie nüchtern, blickte er Paul in die Augen. »Mein Entschluss steht fest – ich ziehe fort! Irgendwohin, wo mich keiner kennt, nach Süddeutschland vielleicht, so weit wie möglich. Damit ich dir und der Familie keine Schande mehr mache.«

62

ES WAR ein nasskalter Januarmorgen, als Auguste am Gare du Nord den Zug verließ, der ihn von Calais nach Paris gebracht hatte. Der Himmel über der Stadt war so grau und trostlos wie am Abend zuvor der Himmel über London, als er in Victoria Station in den Zug gestiegen war, um England für immer zu verlassen.

Auf dem Bahnhofsplatz winkte er eine Droschke herbei.

»Zum Place Vendôme!«

Mit einer Decke, die in der Kutsche bereitlag, machte er es sich bequem. Für den Weg brauchte man eine halbe Stunde, vielleicht konnte er ja noch ein bisschen schlafen, im Zug und auf der Fähre hatte er kaum ein Auge zugetan. Während die Kutsche den Boulevard entlangrollte, versuchte er, sich die Gesichter seiner Frau und Kinder vorzustellen, er hatte sie schon Monate nicht mehr gesehen. Delphine mit ihren warmen und gütigen Augen … Popol, der inzwischen schon ein richtiger junger Mann war, mit tiefer Stimme und sprießendem Bart … Die kleine Germaine, die früher immer auf seinen Schoß gewollt hatte, um zu schmusen … Und Daniel mit seiner Stupsnase und den Sommersprossen, der Jüngste und Frechste der drei … Je länger er an sie dachte, desto mehr gingen die Gesichter ineinander über und verschwammen so sehr, dass er sie kaum noch unterscheiden konnte.

»Ho! Ho! Ho!«

Der Kutscher riss so jäh an den Leinen, dass Auguste aus seinem

Halbschlaf schrak. Durch das Fenster sah er das Palais Garnier, die neue Oper, nur einen Steinwurf entfernt erhob sich das mit goldenen Säulen und Bögen und Engelfiguren geschmückte Gebäude. Davor tobte ein wutentbrannter Mob. Steine flogen, Fensterscheiben gingen zu Bruch, und an einem Galgen baumelte inmitten der johlenden Menge eine mannsgroße Puppe, die ein riesiges Namensschild auf der Brust trug: *Alfred Dreyfus*.

Auguste klappte das Fenster hoch und streckte den Kopf hinaus.

»Wer ist das – Alfred Dreyfus?«

Der Kutscher drehte sich auf dem Bock herum und schaute ihn ungläubig an. »Den kennen Sie nicht? Den kennt doch jeder!«

»Ich war lange Zeit im Ausland.«

»Ach so. Ein jüdischer Offizier. Man hat ihm den Prozess gemacht und ihn aus der Armee entlassen.«

»Was hat er verbrochen?«

»Das weiß keiner so genau, angeblich Hochverrat. Die Leute schlagen sich die Köpfe ein, ob er schuldig war oder nicht. Jetzt hat auch noch irgendein Schriftsteller seinen Senf dazu gegeben. Seitdem ist die Hölle los.«

»Dann nichts wie weg!«

Der Kutscher knallte mit der Peitsche, und die Pferde zogen an. Auguste blickte zurück auf den Platz, wo die Puppe gerade in Flammen aufging. Solche Krawalle waren das Letzte, was Ritz und er brauchten – Krawalle schadeten dem Geschäft!

Doch als sie den Place Vendôme erreichten, war dort von Aufruhr keine Spur. In sattem, bürgerlichem Frieden lag der von Kolonnaden gesäumte Platz da, wie in einer anderen Welt. Elegante Schmuck- und Uhrengeschäfte reihten sich entlang des Karrees mit ihren funkelnden Vitrinen aneinander, und mitten darin, alle übrigen Gebäude an Glanz und Luxus überstrahlend, erhob sich das neue Hotel.

»Da sind Sie ja endlich!«

Als Auguste die Halle betrat, empfing Ritz ihn dort mit offenen

Armen. Ohne zu fragen, ob er sich nach der Reise vielleicht erst frisch machen wollte, führte er ihn durch das Haus.

Auguste war überwältigt, was Ritz in der kurzen Zeit vollbracht hatte. Der Stuck und der Marmor, die Holzvertäfelungen, der spektakuläre Treppenaufgang, die Großzügigkeit der Räume – wohin er schaute, gingen ihm die Augen über.

»Jedes Schlafzimmer hat ein eigenes Bad«, erklärte Ritz. »Das ist einmalig in ganz Europa.«

»Noch nie habe ich solchen Luxus gesehen«, sagte Auguste.

»Nicht wahr? Hier werden Kaiser und Könige logieren!«

»Das Savoy ist nichts dagegen!«

Die eine Bemerkung genügte, und Ritz' Euphorie war verpufft. »Es ist eine solche Schande«, sagte er. »Wir hätten beides haben können.«

»Sie meinen – das eine tun, ohne das andere zu lassen?«

Ritz' sonst stets freundlich lächelndes Gesicht zog sich zu einer einzigen Zornesfalte zusammen. »Das werde ich d'Oyly nie verzeihen. Und eines Tages, das schwöre ich, werde ich es ihm heimzahlen. Das Savoy war *unser* Kind. – Doch apropos«, wechselte er das Thema, »wann kommt Ihre Familie?«

»Meine Familie?«

»Ja, aus Monte Carlo. Wann darf ich Ihre Lieben in Paris begrüßen?«

»Ach so, natürlich. Ich habe meiner Frau noch vor der Abreise telegrafiert. Ich nehme an, sie packt bereits die Koffer.«

63

IN PAXTON House wurden unterdessen die letzten Reisevorbereitungen getroffen. Auf allen Gängen und Fluren standen Kisten und Kästen herum, so dass Bewohner und Dienerschaft aufpassen mussten, nicht darüber zu stolpern, und während Claire in ihrem Zimmer auf dem Klavier noch einmal all die Gilbert-und-Sullivan-Melodien spielte, die ihr Vater so sehr geliebt hatte, ging Vicky mit ihrem Sohn ein letztes Mal die Liste der Dokumente durch, die er und seine Schwester mit auf die Reise nehmen mussten.

»Habt ihr auch alle Ausweispapiere? Spätestens wenn ihr Europa verlasst, werdet ihr sie brauchen.«

»Natürlich«, sagte Nigel. »Sie befinden sich alle in dieser Mappe hier.«

»Und die Traveller Cheques?«

»Die sind bei den Ausweispapieren.«

»Aber habt ihr auch an gesonderte Cheques für Claire gedacht? Damit sie eigenes Geld für den Fall hat, dass ihr einmal getrennt seid?«

Ihr Sohn verdrehte die Augen. »Mama! Wir sind doch keine Kinder mehr.«

»Ach Nigel, versprich mir, dass du auf sie aufpasst. Sie ist nun mal eine Frau.«

»Mach dir keine Sorgen. Ich werde sie wie meinen Augapfel hüten. Obwohl ich glaube, dass sie auch ganz gut auf sich selbst achtgeben kann. – Aber ich würde gern ein paar Fotos von Großmutter und dir für Onkel Georgie mitnehmen. Damit er sieht, wie alt und grau ihr inzwischen seid.«

»Nimm dich ja in acht«, lachte Vicky. »Oder du kriegst ein paar hinter die Löffel.« Scherzhaft drohend hob sie die Hand.

»Ist ja schon gut, Mama. In Wirklichkeit will ich Onkel Georgie natürlich nur zeigen, wie jung und wunderschön ihr zwei immer noch seid.«

Er gab ihr einen Kuss, dann ging er an das Regal, in dem sich die Alben mit den Fotografien befanden. Kaum hatte er angefangen zu blättern, stutzte er.

»Das ist ja lustig!«

»Was ist lustig?«, fragte seine Großmutter, die gerade zur Tür hereinkam.

»Wie sehr Claire und Monsieur Escoffier sich gleichen. Fast wie Tochter und Vater.«

Vicky zuckte zusammen. »Was redest du da?«

»Ich glaube, O'Brien hat damals die Aufnahme gemacht. Bei Monsieur Escoffiers erstem Besuch. Hier, sieh selbst!«

Er löste die Fotografie aus dem Album. Vicky sprang auf, um sie ihm abzunehmen, doch ihre Mutter kam ihr zuvor. Voller Entsetzen sah sie, wie Emily mit Hilfe ihres Lorgnons das Bild inspizierte.

Es dauerte eine Ewigkeit, dann drehte sie sich herum, und jede Silbe einzeln betonend, fragte sie: »Wie – kann – das – sein?«

64

ES GAB Rinderroulade mit Rotkohl und Salzkartoffeln. Wie jeden Sonntag war Friwi um Punkt zwölf Uhr in der Charlottenburger Villa erschienen, um mit seinen Eltern zu Mittag zu essen. Erdmute hatte das Ritual eingeführt, als ihr Sohn zum Militär eingerückt war, sie wollte ihn wenigstens einmal in der Woche bei sich haben. Obwohl Paul sich jedes Mal daran störte, dass Friwi sie in Uniform statt im Zivilanzug besuchte, wie es sich für einen Besuch im Elternhaus eher gehörte, unterstützte er seine Frau in ihrem Wunsch. Auch er wollte seinen Sohn nicht verlieren, und die gemeinsame wöchentliche Mahlzeit war das einzige und letzte Ritual, das die Familie noch miteinander verband.

Doch heute war Paul der Appetit vergangen, und obwohl Rinderroulade eines seiner Leibgerichte war, hatte er noch keinen Bissen angerührt. Bereits bei der Suppe war es zu einem so heftigen Streit gekommen, dass es ihm den Magen zugeschnürt hatte. Anlass des Streits war die Abfindung, die er seinem Bruder Felix beim Austritt aus der Firma gezahlt hatte.

»Hunderttausend Goldmark?«, rief Friwi mit vor Empörung bebender Stimme. »Das … das ist … – *un-er-hört*!«

»Ja, unerhört!«, pflichtete Erdmute ihm bei. »Mein Gott, hätte ich das geahnt – nie und nimmer hätte ich mein Erbe in die Firma gesteckt. Mein armer Alexius wird sich im Grab umdrehen!«

»Der Betrag ist nur angemessen«, erwiderte Paul. »Damit kann Felix sich in Süddeutschland eine Existenz aufbauen.«

»Von wegen Existenz aufbauen«, schnaubte Friwi. »Er wird das Geld versaufen und verprassen und mit seiner Hure durchbringen.«

»Und das wegen eines Bastards!«, fügte seine Mutter hinzu. »Höchstens ein Jahr, dann ist alles perdu!«

»Darf ich euch daran erinnern, was Felix für die Firma geleistet hat?«, fragte Paul. »Ohne ihn würde es Biermann & Gumbrich gar nicht mehr geben, schließlich hat er die Spender für die Gedächtniskirche rekrutiert, als es Spitz auf Knopf stand. Außerdem ist es nur anständig von ihm, dass er die Frau nicht mit dem Kind hat sitzenlassen hat, wie es viele andere Männer an seiner Stelle …«

»Anständig auf meine Kosten!«, fiel Friwi ihm ins Wort. »Das Geld, das du deinem Bruder hinterhergeschmissen hast, geht von meinem Erbe ab!«

»›Was du ererbt von deinen Vätern / Erwirb es, um es zu besitzen.‹ Goethe.«

Sein Sohn schaute ihn mit großen Augen an. »Was willst du damit sagen?«

Dass du in deinem Leben noch nicht das Geringste geleistet hast, hätte Paul am liebsten erwidert. Doch er wusste, wenn er das tat, war es um den Familiensonntag endgültig geschehen. Also sagte er nur: »Du gehörst in die Firma, nicht in die Kaserne!«

»Ich soll das Vaterland im Stich lassen, in diesen heroischen Zeiten?« Friwi rammte sein Messer in seine Roulade wie ein Bajonett. »Nein, mein Platz ist in meinem Regiment, jetzt, da es jederzeit um das große Ganze gehen kann.«

»Wie kommst du jetzt auf das große Ganze?«

»Liest du keine Zeitung? Admiral Tirpitz hat die Aufrüstung aller Flottenverbände angemahnt, und unser Kaiser lässt keinen Zweifel daran, dass dieser Empfehlung Taten folgen werden. Dann werden wir es den Engländern zeigen.«

»Glaubst du eigentlich selbst den Unsinn, den du da redest?« Paul schüttelte den Kopf. »Nein, es gibt kein größeres Verdienst am Vaterland, als Menschen in Arbeit und Brot zu bringen.«

»Du redest ja wie ein Jude«, sagte Friwi voller Verachtung. »Aber wie soll es auch anders sein? Am Ende geht es dir ja immer nur ums Geld. Ideale sind dir fremd.«

»Was weißt du schon von Idealen? Oder hast du vergessen, worin meine Arbeit besteht? Der Kurfürstendamm ist Bismarcks Erbe. Wenn du daran mitwirkst, kannst du beweisen, ob du zu mehr fähig bist, als am Spieltisch zu renommieren.«

»Willst du einen Offizier des Kaisers beleidigen?«

Paul blickte seinen Sohn an. Friwi war die vollkommene Inkarnation des preußischen Kommisswesens: eitel, arrogant, aggressiv, dumm …

»Ich kann dir gar nicht sagen, wie sehr du mich enttäuschst.«

Die Worte waren ihm ohne sein Zutun über die Lippen gekommen. Doch als er das Gesicht seines Sohnes sah, hätte er sie am liebsten zurückgenommen.

»Du wünschst dir wohl, ich wäre wie Kaspar«, sagte Friwi leise.

»Wie … wie kommst du darauf? – Nein, das ist nicht wahr! Alles, was ich mir wünsche, ist nur …«

»Was bist du nur für ein erbärmlicher Lügner«, sagte Erdmute.

»Wie *kannst* du es wagen?«

»Ja, Lügner«, wiederholte sie. »Friwi hat tausendmal recht. Oder warum sonst hast du beschlossen, Felix in der Firma durch deinen Neffen zu ersetzen?«

»Was soll das heißen?«, fragte Friwi. »Soll das heißen, Kaspar bekommt – *Prokura*?«

Paul schaffte es kaum, den Blick seines Sohns zu erwidern. »Ja«, sagte er. »Das hat Kaspar sich durch seine Leistungen verdient. –

Aber das ist keine Entscheidung gegen dich«, fügte er eilig hinzu. »Wenn du in die Firma eintrittst, wirst du genauso deine Chance bekommen wie dein Cousin, vorausgesetzt, du bewährst dich und …«

Noch während er sprach, sprang Friwi auf.

»Wo zum Teufel willst du hin? Bleib hier, bis wir …«

Doch Friwi hörte nicht, ohne ein Wort marschierte er hinaus.

Einen Moment später schlug in der Halle die Haustür zu. Dann war es so still, dass man die Standuhr ticken hörte.

»Ich verfluche den Tag, an dem ich dir mein Jawort gegeben habe«, sagte Erdmute in die Stille hinein.

Paul spürte, wie sich seine Hand zur Faust ballte, ganz von allein. Doch er beherrschte sich, und statt etwas zu erwidern, nahm er sein Besteck und aß in stummer Wut seine kalt gewordene Roulade.

65

»UND DAS hast du all die Jahre allein mit dir herumgetragen?«, fragte Emily. »Mein armer Liebling. Das muss dich doch aufgefressen haben.«

»Was hätte ich denn tun sollen?«, entgegnete Vicky leise. »Ich konnte doch nicht darüber reden. Es … es hätte alles zerstört.«

Nein, sie hatte erst gar nicht versucht zu leugnen, die Ähnlichkeit war zu groß – »wie Vater und Tochter«, hatte Nigel gesagt. Nachdem er die Bibliothek verlassen hatte, hatte sie sich ein Herz gefasst und ihrer Mutter die Wahrheit gestanden. Die Wahrheit über sich und Auguste und Claire.

Jetzt fühlte sie sich wie von einer Zentnerlast befreit. Doch die Angst war immer noch da.

»Hättest du dich mir doch nur ebenso anvertraut wie Onkel Georgie«, sagte Emily. »Ich bin doch deine Mutter.«

Vicky schaute auf die Fotografie, die vor ihnen auf dem Tisch lag. »Wie gern hätte ich das getan«, sagte sie, »und ein paarmal habe ich es auch versucht. Aber dann habe ich mich nicht getraut.«

»Aber warum nicht?«

»Weil ... weil du so vollkommen warst. So perfekt in allem. So absolut makellos und fehlerfrei. Du hättest mich doch nie verstanden.«

Ihre Mutter zündete sich eine Zigarette ein. »Ich weiß«, sagte sie, »wir waren damals einander nicht besonders nahe. Wie es wohl meistens zwischen Müttern und Töchtern der Fall ist, wenn die Töchter erwachsen werden. Trotzdem glaube ich, dass ich dich verstanden hätte. Ja, ich bin mir sogar ziemlich sicher. Weil ...«

»Weil was?«, fragte Vicky.

»Weil ...«

Wieder zögerte ihre Mutter, und mehrere Male zog sie an ihrer Zigarette, ohne ein Wort zu sagen. Doch dann straffte sie sich, und während der Rauch in bläulichen Kringeln zwischen ihren Lippen hervorquoll, fing sie an zu erzählen. Von ihrer Jugendliebe Victor Savage, dem Mann, den sie vor ihrer Ehe geliebt hatte, erzählte von ihrer Bereitschaft, für ihn ihr altes Leben aufzugeben und alles zu verlassen, ihr Zuhause und ihre Eltern und ihre Geschwister, erzählte von ihrem Plan, mit ihm ans andere Ende der Welt zu ziehen und für immer in der Fremde mit ihm zusammenzuleben, erzählte all die Dinge, die Vicky schon seit so langer Zeit wusste, aus den Briefen, die sie in der Schublade ihrer Mutter gefunden hatte, doch die erst jetzt, da diese sie selber erzählte, wirklich wahr und wahrhaftig wurden, ihre ganze Geschichte, als sie noch nicht Mrs. Paxton-Stokes gewesen war, die untadelige und über jeden Verdacht erhabene Dame der Londoner Gesellschaft, Inbild der Tugend und Wohlanständigkeit, als das sie sich der Welt stets präsentiert hatte, sondern einfach nur Miss Emily Paxton aus Chatsworth in Devonshire, eine junge, leidenschaftliche Frau, die allein ihrem Herzen gefolgt war, ohne auf die Vernunft oder ihren Verstand zu hören, genauso wie Vicky es später hatte tun sollen, als sie sich in Auguste Escoffier verliebt hatte und zu allem bereit gewesen war, in einer anderen Welt und einem anderen Leben.

»Danke«, sagte sie, als ihre Mutter zu Ende gesprochen hatte, zutiefst berührt von dem Geständnis. »Danke.«

Eine lange Weile saßen sie schweigend da, ohne einander anzuschauen, wie befangen in diesem Moment der Wahrheit. Und während Vicky anfing zu begreifen, was die Worte ihrer Mutter bedeuteten und wie viel Mut und noch mehr Liebe aus ihnen sprach, spürte sie, wie sich in ihrem Innern die Angst, die seit einer Ewigkeit in ihr hauste und von der sie geglaubt hatte, dass sie für immer in ihr hausen würde, ihr Leben lang, sich allmählich aufzulösen begann, nach und nach und nach, wie der Krampf in einem Muskel nach einer allzu großen Anstrengung.

Immer noch unsicher hob sie den Blick.

»Dann … dann verurteilst du mich also nicht?«

»Mit welchem Recht sollte ich das tun?«, fragte ihre Mutter. »Du hast ja nicht anders gehandelt als ich. Und aus demselben Grund. Wir haben beide geliebt.«

Vicky schüttelte den Kopf. »Nein, Mama – *Du* hast geliebt. Ich nicht. Ich … ich war nur verliebt. Mehr nicht.«

»Wer will das schon unterscheiden?« Ihre Mutter stieß einen Seufzer aus. »Solange man verliebt ist, scheint es doch ein und dasselbe zu sein. Den Unterschied erkennt man ja erst im Nachhinein. Wenn die Verliebtheit verflogen ist.«

Ein Lächeln spielte um ihre Augen und ihren Mund. Als Vicky dieses Lächeln sah, glaubte sie, unter all den Spuren, die das Leben im Gesicht ihrer Mutter hinterlassen hatte, auf einmal die junge Emily zu sehen, die ihre Mutter einst gewesen war.

»Du weißt ja nicht, wie viel mir deine Worte bedeuten«, sagte sie. »Ich glaube, so muss es für einen Katholiken sein, wenn er zur Beichte gegangen ist.« Sie hielt für einen Moment inne. »Aber – darf ich dich noch etwas fragen?«

»Über Victor?«

»Nein, über dich. Wenn du ihn so sehr geliebt hast, warum bist du ihm dann nicht nach Australien gefolgt? Das hattest du ihm doch versprochen. Hatte dich der Mut verlassen, als es so weit war?«

»Nein«, sagte Emily, und das Lächeln in ihrem Gesicht wich einem Anflug von Wehmut. »Fehlender Mut war es nicht. Ich saß schon auf gepackten Koffern, als ich einen Brief aus Sydney bekam, von einem Mr. Patterson, bei dem Victor gearbeitet hatte. Darin stand, dass er bei einem Unfall ums Leben gekommen war.«

Vicky griff nach ihrer Hand. »Ach, Mama. Das tut mir so leid.«

Ihre Mutter schüttelte den Kopf. »Das muss es nicht, das alles ist doch schon so lange her. Und ich habe ja trotzdem ein glückliches Leben gehabt, ein sehr glückliches Leben sogar. Früher mit deinem Vater und dir und jetzt mit dir und deinen Kindern. Das ist viel mehr, als den meisten Menschen vergönnt ist.«

Wortlos nahm Vicky sie in den Arm. Noch nie hatte sie sich ihrer Mutter so nahe gefühlt. Und während sie sich an sie schmiegte und ihren seit der Kindheit vertrauten Geruch einatmete, dieses Gemisch von Zigarettenrauch und Patschuli, empfand sie plötzlich ein Gefühl von Geborgenheit, wie sie es seit einer Ewigkeit nicht mehr verspürt hatte, und in ihr öffneten sich all die Schleusen, die sie so viele Jahre verschlossen gehalten hatte, und sie ließ ihren Tränen freien Lauf.

»Alles ist gut«, flüsterte ihre Mutter und strich ihr über den Rücken. »Rupert und du, ihr habt euch geliebt, *wirklich* geliebt. Und Claire hat ihn genauso geliebt, von ganzem Herzen, und sie liebt ihn immer noch, weil er ihr ein so wunderbarer Vater gewesen ist. Die zwei waren ja … – Aber was ist das?«, unterbrach sie sich.

Jetzt hörte Vicky es auch. Irgendwo im Haus hatte Ramigami sich selbständig gemacht und brüllte, als wollte ihm jemand ans Leben.

Sie löste sich aus der Umarmung und stand auf, um nachzusehen. Als sie die Halle betrat, kam der Affe die Treppe heruntergehüpft und sprang in weiten Sätzen auf die offenstehende Haustür zu. Mit rudernden Armen lief Vicky ihm entgegen und scheuchte ihn zurück, damit er nicht entkam.

Als sie die Tür schloss, kam ihr plötzlich eine Frage.

Warum hatte die Tür offengestanden?

Eine böse Ahnung stieg in ihr auf. Sie eilte die Treppe hinauf, und ohne anzuklopfen, trat sie in Claires Zimmer. Darin sah es aus wie nach einem Einbruch. Die Schranktüren standen sperrangelweit auf, die Schubladen waren aufgerissen, und am Boden lagen Kleider und Schuhe und Wäschestücke verstreut.

Ihre Ahnung wurde zur Gewissheit.

Claire hatte alles gehört …

Auf dem Absatz machte sie kehrt und lief zum Zimmer ihres Sohns.

»Weißt du, wo deine Schwester ist?«

»Keine Ahnung«, erwiderte Nigel. »Vor ein paar Minuten war sie noch hier und wollte ihre Traveller Cheques …«

»Hast du sie ihr gegeben?«

»Natürlich! Das hatten wir ja so ausgemacht für den Fall, dass …«

»Um Gottes willen! Komm mit!«

Zusammen durchsuchten sie das Haus, schauten in jedes Zimmer, in jede Kammer, vom Dachboden bis zum Keller, aber Claire war verschwunden, auch im Garten war von ihr keine Spur. Vicky eilte zurück ins Haus und rief die Dienstboten zusammen. Doch auch von ihnen hatte niemand Claire gesehen, weder O'Brien noch McKenzie oder eines der Stubenmädchen.

Schließlich gab es nur noch eine Hoffnung: Harry. Vicky fand ihn in der Remise, wo er gerade ein Pferdegeschirr reparierte.

»Ja, ich habe sie gesehen«, sagte er. »Ungefähr vor einer halben Stunde hat sie das Haus verlassen. Mit zwei großen Taschen.«

»Wo wollte sie hin?«

»Das wollte ich sie auch fragen. Aber da stieg sie schon in eine Droschke.«

Vicky spürte, wie ihre Knie nachgaben, und hielt sich am Torpfosten fest.

Nein, es gab keinen Zweifel mehr: Claire, ihre Tochter, war fort.

66

ZUM ERSTEN Mal seit seiner Rückkehr aus London nahm Auguste an diesem Morgen das Frühstück im Kreis seiner Familie ein. Delphine war am Vortag mit den Kindern aus Monte Carlo eingetroffen, und er hatte sie damit überrascht, dass er sie nicht im Hotel, sondern bereits in einer eigenen, acht Zimmer großen Wohnung empfangen konnte, die er in der Rue Richelieu gemietet hatte. Er hatte sich für das Quartier entschieden, weil es nur wenige Fußminuten vom Place Vendôme entfernt lag. Nun, da er wieder mit der Familie vereint war, wollte er so viel Zeit wie möglich mit ihr verbringen. Das war er nicht nur den Kindern schuldig, sondern vor allem auch seiner Frau. Er hatte Delphine im Laufe ihrer Ehe mehr als genug zugemutet, das wollte er wiedergutmachen. Deshalb hatte er sie auch aufgefordert, die alten Möbel in Monte Carlo zurückzulassen, sie sollte ihr neues Heim ganz nach ihrem Geschmack und ihren Bedürfnissen gestalten, auch wenn sie dafür einige Wochen in einer noch fast leeren Wohnung hausen würden, in der es nur das Allernötigste gab.

Würden sie als Familie wieder zusammenfinden?

Während seiner Zeit in London hatte Auguste geglaubt, seine seltenen Besuche in Monte Carlo würden ausreichen, um die Verbindung zu seiner Frau und den Kindern aufrechtzuerhalten. Jetzt musste er erkennen, dass dies eine Illusion gewesen war. Er wusste so gut wie nichts über ihr Leben. Der achtzehnjährige Popol hatte kurz vor dem Abschluss die Schule geschmissen, um Schauspieler zu werden, und träumte jetzt davon, auf einer Pariser Bühne den Durchbruch zu schaffen. Die zwei Jahre jüngere Germaine war mit ihren grünen Augen und den kastanienbraunen Locken ein bildhübsches junges Mädchen, das bereits drei Fremdsprachen sprach und von dem ein Strahlen ausging, das jedermann bezauberte, das jedoch zu erlöschen schien, sobald ihr Vater sie anblickte. Und Daniel hatte sich so sehr verändert, dass er kaum noch wiederzuerkennen war. Zwar hatte er noch seine Sommersprossen und die Stupsnase wie früher, doch war er mit seinen fünfzehn Jahren bereits so groß, dass er seinen Vater um eine halbe Kopflänge überragte und sich schon wie ein Erwachsener für Politik interessierte. Sie alle plapperten beim Frühstück so vertraut miteinander, dass Auguste sich zwischen ihnen wie ein Fremder fühlte.

Zum Glück kam Daniel gerade auf die Verurteilung des Offiziers zu sprechen, dessentwegen es vor der Oper einen solchen Tumult gegeben hatte.

»Was hat dieser Dreyfus eigentlich getan?«, fragte er.

»Er hat Militärgeheimnisse an die Deutschen verraten«, sagte Delphine und tunkte ein Stück Brot in ihren Milchkaffee. »Sie haben ihn als Spion verurteilt. Jetzt soll er lebenslang in die Verbannung.«

»Dreyfus ist kein Spion!«, protestierte Daniel. »Er ist unschuldig!«

»Meine Lehrer behaupten, er ist schuldig«, sagte Germaine.

»Nur, weil er Jude ist. Die Generäle haben einen Sündenbock gebraucht, um Fehler zu vertuschen, die andere gemacht haben.«

»Hat nicht irgendein Schriftsteller über den Fall geschrieben?«, fragte Auguste, froh, dass er mitreden konnte.

»Irgendein Schriftsteller?«, wiederholte Daniel. »Das war Émile Zola, der bedeutendste lebende Autor Frankreichs! Er hat bewiesen, dass Dreyfus zu Unrecht verurteilt wurde. *J'accuse!* hieß der Artikel, ›Ich klage an!‹, und ist in der ›Aurore‹ erschienen.«

»Zola ist ein maßlos überschätzter Schwätzer«, sagte Popol und biss in sein Croissant. »Der kann ja nur Romane und hat noch kein einziges Stück für die Bühne geschrieben. – Apropos«, wandte er sich an Auguste. »Du bist doch mit Sarah Bernhardt befreundet. Was meinst du, ob sie vielleicht im Theater ein gutes Wort für mich einlegen könnte, damit ich …«

Es läutete an der Etagentür.

»Später«, sagte Auguste und stand auf, um zu öffnen.

Auf dem Treppenabsatz stand ein Hotelpage, mit einem Umschlag in der Hand.

»Ein Telegramm für Sie. Direktor Ritz sagte, ich sollte es Ihnen bringen.«

»Danke.«

Auguste nahm den Umschlag und riss ihn auf. Das Telegramm war aus London.

++ SPURLOS VERSCHWUNDEN STOP ++ VERMUTLICH AUF DEM WEG NACH PARIS STOP ++ SIE WEISS ALLES STOP ++ BEI ANKUNFT BITTE SOFORT TELEGRAMM STOP ++ VICKY ++

67

AUF DER Tagesordnung des Berliner Reichstags stand das Flottengesetz, das die Regierung, wie von Admiral Tirpitz in seinem Memorandum empfohlen, zur Stärkung der deutschen Streitmacht auf See eingebracht hatte.

Das Wort hatte der Abgeordnete der Nationalliberalen Paul Biermann. »Wir leben in herrlichen Zeiten«, rief er dem Plenum zu. »Nie stand der Menschheit das Tor zur Zukunft so weit auf wie heute. Der technische Fortschritt hat es möglich gemacht. Telegrafen übermitteln in Windeseile Nachrichten um die ganze Welt, Züge verbinden die Städte Europas in wenigen Stunden. Was für ein Segen für Frieden und Wohlstand! Aber dieses Gesetz, das wir heute verabschieden sollen, ist imstande, das alles zu zerstören. Angeblich soll es Deutschlands Stellung als neue Großmacht in Europa sichern, tatsächlich aber ist es eine Kriegserklärung an die Welt, insbesondere an das Königreich England. Mit seiner Verabschiedung verriegeln wir das Tor zur Zukunft, statt es Hand in Hand mit unseren Nachbarvölkern zu durchschreiten, und statt Frieden und Wohlstand wird es Krieg und Verderben bringen und die herrlichen Zeiten, in denen unsere Generation das Privileg hat zu leben, beenden, bevor unsere Kinder und Kindeskinder in ihren Genuss kommen.«

Gegen alle Gewohnheit hatte Paul sich in der Debatte spontan zu Wort gemeldet. Denn kaum hatte diese begonnen, hatte sich quer durch die Fraktionen eine gefährliche Allianz von adligen Großgrundbesitzern und bürgerlichen Industriellen abgezeichnet. Die ostelbischen Junker sowie die Kohle- und Stahlbarone von Rhein und Ruhr, die sonst nur selten eines Sinnes waren, hatten sich auf einen Kuhhandel geeinigt, von dem sich beide Seiten Gewinn erhofften. Wenn die Agrarier für das Flottengesetz stimmten, das der Schwerindustrie massenhaft Aufträge garantierte, unterstützten die Fabrikanten im Gegenzug die von der Landwirtschaft geforderten Schutzzölle für Agrarprodukte. Und weil die Vertreter dieses Bündnisses in ihren Reden der Arbeiterschaft vollmundig versprachen, auf diese Weise für höhere Löhne zu sorgen, war sogar mancher friedensliebende Sozialdemokrat bereit, mit seiner Stimme das Flottengesetz zu unterstützen.

»Ja, wir leben in herrlichen Zeiten!«, wiederholte Paul. »Aber wir müssen sie auch nutzen. Völker, die Geschäfte miteinander machen, brechen keine Kriege vom Zaun! Völker aber, die sich bis an die Zähne bewaffnen, schießen irgendwann aufeinander! Wettbewerb statt Wettrüsten! Freihandel statt Protektionismus! Und deshalb, meine Herren, fordere ich Sie auf, gegen das Flottengesetz zu stimmen.«

Der Applaus fiel so spärlich aus, dass er bereits verebbte, noch bevor Paul seinen Platz im Plenum wieder eingenommen hatte. Sogar in seiner eigenen Fraktion rührten sich nur wenige Hände.

Der Parlamentspräsident klopfte mit seinem Hammer auf den Tisch. »Ich rufe die Abgeordneten zur Abstimmung auf.«

Paul wusste, er stand auf verlorenem Posten, und ohne das Ergebnis des Votums abzuwarten, verließ er den Reichstag, um zum Gendarmenmarkt zu fahren, wo er mit Kaspar und dem Mieter eines neuerrichteten Wohn- und Geschäftshauses verabredet war. Doch als er wenig später das Firmenkontor betrat, war sein Neffe nicht da, und der Vertrag, den Kaspar hatte vorbereiten sollen, lag unausgefertigt auf dem Schreibtisch.

»Wo zum Teufel steckt er?«, fragte er Oberbuchhalter Paus. »Unser Mieter kann jeden Moment erscheinen, und nichts ist bereit.«

»Ein Laufbursche hat Ihrem Herrn Neffen eine Nachricht gebracht«, erwiderte der Buchhalter. »Danach hat er alles liegen und stehen lassen und ist verschwunden. Das war vor etwa einer Stunde. Seitdem habe ich ihn nicht mehr gesehen.«

»Wissen Sie, was für eine Nachricht das war?«

Paus rückte an seinem Zwicker. »Tut mir leid, Herr Direktor. Dazu hat Ihr Herr Neffe sich nicht geäußert.«

68

IN PAXTON House war Polizei zu Besuch, zum ersten Mal in der Geschichte des Hauses. Vicky hatte Nigel nach Whitehall geschickt, von wo er mit einem Kommissar namens Derrick zurückgekehrt war. Sie konnte nur hoffen, dass Claire in Paris war, bei Auguste, ihrem Vater. Mit den Traveller Cheques verfügte sie über die nötigen Mittel, und ihre Ausweispapiere hatte sie auch mitgenommen.

»Dann möchten Sie wohl eine Vermisstenanzeige aufgeben, Mrs. Watkin, nehme ich an?«, fragte Kommissar Derrick.

»Ja«, sagte Vicky. »Tun Sie alles, was nötig ist, um meine Tochter zu finden.«

»Selbstverständlich. Allerdings möchte ich Sie darauf hinweisen, dass ihr Name und ihr Konterfei dann auf öffentlichen Aushängen zu sehen sein wird, nicht nur in London, sondern im ganzen Land.«

»Ist das wirklich nötig?«, wollte Emily wissen. »Ich meine, was wirft das für ein Licht auf die Familie? So ein Aushang, das … das ist ja wie eine Verbrecherfahndung.«

Der Kommissar hob bedauernd die Arme.

»Vielleicht warten wir ab, bis wir eine Antwort aus Paris haben«, schlug Nigel vor. »Wir erwarten jeden Moment ein Telegramm.«

»Aus Paris?«, fragte der Kommissar. »Wie kommen Sie auf Paris?«

»Wir … wir haben dort Verwandtschaft«, erwiderte Nigel, während Vicky noch nach einer Antwort suchte.

Der Kommissar nickte. »Dann scheint ein wenig Warten in der Tat vernünftig zu sein. Die meisten solcher Fälle klären sich ja Gott sei Dank von allein auf. Aber um auf alle Eventualitäten vorbereitet zu sein – haben Sie vielleicht eine fotografische Aufnahme von der Vermissten?«

»Natürlich!« Nigel eilte zu dem Regal mit den Alben.

Vicky war ihm für seine Hilfe unendlich dankbar. Nachdem Claire verschwunden war und sie ihm in ihrer Not die Wahrheit über den Vater seiner Schwester offenbart hatte, hätte er allen Grund gehabt, sich für immer von ihr abzuwenden. Aber das hatte er nicht getan. Er hatte gesagt, sie sei seine Mutter und Claire seine Schwester – und das allein zähle.

»Dann wollen wir mal sehen.« Der Kommissar blätterte die Alben der Reihe nach durch, aber immer wieder schüttelte er den Kopf. »Das sind alles Gruppenaufnahmen. Haben Sie kein Einzelporträt von Miss Watkin?«

Vicky biss sich auf die Lippen. »Leider nein.«

»Aber was redest du denn da?«, sagte ihre Mutter. »Es gibt doch dieses schöne Bild von Claire im Garten. Unter dem Apfelbaum.«

»Das ist verschwunden«, erwiderte Vicky. »Ich … ich habe es schon mehrmals gesucht, ohne es zu finden.«

»Dann lasse ich unseren Polizeizeichner rufen«, sagte der Kommissar. »Wenn vielleicht einer Ihrer Dienstboten …«

»Das wird nicht nötig sein«, unterbrach Nigel ihn. »Meine Großmutter ist eine geübte Illustratorin, sie hat in ihrer Jugend sogar die Bücher ihres Vaters Joseph Paxton bebildert. Einen Moment, ich hole nur Papier und Bleistift.«

Eine Minute später war er zurück. Während seine Großmutter mit der Zeichnung begann, schaute der Kommissar sich um.

»Will jemand von Ihnen verreisen?«, fragte er. »Ich meine, die vielen Kisten und Koffer überall …«

»Ja«, sagte Vicky. »Meine Tochter und mein Sohn. In drei Tagen sollte es losgehen.«

»Nun, dann wollen wir hoffen, dass wir bis dahin das Problem gelöst haben. Sonst muss der junge Gentleman noch allein … – Das ist ja ganz hervorragend!«, rief er, als er Emily über die Schulter schaute und die angefangene Zeichnung sah. »Aber bitte lassen Sie sich nicht stören.«

Während Emily weiterarbeitete, betrat O'Brien die Bibliothek.

»Was gibt's«, fragte Vicky.

»Ein Telegramm aus Paris!«

»Gott sei Dank!« Sie nahm den Umschlag und riss ihn mit zitternden Fingern auf.

»Und?«, fragte Nigel.

Vicky ließ das Telegramm sinken. Den Tränen nah, schüttelte sie den Kopf.

69

ALS PAUL an diesem Abend in die Villa kam, war er immer noch in Rage. Kaspar sollte was erleben! Ohne Erlaubnis aus dem Bureau zu verschwinden und einen Kunden zu versetzen … Um ihn zur Rede zu stellen, suchte er den Seitenflügel auf, den Greta mit ihren Kindern bewohnte. Aber dort traf er nur Ilse an, das Dienstmädchen, das gerade mit einem Lappen die Blätter eines Gummibaums auf Hochglanz brachte.

»Hast du Kaspar gesehen?«

»Ja, gnädiger Herr. Er war heute Nachmittag hier. Ich hatte mich gewundert, es war ja noch gar kein Feierabend. Aber nach ein paar Minuten war er auch schon wieder fort, zusammen mit seiner Schwester und den Zwillingen.«

»Den Zwillingen?«

»Ja, gnädiger Herr.«

Seltsam. Paul konnte sich keinen Reim darauf machen.

Er beschloss, Erdmute zu fragen. Er fand sie in ihrem Zimmer bei der Zeitungslektüre. Aber sie wusste auch nicht mehr als das Mädchen.

»Wenn er mit Johanna verschwunden ist«, sagte sie, »begleitet er sie vielleicht auf eine von diesen Blaustrumpfveranstaltungen. Gleich und gleich gesellt sich gern.«

»Und was ist mit den Zwillingen? Du glaubst doch wohl nicht im Ernst, dass Anna und Else für Frauenrechte demonstrieren.«

»Glaub, was du willst. Irgendwas ist da faul, das rieche ich. Und du solltest dich lieber kümmern, statt hier herumzustehen.«

Paul schüttelte den Kopf. »Musst du eigentlich von allen Menschen immer nur das Schlechteste annehmen?«

Erdmute zuckte die Achseln. »Vorsicht ist die Mutter der Porzellankiste. Du wirst eines Tages schon sehen, wohin dein Vertrauen führt.«

Und damit verschwand sie wieder hinter ihrer Zeitung.

70

AM PLACE Vendôme wurde fieberhaft auf die Eröffnung des Hotels hingearbeitet. Überall im Haus wurden Wände gestrichen und bemalt und tapeziert, Vorhänge und Gardinen und Kronleuchter aufgehängt, Teppiche und Gobelins und elektrische Leitungen verlegt, und während die Handwerker sich die Türklinken in die Hände gaben, empfing César Ritz in seinem Bureau Heerscharen von Kandidaten, die sich um die in allen Pariser Tageszeitungen ausgeschriebenen Stellen als Portiers und Pagen und Zimmermädchen bewarben.

Augustes Aufgabe war es, die Arbeiten für den Einbau der Küche zu leiten. Die räumliche Aufteilung der Gerätschaften war von höchster Wichtigkeit, um später für reibungslose Abläufe zu sorgen.

Dabei kam es nicht nur auf die Platzierung der Öfen und Ablageflächen und Regale an, sondern auch auf die Abstände dazwischen, damit die Chefs und Beiköche und Küchenjungen der verschiedenen Posten sich bei der Arbeit nicht gegenseitig in die Quere kamen. Auguste schritt jeden möglichen Laufweg persönlich ab und nahm dann mit einem Zollstock Maß, um für jedes Ding in seiner Küche den idealen Platz zu bestimmen, auf den Zentimeter genau.

Doch immer wieder unterbrach er seine Arbeit, weil er an Claire denken musste.

Wo mochte sie jetzt sein?

Seit der Nachricht von ihrem Verschwinden überschlugen sich in seinem Kopf die Gedanken, und er machte sich die größten Vorwürfe. Wie hatte er nur so egoistisch sein können? Bei seinem Wunsch, dass Claire die Wahrheit erführe, hatte er nur an sich selbst gedacht, ohne sich zu fragen, was für ein Schock für sie die Entdeckung sein musste, die Tochter eines ihr fremden Menschen zu sein statt des Mannes, den sie ihr Leben lang als ihren Vater geliebt hatte. Natürlich hatte er Vicky postwendend geantwortet und sie ihrerseits gebeten, sofort zurückzutelegrafieren, sobald es ein Lebenszeichen von Claire gab. Aber inzwischen waren über vierundzwanzig Stunden verstrichen, ohne dass er eine Antwort bekommen hatte.

Hätte er in London bleiben müssen?

Wieder und wieder quälte ihn die Frage. Obwohl fast alle seine Träume in Erfüllung gegangen waren, war sein Leben ein Scherbenhaufen. Er hatte die Kochkunst von Grund auf erneuert, er hatte die besten Restaurants in Paris und London geführt, und jeder Gourmet in Europa kannte seinen Namen. Doch das Wichtigste, was ein Mensch im Leben brauchte, hatte er nie gehabt, weder in London noch in Paris, einen Ort, an den er gehörte und in dem er sich aufgehoben fühlte, zusammen mit Menschen, mit denen er für immer verbunden war: eine Familie …

Ritz' Stimme riss ihn aus seinen Gedanken.

»Ich habe eine wunderbare Idee! Wir werden eine Empfangsdame einstellen!«

»Empfangsdame?«, wiederholte Auguste. »Was soll das sein?«

»Wie der Name sagt: eine Dame, die die Gäste empfängt. Und jeden Gast persönlich willkommen heißt. Damit er sich fühlt wie ein König.«

»Sie meinen, so etwas wie ein guter Geist des Hauses?«

»Besser hätte ich es nicht sagen können. Und – was halten Sie davon?«

»Das ist eine Glanzidee! So etwas hat es noch nie gegeben, weder in einem Restaurant noch in einem Hotel! Haben Sie schon eine Kandidatin im Auge?«

»Allerdings«, sagte Ritz. »Eine ganz reizende junge Frau.« Und lächelnd wie eine Sphinx fügte er hinzu. »Sie ist Ihnen übrigens bestens bekannt!«

71

WIE EIN schlafender Koloss erhob sich die *Britannia* mit ihrem schwarzen Rumpf im Morgendunst. Noch hingen die Fähnchengirlanden reglos von den Masten herab, doch schon bald würden sie auf dem offenen Meer im Wind flattern, denn in wenigen Minuten legte der Dampfer ab, um nach Passieren der Themse bei Southend-on-Sea ins offene Meer zu stechen, mit Kurs auf das südafrikanische Kapstadt.

Während am Kai eine Blaskapelle spielte, gingen die letzten Passagiere an Bord. Auch Vicky verabschiedete sich von ihrem Sohn, den sie zusammen mit ihrer Mutter zum Hafen begleitet hatte.

»Vergiss nicht zu telegrafieren, wenn du ankommst.«

»Natürlich. Aber viel wichtiger ist, dass ihr mir Bescheid gebt.«

»Sobald wir etwas wissen.«

Die Schiffsglocke läutete zum dritten und letzten Mal. Vicky nahm ihren Sohn in den Arm und drückte ihn an sich.

»Ich liebe dich, mein Sohn.«

Nur zögernd löste sie sich aus der Umarmung. Auch Nigel fiel der Abschied schwer, doch die Matrosen an der Gangway drängten zur Eile. Nach Claires Verschwinden hatte Nigel von der Weltreise nichts mehr wissen wollen – niemals, hatte er gesagt, würde ohne seine Schwester losfahren. Doch ein Telegramm des britischen Statthalters in Kapstadt hatte alles über den Haufen geworfen. Onkel Georgie, hatte es in dem Kabel geheißen, sei auf den Tod erkrankt und habe nur noch den Wunsch, dass man ihn nach London hole, um dort begraben zu werden.

Emily stieß einen Seufzer aus. »Gott gebe, dass er noch lebt.«

Nigel war inzwischen an Bord. Während die Matrosen die Gangway einholten, drehte er sich noch einmal um und winkte ihnen von der Reling aus zu. Vicky winkte zurück, und während an Land die Leinen gelöst wurden, bewegte die *Britannia* sich bebend und stampfend von der Kaimauer fort und trieb hinaus auf den Fluss. Vicky und ihre Mutter warteten, bis der Dampfer im Morgendunst verschwunden war, dann kehrten sie zu der Kutsche zurück, die am Ende der Pier bereitstand.

»Nach Hause, Harry.«

Im langsamen Trab verließen sie das Hafenviertel. Während die Speicher und Docks allmählich hinter ihnen zurückblieben, sprachen sie kaum ein Wort miteinander. Was sollten sie auch reden? Es war so vieles geschehen in den letzten achtundvierzig Stunden, und nichts konnten sie tun, um die Dinge zu beeinflussen – nichts als warten und hoffen und bangen und beten.

»Vielleicht hat die Polizei ja inzwischen etwas herausgefunden«, sagte Emily, als die Kutsche vor Paxton House hielt.

Tatsächlich, in der Halle wartete Kommissar Derrick auf sie.

»Ihre Tochter hat in Dover eine Fähre bestiegen«, sagte er. »Mehrere Zeugen haben sie erkannt – dank Ihrer hervorragenden Zeichnung, Madam«, fügte er an Emilys Adresse hinzu.

»In Dover?«, fragte Vicky.

Die Auskunft machte sie noch ratloser. Wenn Claire auf dem Kontinent war, aber nicht in Paris – wo war sie dann?

72

TROTZ SEINER Sorge um Claire war Auguste bemüht, an Delphine und den Kindern wiedergutzumachen, was er so lange an ihnen versäumt hatte. Dabei erwies die Nähe der Wohnung zum Hotel sich als Segen, denn sie ermöglichte es ihm, fast alle Mahlzeiten zu Hause einzunehmen.

An diesem Abend – es gab *Bœuf bourgignon* – hatte er für jedes seiner Kinder eine Überraschung bereit. Die erste galt Popol, seinem Erstgeborenen.

»Ich habe Sarah Bernhardt zur Hoteleröffnung eingeladen. Dabei habe ich deinen Wunsch erwähnt, den Schauspielerberuf zu ergreifen.« Er machte eine kurze Pause, um die Spannung zu erhöhen. »Sie hat sich bereit erklärt, bei ihrem Intendanten ein gutes Wort für dich einzulegen.«

»Das ist ja großartig!« Vor lauter Freude verschluckte Popol sich fast an seinem Fleisch. »Glaubst du, dass sie Wort hält?«

»Keine Sorge, mein Junge. Madame Bernhardt hält, was sie verspricht.«

»Du weißt ja nicht, wie viel mir das bedeutet«, sagte Popol. »Danke, Papa.«

»Du brauchst dich nicht zu bedanken. Dafür sind Väter doch da.«

Auguste drückte seinem Ältesten den Arm, dann drehte er sich zu Daniel herum.

»Monsieur Ritz hat mir einen Kontakt zu Maître Labori vermittelt. Das ist der Anwalt, der Émile Zola in der Dreyfus-Angelegenheit vertritt. Du sollst dich in seiner Kanzlei melden. Dann kannst du dich aus erster Hand informieren!«

Daniel war so aus dem Häuschen, dass die Sommersprossen auf

seiner Stupsnase tanzten. »Wenn er mir erzählt, wie alles wirklich war, kann ich daraus vielleicht ein Interview machen, für eine Zeitung. – Was meinst du, ob dann ich vielleicht auch Monsieur Zola kennenlerne?«

»Das kommt ganz darauf an, wie du dich anstellst.«

Auguste wuschelte Daniels Lockenkopf. Er freute sich über die Freude seiner Söhne noch mehr, als die sich über seine Nachrichten freuten.

Die letzte und größte Überraschung aber betraf seine Tochter. Denn die junge Frau, die Ritz als Empfangsdame auserkoren hatte, war niemand anderes als Germaine.

»Was sagst du dazu? Wäre das etwas für dich? Ich dachte, mit deinen Sprachkennnissen …« Voller Erwartung schaute er seine Tochter an.

»Und ob das was für mich ist!« Zum ersten Mal schenkte Germaine ihm ihr Strahlen. »Ich kann mir nichts Schöneres wünschen!«

Er wechselte einen Blick mit seiner Frau. Lächelnd nickte sie ihm zu. Wurde aus ihm vielleicht doch noch ein richtiger Ehemann und Vater?

Im Flur schlug die Uhr zur vollen Stunde an.

»Die Arbeit ruft!« Er nahm seine Serviette ab und stand auf.

»Noch vor dem Nachtisch?«, fragte Delphine.

»Sonst komme ich zu spät. Ich bin mit einem Weinhändler verabredet.«

Er verabschiedete sich von allen mit einem Kuss, dann eilte er zum Hotel. Obwohl er schon ein paar Minuten über der Zeit war, erkundigte er sich auf dem Weg zum Bureau noch an der Rezeption, ob ein Telegramm für ihn gekommen sei.

»Ein Telegramm?«

»Ja, aus London.«

Der Rezeptionist schüttelte den Kopf. »Nein, ich bedauere. Leider nicht.«

73

PAUL VERSUCHTE, sich nicht aufzuregen. Dr. Grabowski hatte ihm eine zunehmende Neigung zur Hypertonie attestiert – nichts Außergewöhnliches bei einem Mann in den besten Jahren, doch unbedingt etwas, das es im Auge zu behalten galt. »So harmlos die Anfangssymptome, so schwerwiegend die möglichen Folgen.« Es war von Herzinfarkt und Schlaganfall die Rede gewesen, zwei Worte, die der Arzt laut eigenem Bekunden nur sehr ungern ausgesprochen hatte, aber doch hatte aussprechen müssen, damit Paul künftig alles vermied, was geeignet war, seinen Blutdruck in die Höhe zu treiben. »Also weniger Rauchen, weniger Alkohol, weniger fettes Essen. Und vor allem – keine unnötige Aufregung!«

Aber wie zum Kuckuck sollte man sich nicht aufregen, wenn Kaspar schon wieder unentschuldigt in der Firma fehlte? Zum vierten Mal in einer Woche!

»Ich kann mir denken, wo er steckt«, sagte Friwi, als er im Kontor erschien, um seinen Monatswechsel abzuholen.

»Ausgerechnet du?«, fragte Paul.

»Ich habe Nachforschungen angestellt«, erwiderte Friwi mit einem ebenso hochmütigen wie selbstgefälligen Grinsen.

Wie hasste Paul dieses Grinsen! Darin kam alles zum Ausdruck, was er an seinem Sohn nicht mochte. Wahrscheinlich wollte Friwi seinen Cousin nur wieder schlechtmachen. Weil er nicht ertrug, dass Kaspar mehr taugte als er.

»Und? Wie lautet das Ergebnis deiner *Nachforschungen*?«

»Ehrlich gesagt, möchte ich das lieber nicht verraten.«

»Warum nicht?«

Das Grinsen verschwand aus Friwis Gesicht. »Besser, du siehst mit eigenen Augen, was für eine Kategorie Mensch dein Liebling ist. Mir würdest du ja doch nicht glauben.«

Die letzten Worte hatte er mit solcher Bitterkeit gesagt, dass Paul sein Misstrauen bereute. Er hatte Erdmute einmal vorgeworfen, jedem Menschen stets das Schlechteste zu unterstellen. Aber tat er das nicht gerade selbst genauso? Noch dazu seinem eigenen Sohn?

»Also gut. Dann zeig mir, was du mir zeigen möchtest.«

»Wirklich?«

»Ja. Worauf wartest du?«

»Dann … dann brauchen wir allerdings den Landauer.«

»Umso besser, die Pferde benötigen dringend Bewegung.«

Paul nahm seinen Pelz vom Haken, und fünf Minuten später fuhren sie vom Gendarmenmarkt in Richtung Grunewald. Die stallwarmen Pferde schnaubten übermütig in der Kälte, und Friwi, der die Leinen hielt, hatte alle Hände voll zu tun, sie im Zaum zu halten. Paul beobachtete seinen Sohn aus den Augenwinkeln. Trotz des vereisten Untergrunds steuerte Friwi den Landauer mit einer Sicherheit durch den Verkehr, die Paul nicht an ihm kannte. Auch wenn Kutschfahren zu Friwis Ausbildung gehörte – das hatte er nicht beim Kommiss gelernt! Vielleicht rührte seine ungewohnte Sicherheit einfach daher, dass sein Vater ihm ausnahmsweise vertraute. Weil Friwi vielleicht nichts so sehr brauchte wie seine Anerkennung.

»Brrrrr!«

Die Fahrt endete in Moabit, vor einem unscheinbaren Haus in der Lehrter Straße. Über der Türklingel standen zwei Namen.

HELENE LANGE / GERTRUD BÄUMER

»Wer sind diese Frauen?«, fragte Paul.

»Zwei Blaustrümpfe. Die zusammenleben wie ein verheiratetes Paar.«

»Um Gottes willen! Was soll Kaspar hier verloren haben?«

»Das wirst du schon sehen.«

Friwi betätigte die Klingel, und gleich darauf hörte man Schritte.

Eine Frau Mitte zwanzig mit aschblondem, im Nacken geknotetem Haar öffnete. Als sie Friwis Uniform sah, runzelte sie die Stirn.

»Sie wünschen?«

Ohne eine Antwort schob Friwi sie beiseite. Paul folgte ihm durch den Hausflur in eine Wohnküche. Dort sah er zuerst nur eine Frau von vielleicht fünfzig Jahren. In einer schwarzen, hochgeschlossenen Bluse saß sie an einem Tisch in der Mitte des Raums und starrte mit leeren Augen in seine Richtung, doch offenbar ohne ihn zu sehen.

Eine Blinde?

Erst dann sah er, wer noch am Tisch saß.

Kaspar … Und Johanna … Und die Zwillinge …

»Was macht ihr denn hier?«

Die Antwort erfolgte in Gestalt einer jungen Frau, die aus einem Nebenraum in die Wohnküche trat.

Als Paul sie sah, traute er seinen Augen nicht.

74

ZUSAMMEN MIT O'Brien betrat Kommissar Derrick die Bibliothek, um wie jeden Abend Vicky und ihrer Mutter Bericht zu erstatten.

»Haben Sie neue Nachrichten?«

»Leider nein, Madam.«

»Aber irgendeine Spur muss es doch geben. Sie haben meine Zeichnung doch zigtausendmal gedruckt.«

»Richtig, und deshalb wissen wir auch, dass Miss Watkin außer Landes ist.« Der Kommissar reichte dem Butler Hut und Mantel. »Wir gehen inzwischen davon aus, dass eine Liebesgeschichte dahintersteckt. Eine junge Lady aus bestem Hause, die aus den vermeintlichen Fesseln ihres Standes ausbrechen will und mit einem Mann auf den Kontinent flieht – es wäre nicht das erste Mal, dass uns ein solcher Fall unterkommt. Deshalb sind wir auch weiterhin zuversichtlich. Über neunzig Prozent solcher Fälle enden damit, dass die Vermisste ihren Fehler erkennt und reumütig in den Schoß der Familie zurückkehrt. Sie werden sehen, noch ehe es Frühling ist, werden Sie sie wieder in Ihre Arme schließen.«

»Ich wünschte, es wäre so«, sagte Vicky. »Aber meine Tochter ist eine sehr ernsthafte junge Frau, sie hat nicht das geringste Interesse an amourösen Abenteuern. Sie will ja nicht mal heiraten.«

Mit einem Lächeln nahm Kommissar Derrick den ihm angebotenen Platz ein. »Vielleicht liegt ja genau da der Hase im Pfeffer. Ich möchte nichts unterstellen, aber wenn eine junge Frau sich gegen die Ehe ausspricht, dann ist sehr oft ein heimlicher, nicht standesgemäßer Geliebter der Grund. Eine geradezu klassische Geschichte. Sie wissen ja nicht, wie oft wir das schon erlebt haben.«

Vicky dachte über den Einwand nach, der Kommissar war ein ebenso gewissenhafter wie erfahrener Beamter. Aber nein – sie konnte sich nicht vorstellen, dass eine solche Möglichkeit in Betracht kam. Claire war keine überspannte Romantikerin, die bei Nacht und Nebel mit einem Geliebten durchbrannte. Viel größer war die Gefahr, dass sie sich womöglich …

Der Gedanke war so entsetzlich, dass sie ihn nicht zu Ende dachte.

»Können wir denn nichts anderes tun als warten?«, fragte ihre Mutter. »Wenn wir wissen, dass meine Enkeltochter auf dem Kontinent ist, warum suchen Sie dann nicht dort nach ihr?«

»Aber das tun wir ja«, sagte der Kommissar. »Ich habe einen Mann nach Calais geschickt, und die französischen Kollegen haben den Aushang mit Ihrer Zeichnung längst an allen einschlägigen Orten in der Stadt …«

O'Brien unterbrach ihn mit einem Räuspern. »Ein Telegramm aus Berlin.«

»Aus Berlin?«, fragte Vicky.

Voller Ungeduld nahm sie das Telegramm und riss den Umschlag auf.

Die Nachricht bestand aus nur wenigen Worten.

++ CLAIRE IN MEINER OBHUT STOP ++ GESUND UND WOHLAUF STOP ++ PAUL ++

75

»JETZT NOCH einmal von vorn und der Reihe nach«, sagte Paul. »Miss Watkin hat also nach ihrer Ankunft in Berlin einen Laufburschen zu dir ins Kontor geschickt?«

»Ja«, sagte Kaspar. »Ich wollte gerade einen Mietvertrag aufsetzen, für das neue Bureau- und Geschäftshaus am Kurfürstendamm. Sicher erinnerst du dich.«

»Und ob ich mich erinnere! Du hast ja alles liegen und stehen gelassen, um ohne ein Wort zu verschwinden. Obwohl wir mit dem Mieter verabredet waren!«

Die Erinnerung an die Eigenmächtigkeit seines Neffen brachte Paul immer noch in Rage, doch dafür war jetzt keine Zeit. Nachdem Claire so unverhofft aufgetaucht war, hatte er als Erstes ein Telegramm nach London geschickt, dann war er mit der ganzen Bagage zum Kaiserhof gefahren, damit Vickys Tochter ein Dach über dem Kopf hatte. Jetzt waren sie in derselben Suite versammelt, in der er schon ihre Mutter bei deren Besuch in Berlin einquartiert hatte. Die ursprüngliche Idee, Claire mit nach Hause zu nehmen, hatte er nach kurzer Überlegung verworfen. Besser, sie verbrachte die paar Tage bis zu ihrer Rückreise im Hotel; die Situation war ohnehin delikat genug, und er wollte die Dinge nicht noch mehr komplizieren – er konnte sich ja an fünf Fingern ausrechnen, wie Erdmute reagieren würde. Er hatte darum Friwi, der zum Dienst in die Kaserne hatte zurückkehren müssen, das Versprechen abgenommen, absolutes Stillschweigen zu wahren. Jetzt konnte er nur hoffen, dass sein Sohn Wort hielt, zumindest so lange, bis Claire wieder in London war.

»Was sollte ich denn tun?«, fragte Kaspar. »Claire kannte hier ja niemanden und brauchte Hilfe.«

»Was du hättest tun sollen?«, erwiderte Paul. »Mir Bescheid sagen, natürlich! Warum zum Teufel hast du das nicht getan?«

»Weil … weil ich …«

»Weil *ich* ihn darum gebeten habe«, antwortete Claire an Kaspars Stelle. »Sie hätten ja sonst sofort meiner Mutter telegrafiert.«

»Natürlich hätte ich das! Herrgott im Himmel, wenn ich mir vorstelle, welche Ängste sie ausgestanden haben muss. Wie konnten Sie ihr das nur antun?«

»Ich hatte meine Gründe.«

»Was für Gründe?«

Claire schüttelte den Kopf. »Darüber möchte ich nicht sprechen. Und ich wäre Ihnen dankbar, wenn Sie meinen Wunsch respektieren würden.«

Sie erwiderte seinen Blick mit solcher Entschlossenheit, dass er entschied, nicht weiter in sie zu dringen. Vorerst zumindest.

»Nun gut, wie Sie wünschen.« Er drehte sich zu seiner Nichte und den Zwillingen um. »Und ihr, was habt ihr euch dabei gedacht, bei der Scharade mitzuspielen? Statt mich ins Vertrauen zu ziehen, habt ihr euch an wildfremde Menschen gewandt. Noch dazu an zwei Frauen, die, so heißt es, in äußerst dubiosen …«

»Du meinst Helene Lange und Gertrud Bäumer?«, fiel Johanna ihm ins Wort. »Das sind keine Fremden, sondern Freundinnen, ich besuche nicht nur alle ihre Veranstaltungen, ich kenne sie auch persönlich, und nichts an ihnen ist dubios. Sie sind die wunderbarsten Menschen, die es auf der Welt gibt. Sie haben ihr Leben dem Kampf für die Frauenrechte geweiht und kümmern sich um jede Schwester, die Hilfe braucht. Und als ich sie wegen Claire um Rat gefragt habe, haben sie sich sofort bereit erklärt, sie bei sich aufzunehmen.«

»Und ihr habt bei alledem tatenlos zugeschaut?«, fragte Paul die Zwillinge, die bisher mit roten Köpfen dabeigesessen hatten, ohne einen Mucks zu sagen. »Ihr solltet auf eure Nichte aufpassen! Das war eure gottverdammte Pflicht!«

»Was unsere Pflicht ist«, erwiderte Else trotzig, »lassen wir uns von niemandem vorschreiben. Auch nicht von dir. Und wenn du zehnmal unser ältester Bruder bist.«

»Wir sind schließlich selbst erwachsen«, fügte Anna in demselben Ton hinzu. »Und haben unseren eigenen Verstand!«

»Was ist denn in euch gefahren? Ihr … ihr redet ja, als würdet ihr auch zu diesen Mannweibern gehören!«

»Wenn du damit die Frauenrechtlerinnen meinst? – Ja, das tun wir.«

Paul musste laut lachen. »Das ist nicht euer Ernst!«

»Da gibt es gar nichts zu lachen!«, sagte Else. »Wir haben Johanna bei allen Vorträgen und Veranstaltungen begleitet. Da ist uns ein Licht aufgegangen. Wir lassen uns nichts mehr gefallen.«

»Wir waren sogar schon auf einer Demonstration!«, ergänzte Anna mit sichtlichem Stolz. »Und haben mit Steinen geworfen!«

»*Was* habt ihr?«

»Mit Steinen geworfen«, wiederholten die Schwestern wie aus einem Mund.

Paul starrte sie ungläubig an. Solange er zurückdenken konnte, waren Else und Anna zwei lautlose Schatten gewesen, die sich ebenso fügsam wie aufopferungsvoll um ihre Mutter gesorgt hatten, ohne je aufzubegehren oder vom Leben mehr zu erwarten, als der liebe Gott ihnen freiwillig gab, außer hin und wieder ein Gläschen Eierlikör. Und jetzt protestierten sie auf offener Straße und schlugen Krawall?

»Darüber sprechen wir später«, sagte er. »Doch jetzt lasst mich mit Miss Watkin und Kaspar bitte allein. Wartet so lange im Foyer.«

»Aber nur, wenn Claire einverstanden ist«, sagte Else.

»Sonst bleiben wir hier«, fügte ihre Schwester hinzu.

Fragend schauten sie Claire an. Erst als die nickte, standen sie auf.

»Du bitte auch, Johanna«, sagte Paul.

Zum Glück kam seine Nichte der Aufforderung nach.

»Jetzt raus mit der Wahrheit«, sagte er, nachdem die drei Frauen den Raum verlassen hatten. »War das Ganze ein abgekartetes Spiel?«

»Nein«, antwortete Kaspar. »Ich hatte nicht die geringste Ahnung.«

»Wirklich nicht?«

»Ich schwöre!«

Paul wandte sich an Claire. »Soll das heißen, Sie sind ganz und gar aus eigenem Entschluss nach Berlin gekommen? Ohne jemanden zu verständigen?«

»So ist es.«

»Offen gestanden fällt es mir schwer, das zu glauben. Weil, wenn dem so ist, stellt sich doch die Frage, warum Sie überhaupt hierhergekommen sind. Noch dazu ohne Begleitung und hinter dem Rücken Ihrer Mutter. So etwas tut eine junge Frau doch nicht ohne Not. Da steckt doch etwas dahinter.«

Claire schlug die Augen nieder.

»Nun?«

»Wie gesagt, ich hatte meine Gründe«, sagte sie leise. »Und ich möchte Sie nochmals bitten …«

»Nein! Ich will bei Gott nicht indiskret sein, und solange Dritte im Raum waren, habe ich Rücksicht genommen. Aber angesichts Ihres doch mehr als fragwürdigen Verhaltens kann ich Ihnen die Bitte um eine Erklärung nicht ersparen.«

Sie hob den Kopf und sah ihn an. »Ich bin Ihnen keine Rechenschaft schuldig.«

Paul zögerte, darin konnte er ihr nicht widersprechen, er war weder ihr Vater noch ihr Vormund oder auch nur mit ihr verwandt. Doch gleichzeitig schürte ihre Weigerung, sich zu erklären, in ihm noch mehr den Verdacht, der ihm schon die ganze Zeit auf der Seele brannte und den er nicht länger zurückhalten konnte.

»Hatten Sie und mein Neffe eine Affäre? Ich meine, als Kaspar in London war?«

Mit großen Augen erwiderte sie seinen Blick. »Wie kommen Sie denn darauf?«

»Bitte beantworten Sie meine Frage! Ja oder nein?«

»Was maßen Sie sich an?«

»Ich maße mir überhaupt nichts an. Ich habe Ihnen nur eine Frage gestellt. Wenn Sie nicht antworten, bin ich gezwungen, meine eigenen Schlüsse zu ziehen. Also nennen Sie endlich einen vernünftigen Grund, warum Sie hier sind, und ich lasse Sie in Ruhe.«

Claire wollte etwas sagen, sie holte Luft und öffnete den Mund, zweimal, dreimal. Doch dann schüttelte sie nur den Kopf und schwieg.

Paul drehte sich zu Kaspar herum. »Dann erklär du mir, was das alles …«

Mitten im Satz hielt er inne. Kaspar war so bleich im Gesicht, dass es ihm wie Schuppen von den Augen fiel. Natürlich! *Darum* war Claire bei Nacht und Nebel von zu Hause geflohen.

»Euer Zusammensein in London hatte Folgen, nicht wahr?«, fragte er so behutsam wie möglich.

»Folgen?«, wiederholte Kaspar. »Was für Folgen?«

Paul blickte ihm fest in die Augen. »Ist das wirklich noch eine Frage? Miss Watkin erwartet ein Kind. Deshalb ist sie hier. Weil du der Vater bist.«

Kaspar wurde noch bleicher im Gesicht. »Bist du verrückt geworden?«

»Die Wahrheit liegt doch auf der Hand«, sagte Paul. »Man muss ja nur eins und eins zusammenrechnen. Miss Watkin taucht wie aus dem Nichts hier auf, ohne ihren Besuch vorher anzukündigen und ohne ihrer Mutter etwas zu sagen …«

»Die Wahrheit?«, fiel Claire ihm ins Wort. »Sie haben ja keine Ahnung! Die Wahrheit ist, dass ich es bei meiner Mutter nicht mehr ausgehalten habe. Weil sie mich mein Leben lang belogen hat. *Deshalb* bin ich hier!«

»Aber was reden Sie denn da?«, fragte Paul, irritiert von dem Ausbruch. »Inwiefern sollte Ihre Mutter Sie belogen haben? Ich begreife kein einziges Wort.«

»Das ist auch nicht nötig. Sie sollen nur mit Ihren absurden Unterstellungen aufhören. Ich bin weder schwanger, noch hatten Kaspar und ich eine Affäre. Er war nur der einzige Mensch, auf dessen Hilfe ich hoffen konnte. Und er hat mir geholfen, zusammen mit seiner Schwester und ihren Tanten.«

Mit einem dankbaren Lächeln drückte sie Kaspars Hand. Es war eine so unschuldige Geste, dass Paul keinen Zweifel hatte, dass sie die Wahrheit sagte.

Im selben Moment wusste er, was wirklich passiert war.

»Um Gottes willen«, flüsterte er. »Ich verstche …«

Claires runzelte die Brauen. »Was verstehen Sie?«

»Nichts. Ich … ich wollte nur sagen, dass ich Ihnen glaube und mich mit Ihrer Auskunft begnüge. Lassen Sie uns also jetzt darüber reden, wie wir …«

»Lügen Sie mich nicht an!«

»Aber ich lüge nicht. Wie können Sie nur …?« Das Blut schoss ihm ins Gesicht, und er verstummte.

Claire schaute ihn mit ihren schwarzen Augen unverwandt an. Dann nickte sie.

»Sie wissen es.«

»Was soll ich wissen?«

»Die Wahrheit!«

Aus ihrer Stimme sprach solche Gewissheit, dass er gar nicht erst versuchte zu leugnen.

»Seit wann?«, fragte sie, die Augen weiter auf ihn gerichtet. »Wie haben Sie es erfahren?«

Er räusperte sich, dann sagte er: »In dem Moment, als ich Sie zum ersten Mal sah. Und als ich Ihre Mutter darauf angesprochen habe …«

»… hat sie Ihnen die Wahrheit gesagt«, führte Claire seinen Satz zu Ende. »Die *Wahrheit*!« Plötzlich sprühten ihre Augen Funken, und ihre Stimme schnappte über. »Die Wahrheit, die sie mir verschwiegen hat! Um die sie mich betrogen hat! Mein Leben lang! Die hat sie *Ihnen* gesagt? Das … das … das ist – *ungeheuerlich*!« Sie rang nach Luft, in kurzen Stößen ging ihr Atem, und sie brauchte ein paar Sekunden, bevor sie weitersprechen konnte. »Und Ihr Freund, Escoffier? Weiß der es auch?«

»Ja«, sagte Paul. »Ihre Mutter hatte lange gezögert, aber ich … ich habe sie dazu gedrängt.« Mit einem Blick auf Kaspar vergewisserte er sich, dass sein Neffe im Bilde war. »Ich dachte, als Vater hat er ein Recht darauf zu wissen, dass er …«

»Und was ist mit meinem Recht? Hatte ich kein Recht zu wissen, wer mein Vater ist? Nein? Hatte ich das nicht?« Wieder hielt sie inne, am ganzen Körper zitternd. »Alle haben es gewusst – alle! Nur ich nicht …«

Ihre Stimme versagte, ihr Blick wurde leer, und als wäre alle Kraft aus ihr gewichen, sackte in sich zusammen. Paul vermochte sich kaum vorzustellen, was in ihr vorging – eine ganze Welt musste in ihr zusammengebrochen sein.

Draußen hatte es zu regnen begonnen. In der Stille konnte man hören, wie die dicken, schweren Tropfen auf den Fensterbänken zerplatzten.

»Ich denke, Sie sollten sich mit Ihrer Mutter aussprechen«, sagte er.

Sie schaute ihn an, als habe er etwas ganz und gar Unsinniges gesagt. »Sie wollen, dass ich zurück nach London fahre? Meinen Sie das im Ernst? Nach allem, was meine Mutter mir angetan hat?«

»Ihre Mutter hat nicht weniger gelitten als Sie«, sagte er. »Das müssen Sie mir glauben. Gerade weil Sie und Ihr Vater, ich meine, Rupert – weil Sie beide einander so sehr liebten. Sie hat es nicht über sich gebracht, Ihnen die Wahrheit zu sagen.«

Claire schüttelte den Kopf. »Ich werde wie geplant meine Reise antreten.«

»Sie meinen – die Weltreise, die Sie mit Ihrem Bruder unternehmen wollten?«

»Ja. Zum Glück habe ich meine Tickets. Und meine Traveller Cheques.«

»Aber das Schiff ist längst auf hoher See.«

»Ich weiß. Doch in Lissabon legt die *Britannia* noch einmal für zwei Tage an. Mit dem Zug kann ich es leicht schaffen. Ich habe die Verbindungen schon geprüft.«

Während Paul überlegte, wie er sie davon abbringen konnte, war eine Weile nur der Regen draußen zu hören. Was sollte er tun? Er konnte Claire mit Gewalt zur Rückkehr nach London zwingen, schlimmstenfalls mit Hilfe der Polizei. Aber er wusste, Zwang und Gewalt würden nur noch mehr Trotz und Abwehr hervorrufen. Eine Aussöhnung mit ihrer Mutter konnte nur gelingen, wenn Claire diese selber wollte.

Aber er hatte nicht die leiseste Idee, wie er es anfangen konnte.

Kaspar war es, der das Schweigen brach.

»Mein Onkel hat recht«, sagte er. »Du solltest dich mit deiner Mutter aussprechen.«

Claire blickte ihn mit demselben verständnislosen Gesicht an wie zuvor Paul.

Kaspar nahm ihre Hand. »Es hat keinen Sinn, davonzulaufen«, sagte er. »Weil – man kann nicht vor sich selbst davonlaufen. Genauso gut kannst du versuchen, deinem Schatten zu entkommen. Also versuch es erst gar nicht, sondern fahr zurück nach London. Du musst dich der Wahrheit stellen. Das ist deine einzige Chance.«

76

CÉSAR RITZ hatte es mal wieder geschafft, einmal mehr hatte er mit seiner Beharrlichkeit und seinem Organisationsgenie das

Unmögliche möglich gemacht. Allen Widrigkeiten zum Trotz wurde das Hotel Ritz am Place Vendôme pünktlich auf den Tag eröffnet. Was für ein Spektakel! *Tout Paris* war gekommen, um das neue Juwel der Gastlichkeit im Herzen der Stadt zu bewundern. Nie zuvor hatte man solchen Luxus gesehen. Im ganzen Haus funkelte es wie in der Schatzkammer eines orientalischen Prinzen vor lauter Gold und Kristall, Edelsteinen und Spiegeln, und der Andrang in der übervollen Halle war so groß, dass man sich bei Häppchen und Champagner gegenseitig auf die Füße trat.

Befreit von der Angst um Claire, konnte Auguste den Abend unbeschwert genießen. Mit Delphine am Arm wandelte er zwischen den Gästen umher, grüßte nach links und nach rechts und hielt dabei immer wieder Ausschau nach seinen Kindern. Jedes Mal wenn er in der Menge einen Blick auf sie erhaschte, klopfte vor Freude sein Herz. Germaine, die mit ihrem hochgesteckten Haar und dem lachsfarbenen Abendkleid einfach hinreißend aussah, machte dreisprachig parlierend am Eingang mit Ritz die Honneurs, und während Popol Sarah Bernhardt als ihr Kavalier dieses Abends den Hof machen durfte, debattierte Daniel mit dem Anwalt des berühmten Schriftstellers Émile Zola.

»Siehst du, wie glücklich sie sind?« Delphine drückte seinen Arm. »Das hast du ganz wunderbar gemacht.«

Plötzlich entstand Unruhe in der Halle, die Gespräche verebbten, und während die Menschenmenge ehrfürchtig zurückwich, erschien der Ehrengast des Abends, Seine königliche Hoheit Edward, der Prinz von Wales, auch Bertie genannt.

»Ich glaube, ich werde gebraucht.«

Mit einem Handkuss verabschiedete Auguste sich von seiner Frau und eilte dem Thronfolger entgegen. Zusammen mit Ritz eskortierte er Edward zu dessen Tisch im Speisesaal, wo bereits ein Streichorchester Melodien des Herrn Offenbach spielte. Während sich im Gefolge des Prinzen die Plätze füllten, überschlugen Auguste und

Ritz sich mit Dankesbekundigungen, dass Seine Hoheit ihnen die Ehre erwies.

»Was blieb mir anderes übrig?«, erwiderte Edward mit einem Seufzer. »Ohne Sie ist London wieder dieselbe gastronomische Wüste wie früher. Warum haben Sie sich nicht bei uns selbständig gemacht? Wenn ich mir vorstelle, ein solches Haus in Kensington oder Westminster – ich wäre jeden Abend Ihr Gast.«

Auguste fasste die Bemerkung als freundliches Kompliment auf, dem keine wirkliche Bedeutung beizumessen war. Ganz anders hingegen Ritz. Ihm war anzusehen, wie es hinter seiner hohen Stirn sogleich anfing zu arbeiten.

»Ein Haus wie dieses in London? Was für eine glänzende Idee!«

»Nicht wahr?« Edward strich sich über den mächtigen Bauch. »Ich wäre Ihnen wirklich dankbar. Das ewige Reisen fällt mir ja zunehmend schwer.«

»Dann sei Euer Wunsch mir Befehl, königliche Hoheit. Und wenn ich es mir recht überlege«, ein maliziöses Lächeln huschte über Ritz' feines Gesicht, »es wäre eine wunderbare Möglichkeit, Mr. d'Oyly Carte eine Lektion zu erteilen.«

Edward lachte sein dröhnendes Lachen. »Ich liebe Ihre Boshaftigkeit, Ritz. Doch um d'Oyly zu ärgern«, fügte er hinzu, »müsste ein solches Haus das Savoy deutlich in den Schatten stellen.«

»Das dürfte kein Problem sein. Mir kommen bereits ein paar sehr schöne Ideen …«

»Bei allem Respekt«, fiel Edward ihm ins Wort. »Allein werden Sie das nicht schaffen. Wenn Sie d'Oyly übertrumpfen wollen, brauchen Sie Escoffier an Ihrer Seite. Wäre der Maître mit von der Partie?«

Auguste wusste nicht, wie ihm geschah. War es den beiden wirklich ernst? Das Tempo, mit dem Ritz sich in immer wieder neue Abenteuer stürzte, kaum dass eines abgeschlossen war, konnte einen schwindlig machen. Doch andererseits … Auguste konnte nicht leugnen, dass er sich geschmeichelt fühlte.

»Nun ja, vorstellen kann man sich einiges …«

»Wunderbar!«, sagte Ritz. »Dann sollten wir die Sache schleunigst angehen. Als Erstes bräuchte man natürlich ein paar finanzkräftige Investoren.«

»Ich würde es hier in Frankreich versuchen«, riet der Prinz. »Denken Sie nur an Faschoda.«

Faschoda? Auguste wusste, so hieß ein Ort im Sudan, wo englische und französische Kolonialsoldaten aneinandergeraten waren. Aber was hatte das mit einem Hotel in London zu tun?

Ritz hingegen verstand sofort. »Ein wahrhaft königlicher Gedanke, Hoheit! Jedem französischen Patrioten wird es eine Freude sein, den Feind in dessen eigener Hauptstadt zu düpieren.«

77

»ENDSTATION! ALLE Fahrgäste aussteigen!«

Die Lokomotive stand noch unter Dampf, als Paul und Claire in Victoria Station den Zug verließen. Ja, Vickys Tochter war mit ihm nach London zurückgekehrt, vielleicht, weil sie sich Kaspars Worte zu Herzen genommen hatte, vielleicht auch aus eigenem Entschluss – Paul wusste es nicht, und am Ende war es vermutlich gleich. Wichtig war nur eine Frage: War sie bereit, ihrer Mutter zu verzeihen? Während der Reise hatte er mehrmals versucht, das Thema anzusprechen, aber Claire hatte jedes Mal so einsilbig geantwortet, dass er schließlich resigniert hatte.

Am Bahnsteig wartete Harry auf sie, der Kutscher von Paxton House. Aber wo war Vicky? Paul hatte angenommen, dass sie ihre Tochter und ihn am Bahnhof abholen würde. Aber vielleicht war es ja besser so.

»Wie schön, Sie wiederzusehen, Miss Watkin!«

Dem Kutscher stand die Freude ins Gesicht geschrieben, doch Claire begrüßte ihn nur mit einem abwesenden Kopfnicken. Paul bat ihn, sich um das Gepäck zu kümmern, und während Harry die wenigen Stücke aus ihrem Coupé holte, begleitete er Claire hinaus auf den Bahnhofsplatz, auf den ein grauer Regen niederging. Zum Glück waren es bis zur Kutsche nur ein paar Schritte, und kaum hatten sie im Innern Platz genommen, war Harry auch schon mit dem Gepäck da. Nachdem er alles verstaut hatte, kletterte er auf den Bock.

»Hü!«

In dem dichten Verkehr ging es kaum voran. Während Claire wortlos hinaus in den Regen sah, dachte Paul an seinen Abschied in Berlin. Er hatte seine Reise mit Geschäften begründet, und da Friwi bislang sein Versprechen gehalten hatte, hatte Erdmute keine Fragen gestellt. Aber würde sein Sohn auch weiterhin Stillschweigen wahren? Paul waren Friwis Blicke nicht entgangen, mit denen er Claire angesehen hatte, sie schien ihm zu gefallen, und vielleicht war das ja der Grund, warum er sie nicht verraten hatte. Er beschloss, Friwi den Monatswechsel zu erhöhen. Als Zeichen seines Dankes.

»Es war ein Fehler«, sagte Claire plötzlich.

»Was war ein Fehler?«

»Dass ich auf Sie gehört habe.«

Paul wollte ihr widersprechen, doch Claire drehte ihm so abrupt den Rücken zu, dass er schwieg. In ihrem dunkelblauen, schmucklosen Kleid sah sie aus wie eine junge Witwe, die allzu früh ihren Mann verloren hatte. Aber der Verlust, den sie erlitten hatte, war womöglich noch schlimmer.

War Claire vielleicht nur zurückgekommen, um ihre Mutter zu bestrafen?

»Brrr …«

Als sie vor Paxton House hielten, hatte es aufgehört zu regnen, hier und da lugte zwischen den Wolken sogar ein Stückchen Himmel hervor, und ein blasser Regenbogen spannte sich über die nassen Dächer am Sloane Square.

Paul half Claire aus dem Wagen.

»Tun Sie es für sich«, sagte er und betätigte den Klingelzug.

Vicky selbst öffnete die Tür. »Gott sei Dank, da bist du ja!« Sie breitete die Arme aus, um ihre Tochter zu begrüßen.

Doch Claire wich ihr aus und verschwand an ihr vorbei in der Halle, wo das Äffchen einen Freudentanz aufführte.

78

AUGUSTE HATTE schon einige Male in seiner Karriere das Gefühl gehabt, endlich erreicht zu haben, wovon er immer geträumt hatte, seit er vor einem halben Menschenleben bei seinem Onkel als Küchenjunge in die Lehre gegangen war – erstmals bei der Eröffnung seines ersten eigenen Restaurants in Boulogne-sur-mer, dann als Küchenchef im Grand Hotel von Monaco und schließlich bei der Arbeit im Savoy. Aber noch nie war dieses Gefühl so stark gewesen wie jetzt, nachdem das Ritz seinen Betrieb aufgenommen hatte. In der Luxusherberge am Place Vendôme wurde Gastlichkeit in Vollendung zelebriert, in einer einzigartigen Symbiose von Eleganz und Behaglichkeit. In kürzester Zeit hatte sich »das Ritz« als neuer Treffpunkt der Pariser Gesellschaft etabliert. Schon jetzt war es unter den Reichen und Schönen Mode, sich hier am Nachmittag zum Tee zu treffen, die abendlichen Galadiners waren Thema in sämtlichen Zeitungen, und während im Saal die Speisen serviert wurden, hielten im Foyer die Pariser Edelkurtisanen Hof, darunter »la belle Otéro«, die in ganz Europa berühmte Tänzerin der Folies Bergère, um deren Gunst fast alle gekrönten Häupter des Kontinents miteinander wetteiferten – der Fürst von Monaco ebenso wie Zar Nikolaus und Kaiser Wilhelm.

Aber nicht nur in seinem Beruf, auch in seiner Ehe war für Auguste eine Zeit angebrochen, die vielleicht die schönste seines Lebens war. Er und Delphine genossen einander wie in den ersten Monaten ihres Zusammenseins, jeden Samstagabend, wenn er aus Notre Dame von der Beichte heimkehrte, wohnten sie einander bei, und jeden Sonntagmorgen frühstückten sie im Bett, bevor sie zusammen die Heilige Messe besuchten.

An diesem Abend hatte Auguste seine Frau zu einem *Dîner-à-deux* in ein nur für sie reserviertes Séparée geladen, um ihr für alles zu danken.

»Ich weiß, du hattest es nicht immer leicht mit mir«, sagte er und füllte zwei Champagnerkelche. »Viel zu oft waren in meinem Leben andere Dinge wichtiger.«

»Ach Auguste, das habe ich doch gewusst, als ich dich geheiratet habe.« So zärtlich wie eine Mutter schaute sie ihn an. »Dein Beruf *ist* dein Leben. Deswegen habe ich mich ja in dich verliebt.«

Voller Liebe erwiderte er ihren Blick. »Trotzdem, von jetzt an soll es anders werden.«

Mit einem Lächeln schüttelte sie den Kopf. »Versprich nur, was du halten kannst, versprich, dir nicht die Nase abzubeißen.« Dann wurde sie ernst. »Wichtig ist nur eins. Lass nie wieder das Band zu unseren Kindern abreißen. Hörst du?«

»Ja, meine Liebe. Darauf stoßen wir an!«

Einander in die Augen schauend, hoben sie die Gläser – da ging die Tür auf und ein Gast platzte herein: Baron von Ostreder, der neueste Verehrer der »schönen Otéro«, den diese jedoch, wie das ganze Hotel wusste, verschmähte.

»Gott sei Dank, dass ich Sie finde, Maître. Nur Sie können mich retten!«

»Was ist denn passiert?«

»Kann ich offen sprechen?«, fragte der Baron mit Blick auf Delphine.

»Gewiss. Meine Frau und ich haben keine Geheimnisse.«

»Dann helfen Sie mir, die Liebe meiner Angebeteten zu gewinnen.«

Mit zitternden Händen zückte Ostreder ein Kästchen und ließ den Deckel aufspringen. Darin glänzte, gebettet auf dunkelrotem Samt, die größte und reinste Perle, die Auguste je gesehen hatte.

Fragend blickte er den Baron an.

Der beugte sich zu ihm, und so leise, als habe er Angst, jemand könne sie belauschen, flüsterte er ihm ins Ohr: »Folgendes habe ich mir überlegt …«

79

ES WAR schon spät am Abend, als Vicky an die Tür ihrer Tochter trat, um sich endlich mit Claire auszusprechen. Doch als sie die Hand hob, um anzuklopfen, verharrte sie, unsicher und ängstlich. Ihr fehlte der Mut, der Mut und mehr noch die Hoffnung. Mehrere Male hatte sie schon hier gestanden und um Einlass gebeten, und jedes Mal hatte ihre Tochter sie abgewiesen. Gleich nach ihrer Rückkehr hatte Claire sich in ihrem Zimmer eingeschlossen und niemanden zu sich gelassen, weder ihre Mutter noch ihre Großmutter – nicht mal Ramigami, obwohl ihr Liebling wie außer Rand und Band randaliert hatte, bis schließlich nichts anderes übriggeblieben war, als ihn in seinen Käfig zu sperren.

Drei Tage war das inzwischen her. Drei Tage, in denen Mutter und Tochter wieder unter einem Dach lebten, doch ohne ein Wort miteinander zu reden.

Vicky ließ die Hand sinken. Nein, besser, sie versuchte es morgen, vielleicht schlief Claire ja schon, sie konnte kein Licht durch die Türritze erkennen.

Mit einem Seufzer wandte sie sich ab, als sie plötzlich Schritte hörte. Im nächsten Moment ging die Tür auf, und ihre Tochter stand auf der Schwelle.

»Nur unter einer Bedingung«, sagte Claire. »Keine Lügen mehr!«

Vicky zögerte einen Moment, dann gab sie sich einen Ruck.

»Versprochen.«

Sie war schon unzählige Male in dem Zimmer gewesen, doch jetzt kam ihr der Raum so anders und fremd vor wie ihre Tochter selbst. Claire hatte die Wände und Regale mit denselben Dingen ausstaffiert, mit denen schon ihre Großmutter ihr Mädchenzimmer ausstaffiert und die sie ihrer Enkeltochter vermacht hatte. Im Schein der heruntergedimmten Gaslampe traten all die toten und lebenden Wesen wie Gespenster aus den Schatten hervor: ein afrikanischer Schrumpfkopf zwischen zwei über Kreuz hängenden Pfeilen, Schmetterlinge mit reglosen Flügeln, ein ausgestopfter Luchs und eine stumme Eule, Blindschleichen in Spirituskolben, die sich in der trüben Flüssigkeit immer noch zu winden schienen, und Pythia, die uralte Schildkröte, die Vickys Großvater Joseph Paxton Emily geschenkt hatte, als diese noch ein Kind gewesen war. Mit ihrem Salatblatt im Maul sah sie aus, als wäre sie in ihrem Terrarium für alle Zeit erstarrt.

»Ich will die Wahrheit wissen«, sagte Claire.

Vicky nickte. »Du meinst, über dich und deinen …« Sie wusste nicht, welches Wort sie sagen sollte. Vater? Erzeuger? Eins war so falsch wie das andere.

Doch Claire verstand sie auch so. »Ja. Die ganze Geschichte. Wie es geschah, dass du … dass ich …«

Sie setzte sich auf die Couch, die Rupert ihr zum zwölften Geburtstag geschenkt hatte – ihre erste »Erwachsenencouch«. Vicky nahm in dem Sessel gegenüber Platz, und während sie auf das Terrarium blickte, wo Pythia das Salatblatt zu kauen begann, fing sie an zu erzählen. Wie sie Auguste Escoffier zum ersten Mal begegnet war, als junges Mädchen in Karlsbad … Wie er ihr völlig unverhofft in Paxton House seine Aufwartung gemacht hatte, zwei Jahre später … Wie charmant und witzig er gewesen war, so ganz und gar anders als alle Männer, mit denen ihre Mutter sie hatte verheiraten wollen … Wie er sein ganzes Leben vor ihr ausgebreitet hatte, mit all den erlittenen Demütigungen und Erniedrigungen … Wie gerührt sie gewesen war und zugleich voller Bewunderung, weil er sich nie von seinem großen Traum hatte abbringen lassen … Und wie er schließlich ihr Herz erobert hatte, mit einer eigens für sie kreierten Süßspeise, die sogar ihren Namen trug, *Fraises Victoria*, das originellste und wunderbarste Geschenk, das ihr je gemacht worden war …

»Aber dann«, sagte Vicky, »als es passiert war, begriff ich, dass wir uns gar nicht liebten, sondern nur verliebt ineinander waren. Und da wusste ich, dass er nie ein richtiger Ehemann sein würde, sein Beruf würde ihm immer mehr bedeuten als alles andere, und deshalb würde er auch kein richtiger Vater sein.«

Sie verstummte, und eine lange Weile saßen sie da, während der die Zeit so langsam verstrich, als wäre sie stehengeblieben. Pythia war wieder in ihrem Terrarium erstarrt, die Reste des halb gefressenen Salatblatts im Maul, während die Blindschleichen sich in ihren Spirituskolben weiter unaufhörlich zu winden schienen.

»Und was hat Papa dir bedeutet?«, fragte Claire irgendwann. »Hast du ihn geliebt, ich meine, als du ihn geheiratet hast? Oder war er für dich nur irgendein Mann, dem du dein Kind unterschieben konntest?«

Vicky spürte, wie die Frage ihr das Blut ins Gesicht trieb, und vor lauter Scham wusste sie nicht, was sie antworten sollte. Am liebsten hätte sie gesagt, dass es immer nur Liebe gewesen sei, die sie mit Rupert verbunden hatte. Aber sie hatte Claire die Wahrheit versprochen. Also nahm sie ihren ganzen Mut zusammen, sosehr sie sich auch schämte.

»Am Anfang«, flüsterte sie, »als ich ihm mein Jawort gab, war es so, wie du sagst. Ich habe ihn aus Verzweiflung geheiratet, aus reiner Not, um einen Skandal zu vermeiden, sonst wäre mir nur der Weg in die Schande geblieben. Damals herrschten andere Zeiten, du kannst dir heute gar nicht mehr vorstellen, wie schwer meine Verfehlung wog. Man hätte mich geächtet, und nicht nur mich, die ganze Familie. Wir hätten alles verloren, was dein Urgroßvater Joseph Paxton einst erworben hat, unser Ansehen, unsere Stellung in der Gesellschaft, die man mit unserem Namen verbindet, seit nunmehr drei Generationen. Also habe ich getan, was wohl die meisten jungen Frauen meines Standes in einer solchen Situation getan hätten.«

Claire stöhnte leise auf.

»Ja, ich habe ihn belogen«, fuhr Vicky fort. »Und ich verstehe, wenn du mich dafür hasst, ich kann mir diese Lüge ja selbst nicht verzeihen. Aber dann … dann geschah ein Wunder, aus meiner Lüge wurde Wirklichkeit. Irgendwann habe ich angefangen, ihn zu lieben, auf eine so leise, stille Art, dass nicht einmal ich selbst mir dessen bewusst war. Ich … ich dachte, ich würde ihn nur mögen, weil ich mich immer so wohl gefühlt habe in seiner Gegenwart. Es war einfach schön, wenn er da und um mich war, und er war ja immer da, für mich und später auch für dich und für Nigel, in seiner ruhigen, beständigen Art. Und so verwandelte sich meine Zuneigung in Liebe, ganz allmählich und nahezu unmerklich, aber jeden Tag ein wenig mehr, bis ich ihn schließlich so sehr liebte, wie eine Frau einen Mann nur lieben kann, und ich nicht wusste, wie ich überhaupt weiterleben sollte, als er starb.«

Bei der Erinnerung kam der ganze Schmerz in ihr hoch.

»Wusste … wusste er die Wahrheit?«, fragte Claire leise.

»Ja. Seit dem Tag, als du auf die Welt kamst.«

»Mein Gott. Wie konntest du ihm das nur antun?«

»Weil … weil ich keinen anderen Ausweg wusste.«

Claire blickte sie an. »Aber wenn er es wusste, warum hat er dich dann nicht auf der Stelle verlassen? Und mich verstoßen?«

Aus ihrem Blick sprach solche Verzweiflung, ein so abgrundtiefes Nicht-verstehen-Können, dass alles in Vicky danach drängte, sie in den Arm zu nehmen. Aber das durfte sie nicht. Nicht jetzt.

Also sagte sie nur: »Weil er uns über alles liebte. Uns beide.«

»Unmöglich! Ich war doch ein Kuckucksei! Er *konnte* mich nicht lieben. Kein Mann würde das können.«

Vicky schüttelte den Kopf. »Dein Vater war anders als andere Männer. Er war so unendlich dankbar, dass es dich gab.«

»Das ist doch absurd! Ich … ich war doch der lebende Beweis für deinen Betrug. Jedes Mal wenn er mich sah, musste er daran denken. Dafür sollte er dankbar sein?«

»Ich weiß, das ist schwer zu verstehen. Aber es war so. Weil dein Vater und ich – wir … wir sind ja nur durch dich ein Paar geworden. Und er wusste, dass das sonst nicht geschehen wäre.«

»Ich verstehe kein einziges Wort.«

»Wie soll ich es dir erklären? *Du* hast uns vereint. Wie … wie das Schiffchen eines Webstuhls, das die Fäden beider Enden miteinander verwebt. Das ist die Wahrheit. Bei meinem Leben.«

Vicky verstummte. Sie hatte alles gesagt, was sie zu sagen hatte, und wenn Claire jetzt weiterfragte und in sie drang und bohrte, gab es nichts mehr, was sie zu ihrer Verteidigung noch vorbringen könnte. Erst jetzt spürte sie, dass ihr Mund vollkommen ausgetrocknet war, und ihr Herz raste, während Claire ihre Augen noch immer auf sie gerichtet hielt, ohne ein Wort zu sagen, diese großen schwarzen Augen, deren Blick schwerer zu ertragen war als jede Anklage oder Angriff.

Pythia hatte in ihrem Terrarium wieder zu kauen begonnen,

Auf einmal wusste Vicky, was sie tun musste. Sie verließ ihren Sessel und setzte sich zu Claire auf die Couch.

»Bitte verzeih …«

So behutsam sie konnte, legte sie den Arm um ihre Tochter. Bei der Berührung verspannte Claire sich so sehr, dass ihr ganzer Körper sich wie ein Muskel verhärtete.

Vicky wollte aufstehen.

»Bitte bleib«, flüsterte Claire und tastete nach ihrer Hand.

Vicky musste schlucken. Es war, als fiele ein Panzer von Claire ab, die Verspannung löste sich, ihr Körper wurde ganz weich, und statt sich gegen die Umarmung zu wehren, schmiegte sie sich an sie und barg ihren Kopf an ihrer Brust.

80

LÄNGST HATTE es Mitternacht geschlagen, das Feuer in den Herden war erloschen, und nach einem letzten Gang durch sein

Reich schloss Auguste die Speisekammer, als Baron Ostreder trotz der späten Stunde noch zu ihm in die Küche kam.

»Sie sind ein Magier!«, rief er schon von weitem. »Ihnen verdanke ich das Glück meines Lebens! Wie kann ich Ihnen das gutmachen?«

Der Baron wusste sich gar nicht zu lassen. Dabei hatte Auguste nichts weiter getan, als die Perle, die Ostreder ihm gegeben hatte, in einem Soufflé zu verstecken. Doch offenbar hatte das *dessert surprise* die erhoffte Wirkung gezeitigt, die »schöne Otéro« hatte den Baron erhört.

»Erlauben Sie mir, mich erkenntlich zu zeigen.« Ostreder zückte ein Bündel Geldscheine und wollte sie Auguste in die Hand drücken. »Nur ein kleines Zeichen meiner Dankbarkeit. Bitte machen Sie mir die Freude.«

»Aber was tun Sie denn da?« Auguste hatte alle Mühe, sich des Angriffs zu erwehren. »Ich bin sicher, es war allein Ihr Charme und Ihr Esprit, mit dem Sie das Herz der Dame erobert haben. Ich habe daran keinerlei Verdienst.«

»Sie sind zu bescheiden, Maître. Glauben Sie mir, ohne Ihre Kunst wäre es nie geglückt. – Ach, Sie hätten ihre Augen sehen sollen.«

Auguste fasste den Baron unter, um ihn aus der Küche zu bugsieren. Er war müde und wollte schlafen.

Auf dem Gang kam ihnen César Ritz entgegen. »Kann ich Sie unter vier Augen sprechen, Escoffier? – Wenn Sie erlauben, Baron?«

Zum Glück entsprach Ostreder der Bitte und ließ von Auguste ab. »Das Paradies erwartet mich!«, rief er und schwebte die Treppe hinauf.

»Es gibt gute Nachrichten!«, sagte Ritz. »Die Engländer haben ein Kanonenboot nach Faschoda geschickt! Um die Franzosen zur Räumung ihres Forts zu zwingen! Das könnte Krieg bedeuten!«

»Bitte verzeihen Sie meine Begriffsstutzigkeit«, erwiderte Auguste. »Aber darf ich fragen, was daran so erfreulich ist?«

»Ja, verstehen Sie denn nicht?«, erwiderte Ritz mit feinem Lächeln. »Wenn zwei sich streiten, freut sich der Dritte. Jetzt muss ich nur noch Faschoda sagen, und schon öffnen die Franzosen ihre Portemonnaies. Die Finanzierung unseres Londoner Hotels ist so gut wie gesichert. Noch vor dem Jahreswechsel werden wir die ersten Gäste empfangen. Und dann …«

Augustes Müdigkeit war verflogen, und als er sich wenig später von Ritz verabschiedete und in die Nacht hinaustrat, war er ähnlich beseelt wie Baron Ostreder. Dunkel und schweigend lag vor ihm der Platz. Während er die kühle Nachtluft in seine Lungen strömen ließ, wanderte sein Blick die Siegessäule hinauf in den sternenklaren Himmel. London und Paris … Er würde wieder an Claires Leben teilhaben, ohne seine Familie zu vernachlässigen.

Erfüllt von den schönsten Zukunftsgedanken, machte er sich auf den Heimweg. Doch als er in die Rue Richelieu einbog, sah er, dass in seiner Wohnung noch Licht brannte.

Delphine!

Plötzlich kam ihm eine bange Frage: Wie sollte er es seiner Frau sagen?

81

»THE GORING« hieß das Hotel, das Vicky am nächsten Morgen aufsuchte, und lag am Beeston Place, nur wenige Gehminuten von Victoria Station entfernt. Die Halle war zu dieser frühen Stunde bis auf ein paar Angestellte menschenleer. Die meisten Gäste saßen noch beim Frühstück, aus dem Speisesaal war Stimmengewirr und das Klappern von Besteck und Porzellan zu hören.

»Sie wünschen?«, fragte der Portier.

»Wo finde ich Mr. Biermann?«

»Zimmer Nr. 107, erster Stock. Einen Augenblick. Ein Page wird …«

»Nicht nötig, besten Dank.«

Vicky ließ den Portier stehen. Während sie die Treppe hinaufstieg, glaubte sie, seine Blicke im Rücken zu spüren – schließlich war es ganz und gar ungehörig, dass eine Frau, noch dazu eine Witwe, einen männlichen Gast in dessen Zimmer besuchte. Doch was sie Paul zu sagen hatte, wollte sie ihm unter vier Augen sagen.

Sie klopfte an seine Zimmertür.

»Herein.«

Als Paul sie sah, stutzte er, dann huschte ein Lächeln über sein Gesicht, dasselbe schüchterne, verlegene Lächeln, das sie schon immer an ihm gemocht hatte, seit ihrer ersten Begegnung in Karlsbad.

»Was für eine schöne Überraschung. Kommen Sie herein.«

Offenbar war er schon im Aufbruch begriffen. Im Salon stand ein fertig gepackter Koffer, und durch die offene Tür, die in das angrenzende Schlafzimmer führte, sah Vicky auf dem Bett eine aufgeklappte Reisetasche.

Wäre er wohl abgereist, ohne sich von ihr zu verabschieden?

»Bitte nehmen Sie Platz«, sagte er.

»Nein. Ich werde nicht lange bleiben. Ich … ich bin nur gekommen, um mich bei Ihnen zu bedanken. Sie haben mir meine Tochter wiedergegeben.«

Ein Leuchten ging durch sein Gesicht. »Dann haben Sie sich also mit Claire ausgesprochen?«

»Ja. Und sie hat mir verziehen.«

»Was für eine wunderbare Nachricht. Ach, ich kann Ihnen gar nicht sagen, wie sehr mich das freut.«

In einer Aufwallung trat Vicky auf ihn zu, um ihn zu umarmen. »Danke. Das werde ich Ihnen niemals vergessen.«

Eine Weile verharrten sie reglos, die Blicke ineinander verschmolzen, die Gesichter so nah, dass sie beide den Atem des anderen spürten. Wieder lächelte Paul sie an, ohne den Blick von ihr zu nehmen, diesen so innigen, nur sie meinenden Blick, der sie wie eine Liebkosung umfing.

Auf einmal hatte sie das Bedürfnis, ihn zu küssen.

Mit einem Ruck machte sie sich los.

Das Lächeln in seinem Gesicht erlosch. »Sie werden nie die Trauerkleider ablegen, nicht wahr?«, fragte er.

Sie schlug die Augen nieder. »Ich glaube nicht, dass ich dazu je imstande sein werde.«

Sie wartete, ohne zu wissen, worauf, wartete, dass etwas geschah, während sie nichts als ihren eigenen Atem hörte.

Irgendwo im Haus schlug eine Uhr.

Sie hob den Kopf und schaute ihn an, in der plötzlichen Hoffnung, dass er für sie entschied.

Doch das tat er nicht.

»Ich weiß«, sagte er nur und nickte. »Ja, ich weiß …«

Aus seiner Stimme, aus seinem Gesicht sprach eine so abgrundtiefe Trauer, dass sie es nicht länger aushielt. Auf dem Absatz machte sie kehrt und eilte hinaus, eilte im Laufschritt die Treppe hinunter, vorbei an dem Portier, der sie mit großen Augen ansah, vorbei an einer Familie, die gerade aus dem Speisesaal kam, um erst innezuhalten, als sie im Freien war.

Harry wartete mit der Kutsche vor dem Hoteleingang.

»Nach Hause!«

Es war, als hätte ihr jemand das Herz aus der Brust gerissen. Während die Häuserfronten und Straßen an ihr vorüberzogen, hallte wieder und wieder seine Stimme in ihr nach. »Ich weiß … ja, ich weiß …« Warum hatte er sie nicht geküsst? Er liebte sie doch, sie hatte es in seinen Augen gesehen, in diesen so scheu lächelnden, diesen so abgrundtief traurigen Augen … Plötzlich wurde es ihr so heiß, dass sie glaubte zu ersticken. Sie öffnete die obersten Knöpfe ihrer Bluse und fächelte sich Luft zu, klappte das Fenster auf und hielt ihr Gesicht in den Wind. Doch es hörte nicht auf, immer noch hörte sie seine Stimme.

»Ich weiß … ja, ich weiß …«

Sie wusste nicht, wie viel Zeit vergangen war, als Harry am Sloane Square hielt. Wie in Trance verließ sie die Kutsche und ging ins Haus.

In der Halle empfing O'Brien sie mit einem Telegramm.

Aus Kapstadt, Südafrika.

++ REISE ABGEBROCHEN STOP ++ ZWINGENDE UMSTÄNDE STOP ++ RÜCKKEHR AUF SCHNELLSTEM WEG STOP ++ NIGEL ++

82

EIN SCHWARZ lackiertes Automobil glänzte auf dem Droschkenplatz in der Frühlingssonne, als Paul mit noch steifen Gliedern von der Reise den Anhalter Bahnhof verließ. Der Wagen, ein ganz neuartiges Modell, das vier Fahrgästen Platz bot und mit seinen voluminösen Gummirädern und der geschlossenen Karosserie kaum noch an eine Kutsche erinnerte, war von Schaulustigen umringt. Normalerweise hätte Paul sich zu ihnen gesellt, schon seit längerem trug er sich mit dem Gedanken, seinen Landauer durch einen solchen pferdelosen Wagen zu ersetzen – dank des Erfindungsreichtums der Ingenieure Daimler und Benz hatte das Automobil sich in den letzten Jahren zu einer ernsthaften Konkurrenz zur Kutsche entwickelt, als ein ebenso modernes wie bequemes Fortbewegungsmittel, mit dem auch Überlandfahrten möglich waren und das im Gegensatz zu Pferd und Wagen nur im Gebrauch Kosten verursachte. Doch heute hatte er keinen Sinn für solche Dinge, denn noch immer klang der Abschied von Vicky in ihm nach.

Beinahe hätten sie sich geküsst. Beinahe …

Da es ihn nicht nach Hause drängte, wo nur Erdmute wartete, beschloss er, erst in der Firma vorbeizuschauen, bevor er sich auf den Heimweg machte. Im Kontor traf er zu seiner Überraschung Friwi an. Sein Sohn hatte mal wieder Spielschulden gemacht und versuchte Kaspar gerade zu überreden, diese für ihn zu begleichen.

»Aus der Firmenkasse?«, fragte Paul. »Das kommt gar nicht in die Tüte!«

»Aber Spielschulden sind Ehrenschulden. Die muss ich begleichen!«

»Deine Angelegenheit. Ich kann es gar nicht fassen, dass du meine Abwesenheit dazu missbrauchen wolltest, hinter meinem Rücken ...«

Paul brach mitten im Satz ab. Er wollte keinen Streit mit seinem Sohn, nicht schon wieder. Stattdessen wandte er sich an seinen Neffen.

»Ich möchte mich bei dir bedanken.«

»Wofür?«, fragte Kaspar.

»Dass du dich um Claire gekümmert hast. Auch wenn ich immer noch der Meinung bin, dass du mich hättest in Kenntnis setzen müssen, statt auf eigene Faust zu handeln. Aber Schwamm drüber – Hauptsache, Claire ist wieder wohlbehalten ...«

»Du bedankst dich bei Kaspar?«, fiel Friwi ihm ins Wort. »Bei mir müsstest du dich bedanken! Nur weil ich den Braten gerochen habe, wurde sie überhaupt gefunden. Ohne mich wäre das Flittchen jetzt in der Gosse.«

»Flittchen? Gosse?«, wiederholte Paul. »Was redest du denn da?«

Friwi blickte ihn mitleidig an. »Was meinst du wohl, warum Kaspar sich ihrer so rührend angenommen hat? Um es mit ihr zu treiben natürlich!«

Er hatte noch nicht ausgesprochen, da packte Kaspar ihn am Kragen. »Sag das noch einmal, und ...«

»Und was?«

Voller Wut funkelten die beiden sich an. Paul wollte dazwischengehen, doch zum Glück ließ Kaspar Friwi wieder los.

»Ach was, du bist es nicht wert!«

Voller Verachtung stieß er ihn von sich und ging hinaus.

Mit einem schiefen Grinsen richtete Friwi seine derangierte Uniform.

»Wie kannst du nur so widerwärtige Dinge sagen?«, fragte Paul. »Manchmal schäme ich mich, dein Vater zu sein.«

Das Grinsen verschwand aus Friwis Gesicht, und seine Miene verhärtete sich. »Wer weiß«, sagte er, »vielleicht bist du das ja gar nicht.«

»Was bin ich nicht?«

»Mein Vater.«

»Bist du verrückt?«

»Glaubst du, ich wäre blind?« Friwi lachte so kurz und trocken auf, dass es wie ein Bellen klang. »Statt Onkel Fritz zu fordern, wie es jeder andere Mann mit einem Funken Ehre im Leib an deiner Stelle täte, schaust du tatenlos zu, wie er dir Hörner aufsetzt. Dein eigener Bruder! Pfui Teufel!«

»Du verdammter Scheißkerl!« Bevor er wusste, was er tat, verpasste Paul ihm eine Ohrfeige.

Ungläubig rieb Friwi sich die Wange. Dann aber verengten sich seine Augen zu zwei Schlitzen, und zitternd am ganzen Körper, presste er zwischen den Lippen hervor: »Ich hasse dich.«

Für einen Moment glaubte Paul, er wolle sich auf ihn stürzen, und riss die Arme hoch. Doch dann machte Friwi auf dem Absatz kehrt und marschierte hinaus.

Mit lautem Knall fiel die Tür ins Schloss.

Paul ließ die Arme sinken. Was hatte Friwi gesagt? Nein, das konnte nicht sein, unmöglich. Das hatte er doch nur gesagt, um ihn zu verletzten …

Doch der Stachel saß zu tief. Er musste sich Gewissheit verschaffen.

Noch am selben Abend stellte er Erdmute zur Rede.

»Ist Friwi mein Sohn?«

Erdmute schaute ihn voller Verachtung an. »Was für eine groteske Frage!«

»Er weiß von deinem Verhältnis mit Fritz. Wie konnte das passieren?«

»Vielleicht liegt es ja an dir. Friwi hat ein feines Gespür. Wer seine Mutter gut und wer sie schlecht behandelt.«

»Hast du überhaupt kein Schamgefühl? Nicht mal vor deinem Sohn?«

»Den du wie einen Aussätzigen behandelst?«

Nur mit Mühe gelang es Paul, sich zu beherrschen. »Diskretion – das war die Bedingung, unter der ich bereit war, euer Verhältnis zu dulden.«

Erdmute nahm einen Schluck von ihrem Tee.

»Ich will die Wahrheit wissen!«, beharrte er.

»Die Wahrheit?« Sie stellte ihre Tasse zurück. »Auch wenn es dir anders vermutlich lieber wäre – ja, Friwi ist dein Sohn! Leider!«

83

VOR PAXTON House stand ein Krankenwagen. Nigel hatte noch von der *Britannia* aus telegrafiert, dass Onkel Georgie nur liegend transportiert werden könne, und Vicky hatte sich um alles gekümmert. Zusammen mit Dr. Wilson sowie zwei Wärtern aus dem Kings' College Hospital hatte sie ihn am Bahnsteig in Empfang genommen.

Ja, Onkel Georgie war in sein geliebtes London zurückgekehrt. Jetzt lag er wieder in seinem alten, gewohnten Bett. Dr. Wilson hatte ihm eine Opiumtinktur verabreicht und gesagt, dass er die nächsten vierundzwanzig Stunden durchschlafen werde. Doch Vicky hatte keine Ruhe gehabt, so wenig wie ihre Mutter und ihre Kinder, so dass sie nun, nachdem der Arzt und die Krankenwärter das Haus verlassen hatten, sich einander ablösend an seinem Bett Wache hielten.

Würde er wohl je wieder das Bett verlassen?

Dr. Wilson zufolge war es ein Wunder, dass er die Reise lebend überstanden hatte, ein Wunder, dass er sich nur mit dem unbedingten Willen des Patienten erklären konnte. Vicky war bei seinem Anblick entsetzt gewesen, sie hatte ihren Onkel, der doch ihr Leben lang ihr Lieblingsonkel gewesen war, kaum wiedererkannt. Zehn Jahre hatten sie einander nicht gesehen, doch in diesen zehn Jahren war er um mehrere Jahrzehnte gealtert: ein Wrack, gezeichnet von einem Leben, für das er nicht geschaffen war, sowie einem Dutzend Malariaanfällen und anderen Tropenkrankheiten. Das einst volle Haar hing ihm in schütteren Strähnen vom Kopf, die Ohren standen übergroß von dem fast kahlen Schädel ab, das früher so lebhafte Gesicht, mimischer Spiegel seines wachen Geistes, war eingefallen und fahl, die Haut voller Schründe und Pusteln, und seine sonst stets sorgfältig manikürten Nägel hatten sich in gelbe, hässliche Krallen an den Spitzen seiner abgemagerten Finger verwandelt.

»Warum bist du nicht in Kapstadt geblieben?«, flüsterte Vicky. »Dann hättest du in Ruhe sterben können. Wenigstens das.«

»Die Rückkehr war sein letzter und einziger Wunsch«, sagte Nigel. »Er wollte uns alle noch einmal wiedersehen. Und ein Bekenntnis ablegen.«

»Ein Bekenntnis?« Verwundert blickte Vicky ihren Sohn an.

»Ja, so hat er es gesagt. Auch wenn ich nicht weiß, was er damit meinte.«

84

ES WAR ein Septembertag wie im Bilderbuch. Während Auguste im Foyer des Ritz mit Delphine beim Nachmittagstee saß, schien draußen die Herbstsonne von einem tiefblauen Himmel auf den Place Vendôme herab, wo die Schönen und Reichen im Schatten der Kolonnaden an den Juwelierboutiquen entlangflanierten.

Ein Zeitungsjunge lief durch die Hotelhalle und rief die Schlagzeilen des Tages aus.

»Faschoda-Krise beendet!«

»Einigung mit England!«

»Krieg in letzter Minute abgewendet!«

Auguste hörte nur mit halbem Ohr hin. Er wollte heute seiner

Frau endlich gestehen, dass Ritz und er ein neues Haus in London eröffnen würden, doch wusste er nicht, wie er es ihr erklären sollte, ohne den Familienfrieden zu gefährden. Wochenlang hatte er sich davor gedrückt, doch länger konnte er die Sache nicht vor sich herschieben.

»Was hast du auf dem Herzen, mein Lieber?«, fragte sie. »Irgendetwas bedrückt dich doch, das sehe ich dir an. Also raus mit der Sprache!«

Der Moment der Wahrheit war da! Also versuchte er erst gar nicht zu leugnen. Delphine kannte ihn viel zu gut, als dass er ihr etwas hätte vormachen können.

»Ich weiß, wie glücklich du bist, seit ich aus London zurück bin. Und ich bin es auch, glücklicher als je zuvor. Noch nie waren wir, du und ich und die Kinder, eine so glückliche Familie. – Nur andererseits …«

Delphine hob die Brauen. »Andererseits?«

Er nahm einen Schluck von seinem Tee. »Nun, wenn ich mir vorstelle, dass das, was wir jetzt haben, schon das Ende ist, kommen mir Zweifel. Ich meine, ich bin erst Anfang fünfzig, da braucht man noch Ziele vor Augen, etwas, worauf man hinarbeiten kann.«

Ihr Blick wurde noch strenger. »Sprichst du von deinen Londoner Plänen?«

Die Frage kam so überraschend, dass er sich verschluckte.

»Du weißt schon Bescheid? Woher?«

»Hast du vergessen, dass Germaine hier arbeitet?«

»Nein, natürlich nicht.« Er setzte seine Tasse ab. »Aber wenn du Bescheid weißt, du musst dir keine Sorgen machen, es wird sich für dich und die Kinder praktisch nichts ändern, weil … weil …« In seiner Not nahm er Zuflucht zu César Ritz' Lieblingsformel. »Das eine tun heißt ja nicht das andere lassen. Auch wenn ich ein paar Tage im Monat in London sein werde oder vielleicht auch mal eine Woche oder zwei, werde ich doch die allermeiste Zeit hier verbringen. Wir werden also weiter als Familie zusammenleben, in unserer schönen großen Wohnung. Und Germaine kann sogar mit mir hin und her wechseln, in London brauchen wir ja auch eine Empfangsdame, ich habe mit Ritz schon darüber gesprochen.«

Er hielt in seinem Redeschwall inne, froh, dass es heraus war.

Jetzt kam alles auf Delphine an.

Kopfschüttelnd erwiderte sie seinen Blick, und für einen Moment befürchtete er das Schlimmste. Doch dann schwand alle Strenge aus ihrem Gesicht.

»Mein armer gepeinigter Ehemann.« Liebevoll lächelnd tätschelte sie seine Wange. »Hattest du wirklich Angst? Ach, Auguste, ich kenne dich doch und weiß, wie du bist. Wenn dir London so am Herzen liegt, will ich dich nicht daran hindern. Dann hast du endlich alles so, wie du es schon immer haben wolltest. Die Erfüllung in deinem Beruf und außerdem noch ein bisschen Familie. So ist es doch, nicht wahr? – Ich hoffe nur«, fügte sie mit einem Anflug von Melancholie hinzu, »dass du dann auch wirklich glücklich bist.«

»Und ob ich das bin!«, rief er so laut, dass sich ein paar Köpfe nach ihm umdrehten. Aber das kümmerte ihn nicht. Delphine hatte ihm die Absolution erteilt!

Die Erleichterung war so groß, dass er ihr am liebsten auch sein letztes Geheimnis gestanden hätte, damit es nichts mehr gab, was zwischen ihnen stand. Doch der Zeitungsjunge kam ihm zuvor.

»Wie lange wird der Frieden halten?«

Auguste hielt inne. Nein, wozu Delphine verletzen, nachdem sie sich wieder einmal so großzügig gezeigt hatte?

Statt das Glück des Augenblicks zu zerstören, nahm er ihre Hand und führte sie an die Lippen. »Ich weiß gar nicht, wie ich dir danken soll. Du bist die beste Frau, die Gott mir schenken konnte.«

85

ONKEL GEORGIE war aschfahl im Gesicht, und auf seiner Stirn perlte kalter Schweiß.

»Ich … ich will noch nicht sterben.«

»Pssst. Dr. Wilson hat gesagt, du sollst nicht reden.«

»Weil, wenn ich sterbe, wer … wird mich dann unterhalten? – Ich fürchte … wenn es mich nicht mehr gibt … werde ich mich zu Tode langweilen …«

Ein Lächeln spielte um seinen Mund, sein altes, spöttisches Lächeln, mit dem er stets seine Witze begleitet hatte, solange Vicky zurückdenken konnte, und seine Augen blitzten für eine Sekunde wie früher. Ja, Onkel Georgie war noch einmal aufgewacht, nach zwei Tagen, in denen er fast schon bei den Engeln gewesen war. Vickys Mutter hatte sogar Reverend Peterson rufen lassen, den Pfarrer der Dreifaltigkeitskirche, der auch Rupert die Sterbesakramente gespendet hatte, nicht, weil sie unbedingt an das Himmelreich und die Einkehr ihres Bruders darin glaubte, nein, sie wollte nur nichts unversucht lassen – vielleicht würde ja ein zweites Wunder geschehen. Doch Onkel Georgie hatte den Geistlichen aus dem Zimmer geschickt, kaum dass dieser an seinem Bett erschienen war, zusammen mit seiner Schwester und dem Arzt und den Kindern. Nur Vicky hatte bei ihm bleiben dürfen.

»Ich wollte, ich hätte mich damals nicht gegen den Tunnel gestellt«, flüsterte er, als sie allein waren. »Vielleicht … vielleicht wäre Rupert dann noch …«

Bei der Erinnerung krampfte sich Vickys Herz zusammen. War dies das Bekenntnis, von dem Nigel gesprochen hatte?

»Du sollst doch nicht sprechen«, sagte sie und tupfte ihm den Schweiß von der Stirn.

Kaum merklich schüttelte er den Kopf. »Deswegen bin ich doch zurückgekommen … nur deshalb.« Er machte eine Pause. »Warum hast du nicht wieder geheiratet?«

»Ach, Onkel Georgie. Das weißt du doch.«

»Ich … hatte es befürchtet. Du hast ihn zu sehr geliebt, nicht wahr?«

»Rupert war das größte Geschenk meines Lebens. Dafür werde ich immer dankbar sein.«

»Das ist schön …. das ist schön … Trotzdem …« Wieder hielt Onkel Georgie inne. »Es heißt, ein Mensch könne nur einmal lieben, nur einmal in seinem Leben … und nur einen Menschen … Aber das ist kein Naturgesetz, das ist nur unser Glaube. Weil … wenn der Schmerz vergangen ist, dann …« Er schaute sie an. »Gab es später nie einen anderen Mann?«

Sie versuchte, seinem Blick auszuweichen, aber das schaffte sie nicht. »Doch«, sagte sie leise, »einen gab es. Und es gibt ihn noch.«

»Dann erzähl mir von ihm, alles … von Anfang an!«

Es war, als wäre das Leben in ihn zurückgekehrt, seine Miene regte sich, und während ein zartes, kaum wahrnehmbares Rosa in seine Wangen trat, wurde sein Blick so hell und klar, als wäre das Fieber verflogen. War das die »Euphoria«, von der Dr. Wilson gesprochen hatte, ein letztes Aufflackern der Lebensgeister, bevor der Tod eintrat? Während Onkel Georgie seine Augen auf sie gerichtet hielt, erzählte sie. Erzählte von ihrem Leben nach Ruperts Tod, ihrem Leben in Paxton House mit ihrer Mutter und ihren Kindern, erzählte von Claires Verschwinden und schließlich von Paul, Paul Biermann aus Berlin, der ihr Claire zurückgegeben hatte, erzählte, wie viel dieser Mann ihr bedeutete.

»Du kennst ihn«, sagte sie. »Der deutsche Bauingenieur. Er war einige Male in Paxton House zu Gast.«

»Ja, ich erinnere mich. Ein netter Kerl … den ich leider gar nicht nett behandelt habe … Ich … ich hatte damals schon das Gefühl, dass du ihn mochtest …« Onkel Georgie schloss die Augen, um Atem zu schöpfen. »Erlaubst du mir einen Rat?«, fragte er dann. »Damit du nicht denselben Fehler machst wie ich?«

»Welchen Fehler?«

»Den Fehler meines Lebens.« Ein Seufzer entrang sich seiner Brust. »Ich habe mich immer versteckt … mein Leben lang … hinter dieser Fassade … aus Ironie und Spott … damit niemand in mein Inneres blickten konnte.« Wieder machte er einen Pause, wie um Kraft zu sammeln. »Mein Leben«, sagte er dann, »es … es war eine einzige, fortwährende Lüge … Weil … weil ich keine Frauen lieben konnte. Das war mir nicht vergönnt.«

Die Eröffnung kam so unverhofft, dass Vicky der Atem stockte. Meinte er wirklich, was sie glaubte zu verstehen?

»Aber was war mit all den hübschen Damen vom Ballett?«

Um Onkel Georgies spielte ein Lächeln. »Ach ja, meine süßen Ballettratten … Das … das hatte nichts zu bedeuten … Sie waren nur Teil meiner Tarnung, wie all meine vermeintlichen Frauengeschichten …« Sein Blick wurde ernst. »Erinnerst du dich an den Maharadscha, von dem ich euch geschrieben hatte?«

»Der dich in seinen Palast eingeladen hat?«

»Ja, wir haben uns in Bombay kennengelernt, nur wenige Wochen nach meiner Ankunft. Er … war meine große Liebe. Er hieß Amal, das bedeutet Hoffnung. Die Zeit … mit ihm … war die glücklichste … die einzig glückliche Zeit meines Lebens.«

Vicky nickte. Ja, sie hatte ihn richtig verstanden.

»Aber, wenn du ihn so sehr geliebt hast – warum bist du dann nicht bei ihm geblieben?«

Onkel Georgies Augen verhärteten sich. »Gerüchte kamen auf, es drohte ein Skandal … Um Amal zu schützen, musste ich schwören … dass wir … dass wir einander … nie nahe waren …«

Vicky holte tief Luft. »Deshalb hast du dich versetzen lassen?«

»Es ging nicht anders, ich … ich hatte keine Wahl … Ja, ich habe Amal verraten … meine Liebe und meine Hoffnung. Aus Angst … weil ich feige war … Seitdem war mein Leben vorbei.«

Er verstummte. Erschüttert nahm Vicky seine Hand und schaute in sein Gesicht, dieses seit Urzeiten vertraute Gesicht, das sie gerade vielleicht zum allerletzten Mal sah. Die zarte Röte war wieder aus seinen Wangen gewichen, nichts regte sich mehr in seiner Miene.

War er eingeschlafen oder war er schon fort?

Sie betastete seine Stirn. Bei der Berührung schlug er noch einmal die Augen auf.

»Du weißt, warum ich dir das gestanden habe?«, flüsterte er.

Sie drückte stumm seine Hand.

»Dann … dann ist es gut …«

Voller Liebe schaute er sie an, dann begannen seine Lider zu zittern, und sein Atem ging so schwach, dass Vicky ihn kaum noch wahrnehmen konnte.

Ohne seine Hand loszulassen, beugte sie sich über ihn und küsste seine Stirn.

»Danke, Onkel Georgie. Danke.«

86

ZWEIHUNDERT PFUND lagen auf der Hantel, die Paul Mal um Mal in die Höhe stemmte, und sein Dress war schon ganz durchgeschwitzt. Nach einer überaus hitzigen Debatte im Parlament war er zur Ressource gefahren, um beim Sport den aufgestauten Dampf abzulassen, doch die erhoffte Wirkung stellte sich nicht ein. Die Welt geriet immer mehr aus den Fugen. Kaum hatten die Engländer und Franzosen ihre Krise im Sudan beigelegt, kündigte sich neues Unheil an. Auf das deutsche Flottengesetz, dem mit Ausnahme der Sozialisten alle Fraktionen im Reichstag zugestimmt hatten, hatten die Engländer mit der Ankündigung eines *Two Power Standard*-Programms reagiert, wonach die britische Seemacht in Zukunft stets über die doppelte Stärke verfügen würde wie die zweit- und drittstärkste Kriegsmarine aller anderen Nationen zusammen. Das hatte zu einem Aufschrei der Empörung in Berlin gesorgt, mit der Folge, dass der unlängst gegründete Flottenverein, dessen Zweck die Mobilisierung der Öffentlichkeit für den Aufbau einer schlagkräftigen deutschen Kriegsmarine war, sich kaum noch vor der Flut von Mitgliedsanträgen retten konnte, die in der Geschäftsstelle eintraf.

Krieg lag in der Luft. Aber wie sollte es Frieden in der Welt geben, wenn es nicht mal Frieden in der eigenen Familie gab?

Nach Pauls fürchterlichem Streit mit Friwi hatte dieser seiner Mutter die ganze Geschichte von Claires Flucht aus London verraten, einschließlich der Rolle, die Kaspar und Johanna und die Zwillinge dabei gespielt hatten. Erdmute hatte mit Scheidung gedroht, keinen Tag länger wolle sie einer solchen Familie angehören. Paul hätte nur zu gerne eingewilligt – allein die Sorge um den Ruf der Firma sowie der Familie hatte ihn davon abgehalten. Seitdem herrschte in der Villa eine gespenstische Ruhe, wie vor einem Sturm, der jeden Moment losbrechen konnte.

Ach, wie hell und leicht und hoffnungsfroh war ihm die Zukunft erschienen, als sie vor Jahren Friwis Taufe gefeiert hatten! Jetzt lastete die Zukunft so schwer und bleiern auf ihm wie die Gewichte auf seinen Schultern.

Er stemmte die Hantel noch einmal in die Höhe, dann beendete er das Training für diesen Tag und ging in die Umkleide, um zu duschen und sich umzuziehen. Als er beim Verlassen des Klubs den Spielsaal passierte, hörte er im Hauptgeschoss die Stimme seines Sohnes. Durch die offene Tür sah er Friwi an einem Roulettetisch. Als ihre Blicke sich trafen, grinste sein Sohn ihn an, um dann mit beiden Händen einen bunten Haufen Jetons auf ein Einsatzfeld zu schieben.

»Rien ne va plus!«

In gedrückter Stimmung fuhr Paul nach Hause. Die Familie, um die er sich so sehr bemüht und für die er auf so vieles verzichtet hatte, gab es nicht mehr. Er hatte seinen Sohn verloren, und seine Ehe bestand nur noch auf dem Papier … Vor dem Fahrradgeschäft auf der Berliner Straße war ein Automobil ausgestellt, dasselbe Modell, das ihm bei seiner Rückkehr aus London auf dem Droschkenplatz vor dem Anhalter Bahnhofs aufgefallen war. Er beschloss, seinen Landauer durch einen solchen Motorwagen zu ersetzen. Irgendetwas musste sich in seinem Leben ändern, sonst würde er platzen.

In der Villa wartete auf seinem Schreibtisch die Post. Ein Umschlag war mit einer Briefmarke frankiert, die das Bild von Queen Victoria zeigte. Im selben Augenblick beschleunigte sich sein Puls. Vicky hatte in ihrem letzten Brief erwähnt, dass die Midland Railway mit Siemens & Halske wegen des Ankaufs weiterer elektrischer Eisenbahnzüge für die Londoner Untergrundbahn in Verhandlungen stand.

Würde sie vielleicht nach Berlin kommen?

Er öffnete das Kuvert. Aber nein, Vicky schrieb nur, dass ihr Onkel gestorben war, wenige Tage nach seiner Rückkehr aus Südafrika. Paul wusste, wie sehr sie an ihm gehangen hatte, und bedauerte, dass er nicht in London war, um ihr in ihrem Kummer beizustehen.

Mit einem Seufzer faltete er den Brief wieder zusammen, da entdeckte er auf der Rückseite des Bogens ein Postskriptum.

Nach Ablauf der Trauerzeit für Onkel Georgie werde ich mein Witwenkleid ablegen.

Pauls Puls raste. Sollte das heißen, dass Vicky womöglich … Plötzlich war nichts mehr so, wie es gerade noch gewesen war.

»Ist dir nicht gut?«

Als er aufblickte, stand Erdmute vor ihm.

Er schüttelte den Kopf. »Nein, im Gegenteil.« Er steckte den Brief in das Kuvert, dann straffte er sich, und den Blick fest auf seine Frau gerichtet, sagte er: »Morgen werde ich die Scheidung einreichen.«

87

DIE KRÄNZE und Blumengebinde waren verwelkt, und anstelle des schmucklosen Holzkreuzes, das bei der Beerdigung in dem aufgeworfenen Erdhügel gesteckt hatte, erhob sich auf dem Grab ein eleganter Marmorgrabstein, in den der Steinmetz nur den Namen des Verstorbenen eingemeißelt hatte sowie ein Zitat von dessen Lieblingsdichter.

GEORGE CECIL BENJAMIN PAXTON
Die Wahrheit ist selten rein und nie einfach.

Onkel Georgie hatte darum gebeten, auf die Angabe seines Geburts- und Sterbedatums zu verzichten – »ich würde mein Alter gern mit ins Grab nehmen«, hatte er gesagt, »eine letzte, kleine Eitelkeit«. Vickys Idee war es gewesen, seinem Namen das Zitat hinzuzufügen, damit nicht nur dieser von ihm blieb.

Seit der Beisetzung ging sie einmal in der Woche mit ihrer Mutter zum Friedhof, um Blumen auf das Grab zu legen. Onkel Georgie hatte Blumen geliebt – »nicht wegen ihrer Schönheit, sondern wegen ihrer Vergänglichkeit«. Heute brachte sie ein paar Lotuszweige. In Indien, so hatte sie irgendwo gelesen, galt der Lotus als heilige Blume. Sie war sicher, dass Onkel Georgie sich gefreut hätte.

»Hast du schon mit Nigel und Claire gesprochen?«, fragte ihre Mutter.

»Nein, noch nicht.« Sie bückte sich und stellte die Zweige in eine mit Wasser gefüllte Bodenvase.

»Warum nicht? Hast du Angst?«

»Nein, Mama. Das ist nicht der Grund. Ich habe noch keine Antwort aus Berlin.«

»Seltsam. Du hast Mr. Biermann doch schon vor über zwei Wochen geschrieben. Hast du dich nicht klar genug ausgedrückt?«

Vicky schüttelte den Kopf. »Ich bin sicher, er hat mich verstanden.

Aber, um ehrlich zu sein, je mehr Zeit vergeht, desto größer werden meine Zweifel.«

Ihre Mutter runzelte die Stirn. »Zweifel, ob du ihn liebst?«

»Nein. Ich liebe ihn. Mehr als ich es nach Ruperts Tod je für möglich gehalten hätte.«

»Was ist es dann?«

Sie schlug die Augen nieder. Sie war sich so sicher gewesen, nachdem Onkel Georgie auf dem Totenbett sein Herz vor ihr entblößt hatte, um sie davor zu bewahren, denselben Fehler zu machen wie er. Aber es ging nicht nur um ihre Liebe, das hatte sie inzwischen erkannt, es ging auch um ihre Vergangenheit. Während ihres ganzen Ehelebens hatte sie Rupert verschwiegen, dass ein anderer Mann Claires Vater war, und obwohl er die Wahrheit gewusst hatte, hatte sie ihn doch betrogen. Würde sie ihn nicht ein zweites Mal betrügen, wenn sie sich jetzt zu einer Liebe bekannte, deren Wurzeln noch weiter zurückreichten als die ihrer Liebe zu Rupert? Außerdem war Paul verheiratet. Auch das konnte sie nicht ignorieren.

»Nun?«, fragte ihre Mutter.

»Bitte, Mama. Ich möchte nicht darüber sprechen.«

»Dann will ich nicht weiter in dich dringen. Auch wenn es mir schwerfällt.«

Vicky bückte sich, um noch einmal die Blütenzweige zu ordnen. Nein, der Lotus war keine gute Idee gewesen. Die Lotuspflanze war angeblich ein Symbol der Reinheit, weil sie sich aus Schlamm und Schmutz erhob. Beim nächsten Mal würde sie wieder Nelken oder Chrysanthemen mitbringen. Onkel Georgie konnte ja sowieso nicht sehen, was für Blumen sie ihm aufs Grab legte.

Schweigend verließ sie mit ihrer Mutter den Friedhof, und schweigend gingen sie zusammen nach Hause. Auf dem Weg kehrten ihre Gedanken zurück zu Paul. Fast hoffte sie, dass er das Postskriptum nicht verstanden hatte.

In der Halle wartete O'Brien auf sie.

»Ein Brief aus dem Ausland, Madam.«

»Aus Deutschland?«

»Nein. Aus Frankreich.«

Mit einer Mischung aus Enttäuschung und Erleichterung nahm Vicky den Brief und ging in den Wintergarten, um ihn dort in Ruhe zu lesen. Nach den ersten Zeilen hob sie überrascht die Brauen. Auguste kündigte an, nach London zurückzukehren, um zusammen mit César Ritz ein neues Hotel zu eröffnen.

Ein Räuspern von O'Brien schreckte sie auf.

»Besuch für Sie, Madam.«

»Besuch?«, fragte sie. »Ich erwarte niemanden.«

»Mr. Biermann aus Berlin. Er wartet in der Halle und lässt fragen, ob Sie ihn empfangen.«

88

LAUTLOS WIE ein Geist war der Butler im Wintergarten verschwunden, bevor Paul einen Blick in das Innere erhaschen konnte. Jetzt stand er da, mit einem Strauß roter Rosen in der Hand, und blickte in banger Erwartung auf die geschlossene Flügeltür.

Würde Vicky ihn empfangen?

Eine Ewigkeit verging, ohne dass etwas geschah. War sie außer Haus? Nein, dann hätte der Butler ihn abgewiesen. Wenn Vicky ihn warten ließ, gab es dafür nur eine Erklärung: sie war unschlüssig. Mit jeder Minute, die verging, stieg seine Nervosität. Warum hatte er ihr seinen Besuch nicht angekündigt? Dann hätte sie ihm geantwortet, und er hätte gewusst, ob er willkommen war oder nicht. Jetzt fühlte sie sich überrumpelt, womöglich sogar bedrängt.

Er musste daran denken, wie er zum ersten Mal in Paxton House zu Gast gewesen war. Vor Aufregung hatte er sich kaum getraut zu läuten, eingeschüchtert von der Größe und Pracht dieses Hauses, das größer und prachtvoller war als alle Häuser, die er aus Berlin kannte. Seine Hände waren so feucht gewesen, dass er sie immer wieder an seinem Anzug hatte abwischen müssen. Doch heute war er noch aufgeregter als damals. Denn heute würde sich sein Lebensglück entscheiden. Je nachdem, ob die Tür zum Wintergarten sich für ihn öffnete oder nicht.

Wieder schaute er zur Tür. Doch es rührte sich nichts. Hatte er das Postskriptum missverstanden? Er hatte Pastor Bläulich gefragt, wie lange die Trauerzeit für einen Angehörigen zweiten Grades üblicherweise dauere. Einen Monat, so die Auskunft des Geistlichen, höchstens, eine zwingende Vorschrift gebe es in solchen Fällen nicht. Paul hatte die Frist verdoppelt, er wusste ja, wie viel Vicky ihr Onkel bedeutete, und vielleicht galten in England strengere Bräuche als in Deutschland. Aber nicht einen Gedanken hatte er auf die Frage verwendet, ob das Postskriptum wirklich so gemeint gewesen war, wie er es aufgefasst hatte. Vielleicht hatte Vicky damit ja nur ganz allgemein sagen wollen, dass sie sich wieder mehr dem Leben zuwenden werde, ohne dabei an ihn oder gar an sie beide zu denken. Und selbst wenn er den Nachsatz unter ihrem Brief richtig verstanden hatte und sie ihn hatte ermutigen wollen, war es keineswegs ausgeschlossen, dass sie inzwischen ihre Meinung geändert hatte. Weil ihre Liebe zu Rupert zu groß war, als dass sie die Trauer um ihn jemals überwinden könnte.

Er tastete nach dem Glückspenny in seiner Westentasche – bei seinem ersten Besuch hatte er ihm geholfen, vielleicht tat er es ja auch heute.

Da sprang ihm wie aus dem Nichts ein fauchender Teufel entgegen und entriss ihm seinen Blumenstrauß.

Ramigami!

Mit den erbeuteten Rosen verschwand der Affe die Treppe hinauf. Dort hockte er sich auf eine Stufe und begann, die Blüten zu zerpflücken.

»Mrs. Watkin lässt bitten, Sir.«

Auf dem Absatz fuhr Paul herum. Vor ihm stand der Butler und hielt die Tür zum Wintergarten auf.

Als er Vicky sah, ließ er alle Hoffnung fahren.

Nein, sie hatte ihr Witwenkleid nicht abgelegt. Sie trug noch immer Schwarz.

89

VICKY KLOPFTE das Herz bis zum Hals. Als O'Brien den Besuch gemeldet hatte, war sie so überrascht gewesen, dass sie sich fast hätte verleugnen lassen. Was sollte sie sagen, wenn Paul gekommen war, um ihr die Frage zu stellen, die zu stellen sie ihn so voreilig ermutigt hatte?

Doch sie hatte sich nicht verleugnen lassen, »ich lasse bitten«, hatte sie gesagt, ganz von allein waren ihr die Worte über die Lippen gekommen.

Jetzt ging die Tür auf, und Paul stand vor ihr. Doch er war nicht allein. Hinter ihm, in der Halle, hockte Ramigami auf der Treppe und zerpflückte einen Strauß Rosen.

Im selben Moment war alles wieder da. Die Lichtung unter dem Dianaturm in Karlsbad … das Picknick im Grünen … ihr Tanz mit Paul im Sonnenschein …

Trotz der sommerlichen Wärme lief ihr ein Schauer über den Rücken.

»Waren die Blumen für mich?«

Sie hatte noch nicht ausgesprochen, da sah sie ihre Tochter. Claire kam die Treppe herunter und nahm Ramigami die Rosen ab. Dabei warf sie ihr einen so missbilligenden Blick zu, dass Vicky am liebsten im Boden versunken wäre.

Was um Himmels willen sollte sie tun?

Während die Gedanken sich in ihrem Kopf überschlugen, schloss O'Brien die Tür, und Paul und sie waren allein.

»Was … was für eine Überraschung«, sagte sie. »Ich hatte ja keine Ahnung, dass Sie in London sind.«

»Bitte entschuldigen Sie mein unangemeldetes Eindringen«, erwiderte er. »Wie ungehörig, Sie so zu überfallen. Ich … ich weiß selbst nicht, wie ich …« Er brachte den Satz nicht zu Ende.

Eine peinliche Stille entstand. Erst jetzt merkte Vicky, dass sie immer noch Augustes Brief in der Hand hielt.

»Darf ich fragen, was Sie hergeführt hat? Geschäfte, nehme ich an?« Obwohl sie das keineswegs annahm, hoffte sie, dass er die Frage wie ein Gentleman verstand und entsprechend reagierte.

Doch er schüttelte den Kopf. »Nein, keine Geschäfte. Ich … ich bin Ihretwegen in London.«

»Meinetwegen?« Sie legte den Brief ab.

»Ja. Aber jetzt weiß ich, dass das ein Fehler war. Weil …«

Unendlich traurig schaute er sie an. Warum hatte sie sich nur zu ihrem Postskriptum hinreißen lassen? Jetzt blieb ihr nichts anderes übrig, als ihm die Wahrheit zu sagen. Die Wahrheit, dass sie alle Gefühle für ihn hegte, die eine Frau für einen Mann nur hegen konnte, sie aber diesen Gefühlen nicht stattgeben durfte.

Das war es, was sie ihm sagen musste. Doch sie wusste nicht, wie sie es anfangen sollte, ohne alles zu zerstören.

Es war so still im Raum, dass ihr eigenes Schweigen ihr in den Ohren dröhnte.

»Offenbar habe ich Ihren Brief missverstanden«, sagte er. »Und deshalb will ich nicht länger stören.« Er deutete eine Verbeugung an. »Erlauben Sie mir, mich zu empfehlen.«

»Nein«, sagte sie. »Bitte bleiben Sie.«

»Aber Ihr Kleid …«

»Mein Kleid?« Sie schüttelte den Kopf. »Ich … ich war mit meiner Mutter auf dem Friedhof und hatte noch keine Gelegenheit, mich umzuziehen.« Sie zögerte einen Moment, dann fügte sie hinzu. »Nein, Paul, Sie haben mich nicht missverstanden.«

Ungläubig erwiderte er ihren Blick. »Soll das … soll das heißen, dass Sie, wenn ich Sie fragen würde …« Ein Lächeln zupfte an seinen Lippen.

Sie spürte, wie ihr der Mund austrocknete, und während ihr Herz raste, musste sie an Onkel Georgie denken, an die Worte, die sie auf seinem Grabstein hatte anbringen lassen.

Die Wahrheit ist selten rein und nie einfach …

Auf einmal war alles ganz leicht.

»Ja«, sagte sie. »Genau das soll es heißen.«

Sie wusste nicht, woher sie die plötzliche Sicherheit nahm, sie wusste nur, dass sie gar nichts anderes sagen konnte, weil dies, und nur dies, die Wahrheit war. Und während sie nur noch sein Lächeln sah, dieses schüchterne, scheue Lächeln, das sie schon immer so sehr an ihm gemocht hatte, von allem Anfang an, trat sie auf ihn zu, damit er ihr die Frage stellte, die sie so sehr gefürchtet und gleichzeitig so sehr herbeigesehnt hatte.

Er nahm ihre Hand und führte sie an seine Lippen. »Ich weiß, es ist weder originell noch geistreich noch amüsant, was ich jetzt …«

»Pssst«, machte sie. »Sie brauchen nicht brillant zu sein, das haben Sie nicht nötig. Sagen Sie einfach, was Sie sagen möchten.«

Sein Adamsapfel ruckte, und seine Miene wurde ernst. »Verehrte Mrs. Watkin – liebe Vicky. Möchten Sie … möchtest du … meine Frau werden?«

Die Frage löste ein Glücksgefühl aus, das ihren ganzen Körper flutete.

»Ja«, sagte sie, »ich will! Von ganzem Herzen – ja.«

Ein Leuchten ging durch sein Gesicht, ein Leuchten, aus dem dasselbe Glück sprach, das sie selbst verspürte. Mit beiden Händen umfing er ihre Wangen, ganz zärtlich und doch voller Kraft, und während alles in ihr nach ihm verlangte, schloss sie die Augen, um zusammen mit ihm in einem Kuss zu versinken, in dem es keine Fragen und keine Zweifel mehr gab.

90

ES WAR Sommer in Berlin, der letzte Sommer im alten Jahrhundert, und er machte seinem Namen alle Ehre. Schon seit Wochen schien täglich die Sonne von einem wolkenlosen Himmel herab, als könne es gar kein anderes Wetter mehr geben. An den Eisbuden herrschte Hochbetrieb, die Straßencafés quollen über von Menschen, und während auf dem Kurfürstendamm die Flaneure den hübschen Frolleins auf dem Trottoir hinterherpfiffen, riefen Zeitungsjungen die neuesten Nachrichten von der Haager Friedenskonferenz aus, wo auf Einladung des russischen Zaren Diplomaten und Militärs aller Herren Länder den Versuch unternahmen, zum ersten Mal in der Menschheitsgeschichte das Wettrüsten zu begrenzen und durch die Einführung eines Land- und Seekriegsrechts künftige Waffengänge zwischen den Völkern in geordnete und vielleicht sogar humane Bahnen zu lenken, soweit im Krieg so etwas überhaupt möglich war.

Auch Paul und Erdmute hatten beschlossen, ihre nun schon seit Jahren währenden Streitigkeiten beizulegen. Noch vor seiner Abreise nach London hatte er die Scheidung eingereicht, und zu seiner großen Erleichterung hatte sie seinem Vorschlag zugestimmt, sich gütlich zu trennen. Auch ihr war die Scheidung willkommen, auf diese Weise konnte sie, ohne weiter Rücksichten nehmen zu müssen, ein neues Leben mit Fritz beginnen.

An diesem Vormittag waren sie im Firmenkontor zusammengekommen, um ihre Ehe so geschäftsmäßig zu beenden, wie sie diese vor einem Vierteljahrhundert eingegangen waren. Paul hatte sich einverstanden erklärt, auf alle Ansprüche aus dem Vermögen seiner Frau zu verzichten. In der Erwartung, damit seinerseits alle Voraussetzungen für eine gütliche Trennung erfüllt zu haben, hatte er von seinem Anwalt einen entsprechenden Vertrag vorbereiten lassen. Doch zu seiner Überraschung stellte Erdmute noch eine weitere Bedingung.

»Ich verlange, dass du Friwi fünfzig Prozent der Firma überschreibst.«

»Das ist nicht dein Ernst!«

»Doch! Ich muss sichergehen, dass mein Sohn bekommt, was ihm zusteht, und du ihn nicht um sein Erbe betrügst. Schließlich kenne ich dich und weiß, wozu du imstande bist. Am Ende änderst du dein Testament ab, um deinen Neffen zu begünstigen.«

Paul holte tief Luft. Die Forderung bedeutete die Halbierung seines gesamten Vermögens. Doch das war nicht der Grund, warum sich alles in ihm dagegen sträubte – für Vicky war er bereit, diesen Preis zu zahlen. Viel schwerer wog, dass sein Sohn auf diese Weise zu seinem Kompagnon werden würde, mit demselben Stimmrecht in der Firma wie er selbst.

»Das kann ich nicht akzeptieren«, sagte er. »Friwi hat keine Ahnung vom Geschäft, darum ist es vollkommen ausgeschlossen, dass er über das Wohl und Wehe von Biermann & Gumbrecht mitentscheidet. Davon abgesehen weiß er weder den Wert der Arbeit noch des Geldes zu schätzen, wie er hinlänglich bewiesen hat. Er wird sein Erbe verprassen und die Firma zugrunde richten.«

Erdmute verzog keine Miene. »Ich bin nicht hier, um zu diskutieren. Entweder du erklärst dich einverstanden, oder ich stimme der Scheidung nicht zu. Also würde ich dir raten zu unterschreiben.«

Sie reichte ihm ein bereits ausgefertigtes Schriftstück. Paul wusste, wenn er seinen Namenszug daruntersetzte, gefährdete er sein Lebenswerk. Und das Lebenswerk seines Vaters.

»Nun?«, fragte Erdmute. »Worauf wartest du?«

Er hob den Blick und sah seiner Frau ins Gesicht. Mein Gott, wie hatte er das Leben mit ihr nur ertragen?

Mit einem Seufzer griff er zur Füllfeder und unterschrieb.

91

»DARUM HAST du also dein Witwenkleid abgelegt«, sagte Claire. »Und ich hatte geglaubt, du würdest es für immer tragen. So wie die Queen.«

Vicky musste ihren ganzen Mut zusammennehmen, um ihrer Tochter zu antworten. »Das hatte ich auch geglaubt. Aber ich habe mich geirrt. Weil … weil …«

Claire schaute sie mit ihren ernsten schwarzen Augen an. »Weil du Papa nicht mehr liebst?«

»Nein! Wie kannst du das nur denken?«

Obwohl die Verlobung schon in wenigen Wochen stattfinden sollte, hatte Vicky das Gespräch mit ihren Kindern immer wieder vor sich hergeschoben, aus Angst, dass Nigel und vor allem Claire sie nicht verstehen würden. Doch jetzt, da sie sich dazu durchgerungen hatte, weil es ihr unmöglich war, ohne das Einverständnis der beiden zu heiraten, fiel es ihr noch schwerer, als sie befürchtet hatte.

»Wer ist es?«, wollte Nigel wissen. »Kennen wir ihn?«

»Ja«, sagte Vicky. »Es ist Mr. Biermann.«

»Unser Berliner Freund? Dann bin ich erleichtert.«

»Dann … dann könntest du es dir also vorstellen?«

Nigel nickte. »Bei jedem anderen hätte ich nein gesagt. Aber in dem Fall …« Mit einem Lächeln nahm er sie in den Arm.

»Danke«, sagte sie und küsste ihn auf die Wange. »Du weißt nicht, wie viel mir das bedeutet.«

Sie atmete auf, der erste Schritt war getan! Doch sie wusste, der zweite lag noch vor ihr, und der würde weniger leichtfallen. Claire hing so sehr an Rupert, dass sie seinen Tod immer noch nicht verwunden hatte.

»Und du?«, fragte sie ihre Tochter. »Könntest du dich auch mit dem Gedanken arrangieren?«

»Du weißt, ich mag Mr. Biermann«, sagte Claire. »Sogar sehr. Er hat mir in Berlin geholfen, als ich Hilfe brauchte, ohne zu fragen oder mich zu verurteilen, und ich weiß nicht, was ich ohne ihn gemacht hätte. Aber … aber wenn ich an Papa denke … Ich meine, du und er – ihr zwei … ihr habt euch doch einander versprochen. Für immer!«

Vicky sah die Verzweiflung in ihrem Gesicht. Wie sollte Claire auch verstehen, was geschehen war, wenn sie selbst es kaum verstand? Für ein junges Mädchen wie sie, das nur die Regungen ihres Herzens kannte, konnte es nichts anderes geben als die eine große Liebe. Die Vorstellung hingegen, dass man im Laufe eines Lebens mehr als nur einen Menschen lieben konnte, musste für sie so falsch und aberwitzig sein wie die Vorstellung, dass die Sterne vom Himmel fielen.

Vicky nahm ihre Hand und schaute sie an. »Wenn du der Auffassung bist, es wäre Verrat, verzichte ich auf die Heirat.«

Claire schlug die Augen nieder. »Das kann ich unmöglich entscheiden«, sagte sie so leise, dass ihre Worte kaum zu hören waren.

Vicky schloss die Augen. Wenn Claire so sehr unter der Vorstellung litt, musste sie verzichten. Sie stand bereits in ihrer Schuld, noch mehr wollte sie ihr nicht antun, das brachte sie nicht übers Herz, gleichgültig, wonach dieses Herz sich sehnte. Sie war eine alte Frau. Claires Glück ging vor.

Sie atmete einmal tief durch, um ihren Kindern ihre Entscheidung mitzuteilen. Doch Nigel kam ihr zuvor.

»Du hast recht, Claire«, sagte er, »das kannst du nicht entscheiden, so wenig wie ich. Wir haben kein Recht dazu, es geht ja nicht um unser, sondern um Mamas Leben. – Aber«, fügte er hinzu, »wenn unser Vater zu entscheiden hätte, ich bin sicher, er wäre einverstanden. Er und Mr. Biermann waren Freunde, wirkliche Freunde.« Aufmunternd nickte er seiner Schwester zu. »Meinst du nicht auch?«

92

NOCH IM alten Jahrhundert, wie von César Ritz angekündigt, wurde am 1. Juli des Jahres 1899 das Carlton Hotel an der Ecke Pall Mall und Haymarket eröffnet, in einem wuchtigen, siebenstöckigen Prachtbau mit einer Fassade im italienischen Stil, der weithin sichtbar von einer Kuppel mit einem Türmchen auf der Spitze bekrönt wurde. Sowohl die Innenarchitektur als auch die Ausstattung der Räume waren im Louis-Seize-Stil gehalten, und das Dekor – Bilder, Möbel, Porzellan – bestand ausnahmslos aus edelsten französischen Antiquitäten. Das Herzstück des Hauses aber war ein verglaster, mit großem Aufwand tiefergelegter Palmengarten, in den von der Eingangshalle eine ausladende, mit Perserteppichen ausgelegte Treppe hinabführte, die den Damen beim Betreten und Verlassen des Raums die Möglichkeit zu einem bühnenreifen Auftritt bot.

Auguste musste an seine Anfänge denken. Zu der Zeit, als er noch Küchenchef im Petit Moulin gewesen war, hatte es sich für ehrbare Frauen verboten, ein Restaurant zu besuchen, nur Künstlerinnen oder Halbweltdamen wagten sich damals in ein öffentliches Lokal. Und jetzt …

Schon vor der Eröffnung hatten die Zeitungen dem Carlton bescheinigt, fortan die erste Adresse in der englischen Hauptstadt zu sein – »Das Savoy ist Vergangenheit«, so die Schlagzeile der *Times*, »die Zukunft ist das Carlton!« Die Gästeliste las sich wie ein Who's who der Londoner Gesellschaft. Ob Politiker oder Industrielle, Militärs oder Bankiers, Musiker oder Schriftsteller: Alles, was Rang und Namen hatte, wollte bei der Eröffnung dabei sein. Natürlich gab sich auch Königin Victorias Sohn, der Prinz von Wales, die Ehre – der Thronfolger war überglücklich, seine Lieblingsgastronomen wieder in der Stadt zu haben und ihre Künste genießen zu können, ohne die Beschwerlichkeiten einer Reise auf sich nehmen zu müssen.

Während César Ritz im Speisesaal die Gäste begrüßte, überwachte Auguste in der Küche die Zubereitung des Menüs. Seine Brigade bestand aus sechzig Köchen, die bis zu fünfhundert Gedecke an einem Abend zubereiten konnten. Obwohl das Restaurant bis auf den letzten Platz besetzt war, herrschte hier ruhige, konzentrierte Betriebsamkeit, so dass alle Tätigkeiten wie die Rädchen eines Uhrwerks ineinandergriffen.

Auguste schmeckte gerade eine Sauce ab, als ein Pikkolo zu ihm an den Herd trat. César Ritz hatte den Jungen geschickt.

»Der Direktor bittet Sie zu sich. Er möchte Sie den Gästen präsentieren!«

»Richte Monsieur Ritz aus, dass das gerade nicht möglich ist«, erwiderte Auguste. »Ich werde in der Küche gebraucht!«

Verwundert schaute der Pikkolo ihn an. Wie jeder im Haus wusste, litt der Betrieb in der Küche keineswegs, wenn der Chef ein paar Minuten abwesend war.

»Los, worauf wartest du?«, fragte Auguste. »Zurück an die Arbeit!«

Mit beiden Händen scheuchte er den Pikkolo fort. Doch statt an den Herd zurückzukehren, folgte er dem Jungen bis zu der Pendeltür, die den Speisesaal vom Küchengang trennte, um einen Blick auf den Tisch zu erhaschen, an dem Paul und Vicky ihre Verlobung feierten.

Claire saß dem Brautpaar gegenüber. Mit ernstem Gesicht lauschte sie der Ansprache, die ihre Großmutter gerade hielt.

Beim Anblick seiner Tochter krampfte sich Augustes Herz zusammen.

Wie sollte er Claire unter die Augen treten? Jetzt, da sie wusste, dass er ihr Vater war?

93

DER SPEISESAAL war erfüllt von Stimmengewirr und Gläserklingen, die Kronleuchter funkelten um die Wette mit den Juwelen und Brillanten der Damen, und die Herren ließen die Champagnerkorken knallen, um die Eröffnung des großartigsten Hotels der Welt zu feiern.

Vicky war viel zu glücklich, um etwas davon mitzubekommen. Während ihre Mutter eine Tischrede hielt, war sie mit all ihren Sinnen bei Paul, ihrem Verlobten. Nur hin und wieder tauschte sie einen Blick mit ihren Kindern, als müsse sie sich vergewissern, dass ihrem Glück wirklich und wahrhaftig nichts mehr im Wege stand. Nein, sie war noch keine alte Frau, das Leben lag vor ihr, ein neues, wunderbares, unbekanntes Leben, das nur darauf wartete, von ihr erkundet zu werden.

Plötzlich fühlte sie sich wieder so jung wie in Karlsbad, vor fast dreißig Jahren, als sie am ersten Tag nach ihrer Ankunft im Grandhotel Pupp das Fenster aufgestoßen hatte, um im Schein der Morgensonne den neuen Tag zu begrüßen.

»… und darum wollen wir nun unsere Gläser erheben!«, schloss die Mutter ihre Rede. »Auf das Brautpaar! Es lebe hoch!«

Vicky nahm ihr Glas, da sah sie plötzlich in das runde, bärtige Gesicht des Prinzen von Wales, der zwei Tische weiter mit seiner Entourage tafelte. Für eine Sekunde musste sie an den Ball mit Königin Victoria denken, als Rupert um ihre Hand angehalten hatte. Aber nur für eine Sekunde. Denn auch Edward hob sein Glas und prostete ihr zu. Mit einem Lächeln erwiderte sie seinen Toast.

»Und wo wollt ihr die Hochzeit feiern?«, fragte Nigel.

Vicky drehte sich zu Paul herum. Darüber hatten sie noch gar nicht gesprochen!

»Wie wär's mit Karlsbad?«, fragte er.

»Natürlich«, sagte sie. »Im Pupp.«

»Wo wir uns kennengelernt haben.«

»Du und ich.«

»Und Pippo!«

»Pippo?«, fragte Nigel. »Wer ist das?«

»Jemand sehr Wichtiges«, antwortete Vicky. »Aber den kennen nur Paul und ich.«

»Und Auguste!«, lachte Paul.

Nigel schaute sie an, als wären sie betrunken.

»Apropos«, sagte er. »Wo steckt unser Meisterkoch eigentlich?«

Paul zuckte die Achseln. »In der Küche, nehme ich an. Aber er hat versprochen, noch zu uns zu kommen und mit uns zu feiern. Sobald er mit der Arbeit fertig ist.«

»Dann trinken wir so lange auf sein Wohl!«

Während Nigel sein Glas hob, stand seine Schwester auf und verließ den Tisch.

»Wo willst du hin?«, fragte ihre Großmutter.

»Lass sie«, sagte Vicky. »Ich glaube, sie möchte etwas erledigen, wobei wir sie allein lassen sollten.«

94

OBWOHL AUGUSTE in seiner Küche den Genuss von Alkohol ebenso kategorisch verboten hatte wie den Genuss von Tabak, beschloss er, einen Cognac zu trinken. Spätestens nach dem Dessert würde er seine Höhle verlassen müssen, um Paul und Vicky zu gratulieren, und dann … Wie sollte er seiner Tochter begegnen? Durfte er sie umarmen? Wollte sie ihn überhaupt sehen? Oder würde sie ihn davonjagen?

In der Hoffnung, dass Alkohol vielleicht half, öffnete er den Spirituosenschrank. Da kam Gaston zu ihm geeilt, der Chef der Patisserie.

»Der Nachtisch für die Verlobungsgesellschaft!«

»Was ist damit?«

»Das Soufflé ist nicht aufgegangen. Wir brauchen Ersatz.«

Auguste dachte kurz nach, dann hatte er eine Idee.

»Fraises Victoria!«

»Fraises Victoria?«

»Fraises Sarah Bernhardt!«

»Ach so!«

Der Patisseur gab die Anweisung an seinen Posten weiter. In Windeseile wurden Erdbeeren geschnitten, um diese mit ein paar Tropfen Süßwein zu beträufeln und in Vanillecreme zu betten und das Ganze mit einer Haube Schlagsahne zu bekrönen.

»Et voilà!«

Während Gaston das Ergebnis präsentierte, hörte Auguste in seinem Rücken eine Stimme.

»Bon soir, papa.«

Auf dem Absatz fuhr er herum.

»Claire?«

Es war, als blicke er in einem Spiegel. Mit dunklen, schwarzen Augen, die so schwarz und dunkel waren wie seine eigenen, schaute seine Tochter ihn an.

»Ich wollte fragen, ob ich dir beim Nachtisch helfen kann. – Darf ich?«

95

WANN IST ein Bauwerk vollendet?

Wenn der Bauherr oder der Architekt es für vollendet erklärt? … Wenn Bänder durchgeschnitten und Reden gehalten werden? … Wenn alle Rechnungen bezahlt sind? … Wenn es in Betrieb genommen wird? … Wenn Zeitungen und Kritiker es rühmen? … Oder kann ein Bauwerk vielleicht gar nicht vollendet werden, weil sich die Ansprüche an seinen Gebrauch im Laufe der Zeit ändern und es sich immer wieder aufs Neue anpassen und weiterentwickeln muss, wie ein lebender Organismus?

Es waren seltsame Gedanken, die Paul an diesem Morgen bewegten, während er in einer Schar geladener Gäste Stadtbaurat Hoffmann lauschte, der anlässlich der abschließenden und nach dem Willen der kaiserlichen Postbehörde bis in alle Zeiten gültigen Durchnummerierung des Kurfürstendamms zu einer Feier auf den Auguste-Viktoria-Platz geladen hatte. Der Auslöser für seine Gedanken war die Frage gewesen, warum es eigentlich nie eine offizielle Eröffnung des Boulevards gegeben hatte und man sich stattdessen mit dieser doch sehr bescheidenen Würdigung des größten und bedeutendsten Bauwerks in der Reichshauptstadt begnügte.

Der Sommer war vorüber, die Blätter an den Bäumen färbten sich allmählich herbstlich braun, und ein kühler Wind ließ bereits den kommenden Winter ahnen, so dass Paul in seinem dünnen Paletot fröstelte. Trotzdem war er froh über den Pflichttermin, denn so musste er nicht dem Auszug seiner Frau aus der Familienvilla beiwohnen. Ja, die Scheidung von Erdmute war vollzogen, und in wenigen Wochen würde Vicky seine Frau sein. Sie hatten beschlossen, am letzten Tag des alten Jahres zu heiraten, um dann zusammen mit der Hochzeitsgesellschaft in das neue Jahrhundert hineinzufeiern.

»… möchte ich diesen Tag zum Anlass nehmen, an Fürst Bismarck zu erinnern und seinen kühnen Plan, einen Großstadtboulevard in der jungen Hauptstadt des von ihm gegründeten Reichs zu errichten, noch größer und prachtvoller als die Champs-Élysées in Paris …«

Während Baurat Hoffmanns Worte wie aus weiter Ferne an Pauls Ohr wehten, wanderten seine Gedanken zu den Anfängen zurück. Siebenundzwanzig Jahre war es her, dass sein Vater ihm in einem Brief erstmals von dem Vorhaben des Kanzlers Mitteilung gemacht hatte. Er war sofort Feuer und Flamme gewesen, und in seiner Begeisterung hatte er von Wien, wo er auf der Weltausstellung gearbeitet hatte, nach London reisen wollen, um sich über neue Baumethoden kundig zu machen. Und um Vicky wiederzusehen, die junge englische Lady, der er zwei Jahre zuvor in Karlsbad begegnet und die ihm seitdem nicht mehr aus dem Kopf gegangen war … Aber sein Vater hatte sich entleibt, und er hatte Hals über Kopf nach Berlin zurückkehren müssen, ohne Umweg über London, um die Firma vor dem Konkurs zu retten. Die Stadt war damals eine einzige, riesige Baustelle gewesen, und er hatte sich buchstäblich durch ihren Untergrund wühlen müssen, um wieder Boden unter den Füßen zu bekommen. Ohne Hermann und Dora Blankenstein hätte er es nicht geschafft, die zwei hatten ihm die ersten Aufträge vermittelt, und dafür war er ihnen bis heute dankbar, trotz allem, was später geschehen war. Jahrelang war es nur ums Überleben gegangen, ohne jede Hoffnung, dass seine zwei großen Träume sich je erfüllen könnten. Denn während er Stollen für die Kanalisation in das Erdreich getrieben hatte, war der Kurfürstendamm für ihn so weit entfernt gewesen wie der Mond, und Vicky hatte geheiratet und Kinder bekommen.

»Groß war damals die Zahl der Zweifler, die nicht für möglich hielten, wonach der Kanzler trachtete. Doch mit der Unterstützung wagemutiger Unternehmer und Finanziers sowie einem treu ergebenen Heer von Architekten und Ingenieuren, Handwerkern und Arbeitern hat er alle Hindernisse und Widrigkeiten überwunden. Und nun ist das große Werk vollbracht, der Kurfürstendamm ist die erste Adresse Berlins, Inbegriff des neuen Westens und Wahrzeichen unserer Hauptstadt, die keinen Vergleich mehr mit anderen Metropolen der Welt scheuen muss, Stein gewordenes Sinnbild für den Aufstieg des Deutschen Kaiserreichs in die erste Reihe der Völker!«

Paul tastete nach seinem Glückspenny. Ja, Bismarcks Vision war Wirklichkeit geworden, und er, Paul Biermann, hatte daran mitgewirkt! Immer noch staunend, dass seine zwei großen, scheinbar unerfüllbaren Träume in Erfüllung gegangen waren, ließ er seinen Blick über den Boulevard schweifen. Wohin er schaute, brodelte das Hauptstadtleben. Auf den Bürgersteigen wimmelte es von Menschen, Reiter tummelten sich auf der von Platanen gesäumten Reitbahn in der Mitte der Chaussee, auf der Kutschen und Lastwagen und Omnibusse zweispurig in beiden Richtungen passierten, und dazwischen klingelten Fahrräder und knatterten Automobile und bimmelte das neue Hauptbeförderungsmittel der Stadt, die elektrische Straßenbahn, die von der Hundekehle über den Kurfürstendamm bis zum Nollendorfplatz entlangschnurrte.

Und noch immer wurde überall gehämmert und gezimmert, gemauert und gebaut … Nein, der Boulevard war nicht vollendet, und er würde auch niemals vollendet sein. Er war und blieb ein ewiges Werden, nicht anders als das Leben selbst.

»Auf unseren Kaiser! Auf unser deutsches Vaterland!«

Baurat Hoffmann stieß ein dreifaches Vivat aus, die Glocken der Gedächtniskirche läuteten, und nachdem der Propst einen Segen gespendet hatte, löste die Versammlung sich zu den Klängen einer Militärkapelle auf.

Paul schaute auf die Uhr. Nein, es bestand keine Gefahr mehr, dass er Erdmute noch zu Hause antraf.

In aufgeräumter Stimmung kehrte er zu seinem Automobil zurück, das er vor dem Café des Westens geparkt hatte, dem neuen Künstlerlokal am Kurfürstendamm. Ja, er hatte seinen Landauer gegen ein Kraftfahrzeug eingetauscht, einen Viersitzer aus der Werkstatt von Carl Benz mit Contra-Motor, der sechzehn Pferdestärken leistete. Mit einer Kurbel warf er die Maschine an, dann schwang er sich hinter das Lenkrad und brauste los. Schon jetzt freute er sich darauf, mit dem Wagen, der jedem Pferdegespann an Geschwindigkeit und Ausdauer überlegen war, nach Karlsbad über Land zu fahren.

Doch seine Freude verflog, als er in den Hof der Villa einbog. Vor der Freitreppe stand immer noch der Möbelwagen.

»Du kannst es wohl gar nicht erwarten«, empfing Erdmute ihn in der Halle. »Aber keine Sorge, in einer halben Stunde bin ich fort.«

Paul ging nicht auf den Affront ein, er hatte das Gezänk für sein Leben satt. Stattdessen wandte er sich an seinen Sohn, der die Möbelpacker herumkommandierte.

»Ich möchte dich zu meiner Hochzeit einladen.«

Friwi blickte ihn an, als zweifle er an seinem Verstand. »Du glaubst doch wohl nicht im Ernst, dass ich dir den Gefallen tue!«

Die schroffe Abfuhr traf Paul wie eine Ohrfeige. »Du kannst es dir ja noch überlegen«, sagte er. »Alle anderen werden jedenfalls kommen.«

»Alle anderen?« Friwi hob die Brauen.

»Mrs. Paxton-Stokes, mein Freund und Trauzeuge Auguste Escoffier mit seiner Frau und seinen drei Kindern Popol, Germaine und Daniel, Nigel Watkin …«

»Auch Claire?«, fragte Friwi.

»Natürlich«, sagte Paul. »Warum?«

96 VICKY ÖFFNETE den Schrank und holte ihr Brautkleid hervor. Sie hatte sich mit der Wahl nicht leichtgetan, weder wollte sie ein zweites Mal in Weiß vor den Traualtar treten, noch schien ihr ein schlichtes Tageskleid angemessen, und eine pompöse Abendrobe kam erst recht nicht in Frage. Schließlich hatte sie sich für ein elegantes, cremefarbenes Kostüm aus changierender Georgette entschieden, mit einer hohen, enganliegenden Halsrüsche, die ihre Kinnpartie betonte, zu dem sie einen ebenfalls cremefarbenen Hut mit einem Gazeschleier tragen würde.

»Warum überlässt du das Packen nicht dem Personal?«, fragte Claire, die ihr Gesellschaft leistete.

»Weil es mir viel zu große Freude bereitet«, sagte Vicky und legte das gefaltete Kostüm in den Koffer.

Ihre Tochter schaute sie an. »Bist du glücklich?«

»Ja, Claire, das bin ich.«

Das war sie in der Tat, mehr als sie sagen konnte. Dank des Zuspruchs ihrer Kinder war sie sicher, mit ihrer Wiederverheiratung weder Rupert noch die Liebe zu ihm zu verraten, die sie noch immer für ihn empfand.

Sie klappte den Deckel des Koffers zu.

»Hast du auch nichts vergessen?«, fragte Claire.

»Nicht, das ich wüsste.«

»Und was ist mit Ramigami?«

Verwundert runzelte Vicky die Stirn. »Ramigami?«

Claire schaute sie vorwurfsvoll an. »Hast du etwa den ersten Tanz mit deinem zukünftigen Ehemann vergessen?«

»Um Himmels willen – woher weißt du das denn?«

»Dreimal darfst du raten. Jemand, der dabei war, hat mir alles erzählt.«

Claire lachte. Vicky wollte sie umarmen, doch plötzlich wurde ihre Tochter ernst.

»Ich … ich habe noch eine Frage.«

»Nämlich?«

Claire zögerte. »Dass ihr damals Ramigami mitgebracht habt, von eurer Indienreise, das … das war doch wirklich Papas Idee und nicht deine. Oder?«

Vicky ahnte, wie wichtig die Frage für sie war. Die Frage und vor allem die Antwort. Doch zum Glück war die ganz leicht.

»Nein«, sagte sie, »das war allein die Idee deines Vaters. Ich hatte nichts damit zu tun. Ich war sogar ein bisschen erschrocken, als er damit anfing.«

»Gott sei Dank«, sagte Claire. »Weil, wenn nicht, ich meine …«

»Pssst«, machte Vicky. »Dein Vater war der beste Vater der Welt. Fast könnte man meinen, er hätte alles schon vorausgeahnt.«

»Ach, Mama.« Mit einem Seufzer nahm Claire sie in den Arm und drückte sie an sich.

97

ALS AUGUSTE mit seiner Familie den Bahnhof in Karlsbad verließ, tat sich vor ihm eine fast unwirkliche Winterlandschaft auf. Die ganze Welt lag unter Eis und Schnee, die Bäume an den Hängen reckten ihre kahlen Äste in den Himmel empor, und es war so still, dass man nur das Krächzen eines Rabens hörte, der sich über den bewaldeten Hügeln in die Höhe schwang.

Ein Dienstmann nahm Auguste und den Seinen das Gepäck ab, und über eine Treppe gelangten sie hinunter auf den Droschkenplatz, wo ein Schlitten des Grandhotel Pupp für sie bereitstand. In Pelze und Decken verpackt, ging es dem Ort entgegen, dessen Gebäude sich noch in einiger Ferne vor dem Horizont abzeichneten. Lautlos glitten die Kufen durch den Schnee, über den Rücken der Pferde stoben in der Kälte Dampfwolken auf, und während das Ziel allmählich näher kam, belebte sich nach und nach das Bild. Auf dem zugefrorenen Fluss liefen Kinder Schlittschuh, am Ufer hatte ein

Maroniverkäufer seine Bude aufgeschlagen, und auf einer noch mit Weihnachtsgirlanden geschmückten Brücke spielte ein Drehorgelmann. Doch die Promenade, auf der sich in der Saison die Kurgäste zu Tausenden und Abertausenden drängten, war fast menschenleer, und die Heilquellen sprudelten, ohne dass jemand Gebrauch von ihnen machte.

Auguste schloss die Augen. Sogleich sah er wieder den eleganten Kurort *à la mode* vor sich, im hellen Sonnenschein lag er da, und Menschen aus ganz Europa flanierten unter den Kolonnaden. Wie jung war er damals gewesen, alles schien ein Abenteuer zu sein – die Arbeit im Hotel, das internationale Publikum, vor allem aber das *Déjeuner sur l'herbe*, das er und Paul für Vicky arrangiert hatten, hoch oben über der Stadt, auf einer Lichtung unter dem Dianaturm.

Und jetzt war er zurückgekommen, um Pauls Trauzeuge zu sein, so wie Paul vor Jahren in Paris sein Trauzeuge gewesen war.

Wäre er wohl glücklicher, wenn er heute an Pauls Stelle wäre?

Delphine weckte ihn aus seinen Gedanken. »Du hast mir noch gar nicht verraten, welches Menü du vorbereitet hast. Hast du schon eine Idee?«

Als er die Augen aufschlug, sah er in das Gesicht seiner Frau. »Natürlich. Für alle sieben Gänge.« Und ohne eine Antwort abzuwarten, zählte er die Speisenfolge auf, vom *Amuse bouche* bis zum Dessert.

Mit einem liebevollen Lächeln nickte sie ihm zu. »Mir läuft jetzt schon das Wasser im Mund zusammen.«

Trotz der Kälte durchströmte ihn ein wunderbar warmes Gefühl. Ja, er hatte alles richtig gemacht, er konnte gar nicht glücklicher sein, als er war.

In einer Aufwallung gab er seiner Frau einen Kuss.

»Was ist denn in dich gefahren?«, fragte Popol. »Ist das der zweite Frühling?«

Auguste drückte Delphine an sich. »Nur reine Lebensfreude. Oder hat euer alter Vater kein Recht mehr darauf?«

98

DIE ANGLIKANISCHE Lukaskirche hatte es noch nicht gegeben, als Vicky im Frühsommer des Jahres 1871 in Karlsbad gewesen war. Das zweischiffige neugotische Gotteshaus, das sich mit seinen Mauern aus unverputzten Backsteinen und dem querstehenden Viereckssturm ein wenig fremdländisch anmutend auf der Terrasse des Schlossberges erhob, war erst Mitte der siebziger Jahre errichtet worden, gestiftet von englischen Badegästen, die während der Kur ihren Gottesdienst nach eigenem Ritus und in der eigenen Sprache feiern wollten.

Es war Pauls Idee gewesen, hier zu heiraten. Vicky war gerührt, wie sehr er in allem bemüht war, den Tag für sie so schön wie möglich zu gestalten. Dabei war ihr im Grunde gleich, in welchem Gotteshaus sie mit ihm vor den Traualtar trat. Sie liebte ihn so sehr, dass sie ihm auch in einer Synagoge oder Moschee das Jawort gegeben hätte.

Die Orgel ertönte, die Gäste erhoben sich von ihren Plätzen, und zu den Klängen des Hochzeitsmarsches betrat Vicky die kleine Kirche am Arm ihres Sohnes. Voller Stolz führte Nigel sie durch den mit Rosen bestreuten Mittelgang, an dessen Ende Paul mit seinem Trauzeugen auf sie wartete. Als ihr Sohn sie in die Obhut ihres Bräutigams gab, empfing der sie mit seinem scheuen, halb verlegenen Lächeln, das sie so sehr an ihm mochte.

Die Orgel verstummte, der Geistliche, ein evangelischer Pfarrer aus Mecklenburg, dem der anglikanische Hausherr die Nutzung der Kirche gestattet hatte, da er selbst die Trauung nicht vornehmen durfte, begrüßte die Gemeinde, man sprach ein paar Gebete und sang ein paar Lieder, und nach einer Predigt, in der er nuschelnd das Brautpaar zu fortwährender Treue in Gott anhielt, stellte er die eine Frage, die Vicky so lange in ihrem Herzen bewegt hatte.

»Bist du, Victoria Emily Watkin, geborene Paxton-Stokes, bereit, mit dem hier anwesenden Paul Otto Biermann den Bund der Ehe einzugehen, um ihn zu lieben und zu ehren in guten wie in schlechten Zeiten, bis dass der Tod euch scheidet?«

Sie drehte sich zu Paul herum, und die Augen fest auf ihn gerichtet, sagte sie so laut, dass das kleine Gotteshaus von ihrem Bekenntnis widerhallte:

»Ja, ich will!«

Sein Lächeln wurde zum Strahlen, er reichte ihr seinen Arm, und unter Orgelgebraus zogen sie aus der Kirche. Draußen blendete die helle Wintersonne so sehr, dass Vicky zuerst gar nicht das Ehrenspalier sah, das sie auf der Treppe empfing. Lachend und sich einander mit den Armen gegen den Reisregen schützend, erreichten sie die Straße, als Paul plötzlich innehielt.

Ein großgewachsener Offizier Mitte zwanzig wartete neben dem Automobil, das sie zum Hotel bringen sollte. Mit seinen breiten Schultern und dem blonden Bürstenhaar erinnerte er Vicky vage an Paul in jungen Jahren. Der trat zusammen mit ihr auf den Fremden zu, um ihn ihr vorzustellen.

»Das ist mein Sohn Friwi!«

»Was für eine schöne Überraschung!«

Vicky reichte seinem Sohn die Hand. Doch bevor sie ihn begrüßen konnte, schloss Paul ihn in die Arme und drückte ihn an sich.

»Du weißt ja nicht, wie glücklich du mich machst«, sagte er. »Das ist mein allerschönstes Hochzeitsgeschenk.«

99

DIE HOCHZEITSFEIER fand im Ballsaal des Grandhotel Pupp statt, demselben Saal, den Paul als blutjunger Bauingenieur errichtet hatte und der nun im Glanz elektrischer Kronleuchter und böhmischer Kristallspiegel erstrahlte. Für die Dekoration mit Girlanden und Blumengebinden in den Farben der englischen, deutschen und französischen Fahnen hatten Vickys und Pauls und Augustes Kinder gemeinsam gesorgt – auch Friwi hatte sich beteiligt und auf der Terrasse, wo man um Mitternacht anstoßen würde, Lampions aufgehängt, zusammen mit Claire.

Unter dem Applaus der Gäste nahmen Paul und Vicky an ihrem Ehrentisch in der Mitte des Saales Platz, und das Festmenü konnte beginnen. Dieses war Augustes Hochzeitsgeschenk an das Brautpaar, und er hatte keine Mühe und Anstrengung gescheut, um seine Kunst unter Beweis zu stellen. Drei Tage hatte er auf die Vorbereitung verwandt. Begleitet von den Klängen eines Streichorchesters sowie den Ahs und Ohs der Gäste zelebrierten die Kellner eine Abfolge von Speisen mit immer wieder neuen, den Gaumen verblüffenden Höhepunkten, eine orchestrierte Symphonie erlesenster Genüsse. *Caviar à l'œuf mayonnaise … Nymphes à l'aurore … Potage à la tortue Lady Curzon … Sole au champagne … Poularde aux huitres … Cerf Diana aux canneberges … Glaces et fruits mariés …*

Paul verstand keine einzige der französischen Bezeichnungen, die der Maître vor jedem Gang nannte, und vor lauter Aromen, die in seinem Mund explodierten, konnte er oft nicht einmal sagen, was ihm gerade auf der Zunge zerging. Doch ob Fleisch oder Fisch, Gemüse oder Salat, ein Gericht schmeckte köstlicher als das andere.

Mehr musste er nicht wissen. Er war der glücklichste Mann der Welt.

Als man zwischen zwei Gängen die Gläser auf ihn und Vicky erhob, fiel ihm ein Goethe-Vers ein, den er in der Schulzeit nie begriffen und vielleicht nur darum bis heute behalten hatte. »Es irrt der Mensch, solang er strebt …« Jetzt glaubte er, den Sinn zu verstehen. Wann immer er in seinem Leben den direkten Weg zum Glück gesucht hatte, war er in die Irre gegangen. All die Höhen und Tiefen, die er mit der Firma und dem Kurfürstendamm durchlebt hatte, all die unerwarteten Wechselfälle in der Familie, ob zum Schlechten oder zum Guten, immer war es anders gekommen, als er erwartet oder erhofft oder befürchtet hatte.

Vor allem in der Liebe.

Ach, die Liebe, das ewige Rätsel der Menschheit. Wahrscheinlich musste man ein Dichter oder Philosoph sein, um es zu lösen. Er als Ingenieur vermochte es nicht. Und er brauchte es auch nicht. Ihm genügte es zu wissen, was für ein wunderbares Geschenk sie war. Das schönste Geschenk, das die Götter im Himmel oder wer auch immer das Schicksal der Menschen leitete, für diese auf Erden ersonnen hatten.

Er griff in die Westentasche seines Fracks und holte den Glückspenny hervor, den Vicky ihm einst geschenkt hatte.

»Erinnerst du dich?«

»Wie kannst du nur fragen?« Mit einem Lächeln beugte sie sich zu ihm und gab ihm einen Kuss. »Bewahre ihn gut für uns auf. Damit er uns weiter Glück bringt. Unser Leben lang.«

Mit einem Kloß im Hals schaute er sie an. Er konnte nicht fassen, wie schön sie war. Sie hatte das cremefarbene Kostüm, das sie in der Kirche getragen hatte, gegen ein schulterfreies Abendkleid aus karmesinroter Seide getauscht, das ihr Dekolleté und den Ansatz ihres wohlgeformten, schlanken Halses wunderbar zur Geltung brachte. Ihre immer noch schwarzen Locken, die nur wenige silberne Fäden durchzogen, waren zu einer kunstvollen Hochfrisur verflochten, aus der ein paar gekräuselte Strähnen links und rechts an ihren Schläfen herabrieselten, um ihr Gesicht mit der feingeschnittenen Nase und dem vollen Mund zu umschmeicheln.

Um sich zu vergewissern, dass sie kein Trugbild war, nahm er ihre beiden Hände.

Da zuckte ein Blitz auf. Als er sich umdrehte, blickte er in eine Kamera. Nigel hatte sie vor ihrem Tisch aufgebaut. Lachend drohte Paul ihm mit dem Finger.

Vicky deutete auf Claire und Friwi, die sich an einem Nebentisch miteinander unterhielten.

»Sieh mal, wie gut die zwei sich verstehen.«

Jetzt unterbrachen sie ihr Gespräch, der Grund war ein Hotelpage, der Claire ein Billett reichte. Als sie die Zeilen überflog, leuchteten ihre Augen auf. Unauffällig, doch nicht unauffällig genug, nickte sie Kaspar zu, der mit seiner Mutter und den Zwillingen einen Tisch weiter saß.

Kaspar zog ein Gesicht, als würde er nicht verstehen. Claire stutzte, dann tat auch sie so, als wäre nichts geschehen, und drehte sich wieder zu Friwi herum.

»Was sind die zwei nur für schlechte Schauspieler«, schmunzelte Paul.

Wie um seine Vermutung zu bestätigen, verließ Claire keine zwei Minuten später ihren Platz. Als sie an ihrem Tisch vorüberkam, fasste Vicky sie am Arm.

»Wohin willst du?«

Claire flüsterte ihr die Antwort so leise ins Ohr, dass Paul nur das Wort »Dianaturm« verstand. Doch das reichte, um Bescheid zu wissen.

Während Claire zur Tür hinaus verschwand, suchte er Vickys Blick. Wie sich doch alles im Leben zu wiederholen schien …

100

VON ALLEN Kirchen ertönte Glockengeläut, und die kalte Winterluft schmeckte nach Schwefel, als Vicky und Paul um Mitternacht mit ihren Gästen auf die Hotelterrasse traten, um das Feuerwerk anzuschauen. Es war, als würde die Welt in Flammen aufgehen, überall schossen Raketen in den schwarzen Himmel empor, wo sie als bunte Lichtergarben zerbarsten, um nach kurzem Triumph über die Finsternis verglühend wieder von dieser verschluckt zu werden.

Während man frierend das Schauspiel bestaunte, servierten Kellner Champagner.

»Prosit Neujahr!«

»Auf das zwanzigste Jahrhundert!«

Mit ihrem Glas in der Hand, den Kopf an Pauls Schulter gelehnt, blickte Vicky in den brennenden Himmel hinauf.

Was würde das neue Jahr, das neue Jahrhundert bringen?

In der *Times* hatte ein Professor den Anbruch eines Zeitalters prophezeit, in der Maschinen die körperliche Arbeit ersetzten, elektrisches Licht die Welt unabhängig von Tag und Nacht erhellte und Eisenbahnen und Automobile, Telegrafen und Telefone die Menschen und Völker miteinander verbinden würden, über alle Grenzen hinweg.

Welch herrliche Zukunft würde das sein, ein Paradies auf Erden …

Vicky spürte, wie Paul sie an sich drückte, und drehte den Kopf zu ihm herum. Als sie in sein Gesicht sah, war alle Zukunft vergessen, und es gab nur noch selige Gegenwart.

»Verrätst du mir, woran du gerade denkst?«, fragte er.

»An unsere Hochzeitsnacht«, flüsterte sie so leise, dass nur er es hören konnte.

»Ich kann dir gar nicht sagen, wie sehr ich mich darauf freue. Nur du und ich.«

Zärtlich lächelnd erwiderte er ihren Blick. »Dann lass uns gehen, jetzt gleich!«

»Mein wunderbarer Ehemann.« Mit der Fingerspitze berührte sie seine Nase. »Aber das Fest ist noch nicht vorbei, und man würde es uns verargen, wenn wir vorher verschwinden. Außerdem, ein bisschen würde ich mich auch genieren.«

Das Lächeln wich aus seinem Gesicht, und mit einem Ernst, der fast noch schöner war als sein Lächeln, beugte er sich über sie, um sie zu küssen.

»Ein Hoch auf das Brautpaar!«

Als Vicky aus dem Kuss aufblickte, hatte die ganze Festgesellschaft sich um sie versammelt. Ihre Mutter und Augustes Frau Delphine … Pauls Schwester Greta und die Zwillinge, ihre drei Schwägerinnen … Nigel und Augustes Tochter Germaine … Sein Sohn Daniel und Johanna, Pauls Nichte … Daniels Bruder Popol und Roberta, die Gouvernante der Familie, die schon Vicky großgezogen und sie bei ihrer ersten Reise nach Karlsbad begleitet hatte, vor fast dreißig Jahren.

Sie alle prosteten dem Brautpaar zu.

Als Vicky ihr Glas hob, um den Toast zu erwidern, trat Kaspar auf sie zu. »Haben Sie Claire gesehen?«

Verwundert runzelte sie die Stirn. »Ich dachte, Sie waren mit ihr verabredet.«

»Nein. Ich habe sie überall gesucht, aber ich kann sie nirgendwo finden.«

»Seltsam.« Sie dachte einen Moment nach. »Dann wird sie wohl bei Monsieur Escoffier sein. Die beiden wollten eine Überraschung vorbereiten. Und wenn mich nicht alles täuscht, ist wohl auch Friwi mit von der Partie, er war ihr gefolgt, nachdem der Page ihr das Billett …«

»Aber da ist sie ja!«, sagte Paul.

Vicky blickte in die Richtung, in die er zeigte. Nur einen Steinwurf entfernt eilte Claire auf einen Nebeneingang des Hotels zu. Soweit man im Schein der Lampions erkennen konnte, war ihre Frisur in einiger Unordnung, und auch ihre Kleider schienen derangiert.

Während Vicky sich noch wunderte, war Kaspar schon bei Claire. Aufgeregt redete er auf sie ein, fast konnte man glauben, die zwei würden streiten. Als er die Hand nach ihr ausstreckte, wandte Claire sich ab und eilte ins Haus.

Vicky wollte zu ihr, aber Paul hielt sie zurück. »Sind die beiden nicht alt genug, um das unter sich auszumachen?«

Sie zögerte einen Augenblick, dann nickte sie. »Du hast recht. Sie sind keine Kinder mehr.«

Noch während sie sprach, hörte sie plötzlich ein Tschingderassabum in ihrem Rücken. War das die Überraschung?

Als sie sich umdrehte, kam Auguste auf die Terrasse marschiert, mit Ramigami an der Leine. Ausstaffiert mit Frack und Zylinder, schlug das Äffchen zwei Becken gegeneinander, dass es nur so schepperte.

»Hatte ich es mir doch gedacht!«

Vicky klatschte in die Hände, und lachend fielen alle in den Beifall ein.

»Mesdames et Messieurs«, rief Auguste. »Es darf getanzt werden!«

Elektrisches Licht flammte auf, und aus dem Ballsaal ertönten die flirrenden Klänge eines Walzers.

Paul nahm Vicky das Glas aus der Hand und stellte es ab. Mit einer Verbeugung forderte er sie auf.

»Darf ich bitten?«

»Nur, wenn du noch so gut tanzen kannst wie früher. Kannst du?«

Statt zu antworten, ergriff er ihre Hand, und während er mit der Rechten ihre Taille umfasste, führte er sie in eine erste Drehung. Nein, er hatte nichts verlernt, er war noch immer derselbe wunderbare Tänzer. Ein herrliches Kribbeln durchströmte sie, das sich mit jeder Drehung steigerte und ihren ganzen Leib erfasste, und während sie Paul in die Augen sah, in diese zwei geliebten blauen Augen, die er unverwandt auf sie gerichtet hielt, schien die Welt um sie herum zu verschwimmen, um sich in einem seligen, schwindelerregenden Rausch aufzulösen, und weiter und weiter im Kreise sich drehend, immer schneller und schneller, tanzten sie in das neue Jahrhundert hinein.

Danke

»Niemand schreibt ein Buch allein.« Ein weises Wort, das nichts dafür kann, wenn es manchmal missbraucht wird. Es gilt auch für die Entstehung dieses Romans. Deshalb ist es mir ein Bedürfnis, all denen zu danken, die daran mitgewirkt haben. Dies sind insbesondere und namentlich:

Dr. Cordelia Borchardt: Sie ist eine Lektorin, wie man sie sich als Autor nur wünschen kann. Nie geht es ihr um sich, sondern stets um die Sache, und wo immer sie den Finger in die Wunde legt, tut sie dies zu Recht – auch wenn es weh tut. Seit nunmehr zehn Jahren und sieben Romanen profitiere ich von ihrem dramaturgischen Sachverstand und ihrer Stilsicherheit. Bei diesem Roman hat sie mich zudem mit unglaublichen Kenntnissen der englischen Geschichte und Kultur überrascht, die ich mir sehr gern »zu eigen« gemacht habe.

Prof. Dr. Johannes Hürter: Als Leiter der Münchener Forschungsstelle des Instituts für Zeitgeschichte ist er einer der besten Kenner der deutschen Geschichte im 20. Jahrhundert. Einmal mehr hat er dafür gesorgt, dass alles seine historische Richtigkeit hat. Seine Beratung zeichnet sich nicht nur durch wissenschaftliche Kompetenz und Gründlichkeit aus, sondern auch durch hohes Verständnis für die Besonderheiten eines fiktionalen Textes.

Dr. Hanna Heikenwälder: Ihrem Naturell nach möchte sie eigentlich nur loben. Aber zum Glück kommt ihr dabei ihre Ehrlichkeit in die

Quere, so dass sie mit ihrer Kritik nicht hinterm Berg halten kann. Vor allem der Prolog hat ihr in seiner ursprünglichen Form überhaupt nicht gefallen, und da sie auch begründen konnte, warum, habe ich mich noch einmal darangesetzt. Ich hoffe, zu ihrer Zufriedenheit.

Thomas Walter: Einen Geschichtslehrer wie ihn hätte ich auch gern gehabt. Von wahrhaft stupender Belesenheit hat er mir wertvolle Lektürehinweise gegeben.

Stephan Triller: Als mein bester Telefonfreund hat er während der Arbeit immer wieder für willkommene Ablenkung gesorgt. Außerdem hat er einige kritische Passagen gegengelesen.

Julia Peine, M.A.: Sie hat mir ihre Magisterarbeit »Stadtentwicklung im Kaiserreich und in der Weimarer Republik: Die Entstehung des Berliner ›Neuen Westens‹ und seine Bedeutung als kultureller Begegnungsraum« zur Verfügung gestellt. Ihr verdanke ich wichtige Impulse beim fiktionalen Wiederaufbau des Kurfürstendamms.

Roman Hocke und Markus Michalek: Als mein Agent der ersten Stunde stand Roman Hocke mir ein Vierteljahrhundert mit Rat und Tat zur Seite. Dafür gilt ihm mein bleibender Dank. – Nun hat sein Partner und Mitgeschäftsführer der AVA Markus Michalek meine Betreuung übernommen. Nein, nicht als Zivi, sondern als Agent. Ich freue mich darauf, mit ihm in die Zukunft zu gehen. Sofern meine Restlaufzeit mir noch eine solche gewährt.

Serpil Prange: Wie alle meine Romane hat sie auch diesen als Erste gelesen. Da ihr jedes Talent zur Bewunderung fehlt, kann ich mich auf ihr Urteil immer verlassen. Dabei braucht es nicht viele Worte. Eine hochgezogene Braue von ihr genügt, und ich mache mich noch mal ans Werk.

Mein letzter Dank gilt den Mitarbeiterinnen und Mitarbeitern des FISCHER Scherz Verlags, die gemeinsam aus meiner Geschichte ein Buch gemacht haben. Dr. Julia Schade (Leiterin Scherz Verlag): Zusammen mit Cordelia Borchardt hat sie an mich geglaubt, als dies keine Selbstverständlichkeit war; Annette Scheerer (Herstellung): Ihr verdanken meine Bücher ihre physische Gestalt; Theresa Schenkel (Marketingleitung Fischer Verlagsgruppe), Indra Heinz (Marketing Scherz), Annette Coldewe und Inga Hamann (Vertrieb), Milena Kahlcke (Presse) sowie Ruth Kumpmann und Immanuel Bach (Veranstaltungen): Sie sorgen immer wieder dafür, dass meine Bücher den Weg zum Publikum finden.

Liste der handelnden Personen

Deutschland

Paul Biermann – Ingenieur und Erbe des Familienunternehmens Biermann & Söhne

Erdmute – verwitwete Schmaltzried, Pauls Ehefrau

Friwi – Friedrich Wilhelm, Friwi genannt, Sohn von Paul und Erdmute

Hermine Biermann – Pauls Mutter

Fritz – Bruder von Paul, Leutnant der Reserve, korporierter Theologiestudent, später Vortragender Legationsrat in der Kolonialabteilung des Auswärtigen Amts

Felix – jüngster Bruder von Paul, kaufmännischer Angestellter im Familienbetrieb, später Prokurist

Greta – Pauls ältere Schwester

Anna und Else – Pauls jüngere Zwillingsschwestern

Hugo Lebsanft – Ehemann von Pauls Schwester Greta, Prokurist von Biermann & Söhne, später Pauls Konkurrent

Kaspar und Johanna Lebsanft – Kinder von Hugo und Greta

England

Vicky Paxton-Stokes – Industriellenerbin aus London

Emily Paxton-Stokes – Vickys verwitwete Mutter, Inhaberin der Midland Railway Company

George Paxton – »Onkel Georgie« genannt, Bruder von Emily, Lebemann

Rupert Watkin – Industriellensohn und späterer Ehemann von Vicky

Claire Watkin – Vickys Tochter
Nigel Watkin – Vickys Sohn
Edward Watkin – Ruperts Vater, Industrieller

Frankreich
**Auguste Escoffier* – Koch
**Paul Daffis* – Verleger
**Delphine Daffis* – seine Tochter und spätere Frau von Auguste
**Popol, Germaine, Daniel Escoffier* – Kinder von Delphine und Auguste

Weitere Personen
**Sarah Bernhardt* – französische Schauspielerin
**Otto von Bismarck* – deutscher Reichskanzler
Hermann Blankenstein – Stadtbaurat in Berlin
Dora Blankenstein – seine Frau
Pastor Bläulich – Gemeindepfarrer der Luisenkirche in Berlin
**John Booth* – englischer Immobilienspekulant in Berlin
**Lothar Bucher* – Geheimrat und Sekretär Bismarcks
Karl Busicke – Polier bei Biermann & Söhne
**Richard d'Oyly Carte* – Impresario, Eigentümer des Savoy Theaters und Hotels in London
Mr. Derrick – Kommissar bei Scotland Yard
**Prinz Galitzin* – russischer Gourmet in Paris
Mr. Hastings – technischer Direktor der Midland Railway Company
**Ludwig Hoffmann* – Stadtbaurat in Berlin
**Alfred Hugenberg* – Syndikus der Krupp-Betriebe
Jenkins – Butler bei Lord Shelby
Franz Lechler – Oberkellner im Hotel Savoy, London
**M. Lourdin* – Restauranteigner des Petit Moulin in Paris
**Katinka Oblomowa* – russische Großfürstin in Monte Carlo

O'Brien – Butler in Paxton House in London

**Heinrich Quistorp* – Spekulant und kurzzeitig Kompagnon bei Biermann & Söhne

Gisbert Reichenbach – Chef der Reichenbach Bank in Dresden und Berlin

Gustav Reichenbach – Neffe von Gisbert, Mitinhaber der Bank

**César Ritz* – Schweizer Hotelier und Unternehmer

Roberta – Vickys deutsche Gouvernante in Paxton House

**Lord Salisbury* – Vorsitzender der Tory-Partei

Lord Harold Shelby – exzentrischer Katzenliebhaber in London

Sir Edgar Trevor-Roper – Anwalt in London

Dr. Wilson – Hausarzt der Familie Watkin

**Garnet Wolseley* – britischer General in Indien, mit Georgie Paxton befreundet

---

Die mit * gekennzeichneten Figuren sind historisch verbürgt.

Liebe Leserin, lieber Leser,

Sie sind interessiert an Neuigkeiten
zu meinen Romanen oder deren Verfilmungen?
Dann besuchen Sie meine Facebook-Seite
»Peter Prange« oder senden Sie eine E-Mail
mit Ihrem Namen an:

peter.prange@fischerverlage.de

Sie werden dann entsprechend benachrichtigt.

Auguste Escoffier
Meister der französischen Kochkunst
Menu.
Caviar
Petite Marmite
Filets de Sole Walewska
Selle d'agneau de Pauillac
Petits pois à la Française
Cailles en Casserole
Salade de Laitues
Asperges d'Argenteuil
Pêches et Fraises Melba
Friandises
The Carlton
M. Escoffier